파이와 공작새

The Girl from Summer Hill

파이와 공작새

주드 데브루 지음 | 심연희 옮김

 북폴리오

일러두기

- 옮긴이 주는 괄호 안에 적습니다.
- 도량형은 미터법을 사용합니다.
- 하비 웨인스타인의 성폭력 사실은 원서가 출간된 시점 이후에 밝혀졌습니다.

등장인물 관계도

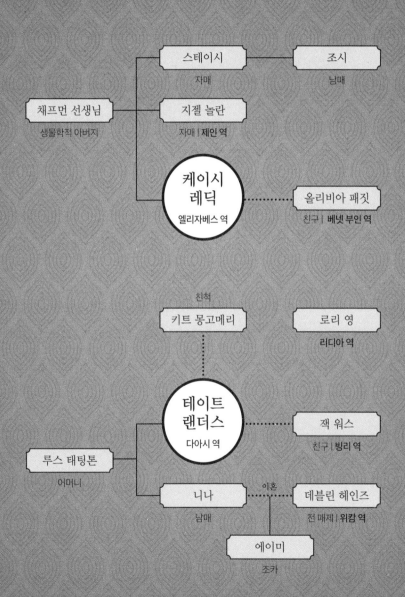

스테이시 — 조시
자매   남매

채프먼 선생님 — 지젤 놀란
생물학적 아버지   자매 | **제인 역**

케이시 레딕
엘리자베스 역

올리비아 패짓
친구 | **베넷 부인 역**

친척

키트 몽고메리   로리 영
리디아 역

테이트 랜더스
다아시 역

잭 워스
친구 | **빙리 역**

루스 태팅톤
어머니

니나
남매

이혼

데블린 헤인즈
전 매제 | **위캄 역**

에이미
조카

제1막

다아시가 드러나다

Mr. Darcy is revealed

아무것도 걸치지 않은 남자가 케이시의 오두막 뒤 베란다에 서 있었다. 그렇다면 경찰을 불러야 한다. 아니면 적어도 비명이라도 질러야 하는 거다. 하지만 그러지 못했던 이유, 그건 남자가 너무나도 아름다웠기 때문이다.

그래서 케이시는 눈도 깜빡이지 않은 채, 손을 더듬거려 전기 주전자를 잡고서 차 거름망을 올려놓은 머그잔 위로 물을 부었다. 머그잔으로 들어가지 못하고 샌 물이 꽤 많았다. 화강암 재질 조리대 위로 떨어진 물은 타일 바닥으로 흘러내렸지만, 케이시는 그런 줄도 몰랐다.

해가 뜨려면 아직 한참 남은 이른 새벽이지만 그녀는 주방 등을 켜지 않았다. 오히려 그 남자가 베란다의 불을 켰다. 어슴푸레한 새벽빛이 밝아오는 가운데, 문에 쳐진 방충망 사이로 보이는 그 모습은 흡사 무대에 서 있는 듯했다.

남자는 티셔츠와 운동복 바지를 오솔길 돌바닥 위에 던져놓고는 완전히 다 벗은 몸으로 케이시 쪽을 마주보았다. 그가 세 걸음 앞으로 다가오자 찬란한 남성미가 여봐란듯이 눈에 들어왔다. 곧장 케이시 쪽으

로 걸어오는 모습이 꼭 이 집 안으로 문을 열고 들어오기라도 할 것 같
았다.

케이시는 방금 일어난 참이었다. 그래서 남자를 처음 봤을 땐 아직
잠에서 덜 깬 거라고 생각했다. 지금 인생 최고의 꿈을 꾸고 있는 거라
고 말이다. 은은한 구릿빛 피부에 길고 늘씬한 근육질 체형의 남자는
몸만 아름다운 게 아니라 얼굴도 아름다웠다. 머리카락과 눈, 짧은 수
염부터 어딜 봐도 육감적인 입술까지. 목까지 드리워진 길고 검은 머
리카락 위로 불빛이 어른거리자 환상적인 푸른빛이 감돌았다.

그는 베란다에 올라섰지만 방충망을 열고 이 안으로 들어오지는 않
았다. 그리고 이제 돌아섰다. 그러자 그의 남성미는 옆모습에서도 존
재감을 마구 뿜어댔다.

위후! 가슴근육 좀 봐. 복근은 또 어떻고? 옆모습의 곡선이 끝내줬
다. 허벅지가 꼭 동계올림픽 스케이터를 보는 것 같네.

케이시는 눈을 몇 번 깜빡여 보았다. 이건 꿈이야. 저 남자는 진짜
일 리 없어.

남자는 벽 쪽에서 무언가를 했다. 그러자 곧바로 비가 내리기 시작
했다. 그렇겠지. 이 남자는 날씨를 주관하는 신인 거야. 그러니 저렇게
잘생긴 거겠지.

하지만 그건 당연히 착각이었다. 케이시의 자그마한 게스트하우스
오두막 바깥에 외부 샤워기가 붙어 있었던 것이다. 케이시는 사실 그
런 게 있는지도 몰랐다. 몇 달 전 이 마을에 살기 시작했을 때는 겨울
이었다. 그러다 어제부터 날씨가 너무 따뜻해져서 창문이며 문이며 할
거 없이 전부 열어두고 주방의 열기를 내보냈고, 잘 때가 돼서도 주방
이 계속 후끈해 방충망만 쳐 놓고 방 안으로 서늘한 바람이 들어오게

뇌두었던 터다.

이제 그녀는 머그잔을 집어 들고 차를 홀짝이면서 남자가 비누거품을 몸에 칠하는 걸 응시했다.

케이시 주변에는 높은 스툴이 하나 있었다. 그녀는 남자에게 눈을 떼지 않은 채 더듬거리며 스툴을 찾아 앉았다. 그의 손이 몸 여기저기를 쓸어내리기 시작하자, 지금 보는 건 꿈이라는 확신이 더욱 들 뿐이었다. 그래, 이건 꿈이야. 그래서 저 남자한테서 눈을 떼는 순간 이 꿈에서 깨게 되는 거야.

다리에 거품을 칠한 남자가 가랑이 사이에도 거품을 문지르는 모습이 보였다. 이윽고 그 손은 위쪽으로 움직였다. 하지만 혼자서 등 전체에 비누칠을 하는 게 꽤 힘들어 보여서, 케이시는 그만 잠옷을 살짝 벗어던지고 남자한테 다가가면 어떨까 생각했다.

"내가 도와줄까요?" 하고 묻는 거야. 하지만 그는 아무 말도 없겠지. 그저 말없이 비누를 내밀면, 그때부터 부지런히 움직이면 돼.

물론 씻는 건 이쪽도 할 수 있다. 그러면 남자도 그녀의 등을 비누칠해 줄 거다. 앞쪽에다 칠해도 좋아. 아니, 하고 싶은 데 다 해도 상관없어.

지금 케이시가 앉아 있는 주방은 어두웠다. 반면 남자가 있는 바깥은 아주 환했다. 그래서 이 모든 게 마치 영화처럼 보이는 것인지도 몰랐다. 케이시는 차를 홀짝이며 영화 속 장면과도 같은 광경을 꿈꾸듯 미소 지으며 바라보았다.

어제 자정까지 주방에서 일을 하고서 일어나보니 아직 너무 이른 새벽이었다. 키트는 8시까지 극장에 음식을 갖다 달라고 했다. 케이시는 그게 8시까지는 음식을 다 차려 놓고 먹을 준비를 마쳐야 한다는 뜻으로 알아들었다. 그래서 지난밤에 오빠인 조시에게 전화를 했다.

혹시 가능하다면 테이블 몇 개를 구해다 주었으면 좋겠다고 말이다.

"어디서 쓰다 남은 나무토막이나 그루터기 같은 걸로 만들어도 괜찮아. 오빠의 능력을 있는 힘껏 발휘해서 테이블을 구해다 놔."

케이시는 이렇게 조시에게 음성 메시지를 남겼다.

"그러니까 내가 이 음식을 전부 차려놓을 수 있게만 해 놔. 키트가 그러는데 마을 사람들 절반이나 오디션 장소에 올 거래. 그러니 부탁해. 알았지? 내 부탁 들어주면 오빠가 환장하는 크림 든 도넛 홀(도넛을 만들 때 뚫는 가운데 부분으로 만든 동그란 작은 도넛)을 몇 개 챙겨 줄게."

케이시는 애교 섞인 목소리를 있는 대로 짜내어 말했지만, 어젯밤 열네 시간을 계속 서서 일하다보니 너무 피곤한 상태였는지라 그게 설득력이 있다기보다는 어쩐지 한심하게 들렸을 거란 생각이 들었다.

어쨌거나 이 아름다운 남자의 벗은 모습을 바라보고 있자니 어젯밤의 피로가 싹 가시는 것 같았다. 이제 그는 몸을 헹궈내는 중이었다. 벽에 걸린 샤워기를 끌어당겨서는 그 매력 넘치는 온몸에 물을 뿌려대고 있었다.

케이시는 홍차가 든 잔을 입술에 댄 채로 꼼짝도 할 수 없었다. 그저 멍하니 바라만 봤을 뿐이다. 그 긴 머리가 젖어서 얼굴에 찰싹 달라붙었다. 남자의 실루엣은 튼튼하고 강한 남성미를 그려냈다. 그런데 저 모습 말이야, 어디선가 본 것도 같잖아?

그는 이제 물을 끄고 돌아서서 무언가를 찾았다.

수건이 필요한 거구나. 이 문을 열고 나가서 수건을 갖다 줘야겠다는 생각이 스쳤다.

그때 남자가 집 쪽으로 한 발짝 다가서는 게 보였고, 그가 꼭 안으로 들어오려는 것 같아서 케이시의 심장이 순간 멎을 뻔 했다. 이제는 정신까지 번쩍 들었다. 나 지금 샤워하는 남자를 훔쳐보고 있는 거잖아. 이건 예의에 어긋나도 한참 어긋나는 짓이야. 누군가 내가 샤워하는 걸 봤다고 생각해 보란 말이야!

그가 문 손잡이를 잡았다. 케이시의 심장이 쿵쿵대기 시작했다. 움직일 수도 없었다. 그러면 들킬 테니까.

그런데 남자는 손잡이를 도로 놓고는 계단을 내려가서 바지를 집어들고 입었다. 케이시는 그제야 안도의 한숨이 나왔다. 아무것도 모르고 있구나. 정말 다행이야!

그가 티셔츠를 집으려던 순간, 케이시의 휴대폰이 울렸다. 충전해 놓고서는 깜빡 잊고 조리대에 놔두었던 전화기. 손을 뻗을 때까지 벨은 계속 울려댔다. 휴대폰을 더듬어 집다가 그만 스피커 모드를 켜 버렸는데, 전화는 이미 통화 상태로 넘어간 후였다.

"안녕, 우리 동생. 너도밤나무 두 그루를 크게 자른 널빤지로 테이블을 몇 개 만들었어. 그리고 교회에서 테이블 두 개도 더 빌렸고. 혹시 내 트럭에 짐을 싣고 가고 싶으면 말해. 아무 말 없으면 8시에 거기서 보는 걸로 알고 있을게."

조시는 이 말을 하고 전화를 끊었다. 케이시는 움직일 수도, 그렇다고 남자에게서 눈길을 뗄 수도 없었다. 전화벨이 울리자, 그가 티셔츠를 떨어뜨리며 이쪽을 바라보았던 것이다.

남자는 케이시를 분명히 봤을 것이다. 안타깝게도 지금 그녀가 입고 있는 건 어머니가 선물해 준 하얀 파자마였다. 접시들이 스푼과 함께 마구 도망치는 그림과 젖소가 달님 위를 뛰어넘고 있는 무늬가 찍힌 옷이었다. 다 큰 여자가 입기에는 너무 유치한 디자인인 데다 통통한 몸매에 옷이 꽉 끼기까지 했다. 그래도 이게 얼마나 편하다고.

바깥은 점점 밝아오고 있었다. 그러니 집 안이 어둡다 해도 그녀의 모습이 보이기는 할 것이다. 아니, 안 보일 수도 있지 않을까. 그러니 지금 몰래 위층으로 올라가서 남자를 전혀 본 일이 없는 척 할 수 있을지도 몰라.

그래서 케이시는 최대한 빠른 속도로 머그잔을 내려놓고 스툴에서 일어섰다.

하지만 안타깝게도 그건 전혀 빠른 속도가 아니었나 보다. 남자는 곧장 계단을 올라 몇 초 만에 문을 잡았다. 그리고 방충망을 열려고 했지만, 안으로 고리가 걸려 있었다.

잠시 시간을 벌었다고 생각한 케이시는 거실로 한 발짝 다가서려는데, 갑자기 들려온 소리에 뒤를 돌아보았다.

그러자 허리 위로 홀딱 벗은 그 남자가 글쎄 주먹으로 방충망을 찢고 고리를 열어젖히는 게 아닌가.

어라, 이젠 좀 무섭잖아. 이 남자는 덩치가 큰 데다 엄청 화나 보였다. 케이시는 휴대폰 쪽을 바라보았지만 그건 자신과 남자 사이에 놓여 있었다. 이 자그마한 집은 4만 제곱미터나 되는 정원과 숲속에 둘러싸여 있다. 그러니 소리를 지른다 해도 들어주는 사람이 없을 거다.

"이제 볼 일 다 봤습니까?"

남자는 케이시 쪽으로 다가오며 말했다.

그 목소리는 그윽했다. 그리고 위협적이었다. 여기서 달려가면 현관을 열고 나갈 수는 있다. 하지만 그다음에는 어떡하지? 근처에 있는 집이라고는 저택 하나뿐이었고, 그곳엔 아무도 없었다.

케이시는 내려뜨린 양손으로 주먹을 쥐고서 숨을 깊이 들이쉰 다음 남자를 마주보았다. 몇 분 전까지만 해도 그 체격과 근육하며, 남성미

뿜어내는 그 모습이 참 매력적이었는데, 지금은 그저 위협적이기만 하다. 이 남자가 쫓아온다면 도망칠 수는 없을 것이다. 하지만 여기서 굽히고 들어가지 않는다면 그쪽이 도망갈지도 모르지.

"난 여기 사는데요. 주거 침입한 건 그쪽이에요."

지금 남자는 불과 1미터도 떨어져 있지 않았다.

"퍽이나 그렇겠네요! 누구 밑에서 일하죠? 어디 있어요?"

케이시는 한 발짝 뒤로 물러서며 생각했다. 저 목소리 완전 좋다! 정말 낮고 크구나. 그런데 남자의 질문이 무슨 뜻인지는 전혀 이해가 가지 않았다.

"나는 자영업자인데요. 케이터링이랑 파티 음식을 만들어요."

남자는 또 한 발자국 다가왔다.

"그러면 이건 부업이겠군요? 어디에 감췄습니까?"

이제는 무서움보다 당황스러움이 더 컸다.

"그게 뭔데요? 뭘 찾는데요?"

남자는 케이시의 휴대폰을 집어 들었다. 충전기가 아래로 늘어졌다.

"설마 이런 걸로 찍은 건 아니겠죠! 휴대폰 카메라라니! 그것보단 좋은 걸로 찍어야 하는 거 아닙니까."

휴대폰을 도로 탁자에 올려놓은 남자는 돌아서서 케이시를 위아래로 훑어보았다.

그래, 지금 꼴은 어딜 봐도 이상하다는 거 알고 있다. 다섯 살짜리 애나 입을 것 같은 잠옷 차림의 모습을 잘생긴 남자에게 보여 주고 싶은 여자가 어디 있겠는가? 게다가 지금 머리는 까치집처럼 산발인 데다 분명 밀가루랑 라즈베리 잼이 여기저기 묻어 있을 거다. 어제 샤워도 하지 않은 채로 침대에 쓰러졌으니까.

하지만 그건 케이시의 자부심이기도 했다. 이제 무서운 마음은 전부 사라졌다. 케이시는 어깨를 쫙 폈다.

"당신이 누군지는 내 알 바 아니고요, 내 집에서 나갔으면 좋겠네요. 지금 당장!"

그리고 휴대폰을 확 집어 들었다.

"낯선 남자가 바로 내 집 베란다에서 옷을 홀렁홀렁 벗더니, 내 집 방충망을 찢고 들어와 날 위협했다고 경찰에 신고할 거예요. 그러면 경찰이 무시하지는 않겠죠. 수갑 차는 신세가 되고 싶지 않다면 당장 나가는 게 좋을걸요."

남자는 꼼짝 않고 서서 그녀를 노려보았다. 아무 말 없기는 해도 충격을 받은 표정이었다. 이윽고 무슨 말을 하려는 듯 입을 열다가 도로 다물더니 그대로 돌아서서 집을 나갔다. 문이 쾅 닫혔다.

얼마 동안 케이시는 그 자리에 서서 남자가 떠나는 모습을 지켜보았다. 주먹 쥔 손 안으로 손톱이 손바닥을 파고들었다. 그는 바닥에 떨어진 셔츠를 집어 들지도 않고 계속 걸어가더니 오른쪽으로 방향을 틀었고, 이내 시야에서 사라졌다.

갑자기 온몸의 힘이 쫙 빠졌다. 케이시는 거실로 돌아와 소파에 털썩 주저앉았다. 귓가가 쿵쿵 울렸다. 고개를 턱 젖힌 그녀는 심호흡하며 마음을 가라앉히려고 했다.

저 남자 진짜 화가 많이 났나 봐!

키트가 케이시한테 이 집에서 살라고 했을 때, 그녀는 여기처럼 완벽한 곳이 없다고 생각했었다. 옛 버지니아 대농장의 부엌이던 자리라 거실에 옛날 요리를 할 때 쓰던 거대한 벽난로가 있었고, 그 후 누군가가 이 건물을 증축하면서 한편에는 아주 멋진 주방 시설을 만들어 놓고 위층에는 침실과 욕실을 꾸며놓았다. 게다가 바로 바깥에는 허브를 키우는 정원도 있었다.

키트는 너무 외딴 곳에 사는 게 싫지 않느냐고 물었지만, 케이시는 아니라고, 정말 좋다고 대답했다. 그녀가 여기 도착하기 전에 증축하고 인테리어를 새로 한 이 저택은 빈 채로 굳게 잠겨 있었다. 이곳 서머힐로 오기 전, 케이시는 워싱턴에서 가장 인기 있는 레스토랑의 주방장으로 6년간 일했다. 그곳의 온갖 소음과 아수라장처럼 돌아가는 일상을 겪다가 이곳에 오니, 옛 대농장의 고요함이 마치 축복처럼 느껴졌다.

하지만 오늘 아침 일을 겪자 이제는 무서워지기 시작했다.

케이시는 점차 평정심을 되찾으며 앞으로 뭘 해야 할지 생각했다. 잘 생각해보니 지금 일어난 일을 경찰에 신고해야겠다는 결론이 났다. 물론 자기가 엿보았다는 사실을 포함하면 쪽팔리긴 하지만 말이다.

손에는 아직 휴대폰이 들려 있었다. 그런데 키트에게 음성 메시지가 온 게 보였다. 화면을 누르는 케이시의 손이 덜덜 떨렸다. 키트의 강한 목소리가 들려왔다.

"케이시, 잘 있었어? 지금 시간이 너무 늦었으니 자고 있으려나. 그런데 꼭 할 말이 있어서. 태트웰의 집주인이 왔어. 물론 너한테는 이제껏 내가 집주인이라고 했었지. 이제 와서 변명하는 것 같아 미안하지만, 사실은 집주인인 내 사촌 녀석이 절대로 말하지 말라고 했거든. 그래서 혹시 네가 거기서 모르는 남자 두어 명을 보게 될지도 모르니까 미리 알려줘야겠다는 생각이 들었어. 거기 집주인은 테이트 랜더스고, 친한 친구인 잭 워스와 같이 머물고 있을 거야. 둘 다 아주 멋진 애들이니까 만나면 반갑게 맞아 주길 부탁해. 난 가야겠다. 그럼 오디션 때

보자."

케이시는 메시지를 다시 돌려 들으면서 그게 무슨 말인지 파악해 보려고 했다. 잭 워스라고? 그녀가 굉장히 좋아하는 배우의 이름과 같았다. 마지막으로 사귀었던 남자 친구가 잭 워스의 영화를 너무 좋아해서 DVD를 전부 갖고 있었다. 데이트를 하는 동안, 둘은 잭 워스의 신작이라면 하나도 빼놓지 않고 봤었다.

하지만 베란다에 있던 남자는 잭 워스가 아니었다.

케이시는 숨을 들이쉬었다. 무슨 이상한 생각을! 잭 워스라는 이름은 흔하잖아. 키트가 말한 게 그 배우일리는 없어.

그런데 케이시는 문득 어떤 생각이 들어 휴대폰을 켜고 테이트 랜더스라는 이름을 검색해 보았다. 그러자 결과가 떴다. 그 남자였다. 그녀가 보았던 남자, 베란다에서 샤워하던 남자의 사진 수천 장이 인터넷에 떠 있었다. 대부분 시대극 복장 차림의 사진이었다. 갑옷을 입은 기사, 19세기 초 영국 섭정 시대 쫄바지를 입은 신사, 로빈 후드처럼 17세기풍 가죽 조끼를 입은 청년까지. 케이시는 큰소리로 말했다.

"그렇구나. 테이트 랜더스였구나."

케이시는 그가 나온 영화를 한 번도 본 적이 없었지만 그를 좋아하는 친구가 있어 이야기는 엄청 많이 들어왔던 터다. 친구는 로맨스 영화를 너무 좋아해서 개봉하는 족족 보러 갔었다. 하지만 케이시는 영 흥미가 생기지 않아서 친구가 하는 말을 그저 한 귀로 듣고 한 귀로 흘렸다. 그리고 가끔은 그런 친구를 놀리기도 했다.

"너는 심리학 박사나 되서는 '오, 어여쁜 이여! 그대의 눈동자는 에메랄드같이 빛나고 있소. 부디 나의 여인이 되어주시오'라는 소리를 해 대는 배우가 좋니? 그런 영화를 보고 넋이 나가도 괜찮은 거야?"

그러자 친구는 이렇게 말했다.

"넌 뭘 모르는구나? 요즘 세상에 남자라고는 기생오라비 같은 놈들밖에 없잖아. 테이트는 다르다고. 이 남자는 말 등에다 여자를 휙 던져 올리고는 닥치라고 할 줄 아는 사나이란 말이야."

케이시는 놀라서 입을 딱 벌렸다.

"그럼 너는 너한테 상담 받으러 오는 여자 고객한테도 그런 말을 해? 남자 친구가 그런 짓을 한다고 하면 뭐라고 할 거야?"

"그러면 당연히 학대받는 여성을 위한 상담 센터를 알려 주고 거기로 꼭 보내야지. 하지만 테이트는 실제로 그런 남자가 아니잖아. 그냥 환상일 뿐이라고."

케이시는 친구의 말에 고개를 절레절레 흔들었다.

"이 남자는 배우야. 분명 현실에서는 분홍색 셔츠를 입고 눈썹 왁싱하러 다닐걸."

"테이트는 그쪽 아니거든! 내가 기사 읽었는데……."

케이시는 더 이상 듣고 싶지 않다며 두 손을 들었다. 친구는 그 후에도 몇 번이고 로맨스 영화를 보러 가자고 했지만, 케이시는 전부 거절했다. 업무 때문에 쉬는 시간도 얼마 없는데 그런 유치한 사극을 보는 데 시간 낭비하고 싶지 않았다.

그런데 이제 보니 지금 자신은 꽤나 잘나가는 영화배우가 소유한 집에서 살게 된 것이다. 그것도 자신을 미워하는 남자의 땅에서.

그야 당연히 밉겠지. 그냥 어떤 남자가 반쯤 벗고 잔디를 깎는 모습을 지켜보는 것쯤이야 상관없겠지만, 영화배우 같은 공인을 염탐하다가는 재판에 끌려가는 수도 있다. 그리고 보통은 감옥에 가잖아.

그 남자가 뭐라고 했더라? "어디에 있어요?"라고 했지. 또 "설마 이런 걸로 찍은 건 아니겠죠! 그것보단 좋은 걸로 찍어야 하는 거 아닙니까"라고도 했어. 케이시는 또 중얼거렸다.

"그럼 내가 자기를 도촬하는 줄 알았나보네."

그리고 자신이 휴대폰따위로 사진을 찍고 있다고 생각해서 자존심이 상했던 거다. 지금 상황이 심각하긴 했지만, 케이시는 자꾸만 웃음이 나왔다. 그러니까 경찰 이야기가 나왔을 때 도망간 것도 당연한 일이겠지. 로맨스 영화 주인공께서 수갑을 찬 모습이라니, 가십 잡지들이 엄청 좋아할 만한 일 아니겠어?

케이시는 이제 일어섰다. 그리고 자그맣게 속삭였다.

"그럼 상황을 해결해 볼까."

지금 그녀는 사과를 하고 자초지종을 설명한 다음, 또 몇 번 더 사과를 해야 할 수도 있다.

벽난로 선반에 올려 둔 시계를 보자, 아직 시간은 일렀다. 잘할 수 있는 걸 준비할 시간이 한 시간은 있었다. 지금부터 뭔가 멋진 걸 요리해서 갖다 줘야지. '정말 미안해요'라는 말도 최대한 그럴듯하게 해서 용서를 받아야겠다. 그리고 휴대폰이 울렸을 때 마침 주방에 들어온 거라서 그냥 셔츠를 벗은 상체만 보았다고 딱 잡아뗄 것이다.

그러면 될 거라고 케이시는 생각했다. 거짓말을 좀 하고, 꿀 바른 치킨에다 향 좋은 미모사를 넣어 가지고 가면 이 아늑하고 조그마한 집에서 자신을 쫓아내지는 않을 것이다. 적어도 감옥에 처넣지는 않겠지.

그래서 케이시는 착착 일을 진행했다.

다아시, 엘리자베스에게 별 매력을 못 느끼다
Elizabeth doesn't tempt Darcy

한 시간 후에 케이시는 음식을 가지고 저택에 도착했다. 이 동네 사람들은 모두 이 집을 '저택'이라고 불렀다. 갖고 온 음식 중에는 키트가 모은 사람들을 먹이려고 준비해 놓은 것에 더해 새로 만든 것도 있었다. 가지고 온 보온 용기에는 오랫동안 천천히 익힌 꿀 바른 치킨과 달걀프라이를 얹은 고구마 샐러드가 들었다. 그리고 구운 다음 버터를 발라 다시 구운 빵도 곁들였다.

쉽지만은 않은 일이 기다리고 있었다. 사과를 하고 나서, 사실은 베란다에 샤워기가 있는지 몰랐다는 걸 설명하면…… 잠깐! 그러면 안 돼. 그 남자가 샤워한 걸 알고 있다는 뜻이니까. 그때 자신은 침대에서 자고 있었고, 휴대폰 벨이 울려서 아래층으로 내려왔다고 말하자는 게 케이시의 각본이었다.

그녀가 살고 있는 오두막과 저택 뒤편 사이에는 벽돌로 만든 오래된 오솔길이 나 있었다. 이곳 부지는 너무 풀이 우거져서 걸어 다니기가 힘들었지만, 케이시는 눈 덮인 지난 겨울 동안 저택 근처를 여기저기 돌아다니곤 했다. 그리고 이 울퉁불퉁한 오솔길을 점점 좋아하게 되어서, 발에 걸릴 만한 벽돌이 있는 곳이 어디인지 외울 정도였다.

하지만 지금은 이 오솔길을 좋아하고만 있을 때가 아니었다. 손에 든 통이 크고 무거워서 혹시나 떨어뜨리면 어쩌나 하는 걱정으로 신경이 곤두서 있었으니까. 만약 이걸 떨어뜨리기라도 한다면 집을 비워 달라는 말을 듣게 될 게 분명하다. 그러면 어디 가서 살지? 호숫가 주민들은 여름을 대비해서 집을 열고 영업을 시작했다. 그 말은 즉 레스토랑과 상점에서 일할 종업원들이 몰려든다는 뜻이다. 침실이 하나밖에 없는 아파트에 아르바이트 자리를 구하러 온 대학생 여섯 명이 들어차서 살겠지.

생각만 해도 소름 끼쳐서 케이시는 몸을 부르르 떨었다. 안 돼, 지금 있는 이 집이 좋단 말이야. 여기서 살고 싶다고.

저택 안에 들어간 적은 한 번도 없었다. 하지만 유리창으로 안을 보려고 했던 적은 있었다. 창문은 대개 덧창이나 커튼을 쳐 놓았지만, 주방이 어디인지는 알 수 있었다. 그리고 그 옆에는 통유리로 바깥 풍경을 보며 아침 식사를 할 수 있는 공간도 있었다.

케이시는 그곳에 불이 켜진 걸 보았다. 그녀처럼 랜더스 씨도 방충망만 남겨두고 문과 창문을 다 열어 놓았다. 그곳으로 다가가자 하얀 탁자 앞에 고개를 숙인 채로 앉아 있는 그 남자가 눈에 들어왔다. 케이시는 걸음을 멈추었다. 그는 청바지에 체크무늬 남방 차림이었는데 그 모습이란…… 어쩐지 쓸쓸해 보인다고나 할까.

케이시는 서 있던 자리에서 한 걸음 물러났다. 설마 나 때문에 저러는 건 아니겠지. 마음의 평화를 찾으려고 고즈넉한 서머힐까지 찾아왔는데, 기껏 마주친 게 홀딱 벗은 자기 사진을 찍어대고 있는 파파라치라고 생각해서 그런 건가.

케이시는 들고 있던 무거운 음식 통을 슬쩍 바라보았다. 혹시 말이야, 이 음식을 먹으면 힘이 좀 나지 않을까. 그래서 자신을 용서해 줄 생각도 들지 않을까. 나중에 내가 외롭지 않게 사람들도 소개해줄 수 있고 말이야.

그래서 케이시는 미소를 띠운 채, 문으로 향했다. 날 보면 그래도 반갑게 맞아 줄까? 아니면 경찰을 부르려나?

어쨌든 음식 통을 한 손에 몰아들고 자유로워진 손으로 노크를 하려던 순간, 케이시는 그 자리에서 얼어붙었다. 지금 걸어 들어오는 사람이 다름 아닌 잭 워스였던 것이다. 게다가 그는 장골 V라인이 보이게 트레이닝 바지를 내려 입고 있었다.

케이시는 벽에다 몸을 딱 붙였다. 오늘 아침에만 두 번째로 귓가가 쿵쿵 울렸다. 지금껏 잭 워스를 본 건 모두 영화관 스크린을 통해서였다. 오토바이를 타고 거리를 이리저리 질주하고, 빌딩 사이를 뛰어넘고 산에서 줄을 타고 낙하하면서 세트장을 날려버리는 모습 말이다. 그러면서도 또 여자는 잘도 구출해 냈지. 잭 워스의 영화는 쉴 새 없는 액션의 향연이었다.

상상할 수 있는 액션이 무엇이든지, 잭 워스는 그걸 스크린에서 해냈다. 그것도 대개 옷은 최소한만 걸치고 말이다. 케이시는 잭 워스의 열렬한 팬이었다! 그를 직접 만나는 건 일생일대의 소원 중 하나였는데.

나 지금 정신 똑바로 차려야 해, 라고 케이시는 생각했다. 진정해. 헉 소리를 내거나 너무 심하게 쳐다보면 안 돼. 바보처럼 보이면 안 된다고.

하지만 역시 진정할 수가 없었다. 오늘 벌써 두 번이나 남자가 홀딱 벗은 걸 봤으니 말이다. 아니, 지금 잭 워스는 다 벗은 건 아니지만. 어쨌든 끝내주게 잘생긴 남자를 하루에 두 번이나 만나다니. 이건 혹시 나를 굽어 본 천사의 은총일까? 아니면 악마의 농간일까?

케이시는 숨을 깊이 들이쉰 다음 어깨를 쫙 펴고 다시 문을 향해 다가갔다.

그런데 그 순간, 잭이 입을 열었다. 그의 목소리는 어쩐지 케이시 자신의 목소리보다도 더 친숙하게 들렸다. 잭의 목소리는 제임스 본드처럼 매끄럽지 않았다. 오히려 낮고 걸걸하다 할 정도로 거칠었다. 어쩐지 위험하게 들린다고나 할까.

케이시는 다시 벽에 몸을 붙였다. 정말로 잭 워스의 목소리가 저렇구나! 음향 보정을 한 게 아니었어. 진짜였던 거야.

"왜 그렇게 기분이 안 좋아?"

주방으로 걸어가는 잭의 목소리가 서서히 멀어졌다.

"키트가 게스트하우스에 어떤 여자를 살게 했어."

케이시는 숨을 죽인 채로 경직했다. 이제 자신의 운명에 대해서 듣게 될 참이었다. 그러자 잭은 다시 아침 식사용 탁자로 돌아오며 말했다.

"그럼 잘된 거지. 네가 없는 동안 여기를 돌볼 사람이 필요했잖아. 야, 그런데 냉장고 텅 비었다."

"요리사를 집에 두고 오면 이런 일이 생기지."

"어디 배달 시켜먹을 데도 없나?"

"아직 날도 밝지 않았는 데다 이런 버지니아 깡촌에서? 꿈 깨라. 커피 있으니까 그거나 마시든지."

테이트가 이렇게 말하자 잭은 탁자 위에 있는 포트에서 커피를 따라 마셨다.

"좋은데. 누가 만들었어?"

그러더니 잭은 테이트를 슬쩍 보았다.

"오늘은 뭐 하냐?"

"커피는 내가 내렸어. 키트가 날 글쎄……."

이렇게 말하며 고개를 든 테이트의 눈빛엔 절망이 서려 있었다.

"연극에 출연시킬 작정이야. 심지어 커다란 건물을 사서 무대를 만들고 있어."

잠시 말을 멈춘 그는 이내 설명을 계속했다.

"처음으로 올릴 작품은 〈오만과 편견〉이래. 그래서 날더러 오늘 엘리자베스 역에 지원하는 여자들이랑 대사 좀 맞춰 달라는 거야."

그러자 잭이 웃었다.

"그야 콜린 퍼스를 '영원한 다아시' 왕좌에서 몰아낼 수 있는 유일한 배우가 너라서 그렇겠지. 엘리자베스, 제인 할 거 없이 전부 너한테 빠질 거야."

"그럴지도. 키트는 이 지역 경제를 살려볼 마음으로 연극을 하는 거래. 호숫가에 집 있는 사람들을 여기로 끌고 오고 싶어서라나. 들어 보니까 이곳 사람들은 리치몬드까지 가서 쇼핑을 한대. 그래서 지역 경제가 망한다고. 게다가 연극의 수익금은 기부를 한다고 해서 거절할 수가 없었어."

바깥에 서 있던 케이시는 순간 깨달았다. 나, 지금 또 남을 몰래 엿보고 있잖아. 오늘 나 왜 이러지? 그래서 집으로 도로 돌아가려던 찰나, 잭이 이렇게 말했다.

"오디션 보는 데서 밥도 주겠지?"

"그래. 그리고 보니까 게스트하우스에 있는 여자가 음식 준비하는 것 같더라."

케이시는 이제 그냥 갈 수가 없게 되었다. 하늘로 날아갈 수가 있다 하더라도 이건 들어야만 했다. 도저히 발걸음이 떨어지지 않았으니까.

잭은 투덜댔다.

"대체 무슨 일이야? 평소의 너는 어디 가고, 지금은 꼭 네가 연기하는 캐릭터 같잖아? 누굴 칼로 찔러 죽이고 싶은 얼굴이야."

"그 여자가 날 몰래 훔쳐봤어."

케이시는 심장이 목에 탁 걸리는 기분이었다.

"아, 그거 심한데……. 그 여자 어디 수풀 속에 숨어 있었어? 카메라는 뺏었고?"

"수풀 속은 아니었어. 숨어 있지도 않았고. 사진을 찍은 것 같지는 않아. 하지만 내가 샤워하고 있는 걸 몰래 본 것 같아."

잭은 너무 놀라 숨을 턱 들이쉬었다.

"그럼 이 집에 숨어들었다고? 경찰을 불러야겠어. 그런 짓을……."

"그게 아냐! 그 여자는 자기가 살고 있는 게스트하우스에 있었는데, 내가 그 베란다에서 샤워를 했어. 키트가 그 집에 누가 산다고 미리 말해줬더라면 거기서 샤워 안 했지."

잭은 잠시 아무 말이 없더니 다시 입을 열었다.

"그러면 집세 꼬박꼬박 내고 사는 여자가 자기 집에 있다가 베란다에서 홀딱 벗고 사워하는 너를 봤다는 거 아냐? 그럼 그쪽이 잘못한 건 없잖아?"

그 말에 케이시의 심장이 제자리를 찾아갔다. 날 대신해서 싸워 주는 사람이 있구나! 사랑해요, 잭 워스!

"그냥 그 여자 태도 때문에 짜증이 난 거야. 그뿐이야. 그건 그렇고,

가서 옷 좀 챙겨 입어. 나랑 같이 나가자."

"그래서 마을 연극을 하자고? 됐네요. 난 내일 다시 로스앤젤레스로 갈까 생각 중이야. 시골 생활의 재미는 벌써 다 누렸어. 냉장고가 텅텅 빈 것도 아주 맘에 안 들어."

"너 안이해졌구나. 하긴 나도 너랑 같이 로스앤젤레스로 가야 하지 않을까 싶다. 이 망할 놈의 오디션만 마치고 말이야."

"그건 그렇고, 그 여자는 어때? 몇 살이야?"

케이시는 또 숨을 들이켰다. 뭐라고 말하려나? '머리카락에 잼이 묻기는 했지만 예쁘던데'라고 해 줄까? 그럼 좋겠는데.

"20대 후반 정도. 아동용 파자마를 입고 있었어. 어떤 여자인지 알겠지? 난 너무 화가 나서 사실 얼굴을 제대로 못 봤어."

"아동용 파자마를 입은 아가씨라…… 좋은데. 그리고 요리를 한다고 했지?"

"그게 요리한 흔적이 아니라면 주방을 개판으로 만드는 솜씨가 보통이 아닌 거겠지. 사방에 프라이팬이며 대접이 널려 있었으니까. 빵도 있었어. 빵 냄새가 나는 걸 보니까 직접 굽는 것 같더라고."

그러자 잭이 신음을 흘렸다.

"나 그 여자 좋아질 것 같다. 파자마를 입고 빵을 굽는다니. 게스트하우스는 어디야? 그 여자 예뻐?"

"그럭저럭. 눈은 괜찮았지만, 별 매력 없었어."

순간 케이시는 다시 기분이 상했다. 남의 대화를 기웃거리며 엿들은 대가가 이거구나. 그래, 여기서 살을 몇 킬로그램 더 빼면 참 좋겠다는 거 알아. 하지만 세상에는 나같이 통통한 여자를 좋아하는 남자도 있다고. 남을 깔보기나 하는 영화배우 분께서는 안타깝게도 그런

취향이 아니시군. 아까 잭도 말했지만, 내 집에 내가 있었던 걸 가지고 화를 내는 법이 대체 어디 있냐고. 아, 소위 잘나가는 연예인 님이시니 맘대로 굴어도 된다 이거냐!

케이시는 이제 벽에서 휙 돌아섰다. 계단에다 음식을 두고 갈까 생각 해 보았지만 그냥 들고 와 버렸다. 남을 저렇게 깔보는 테이트 랜더스 같은 사람은 분명히 이 음식을 갖다 버릴 테니까. 그렇게 잘나고 어마어마하신 분께는 이런 음식이 성에도 안 찰 테지.

친구를 향해 눈살을 찌푸리며 탁자 옆에 서 있던 잭은 바깥에서 무언가가 움직이는 광경을 보았다. 그래서 문으로 가서 바깥을 내다보았다.

젊은 여자가 뭔가를 담은 커다란 통을 들고 빠른 걸음으로 멀어지고 있었다. 걷는 모습을 보니 그녀는 기분이 좋지 않은 듯했다. 잭은 청바지와 티셔츠를 입은 여자의 몸매가 마음에 들었다. 둥그렇게 곡선이 잡힌 뒷모습에다, 살짝 돌아선 앞모습을 보니 가슴도 꽤 커 보였다. 보통 체형의 건강한 여자를 봐서 잭은 기분이 좋았다. 같이 일했던 요즘 뜨는 신인 배우들은 상당수가 보기 싫을 정도로 말랐으니까. 하지만 카메라로 찍으면 살이 불어 보이기 때문에, 여배우들은 언제나 아주 말라야 한다는 압박에 시달렸다.

뒤로 질끈 묶은 검은 빛 도는 빨간 머리가 꼬리처럼 휙휙 흔들렸다. 이른 아침 떠오르는 태양빛에 그 머리칼이 반짝거렸다. 여자의 얼굴은 보지 못했지만, 지금 본 모습의 반만이라도 얼굴이 예쁘다면 좋을 것 같았다. 잭은 어쨌든 그 게스트하우스라는 곳에 가봐야겠다고 생각했다.

다시 돌아보자 테이트가 커피 잔을 노려보고 있는 모습이 눈에 들어왔다. 애는 대체 왜 이러는 거야? 대중에게 테이트는 사생활을 굉장히 중시하는 배우로 알려져 있다. 어딘가 참석할 일이 있으면, 그는 보통 여동생과 동행했다.

하지만 친구들과 함께 있을 때의 테이트는 항상 편안한 모습으로 잘 웃는 녀석이다. 잭이 알기로, 테이트는 이곳 서머힐에서 적어도 한 달은 머물 계획이었다. 테이트는 거의 아버지뻘에 가까운 사촌형 키트와 함께 지내는 걸 좋아했다. 아버지 같다는 생각에 사촌형을 그렇게 좋아하는 것일지도 모르지. 그리고 새롭게 알게 된 친척들을 이곳 버지니아의 작은 동네로 이사 오게 했다는 이야기를 하곤 했다. 이제까지는 다 좋았다.

그런데 지금은 어째서 이토록 비참한 꼴로 앉아 있는 건가? 왜 바깥에는 나가지도 않은 거야? 어째서 마을 연극 오디션에 가기 싫다고 하는 거야? 자신을 추종하는 여자들이 떼 지어 깍깍거리는 것도 아주 잘 처리하면서.

잭은 여자가 나무 사이로 사라지는 모습을 지켜보았다.

"머리카락은 무슨 색이었어?"

잭은 굳이 누구의 머리카락인지 정확히 말하지 않았다.

"빨간색이었던 것 같은데. 자연산 빨간 머리 같았어."

"그래? 또 자연산인 건 뭐였어?"

그러자 인상을 쓰고 있던 테이트가 살짝 미소를 지었다.

"나한테 나가라면서 삿대질을 하는 모습을 보니, 가슴도 자연산인 것 같더라."

잭은 눈썹을 슬쩍 들어올렸다.

"그 여자 파자마는 어떤 거였어?"

그러자 테이트의 미소가 더 커졌다.

"아주 얇은 천에 단추도 다 안 채웠더라고. 그리고 침대에서 바로 일어나서 주름 투성이었지. 아래에는 아무것도 안 입고 있었어."

잭은 웃음을 애써 참으려고 노력했다.

"너 정말로 내일 여기 뜨고 싶은 거 맞아?"

테이트는 활짝 웃었다. 친구에게만 보여 주는 웃음이었다.

"가서 옷 입고 와. 나 대본 읽어야 해. 키트는 점심 후에나 나를 찾을 테니까."

"그럼 오디션장에서 보자."

잭은 위층에 있는 침실로 올라가면서 키득거렸다.

"매력을 못 느꼈다고? 뻥치시네."

빙리, 다아시를 변호하다

Bingley defends Darcy

"안녕하세요."

케이시의 오두막 문밖에서 잭이 인사했다.

지금 케이시는 무대로 변신 중인 낡은 창고로 배달할 상자와 아이스박스에 음식을 담고 있던 참이었다. 그녀가 힘을 너무 많이 주는 바람에 강화 유리 접시를 그만 깨먹을 뻔했다.

"안녕하세요."

이번에는 문틀을 두드리면서 잭은 더 큰소리로 말했다.

케이시는 화들짝 놀랐다.

"아, 죄송해요. 제가…… 당신은…….."

그녀의 눈이 동그래졌다.

"들어가도 될까요?"

"그럼요. 하지만 안이 엉망인데."

"이렇게 좋은 냄새가 나는데 엉망일리가요. 내겐 정말 멋진 곳인데요."

"제가 지금요…….."

케이시는 말을 하려다가 그만두었다. 잭 워스잖아. 완전 좋아하는 영화배우가 지금 자신의 주방에 서 있다. 그를 보자 처음 든 생각은 이 사람을 실제 크기로 보다니 참 이상하다는 것이었다. 잘생겼네. 하지만 보통 사람 맞잖아. 순간, 케이시는 자신이 뭘 제일 잘하는지 깨달았다. 바로 배고픈 사람 밥 주는 거다.

"뭣 좀 드실래요?"

"좋죠."

그가 대답했다. 그래서 몇 분 후 잭은 아일랜드 식탁의 한쪽 끝에 앉아서 거한 상차림을 받았다. 케이시는 음식 통을 죄다 열고 그걸 조금씩 덜어내어 잭 앞에 놓았다. 그리고 고구마 샐러드를 따뜻하게 데운 다음 그 위에 계란 프라이도 얹어 주었다.

"대단한데요."

잭은 메이플 시럽 호두 머핀을 먹으면서 뚜껑에 빨갛고 하얀 체크 무늬 천을 씌워 놓은 수제 잼 병이 줄지어 진열된 주방을 둘러보았다. 한쪽 벽에는 지름이 약 10센티미터 크기인 것부터 사람 수십 명은 먹일 수 있을 만큼 엄청 큰 크기까지 다양한 냄비가 걸려 있었다. 바깥으로 통하는 두 개의 커다란 문 사이에는 3단짜리 가로가 좁은 책꽂이가 있었는데, 거기엔 요리책과 서류들, 종이 상자들로 가득했다. 커다란 스테인리스스틸 스토브 곁에는 선반이 있었는데, 그 위로 갖가지 빛깔의 기름병이 보였다. 대부분 안에 허브와 후추를 넣은 병들이었다.

"진짜예요. 이곳은 어디 하나 대단하지 않은 구석이 없네요."

케이시는 그 칭찬을 듣고 미소를 지었다. 오늘 잭 워스를 만날 거라고 누가 귀띔이라도 해줬다면, 그 순간 자신은 사랑에 빠진 팬으로 돌변해 버렸을 것이다. 하지만 지금 그가 예상치 못하게 여기 나타나 자기 음식을 먹고 있는 걸 보니 남동생이 있으면 꼭 이럴 것 같다는 느낌이었다.

"먹는 도중에 미안한데요. 난 지금 짐을 싸야 해요."

"그러시죠. 그런데 이거 전부 어떻게 나르려고요?"

"오빠한테 전화해서 트럭을 가져오라고 해야죠."

"차고에 테이트가 모는 커다란 픽업트럭이 있어요. 내가 그걸로 태워다 줄게요."

케이시는 곧바로 그러자고 대답하지 못했다. 잭 워스랑 같이 차를 탄다고? 순간 자동차를 공중에 날리며 운전하던 잭의 스턴트 장면이 머릿속을 휙 지나갔다.

"꼭 네 바퀴 모두 땅에 붙이고 운전할게요. 약속해요."

"음, 당신이 그렇게 차를 몰면 재미없는데."

케이시가 진지하게 말하자 잭이 웃었다.

"알았어요. 그럼 다음에는 지프를 구해 올 테니 어디 산길이라도 달려 보자고요."

"좋아요. 하지만 그 사람, 차 주인한테…… 누가 탈 건지 말하지 않는 게 좋을 거예요. 그러면 못 쓰게 할지도 모르니까요."

케이시는 으깬 캐서롤(오븐에 넣어서 천천히 익혀 만드는 찜 요리의 일종)을 퍼서 아이스박스에 담으며 말했다. 그러자 잭은 솔트 캐러멜을 씌운 사과 머핀을 베어 물며 대답했다.

"첫인상이 안 좋았나보죠?"

"막 성질내는 사람을 좋아한다면 괜찮았을 수도 있었겠죠."

잭은 머핀을 손에 들고 바라보았다.

"이거 진짜 맛있네요! 어쨌든 테이트가 성격이 원래 그렇지는 않아요. 영화에서는 언제나 화내고 우울한 남자를 연기하지만 실제로는 아니에요. 내 영화에선 내가 차를 미친 듯이 몰면 상대 배우는 그걸로 행복해 하죠. 하지만 테이트는 여자를 행복하게 해주려면 어떻게 해야 하나? 우울해 하면 되나?"

"그게 무슨 말이에요? 아니, 잠깐만요. 내가 맞춰볼게요. 내 친구가 항상 말했었거든요. 테이트 랜더스가 그냥 쳐다만 봐도 여자들은 옷을 막 벗는다고요. 그런데 나는 아니었어요. 그 사람은 날 무슨 신발 속에 들어간 돌멩이 보듯 봤단 말이에요."

"그건 진짜 테이트답지 않은 행동인데요."

케이시는 손을 저었다.

"왜 우리가 자꾸 그 사람 이야기만 하죠? 당신 이야기를 하고 싶어요. 당신이 찍은 마지막 영화에서 제일 좋았던 장면은 설상차에서 뛰어내려서 여자를 확 잡았던 순간이었어요. 그 장면만 DVD로 몇 번이나 돌려 봤거든요. 다음 영화는 어떤 영화예요?"

"9월에 새로 들어가는 영화에서는 철부지 부자 도련님을 납치범한테서 구하는 역할을 맡았어요. 탈출하는 과정에서 그 아이를 철들게 만들죠. 그건 그렇고, 당신은 키트의 연극에서 무슨 역에 지원해요?"

"지원 안 해요. 나는 배우가 아니거든요. 그냥 요리나 좀 하는 사람이죠."

"지금 먹은 아침은 '그냥 요리나' 하는 정도가 아닌데요. 들어 봐요, 이 정도 재능이라면 내가 로스앤젤레스에 좋은 자리를 얻어 줄 수 있는데……"

"고맙지만 사양할게요. 아직은 아니에요."

케이시는 여기서 말을 끊으려 했지만, 그래도 조금 자랑하고픈 마음을 막을 수가 없었다.

"워싱턴에 있는 '크리스티즈'라는 레스토랑 들어본 적 있죠?"

사실 케이시는 알고 있었다. 거기서 일하는 동안 잭이 레스토랑을 방문했다는 이야기를 들었으니까. 하지만 주방을 돌보느라 너무 바빠서 미처 나가 보지도 못했지.

"그럼요, 당연하죠. 거기서 식사한 적도 있는데요. 그 식당 예전에는 좋았는데 지금은 형편없어졌어요. 그런데 갑자기 그 레스토랑 이야기를 꺼내는 거 보니, 이유가 있는 거죠?"

케이시는 굳이 대답하지 않았다. 그저 가볍게 어깨를 으쓱였을 뿐이다. 케이시의 고용주는 학교를 갓 나온 어린 그녀를 곧바로 채용해서, 한때 명성이 자자했던 레스토랑을 재건하는 임무를 전부 떠넘겼다. 어마어마한 문제가 터질 때마다 그는 "넌 할 수 있어. 난 널 믿는다"라는 말만 반복할 뿐이었다. 그런 말을 하면서 정작 자신은 문 밖으로 도망쳐 버렸지.

"거기서 일했다고요? 와, 나 소름 돋았어요."

잭은 마치 주변에 카메라가 있을 때 여자 팬들을 보는 배우의 미소를 케이시에게 지어 주었다.

케이시도 미소를 지어 주었지만 이건 영화 스크린에서 그를 봤을 때와는 다르다는 생각이 들었다. 이 남자는 그저 배고픈 사람일 뿐이고, 잘생기긴 했지만 그렇게 정신을 못 차릴 정도는 아니었다. 실제로 연예인을 보면 화면에서 풍겨 나오는 아우라는 좀 사라지나봐.

케이시는 조리 도구들을 상자에 넣었다.

"난요, 말하자면 안식년을 갖고 있어요. 지금 나는 어디쯤에 있는지, 정말 하고 싶은 게 뭔지 생각해 봐야 할 시기요. 내 이야기는 이쪽에서 끝내죠. 이거 먹어 봐요."

그러면서 케이시는 도넛 홀처럼 생긴 무언가를 잭에게 내밀었다. 하지만 그건 도넛이 아니라 이탈리아식 봄볼리니였다. 안에는 오렌지 술이 살짝 가미된 커스터드 크림이 들어있다. 한입 먹어본 잭이 말했다.

"이거 꿀맛이네요. 지금 막 든 생각인데요, 레스토랑 같은 덴 가지 말고 우리 집에서 매일 밥 해줘요."

"오, 그건 좀 끌리는데요. 그럼 밥 먹여 주는 대신 당신이랑 잘 수도 있나요?"

"자기야, 이렇게만 먹여 준다면 얼마든지 날 가져도 좋아."

두 사람은 서로를 쳐다보며 마구 웃었다. 척 봐도 둘 사이에는 무언가가 일어날 리 없다는 걸 이미 양쪽 다 알고 있었다. 잭이 그렇게 멋있는 미소를 지어 주었건만 케이시는 아무런 감흥이 없었고, 그건 잭도 마찬가지였다. 그들은 좋은 친구로 지낼 운명이었다.

제1막 4장

빙리, 제인을 만나다

Bingley meets Jane

아주 작은 마을 서머힐을 달리는 동안 잭은 한 번도 도로에서 눈을 떼지 않았고 신호도 꼬박꼬박 지켰다. 케이시는 그래서 다행이라고 생각했지만 한편으로는 아쉽기도 했다.

첫 번째 정지 신호에서 멈춰 섰을 때 잭이 말했다.

"난 고등학교 때 빙리를 연기한 적이 있어요. 그게 연기를 하게 된 계기가 됐죠."

잭은 이제껏 운전석에 약간 나른하고도 자신만만한 자세로 떡하니 앉아 있었다. 케이시가 영화에서 익숙하게 봐 왔던 모습이었다. 그런데 갑자기 그의 태도가 확 변했다. 등을 꼿꼿이 세운 잭은 팔과 다리를 딱 붙이고는 〈오만과 편견〉의 등장인물 빙리의 대사를 읊기 시작했다.

"시골에 있을 때 전 언제나 시골을 떠나고 싶은 마음이 없습니다. 또 런던에 있을 때는 런던을 떠나고 싶지 않죠. 둘 다 나름의 장점이 있기 때문에 어디에 있든 똑같이 행복합니다."

"정말 대단하네요. 배우들이 연기할 때 어떻게 완전히 다른 사람이 되는 건지 난 도무지 모르겠어요. 아주 싫어하는 사람과 러브신을 찍어야 할 때는 어떡하나요?"

"〈런어웨이 3〉 봤어요?"

"그럼요. 극중에서 당신이 여자 친구가 갇혀 있는 산으로 낙하산을 타고 뛰어내렸잖아요. 비행기는 그냥 가다가 추락하게 놔두고요. 그래서 정부 요원이 두 사람을 오두막에서 발견했을 때, 그때 요원을 바라보던 당신 표정은 진짜 압권이었다고요. 그땐 정말 그 남자를 쏴 죽이는 줄 알았으니까."

"나 그 여자 아주 싫어해요. 쉴 새 없이 불평만 늘어놓던 애였죠."

"하지만 서로 좋아 죽는 것처럼 보였는데요."

"그게 바로 연기라는 거죠. 그 여자가 했던 말 중에 제일 부드러웠던 말이 뭔지 알아요? 내가 운전을 험하게 해서 자기 머리카락이 다 망가졌다는 불평이었죠."

"하지만 미친놈처럼 운전하는 게 당신 일이잖아요."

"와, 진짜 나랑 같이 일할 생각 없어요? 그런 여자한테 말 좀 해 줘요. 당신이 날 좀 보호해 주면 얼마나 좋을까."

"그렇게 함부로 말하는 걸 내가 들었다면, 난 그 여자가 아침으로 먹는 스무디에 설탕이 엄청나게 함유된 요거트를 넣었을 거예요. 그러면 당분이 다 살로 갈 테니까."

잭은 웃으면서 커다란 주차장에 진입했다. 그들 앞으로 창문이 백 개는 붙은 거대하고 낡은 2층짜리 창고가 보였다. 바깥으로는 열두 어 대 정도의 밴이 보였고, 밴마다 옆쪽으로 전기용품 판매, 목공, 보일러/에어컨 수리, 배관, 타일, 유리 등을 취급하는 상점 이름이 붙어 있었다. 아직 이른 시간이었지만 서로 지시를 내리며 망치와 톱을 다루는 소리가 들려왔다.

케이시는 차에서 내려 트럭 뒤쪽에서 짐을 내리기 시작했다.

"조시!"

그녀가 소리 높여 부르자 청바지와 티셔츠 차림의 잘생긴 젊은 남자가 이쪽으로 와서 케이시의 뺨에 키스했다. 180센티미터가 넘는 커다란 남자의 티셔츠 안으로 가슴 근육이 살짝 보였다.

"나 좀 도와줄 수 있어?"

케이시가 이렇게 묻자, 남자가 대답했다.

"싫어. 먼저 약속한 물건을 내놓으시지."

그러자 케이시는 미소를 지으며 봄볼리니가 든 상자를 열고 조시 쪽으로 내밀었다.

그걸 두어 개 집어 먹은 조시는 트럭 옆에 서 있던 잭을 슬쩍 보았다.

"당신 그 배우랑 진짜 닮았네요. 그러니까……"

"저 사람이 바로 그 배우야, 조시. 이쪽은 잭 워스야. 잭, 이 사람은 우리 오빠 조시예요."

두 남자는 악수를 했다. 조시가 말했다.

"난 케이시의 진짜 오빠는 아닙니다. 얘는 내 동생과 아버지가 같아요. 내 동생은 나와 아버지가 다르죠."

조시는 이렇게 말하며 트럭의 짐칸에서 무거운 아이스박스를 꺼냈다.

"신기한 사이네요."

잭은 아이스박스 위에다 상자를 하나 더 얹은 다음 그걸 한꺼번에 들어올렸다.

그러자 조시는 들고 있던 아이스박스를 내려놓고 그 위에 커다란 캐서롤 접시를 얹은 다음 다시 들어올렸다.

잭이 다시 아이스박스를 내려놓으려는 걸 본 케이시는 그 사이에 끼어들었다.

"자, 쓸데없는 짓 말고 둘 다 어서 가요. 힘자랑 하고 싶으면 나중에 팔씨름이라도 하면 되잖아요."

두 남자는 나란히 서서 창고를 향해 걷기 시작했다. 하지만 조시가 한 발짝 앞서 가자 잭이 그 뒤를 바짝 쫓았다. 그래서 창고 문에 다다를 즈음 둘은 걷는 게 아니라 달리고 있었다.

"둘이서 아주 브로맨스가 넘쳐 나는군."

케이시가 이렇게 중얼대는데, 누군가가 다가왔다.

"도와드릴까요?"

고개를 돌리자, 거기에는 아주 예쁜 중년 부인이 서 있었다. 금발에 푸른 눈을 한 그녀는 날씬하고 몸매가 좋았다.

"도와주시면 좋죠. 저기 있는 남자들도 놀고 있으니까 좀 시켜볼까요."

케이시는 밴 쪽으로 돌아섰다. 밴은 문이 전부 열려 있어서 안에 든 도구와 물품이 보였다. 밴 옆에는 남자들이 몇 있었다. 그녀는 크게 소리를 질렀다.

"저기요, 여기 음식이 왔거든요. 저 안에 이걸 차리는 대로 드실 수 있으니까 와서 좀 도와주세요."

그러자 순식간에 트럭 앞으로 여섯 명의 남자들이 다가오더니 음식 상자를 들고 안으로 들어갔다. 부인은 웃으며 말했다.

"나는 올리비아라고 해요. 상 차리는 걸 도와줄게요."

"저는 케이시예요. 고맙습니다."

두 사람은 열려 있는 창고 문 쪽으로 걷기 시작했다. 케이시가 물었다.

"오디션 보러 오셨나요?"

"아뇨. 나는 서머힐에서 태어나서 쭉 여기서 살았어요. 오늘은 며느리인 힐디 때문에 왔어요. 그 애가 제인 역으로 오디션을 보거든요."

케이시가 말했다.

"그거 좋네요. 저는 여기 있는 여자들이 전부 엘리자베스 역을 탐낼 거라고 생각했는데."

"힐디는 자기 외모가 제인 역에 딱이라고 생각하고 있어요."

"뭐라고요?"

케이시는 언뜻 이해가 되지 않아 되물었지만, 이내 이야기를 이었다.

"아, 그렇구나. 알겠어요. 극중 제인은 아주 예쁜 여자죠. 그럼 며느리 분에게는 잘됐네요."

케이시는 창고를 슬쩍 보았다.

"키트가 이 건물을 산 다음에는 여기 와 본 적이 없어요. 전엔 유리창이 반 넘게 깨져 있는 데다 안에는 쓰레기로 가득했는데. 모두 싹 치웠나보네요."

"안에 들어가 보면 놀랄 거예요."

두 사람은 활짝 열린 채 인부들과 연장 소리를 시끄럽게 내보내는 문으로 다가갔다. 곧이어 케이시의 입이 딱 벌어졌다. 창고는 지금 리모델링 마지막 단계였다. 안으로 천장이 높게 펼쳐졌다. 한쪽 끝에는 무대가 있고, 가운데는 층층이 높아지는 관객석이 보였다. 뒤쪽에 막아놓은 공간은 티켓 판매처였다. 특히 놀라웠던 점은 벽의 상당 부분을 뜯고 유리문으로 대체한 모습이었다. 이 건물을 키트가 샀을 때, 마당에 버려진 기계들 사이로 잡초가 어마어마하게 자라 있던 걸 케이시는 기억하고 있었다. 그런데 그것들이 싹 없어지고 정원이 생겼다. 케이시는 공사용 크레인이 인부 두 명의 지휘에 맞춰 5미터 가량 되는 너도밤나무를 커다랗게 판 흙구덩이에 내리는 모습을 바라보았다.

"우와, 대단한걸."

이 말밖에 할 수가 없었다. 그러자 익숙한 저음의 목소리가 들려왔다.

"고맙군. 마음에 든다는 칭찬으로 생각하마."

케이시는 얼굴을 내밀어 키트의 볼 키스를 인사로 받았다. 키가 크고 우아한 남자의 얼굴에 내려앉은 숱 많은 은발이 마치 사자의 갈기처럼 보였다.

"여기 정말 아름답네요."

"오늘 아침에 좀 황당한 일이 있었다면서? 문제는 네가 진짜 봤느냐, 안 봤느냐인 것 같던데."

그런데 이 말을 하는 키트의 눈길이 정작 케이시를 향해 있지 않았다. 케이시가 물었다.

"이쪽은 올리비아예요. 아는 사이인가요? 엘프 대모님처럼 되게 예쁜 분이죠? 이분에게 소원을 빌어보세요. 혹시 들어줄지도 모르잖아요."

키트는 기분 좋게 들리는 낮은 목소리로 웃었다.

하지만 케이시가 던진 농담을 듣고 웃는 그 순간에도 키트는 올리비아에게서 눈을 떼지 않았다. 그런데 올리비아는 정원에 있는 남자들만 뚫어져라 바라보고 있을 뿐이었다. 케이시는 두 사람을 번갈아 보았다.

"올리비아는 내가 음식 세팅하는 걸 도와주신대요. 이 분 며느리가 오늘 제인 역 오디션을 본대서요."

그제야 키트는 올리비아에게서 눈을 떼고는 손에 쥔 노트를 바라보았다.

"그럼 당신은 무슨 역 오디션을 봅니까?"

하지만 올리비아는 단호하게 말했다.

"안 봐요. 나는 혹시 며느리를 도울 일이 있을까 해서 온 것뿐이에요."

커다란 유리문 근처에 탁자가 차려졌다. 상자와 아이스박스는 그 옆에 두었다. 벌써 남자 셋이 근처에 서서 음식이 차려지기를 기다리고 있었다.

"저는 그럼 일하러 가봐야겠어요."

케이시는 탁자로 향했고 올리비아도 그 뒤를 따라갔다.

두 사람은 손발이 척척 맞았다. 굳이 말하지 않아도 서로에게 뭐가 필요한지 알았다. 몇 분 되지 않아 커다란 탁자 위로 흰 종이가 깔린 다음 아침이 차려졌다. 키트가 지역 빵집에서 패스트리를 수십 개나 주문했기 때문에, 케이시가 준비한 음식은 대부분 점심을 위해 남겨둬야 할 정도였다.

일하는 동안 커다란 창고가 서서히 사람들로 북적이기 시작했다. 다들 손에 대본을 들고 있었다. 겨울 동안 키트가 케이시와 그녀의 이복 자매인 스테이시의 도움을 받아 쓴 글이었다. 키트는 〈오만과 편견〉을 대본으로 바꾸는 게 무지하게 어렵다며 불평하곤 했다.

"제인 오스틴은 중요한 대화를 전부 생략해 버렸어. 그래서 지금 대본을 다시 만들어야 한다고."

흠 잡을 데 없는 제인 오스틴의 작품을 그런 식으로 말하다니, 케이시는 동의할 수 없다며 못마땅한 신음을 내었다. "여길 보라고. 이 책의 주요 장면은 전부 간접적으로 나타날 뿐이잖아. 엘리자베스는 다아시가 청혼을 했을 때 뭐라고 했는지 설명이 하나도 없어. 그냥 자신을 모욕했다고만 했지. 어떻게 모욕했는데? 정확히 뭐라고 했기에? 이 작가는 이런 점을 지적해 줄 편집자도 없었나?"

케이시와 스테이시는 키트의 불평을 듣고 웃어넘겼지만, 키트가 대본을 다시 쓸 때마다 대사를 큰소리로 일일이 읽어 봐줘야 했다. 그러다보니 결국 둘은 모든 사람의 대사를 전부 외울 지경이 되었다.

그 기억에 빙그레 미소를 짓던 케이시는 커다란 단지를 들고 머그잔을 채우기 시작했다. 올리비아는 도넛 상자를 몇 개 더 열었다. 이윽고 탁자 주위로 인부들이 모여들어 커피와 빵을 먹기 시작했다. 그들은 떠날 생각이 없어 보였다.

"지금 같아서는 누가 빵집에 가서 빵을 더 사와야겠는데요. 저 좀 샘나요. 이 도넛에 뭘 넣었기에 이렇게 인기가 좋은 거죠?"

그러자 올리비아가 대답했다.

"도넛 때문이 아니에요. 리디아 역 여자 지원자들이 모여 있어서 그런 거죠. 그리고 그녀들은 위캄 역 배우 때문에 모인 거고요. 저 쪽을 봐요."

바깥 문 옆에 차려 놓은 탁자에서 이름표와 배지를 나누어주고 있었다. 배지는 〈오만과 편견〉의 지원 배역을 보여 주는 것이었는데 여자들은 네 명 중 한 명이 리디아였다.

"이게 어떻게 된 일이죠? 주인공 역할 경쟁이 제일 치열할 줄 알았는데요."

올리비아는 무대 쪽으로 고갯짓을 했다. 무대 중앙에 키트와 이야기하고 있는 아주 잘생긴 남자가 보였다. 진한 갈색 머리에 탄탄한 어깨, 메리톤 지역 장교를 나타내는 빨간 군복을 차려 입은 남자였다.

"여기 미남 하나 추가요!"

케이시가 나지막이 속삭이자 올리비아가 물었다.

"뭐가 추가라고요?"

"미남이요. 오늘 아주 눈이 호강하네요. 저는 오늘 미남 탐지 레이더가 된 기분이에요."

"야, 케이시! 너는 리디아 안 하나?"

조시가 단상 위에서 소리를 질렀다.

"안 해. 하지만 오빠가 위캄 역에 지원해야 하지 않을까?"

그러자 조시를 멍하니 바라보며 새침하게 눈웃음을 짓던 열두어 명의 여자들이 반수 이상 탄성을 질렀다.

"너 언젠가 내가 복수할 거야."

조시는 씩 웃으면서 다시 벽에 달라붙어 여자들에게 등을 돌렸다.

그러자 리디아 역에 지원한 여자들 중 여덟 명이 케이시에게 급히 달려왔다.

"조시가 정말로 연극에 나올까요?"

"그럼 조시는 누구랑 오디션을 보나요?"

"조시도 군복을 입어요?"

케이시가 말했다.

"전 몰라요. 근데 아닐걸요. 절대 그럴 리가 없죠. 그건 그렇고, 여기 800칼로리나 되는 도넛이 있는데, 드실 분?"

그러자 모두 물러가고 그 자리에 단 한 명만이 남았다. 그녀 역시 가슴에 '리디아' 역 지원 배지를 달고 있었지만 다른 여자들과는 달라 보였다. 모두들 어느 가게 개업식 행사라도 가는 것처럼 화장을 심하게 한 얼굴이었지만 이 아가씨는 청순했고, 예쁘장한 금발에다 호리호리

하고 키가 컸다. 줄곧 고개를 숙인 모습이 케이시와 눈을 마주치기가 부끄러운 듯했다. 그녀는 도넛과 오렌지 주스를 집어 들고는 한쪽 구석에 가서 앉아 〈오만과 편견〉 대본을 폈다.

"저 아가씨 정말 예쁘죠?"

올리비아 역시 케이시와 똑같은 눈으로 그녀 쪽을 슬쩍 바라보았다. 케이시는 올리비아에게 혹시 무슨 사연이 있는 걸까 알아내고픈 마음에 막 질문을 던질 참이었는데, 그때 마침 잭이 탁자로 다가왔다. 케이시가 말을 걸었다.

"어디 갔었어요? 누가 사인이라도 해 달라고 할까봐 숨어 있었나요?"

그러자 잭이 말했다.

"사인은 무슨. 진짜 예쁜 애들은 저 군복 입은 놈을 따라다니고 있다고요."

잭은 무대 쪽으로 고개를 돌렸다. 거기에는 아까 그 빨간 군복을 입은 남자가 관객석 앞줄에 앉은 여자들을 응시하고 있었다. 그녀들은 모두 리디아 역 지원자들이었다. 케이시는 잭 쪽으로 몸을 숙이며 말했다.

"당신 좀 불쌍한데요. 하지만 뭐 하나 말해 줄까요? 방금 놀란 목사님 차가 주차장에 들어왔어요."

"그게 무슨 소리에요?"

케이시는 잭 뒤로 가서 그의 어깨에 손을 얹고서는 바깥 문 쪽으로 몸을 틀었다.

"저 문을 잘 보고 있어요. 그럼 무슨 뜻인지 알게 될 거예요."

그리고 케이시는 다시 탁자 쪽으로 돌아섰다. 올리비아가 말했다.

"그렇다면 지젤 놀란도 오디션에 온다는 뜻이군요. 그 아가씨는 엘리자베스 역에 지원하나요? 아니면 제인?"

"죄송하지만 제인 역을 할 거래요."

케이시가 이렇게 말하자 올리비아가 대답했다.

"아, 그럼 힐디는 안 되겠네요."

잭은 문 쪽을 보았지만 아무것도 나타나지 않았다. 그래서 고개를 돌리려는 순간, 믿을 수 없을 정도로 아름다운 여자가 안으로 걸어 들어오는 것이 보였다. 그녀는 몇 발자국 들어와 걸음을 멈추고는 사방을 둘러보았다. 열린 문으로 빛이 찬란하게 쏟아져 후광이 되어 주었고, 산들바람에 그 길고 숱 많은 머리카락이 부드럽게 나부꼈다. 늘씬하고 키가 큰 데다 가슴도 아주 풍만해서 몸매는 더할 나위 없었다. 가느다란 허리, 멋진 곡선을 이루는 엉덩이에다 다리도 무척 길었다. 하지만 그 몸매도 그녀의 얼굴에 비하면 아무것도 아니었다. 그녀는 동화 속에 나오는 공주님 같았다. 금발에 사파이어처럼 빛나는 눈동자, 그리고 분홍빛 입술까지 완벽한 얼굴이었다.

뛰어나게 아름다운 젊은 여배우들을 많이 보아 왔던 잭이지만, 그도 입을 열지 못하고 그 모습을 멍하니 바라볼 뿐이었다. 그런데 케이시가 큰소리로 말했다.

"이런, 지젤 쟤는 오늘 화장도 안 하고 왔네. 화장하고 왔으면 진짜 예뻤을 텐데……."

그러자 잭은 믿을 수 없다는 눈으로 케이시를 돌아보더니 피식 웃으며 말했다.

"그거 이 동네 농담이에요? 저것보다 더 예쁠 수 있다고요?"

케이시는 미소를 지었다.

"네, 맞아요. 이 동네 농담이죠. 지젤이랑 이야기해 보고 싶다면 빨리 가 봐요. 안 그럼 기회도 없을 테니까."

벌써 젊은 인부들 세 명이 망치를 내려놓고 그녀 쪽으로 다가가고 있었다. 잭은 몇 걸음 만에 지젤에게로 도착했다. 올리비아는 살짝 얼굴을 찡그렸다.

"저 사람은 영화배우잖아요. 곧 이곳을 떠날 거예요. 놀란 목사님이 마음에 들어할 리 없어요."

"저는 솔직히 다른 꿍꿍이가 있거든요. 잭은 고등학교 때 빙리 역할을 했었대요. 그리고 가을까지는 촬영 스케줄이 없어요. 그러니까 여기에 머물러 주면서 우리 마을 연극에 참여한다면, 분명 공연은 매진될 거예요. 수익금은 전부 자선 단체에 기부할 테니까……."

그러자 올리비아는 미소를 지었다.

"그러니까 지젤을 미끼로 삼아서 저 배우를 낚는다 이거군요?"

"정답이에요. 대의를 위해서라면 언제나 희생이 필요한 법이니까요."

올리비아는 웃었다.

"어쨌든 지젤은 신경 쓰지 않겠지요. 하지만 당신과 잭, 상당히 친해 보이던데, 그럼 본인이 스스로 미끼가 되지 그랬어요?"

"나는 스크린에 나온 잭은 정말 좋아하지만 직접 만나 보니까 어쩐지 그만큼 좋지는 않네요. 솔직히 말하자면, 지금 무대에 선 저 남자한테 흥미가 있어요. 여기 사람은 아니잖아요. 그러니 내가 연극에 지원한다면, 리디아를 하겠어요. 어때요, 저 리디아처럼 열다섯 살로 보이나요?"

"나는 당신이 엘리자베스를 해야 한다고 생각해요. 그런데 다아시 역은 누가 맡나요?"

케이시는 목소리를 낮추었다.

"조시는 모르고 있지만, 키트는 조시한테 억지로라도 다아시 배역을 맡기고 싶어 해요."

"그럼 조시는 자신에게 닥칠 운명을 모르는 건가요?"

"몰라요. 하지만 내가 서머힐에서 살면서 배운 게 있다면요, 저기 계시는 크리스토퍼 '키트' 몽고메리 씨께서는 하고 싶은 건 꼭 한다는 거예요. 이 창고 주인도 처음에는 여기를 절대로 안 판다고 했거든요."

케이시는 손을 휘저으며 말을 이었다.

"그런데 보세요. 여기가 어떻게 변했는지……. 뭐, 그러니까 내가 엘리자베스를 연기한다면, 우리 오빠랑 사랑에 빠진 척 해야 한다고요. 으, 징그러!"

올리비아는 미소를 지었다.

"무슨 말인지 알겠어요. 리디아를 맡기에는 너무 나이가 많고, 엘리자베스는 안 되고, 제인은……."

"제인은 지젤이 맡게 되겠죠."

케이시는 문가를 고갯짓으로 가리켰다. 잭과 지젤이 서로 이야기를 나누고 있었다. 둘은 아주 근사한 한 쌍이었다. 지젤도 키가 컸지만, 잭은 그보다 더 컸다. 그녀의 아름다운 외모는 잭의 터프하고 잘생긴 모습과 잘 맞았다.

"케이시, 네가 날 도와주고 있구나."

키트가 그들의 뒤에서 불쑥 말을 걸었다. 케이시는 키트의 말이 무슨 뜻인지 단번에 알아차렸다.

"잭이 9월까지 영화 촬영이 없다는 건 분명히 아실 테고, 잭이 고등학교 때 빙리를 연기했다는 것도 어쩌면 이미 알고 있으시겠죠? 그러면…… 다른 쪽 남자분도 그러겠대요?"

키트의 눈이 휘둥그레졌다.

"너 지금 내 사촌동생인 테이트를 보고 '다른 쪽 남자분'이라고 한 거야?"

케이시는 어깨를 으쓱였다.

"제가 무슨 못할 말을 했나요."

키트는 놀랍다는 어조로 말했다.

"걔는 만인의 연인인 줄 알았는데."

"저한테는 아니거든요. 뭐 좀 드실래요? 좋아하시는 오렌지 크레페도 있어요."

"지금은 먹을 시간이 없어. 하지만 내 것 좀 남겨 놔."

그러더니 키트는 케이시를 지그시 바라보았다. 마치 뭔가를 알아내려고 하는 표정이었다.

"그래서 잭이 이 연극에 참여하도록 만들 작정인가요?"

"나한테 와서 제발 이 역 좀 달라고 빌 때까지 기다릴 작정이지."

키트는 올리비아를 바라보더니 목소리를 낮추고는 그녀에게 직접 말했다.

"예전에는 엘리자베스였지만, 지금은 베넷 부인이 되겠군요."

그는 이 말을 남기고 돌아서서 떠났다.

"방금 뭐였어요?"

올리비아의 얼굴이 빨개진 게 보였다.

"아무것도 아니에요. 내가 가서 빵 좀 더 사 올까요? 아니면 점심에 먹을 컵케이크를 사는 게 나으려나?"

"더 필요한지 알아보려면 좀 기다려 봐야 할 거 같아요."

케이시는 올리비아를 뚫어져라 바라보았지만, 올리비아는 눈을 마주치지 않았다.

"키트 말은 혹시, 올리비아가 베넷 부인을 해야 한다는 뜻이었을
까요?"

"모르겠어요."

올리비아는 그저 음식 그릇을 정리하는 데 신경 쓸 뿐이었다.

남자 셋이 탁자로 와서 커피와 도넛을 달라고 했다. 그들의 대화는
"이러는 게 어덯어?", "저 놈은 왜 잘난 척이야?", "할리우드에서 일하
면 거기에나 있을 것이지"라는 말들뿐이었다. 남자들이 떠나자 케이
시와 올리비아는 쿡쿡 웃음을 터뜨렸다.

잭과 지젤은 이제 문가에서 나왔지만 여전히 이야기를 나누는 중이
었다. 그러다 케이시와 눈이 마주친 잭은 잠깐 지젤을 두고서 탁자로
다가왔다.

"이거 좀 더 있으면……."

잭은 말꼬리를 흐리면서 지젤 쪽을 슬쩍 바라보다가, 다시 케이시
에게로 시선을 돌렸다.

"저 아가씨 정말 똑똑하고 재미있네요. 그리고 또 얼마나 유리처럼
섬세한지 몰라. 저런 여자는 한 번도 만나 본 적 없어요."

케이시는 올리비아를 슬쩍 바라보다가 잭을 마주보았다.

"있죠, 잭. 우리 만난 지는 진짜 얼마 되지 않았지만 그래도 이 말만
은 믿어 줘요. 지젤은 있죠, 절대로 유리처럼 섬세한 애는 아니에요."

하지만 잭은 그 말을 듣는 것 같지 않았다.

"저분은 제인 역에 지원한다는군요. 당연히 합격하겠죠."

그러더니 주저하면서 말했다.

"그래서 난 빙리 역에 지원할까 생각 중이에요."

"그거 좋은 생각이네요. 키트한테 물어봤어요?"

"네. 하지만 시큰둥하던데요. 할리우드에서 누가 부르면 비행기 타고 가버리는 거 아니냐고, 그러면 연극이 펑크난다고요. 하지만 나는 9월까지는 일이 없고, 테이트네 집에서 머물면 되니까."

그러더니 잭은 케이시에게 애원하는 눈길을 보냈다.

"나 밥 줄 거죠? 반짝반짝 빛나는 냉장고에 음식 빵빵하게 채워 줄 거죠?"

케이시는 최대한 순진한 표정으로 연기를 했다.

"그럴게요. 키트를 설득해 보세요. 그럼 해 줄 테니까. 아! 좋은 생각이 떠올랐어요. 이러면 되겠다. 혹시 할리우드 유명 연예인들 중에 친한 사람이 있으면, 그 사람들한테 이 연극을 홍보해 달라고 해보세요. 무료로 홍보를 따오겠다고 키트한테 말해 보라고요. 어차피 이 연극 수익금은 기부할 거니까요."

"그거 정말 좋은 생각인데요. 전화 몇 통 하면 될 거예요. 잘되길 빌어줘요."

"키트는 분명히 당신에게 그 역할을 줄 거예요. 감이 딱 오는데요."

그 말에 잭은 미소를 지으며 다시 지젤이 기다리는 곳으로 돌아갔다. 올리비아는 고개를 흔들었다.

"케이시, 당신 일당이 이러고도 과연 천국에 갈 수 있을까요."

"연극 수익금을 기부하면 하느님도 용서해 주시지 않을까요. 그나저나, 누가 알아요? 잭과 지젤이 잘 어울리는 한 쌍이 될지 말이에요."

케이시와 올리비아의 눈이 마주쳤다. 이제껏 수많은 남자가 지젤의 외모에 반했지만, 지젤의 본모습을 조금이라도 알고 나면 모두들 나가 떨어지곤 했다. 천사같이 아름다운 겉모습과는 달리, 그 속엔 물불 가리지 않는 무시무시한 면이 숨어 있었던 것이다.

"아니, 그럴 일은 없겠죠."

두 사람의 입에서 동시에 나온 말이었다.

제1막 5장

리디아, 본성을 드러내다
Lydia shows her true nature

9시 45분에 오디션이 시작되었다. 첫 오디션 배역은 리디아였다. 이 배역에 도전하는 지원자는 스무 명 가량의 10대 소녀들과 자기가 열다섯 살로 보일 거라고 생각하는 몇 명의 성인 여자들이었다. 소녀들은 까르르 웃으며 재잘댔다.

이 연극의 연출자인 키트는 지원자들에게 말했다. 리디아 역은 대사는 얼마 없지만, 성인 남자의 마음을 끌 만한 그 무언가가 있는 소녀여야 한다고 말이다. 실제로 원작의 리디아는 경솔하고 천박한 여자애였다.

"하지만 남자들은 또 그런 면을 좋아하죠."

키트가 짐짓 도발적인 농담을 던져서 모두가 웃었다.

가슴에 '리디아' 배지를 단 여자들은 모두 무대 뒤로 이동했고, 차례가 오는 대로 영국 섭정 시대에 유행했던 하이웨스트 드레스로 갈아입었다. 위캄 역할을 맡은 배우가 의상을 갖춰 입었으므로, 그들도 그래야 했다.

처음으로 호명된 지원자는 이 지역 여고생이었다. 학교 치어리더

주장으로 아주 인기가 많아서, 그 애가 하는 행동과 입는 옷은 늘 그 학교 여자애들 사이에 화제가 되었다. 소문에 따르면 그 애가 리디아 역에 지원한다는 소리를 듣고 자기는 안 될 거라며 지원을 포기한 애만 셋이라나.

하지만 어찌나 연기를 못 하던지! 올리비아와 케이시는 의자에 등을 기댄 채로 그 여고생이 제 딴에는 섹시하다고 생각하는 연기를 해 대는 걸 경악에 찬 눈초리로 지켜보았다. 그 애의 리디아 연기는 마치 흑백영화 시대의 마흔 살 요부 같았다. 입가에 담배만 물고 있으면 정말 딱이었을 텐데.

그 애의 연기가 끝나자 키트는 우아하게 감사를 표했고 소녀는 자기가 그 배역을 따기라도 한 것처럼 미소를 지으며 무대에서 나갔다.

조시는 음식을 놓은 탁자 옆에 서 있었다.

"이거 좀 더 있는지……."

"마음껏 먹어."

케이시는 올리비아를 바라보았다. 말하지 않아도 두 사람의 마음이 통했다. 그들은 서둘러 가운데 복도로 달려가 키트가 있는 열 옆에 앉았다. 키트는 지금 임시로 만들어 놓은 책상 앞에 앉아서 목소리를 낮춰 말했다.

"이 망해가는 오디션을 굳이 보려고?"

"어머, 그럼요. 지금까지는 잭 워스의 최신 영화보다 더 재밌네요. 참, 잭이 공짜로 연예인 홍보를 해 주겠다는 제안에 오케이 했나요?"

"당연하지. 다음 분 들어오세요!"

키트는 소리 높여 말한 다음, 종이 파일에서 봉투 하나를 꺼냈다. 그리고 그걸 케이시 앞으로 뻗어서 옆에 있던 올리비아에게 건넸다.

올리비아는 그걸 열어 안에 든 사진을 꺼내보고는 재빨리 다시 넣었다.

"뭐예요?"

"아무것도 아니에요."

케이시의 질문에 올리비아는 이렇게 대답하고선 그저 앞에 놓인 무대만을 똑바로 바라볼 뿐이었다. 키트 역시 지원자가 기다리고 있는 무대를 바라보고 있었다.

"시작하시죠."

두 번째 지원자도 첫 번째만큼이나 가관이었다. 여자애는 대사를 내뱉다가 그만 치맛자락에 걸려 넘어지기까지 했다. 케이시는 말했다.

"와, 이거 완전 팝콘 각인데."

오디션이 끝나는 데는 두 시간이 걸렸다. 지원자들은 대부분 연기를 못했다. 그들은 연기해야 하는 인물과 현실을 구분하지 못하는 것처럼 보였다.

하지만 상대역 남자 배우의 연기는 아주 훌륭했다. 그의 이름이 데블린 헤인즈라는 것도 들었다. 오디션을 하는 동안 그는 대사를 수도 없이 반복했지만, 그때마다 항상 감정이 살아 있었다. 케이시가 키트에게 저 남자가 누구냐고 묻자, 그는 이렇게 말했다.

"뉴욕에서 공부했어. 그리고 결혼해서 아이를 하나 두고는 연기를 그만뒀지. 말로는 좀 더 안정적인 직업이 필요해서 그랬다더군."

"결혼했다고요?"

케이시는 그 소식이 마음에 안 든다는 투로 말했다.

"지금은 이혼했을걸."

"그거 흥미롭네요."

케이시는 다음 지원자를 바라보았다. 이번 리디아는 적어도 서른은 되어 보였다. 그녀는 심지어 이렇게 제안하기도 했다.

"키스신이 필요하지 않을까요? 그래야 이 장면이 더 신빙성 있을 거 같은데요?"

"원작에는 그런 장면이 없습니다. 하지만 다음에 우리가 〈패니 힐 (18세기 영국 에로티시즘 소설)〉을 연기하게 되면 생각해 보겠습니다."

"그게 뭐예요?"

여자가 물었지만 키트는 대답해 주지 않았다. 올리비아와 케이시는 웃음이 터진 얼굴을 보여주지 않으려고 허리를 숙여야 했다.

정오 즈음이 되어 모두 배가 고파져서 쉬고 싶어 했지만, 키트는 아직 봐야 할 지원자가 하나 더 있다고 말했다.

이번에 무대에 나온 지원자는 아까 도넛과 오렌지 주스를 가져갔던 소녀였다. 그 애는 무대 의상을 입고 있었지만 그 위에 커다란 가디건을 걸쳤다. 아직도 너무 수줍어 보여서, 모두들 말이나 제대로 할 수 있을지 걱정했다. 키트가 물었다.

"로레인 영스톤 씨?"

"네. 사람들은 로리 영이라고 불러요."

그녀는 소심하게 대답했다.

"이 아가씨는 올여름에 할머니와 함께 호숫가에서 지내고 있지."

키트는 케이시와 올리비아에게 이렇게 말하고는 소리를 높였다.

"그럼 시작하세요."

로리는 잠시 가디건을 벗어서 의자에 올려 놓았다. 무대는 아직 완전히 갖추어지지 않은 상태였지만 그래도 섭정 시대 양식 소도구 몇 가지가 흩어져 있었다.

이 오디션을 위해, 키트는 원작에도 등장하지 않고 연극에도 넣지 않을 장면을 새로 썼다. 바로 리디아와 위캄이 처음으로 둘만 있게 된 순간이었다.

모두들 로리가 무대를 가로질러 데블린 앞에 서는 모습을 지켜보았다. 순간, 로리는 수줍게 웅크렸던 어깨를 곧게 펴고 가슴을 내밀었다. 그리고 데블린을 보고 웃자, 그는 살짝 평정심을 잃는 것 같았다.

로리가 태도와 분위기를 확 바꾸는 모습은 아까 잭이 보여줬던 것과 비슷했다. 케이시는 벽에 기대 선 잭을 보고서는 입모양으로 '당신이랑 비슷하네요'라고 말했다. 그러자 잭은 맞다는 듯, 엄지손가락을 치켜들었다.

로리는 환상적인 연기를 보여주었다. 그녀는 미소를 짓다가도 웃으면서 유혹했다. 이제껏 다른 지원자들과는 아주 완벽한 연기를 보여주었던 데블린은 그만 두 번이나 대사를 더듬고 말았다.

연기가 끝나자, 로리는 곧바로 가디건으로 몸을 가리더니 수줍은 표정으로 다시 돌아왔다. 그리고 그 자리에 서서 키트를 바라보았다.

키트는 한동안 말이 없다가, 이윽고 입을 열었다.

"고마워요, 로리. 그럼 우리 점심을 먹을까요?"

로리는 조용히 미소를 지으며 겸손한 자세로 무대에서 나갔다.

모두 점심을 먹는 동안, 케이시는 깜빡하고 주방 조리대 위에 파이 여섯 개를 두고 왔다는 걸 깨달았다. 벌써 음식과 디저트가 모자라서 근처 가게에서 사 와야 할 판이었다. 그래서 그 파이도 필요했다. 게다가 케이시는 몇몇 지인들에게 본인이 만든 베리 커스터드 파이를 맛보게 해 주겠노라고 약속까지 해 놓은 상태였다.

저쪽 구석에 지젤과 잭이 나란히 앉아서 음식을 가득 담은 접시를 무릎 위에 놓고 다정하게 이야기를 나누는 모습이 보였다. 케이시는 잭에게 가서 혹시 트럭을 빌려줄 수 있느냐고 물었다. 그리고 자신과 함께 집에 갔다 올 필요는 없다고, 직접 운전을 하겠다고 덧붙였다.

그러자 잭은 차 키를 건네주었다. 케이시는 문으로 나가면서 올리비아에게 몇 분 있다가 돌아오겠다고 말했다.

제1막 6장

다시, 자존심에 상처를 입다
Darcy's pride suffers

테이트는 차 안 가죽 시트에 머리를 기대며 눈을 감았다. 일진이 이보다 더 나쁠 수 있을까?

밤새도록 침대에서 끓아 떨어져 있다가 오늘 아침 일찍 잠에서 깨었을 때, 그는 자신의 골치 아픈 문제를 똑바로 직시해야 한다는 걸 깨달았다. 그래서 아직 날이 완전히 밝기도 전에 바깥에 나가서 주위를 둘러봐야겠다 생각했다. 그게 자신의 동생 니나가 몇 년간 해 온 말이었다.

지금으로부터 딱 세 달 전, 니나는 또 다시 그 문제를 꺼내들었다.

"오빠는 돈 버는 족족 그 집을 수리하는 데 썼잖아. 그런데도 정작 한 번도 가보지 않고. 그러니 이제 가, 오늘 당장."

"나도 알아. 가봐야지."

테이트는 로스앤젤레스 저택의 유리벽으로 바깥 풍경을 내다보며 말했다. 그러자 니나가 대답했다.

"바로 그거야! 엄마도 오빠가 거기서 지내기를 바라셨을 거야. 엄마는……."

그러나 테이트는 말을 잘랐다.

"니나! 나도 다 알아. 그러니까 또 말할 필요 없다고."

니나는 마음을 차분하게 가라앉히며 말했다.

"스테이시와 키트가 창고와 정원을 사서 아주 수리를 잘해 놨어. 에이미랑 난 그곳이 참 좋아! 진짜 아름답고 평화로운 곳이야. 엄마가 말해 준 게 다 있어. 창고랑 연못이랑, 닭장까지도. 전부 그대로 있어. 오빠, 토끼풀 이야기 기억 나?"

"당연하지. 나는 다 기억해."

테이트는 부드럽게 말했다.

"그리고 스테이시는 엄마가 쓰던 작은 집도 현대적으로 리모델링을 해놨는데 정말 굉장해."

여기서 니나는 갑자기 목소리를 낮추며 말했다.

"그 옛날 샤워기도 거기 있어. 아이들이 연못에 갔다가 바깥에서 샤워했던 이야기도 기억나?"

"올챙이가 몸에 붙어 있었다던 이야기잖아. 기억하고 있어. 너랑 에이미가 돌아오는 대로 나도 같이 꼭 갈게. 내가 장담하는데, 날씨는 매사추세츠보다 거기가 더 좋을 거야."

그러나 니나는 단호하게 말했다.

"아니, 거기는 오빠 혼자 가도록 해."

"그럼 나 혼자 가서 눈물 찔찔 짜고 있으란 말이야?"

니나는 웃지 않았다.

"그럴 일 없어. 정말이야. 일단 거기 가면 모든 게 다 좋을 거야. 그 옛날의 이야기가 펼쳐졌던 본 무대를 보게 되는 거라고. 그리고 스테이시랑 내가 그 집을 어떻게 꾸며 놓았는지도 볼 수 있잖아. 오빠는 분명히 좋아할 거야."

"그러면 거실 의자는 빨간 꽃무늬야?"

"당연하지. 내가 오빠한테 샘플 원단 보내 줬잖아. 기억 안 나?"

"그래, 기억 나. 어쩌면 잭이 같이 갈지 몰라."

"그거 진짜 좋은 생각이다! 잭은 언제나 활기차니까 같이 있으면 웃을 일이 많겠지. 그리고 스테이시가 필요한 물품은 채워 놨어. 전에 큰 생활용품 판매점에 가서 트럭 한가득 물건을 샀다고 했거든. 휴지랑 주방 세제랑 세면용품까지 다. 어떻게 쓰는지는 알고 있겠지? 오빠, 잘 나가는 영화배우라고 해서 혼자 양말도 못 빨고 그러는 거 아니지?"

"나는 왕자님이니까 힘든 일은 잭 시키지 뭐."

"오빠가 픽이나 그럴 수 있겠다."

니나는 이제 한시름 놓은 목소리였다.

"자, 그러면 세상에서 제일 예쁘고 귀여운 우리 조카님 에이미는 어떻게 지내?"

테이트는 에이미 이야기를 꺼내들어 대화 주제를 바꾸었고, 그렇게 대화는 일단락되었다. 벌써 석 달 전의 일이다.

그런데 막상 와 보니, 그가 예상했던 나쁜 일이란 나쁜 일은 죄다 벌어지고 있지 않은가. 지금 테이트는 거대한 낡은 저택의 차고 안에 앉아 있고, 모든 게 엉망진창이라고 느꼈다. 오늘 아침에 마주친 파자마 입은 여자가 시작이었다. 다음으로는 집에 먹을 게 하나도 없다는 게 밝혀졌고 게다가 잭 역시 여기를 떠나겠다는 게 아닌가.

하지만 그건 알고 보니 아무것도 아니었다! 오늘 아침 위층에 올라가서 새로운 대본을 읽어 본 테이트는 절망하고 말았다. 그의 소속사에서는 이번에야말로 항상 연기했던 캐릭터와는 다른 배역이라고 호언장담까지 했건만.

"네가 바라던 대로 더 이상 '성격 나쁘고 음울한 영웅'이 아니야.
이건 액션 영화라고."

그래서 처음에 읽었을 때는 웃을 수 있었다. 하지만 그 '액션'이란
건 오밤중에 여섯 마리의 말이 끄는 마차로 비포장도로를 달려 젊은
여배우를 쫓는 것이었다. 게다가 그 여배우는 수술로 거대해진 가슴
말고는 이렇다 할 평이 없는 여자였다. 한 번 만나 본 적도 있었는데,
지능이 거의 토끼 수준이었다.

그래서 테이트는 다 읽은 대본을 방 저쪽으로 던지고 말았다. 이제
점심을 먹을 시간이다. 배 속이 꼬르륵거렸다. 구조 헬리콥터라도 불
러서 여기서 탈출하고만 싶었다. 하지만 그 전에 먼저 뭘 좀 먹어야
겠다고!

그래서 그는 차고로 갔다. 하지만 그가 사 놓은 픽업트럭이 온데간
데없었다. 대신 그 옆에 새로 산 BMW가 보였고 문 옆 고리에 차 키가
걸려 있었다.

하지만 망할 놈의 차는 움직이지를 않았다. 혹시 이곳에 대해 들었
던 말은 다 거짓말이 아닐까. 잠시 그런 생각을 한 테이트는 이윽고 휴
대폰을 들어 여동생에게 전화를 걸었다.

조지아나, 오빠를 설득하다

Georgiana persuades her brother

휴대폰에 뜬 테이트의 이름을 본 니나는 전화를 받고 싶지 않았다. 오빠가 참 힘들 거란 사실을 알고는 있지만, 그렇다고 오빠의 비위만 맞출 수는 없는 일이다.

어머니가 돌아가셨을 때, 테이트는 어머니의 죽음을 쉽사리 받아들이지 못했다. 테이트는 아홉 살 때부터 연기 활동을 하면서 가족의 생계를 책임졌다. 그리고 언젠가 돈을 많이 벌어서 태트웰 저택을 사겠노라고, 몇 백 년 동안 그들의 소유였던 농장을 다시 되찾겠노라고 어머니에게 약속했었다. 하지만 그 약속은 어머니 생전에 실현되지 못했다. 어머니는 테이트가 대성하는 걸 보지 못하고 돌아가셨고, 테이트는 그 후에야 농장을 살 수 있었다.

그가 그곳을 구입한 후로 니나와 에이미는 자주 농장에 머물곤 했다. 니나는 집 수리를 감독했고 에이미는 사방을 탐험하고 다녔다. 니나는 그 동네 인테리어 디자이너인 스테이시 하트먼을 고용해서 어머니가 들려 준 기억에 최대한 가깝게 그 집을 꾸몄다. 그리고 그 집을 기억하고 있던 키트가 도와주어서, 가구며 벽지, 페인트 색깔이며 조명까지도 그들의 어머니 루스 태팅톤이 어릴 때 살았던 모습 그대로 돌려놓았다.

그런데 문제는 오빠가 당최 그 집에 가지 않는다는 것이었다. 테이트는 연달아서 영화에 출연했고, 몇 개국을 돌아다니며 촬영했다. 그래서 농장에 갈 시간이 없다고 매번 핑계를 댔다.

하지만 니나는 알고 있었다. 테이트는 지금 태트웰에 대한 기억이 다시 떠오르면, 이 집을 좀 더 빨리 사지 못했던 스스로를 자책할 것이 두려워서 이러는 것이다. 하지만 그걸 극복할 수 있는 유일한 방법 역시 그곳에 가 보는 것뿐이라는 점도 니나는 알고 있었다.

그래서 꽤나 힘들게 설득해서 드디어 테이트에게 이번 영화 촬영을 마치자마자 한 달간 그곳에서 머물겠노라는 약속을 받아냈다. 하긴, 그 영화에서도 오빠는 항상 화가 나고 우울해 하는 남자를 연기했으니.

니나는 이번에 테이트와 같이 가지 않겠다고 했다. 자신과 에이미가 따라간다면, 테이트는 자신들과 있으려 들 뿐, 작고 예쁜 마을인 서머힐을 둘러보려 하지 않을 것이다. 그래서 니나는 스테이시에게 무슨 일이 있더라도 그 집에 음식을 두지 말라고 단단히 주의를 주었다. 배가 고파지면 테이트도 어쩔 수 없이 밖에 나가 사람을 만나야 할 테니까.

자, 그래서 이렇게 된 것이다. 니나가 더 바라는 것이 있다면 그건 바로 오빠가 디자이너인 스테이시를 만나는 것이었다. 예쁘장한 금발의 젊은 아가씨는 똑똑하고 재미있는 데다 보기만 해도 삶의 활력이 넘치는 것 같았다. 그게 바로 오빠에게 딱 필요한 성품이다.

니나는 한숨을 쉬며 휴대폰에 손을 뻗어 오빠의 전화를 받으려 했다. 하지만 그때 전화벨이 딱 멈추었다. 그녀는 미소를 지었다. 오늘 그녀의 딸인 여섯 살 먹은 엠마, 애칭으로 에이미라고 불리는 소녀는 아파서 학교에 가지 못했다. 그리고 조카 역시 삼촌을 닮아 아픈데도 가만히 있지를 못했다. 니나는 어젯밤 내내 딸아이 옆에 있었고, 지금도 곧바로 딸아이가 어떤지 보러 가야 했다.

제1막 8장

다시, 엘리자베스와 한판 뜨다
Darcy runs afoul of Lizzy

동생이 전화를 받지 않아 음성 사서함으로 넘어가자, 테이트는 이를 악물었다.

"너도 알다시피, 그 스테이시라는 여자는 집에 커피만 뒀더라. 음식이 하나도 없어. 그래서 먹으러 나갈 거야. 이 코딱지만 한 동네에도 레스토랑이라는 게 있다면 말이야. 하지만 잭이 내 트럭을 가져가버렸어. 나머지 차는 시동도 안 걸리고. 나 지금 쫄쫄 굶고 있는데 나갈 수가 없어! 그건 그렇고, 소속사에서 보내 준 대본은 지난 번 찍었던 영화 두 편보다 더 심각해. 왜 나는 배트맨 영화에 나오는 악당 같은 걸 할 수 없는 거야? 잭은 내일 떠난대. 그래서 나도 같이 갈 거야. 여기 몇 시간만 더 있다가 키트가 엘리자베스를 연기할 배우를 찾는 거 도와주고 나면 뜰 거야. 그러면 마음대로 떠나도 되는 거라고. 시간 나면 전화 줘."

이렇게 말하고 테이트는 전화를 끊었다.

이제 차 밖으로 나간 테이트는 차고 문을 열었다. 여동생은 일부러 전화를 받지 않는 게 분명했다. 그도 왜 그런지는 알았다. 자신이 여기에 한 번 와 보겠다고 약속했으니까. 그리고 여기 있으면서 잘 지낼 수 있기를 사실은 스스로도 바라고 있었다. 하지만 그게 쉽지는 않았다. 그 땅에 처음으로 나갔다가 무슨 일이 일어났느냔 말이야!

차고 문이 열리자, 테이트의 눈앞으로 정말 아름답고 매혹적인 정원의 광경이 펼쳐졌다. 거대한 고목들이 그늘을 드리운 아래로 벽돌을 깔아 놓은 예쁜 오솔길이 보였다. 길은 꽃이 피기 시작하는 관목들을 따라 아스라이 이어졌다.

알고 있던 그대로였다. 꽃 덤불을 생생하게 그려주던 어머니의 목소리가 다시금 떠올랐다.

"분홍 꽃은 레티, 흰 꽃은 에이스였단다."

어머니는 침대 양 옆에 누운 두 아이를 꼭 껴안으면서 말했다. 니나는 종종 먼저 잠이 들었지만, 테이트는 언제나 어머니와 친구 에이스의 어린 시절 이야기를 더 듣고 싶어 했다. 그리고 태팅톤 가가 광대한 토지를 소유하고 상원의원과 주지사를 배출했던 시절의 이야기를 듣는 것도 좋아했다. 그래서 이렇게 말하곤 했다.

"불이 날 뻔한 집을 에이스가 구한 이야기 듣고 싶어."

하지만 어머니가 그 이야기를 다시 해 줄 때면 테이트도 잠들어버렸고, 그러면 어머니는 니나를 그 애의 침대에 눕혔다.

테이트는 어렸을 때부터 "내가 나중에 자라면 에이스 같은 사람이 될 거야"라고 말했다. 에이스 같은 사람이 되겠다는 생각은 테이트가 배우가 되는 데 아주 큰 영향을 주었다. 그는 자신이 누군가 다른 사람인 것처럼 행동한다는 게 좋았던 것이다.

니나는 테이트에게 주택 관리인의 전화번호를 주지 않았다. 하지만 관리인이 어디에 사는지 찾아내면, 차를 얻어 타고 마을이나 오디션 장소로 갈 수 있지 않을까. 테이트는 계속 걸어 가면서, 휴대폰으로 로스앤젤레스에 있는 그의 비서에게 문자를 보냈다. 내일 자신과 잭이 탈 비행기를 예약해 달라고 부탁하고, '여기에 차도 한 대 보내 줘'라는 말까지 쓴 다음 문자를 전송했다.

그는 내일 로스앤젤레스로 돌아갈 것이다. 그리고 지난 몇 년간 맡아왔던 배역과는 다른 역할을 얻기 위해 뭐든지 해 볼 생각이었다. 어쩌면 〈아바타〉 속편에서 배역을 하나 딸 수도 있지 않을까. 큰 키에 새파란 몸으로 나타나는 것도 좋을 텐데. 아니면 공포영화는 어떨까? 어쩌면 디즈니에서 새 영화를 또 내놓는다면…….

그러다 무심코 고개를 든 테이트는 그 자리에 우뚝 멈추어 섰다. 지금 바로 몇 미터 앞에 그 귀여운 파자마 아가씨의 집이 보였으니까. 놀랍게도 방충망의 아랫부분이 전부 뜯긴 채였다. 문 윗부분에는 그보다 작은 구멍이 보였다. 위에 난 구멍은 자신이 한 게 맞다. 하지만 아랫부분은……. 아까 화가 나서 아랫부분도 걷어찼던가?

순간 그의 휴대폰이 울렸다. 니나였다. 그는 전화를 받았다.

"어머니 집에 어떤 여자가 살고 있어. 그런데 왜 아무도 나한테 말 안 해 준 거야?"

"그러고 보니 오늘 하루 잘 보내라는 이야기도 안 해 줬나보네. 아마 스테이시가 거기 살고 있을걸? 금발에 파란 눈, 인형처럼 예쁜 아가씨 아니었어?"

"아니야. 그리고 날 자꾸 여자랑 엮으려고 하지 마. 여기 있는 여자는 키가 크고 빨간 머리에다 체격이 좋았어. 그리고 요리사였고. 적어도 요리를 할 줄 아는 사람인 거 같아. 내가 여기 주인인지도 모르더라고. 아니, 그 전에 나라는 사람을 본 적도 없는 것 같아."

그러자 니나가 딱 잘라 말했다.

"그거 잘됐네! 오빠를 못 알아봐서 혹시 속상해? 오빠 팬이 그 집에 살았으면 좋겠다고 생각하다니, 이럴 줄 알았다면 내가 '할리우드 리 포터' 지에다가 광고 좀 해 줄 걸 그랬다."

"내가 언제……."

테이트는 말하다 말고 한숨을 쉬었다.

"그래, 네 말이 맞아. 그 여자가 날 알아봐야 할 이유는 없지. 하지만 누가 살고 있다고 말이라도 해 주지. 그랬다면 난…… 분명히 한 번 더 생각이라도 해보고 그랬을 텐데……."

"뭘 어쨌는데?"

"그 집 베란다에서 샤워를 했어."

"오, 레티랑 에이스가 샤워했던 것처럼? 수영복을 입고서?"

테이트는 더듬거리며 말했다.

"옷 입을 시간은 없었어."

"수영복 입을 시간이 없었다는 거야? 그러면 대체 뭘 한 거야? 혹시 그 여자 사는 집 앞에서 다 벗고 샤워를 했다고?"

"샤워기는 집 뒤에 있었다고! 뭐, 어쨌든 그래. 그랬어."

"완전 홀딱 벗고서?"

니나는 웃음을 참지도 않았다. 하지만 이제 테이트의 목소리에도 가볍게 웃음기가 돌았다.

"그래. 정확히는 모르겠지만, 그 여자는 의자에 앉아 차를 한 잔 마시면서 날 보고 있었던 거 같아."

니나가 계속 웃으며 말했다.

"오빠가 샤워하는 모습이라면 보통 사람들은 돈을 내고 봐야 할 텐데…… 낄낄낄."

"내가 이제까지 찍은 영화 중에서 샤워 신은 딱 한 번뿐이었어. 그것도 폭포 아래였고 정면 샷도 아니었다고."

"하지만 오빠가 움직여서 영화에는 등이랑 맨가슴이 다 나왔잖아. 게다가 폭포에서 걸어 나왔을 때는 에이미 인형도 하나 못 가릴 만큼 조그마한 수건을 두르고 나왔으면서그래."

테이트는 그만 웃음이 터져버리고 말았다.

"그만 해. 나도 먹고 살아야 될 거 아냐. 것보다 니나, 나 차가 필요해. 가서 방충망을 고칠 사람을 불러야 하거든."

"무슨 문제라도 있어?"

"내가 말이야……. 음, 이 집에서 그 파자마 아가씨를 봐서 기분이 안 좋았어. 그 여자가 내 사진을 찍고 있다고 생각했거든. 그래서 주먹으로 방충망을 좀 쳤어. 그런데 지금 다시 보니까 내가 방충망 아래도 발로 찼었나봐."

니나의 목소리가 심각해졌다.

"오빠, 웃을 일이 아니야. 오빠는 덩치가 크잖아. 그리고 화나면 얼굴이 완전 달라 보인다고. 스크린에서 볼 때야 아주 멋있지만 실제로 보면 무섭단 말이야."

테이트는 약간 주눅든 기색으로 말했다.

"나도 알아. 잭한테 벌써 같은 말 들었어. 그리고 나도 사과할 거야. 아마 오늘 오후에 그녀를 만나게 될 듯해. 하지만 지금은 당장 차가 필요해! 먹을 걸 사러 갈 거야. 이 마을에 택시 서비스가 있을까?"

"없을 것 같은데. 하지만 내가 전화를 해서……."

"이런 제길!"

순간 테이트가 소리를 질렀다.

"왜 그래?"

"이 여자 집 위층에 뭐가 있어. 새인 것 같은데…… 맙소사, 크기가 개만 해. 그게 지금 밖으로 나오려고 하고 있어. 지금 창문 방충망을 쪼고 있다고!"

그러자 니나가 소리쳤다.

"아! 이를 어째! 그거 분명히 공작새일 거야. 말해 주는 걸 깜빡했어. 스테이시가 그랬거든. 주택 관리인이 오늘 공작새를 풀어놨다고. 이제까지 우리에 가둬 놨었는데, 새들이 여기 환경에 적응해야 해서. 엄마가 해 준 말 기억 나? 커다란 공작새를 봤을 때 엄마랑 에이스가……."

"니나! 그만!"

"알았어. 어머, 이런. 에이미도 날 부르고 있어. 오늘 아파서 집에 누워 있거든. 혹시 공작새 따라가는 거 휴대폰으로 찍어 줄 수 있어? 그러면 에이미가 아이패드로 볼 수 있을 텐데. 애랑 그렇게 놀아주고 있으면 내가 그동안 관리인한테 전화할게."

니나는 대답을 기다리지도 않고 전화를 끊은 다음 태트웰의 관리인에게 음성 메시지를 남겼다. 아마도 관리인은 저녁까지 메시지를 듣지 않을 것 같았지만, 니나에겐 상관없었다. 오빠가 배우라서 굉장히 좋은 점이 있다면, 그건 오빠가 사람을 즐겁게 해 주는 걸 참 좋아한다는 것이다. 테이트는 정말 별것 아닌 일도 상당히 흥미진진하게 만드는 재주가 있었다. 좁은 집에서 공작새를 잡으러 쫓아 다니는 건 테이트의 기분 전환에 도움이 될 것이다. 그리고 어린 딸아이는 그런 삼촌을 보고 잠시나마 조용해지겠지.

니나는 에이미의 방으로 가서 태블릿을 집어 들었다.

그리고 오빠의 휴대폰과 딸아이의 아이패드를 연결시킨 다음 그걸 녹화하는 것도 잊지 않았다. 오빠는 가끔 가족을 위해 훌륭한 연기를 펼쳐 보였는데, 니나는 오빠의 그런 면을 너무나 좋아했다. 그녀는 에이미에게 말린 야채 과자와 주스를 준 다음, 탁자 위에 태블릿이 잘 보이게 올려놓고 화장실로 갔다. 그녀는 오빠와 딸아이를 잘 알고 있었다. 그 둘을 보면 '피는 물보다 진하다'라는 말이 뭔지 알 수 있을 정도였다. 이제 적어도 30분은 자유를 누릴 수 있겠지. 니나는 딸아이가 부르면 언제라도 달려갈 만한 거리에 있었지만, 그래도 가능한 오랫동안 이 뜨거운 욕조에 푹 잠길 참이었다.

예쁘고 귀여운 조카를 보자 테이트는 바로 미소를 지었다. 분홍색과 흰색의 나풀거리는 레이스 잠옷을 화사하게 차려입었지만, 하루 종일 침대에 있어야 했던 아이는 기분이 나빠 보였다. 그 애가 태어난 후로, 삼촌과 조카는 그들만의 세상에 빠져 살았다. 둘은 서로를 잘 이해했다. 테이트는 에이미를 재미있게 해 주는 일이야말로 작가이자 감독, 연출자이면서 배우가 되고 싶은 소망을 한꺼번에 이룰 수 있는 거라고 말했다. 그리고 정말로, 테이트는 조카를 웃게 하기 위해서 매번 새로운 방법을 찾아내곤 했다.

테이트는 손가락을 입술에 대고 조용히 하라는 표시를 했다. 오늘 그는 무성 영화를 찍을 참이었다. 먼저 할 일은 음악을 트는 것이다. 그리고 흉포한 육식 새를 잡을 때는 비제의 〈카르멘〉이 딱이라는 걸 알고 있었다.

팔을 뻗어 휴대폰으로 촬영 거리를 유지하면서, 테이트는 집 쪽으로 살금살금 다가갔다. 그리고 방충망에 다다르자, 그는 조카에게 커다랗게 뚫린 구멍을 보여 주면서 판토마임으로 괴물이 발톱을 휘두르며 안으로 들어가는 시늉을 했다. 그리고선 겁에 질린 표정으로 손톱을 깨물었다.

에이미는 삼촌의 무성 영화를 보면서, 문을 여는 시늉을 하며 어깨를 으쓱였다.

테이트는 짐짓 과장된 표정으로 당황하면서 자신을 가리켰다.

왜 그래? 에이미는 손바닥을 들어 올리면서 물었다.

그러자 부끄러운 듯 연기를 한 테이트는 여자의 긴 머리를 쓰다듬는 연기를 하더니, 자신을 가리켰다. 그리고 영화 속 유명한 모습인 찡그린 표정을 지은 다음, 무서워서 두 손을 번쩍 든 여자를 판토마임으로 연기했다.

에이미는 고개를 저었다. 사람을 놀라게 한 건 나쁜 거잖아.

알겠다는 듯 고개를 끄덕인 테이트는 미안하다는 표정을 지었다.

집 안에 들어간 그는 휴대폰을 돌려서 주방을 보여 주었다. 온갖 양념과 허브들이 벽에 걸려 건조되고 있었다. 커다란 오일 병들과 둥근 잼 단지들의 뚜껑 부분에는 예쁜 천을 대어 놓았다. 그는 벽에 걸린 온갖 종류의 냄비들도 보여 주었다.

그 광경에 에이미의 눈이 둥그레졌다. 엄마는 치즈 샌드위치를 굽는 법도 잘 모르는데. 소녀는 손가락으로 어딘가를 가리켰고, 테이트는 선반에 있는 단지를 하나 꺼냈다. 거기에는 '귤 차를 넣은 배 잼'이라고 쓰여 있었다. 미소를 지은 에이미는 고개를 마구 끄덕였다. 맛있어 보였으니까.

테이트는 슬픈 표정을 짓더니 손으로 배를 마구 문지르며 배고프다는 시늉을 했다. 그렇게 촬영을 하던 테이트는 커다란 쓰레기통 앞에 멈춰 섰고, 그 위에 차갑게 식은 계란 프라이 두 개가 있는 걸 보았다.

이게 왜 쓰레기통에 들어 있지? 그 이유를 떠올리기까지는 시간이 좀 걸렸다. 혹시 이 여자, 우리를 주려고 음식을 만든 건가? 혹시 이 음식을 갖다 주려고 했는데 결국 버린 거라면……. 자신이 잭에게 했던 말을 들었을지도 모른다는 생각은 하고 싶지 않았다.

에이미는 손을 흔들어서 뭐가 문제냐고 물어보았다.

테이트는 계란을 보여주었다. 그리고 자신을 가리키면서 뺨에 눈물이 흐르는 시늉을 했다.

그러자 에이미는 다시 고개를 흔들었다. 삼촌, 아주 나쁜 행동을 했구나.

벽에 붙은 조리대 한쪽에는 하얀 천이 덮인 무언가가 놓여 있었다. 테이트가 천을 살짝 젖히자, 완벽하게 갈색으로 익은 파이의 가장자리 껍질이 보였다. 윗부분은 꽃처럼 보였다. 그 아래로는 커스터드 크림 위로 각종 베리들이 즙을 내뿜고 있었다.

테이트는 너무 먹고 싶고, 배가 고프다는 걸 연기할 필요도 없었다. 천을 확 걷어 내자 서로 다른 모양으로 장식된 여섯 개의 파이가 보였다. 어떻게 이토록 예술적으로 잘 만들었을까! 그중 하나는 머랭으로 장식했는데, 머랭이 어찌나 폭신해 보이던지 베개로 삼고 싶을 정도였다. 어떤 파이는 여섯 가지 과일로 무늬를 만들어 놓았다. 또 다른 파이는 크림에 복숭아를 얹은 다음 구웠고, 자그마한 나뭇잎 무늬를 잔뜩 그려 놓은 파이도 있었다. 마지막 파이는 살구에다 아몬드 슬라이스를 넣고 크러스트를 돌돌 말아 구운 것이었다. 전부 먹음직스러운 갈색을 띠고 있는 파이에서 나는 천상의 향기에 테이트는 머리가 어지러울 지경이었다.

굶주린 자신 앞에 놓인 맛있어 보이는 파이. 테이트는 더 이상 저항

할 수가 없었다. 그는 옆에 있던 커다란 순가락을 집어 들었다. 그러자 에이미는 손을 휘저으며 안 된다고 말했다. 삼촌, 훔쳐 먹으면 안 돼.

하지만 테이트는 조용히 자신의 배고픔을 표현하며 순수하고도 깊은 욕망을 어렵지 않게 드러내었다.

그러나 에이미는 양보하지 않았다. 소녀는 판토마임으로 테이트가 방충망을 부셨던 일을 다시금 지적했다. 그러니 오늘 삼촌은 요리사의 음식을 먹을 자격이 없어.

테이트는 코를 흥 풀고 눈물을 닦는 척을 했다. 하지만 결국 어깨를 쫙 펴고 용감하고 씩씩하게 음식에 손을 대지 않았다.

그때, 위층에서 뭔가가 찢어지는 목소리를 내었다. 테이트는 눈을 휘둥그레 떴다. 그는 겁에 질린 얼굴로 도망가려는 듯한 모습이었다. 하지만 에이미가 마구 고개를 휘저으며 그건 그냥 새일 뿐이라고, 삼촌에게 위로 올라가 보라고 조용히 격려해 주었다.

휴대폰을 손에 쥔 채로, 테이트는 계단 위를 천천히 오르기 시작했다. 그리고 세 번 정도 멈추면서 무섭다는 시늉을 했다. 그럴 때마다 에이미는 삼촌에게 계속 가라고 단호하게 명령했다.

계단 위로 올라가자 침실로 이어지는 마루가 나왔다. 바닥에는 옷장 위에 놓여 있었을 물건들이 여기저기 흩어진 채였다. 그리고 창문에는 깃털이 무지갯빛인 아주 큰 공작새가 앉아 있었다. 공작은 몸 뒤로 커다란 꼬리를 우아하게 펼쳐 외양을 뽐낸 모습이었다.

테이트는 열려 있는 문에 바싹 붙어서 팔을 크게 벌리고 겁에 질린 시늉을 했다. 음악은 긴장감을 더했다. 테이트는 돌아서면서 복도로 쓰러지며, 너무 무서워서 이 방에 있을 수 없다는 걸 표현했다.

그러자 에이미는 주먹 쥔 손을 손바닥에 딱 부딪히면서 삼촌은 그

방에 있어야 한다고 손짓했다. 소녀는 테이트더러 다시 방으로 가서 문을 닫으라고 했다. 그러자 테이트는 더 겁에 질렸다. 이제 삼촌은 온 몸을 부들부들 떨고 있었다.

이제 방에 갇힌 공작새는 창문 옆에 있는 의자 위로 뛰어올라 방충망을 찢고 밖으로 나가려 했다.

테이트는 그 자리에 그대로 서서 당황한 채 어깨를 으쓱였다. 이제 어떻게 하지? 그는 조카에게 조용히 물었다.

에이미는 삼촌더러 셔츠를 벗으라고 손짓했다.

테이트는 깜짝 놀란 표정을 지으며 두 팔로 수줍게 가슴을 가렸다.

그러자 에이미는 깔깔 웃으면서 고개를 저었다. 삼촌은 셔츠를 벗어서 그걸 새에게 던져야 해.

테이트는 짐짓 겁에 질린 표정을 지었지만, 어쨌든 커다란 셔츠를 벗고 몸에는 티셔츠만을 걸친 모습이 되었다. 마치 투우장에 선 투우사처럼, 그는 체크무늬 셔츠를 손에 잡고 새를 향해 위협적으로 달려들려 했다. 어깨를 쫙 펴고, 머리는 한껏 젖히면서 건들거리는 모습은 누가 봐도 완벽한 투우사였다.

하지만 에이미는 웃으면서 고개를 저었다. 안 돼, 안 된다고. 새한테 셔츠를 던지란 말이야.

그래서 테이트는 마지못한 몸짓으로 투우사 흉내는 그만두고서, 무섭다는 기색을 보이며 셔츠를 새 쪽으로 펼쳐들었다. 일부러 실패하는 몸짓을 그럴듯하게 몇 번 해 보인 다음, 테이트는 새의 머리에 셔츠를 던지고서는 팔로 몸통을 감싸 안았다. 그리고 에이미를 쳐다보았다. 그 표정은 '이제 어떡해?'라고 말하고 있었다.

에이미는 자기 방 창문을 가리켰다. 새를 밖으로 내보내!

테이트는 그게 참 좋은 생각이라는 듯이 고개를 끄덕였다. 그리고 한 손으로 방충망이 없는 창문을 열고 새를 들어 올린 다음 셔츠를 머리에서 벗겨냈다. 하지만 그만 큰일이 났다. 겁에 질린 새가 도로 방 안으로 뛰어들었던 것이다. 테이트가 새를 다시 제대로 내보내려 몸싸움을 벌이다가, 그만 그 긴 꼬리에 얼굴을 철썩 얻어맞고 말았다. 이번에는 연기가 아니라 심하게 기침하는 삼촌을 보자, 에이미는 깔깔 웃으며 쓰러지고 말았다.

대소동이 간신히 마무리된 다음, 테이트는 바닥에 주저앉았다. 이제 새는 앞 베란다 지붕에 앉아 있었다. 그리고 테이트의 셔츠는 지붕에 있는 빗물받이 배수통에 대롱대롱 걸린 채였다.

에이미는 마구 웃었다.

테이트는 일어나려고 했지만 힘이 없어 쓰러지는 척을 했다. 하지만 창문가에 다다른 순간, 공작새가 또다시 보이는 게 아닌가. 새의 부리가 테이트의 코에 닿을 지경이었다. 그리고 그 상태에서 새는 테이트의 얼굴에다 대고 무시무시한 소리로 울부짖었다.

테이트는 이번엔 진짜 놀라 그만 바닥에 엉덩방아를 찧었다. 이윽고 새는 지붕 끝으로 달려가 날개를 펄럭이며 바닥으로 날아갔다.

잠시 멍하니 있던 그는 일어나서 창문을 닫고 극적인 몸짓으로 이마의 땀을 닦았다. 둘러 본 방 안은 엉망진창이었다. 에이미는 방을 치우라고 했다.

소리는 없지만 과장된 표정으로 테이트는 신음을 표현했다. 그리고 손을 들어 나름의 방법으로 자기는 남자라는 걸 알렸다. 그러니까 이 방에 손을 대면 안 돼.

하지만 에이미는 손가락을 저으며 거절했다. 삼촌이 치우라고!

테이트는 한숨을 쉬며 침대를 가지런히 정리하고, 새가 흘린 침을 닦은 다음 옷장에서 떨어진 물건을 제자리에 돌려놓았다. 똑똑히 기억하고 있던 파자마 역시 바닥에 떨어져 있었다.

그걸 본 테이트는 독이라도 묻은 것처럼 질겁하며 물러섰다.

에이미는 그걸 집으라고 손짓했다.

테이트는 심각한 얼굴로 고개를 저었다. 그리고 파자마를 손가락으로 가리키며 목을 자르는 시늉을 했다. 저걸 만지면 파자마 주인 아가씨가 날 죽일지도 몰라.

에이미는 아랑곳없이 삼촌에게 파자마를 치우라고 했다. 하지만 아무리 에이미가 말해도, 그는 듣지 않았다.

이윽고 테이트는 계단으로 내려가면서 마치 영웅이라도 된 것처럼 굴었다. 하지만 배에서 꼬르륵 소리가 너무 크게 나서 음악을 틀어 놓았는데도 에이미의 귀에 들릴 정도였다. 그는 눈을 굴리며 배가 고파 현기증이 날 지경임을 보였다. 그리고 주방에 가서 조리대 한쪽에 있던 파이를 간절한 눈빛으로 바라보다가, 조카 쪽을 보면서 눈망울로 애원했다.

이번에는 져주기로 한 에이미가 고개를 끄덕였다. 그래, 이제 삼촌은 한 조각 정도는 먹어도 된다.

하지만 테이트는 접시나 칼을 들지 않았다. 직접 손으로 파이를 잘랐다. 그리고 조리대에 휴대폰을 세워 두고는 커다란 국자를 집어 들었다. 크러스트를 꽃 모양으로 빚은 파이를 손에 들고, 그는 국자로 그 속을 다 긁어먹었다. 정신없이 먹느라 검붉은 과즙으로 볼 아래쪽이 새빨갛게 물들었고, 턱수염에 과일 조각이 달라붙는 것도 몰랐다.

파이를 씹는 테이트의 눈과 미소를 보면 그게 얼마나 맛있고 황홀한지 알 수 있었다. 그는 이제 의자에 걸터앉아 파이를 씹으면서 한입 한입 그 맛을 음미했다. 턱으로 과즙이 흘러내리고, 입고 있던 티셔츠에도 과일 조각이 떨어졌다. 무심코 귀를 긁었더니 머리카락에도 파이 속이 붙어 있었다. 이제 바닥 껍질만 남게 되자, 테이트는 두 손으로 바닥을 부수어 그걸 들고 먹기 시작했다. 그러는 내내 그의 두 눈에는 파이가 얼마나 맛있는지 잘 드러나 있었다.

에이미는 그 모습을 보며 웃어대기만 했다.

"지금 뭐하는 거예요?"

순간 여자의 화난 목소리가 들렸다. 여자의 뒤로 부서진 방충망이 쾅 닫혔다.

니나는 욕조에서 벌떡 일어났고, 에이미는 비명을 질렀다.

"안 돼!"

테이트는 휴대폰을 티셔츠 가슴 주머니에 넣었다. 그가 일어서서 여자를 마주보자, 카메라가 그 얼굴을 잡았다. 테이트가 방금 무단으로 침입한 집의 주인이었다. 파자마 아가씨. 테이트를 싫어하는 여자. 그 얼굴이 어찌나 성나 보이던지 테이트는 그만 겁에 질려버렸다.

엘리자베스가 다아시에게 받은 인상은 별로였다
Lizzy's impression of Darcy is not sweet

"이게 대체 뭐 하는 거예요! 내 파이를 먹어 치우다니! 그것도 하나를 통째로! 아니면 그냥 재미삼아 파이를 부순 건가요?"

케이시가 이렇게 말하자, 테이트는 한 발짝 물러섰다.

"아뇨, 먹은 건데요."

"아, 그러세요? 하지만 당신 꼴을 보니 파이를 온몸에 문댄 것 같은데요."

테이트는 머리카락에 손을 대고는 거기에 묻은 블랙베리 두어 개를 떼어냈다. 이렇게 머리를 기른 게 바보 같다는 생각이 들곤 했지만, 계약서에는 긴 머리를 유지해야 한다는 조건이 있었다. 가발도 안 되고, 붙임 머리도 안 된다. 자연산 긴 머리여야 했다.

"이런 짓을 한 이유가 뭔지 알 것 같네요. 이래도 된다고 생각하고 있는 거죠? 여기 집주인이니까. 그리고 당신은 영화배우 님이니. 남이 살고 있는 데 함부로 들어와서 음식을 훔쳐 먹어도 된다고 생각한 거군요. 어때요, 내 말이 틀려요?"

테이트는 뒷걸음질치다가 의자에 닿았고, 그래서 거기 앉았다.

케이시는 가장자리에 주름을 잡은 모양인 파이 접시를 노려보았다. 그건 에밀리 헨리와 그 애 어머니가 케이시의 열여덟 살 생일 선물로 준 것이었다. 어젯밤 케이시는 거기에 가장 좋아하는 파이를 만들어 넣어 놨다. 하지만 이제는 몽땅 없어져 버렸다. 바닥에 크러스트 조 각이 하나 달라붙어 있을 뿐.

"조시랑 키트한테 저 파이를 준다고 약속했는데…… 다 틀렸네."

케이시는 말없이 앉아 자신을 바라보는 남자를 다시 쳐다보았다.

"오늘 아침 일은 정말 미안했거든요. 그래서 당신이 홀딱 벗고 있었던 걸 본 건 아주 잠깐이었다고 말하려고 했어요. 근데 솔직히 말하면 아니었어요."

테이트는 눈썹을 치켜떴다.

"나, 사실은 거기 앉아서 당신을 봤어요. 그리고 나중에 들켰을 때는 거짓말하려고도 했죠. 이 집에서 쫓겨날까봐 너무 겁이 나서 내가 어디 있었는지, 그리고 뭘 봤는지 다 아니라고 하려고 했었다고요."

케이시의 몸짓을 보면 그의 몸을 전부 다 봤다는 걸 알 수 있었다.

"하지만 이제는 못 참겠네요. 나한테도 사적인 영역이라는 게 있거든요!"

케이시는 찬장 쪽으로 가서 꼭대기 선반을 열었다. 커다란 플라스틱 파이 보관 용기 두 개가 맨 꼭대기에 있었다. 그녀는 손을 뻗었지만 팔이 닿지 않았다.

그러자 테이트의 팔이 불쑥 머리 위로 올라가더니 보관 용기를 꺼내서 조리대에 올려 놓았다.

"고마워요."

이렇게 말해 놓고 케이시는 도로 말을 바꾸었다.

"아니, 안 고마워요. 도와줄 필요 없어요. 이걸 봐요. 파이 여섯 개가 딱 들어가는 공간인데, 여섯 개가 있어야 완벽한데! 하지만 이제는 다섯 개밖에 없게 됐네요."

테이트는 다시 의자에 가서 앉았다.

케이시는 용기에 파이들을 넣고서 뚜껑을 큰소리로 탁탁 닫았다.

"그래요. 난 떠날 거예요. 당신이 이 집 주인이라 이거죠. 그리고 뭐지…… 연예인병? 그게 맞는 말인가? 아니지, 연예인 특권이라고 해야지! 그거야. 당신, 연예인 특권이 있다고 생각하는 거죠? 그래서 다른 사람이 살고 있는 집 베란다에서 샤워를 하고, 안에 들어와서 어슬렁거리다 못해 차려진 음식까지 먹었다 이거죠? 나요, 이렇게는 못 살겠어요. 그러니까 나가야겠죠. 제대로 된 주방이 딸린 집을 어디서 찾아야 하나. 그래야 잭한테 줄 음식을 만들 수 있는데."

"잭한테요?"

테이트가 이렇게 묻자, 케이시는 그를 노려보며 말했다.

"그래요. 당신이 홀딱 벗고 여기저기를 돌아다닐 동안, 난 잭과 친구가 됐거든요."

그러면서 케이시는 의기양양한 눈초리를 보냈다. 테이트는 매우 놀란 듯했다. 그리고 이 상황을 아주 궁금하게 생각하는 눈치였다.

"음흉한 생각은 집어 치우시죠. 우린 그냥 친구거든요! 잭과 나는 순수한 친구예요. 당신이 알 바는 아니지만 잭은 지금 지젤 놀란이란 아가씨한테 반해버렸죠. 하긴, 지젤이 엄청 예쁘니 그럴 만도 하죠."

케이시는 손을 내저었다.

"뭐, 당신 같은 대단하신 영화배우는 서머힐에서 재미있을 게 하나도 없겠지만. 어쨌든 당신 친구는 여기서 여름 동안 지낸대요. 그리고 키트의 연극에서 빙리 역할을 맡을 거예요. 지젤은 제인이 될 거고요. 잭은 아무도 안 쓰는 커다란 당신 집에서 살 거고, 나는 그에게 요리를 해 주기로 했어요. 내가 바로 옆에서 산다면 더할 나위가 없겠지만, 이제 당신 때문에 다 엉망이 되어 버렸어. 운전할 줄은 알아요?"

테이트는 너무 놀라 눈썹을 치켜뜬 상태 그대로 고개를 한 번 끄덕였다.

케이시는 조리대 위에 둔 열쇠를 집어다가 그에게 던졌다.

"잘됐네요. 그러면 남은 파이를 트럭에 실어요. 그리고 오디션 장에 같이 가요. 왜 그런지는 모르겠지만 키트가 당신이 와야 한댔으니까."

케이시는 아직도 너무 화가 나서 판단력이 흐려진 채로 조수석에 앉아 문을 쾅 닫았다. 테이트가 곧 그 옆 운전석에 앉자, 그녀는 말했다.

"마음 같아서는 짐칸에 타고 가고 싶지만 그건 불법이니 어쩔 수 없죠."

그리고 창문 밖을 내다보다가 이어 말했다.

"지금 우리 집 지붕 끝에 걸려 있는 거, 혹시 당신 셔츠예요?"

테이트는 허리를 숙여 밖을 올려다보았다. 그의 파란색 체크무늬 셔츠가 아직도 물받이 홈에 걸려 바람에 나부끼고 있었다. 그는 차에서 내려서 셔츠 끝을 잡아당겨 옷을 끌어내린 다음, 다시 차로 돌아왔다. 케이시는 이를 악물었다.

"당신, 설마 내 침실까지 들어갔어요?"

테이트는 자기 셔츠를 바라보았다. 가운데에 커다란 구멍이 나 있었다.

"셔츠 단추 다는 법 알아요?"

그러자 케이시는 정말로 화가 나서 주먹을 꽉 쥐었다. 이제 사정없이 남자를 한 대 치려는데, 갑자기 아이의 웃음소리 같은 게 들려오는 게 아닌가.

"지금 이 소리 뭐죠?"

"에이미요. 내 조카예요. 여섯 살이죠."

테이트는 자리에 앉아 팔을 들고 트럭을 후진시킨 다음 이제 정문으로 차를 몰았다.

"에이미는 누가 나한테 소리를 지르면 그렇게 좋아해요. 그 애 엄마는 내 동생인데 나한테 항상 소리를 지르거든요."

그러면서 그는 케이시를 보고 미소를 지었다. 영화에서 여주인공이 사랑한다고 고백하면 그가 으레 짓는 미소였다. 연예 잡지는 그 미소를 가리켜 '여자가 알아서 옷을 벗게 만드는 미소'라고 평하기도 했다.

하지만 케이시에게는 전혀 통하지 않았다. 그녀는 그저 테이트를 노려보았을 뿐이다.

"당신은 정말 이기적이고 몹쓸 사람이군요. 휴대폰 꺼요."

그리고 오디션 장으로 가는 내내 한 마디도 하지 않았다.

오디션 장에 도착해 케이시는 차에서 내리려고 했지만, 테이트가 잠금 장치를 눌러 나가지 못하게 했다. 케이시는 그를 돌아보지 않았다. 그저 가슴에 팔짱을 끼고 앞 유리창을 노려보았을 뿐이다. 테이트가 말했다.

"미안하다고 말하려고 온 거였어요. 당신의 사적인 공간을 침범하려는 생각은 없었어요. 오늘 아침에 화를 낸 것도 내 잘못이죠. 당신 말이 맞아요. 내가 그 집 주인이기는 하지만 그렇다고 홀딱 벗고 돌아다녀도 되는 건 아니죠."

케이시는 그를 바라보지 않았다. 그의 사과는 진심이 아닌 것 같았다. 대본을 쓰고 연습한 것처럼 들렸다. 게다가 어쩐지 어조에 웃음기마저 감돌고 있지 않은가. 하지만 제일 기분 나쁜 건 목소리가 아주 의기양양한 게 케이시가 곧바로 자신의 행동을 용서해 줄 거라고 확신하고 있는 것 같다는 점이었다. 그는 슬픈 어조로 말했다.

"난 내일 여기를 떠나요. 로스앤젤레스로 돌아가죠. 거기는…… 내 집이 있으니까요. 그러니 그냥 우리 저택에서 살아요. 잭이 여기에 정말로 있겠다면……."

케이시는 그를 노려보았다.

"무슨 뜻이죠? 잭이 정말로 있겠다면, 이라니?"

테이트는 슬쩍 미소를 지었다.

"남을 폄하할 생각은 없지만 잘 들어요. 잭이 반했다는 그 아가씨, 분명 아주 예쁘겠죠. 하지만 잭은 해야 할 일이 많고, 다른 사람들 밥줄이 걔한테 달려 있어요."

"아하, 알겠네요. 중요하신 몸이라 이거군요. 돈더미를 깔고 사시는 분들이라 이거죠? 그러니 잭은 버지니아의 서머힐 같은 조그마한 마을에 머물 리가 없고 동네에서 하는 작은 연극 같은 데는 가당치도 않다는……."

테이트는 케이시의 말을 잘랐다.

"그런 뜻이 아니에요! 나는 그저, 잭이 여기 있지는 않을 거란 말이었어요. 소속사가 부르면 가야 하는……."

"그래서 곧 비행기를 타고 휙 가버린다고요? 그래서 당신 같은 사람들과 어울려 지낸단 말이죠? 당장 차 문 열고 나 내려 줘요. 안 그러면 소리 지를 거예요."

바로 그때, 조시가 건물에서 나왔다. 케이시는 유리창을 주먹으로 두드렸다.

그러자 조시가 눈살을 찌푸리며 차 쪽으로 다가왔고, 그가 차 문 손잡이를 잡는 순간 테이트는 잠금 장치를 풀었다.

"무슨 일이야? 괜찮아?"

"지금 괜찮아졌어."

케이시는 바닥에 내려섰다. 조시는 지금 이게 무슨 일인지 알아내려는 듯 테이트를 노려보았다.

"안녕하세요. 저는…….."

테이트가 입을 열었지만 조시가 말을 끊었다.

"당신이 누군지는 압니다. 그런데 왜 케이시가 창문을 두드려 날 부른 겁니까? 트럭에다 가둬 놓고 있었어요?"

"조시! 그게 아냐! 그냥 문이 안 열렸을 뿐이야. 그러니 됐어. 그리고 이 사람 내일 우리 마을을 떠난다니까 상관하지 마. 여기 파이 옮기는 거나 도와 줘. 알았지?"

조시는 잠시 주저하다가 이내 케이시를 바라보았다.

"키트랑 난 아직 네 베리 커스터드 파이 먹을 배는 남겨 뒀어."

케이시는 신음 같은 소리를 내었다.

"그 파이는 이제 없어. 누가 전부 다 먹어버렸다고!"

그리고 숨을 한 번 내쉬고는 말했다.

"나 없는 새에 일은 어디까지 진행 됐어?"

조시는 파이 용기를 차 뒤에서 꺼냈다.

"예상대로지 뭐. 키트는 잭에게 빙리 역을 맡기고, 지젤이 제인을 하기로 했어."

트럭 문은 여전히 열린 채였다. 케이시는 테이트가 안에 그대로 있다는 걸 알고 있었다. 그래서 테이트더러 들으라고 목소리를 높였다.

"키트가 너한테 다아시 하라고 했지?"

"그러기는 했는데…… 내가 할 수 있는지 모르겠어."

조시가 대답했다. 케이시는 조시에게 팔짱을 끼며 말했다.

"이제까지 다아시 역을 한 사람 중에서는 네가 제일 잘생겼을 거야. 영화배우를 통틀어도 너보다 잘생긴 애는 없으니까."

케이시는 소리를 지르다시피 큰소리로 말했다. 그리고 조시와 함께 창고 안으로 들어갔다.

다아시의 세상이 위협받다
Darcy's world is challenged

테이트는 머리를 시트에 댄 채로 자리에 그대로 앉아 있었다. 살면서 이런 식의 냉대를 받아 본 적이 또 있던가. 아역 배우 시절부터 그는 길을 가다가도 자신을 알아보고 흥분한 목소리로 말을 거는 사람들을 상대하곤 했다. "너 혹시 거기 출연한 애 아니니?"라는 말을 수도 없이 듣고 자랐다.

그리고 열여섯 살 이후부터는 자기를 보면 꺅 비명을 지르는 여자들을 숱하게 봐왔다.

아까 공작새랑 같이 집 안에 있을 때는 아침에 저지른 무례한 행동을 파자마 아가씨가 용서해 주지 않을까 생각했다. 그런데 그녀는 테이트에게 자초지종을 설명할 기회도 주지 않았다. 그녀의 행동은 예상했던 것과는 아주 딴 판이었다!

그러자 여동생의 목소리가 귓가에 아른거렸다. 분명히 이렇게 말하겠지.

"오빠, 대체 뭘 기대한 거야? 그럼 그 여자분이 '어머, 테이트 랜더스 님이 내가 열심히 만든 파이를 먹어주셨어! 오늘 완전 계 탔네!'라고 할 줄 알았어?"

뭐, 솔직히 말하자면 그러지 않을까 싶기도 했다. 하지만 지금 와서 생각해보니 그녀의 집에서 공작새를 봤을 때 곧바로 동물관리센터에 전화했어야 했다. 그리고 키트에게 전화를 해서 자기를 좀 데려가 달라고 말했어야 했는데. 그리고……

테이트는 얼굴을 쓸어내렸다. 무엇보다도 지금 그는 저 낡은 창고로 들어가서 사람들을 마주하고 싶지가 않았다. 서머힐 사람들은 다 저 파자마 아가씨 같은 거 아닐까? 안에 들어가면 벌써 그 여자가 내가 한 일을 다 말해버린 건 아닐까? 모두가 기다리던 그 파이를 자신이 다 먹어치웠다고?

테이트는 트럭에 시동을 걸었다. 그냥 곧바로 공항으로 가서 제일 빠른 비행기를 타는 게 좋을지도 모른다. 일단 테이트는 트럭을 주차장 구석에 댄 다음 시동을 끄지 않고 휴대폰을 충전했다.

잠시 후 조수석이 휙 열렸지만, 그는 별로 놀라지 않았다.

"왜 전화 안 받아?"

잭이 조수석에 올라타더니 문을 닫았다.

"배터리가 다 돼서."

잭은 친구를 바라보았다.

"너 지금 쫄았지, 안 그래? 저 안에 있는 여자들 때문에 너무 무서워서 못 들어가고 있는 거지? 뭐, 그거야 그럴 만도 하지. 너라면 여자들이 들뜨기 마련이니까. 하지만 지금 위캄을 연기하는 배우에 전부 넋을 잃고 있다고. 그 배우 잘하던데. 하지만 맨 마지막에 오디션 본 여자애가 연기는 더 잘했어. 그 앤 마치 어릴 적 메릴 스트립을 보는 것 같더라."

잭은 잠시 말을 멈추다 이내 물었다.

"너 오늘 뭐 잘못 먹었냐? 왜 이래?"

테이트는 힘없이 미소 지었다.

"그래, 잘못 먹었다. 그 말이 딱이네."

테이트는 몸을 돌려 문에 등을 기댔다.

"너랑 제인 역 맡은 여자는 어떻게 된 거야? 내가 듣기로는, 너 첫눈에 반했다면서?"

"케이시가 말했구나."

잭은 바보같이 씩 웃었다.

"케이시가 누구야?"

"파자마 아가씨. 기억 안 나?"

"아, 그래. 기억이 나다못해 아주 뇌에 새겨질 정도지. 뭐, 그건 그렇고. 그 제인은 어떤 여자야?"

"진짜 예뻐."

잭은 눈이 풀린 듯했다.

"당연히 그러시겠지. 이 동네 제일가는 미인일 테고. 근처 미인 대회상은 다 휩쓸었겠지. 수영복 입으면 안 따라올 사람이 없는 여자려나. 하지만 네가 그렇게 좋아할 만한 이유가 있어? 뭐 특이한 점이라도?"

"미인 대회 출신 같은 게 아냐. 그 여자 아버지는 이 지역 침례교 목사님이야. 우리는 오전 내내 대화를 했어. 그리고 빙리랑 제인 역을 맞춰 보았는데 완벽했다고. 나 진짜 대사가 입에 착착 감기더라니까!"

"너 내일 나랑 집에 간다고 하지 않았냐."

잭은 코웃음을 쳤다.

"아니, 나 여기 있을 거야. 키트는 지금 나한테 빙리 역을 안 주려고 해. 내가 가버릴 거라면서. 하지만 나 진짜 안 갈 거거든. 9월까지는 돌아갈 필요도 없잖아."

"그럼 몸 만드는 건 어쩌고? 설마 가을쯤에 점심마다 파이를 먹어대 생긴 똥배를 내밀면서 나타나려는 건 아니겠지."

"누가 그런 멍청한 짓 한대? 벌써 감독이랑 이야기 끝냈어. 감독이 여기로 트레이너를 보내 줄 거야. 물론 좋아하지 않았지만 일이 이렇게 되었으니 어쩔 수 없다고 말했어. 그러는 넌?"

"난 내일 점심에 떠날 거야. 빨리 가고 싶어. 너 다시 한 번 생각해 봐야 하는 거 아냐? 목사님 딸한테 반해서 여기에 있을 거라지만……. 그래서 둘이 잘된 다음에는 어떻게 할 건데? 이런 조그만 촌 동네 여자애들은 하룻밤 상대나 휴양지의 짧은 인연 같은 걸로 쿨하게 만족하는 애들이 아니야. 걔들은 애를 낳고 남자를 잡아 둔다고. 그러면서 사흘 동안 전화 한 통 없었다고 불평을 늘어놓을 거란 말이야. 그러니까……."

하지만 잭은 대답했다.

"어쩌면 난 그렇게 발목이 잡히고 싶은 건지도 모르겠어! 나 혼자 사는 빈 집에 들어가는 데 이제 아주 질렸거든. 나랑 두어 번 잤다고 혼인 신고서에 서명해도 되냐고 묻는 여자애들도 넌더리가 나. 그런 애들은 영화 속 주인공을 좋아하는 거지 날 좋아하는 것도 아니잖아."

"그 여자애가 너한테 약이라도 먹였어? 왜 이래?"

그러자 잭의 얼굴에 잠시 분노가 스쳤지만, 그는 이내 웃었다.

"이 마을은 내가 자라 온 곳이랑 비슷해. 물론 여기서는 내가 왔다고 동네 잔치를 벌이지는 않지만. 어쨌든 나는 여름 동안 여기 있을 거야. 그리고 가능하면 평범한 사람이 되어 보려고. 그래서 말인데,

너희 저택에 좀 있어도 될까 물어보려고 했어. 먹을 건 케이시가 요리해 준댔고."

테이트는 불만에 차서 중얼거렸다.

"케이시, 케이시. 그만 좀 해. 넌 이 동네 사는 여자들한테 전부 반하고 다니는 모양이다?"

잭은 친구를 바라보았다.

"야, 알았어. 그래서 너는 왜 이 트럭에 숨어 있는 건데? 엘리자베스 역으로 오디션 볼 여자들이 여섯 명이나 기다리고 있다고."

"내가 다시로 오디션 상대한다고 키트가 말했어?"

"당연히 아니지. 그랬다가는 온 동네 여자들이 다 몰려올 텐데. 너 리디아 지원자들이 줄을 얼마나 섰는지 봤어야 하는데. 그게 다 위캄 역 맡은 애가 그럭저럭 생겨서라고."

"그러면 다시 하는 애는 누구야?"

"소문으로는 조시 하트먼이라는 남자가 할 거라더라. 세트장을 만드는 기술자인데, 키는 185센티미터쯤 되고 잘생기긴 했지만 평범한 인상이야. 하지만 여자들은 그쪽을 좋아하는 것 같더라고. 그건 그렇고, 키트가 그러는데 네가 입을 오디션용 의상이 왔대. 무대 뒤 드레스룸에 갖다놨다던데."

"그 달님 무늬 파자마 입은 아가씨는? 그 여자는 어디 지원한대?"

잭은 씩 웃었다.

"케이시는 지원 안 해. 이건 내 생각인데, 그녀가 오디션을 본다면 세계 최고의 요리 경연대회에 참가해야 해. 워싱턴에 있는 크리스티즈에서 주방장을 했대."

테이트가 말했다.

"거기 좋은 데지. 하지만 그 여자 날 싫어해."

"널 싫어하는 여자가 어딨냐."

"진짜 싫어한다니까. 어, 그러니까…… 솔직히 말하면 여기에 갖다 주려고 그 여자가 만든 파이를 내가 하나 먹었어."

"혹시 베리가 들어있는 커스터드 파이 말이야? 위에 꽃 모양으로 크러스트 만들어 놓은 거? 모두들 그게 없어졌다고 말하더라. 너 혹시 파이 훔쳤냐? 정말로?"

테이트는 눈을 부릅떴다.

"너까지 이러기야! 그래, 내가 그거 훔쳤다. 그리고 깡그리 먹어 치웠어. 숟갈로 막 퍼먹었다고. 아니, 국자로 그랬다. 하지만 나도 그냥 먹은 거 아니야! 먹을 만한 공을 세워서 먹은 거라고. 하지만 그 여자는 내가 왜 그랬는지 묻지도 않았어. 내가 자기 침실에다가 뭔가 수상한 짓을 했다고만 단정 짓더라니까. 경찰을 안 부른 게 이상할 정도야."

테이트는 말을 하다 말고 차창 밖을 노려보았다.

"케이시가 자리를 비운 건 정말 잠깐이었는데, 너 대체 무슨 짓을 한 거야?"

"내가 뭘 해? 그 여자야말로……."

순간 테이트는 잭이 자신을 보고 실실 웃고 있다는 사실을 깨닫고 말을 멈췄다. 이 둘이 친구인 건 이런 이유도 있었다. 테이트는 언제나 속마음을 꿰뚫어 보았고, 잭은 어떤 일에든 웃을 수 있었다.

"그래서 이제 어떡할 건데? 여기 계속 앉아서 휴대폰 충전되는 거나 쳐다보고 있을래? 키트라는 인물을 내가 지켜본 바에 따르면, 좀 있으면 밖으로 나와서 널 질질 끌고 안으로 들어갈걸? 너 키트가 예전에 무슨 일 했는지 혹시 아냐?"

"몰라. 같이 지낼 때도 자기 이야기는 많이 안 하는 분이었어. 키트는 내가 어머니 쪽으로 친척이라고 했지만, 정확히 어떻게 이어져 있는지도 모르겠어. 내가 아는 건, 키트가 어렸을 때 태트웰에 온 적이 있다는 거야. 그래서 니나가 집을 꾸미는 걸 도와줄 수 있었지. 그런데 왜 물어?"

"그냥 궁금해서. 걸음걸이를 보니까 군인이 아니었을까 싶더라고."

잭은 테이트의 휴대폰을 집어 들었다.

"이 정도면 충분히 충전됐네. 네 동생한테서 전화 왔어. 그리고 에이미가 날개를 활짝 편 공작새 사진을 보냈네. 이건 뭐야?"

테이트는 잭에게서 자기 휴대폰을 받아들었다.

"오늘 아침에 케이시 집에서 그 공작새랑 몸싸움을 벌였어. 거의 이길 뻔했는데…… 내 메시지 읽지 마. 너도 들어갈 거야?"

"이제 안에 들어갈 마음의 준비가 됐어? 아니면 내가 얼른 가서 파이라도 한 조각 갖다 줄까? 먹고 기운 내게?"

테이트는 언짢은 신음을 내며 트럭에서 내렸고 두 사람은 함께 창고로 걸어갔다. 그런데 갑자기 잭이 멈춰 섰다.

"어쩌면 케이시가 공작새를 잡아서 너한테 스튜를 만들어 줄지도 몰라. 그거 먹을 만할까? 아! 혹시 선물로 공작새 무늬 파자마를 사 주는 건 어때?"

테이트는 복싱 선수처럼 주먹을 쥐었다.

"나도 그냥 여기 있으면서 너 트레이닝 파트너나 할까보다, 어?"

그리고 잭의 얼굴에 더블 레프트 잽을 날렸다. 하지만 잭은 유연하게 고개를 획 피하면서 테이트의 복부에 정통으로 주먹을 꽂았다. 그러나 테이트 역시 몸을 비틀어 그걸 피하면서 왼손으로 어퍼컷을 날렸고, 그것 역시 빗맞았다. 잭은 주먹을 받아쳤다. 그리고 둘은 이제 엎치락뒤치락하려던 상태였는데.

"그만!"

어디선가 엄하게 호령하는 목소리가 들렸다. 두 남자는 주먹을 내리고 그쪽으로 시선을 돌렸다.

키트가 창고 문 앞에 선 채로 얼굴을 찡그리고 있었다.

"당장 안으로 들어와."

그리고 이 말만을 남기고서 먼저 안으로 들어가 버렸다. 테이트가 속삭였다.

"그러게, 군인이네."

"아니면 제국의 독재자셨든지."

잭의 말에 테이트는 고개를 끄덕였다. 그럴 수도 있을 것 같았으니까.

베넷 부인, 모습을 드러내다

Mrs. Bennet reveals herself

케이시가 음식을 차려놓은 탁자에 돌아왔을 때는, 올리비아가 이미 동네 빵집에서 사온 디저트들을 늘어놓은 참이라 사람들이 알아서 식사하고 있는 중이었다. 키트가 벌써 리디아 역 배우를 발표했기 때문에, 여고생들은 대부분 가고 없었다. 아직 조연 오디션이 남아 있었지만, 대부분의 사람들은 이제 열릴 엘리자베스 역 오디션을 기다리는 중이었다. 이 마을 사람들은 모두 조시가 다시 역을 맡을 거라고 확신했다. 그래서 많은 여자들이 그 배역을 원했다. 그중 몇 명은 예전에도 조시와 데이트를 하려고 시도했지만, 성공한 사람은 거의 없었다. 그래서 엘리자베스 역을 맡으면 조시와 가까워질지도 모른다는 희망이 지원자들의 얼굴에 역력했다.

케이시는 조시가 탁자로 가져다 준 파이 용기를 열었다. 올리비아가 말했다.

"당신이 만든 베리 커스터드 파이가 그렇게 맛있다는 이야기를 들었어요."

"그건 없어요. 누가 다 먹어치워 버렸거든요."

케이시의 목소리는 퉁명스러웠다. 그러자 올리비아가 달래듯 물었다.

"어머, 그래요? 무슨 일 있었어요?"

"나으리께서 배가 고프셨나 보죠. 그렇다고 그거 하나를 다 먹다니, 아직도 믿을 수가 없네요. 분명히 한 조각 정도 먹고는 맘에 안 들어서 나머지는 갖다 버렸을 거예요."

"나으리가 누구예요?"

케이시는 손을 내저었다.

"모르셔도 돼요. 하지만 곧 알게 되실 거예요. 여기에 올 거거든요……."

케이시는 말을 멈췄다. 어떤 여자가 탁자로 급하게 다가왔기 때문이다. 키가 크고 체격이 좋은 여자였다. 긴 얼굴에 검은 머리카락을 한 여자의 눈빛에 분노가 번뜩였다. 그녀는 올리비아에게 말했다.

"이럴 수는 없어! 제인 역을 제대로 해 볼 기회도 못 얻었다고! 저 B급 배우한테 아양 떨면 합격한다는 걸 알았더라면 어떻게든 해봤을 텐데. 아니면 리디아 역에 지원이라도 할 수 있었잖아. 그런데 이게 뭐야! 저 코찔찔이 지젤 놀란한테 제인 역을 주다니 진짜 웃기지도 않아. 걔는……."

올리비아가 급하게 말을 끊었다.

"힐디! 이쪽은 케이시야. 케이시, 이 아이는 내 며느리 힐디예요."

그러자 그녀는 케이시를 위아래로 훑어보며 말했다.

"당신은 무슨 역에 지원하죠?"

그 어조가 꽤 공격적인 데다 목소리마저 허스키해서 케이시는 당황한 채 눈만 깜빡였다.

"지원 안 해요. 나는 여기 케이터링 때문에 왔어요."

"잘됐네요! 말이 나왔으니 말인데요, 당신이 만든 새우 요리는 내 입맛에 좀 맵다고 해야겠어요. 나한테 나중에 꼭 연락해요. 그러면 조리법을 알려 줄 테니까."

"생각해볼게요."

케이시는 이렇게 말하면서 탁자 끝으로 한 발짝 물러섰다.

"힐디, 그건 예의가 아니야."

올리비아의 말에 힐디는 그 무시무시한 눈초리를 시어머니에게 돌렸다.

"여기 식탁 뒤에서 뭐 하는 거예요? 이러면 사람들이 어머님을 하녀인 줄 알 거 아녜요. 그리고 듣기로는 어머니도 베넷 부인 역에 지원한다면서요? 지금 자랑하는 거예요? 내가 배역을 못 얻는 마당에 어머니가 얻는다고? 이러려고 여기 왔어요?"

케이시는 이 여자가 올리비아에게 화풀이하는 게 마음에 들지 않았다. 게다가 올리비아가 주눅든 모습을 보니 더 그랬다. 방금 전만 해도 두 눈에 웃음기가 가득했는데, 지금은 어깨도 축 처져버렸다.

이건 케이시가 상관할 바 아닌 문제지만, 그래도 어쩔 수 없이 탁자 끝으로 다시 다가가서 큰소리로 물었다.

"당신은 엘리자베스 역에 지원하지 않을 건가요?"

힐디는 케이시에게 빠지라는 듯한 눈초리를 던졌다.

"이건 가족 간의 일이니까 신경 꺼요."

그녀는 다시 시어머니 쪽을 돌아보았다.

"내가 못하면 어머님도 못해요. 어머님의 고릿적 사진들을 감독한테 보여주면 분명 배역을 주겠죠. 하지만 그럼 나는 어떡하라고? 그리고 어머님은 이제 그다지 젊지도 않잖아요? 이걸 전부 하려면 체력이 달릴 거라고! 그러니까……."

"테이트 랜더스가 엘리자베스 오디션 상대역이에요."

케이시가 불쑥 끼어들었다. 그러자 힐디는 다시 한 번 이쪽을 돌아보았고 이번에는 분노로 이글이글 타오르는 눈빛을 던졌다.

"내가 말했지……."

그러다 케이시가 무슨 말을 했는지 깨닫고는 말을 멈추었다.

"누구라고?"

"영화배우 테이트 랜더스요. 그 사람이 태트웰 저택 주인이에요. 키트의 친척이고요. 그래서 랜더스는 엘리자베스 역 오디션에 참여하는 여자들을 상대로 다아시를 연기할 거예요."

힐디는 몇 번 눈을 깜빡이더니 뒤돌아서서 자리를 떠났다.

잠시 동안 케이시와 올리비아 사이에 어색함이 감돌았다. 둘 다 무슨 말을 해야 할지 몰라서인 듯했다.

"내가 대신 사과할게요. 힐디는 화가 나면 예의가 좀 없어져요."

케이시는 이런 식으로 소리를 지르는 일이 얼마나 자주 있는 건지, 그리고 왜 올리비아가 아무 말도 못하는 건지 묻고 싶었다. 하지만 이런 개인적인 질문을 하기에는, 오늘 처음 만난 사람이라는 게 걸렸다. 게다가 올리비아가 너무 민망해 하는 표정이라 케이시는 올리비아가 여기서 떠날지도 모르겠다는 생각마저 들었다.

"아까 말한 사진이라는 게 뭔가요?"

"아, 아무것도 아니에요. 그냥 좀 오래된 일이죠."

올리비아는 힐디가 화를 낸 일에 대해 케이시가 별말이 없어서 다행이라고 여기는 듯했다.

"혹시 아까 키트가 준 봉투랑 상관있는 건가요? 그러고 보니 키트가 아까 베넷 부인이라고 부르지 않았어요?"

올리비아가 살짝 미소 지으며 어깨를 다시 펴는 걸 보니, 케이시는 기분이 나아졌다.

"사실은 그래요. 난 젊었을 때 연기를 좀 했죠."

"저 그거 보여주세요!"

케이시가 말했다. 올리비아가 배우였을 시절의 사진을 보고 싶은 것도 사실이었지만, 그보다는 올리비아의 기분을 어떻게든 풀어주고 싶었기 때문이다. 힐디의 말 때문에 올리비아는 생기를 싹 빼앗겨버린 것처럼 보였으니까.

올리비아는 탁자 아래에서 핸드백을 꺼내더니 키트가 건네 준 봉투에서 사진을 빼냈다.

케이시는 아름다운 아가씨, 바로 올리비아의 빛나는 젊은 시절이 담긴 흑백 사진을 보았다. 그건 초상화 구도 사진으로, 올리비아의 얼굴은 사랑하는 사람에게 미소 짓는 것처럼 보였다. 금발머리는 묶어 올렸고, 얼굴에는 컬을 준 머리카락이 드리워져 있었다. 네모지게 파인 드레스 가슴 선은 꽤 깊었다.

"엘리자베스 옷을 입으셨네요?"

"그랬죠. 엘리자베스 역으로 스물네 번 공연했어요."

"서머힐에서요?"

"아뇨. 브로드웨이, 뉴욕에서 했죠."

올리비아는 다시 사진을 봉투 안에 넣었다.

"우아! 그럼 진짜 살아 있는 스타 배우시군요!"

올리비아는 겸손하게 미소를 지었다.

"전혀 아니에요. 그게 유일하게 세상에 나갔던 시절이죠. 난 별로 오래 가지 못했어요."

"무슨 일이 있으셨는데요?"

"살아야 했으니까요. 나는 서머힐로 돌아와야 했고, 그다음에 남편을 만났어요. 그이 이름은 앨런 트럼벌이었죠. 지금은 이미 세상을 떠났어요. 그래서……."

올리비아는 어깨를 으쓱였다.

"나는 다시 무대로 돌아갈 수 없게 됐어요."

"그건 언제였는데요?"

"아주 오래전 일이에요. 흥청망청하던 1970년대였죠."

올리비아는 봉투를 이제 핸드백에 넣었다.

"하지만 키트는 당신을 브로드웨이에서 봤나봐요."

"그랬던 것 같네요. 나는 몰랐어요."

"키트가 기억하는 걸 보면, 연기를 진짜 잘하셨나 봐요. 그러니 배역에 도전을……."

하지만 올리비아는 딱 잘라 말했다.

"그건 안 돼요! 내가 배역을 맡는데 힐디가 못 맡게 되면, 나는 삶이 정말 고달파질 거예요."

올리비아는 그렇게 말하고는 놀라서 손을 입으로 막았다.

"미안해요. 이런 말을 하다니……."

케이시는 올리비아의 손을 잡았다.

"우리 어머니는 의사예요. 엄마는 항상 내게 가르치셨죠. 학대받는 사람의 절반은 침묵한다고요."

그러자 올리비아의 몸이 굳었다.

"힐디가 날 학대하는 건 아니에요. 그냥 화가 났을 뿐이에요."

"죄송해요. 제가 주제넘었어요. 하지만 그래도 전 올리비아가 오디션을 봐야 한다고 생각해요. 아! 만약 힐디가 배역을 딴다면, 그땐 혹시 해 보시겠어요?"

"그러면 가능할지도요."

"분장 도구의 향기와 각광을 받던 무대를 생각해 보세요."

그러자 올리비아가 웃었다.

"그건 1890년대에나 썼던 도구예요. 하지만 그 말도 나쁘지는 않네요. 나는 낮에 일을 하면 되니까, 저녁에는 시간이 날 거예요."

"무슨 일을 하시나요?"

"솔직히 말하자면 나는 양아들 내외와 살고 있어요. 그 애들을 도우면서 살죠."

케이시는 입을 꾹 다물어야 했다. 아까 힐디가 한 말을 지적하고 싶었지만 말이다. 올리비아가 하녀 취급을 받는다며 경멸어린 어조로 말하지 않았던가. 하지만 힐디가 시어머니를 대하는 태도야말로 다름 아닌 하녀 취급이었는데.

케이시는 키트가 바깥 문으로 걸어가는 모습을 보았다.

"잠시만요. 저 키트한테 가서 뭣 좀 물어볼게요."

그리고 케이시는 있는 힘껏 키트에게로 달려갔다.

"키트, 올리비아의 며느리인 힐디에게 캐서린 드 버그 역할을 줘요. 그 여자는 자기가 예쁜 줄 알고 있거든요. 사실은 아니지만 말이죠. 그래서 자기가 제인이 되어야 했다고 생각하고 있어요. 그리고 리디아를 맡을 수 있을 정도로 동안이라고 생각하기도 해요. 그것도 말도 안 되지. 지금 그 여자는 엘리자베스 역에 지원할 거예요. 하지만 그 역을 맡으면 안 돼요. 속물에다 오만하고 성질 나쁜 캐서린 영부인이 딱이죠. 힐디의 본성을 잘 끌어낼 수 있다면 감독으로서 진짜 적역을 뽑게 되는 거라고요. 그리고 무엇보다, 그 여자한테 배역을 준다면 올리비아도 베넷 부인 역 오디션을 볼 거래요."

키트는 미소를 지었다.

"혼자서 판을 다 짜고 있군. 안 그래?"

"그냥 몇 명만 그런 거예요. 싫으세요?"

"아니, 좋아. 그러면 힐디라는 여자의 자존심을 좀 세워 줘야 하나?"

"올리비아한테 피해가 가지 않아야 하니까 뭐라도 하세요."

그러자 키트가 얼굴을 찌푸렸다.

"그게 무슨 말이야?"

"나중에 말씀드릴게요. 그러니까 베넷 부인 역을 올리비아에게 주세요. 그게 여러 모로 좋을 거예요."

"나도 그 배역을 주려고 진작 생각하고 있었어. 자, 그건 그렇고 테이트는 어디 있어? 파이 가져올 때 같이 데려오는 줄 알았는데……."

케이시는 그 말에 인상을 확 썼다.

"분명히 데려오긴 했어요. 근데 파이는 여섯 개가 아니라 다섯 개 가져왔죠. 그 사람이 하나 먹었거든요. 자기 입으로 직접 불더라고요. 하지만 그 파이로 사실 뭘 했는지는 아무도 모르죠. 왜냐하면 그 남자, 위층 내 방에 가 있었어요. 아, 그런 눈으로 쳐다보지 마세요. 거기서 뭘 했는지 전 진짜 몰라요. 그 사람은 연예인 특권이라면 왕처럼 누리는 사람이니까, 자기 소유인 건물이라면 어디든 마음대로 들어갈 수 있다고 생각했던 게 분명해요. 아침에는 내 집 베란다에서 샤워를 하더니 이제는 집 안에 들어와서 음식을 먹고, 내 침실에다가는 알 수 없는 짓을 해 놓았다니까요."

키트는 재미있다는 시선으로 케이시를 지그시 바라보았다.

"여자들은 대개 테이트가 자기 집 주방에 와 있으면 싫어하지 않을 거라고 생각했는데. 더욱이 침실에 있었다면야."

"영화에선 무슨 짓을 해도 상관없지만, 현실에서는 그러면 안 되죠. 게다가 여자들도 방금 키트가 말한 것보다는 좀 더 사리 분별력이 있다고 난 생각하는데요. 어쨌든 답변을 해 드리자면, 저는 역할에 충실하게 그 사람 여기 데려왔어요. 어디 있는지는 잭한테 물어보세요."

"잭은 20분 전에 여기에서 나갔어. 지젤을 두고 이렇게 오랫동안 자리를 비우다니 믿기지가 않는군."

케이시가 고개를 돌리자, 지젤이 관객석에 앉아 있는 게 보였다. 그녀 옆으로 벌써 남자가 둘이나 달라붙었다.

"잭이랑 지젤이 잘 어울리는 한 쌍이라고 보세요?"

"잭의 성격이 영화에 나오는 캐릭터 그대로라고 생각하니?"

"바깥에 나갈 때마다 목숨을 거는, 생각 없는 좌충우돌 캐릭터 같냐는 말인가요?"

"그래. 그런 것 같아?"

키트의 말에 케이시는 대답했다.

"저야 모르죠. 하지만 당신이 잭을 꼬셔서 이곳에서 여름을 나게 만들었으니, 제 생각에는 이제 지젤이 어떻게 하느냐에 달린 거겠죠. 아, 저기 보세요! 이제 오네요."

햇볕이 찬란하게 내리쬐는 바깥에 잭과 테이트가 보였다. 잭은 기분이 좋아 보이는 게, 마치 살아 있어서 참 행복하다는 표정이었다. 반면 테이트는 얼굴을 찌푸린 채였다.

"저런 남자를 여자들이 좋아하다니, 저는 믿을 수가 없네요."

"그렇게 생각해?"

키트는 이렇게 말하고 나서 소리 높여 외쳤다.

"오늘 엘리자베스 역의 오디션을 위해서 영화배우 테이트 랜더스가 상대역인 피츠윌리엄 다아시를 연기할 겁니다."

그 순간, 건물 안에 있던 모든 사람이 일제히 동작을 멈추고 입을 다물었다. 마치 SF 영화에서 우주 여행자가 시간을 멈추는 기계를 작동시킨 것만 같았다. 산들바람이 종이를 가볍게 스쳤고, 바깥에서는 새들이 지저귀었다. 하지만 건물 안은 너무나도 조용해진 나머지 속눈썹이 깜빡이는 소리마저 들릴 지경이었다.

그러다 갑자기 멈췄던 세상이 다시 돌아가는 것처럼 사람들이 움직이는 소리가 엄청나게 커졌다. 그건 마치 헬리콥터가 한 번에 열두 대씩 모여들어 윙윙대는 소리와도 같았다. 사람들이 전화를 꺼내들어 버튼을 누르는 속도를 쟀다면 아마 세계 신기록 급이었을 것이다. 그 지역 통신망이 밀려드는 통화량을 견뎌낸 게 신기할 정도였다.

"세상에, 테이트가 여기 왔어!"

누군가 전화기에 대고 소리를 질렀다. 그 말이 또렷하게 들린 순간부터 모두들 흥분한 상태로 전화기에 대고 고함을 쳤다. 사람들의 목소리는 남자, 여자 구분할 것 없었다. 그들은 자매와 사촌, 친구와 배우자를 비롯해서 알고 지내는 사람이라면 누구에게나 전화를 해댔다. 찢어지는 목소리의 데시벨이 너무 높아져서 급기야는 인간의 가청주파수를 넘어버린 것만 같았다.

키트는 케이시를 내려다보며 '내가 말했잖아'라는 듯 눈썹을 까딱였다.

하지만 그녀는 입구 쪽을 가리켰다. 테이트와 잭은 이제 복싱이라도 한판할 것 같은 자세였다.

"저들 좀 말려요!"

케이시는 키트에게 입모양으로 말했다. 목소리를 낸다 한들 이 엄청난 소음을 뚫을 수는 없을 터였다. 케이시는 돌아서서 올리비아가서 있는 음식 탁자 쪽으로 다가가기 시작했다.

하지만 케이시가 미처 그쪽으로 가기도 전에 창고 앞은 온갖 종류의 승용차와 트럭, 밴이 급히 달려와 끼익, 정차하는 소리로 가득 찼다. 자갈이 마구 날렸다. 잠시 후 여자들이 안으로 몰려 들어왔다. 옷차림도 각양각색이라 더러운 청바지부터 가슴이 확 파인 파티 드레스까지 다양했다. 어떤 드레스는 아직 가격표도 떼지 않은 게 보였다.

몇 분 지나지 않아 잭은 다시 지젤과 사라졌고 테이트는 저쪽 벽에서 키트와 함께 서 있었다. 그들 주위로 너무 좋아 어쩔 줄 모르는 표정을 한 여자 몇 명이 테이트에게 사인을 받기 위해 기다리는 중이었다.

키트는 그 여자들 사이로 케이시를 바라보았다. 표정을 보아하니테이트에 껌뻑 죽는 여자들도 분명 있다는 사실을 보아두라는 것 같았다.

케이시는 일부러 과장되게 어깨를 으쓱였다. 그 모습은 마치 '취향이 특이할 수도 있죠'라는 대답처럼 보였다.

다아시, 무대를 접수하다

Darcy takes the stage

"우리 이제 서빙은 그만해요. 알아서 먹으라고들 하죠."

케이시는 테이블 옆에 서서 말했다. 그러자 올리비아가 말했다.

"이제 가려고요?"

"아뇨. 이제 우리 같이 저 쇼를 볼까 싶은데요."

케이시는 탁자 아래에 둔 식료품 봉지를 뒤져 커다란 팝콘 두 봉지를 꺼냈다.

"조시한테 이걸 사달라고 했어요. 누가 오디션을 같이 진행하는지 키트가 공표하는 순간 불꽃놀이라도 벌어지지 않을까 싶었는데…….이건 정말 기대 이상이네요. 우리 이제 편안히 앉아서 이 웃긴 짓거리를 지켜보자고요."

"분명히 테이트 랜더스 같은 배우와 함께 진행한다면 만사가 참 수월하겠죠."

"하! 제가 이리저리 생각해 봤는데요. 키트는 자선 단체에 기부한다는 사실을 이용해서 저 남자를 이 민망한 연극에 억지로 세운 거예요. 하지만 랜더스는 분명히 말했거든요. 이 연극, 하고 싶지 않다고요. 만약 엘리자베스가 오늘 아침에 봤던 리디아들만큼 연기를 못하지는 않는다고 해도 저 남자는 굉장히 마음에 들지 않아 하면서 거만하게 굴거예요. 그 모습을 보고 싶네요."

올리비아는 너무 놀라 케이시를 바라보았다.

"세상에, 저 남자가 무슨 짓을 했기에 이토록 싫어하는 건가요?"

"음, 뭘 했냐고요. 어디부터 말해야 하나? 내 집에 앉아 있는데 나한테 막 소리를 지른 것부터 해야겠죠. 그리고 잭한테, 자기가 보기에는 내가 별로 예쁘지 않다고 했어요. 그리고 우리 집에 무단으로 들어와서 내가 친구들 주려고 만든 파이를 먹었죠. 그러고도 성에 안 찼는지, 내 침실에 들어와서 무슨 짓을 한 것 같아요. 그러니까 셔츠를 벗어서 그걸 우리 집 지붕 끝에다 매달아놨겠죠. 이런데 내가 싫어하지 않을 수 있나요?"

"당연히 싫겠죠! 이리 와요, 가서 보자고요. 그리고 랜더스가 연기를 못 하면 팝콘을 던져 줘요."

"파이가 아니라서 유감이네요. 그랬다면 아주 좋아했을 텐데."

둘은 웃으면서 키트가 앉아 있는 책상 곁에 자리를 잡았다.

벽 쪽으로는 엘리자베스 역에 지원하는 여자들이 줄을 서 있었다. 그들의 얼굴에는 공포부터 희망까지 다양한 감정들이 드러났다. 오늘 오디션에서 연기할 장면의 대본은 두 페이지짜리 프린트물이었다. 엘리자베스가 자신의 아내가 되기에는 참 많이 부족하지만, 그래도 결혼하고 싶다며 그녀에게 청혼하는 다아시의 모습을 담은 장면이었다.

"저들 얼굴을 보아하니 청혼을 거절할 것 같지 않은데요. 계속해서 커튼을 슬쩍슬쩍 바라보는 게, 모두 랜더스가 정말로 청혼해 주기를 바라고 있나 봐요."

"내가 이 나이를 먹고도 이런 말을 해서 좀 그렇지만, 랜더스 씨가 히스클리프를 연기했을 때는 나도 같이 도망가고 싶을 정도였어요."

"저 사람 영화를 보셨어요?"

"당연하죠. 케이시는 안 봤나요?"

"본 적 없는데요. 그냥 오늘 본 게 처음이에요. 그것도 그냥 보기만 한 정도가 아니라 속속들이 봤죠."

"하지만 셔츠 벗은 모습은 진짜……."

케이시는 코웃음을 쳤다.

"저는요, 그 남자가 옷을 입었든 안 입었든 결론은 똑같아요. 싫어요."

"세상에 어떻게 그럴……."

그 순간 무대 감독이 소리를 쳤다.

"자, 모두 정숙해 주세요!"

곧이어 커튼이 올라갔다. 그러자 어떤 여자가 책상에 앉아 깃털 펜으로 무언가를 쓰는 모습이 보였다. 누군지는 몰라도, 케이시도 동네를 돌아다니다가 본 적 있는 여자였다. 그녀는 리디아 오디션 때 지원자들이 입었던 무대용 드레스 중 하나를 입고 있었다. 예쁜 얼굴이었다.

곧이어 오른편에서 테이트가 무대에 등장했다. 그러자 관객석에서 일제히 한숨이 일었다. 그는 섭정 시대 풍 정장을 입고 있었는데, 그를 위해 맞춘 듯 딱 맞았다. 몸에 달라붙는 바지가 탄탄한 허벅지 위에서 매끄러운 선을 그리며 높은 부츠 안으로 들어갔다. 군살 하나 없는 복부 위로 조끼를 입고, 넓은 어깨에는 검은 재킷을 걸쳤다.

모든 이들의 시선이 무대 위 두 사람에게로 향했다.

테이트가 입을 열자, 그 목소리에 모든 사람들이 동작을 멈추었다.

"아무리 애를 써도 소용이 없었습니다. 나의 감정은 억눌리지 않을 테니. 내가 얼마나 열렬한 마음으로 당신을 숭배하고 사랑하는지 고백하게 해주시기 바랍니다."

사람들은 입을 쩍 벌린 채로 테이트를 응시했다. 그는 정말로 사랑에 빠져 괴로워하고 있는 남자의 목소리를 들려주었으니까. 불안함과 고통, 사랑이 모두 그 목소리에 녹아 있었다.

엘리자베스 역에 도전하는 지원자 역시 놀라 입을 벌리고서 그를 바라보았다. 그렇게 몇 초간 정적이 흘렀지만, 그녀는 그저 테이트를 응시하고만 있을 뿐이었다.

"감사드립니다."

키트가 대사를 알려 주었다. 하지만 그녀는 아무런 말이 없었다.

"당신의 감정에 대해 저도 감사하고 있다는 말씀을 드려야겠지요."

키트가 더 큰소리로 대사를 읊었다.

"하지만 저는 그 감정에 보답할 수가 없습니다."

그제야 그녀가 속삭였다.

"아, 네……. 당신의…… 그러니까, 고마워요."

지원자는 어깨를 펴고서 대사를 시작했다.

"당신에게 고통을 드리게 되어 유감이지만, 그게 오래 가지는 않을 거라 봅니다."

그녀는 대사를 빼먹은 데다 잘못 읊었다. 하지만 더 나빴던 건 그러면서 테이트에게로 한 발짝 다가가 그를 만질 뻔했다는 것이다.

연기를 하는 내내, 테이트는 고통과 사랑이 얽힌 눈빛을 계속 유지했다. 심지어 상대 여자가 검지로 그의 가슴을 쓸어내렸을 때도 그는 연기에 몰두해 있었다.

"컷!"

키트가 소리쳤다. 그러자 그 즉시 테이트는 여자에게서 한 발짝 물러나 뒤돌아서서 무대를 떠났다.

그 지원자는 키트를 보고 말했다.

"죄송해요. 더 잘할 수 있어요. 진짜로 테이트 랜더스를 봐서 너무 놀라서 그래요."

그러나 키트는 딱 잘라 말했다.

"다시 할 시간은 없습니다. 지원해 주셔서 감사합니다. 성함이……."

키트는 책상에 놓인 서류를 보았다.

"루이스 씨. 내려가셔서 드레스를 반납해주세요."

키트의 목소리에는 끝났다는 단호함이 서려 있었다.

오디션은 계속해서 이어졌다. 대부분의 지원자들이 첫 번째 여자처럼 테이트 랜더스 근처에만 가도 넋을 잃어서 자신을 주체하지 못했다. 어떤 지원자는 대사를 할 때마다 웃느라 무슨 말을 하는지 제대로 들리지도 않았다. 그저 펜과 종이를 테이트에게 내밀면서 좋아 죽겠다는 듯 미소 지었을 뿐이다.

드디어 힐디 차례가 왔다. 올리비아와 케이시는 어디 한번 잘해보라는 듯한 태도로 그녀의 무대를 보았다. 하지만 3분 뒤에는 그 태도를 버려야 했다. 힐디는 대사를 까먹지는 않았지만 연기가 너무 오만해서 그 장면의 의도를 완전히 망쳤다. 테이트야 물론 맡은 배역이 귀족이니 그렇다 쳐도, 힐디는 엘리자베스가 그보다 더 귀족인 것처럼 연기했다. 그래서 자칫하면 엘리자베스가 다아시에게 무릎을 꿇고 손에 입을 맞추라고 명령할 것만 같았다.

관객들은 처음에 힐디가 해석한 연기를 보고 충격을 받았다가, 점차 킥킥대는 웃음을 억누르지도 않고 수다를 떨기 시작했다. 하지만 테이트는 힐디의 허세 어린 연기에도 배역에 충실하게 엘리자베스에 대한 불타는 사랑을 고백했다.

올리비아는 며느리의 연기에 대해서는 별말이 없었지만 테이트를 보고서는 '진짜 프로'라는 찬사를 보냈다. 그러자 케이시가 말했다.

"속지 마세요. 저 남자는 지금 이걸 즐기고 있다고요. 포커페이스를 유지한다고 해서 좋은 배우가 될 수는 없어요."

힐디의 연기가 끝나자, 키트는 나중에 그녀를 따로 보고 싶다고 했다. 그 말에 힐디는 고개를 뻣뻣이 쳐들고 무대에서 나갔다. 자기가 배역을 땄다고 키트가 말해 줄 것이라 생각하는 모양이었다. 케이시는 입모양으로 말했다.

"캐서린 역 줄 거죠?"

그러자 키트는 고개를 끄덕였다.

두어 시간이 지나 키트가 잠시 쉬자고 말해서 모두 음식을 차려 둔 탁자로 몰려갔다. 키트는 오디션이 끝난 지원자는 돌아가라고 큰소리로 말했다. 여기 모여든 여자들을 찾으려고 전화벨이 계속 울렸다. 남편들과 베이비시터들, 이웃들이 아이를 데려가라고, 심부름 보낸 건 어찌 됐냐고, 병원에 친척을 보러 가지 않았느냐고 전화를 해댔다. 중간중간 '큰일났다'라는 말도 들렸지만, 아무도 이곳을 떠나지 않았다.

키트가 케이시에게 다가왔다.

"무대 뒤로 가서 테이트한테 마실 것 좀 갖다 주겠어? 그리고 여기 남은 케이크 있으면 그것도 가져가고."

"올리비아가 해 줄 거예요. 전 바쁘네요."

올리비아는 고개를 끄덕이며 접시와 잔을 꺼내어 음식을 담은 후에 무대 쪽으로 갔다. 키트는 케이시에게 물었다.

"연기 잘하지?"

"누가요?"

키트는 몰라서 묻느냐는 듯 쳐다보았다.

"그래요. 그럭저럭 괜찮은 것도 같네요."

아까 올리비아에게 말은 그렇게 했어도, 솔직히 케이시 역시 테이트의 연기에 감동을 받았다. 그는 매번 감정을 살려서 연기를 했고, 모든 연기가 다 좋았다. 그리고 상대역이 그와 반비례하는 연기력을 보여주며 무대를 망칠 때도 테이트는 한 번도 연기가 흐트러지지 않았다.

그 장면을 끝까지 소화한 여자도 몇 명은 있었지만, 테이트처럼 자기가 맡은 배역의 감정을 제대로 보여 준 지원자는 하나도 없었다. 연기를 이어갈수록 테이트는 정말 사랑에 빠져 번뇌하는 남자처럼 보였다.

"엘리자베스 역으로 누구를 고르실 건가요?"

케이시가 키트에게 물었다.

"아무도 없어. 하나같이 끔찍하게 연기를 못하네."

"파커라는 지원자는 나쁘지 않던데요."

키트는 말도 안 된다는 듯 케이시를 바라보았다.

"그녀는 테이트를 보면서 계속 눈짓을 하더군. 혹시 데이트 신청을 하려는 게 아닌가 싶을 정도였다니까."

"그러면 비클리 씨는요?"

"소심하고 불쌍한 연기였지. 테이트의 열정에 겁을 먹은 것 같던데."

"다음 차례 지원자들은 좀 낫겠죠."

"나는 테이트를 영화배우가 아니라 그냥 보통 사람처럼 볼 수 있는 배우가 필요해."

"저기 모인 사람들 중에서 잘 찾아보세요. 그런데 다들 저 남자에게 푹 빠져 정신도 못 차리고 있네요. 저렇게 쳐다보는 눈빛에 정말 넌더리가 나요. '오! 랜더스 씨, 영화에서처럼 저도 그런 눈빛으로 봐주신다면 제 평생을 바쳐 당신을 사랑할게요.'라는 태도잖아요. 어우, 진짜 짜증나. 완전⋯⋯."

케이시는 목소리를 높여 비꼬듯 이렇게 흉내 내다 말고 말을 멈추었다. 키트가 묘한 표정으로 자신을 바라보았기 때문이었다.

"왜 저를 그런 눈으로 보세요?"

"나도 네 말이 맞다고 생각해. 테이트를 쫄바지를 입은 사극 로맨스 배우로 보지 않는 사람이 필요하니까."

케이시는 그 생각에 미소를 지었다.

"그러게요. 저 남자가 진짜 다아시를 연기하지 않는 건 잘된 거죠. 그런데, 조시랑은 맞춰 보셨어요?"

"응. 그런데 솔직히 말하자면 개만큼 연기에 재능이 없는 사람은 본 적이 없을 정도야."

"아, 큰일이네요. 그럼 이제 어떡하실 건가요?"

케이시의 말에 키트는 천천히 미소를 지었다.

"내가 보기에 테이트가 아주 연기를 잘해. 안 그래?"

그러더니 케이시의 대답을 기다리지도 않고 소리를 질렀다.

"5분 후에 오디션 시작합니다! 모두 제자리로 돌아가세요!"

그리고 그는 복도를 지나 책상 앞자리에 가서 앉았다. 마침 케이시 뒤로 다가온 올리비아가 말했다.

"테이트에게 음식을 갖다 주었어요. 정말 친절한 사람이던데요."

케이시는 뒤돌아 올리비아를 보았다.

"설마 저 여자들처럼 그 남자한테 반해버리신 건 아니죠?"

"아니에요. 하지만 저 뒤에 혼자 앉아 있어야 하다니 내 마음이 다 안 좋더군요. 친구라고는 잭 워스밖에 없는데, 그마저도 지젤과 있으려고 가 버렸잖아요. 게다가 그 남자, 불쌍하게도 너무 배고파하더라고요."

"배가 고프다니, 어떻게 그럴 수가 있을까요. 아까 파이를 하나 통째로 먹어 놓고. 아마 내 냉장고도 다 뒤졌을지 몰라요. 아, 빨리 집에 가서 내 침실에 무슨 짓을 했는지 알아내고 싶은데……."

"하지만 저 뒤에 있는 랜더스 씨는 외로워보였어요. 주위에 있는 여자들이 죄다 저토록 바보같이 구니까, 재미가 있을 리 없죠."

"그것도 이제 몇 시간이면 끝이에요. 저 남자, 곧 화려하게 할리우드로 날아가 버릴 거거든요. 거기 가면 자기 수준에 맞는 사람들이 많이 있으니까."

"케이시 말이 맞기는 해요."

"당연히 제 말이 맞죠. 그런데 힐디는 어때요?"

올리비아는 한숨을 쉬었다.

"지금 세상에서 제일 기분이 좋을 거예요. 완전 들떠 있죠. 벌써 아들인 케빈에게 전화를 해서 주연을 맡았다고 말하더라고요. 그걸 못 맡게 되면 어떻게 나올지……."

케이시는 올리비아의 팔을 잡았다.

"키트가 알아서 잘 할 거예요. 문제 해결 능력은 끝내주니까."

"그 사람이 해결 못한 문제도 있었어요. 그런 사람도 감당하지 못할 문제가 있기 마련이죠."

올리비아는 처음 들어 보는 어조로 대답하더니 갑자기 돌아서서 객석으로 향했다.

케이시는 그 뒤를 바짝 쫓으며 물었다.

"키트에 대해서 뭔가 아시는 거죠? 그는 우리 사이에서도 정체를 알 수 없는 인물이거든요. 말로는……."

"이제 막이 오르고 있어요. 우리, 무대를 볼까요?"

케이시는 키트를 지그시 바라보았다. 위엄 있는 존재감을 과시하는 저 남자. 그저 바라보는 것만으로도 상대방의 입을 다물어버리게 만들고 마는 사람이다. 키트가 올리비아를 브로드웨이에서 봤다는 것 말고, 올리비아가 키트에 대해서 아는 건 뭘까?

케이시가 자기를 보고 있다는 걸 이미 알고 있는 것처럼, 키트는 이쪽을 돌아보았지만 그 눈동자는 아무것도 드러내지 않았다. 어쩐지 자기가 끼어들지 말아야 할 일을 엿본 기분이 든 케이시는 얼른 무대 뒤를 바라보았다.

다음 차례 지원자들이 보는 오디션이 시작되었다. 간단히 평을 내리자면, 이번 지원자들은 처음 지원자보다 더 심했다. 쉬는 시간 동안 케이시는 그 지원자들이 왜 여기 온 건지 듣기는 했다. 테이트 랜더스가 엘리자베스 역 오디션에 상대 배우로 연기한다는 공지가 나자 그만 정신을 차릴 수 없었던 것이다. 이건 저 유명한 영화배우를 직접 만날 수 있는 절호의 기회였다. 결혼도 안 한 데다 한 번도 공식적인 여자 친구를 둔 적이 없는 걸로 알려진 영화배우를 말이다.

그러니까 그녀들은 동네에서 개최되는 연극에 진지하게 임할 마음이 없었다. 집안일도 있고, 직장도 가야 하는데 리허설을 할 시간은커녕 분명 주말에 열리는 본 공연도 참석하지 못할 터였다.

그래서 솔직하게 말하자면 한 번 찔러나 보자는 심보가 발동한 것 같았다. 결혼하지 않은 여성들은 테이트를 유혹하는 미소를 지었고, 결혼한 여성들은 본인이 랜더스가 나온 영화를 얼마나 좋아하는지 말하고 싶어 했다. 처음부터 연기 같은 걸 굳이 하려 들지 않는 사람도 있었다.

그렇게 네 차례 오디션을 진행하고 나자 키트는 이게 무슨 일인지 금방 알아챘다.

먼저 키트는 무대 감독을 테이트에게 보내어 잠깐 뒤에서 기다리라는 말을 전했다. 그런 다음 모두가 생각하는 것처럼 군 지휘관 같은 모습으로 이미 오디션을 마친 사람들에게 건물을 나가라고 명령했다. 적잖은 사람들이 투덜대었지만 그들은 모두 핸드백을 들고 나갔다. 이제 그는 남은 지원자들에게 식사를 했던 탁자 옆에 줄을 서라고 말했다.

그 앞에 서서 뒷짐을 진 키트는 지원자들 앞을 걸어다니며 눈빛을 쏘아댔다.

"확실하게 말해 두겠습니다. 진지하게 연기할 생각이 있는 분만 남으십시오. 랜더스 씨 앞에서 웃긴 짓거리를 할 목적으로 온 거라면, 그래서 버지니아의 서머힐이라는 동네는 웃긴 인간들만 모여 산다는 걸보여 주고 싶은 거라면, 본인은 물론이고 온 가족과 이 지역 전체를 욕보이고 싶은 거라면, 당장 나가십시오!"

아무도 감히 움직이지 못했다. 자신이 이런 저열한 목적으로 여기 왔다는 걸 선뜻 인정할 사람이 누가 있겠는가?

"아닌 분들은 대본을 보고 대사를 외우십시오. 여러분들은 랜더스 씨 연기를 보셨으니, 진짜 배우란 어떤 건지 아실 겁니다. 무대에 올라가면 엘리자베스 베넷이라는 캐릭터가 되시길 바랍니다. 지금 상황에 대해서 정확히 설명하겠습니다. 여러분은 지금, 정말 싫어하는 남자가 당신에게 사랑을 고백하는 모습을 보게 됩니다. 하지만 동시에, 그 남자는 당신과 결혼하고 싶어 하는 스스로의 마음을 믿고 싶어하지 않습니다. 왜냐하면 당신과 당신 가족이 수준이 아주 낮다고 생각하기 때문입니다. 교육도 못 받고, 교양도 없고, 예의는 물론 돈도 없다고 생각하고 있습니다. 그래서 당신은 지금, 남자가 하는 무시무시한 말에 화를 내며 반응해야 합니다."

키트는 자신의 앞에 한 줄로 선 열두 명의 여자들을 하나하나 바라보았다.

"10대 소녀처럼 반짝거리는 눈빛으로 입을 딱 벌리고 랜더스 씨를 쳐다보는 건 더 이상 안 됩니다. 버지니아 주민이 할 수 있다는 걸 보여 주십시오. 저 배우에게 여러분이 연기를 잘한다는 걸 알려주시란 말입니다!"

키트 뒤에 서 있던 올리비아와 케이시는 여자들이 그 말을 듣고 자세를 똑바로 고치는 모습을 바라보았다. 키트는 계속 말했다.

"여러분이 대본을 보고 있는 동안 이 장면을 어떻게 연기해야 하는지 다른 여배우가 시범을 보여 줄 겁니다. 그러니 이번에는 대사를 제대로 연습하십시오."

그러자 케이시는 고개를 끄덕이며 올리비아를 바라보았다.

"올리비아에게 연기를 시키려나 봐요."

하지만 올리비아는 고개를 저었다.

"나는 너무 나이가 많아요. 아마 리디아를 연기한 아가씨에게 시키지 않을까요."

"걔는 아주 어리잖아요."

케이시가 곧바로 속삭였다. 이윽고 키트가 옆으로 물러서서, 올리비아와 케이시가 여자들의 시야에 들어왔다.

"봐요, 키트가 이쪽을 골랐네요."

케이시가 미소를 지으며 이렇게 말하는데, 키트가 팔을 뻗으며 소리쳤다.

"워싱턴에서 오신 아카시아 레딕 씨를 소개합니다."

키트의 말은 서커스 조련사처럼 들렸다. 케이시는 영문을 모른 채 키트를 멍하니 바라보았다. 하지만 올리비아는 웃으면서 한 걸음 물러나더니 사람들과 함께 박수를 쳤다.

"전 못해요……."

케이시는 입을 열었지만 키트는 그녀의 팔을 잡고서 무대 뒤편의 문으로 데려갔다. 이윽고 아래층으로 이어지는 복도가 나오자, 케이시는 걸음을 멈췄다.

"진심이세요? 말도 안 돼요. 전 연기라곤 이제껏 해 본 적도 없다고요."

"아니, 연기를 해 본 적이 없다는 건 말이 안 돼. 인생이란 무대와 같다는 말도 못 들어봤니? 너는 대사를 다 알잖아. 그러니 문제없어."

"전 못해요. 게다가 전 랜더스 씨가 너무 싫어요. 저렇게 오만하고 자기 잘난 맛에 사는 사람을 본 적이 없다고요."

순간 케이시는 말을 멈추더니 눈을 휘둥그레 떴다.

"이건 꼭 엘리자베스가 다아시에 대해 생각하는 것과 같잖아."

"바로 그거야. 어때? 랜더스에게 호통을 치고 싶지 않아? 그 냉정하고 점잖은 체하는 무대 위의 모습을 깨버리고 싶지 않아? 여기 있는 여자들이 죄다 아양을 떨어대도 그는 거리낌이 없었지. 그러니 여기 있는 대본을 가지고 네 생각을 랜더스에게 마음껏 말해 주란 말이야,

할 수 있다면. 걔가 그래도 버텨낼 거라고 생각해?"

"저는······."

케이시는 입을 열려다가 순간 천천히 미소를 지었다.

"무대에 딱 나왔는데 거기서 날 본다면 그 남자 꽤나 충격 받겠죠?"

"완전히 평정심을 잃어버리고 말 거야."

그러자 케이시는 함박웃음을 지었다.

"그렇다면 무대 위에 올라가는 보람이 있겠군요."

"카메라 앞에서 좀 잘나 보인다고 해서 무조건 정신을 못 차리는 여자만 있는 건 아니지. 네가 그걸 재한테 보여 줄 수 있다고."

"그래요! 그럼 옷 어디서 갈아입죠?"

"바로 아래가 탈의실이야. 오른쪽 첫 번째 문이야."

"아, 빨리 드레스를 입고 싶네요!"

케이시는 서둘러 복도를 달려갔다.

키트는 웃으면서 돌아섰다. 그는 처음부터 다시 역을 테이트에게 줄 생각이었다. 다만 그렇다면 엘리자베스를 누굴 시켜야 할지 몰랐을 뿐이다. 하지만 지금 보니 엘리자베스를 찾은 것도 같다고, 키트는 생각했다.

제1막 13장

위캄, 자신을 드러내다

Wickham makes himself known

"안녕하세요."

복도에서 남자의 목소리가 들려왔다.

케이시는 지금 화장대에 앉아 마스카라를 꼼꼼하게 덧바르고 있는 중이었다. 드레스는 이미 입었지만, 무대에 등장할 때는 최고로 예뻐 보이고 싶었다. 고개를 돌리자 위캄 역을 맡은 남자 배우의 모습이 보였다. 그는 손에 예쁜 봄꽃 다발을 들고 있었다. 검은 바지에 소매를 올려 입은 흰 셔츠 차림. 정말 잘생겼잖아!

"이거 받아주세요."

그는 수줍은 태도로 한 걸음 다가와 꽃다발을 화장대 끝에 놓았다.

케이시는 이 남자가 참 신선하게 느껴졌다. 온 세상을 다 가진 듯 굴던 사람을 보다가 이렇게 공손한 남자를 보니 좋구나. 그래서 떠나려는 그 남자를 불러 세웠다.

"잠깐만요!"

그러자 남자는 돌아서서 미소를 지었지만 그렇다고 이 작은 방 안에 들어오지는 않았다.

"혹시 엘리자베스 역으로 낙점된 배우한테 이 꽃을 주는 거라면 아쉽게도 그건 내가 아니에요. 난 그냥…… 음, 잘은 모르겠지만 지금 내가 연기하는 이유는 랜더스한테 한 방 먹여 주고 싶기 때문이거든요."

그러자 이제껏 수줍은 미소를 띠고 있던 그 잘생긴 얼굴이 겁에 질린 것처럼 변했다.

"정말 그러고 싶은 겁니까? 랜더스는 할리우드의 대스타인데요."

"그렇겠죠. 하지만 전 할 수 있을 것 같아요."

그러자 남자의 얼굴이 살짝 풀어지는가 싶었지만 걱정 어린 기색은 여전했다.

"왜 그러고 싶어 하는지는 알겠습니다. 아, 제 이름은 데블린 헤인즈입니다. 위캄 역을 맡았지요."

이 남자는 다른 사람들이 자기 이름을 이미 알 거라고 생각하지 않는구나. 마음에 들어.

"연기하시는 거 봤어요. 잘하시던데요."

"칭찬해주셔서 감사합니다."

케이시는 일어나서 그와 악수를 했다. 남자의 손은 커다랗고 따뜻했다. 그리고 그 눈은 정말로 아름다웠다. 아, 우리 집 베란다에서 샤워를 한 사람이 이 남자였다면 얼마나 좋았을까. 케이시는 마지못해 손을 놓았다.

그는 공손하게 한 걸음 물러섰다.

"주제넘게 다른 분 일에 참견하려는 의도는 없지만 테이트 랜더스를 조심하시는 게 좋을 겁니다."

"그 말을 들으니, 당신은 그 사람을 잘 아는 모양이군요."

"안타깝게도 그렇습니다. 랜더스는 나의 처남이었어요."

케이시의 눈이 휘둥그레졌다.

"그럼 당신이 에이미의 아빠인가요?"

그러자 그는 곧바로 답했다.

"네, 맞습니다! 에이미를 보셨나요? 혹시 조만간 여기 옵니까? 에이미가 뭐라고 하던가요? 제 이야기도 했습니까?"

데블린은 한숨을 쉬었다.

"죄송합니다. 사실은 몇 주 동안 딸아이를 볼 수가 없었어요. 허락을 못 받아서요. 실례했습니다."

그는 잠시 옆으로 돌아섰고 케이시는 그가 눈물을 닦고 있는 거라 생각했다. 다시 돌아선 남자는 억지로 미소를 지었다.

"죄송합니다. 하지만 딸아이 일이라면 제가 좀 바보 같아져서요. 그런데 에이미를 어떻게 아시죠?"

그의 진한 감정, 딸아이를 잃었다는 슬픔, 그 눈물이 이 방을 가득 채우는 것만 같았다.

"저는 그냥 전화기 너머로 들었어요. 웃는 소리만요. 그게 다예요."

"아, 그렇군요. 우리 딸은 세상에서 가장 귀엽게 웃지요. 천상의 소리 같아요. 그 목소리를 들어본 지도 참 오래됐네요."

그 순간 무대 감독이 부르는 소리가 들렸다.

"케이시, 무대 준비 끝났습니다."

"갈게요."

케이시는 대답을 하고서 데블린을 돌아보았다.

"남의 일에 간섭할 뜻은 없지만요. 아까 말했던 '허락을 못 받았다'는 건 무슨 뜻인가요?"

그러자 데블린은 깊은 한숨을 내쉬었다. 말을 하려면 용기를 그러

123

모아야 하는 듯했다.

"자세히 말씀드릴 수는 없지만 굳이 말하자면, 유명하신 처남은 아주 부유하고 힘이 세다고 대답할 수밖에 없군요. 그래서 여동생인 나의 아내에게 최고의 변호사를 붙여 줄 수 있었습니다. 이런 말을 해서 죄송합니다. 저는 그저 당신을 응원하고 싶어서 여기 온 것뿐인데…… 제 속마음을 왜 이렇게 보이고 있는 건지 저도 모르겠군요. 하지만 당신은 어쩐지 특별해요……. 아, 죄송합니다. 제가 또 이상한 말을 했네요. 절 바보라고 생각하시겠죠."

"아니에요."

케이시는 방금 그가 랜더스에 대해 한 말을 생각하면서 엄숙하게 말했다. 멋대로 남의 집에 들어오는 것도 모자라서 법을 동원해 남의 딸을 뺏어가다니. 케이시는 데블린에게 미소를 지으며 말했다.

"저, 이 일이 끝나면 이따 우리 집에 저녁 드시러 오실래요? 아, 혹시 저 배우 나으리께서 집주인의 위세를 떨며 날 내쫓지 않는다면 말이에요. 저 사람 집에서 살고 있거든요. 그때 우리 같이…… 이야기를 해 봐요."

순간 데블린의 눈빛에 생기가 돌았다.

"기꺼이 가겠습니다. 아시겠지만 화려한 영화배우의 내면이 어떤지 꿰뚫어보는 사람은 많지 않아요. 여자들은 더더욱 그걸 못 보죠."

그 순간 무대 감독이 소리를 쳤다.

"케이시! 지금 올라와야 해요!"

"랜더스 나으리에게 옷이나 입고 있으라고 전해 줘요. 그리고 저 진짜로 1분 후에 갈게요."

이렇게 말하며 케이시는 데블린이 준 꽃다발에서 파란 꽃을 하나 꺼내어 머리에 꽂은 다음, 그에게 다정한 미소를 지어 주었다.

"여기는 할리우드가 아니니까 그 사람도 자기 맘대로 굴 수 없어요."

그리고 복도를 뒷걸음질로 걸어가며 말했다.

"저녁 8시에 우리 집으로 오세요. 태트웰 저택 위치는 알죠?"

"저도 바로 그 옆에 여름 동안 집을 빌렸습니다. 딸아이가 방문하면 볼 수 있기를 바라고 있거든요."

"보게 되실 거예요."

케이시가 말했다. 그러자 데블린은 씩 웃었다.

"당신이 음식 테이블 옆에서 웃는 모습을 봤을 때부터 당신이 특별하다고 느꼈어요."

그러나 그는 이내 심각한 얼굴이 되었다.

"하지만 조심하세요. 테이트는 자기 마음대로 되지 않으면 굉장히 언짢아하는 사람입니다. 그러니 너무 심하게 대하진 마세요."

케이시는 긴 치맛자락을 모아들고 위층으로 뛰어올라갔다.

"아뇨. 저는 조심하지 못할 것 같아요."

그녀는 가만히 말하면서 무대 위에 발을 디뎠다.

제1막 14장

엘리자베스와 다아시, 춤추다
Lizzy and Darcy dance

케이시는 관객을 바라보지 않았다. 어차피 관객이라 해도 영화배우를 보며 침을 질질 흘리려고 온 여자들이 대부분이었다. 그들 말고는 인부와 전기 기술자밖에 없었다. 인부들은 정원에 나무를 심는 중이었고, 전기 기술자들은 서까래에 조명을 달고 있었다. 조시가 이 근처에 있는지는 알 수 없었다. 아, 키트도 있구나. 그리고 그 책상 뒤로 멀지 않은 곳에서 올리비아가 이쪽을 지켜보는 중이다.

케이시는 잠시 치맛자락을 매만지며 마음을 가라앉혔다. 대사는 잘 외워 놓았다. 그녀와 스테이시가 대본 쓰는 걸 도왔으니까. 그리고 지난 몇 시간 동안 수십 번 듣기도 했다.

지금 케이시의 머릿속은 방금 들은 데블린의 어린 딸 이야기로 가득했다. 테이트 랜더스는 어째서 그런 짓을 한 걸까? 하지만 어쩐지 답을 알 것도 같았다. 소유욕이 대단한 거 봤잖아. 태트웰의 주인이니까, 세입자를 무시하고 그 집에 들어갈 수 있다고 생각하지 않았던가.

그러니 조카도 자기 소유물인 것처럼 구는 거야. 자기 동생이랑 조카까지 자신이 주인이라고 생각하는 걸까? 모든 일을 마음대로 할 수 있는 절대 군주인 양? 그래서 부와 특권을 휘둘러서 에이미의 아버지를 떼어버리려는 건가?

그러자 앉은 자리에서 분노가 차오르는 게 느껴졌다. 지금도 봐, 다른 사람들이 다 자기를 기다리는 이 상황을 즐기고 있는 것 같잖아?

자, 나는 엘리자베스 베넷이라는 걸 명심해, 라고 케이시는 생각했다. 나는 여자가 남자에게 맞서 소리를 지르지 못했던 시대의 여자를 연기해야 해.

그녀의 오른쪽에서는 사람들이 테이트 랜더스 나으리가 무대에 나타나시기를 아직도 기다리는 중이었다. 무대 감독이 "모두 정숙해 주세요!"라고 소리를 지르자 그가 드디어 나올 참이라는 걸 알게 되었다. 어라? 드럼이라도 두구두구 울려야 하는 거 아니었나? 나팔이라도 불어서 '랜더스 나으리 행차요!' 하고 알려야 하는 거 아니야?

이윽고 테이트 랜더스가 앞으로 나오자, 일제히 들려오는 여자들의 한숨 소리가 일렁였다. 케이시는 눈을 흘기지 않으려고 애썼다. 키 크고, 매력적으로 거무스름하니 생긴 건 정말 잘생겼구나. 하지만 데블린 말처럼 케이시는 그 내면을 꿰뚫어 볼 수 있는 사람이었다.

그런데 테이트는 케이시가 예상한 대로 행동하지는 않았다. 솔직히 말하자면 그가 눈살을 찌푸리며 '아니, 너!'라고 짜증을 낼 줄 알았다. 그런데 오히려 살짝 미소를 띤 얼굴은 아는 사람을 만나 반갑다는 표정이 아닌가.

저 남자, 나도 자기 소유라고 생각하는 게 틀림없어. 그래서 케이시는 하마터면 그를 노려볼 뻔했다. 그는 조금 떨어진 곳에서 그녀에게 속삭였다.

"늦어서 미안합니다. 옷장에 문제가 좀 있었어요. 내가……."

"우리 그럼 시작할까요?"

케이시는 퉁명스레 말했다. 그러자 그가 한 발짝 물러섰다.

"그래요. 어디서부터 할까요?"

"어떻게 내가 당신보다 열등한 인간이라고 생각할 수 있죠?"

그러자 테이트는 이게 무슨 말이냐는 듯이 케이시를 응시했다.

"오늘 있었던 일은 정말로 미안해요. 혹시 오늘 밤 시간이 되면……."

"준비됐으면 시작하시죠."

키트가 때마침 큰소리로 말했다.

테이트는 키트 쪽으로 돌아섰다. 무대가 너무 밝아서 반대로 관객석은 깜깜해 보였다.

"알겠습니다. 혹시 잠시만 시간을 주시겠습니까? 다아시의 감정을 잡아야 해서요."

테이트는 관객에게 등을 돌렸지만, 케이시는 그의 옆모습을 볼 수 있었다. 그는 지금 감정을 잡으려고 하는 게 아니었다.

"오늘 밤 같이 저녁 먹어요. 그러면 그게 다 무슨 일이었는지 설명해 줄게요."

그러자 케이시는 미소 띤 목소리로 말했다.

"고맙지만 됐어요. 나는 오늘 데블린 헤인즈라는 분과 데이트를 할 예정이라서요."

케이시는 테이트가 경악에 찬 눈길로 자신을 바라보자 아주 만족스러웠다. 그리고 이 남자가 제정신을 차릴 기회를 주지 않을 생각이었다. 그래서 바로 큰소리로 대사를 던졌다.

"제게 하시고 싶다는 말씀이 뭐죠?"

충격을 받은 테이트의 얼굴은 이내 사랑에 고통스러워하는 다아시의 표정을 담았다. 아까 무대에서 봤던 바로 그 표정이었다. 테이트는 그녀를 마주보았다. 타는 듯한 갈망이 깃든 목소리였다.

"이제껏 난 이 감정과 싸워 왔습니다. 하지만 당신의 비천한 출생과 환경, 수준 낮은 당신 집안사람도 내 마음속에 이 감정을 꺾지는 못했습니다. 내가 얼마나 열렬한 마음으로 당신을 숭배하고 사랑하는지 고백하게 해 주시기 바랍니다. 당신과 결혼하고 싶습니다."

키트가 대본을 썼을 때 이 장면을 미리 읽어봐서 다행이었다. 케이시는 테이트를 불쌍한 눈초리로 바라봤다.

"당신의 표정을 보니 제게서 긍정적인 답변을 기대하는 듯하군요. 그래서 저도 좋은 대답을 드리고는 싶어요. 하지만 저는 당신의 청혼을 받아들일 수가 없습니다. 아픔을 드려서 유감입니다만 감히 말씀드리건대 마음을 추스르시는 데 큰 어려움이 없으실 겁니다."

그러자 테이트는 그녀에게 한 대 맞은 것처럼 한 발짝 물러섰다.

"그게 당신의 대답입니까? 이렇게 예의도 없이 거절하는 이유를 물어봐도 되겠습니까?"

케이시는 이제 불쌍하다는 표정을 놓치고 말았다. 대신에 그녀의 눈동자에서는 분노가 살짝 스쳤다. 이 남자에게 정말로 화가 나는 건 어쩔 수가 없었다.

"그렇다면 저야말로 어째서 당신이 제 기분을 상하게 하고 모욕하시는지 여쭤어 봐도 될까요? 당신의 이성이나 의지와는 정반대로 저를 좋아하신다고요? 수준도 맞지 않다고 하셨죠! 예전에는 저도 당신을 좋아했을지 모르겠지만 지금은 아닙니다!"

"날 오해하시는 겁니다. 내 마음을 설명하고 싶습니다. 나는……."

사실 이 말은 대본에 있는 대사가 아니었다. 하지만 케이시는 그가 자기만의 방식으로 대화를 시도할 기회 같은 건 줄 마음이 없었다.

"저는 정말이지 당신을 싫어할 이유가 너무나도 많답니다. 당신은 내 사생활을 침해했고, 잘 알지도 못하면서 날 비난했어요. 그리고 내 것이었던 물건을 훔쳤고요."

케이시의 눈동자는 분노로 번뜩였다.

"게다가 아이를 아버지에게서 빼앗으려고도 했죠."

"뭐라고요?"

지금 말하는 건 다아시가 아니라 테이트 랜더스였다. 케이시는 그의 평정심을 깨뜨리고 속마음을 드러내게 만들었다는 데 자못 승리감이 들기도 했다.

"당신은 부와 권력을 이용해서 당신 여동생에게 법률 자문을 지원했죠. 아닌가요?"

그러자 테이트의 눈빛에서 뭔가 깨달았다는 기색이 보였다. 그는 몸을 딱딱하게 굳혔다.

"지금 내 매제 이야기를 하는 겁니까?"

"그래요. 위캄을 연기할 남자분이죠. 이제 대답해 보시죠? 사적인 문제에 대해서 간섭했나요, 안 했나요?"

객석에 앉은 사람들은 죄다 미동도 없었다. 전기 기술자들은 일을 멈추고 대들보에 앉아서 다리를 달랑거리며 무대에서 일어나는 사건을 지켜보았다. 그중 한 사람은 스포트라이트를 두 사람 쪽으로 조종해서 그들이 더 잘 보이도록 했다. 다음 차례 오디션을 볼 여자들은 눈을 떼지 못했다. 누가 감히 유명한 영화배우에게 저런 식으로 말한단 말인가?

그 자리에서 놀라지 않은 듯한 사람은 딱 한 명, 바로 키트였다. 그는 책상 앞에 앉아서 미소를 지었다. 바로 이것이 정확히 원했던 것이라는 표정이었다.

"위캄이라고?"

테이트는 이를 악물고 말하다가 곧 어깨를 폈다. 그 목소리는 자신만만했다.

"그랬습니다. 나는 내 동생이 사랑하지 않는 남자에게 아이를 뺏기지 않도록 내가 가진 모든 걸 이용해 도왔습니다."

"그렇다면 당신은 가족을 수하에 두기 위해 조카를 인질로 잡았다는 걸 시인하는 거네요? 당신은 주변에 있는 모두를, 나까지 포함해서 다 자신의 것이라 여기는 듯하군요."

그러자 테이트의 표정이 변했다. 하지만 이번에는 분노하던 얼굴에서 어쩐지 재미있어 하는 내색으로 바뀌었다.

"나는 당신을 내 소유라고 생각한 적이 없습니다. 당신이 아이들 그림책에서나 볼 수 있는 잠옷 차림으로 내 앞에 나타났을 때조차도 말이죠. 나를 부적절한 관계로 유혹하려던 게 혹시 당신 의도였습니까?"

그러자 케이시의 분노가 커졌다.

"유혹하다니요? 당신 정말 말도 안 되게 오만한……."

그녀는 테이트를 노려보았다. 이 남자, 지금 내가 무대에 서 있다는 걸 잊고 흥분하게 만들 작정인가본데 그렇게는 안 되지.

"당신이야말로 그 점에서 나쁜 짓을 하셨어요. 처음에 내 앞에 모습을 드러내었을 때는 정말 태초의 헐벗은 모습 그대로셨죠. 그리고 마법을 부려 비를 내리게 하고 결혼하지 않은 여자가 봐서는 안 되는 부분에 거품을 드리웠잖아요."

그러자 테이트는 미소마저 띄우려 했다.

"그렇다면 어째서 당신이 있다는 걸 알려 주지 않았습니까? 아니면 왜 그곳에서 도망치지 않았습니까?"

"그건 두려웠기 때문이죠. 아가씨들은 폭력 행위를 두려워하잖아요!"

"아무 소리도 내지 않은 채 가만히 있던 분이 거품 운운하시다니. 당신의 아가씨다움이란 대체 무엇을 말하는 건지 의심스럽군요."

케이시의 입술은 이제 비웃음을 띠었다.

"그렇다면 당신 때문에 정절을 저버린 여자들이 얼마나 많은지 알아볼까요? 그냥 이름을 녹음하는 걸로 충분할 듯싶군요. 넘어간 여자의 이름을 목록으로 만든다면 이 작은 마을에 그걸 다 적을 만큼 충분한 종이가 없을 것도 같습니다만."

잠시 동안 그는 관객에게 등을 돌렸다. 그래서 테이트가 정말 이 상황을 즐기고 있다는 건 케이시만 볼 수 있었다. 그리고 그가 다시 객석으로 얼굴을 보였을 때 관객들은 '바로 그 표정', 그러니까 영화에서 흔히 보던 테이트 특유의 표정을 보게 되었다. 검은 눈동자는 욕망에 흠뻑 물들어 있었고, 목소리는 낮고도 유혹적인 울림을 담았다.

"이렇게 반항하는 걸 보니 본인도 그 목록에 속하고 싶은 것 같은데."

그는 손을 뻗어 그녀의 뺨을 어루만지려 했다. 하지만 케이시는 그 손길을 쳐냈다.

"저는 당신을 가질 마음이 없습니다."

테이트는 이제 그녀의 두 손목을 잡았다. 그리고 느릿하고도 유혹적으로 그녀의 손바닥에 키스했다. 내리깐 눈으로 그녀를 내려다 본 테이트의 표정이란 마치 그녀가 자기 품에 안겨서 모든 걸 용서해 주기를 바란다는 듯했다.

하지만 케이시는 아무런 느낌이 없었다. 그의 연기는 이토록 거짓

투성이다. 아주 깊은 인상을 주려고 작정을 했군. 그래서 그녀는 아무런 반응을 보이지 않았다. 그저 차가운 눈빛만을 쏘았을 뿐이다.

"뭐죠! 얼른 놓지 못하시나요."

테이트는 정말 놀라 보였다. 아, 내가 정곡을 찔렀구나. 그는 더할 나위 없는 유혹의 연기를 펼쳐보였지만 내가 방금 그게 실패했다는 걸 알려 준 거야.

그는 케이시의 손목을 내려놓고 가만히 서서 그녀를 응시했다. 뭐라 할 말이 없는 표정이었다.

케이시는 주저 없이 나머지 공격을 날렸다.

"오늘 밤 나는 당신이 버린 매제와 저녁을 들 거랍니다."

그가 말도 못 하는 상태라는 걸 확인한 뒤 케이시는 다시 대본으로 돌아왔다. 목소리에는 진짜로 살기가 가득했다.

"당신을 처음 봤을 때부터 당신의 오만함과 자만심, 그리고 타인에 대한 이기적인 무시를 알게 되었습니다. 그 때문에 당신이 싫어졌고 이 마음은 절대로 바뀌지 않을 거예요."

케이시는 그의 곁에 바짝 붙어 섰다. 가슴이 서로 맞닿을 정도였다. 그 상태에서 그녀는 테이트의 눈을 올려다보았다. 그의 눈에서 허세가 싹 사라진 걸 보자 케이시는 기분이 좋았다.

"당신이 이 세상에 남은 단 한 사람의 남자라 해도 나는 당신과 결혼하지 않겠습니다."

테이트는 한 발짝 물러섰다.

"이제 됐습니다! 당신 감정이 어떤지 알았어요. 나는 지금 심하게 내 감정이 부끄럽습니다. 이토록 많은 시간을 뺏어서 미안합니다. 당신 평생에 안녕과 행복이 있기를 기원하겠습니다."

테이트는 돌아서서 무대를 나갔다.

케이시는 그 자리에 그대로 서서 그가 나가는 모습을 지켜보았다. 분노에 찬 발걸음이었다. 이윽고 그녀도 무대 다른 쪽으로 걸어 나가기 시작했다.

그런데 바로 그때, 박수가 터져 나왔다. 깜짝 놀란 케이시가 객석을 바라보자, 모든 사람이 박수를 치면서 환호하고 있었다. 전기 기술자들은 서까래에서, 정원사들은 창문 바깥에서, 여자들까지도 전부 다, 모두가 박수를 치면서 소리쳤다.

"케이시, 잘했어요!"

"우리를 대표해서 한 방 먹였군!"

"훌륭해요!"

케이시는 얼굴에 피가 확 몰리는 느낌이었다. 지금 한 걸 뭐라고 해야 하나……. 어쨌든 이러는 동안 사람들이 보고 있다는 걸 까먹고 있었다. 그녀는 그저 너무나도 싫은 남자에게 가시 돋친 말을 던져대는 것만 인식하고 있었을 뿐이다.

하지만 박수와 환호에 기분이 좋아지는 건 어쩔 수 없었다. 그래서 우아하게 살짝 인사를 한 다음, 무대 뒤로 달려 나갔다.

제1막 15장

엘리자베스와 빙리, 인식과 지식에서 차이를 보이다
Lizzy and Bingley differ in perception and knowledge

잭이 저택의 문을 열고 케이시를 맞았다.

"식사가 간소해서 미안해요. 오디션이 늦게 끝나서 어쩔 수가 없었어요."

케이시는 문 바깥에 선 채 말했다.

"그리고 오늘 저녁에 손님이 있거든요. 그래서 음식을 제대로 준비할 시간이 더 없었어요."

그녀는 들고 온 커다란 바구니를 잭에게 내밀었다.

잭은 그걸 받아들고 문을 활짝 열면서, 자신이 배우라는 게 참 감사했다. 이런 상황에서도 미소를 지을 수 있으니 말이다. 아까 테이트는 누구 하나 죽일 것 같은 모습으로 집에 돌아왔다. 사정을 알고 보니 그의 전 매제 아니면 케이시 때문이었다. 하지만 잭이 알아낸 거라고는 헤인즈가 위캄을 연기한다는 것, 그리고 케이시가 그의 편을 들었다는 것뿐이었다. 잭은 무슨 일이 일어난 건지 전부 듣고 싶었다. 케이시에게 들어오라고 했지만, 그녀는 물러서면서 겁에 질려 손을 내젓기만 했다.

"미안하지만 사양하겠어요. 저는 지금 저녁 준비를 해야 해요. 게다가 오늘 하루 참 피곤한 일이 많았고요."

"그럼 내가 집까지 같이 걸어도 될까요?"

"그래 주면 좋죠."

잭은 바구니를 내려놓았고, 두 사람은 게스트하우스까지 걷기 시작했다.

"당신 엘리자베스 베넷 역 오디션을 봤다면서요."

"그런 건 아니에요. 음, 말하자면 그 비슷한 걸 했지만요."

"키트가 뭐라고 했어요?"

그 말에 케이시는 걸음을 멈췄다.

"미안하지만…… 윽! 오디션은 완전 망했어요. 무대 위에서 상황이 그렇게 돼서 정말 화나고 민망했거든요. 하지만 사람들은 좋아하더라고요. 그리고……."

그녀는 손을 휘휘 저었다.

"키트도 참 좋아했어요. 아주 붕 떴더라고요. 내가 분장실에서 옷도 안 갈아입은 상태였는데도 다짜고짜 들어오더니 날더러 엘리자베스를 하라는 거예요. 그 말만 하고 나가버렸죠. 항상 그런 식이야! 키트는 완전 독재자처럼 명령해요. 게다가 다 정해진 일이라는 듯이 그 영화배우 님께서도 아마 다아시를 할 거라고 말하더라고요. 그리고 이제 일이 다 마무리됐다는 듯이 나가버렸죠. 나는 그 뒤를 쫓아가서 테이트 랜더스랑 연극을 하느니 차라리 알루미늄 프라이팬에다 갈지도 않은 칼로 요리를 하는 편이 낫겠다고 했어요. 그랬더니…… 하아."

케이시는 잭을 쳐다보았다.

"아, 미안해요. 그 사람이 당신 친구인 건 아는데, 그 남자가 날 너무 열 받게 해서요. 어쨌든 당신도 그 남자를 옆에서 오랫동안 봐 왔으니 나같이 말하는 여자들을 많이 만났겠죠."

잭은 쭈뼛거리며 대꾸했다.

"아뇨. 솔직히 말하면 이런 말하는 여자는 당신이 처음인데요."

이윽고 그들은 게스트하우스에 도착했다.

"내 생각은요, 여자들이 그 남자 잘생긴 얼굴에 완전 맛이 가서 진짜 본성이 어떤지 못 알아보는 게 아닌가 싶어요. 그 남자가 못생겼다면 여자들이 정말 신경도 안 썼을 텐데."

"여자들이야 보통 다 그렇죠."

"아니, 지금 여자들이 전부 겉모습만 중시하고 남자의 몸매에만 끌린다고 말하는 건가요?"

잭은 눈썹을 치켜떴다. 케이시는 그 모습을 보고 웃었다.

"알았어요. 당신이 이겼어요. 잠깐 들어올래요? 마실 거 드릴게요. 12년산 스카치위스키 온더락 어때요?"

"아, 좋죠."

잭은 예전에 앉았던 스툴에 다시 앉았다. 케이시는 그에게 술을 따라 주었다. 잭은 잔을 홀짝이면서 주방을 정리하며 이리저리 움직이는 케이시를 바라보았다.

"그래서, 연극은 할 거예요?"

"전 배우가 아니랍니다. 그저 테이트 랜더스에 대한 분노를 대사에 열정적으로 담았을 뿐이에요."

그러더니 케이시는 잭을 바라보며 말했다.

"그 남자가 내 침실에서 무슨 짓 했는지 알아요?"

"모르겠는데요."

사실 잭은 전혀 모르는 건 아니었다. 케이시는 스테인리스 볼을 서랍에 탁 넣으며 말했다.

　"내 생각에는 거기서 옷을 벗은 것 같아요. 지붕 끝에 그 남자 셔츠가 걸려 있었거든요. 집에 돌아갔을 때 침실에 뭐가 있을까 생각하니 하루 종일 얼마나 무서웠는지 몰라요."

　"그리고 또 뭐가 이상했는데요?"

　"내 파자마가 바닥에 있더라고요. 그리고 내 옷장 위 물건들이 전부 위치가 바뀌어 있었어요. 그 남자가 내 물건을 뒤진 것처럼요. 게다가 있죠, 침대 아래에서 공작새 깃털이 나왔어요. 초록색 동그란 무늬가 있는 거요. 침실에서 그런 게 나오다니 진짜 소름끼치지 뭐예요! 내일 조시가 집 문에다가 잠금장치를 설치해 줄 거예요. 그리고 창문도 다 닫아 둬야겠죠."

　잭은 눈살을 찌푸렸다.

　"테이트가 그랬을 리 없는데요."

　"친구는 본래 객관적으로 볼 수가 없기도 하니까요."

　케이시는 설거지를 시작했다. 잭은 주저하며 말했다.

　"케이시, 데블린 헤인즈에 대해서 말하고 싶은 게 있어요."

　그러자 케이시는 그가 무슨 말을 할지 금새 알아차릴 수 있었다.

　"당신, 그 사람 개인적으로 알아요? 아니면 랜더스한테 듣고서 말하는 거예요?"

　케이시는 도전하듯 잭과 눈을 마주쳤다.

　"나도 들은 거죠, 뭐."

　잭은 이렇게 말하고는 술을 또 한 모금 마신 후 더 이상 아무 말 하지 않았다. 케이시는 한숨을 쉬었다.

"이제 내 이야기는 그만하죠. 잭, 당신 보니까 지젤한테 완전히 빠진 것 같던데요."

잭은 다시 술잔을 내려다보았다.

"지젤은 아주 멋져요, 사랑스럽고. 그녀를 보고 있으면 기사가 되어서 보호해 주어야 할 것만 같죠."

"어…… 잭, 있죠……."

케이시는 아일랜드 조리대 너머로 잭에게 몸을 숙였다.

"지젤이 내 이복 자매라는 건 당신도 알죠? 우리는 공통점이 있긴 하지만 또 완전 다르기도 해요."

"무슨 뜻이에요?"

"지젤은 정말 피어나는 한 떨기 꽃처럼 아름답죠. 그건 인정해요. 어딜 가든 남자들이 따라다니고."

잭은 케이시가 자기 물음에 대답하지 않았다는 걸 알아차리지 못하는 것 같았다.

"지젤 아버지는 그녀의 데이트 상대에게 아주 엄하다는 말을 들었어요. 이해해요. 보호해 줘야 마땅한 아가씨니까."

"솔직히 말하자면 놀란 목사님은 지젤이 아니라 상대방을 보호하려고 그러는 거예요."

그러자 잭은 신음을 내었다.

"아, 설마 지젤한테 무슨 정신적 문제라도 있는 건 아니죠? 지난 2년 동안 내가 사귄 여자들이 모두 미친 애들이었거든요. 어떤 애는 사흘 동안 잠도 안 자고 춤을 추다가 그 후로 엿새 동안 침대에 쓰러져서 죽고 싶다고 말했죠. 그러다 일어나면 또 춤추러 가고 또 쓰러지고. 아, 이 말 기자들한테 흘리지 말아요. 그러면 당신을 고소할 테니까."

"아니, 지젤은 미친 건 아니에요. 정신은 아주 말짱해요. 이걸 어떻게 설명해야 할지 모르겠네요. 음, 예전에는 영화 속 공주님들이 보통 가만히 서서 누군가 구해주러 오기를 기다렸잖아요? 하지만 지금은 공주님이 칼을 들고 앞길을 헤쳐 나가죠?"

"그렇죠. 하지만 난 그게 좋아요. 최근에 찍은 영화에서는 여주인공이 나를 두 번 구해 줬죠."

"나 그 장면 좋아해요. 그때 벽을 타고 올라가서 헬리콥터에 매달렸던 거, 정말 당신 맞아요? 진짜로 절벽에서 바다로 다이빙했어요?"

"다 나예요. 다이빙 장면을 보고 보험회사에서 기절했다는 말을 들었어요. 하지만 어쨌든 해냈죠."

"그러면 지젤과 어울려도 괜찮겠네요. 자, 당신을 쫓아낼 생각은 없지만 이제 저 샤워하고 옷 갈아입어야 하거든요. 오늘 밤 데이트가 있어요."

잭은 일어섰다. 아주 잠깐, 그는 뭔가 또 할 말이 있어 보였지만 하지 않았다.

"좋겠군요. 누군지 몰라도 운 좋은 남자네요."

"고마워요."

케이시가 말했다. 잭은 문 쪽으로 가다가 다시 돌아와서는 케이시의 뺨에 키스했다.

"오, 보답으로 내일 저녁 밥상엔 맛있는 비둘기 고기를 준비할게요."

"그 뭐냐, 두 사람이 먹을 만한 크기의 스테이크를 뭐라고 하죠?"

"샤토브리앙(소스를 곁들인 두꺼운 안심 스테이크)이요."

"그거 생각해둬요. 나중에 먹고 싶으면 말할게요."

"언제든지 말만 해요."

케이시는 잭이 걸어가는 모습을 지켜보고는 문을 잠갔다.

"지젤이 메뚜기를 잡아서 튀겨 먹지만 않는다면야 잘되겠지."

이렇게 중얼거린 케이시는 계단 쪽을 슬쩍 바라보았다. 아까는 침실에 단 몇 분만 있었는데도 그 안 광경에 너무 소름이 끼쳐서 금방 내려올 수밖에 없었다. 그래서 재빨리 네 사람 몫의 저녁을 준비한 다음 2인분을 잭에게 싸서 갖다 준 거다. 테이트의 식사까지 넣고 싶지는 않았지만 어쨌든 그 남자는 여기 살고 있는 집주인이다. 게다가 케이시는 누구든 배고프게 그냥 둘 수가 없었다.

2층으로 올라가는 계단 앞에서 케이시는 한숨을 깊게 쉰 다음 발걸음을 옮겼다. 어쩌면 이따가 향이라도 피워서 그 남자 때문에 부정 탄 기운을 이 집에서 없애버려야 하는 게 아닐까.

침실에 들어온 케이시는 방 안을 둘러보았다. 아까는 급하게 물건들을 제자리에 두느라 정신이 없었다. 어머니가 선물로 준 자그마한 빨간 보석함은 왼쪽에 두어야 한다. 그녀가 수상한 '최고의 요리사' 트로피 두 개는 오른쪽이 제자리다. 애팔래치아 산맥에서 활짝 웃는 아이들에 둘러싸인 채로 엄마와 함께 찍은 사진은 가운데 놓았다. 커다란 솔빗은 작은 빗 옆 수건 위에 올려둔다.

케이시는 서랍 안을 확인해 보았지만 없어진 건 없었다. 이윽고 바닥에 떨어진 파자마를 집어 빨래 바구니 안에 넣었다. 저걸 다시 입을 수는 있을까.

침실 문과 창문을 단단히 걸어 잠그고 둘러보니 대체 그 남자가 여기서 뭘 한 건지 의아해졌다. 혹시 여자 물건을 만지는 걸 좋아하는 남자 아냐? 으, 징그러.

케이시는 재빨리 샤워를 한 다음 데블린이 오기를 기다렸다. 면 원피스에 짧은 분홍 가디건을 걸치고 파스텔 톤의 단아한 샌들을 신었다. 너무 대담하지 않은, 수수하고 단정한 차림새였다. 마지막으로 거울을 보면서 그녀는 오늘 밤 다시는 테이트 랜더스의 이름을 입에 올리지 않겠다고 다짐했다.

그러다 문득 든 생각. 자신이 엘리자베스를 하고 데블린이 다아시를 하면 안 되나? 그리고 조시가 위캄을 하면 되잖아. 나쁘지 않은 생각이다. 내일 마음을 단단히 먹고 키트에게 가서 데블린이 다아시를 하지 않으면 자신은 절대로 엘리자베스를 하지 않겠다고 말할 것이다.

케이시는 이제 미소를 지으면서 아래층으로 내려갔다. 그리고 제일 예쁜 와인잔을 꺼내 촛불과 함께 탁자를 꾸몄다.

다아시, 자신을 변호하다

Darcy defends himself

"너도 그걸 봤어야 하는 건데!"

테이트가 말했다. 저녁 식사를 마친 두 남자가 자리 잡은 곳은 저택의 서재였다. 잭은 누워 잘 수도 있을 만큼 큰 가죽 소파에 앉아서 케이시가 보온병에 담아 준 에스프레소를 홀짝이는 중이었다.

바닥을 어슬렁거리며 걷는 테이트의 모습은 마치 맹수 같았다.

"그 여자는 내가 아주 건방지고 자존심 빼면 시체인 놈인 줄 아나보더라고. 하지만 정작 내가 어떤 사람인지 아무것도 모르잖아. 특히 우리 모두가 헤인즈 때문에 어떤 일을 겪었는지 전혀 모른다고!"

테이트는 주머니에 손을 넣고서 빨간색과 초록색 체크무늬 커버를 씌운 의자에 앉았다. 한 시간 전, 케이시가 저녁 식사를 가지고 왔을 때 테이트는 위층에 있었다. 바구니를 본 그는 그 안에 자기 먹을 것은 없을 거라고 믿었지만, 음식은 2인분이었다. 위스키에 절인 송어 요리를 먹는 동안 테이트는 별로 말이 없었다. 다만 그 훌륭한 음식에 독이 들어 있지는 않나 바라볼 뿐이었다.

"요리를 제대로 할 시간이 없어서 급히 만든 게 이 정도면 여유로울 때는 얼마나 좋은 음식이 나오는 걸까."

잭이 이렇게 말했지만 테이트는 대꾸하지 않았다. 그리고 서재에 올라가서는 거의 폭발할 지경으로 친구에게 자초지종을 털어놓았다.

잭은 깜짝 놀랐다. 테이트의 전 매제가 여기 와 있다니. 더군다나 위캠 역을 맡은 게 그 사람이라니. 오늘 말고 잭이 데블린을 본 건 이제껏 단 한 번뿐이었다. 그것도 오늘은 무대 위에 있던 모습이어서 잭은 그게 헤인즈라는 걸 알아보지 못했다.

"위캠 역에는 딱이네."

이렇게 말하긴 했지만 잭은 오늘 밤 케이시가 데이트한다는 사람이 바로 데블린 헤인즈라는 말에는 크게 놀랐다.

"그 남자에 대해 이야기하려고 했는데 내 말은 들을 것 같지 않더라고. 케이시 말도 틀린 건 아니야. 나는 헤인즈에 대해서 모르니까. 그러니 네가 직접 케이시한테 말해 줘야 해."

"그럼 지금 나보고 가서 개처럼 꼬리를 내리고 내 말을 좀 믿어 달라고 사정하란 말이야? 그렇게는 안 해!"

테이트는 일어서서 또 왔다갔다 걷기 시작했다.

"대체 그놈을 언제 만난 거지? 그 여자 오늘 하루 종일 식탁 앞에 있었는데……. 그리고 오디션 내내 그 금발 여자랑 같이 앉아서 보는 것마다 비웃어댔다고. 아, 물론 시끄럽게 떠들었다는 건 아니야. 내가 무슨 외계인인 것처럼 쳐다보던 여자들보다는 훨씬 예의 바른 편이긴 했지. 하지만 나는 똑똑히 봤어. 그 여자는 나도 웃었을 장면에서 정확히 웃더라고. 한번은 어떤 여자가 '안 해요'란 대사를 '해요'라고 말했어. 무슨 대사였냐 하면 이 세상에 남자가 다시 하나밖에 안 남았다고 해도 절대 결혼하지 않겠다고 말하는 부분이었는데, 글

144

쎄 그걸⋯⋯."

"무슨 말인지 알겠어. 어설픈 배우가 대사를 망쳤군."

"그래. 하지만 웃기긴 웃겼어. 근데 그걸 아무도 눈치 못 채더라고. 그 여자만 눈치챘고."

"케이시야. 이름 있어."

"그래. 파자마 아가씨."

"너 그 별명을 케이시 앞에서 불렀다가는 제 명에 못 살 거다."

"그럴 일은 없어. 왜냐하면 난 내일 떠날 거거든. 어쨌든 그때 슬쩍 봤더니 그 여자랑 금발 여자는 너무 웃어서 의자에서 쓰러질 뻔하더라고. 그런데 그 여자는 누구야?"

"금발 여자? 아니면 파자마 아가씨?"

"야, 헛소리는 그만 해. 나 피곤해."

"그 금발 여자분은 올리비아라던가 그래. 그분이 베넷 부인을 한다더군."

"내가 떠난 다음에도 오디션이 있었어?"

"몰라. 나도 지젤이 말해 줘서 안 거야. 어쨌든 네가 실수하기 전에 말해 두는 건데, 지젤은 파자마 아가씨, 그러니까 케이시와는 이복 자매야. 그러니까 지젤 앞에서는 케이시 욕하지 마. 너도 커피 마실래?"

"아니."

"그럼 넌 매제를 어떻게 처리할 거야?"

잭의 말에 테이트는 딱딱하게 대꾸했다.

"더 이상 매제 아니라니까. 전 매제야. 돈을 많이 줘야겠지. 그래서 우리 눈앞에서 사라지도록 만들 거야."

"그건 불가능해. 에이미의 아빠잖아."

145

"내 동생이 바람피웠을 가능성은 없는 건가? 유전자 검사를 해서 에이미의 진짜 아빠가 어디 괜찮은 회계사인 걸로 드러났으면 좋겠는데. 아니면 아이들 생일 파티 때 오는 피에로 배우라도 좋아. 그것도 아니면…….."

"걔가 그랬을 리 있냐. 망상은 그만둬. 지금쯤 헤인즈는 케이시랑 게스트하우스에 있을 테지. 그러면서 네가 얼마나 자기중심적인지 떠들어대고 있을걸. 그리고 네가 말한 거 듣기는 했는데, 너 정확히 케이시 침실에서 뭘 했던 거야?"

테이트는 헛웃음을 지었다.

"오늘 아침에 관리인이 수컷 공작새 한 마리랑 암컷 몇 마리를 여기다 풀어 놨어. 그런데 그 수컷이 그 여자네 창 방충망을 뚫고 2층으로 올라갔단 말이야. 그리고 방 안을 완전히 엉망으로 만들어 놨다고. 난 셔츠를 벗어서 그 짐승을 창문 밖으로 내쫓아 줬어. 그러다 얼굴을 물릴 뻔도 했어. 나 진짜 그 공작새 잡아다가 구워 먹고 싶어."

"아까 갔을 때는 방충망에 구멍은 없던데? 관리인이 벌써 고쳤나보군. 그러면 그 이야기를 케이시에게 했어야지."

"그 여자는 나더러 이제껏 같이 잔 여자들 이름을 쭉 대란 말밖에 안하던데? 그것도 우리가 무대 위에 있을 때 대놓고 그러더라니까. 사람들이 다 듣고 있는데!"

"아, 그 광경을 직접 못 보다니 진짜 억울하다. 그래서 넌 뭐라고 했어?"

"나는, 음…… 그래서 내가 제일 잘하는 눈빛을…… 그러니까 너도 무슨 말인지 알지? 그런데도 날 거절했어."

"그게 뭔 소리야?"

잭은 이렇게 묻다 말고 눈을 크게 떴다.

"너, 아니, 세상에서 둘째라면 서러울 로맨스 영화 주인공인 네가 유혹하는 얼굴을 디밀었는데도 널 싫다고 했다고?"

테이트는 한숨을 쉬었다.

"그래, 그랬다니까. 나 진짜 작정하고 '내 품에 안겨' 눈빛을 쐈단 말이야. 나 그걸로 큰돈 벌어 온 거 너도 알잖아. 하지만 그 여자, 그 깜찍한 입술로 날 비웃더니 나가 죽으라고 하더라. 뭐, 정확히 그런 말은 아니었지만 그게 그거지."

테이트는 잠시 말을 멈추었다가 다시 이었다.

"여기서 진짜 웃긴 게 뭐냐면, 내가 무대로 걸어 나가서 그 여자 얼굴을 딱 본 순간 그저 반가웠다는 거야. 적어도 그 여자는 처음 본 사람이 아니었으니까."

테이트가 소파로 와 푹 주저앉는 바람에 잭의 커피가 살짝 넘쳤다.

"그래. 그러니까 케이시를 만난 순간 넌 바보가 되었는데, 케이시는 말끝마다 널 때려눕혔다는 거군. 하지만 그래도 여전히 넌 좋아하고 있고, 아주 많이."

"무슨 소리야!"

테이트는 딱 잘라 말하면서 짜증을 냈다.

"아니야? 케이시가 네가 우습다고 생각한 대목에서 같이 웃었다면서. 그리고 네가 있는 대로 눈빛을 쏘아댔는데 맞받아쳤다며? 너, 엄청 예뻤던 마지막 여자 친구를 찬 이유가 그거였잖아. 정확히 네가 뭐라고 했더라? 아이큐가 문고리 수준이었다고 했던가? 그 말 맞지? 그리고 그 전 여자 친구가 싫었던 이유는 널 죽을 만큼 좋아했기 때문이라면서."

"그래. 걔는 테이트 랜더스의 여자 친구인 게 얼마나 황홀한지 계속 떠들어댔었지. 그래서 그 말을 듣는 내가 바로 테이트 랜더스라고 말해 줘도, 그게 무슨 말인지 모르더라고."

"그래서 넌 지금 케이시가 똑똑한 데다가 널 죽을 만큼 좋아하지 않아서 화가 난 거냐? 내가 듣기에는 이보다 더 좋을 수 없는데? 자, 그럼 이제 묻자. 닌 네 '전 매제'를 어떡할 거야?"

"어떡하긴 뭘 어떡해? 내가 뭘 할 수 있는데? 그 여자는 날 너무 싫어해서 내가 무슨 말을 해도 안 들을 텐데."

"그래서 넌 내일 비행기 타고 로스앤젤레스로 그냥 가 버린다고? 케이시는 헤인즈랑 데이트하게 놔두고? 그놈의 본색을 케이시가 알게 되기까지 얼마나 걸릴까? 너 나한테 그랬지. 니나가 펑펑 울었다고. 케이시는 그렇게 울기 전에 그놈 정체를 알게 될까? 니나가 의사의 치료를 받아야 했던 것처럼 케이시도 받을 수 있을 거란 생각은 안 해? 파란 알약을 먹었댔나? 아님 초록색인가?"

테이트는 버럭 소리를 질렀다.

"둘 다 먹었어! 그래, 알았어. 넌 그러니까 이제……."

"그리고 에이미도 있지. 헤인즈가 연극을 한다면 여기 여름 내내 있을 마음이라는 거야. 여기 니나랑 에이미가 정말 좋아하는 곳이라며? 그래! 넌 조카한테 조랑말을 사 줄 수 있어. 하지만 기껏해야 로스앤젤레스에서 사서 보내는 정도밖에 못 할 거야. 왜냐하면 거기서 살아야 하니까. 그러면 조랑말 타는 법은 에이미의 아빠가 알려주겠지. 개 아빠는 케이시랑 여기 계속 있을 테니까. 이게 그놈 방법인 거야. 안 그래? 먼저 여자한테 잘해 주고 자기한테 홀딱 넘어오게 한 다음에 차 버리는 거잖아. 여자 돈을 다 빼먹은 다음에는 끝인 거지. 하지만 걱정

마. 헤인즈가 케이시를 엉엉 울리고 떠나면 내가 위로해 줄게. 아! 넌 그때 로스앤젤레스에 있을 테니까 내가 부탁한 것만 좀 보내면……."

"그만! 알아들었으니까 그 망할 놈의 입 좀 그만 닥쳐."

테이트는 휴대폰을 협탁에서 집어 들고는 버튼을 마구 눌렀다.

"누구한테 걸어? 나도 아는 사람이야?"

"내 비서한테 문자 보내는 거야. 내일 비행기 취소하라고. 여기 있으면서 이 코딱지만 한 동네 연극에 다시 출연하려고. 제길! 다 우리 가족만 아니었더라도 안 했을 거야!"

잭은 미소를 감출 수가 없었다. 그는 여름 내내 이 크고 낡은 저택에서 혼자 지내긴 싫었다. 하지만 지금 상황을 보라. 테이트에 니나, 에이미 그리고 새로이 사귄 친구 지젤과 케이시도 여기 있겠지. 이것 참 살 만한데!

잭은 텅 빈 벽난로 앞에서 얼굴을 찌푸린 테이트를 보았다. 말은 하지 않았지만 만약 테이트가 케이시를 바라보고 있었다면, 헤인즈는 분명히 그걸 봤을 거란 의심이 들었다. 물론 케이시가 예뻐서 따라다니는 거라는 생각에 이의를 제기할 마음은 없다. 하지만 만약 그놈이 케이시를 따라다닌다면, 그건 분명 테이트를 짜증나게 하려는 의도일 것이다.

잭은 커피를 홀짝이면서 테이트가 급히 비행기 예약을 취소하던 걸 떠올렸다. 그건 잘된 일이다. 누군가 케이시에게 사실 테이트가 좋은 놈이라는 걸 납득시켜야 한다면 그건 바로 테이트 본인이어야 했다. 그러다 잭은 문득 좋은 생각이 떠올랐다. 그리고 그 생각은 친구인 테이트가 곧바로 할 일이기도 했다.

잭은 빈 컵을 커피 테이블에 올려놓고 일어섰다.

"오늘 너무 피곤한 하루였어. 지젤이랑 내일 아침 먹기로 했거든. 그럼 잘 자고 또 보자."

그러자 테이트가 말했다.

"피곤한 하루였다……. 바로 그거야! 헤인즈가 절대 거절하지 않는 게 있다면 그건 바로 자기가 보기에 아주 비싼 거. 그것도 남이 사주는 비싼 거. 이 집에 와인 병이 있나?"

"주방 찬장에 있더라."

"좋았어! 너 자기 전에 나 부탁 하나만 들어 주라. 와인 두 병만 게스트하우스에 가져다 줘. 내가 거기다가 '축하합니다'라고 써 붙여 놓을게."

"너 헤인즈한테 와인 주려고?"

테이트는 슬며시 미소를 지었다.

"케이시는 오늘 하루 종일 서 있었어. 술을 마시고 얼마나 멀쩡하게 있는지 한번 보자고."

잭은 웃었다.

"그거 너무 도박 아니냐. 하지만 통하기를 빌어보자. 카드 써. 내가 술 가져 올게."

베넷 부인, 걱정하다

Mrs. Bennet is concerned

"케이시?"

올리비아는 소파에서 자고 있는 아가씨를 내려다보며 눈살을 찌푸리지 않으려고 애썼다. 케이시가 자기 집에서 뭘 하든 그건 자신이 상관할 바가 아니었으니까.

"방해하고 싶은 생각은 없지만 사람들이 오고 있어요. 그리고……."

올리비아는 케이시의 부스스한 상태를 빠르게 훑어보았다.

케이시는 목에 경련이 일어나 얼굴을 찡그렸다. 정신을 차려 보니 깔끔한 차림새에 완벽한 머리 모양을 한 올리비아가 자기 거실에 서 있었다.

"괜찮아요?"

"그럼요."

케이시는 아직도 온몸이 찌뿌둥한 느낌을 받으며 뻣뻣한 몸을 일으켜 앉았다. 옷을 갈아입지도 않고 자서 온통 퉁퉁 부은 느낌이었다. 브래지어의 끈에 살이 쓸리기도 했다.

"지금 몇 시죠?"

"9시 좀 넘었어요. 함부로 들어올 생각은 없었어요. 하지만 몇 번이나 문을 두드렸는데도 대답은 없고, 안을 보니까 케이시의 발이 보이는데 움직이지는 않아서 걱정이 되었거든요. 저, 왜 소파에서 잤는지 물어봐도 될까요? 숙취가 있다면 아스피린을 갖다 줄게요. 혹시 위층에 누가 있는 거라면 난 곧바로 나갈게요."

"숙취는 없어요. 와인도 딱 반 잔 마셨는걸요. 하지만 어제 하루 종일 힘들었잖아요. 그래서 그것만으로도 정신을 잃어버렸네요. 그대로 테이블에 엎어졌는데, 일어나 보니까 자정쯤 됐었어요. 침대에 가서 자려고 했는데 도저히 계단을 오를 수가 없더라고요. 그래서 그냥 여기에 쓰러진 거죠. 오늘 오디션이 몇 시인가요? 음식 준비해야겠네요."

"그것 때문에 왔어요. 무대 감독이 전화를 했는데, 오늘은 오디션이 없대요. 그렇지만 일할 게 많아서 케이시가 필요하다네요. 보니까 누가 인터넷에 테이트 랜더스가 다아시 역을 맡아 연극을 한다고 올렸나 봐요. 사람들이 주차장에 텐트를 치고 기다리기 시작했대요. 그래서 거기서는 일 못해요."

케이시가 눈을 비비자 손에 까맣게 자국이 생겼다. 화장 안 지우고 자는 거 진짜 싫어하는데.

"아, 누가 그거 아니라고 말해 줘야죠."

"내가 보기엔 그럴 거 같은데요. 테이트가 친구인 잭과 여기 머물 거란 소문이 돌아요. 그리고 그 사람 여동생도 온다고요. 테이트도 연극에 참여할지도 모른다고 직접 말했어요."

케이시는 일어서서 등을 쭉 폈다.

"그러면 엘리자베스는 누가 한대요?"

"마지막으로 들은 건 케이시 당신이에요. 정말로 정해진 거라면 어제 했던 훌륭한 연기 때문에 테이트도 여기 머물 마음이 생긴 거라고 난 생각해요. 그러니 이제 배우가 돼서 테이트에게 연기로 한 방 먹여 봐요."

"한 방이라면, 석궁으로 화살을 한 방 먹여 주고 싶네요."

케이시는 이렇게 투덜거리더니 올리비아를 보며 말했다.

"저 지금 샤워를 아주 오랫동안 해야 할 거 같아요. 그리고…… 헉! 어떡하지? 잭한테 아침 주는 걸 깜빡했어요."

"오는 길에 잭을 봤어요. 그 남자, 지젤이랑 밥 먹으러 간다던데요."

"둘만요?"

"다른 사람도 만나려는 것 같던데요. 둘만 있지는 않은 듯한데."

그러더니 올리비아는 주방 쪽 복도를 슬쩍 바라보았다.

"그나저나 케이시, 왜 소파에서 자고 있었던 거예요? 식탁에는 2인 분이 차려져 있는데……. 당신이 쓰러졌을 때 같이 식사하던 사람이 도와주지 않았나요?"

"제가 식탁에 머리를 박고 곯아떨어졌으니 그 남자 기분이 별로였 겠죠. 솔직히 좀 미안하네요."

하지만 올리비아는 웃지 않았다.

"테이트라면 그보다는 매너가 좋지 않을까 싶었는데……. 분명히 당신을 부축해서……."

"함께 밥 먹은 건 랜더스 씨가 아니에요. 저는 데블린 헤인즈랑 있었 어요. 아시죠? 위캄 역 배우인데?"

"아, 그랬군요. 그 사람을 만난 줄은 몰랐어요. 그 남자도 여기에 최 근에 이사 왔대요?"

"여기 얼마간 머물 거예요. 그 남자는 랜더스 씨의 전 매제였어요.

그 끔찍한 이야기를 올리비아도 들었어야 했는데! 아니, 생각해보니 안 듣는 편이 낫겠네요. 어쨌든 데블린은 서머힐에서 딸을 만나길 고대하고 있어요. 랜더스 씨의 여동생 딸이죠. 랜더스 그 남자는 아마 여름 내내 여기 있으면서 데블린의 하나밖에 없는 딸이 아빠를 만나지 못하도록 막을 게 분명해요."

올리비아가 말했다.

"그건 너무 심한 억측이에요. 어서 올라가서 샤워하지 않을래요? 샤워 말고 아예 욕조에 물을 받아서 좀 들어가 있는 건 어때요? 나도 어제 목욕을 했는데 한결 낫더라고요. 그리고 머리가 산발이네요. 엘리자베스는 그런 캐릭터가 아니에요."

"랜더스가 다시를 한다면 난 절대로 엘리자베스 역을 맡지 않을 거예요! 어제 데블린이 한 말을 듣고 나니 테이트 랜더스를 다시는 보고 싶지 않아졌어요. 솔직히 저는 이사를 갈지도 몰라요."

"그것도 좋은 생각이네요. 피자헛에서 새로운 주방장을 찾고 있다고 들었어요. 아니면 올여름에 있을 결혼식에서 케이터링을 맡을 수도 있고요. 몇 주 찾다보면 쓸 만한 주방을 구할 수 있을 테니까 곧바로 시작하면 돼요."

케이시는 멀뚱히 올리비아를 쳐다보았다.

"꼭 우리 엄마처럼 말씀하시네요."

"칭찬으로 듣겠어요. 자, 어서 가서 씻어요!"

"네, 엄마."

케이시는 미소를 지으며 위층으로 달려갔다.

베넷 부인, 다아시를 이해하다

Mrs. Bennet understands Darcy

올리비아는 케이시의 주방을 청소하며 눈살을 찌푸렸다. 식탁 위에는 참 맛있었을 게 분명한 음식의 잔해가 대접과 접시들에 남아 있었다. 냉장 보관이 되지 않는 음식은 버려야 했다. 그녀는 음식을 버리는 걸 좋아하지 않았다. 식탁 위에는 반쯤 찬 와인 잔 하나만 놓여 있었을 뿐 와인 병은 없었다. 와인 잔 하나는 또 어디 갔지? 게다가 촛대 위로 양초가 끝까지 다 타서 말라붙어 있었다.

위캄 역을 맡은 그 남자는 그 자리에서 그냥 걸어 나간 것 같았다. 피곤했던 케이시가 잠에 취해 쓰러진 상황에서 그는 와인 잔과 병을 집어 들고 날름 자리를 뜬 것이다. 게다가 촛불을 끄지도 않았잖아.

"안녕하세요."

고개를 들자 방충망 바깥에 서 있는 테이트가 보였다.

"귀찮게 할 생각은 없습니다만 잭이 여기 차를 두고 갔어요. 어제 케이시를 태워다 주면서 그랬다네요. 근데 차 안에 키가 없어서요, 아마 여기 있는 모양입니다. 제가 지금 음식을 사러 나가야 해서요."

주저하듯 나온 목소리는 어쩐지 미안한 기색이었다. 올리비아는 문을 열어 주었지만 그는 안으로 들어오지 않았다.

"차 키만 받으면 됩니다."

"난 그게 어디 있는지 몰라요. 케이시는 위층에 있지만 곧바로 내려오지는 않을 거예요. 들어와요. 내가 아침 만들어 줄 테니."

"정말요?"

그의 목소리엔 반가운 기색이 역력했다. 너무 심하다 싶을 정도로 주눅 든 겸손함에 올리비아는 신경이 쓰였다.

"그래요. 그리고 케이시가 아래로 내려오면 창문으로 도망치게 해 줄게요. 케이시는 당신을 석궁으로 쏴버릴지도 모르니까요."

그러자 테이트가 신음을 흘렸다.

"제가 여름 내내 여기 있을 거라는 이야기, 그 여자도 알고 있나요?"

"그래요."

"그래서 뭐라던가요?"

"케이시는 엘리자베스 안 하겠대요. 그리고 여기서 나가서 피자헛에서 일자리를 잡을 거 같아요."

올리비아는 달걀을 깨서 달구어진 프라이팬에 올리고 다른 프라이팬으로는 베이컨을 구우며 대답했다.

테이트는 고개를 떨구고 한숨을 쉬었다.

"이야기를 들어 보니 제 전 매제 말에 넘어간 모양이군요. 아무리 노력해도 그놈이 날 비난하는 말을 그대로 감수해야 하네요. 그렇지만 사랑하는 조카의 아버지를 폄하하는 건 내 명예가 더러워지는 일이라서 전 그럴 수가 없습니다."

올리비아는 빵을 토스터기에 넣으면서 대답했다.

"흐음, '폄하하다'라는 건 너무 과장된 표현이네요. 그리고 '명예' 같은 말은 쓰지 말아요. 너무 구식으로 보이니까요. 고개는 옆으로 살짝만 기울이도록 해요. 깊은 절망에 빠져 있기에는 너무 잘생겼네요."

그 말에 테이트가 활짝 웃었다. 그리고 목소리가 완전히 달라지더니 이젠 비참한 기색도 싹 사라졌다.

"아, 제발! 그런 걸 알아보시다니 당신도 배우이시군요. 버지니아의 자그마한 마을에서는 배우를 만나지 못할 줄 알았는데……."

"아뇨. 배우는 이런 마을에도 있답니다."

올리비아는 베이컨과 달걀, 토스트가 담긴 접시를 테이트 앞에 내밀었다.

"가서 잼을 골라요. 그리고 대체 무슨 일이 있었는지 나한테 사실대로 말해 봐요."

테이트는 일어서서 예쁜 잼 병들이 늘어선 선반 앞으로 다가갔지만 어느 것 하나 선뜻 고르지 못했다.

"제가 이거 함부로 먹었다가는 잼 주인한테 절도죄로 고발당할 것 같아요."

올리비아는 아일랜드 조리대 뒤에서 이쪽으로 다가와 잼 병을 하나 집은 다음 테이트의 접시 옆에 놓아주었다.

"세상에 징징대는 남자를 좋아하는 여자는 없어요."

테이트는 다시 자리에 앉아 그 잼 병을 집어 들었다.

"레몬 버베나가 들어 있는 귤 잼이라, 제가 제일 좋아하는 맛이에요. 매일 아침 먹어요. 그런데 어째서 제가 그 여자를 좋아한다고 생각하시죠?"

"아, 제발 솔직해져요. 어제 당신은 다른 사람을 다 속였죠. 하지만 나는 당신이 태어나기도 전에 브로드웨이에서 연기했던 사람이에요.

어제 연기를 기계적으로 하더군요. 심지어 오디션 반 정도는 당신을 보고 넋이 나간 여자들을 쳐다보지도 않았죠. 그러면서 케이시와 내쪽은 정말 여러 번 훔쳐보더군요. 당신이 점점 달아오르고 있는 상대가 나는 아닐 테니까, 분명 케이시를 본 거 아니겠어요? 자, 이제 당신과 전 매제 사이가 대체 어떤지 말해줄래요?"

"말씀드리면 어디 가서 이야기하지 않으실 거죠?"

테이트의 목소리는 진지했다.

"우리 둘만의 비밀로 할 거예요."

테이트는 입을 꾹 다물고 고개를 끄덕이더니 목소리를 낮추었다.

"데블린 헤인즈는 정말 망나니 같은 놈이에요. 그놈이 여기 온 건 나한테 돈을 더 뜯어내려는 꿍꿍이 때문입니다. 전 그렇게 생각해요. 내 조카, 그러니까 헤인즈의 딸인 에이미가 아빠에게 말해준 게 분명해요. 엄마랑 자기가 올여름에 여기에 온다고 말입니다. 헤인즈는 분명히 내 동생에게 감언이설을 해 대며 나한테서 돈을 뽑아낼 계획이었겠죠. 예전에도 먹혔으니 이번에도 왜 또 안 그러겠습니까?"

테이트의 목소리는 더욱 낮아졌다.

"그놈이 날 봤을까봐 좀 걱정되긴 합니다. 음, 그러니까, 케이시를 보는 내 눈빛을 봤을까 봐서요. 그래서 케이시를 쫓아다니는 거겠죠."

"당신에게 보복하려고요?"

"전 그렇게 생각합니다. 하지만 아닐 수도 있죠. 어쩌면 정말로 그녀를 좋아하게 된 건지도 모릅니다. 두 사람이 어젯밤에 저녁 식사를 함께 한 걸 저도 아니까, 어쩌면……."

그러다 테이트는 놀란 얼굴로 고개를 번쩍 들었다.

"혹시 그놈 위층에 있습니까? 둘이 어젯밤을 같이 보냈나요?"

올리비아는 미소를 지었다. 이 남자의 진심을 보게 되어 기뻤기 때문이다. 이건 연기가 아니라 진짜긴 한데…… 뭐지? 경악? 공포? 그가 금방이라도 분노에 차서 문을 확 열어젖히고 나가려는 건지, 아니면 위층으로 달려가 전 매제를 창문 밖으로 던져 버리려는 건지 올리비아는 알 수가 없었다.

"아뇨. 그 남자는 위에 없어요. 사실을 말하자면, 케이시는 저녁을 먹다가 그만 쓰러져 잠이 들었는데 당신의 전 매제는 그걸 그냥 두고 가 버린 모양이에요. 케이시는 머리를 수프 접시에 박다시피 한 모습이었어요. 내가 젊었을 적에는……."

"그러면 여자를 위층 침실에 눕혀 주었어야지요. 저라면 그랬을 텐데요."

"그러게 말이에요. 자, 그런데 당신은 어제 아침에 케이시의 침실에서 무슨 짓을 했다면서요. 그럼 그걸 어떻게 용서 받을 작정인가요?"

그러자 테이트가 말했다.

"저는 집 안에 들어온 공작새를 쫓아냈을 뿐입니다. 하지만 그녀는 내 말을 절대로 믿지 않을 거예요. 에이미의 아빠가 어떤 놈인지 알려 준다 해도 역시 믿지 않을 겁니다. 이미 철석같이 진짜라고 믿고 있는데 제가 어떻게 설득할 수가 있겠습니까? 케이시는 이미 저를 싫어하기로 마음먹었어요. 그걸 어떻게 바꿀 수 있을지는 모르겠습니다."

"그거 참 난감하네요. 그래도 조언을 해 준다면, 케이시에게 시간을 주고 손을 떼요. 그래서 당신의 전 매제랑 있게 돼요. 그 둘 처음엔 엄청나게 물고 빨고 하겠죠. 그러다 한두 해가 지나면 케이시는 그 남자가 비열한 놈이라는 걸 알아차리고 엄청 상심할 거예요. 그럼 그때는 매력도 없고 겁쟁이인 당신을 봐주지 않을까요. 그럼 해결된 거죠."

테이트는 멀뚱히 그 말을 듣고 있다가 이내 웃음을 터뜨렸다.

"아, 우리 동생이 오면 좀 만나주세요. 둘이서 아주 잘 어울려 지낼 수 있을 겁니다. 또 조언하실 건 없습니까?"

올리비아는 아일랜드 조리대를 가운데 두고 테이트 쪽으로 몸을 숙였다.

"전혀 없어요. 나는 당신도, 당신의 전 매제도 다 잘 모르잖아요. 그러니 어느 쪽을 편들어야 할지는 두고 봐야겠죠. 하지만 지금까지는 테이트 당신이 점수를 더 많이 땄어요. 위캄 역을 맡은 그 남자는 그냥 자리를 떠버렸다니까요. 케이시가 소파에서 자게 된 게 난 맘에 안 들어요. 그 남자는 적어도……."

순간 테이트는 멋쩍은 어조로 말했다.

"제가 와인을 보냈습니다. 와인 두 병을 보냈죠. 그놈은 술을 진짜 좋아하거든요. 그리고 케이시가 어제 하루 종일 피곤했다는 걸 아니까 제가 바라기로는……."

그러면서 테이트는 어깨를 으쓱였고 올리비아는 웃었다.

"적의 약점을 똑똑하게 이용했네요. 점수를 더 주겠어요. 아, 그럼."

위층에서 발자국 소리가 들리자 테이트는 즉시 일어났다.

"나는 가는 게 좋겠네요. 그러면 올여름에는 누가 요리를 해 주나요? 대사 외우는 게 힘들지 않겠어요?"

"음, 사실은 저…… 나름 요리할 줄 압니다. 어머니가 우리 남매를 혼자 키우셨거든요. 그래서 요리를 할 줄 알아야 했죠. 그리고 저는 포토그래픽 메모리를 가졌다고나 할까요. 적어도 대사 외우는 건 자신 있어요. 저는……."

올리비아는 말없이 그를 노려보았다.

"그럼, 할 수 있죠?"

그리고 핸드백을 집어 들고 문으로 다가갔다.

"착하게 굴어요. 그리고 상처받은 왕자님 연기는 하지 말아요. 당신은 지금 영화를 찍고 있는 게 아니니까. 알았죠?"

올리비아는 테이트가 고개를 끄덕이기를 기다린 다음 서둘러 문을 나섰다.

다아시와 엘리자베스, 좀 더 춤추다

Darcy and Lizzy dance some more

"여기서 뭐 하는 거죠?"

주방에 들어온 케이시는 테이트가 아일랜드 조리대 옆 스툴에 앉아 있는 모습을 보자마자 대뜸 물었다. 저 스툴은 잭 전용이라고 내심 생각하고 있었는데.

"올리비아가 들여보내 줬습니다. 밥도 줬고요. 뭐 하고 있는 거냐고 물으신다면…… 어떻게 하면 당신이 올여름에 기꺼이 내게 요리해 줄 수 있을지 생각하고 있습니다. 좋은 방법 있다면 알려줄래요?"

케이시가 식기세척기를 열어 그릇을 빼려는데 그 안은 텅 비어 있었다.

"올리비아가 주방을 청소했나요?"

"그런 것 같은데요."

테이트는 케이시를 바라보며 그녀가 결정을 내려주기를 기다리고 있었다.

"제가 한 건 아니지만 저라도 정리를 했을 겁니다. 물론 올리비아가 여기 없었다면 너무 무서워서 감히 당신 집에 들어올 수 없었겠죠. 그런데 올리비아가 내 멱살을 붙잡더니 날 안으로 끌고 들어왔어요. 진짜 힘 센 분이시던데요."

케이시는 그 농담에 웃지 않았다. 다만 뒤돌아서서 테이트를 노려보았을 뿐이다.

"당신이 올여름을 여기서 지낸다는 게 사실인가요?"

"그럴 것 같습니다. 잭과 신작을 계약한 감독이 여기로 트레이너를 보낼 겁니다. 그래야 최고의 몸을 만들어서 다음 영화를 찍을 수 있을 테니까요. 나도 그 사람과 같이 운동할까 생각 중입니다. 차고는 지금 체육관으로 개조 중이고요. 당신도 쓰고 싶다면 언제든 환영입니다."

케이시는 한숨을 쉬었다.

"고맙지만 됐어요. 키트가 엘리자베스 할 사람을 찾았나요?"

"키트는 당신이 하는 걸로 알고 있던데요."

"아니거든요! 절대 안 할 거예요!"

케이시는 이렇게 말하고서 문 쪽으로 걸어갔다.

"제가 이렇게 부탁하는데도요?"

테이트가 큰소리로 말했다. 케이시는 여전히 등 돌린 채로 주저했다.

"당신이 나를 좋아하지 않는다는 거 알아요. 그래서 참 유감이고요. 난 키트를 도와주겠다고 약속했어요. 당신은 이 오디션에서 유일하게 연기 재능이 있는 여자예요. 날 영화 속 백마 탄 왕자 정도로 생각하고 있는 여자를 상대역으로 뽑는다면 연극은 진짜 엉망진창이 될 겁니다. 비평가들이 와서 신나게 난도질할 거고요. 그렇게 되면 결국 아무도 표를 사지 않을 거고 피해를 보는 건 자선단체가 되겠죠. 물론 자선단체라고 해도 어딘지 알 수 없는 정체불명의 조직이긴 하겠지만 그래도……."

케이시는 이제 테이트를 바라보았다.

"아뇨. 그렇지 않아요. 적어도 나한테는 어딘지 알 수 없는 정체불명의 조직이 아니라고요. 연극의 수익금 중 3분의 1은 우리 어머니 병원으로 가니까."

"몰랐습니다. 무슨 병원이죠?"

"내과 병원이에요. 애팔래치아에 있죠."

"그거 잘됐네요. 우리가 표를 많이 팔면 당신 어머니에게 가는 기부금도 많아지는 거잖아요. 맞죠?"

케이시는 입술을 꾹 다물었다.

"어머니도 당신이 이렇게 연기를 잘하는 걸 아시나요?"

케이시는 문에서 한 발짝 물러섰다.

"난 연기를 잘하는 게 아니에요. 그 장면이 화를 내는 장면이고 난 진짜 화가 났을 뿐이에요. 바로 당신한테요."

"알아요. 그렇지만 그게 내가 이제껏 본 연기 중에서 가장 박력 있는 연기였다는 말은 하고 싶습니다."

케이시는 눈을 가늘게 뜨고 테이트를 바라보았다.

"어째서 나한테 칭찬을 퍼붓는 거죠?"

테이트는 살짝 미소를 지으며 그윽한 눈길로 케이시를 바라보았다. 이건 그가 다 큰 성인이 되어 여자들이 그를 남자로 바라보기 시작한 이후로 즐겨 써온 꼼수 중 하나였다. 하지만 좀 전에 올리비아가 해준 말을 떠올린 테이트는 이내 그 눈빛을 지웠다. 그리고 다시 고개를 들었다.

"왜냐하면 여름을 즐겁게 보내고 싶거든요. 지난 몇 년간 2주도 제대로 쉬어 본 적이 없어요. 동생과 조카도 여기 올 거라 나는 가족과 같이 즐겁게 지내고 싶습니다. 솔직히 연극에는 참여할 생각이 없었지만 키트가……."

테이트는 손을 내저으며 말을 이었다.

"솔직히 말해서 어쩌다가 여기에 휘말려들었는지 모르겠어요. 벌써 후회가 되긴 합니다. 하지만 한편으로는 여기 있으면서 지겨워죽느니 뭐라도 해야겠다는 생각이 들기도 하거든요. 그러니 어떻습니까?"

"뭐가 어떤데요?"

"잭이랑 나의 식사를 맡아 줘요. 니나랑 에이미가 여기 오면 그 두 사람 식사도 부탁할게요. 그리고 연극 같이 해요. 하지만 먼저 약속해 줘요. 내가 무슨 초콜릿으로 만든 동상인 것처럼 핥아먹고 싶다는 눈빛을 보이지 않겠다고요."

그 말을 들은 케이시는 고개를 돌렸다. 갑자기 자그맣게 미소가 떠오르는 걸 보여줄 수는 없었으니까.

"내가 당신을 싫어하기 때문에 엘리자베스 역을 시키고 싶단 말인가요?"

"그런 셈이죠. 솔직히 말하면 최근에 찍은 영화 세 편에서 함께한 여배우들도 나를 참 싫어했죠."

"왜 그랬는지 알 것 같네요."

케이시가 투덜대었다.

"윽! 너무한데요. 그럼 키트에게 당신이 하기로 했다고 말해도 될까요?"

"내가 할게요. 나중에 키트를 만나면……."

"키트는 여기 있어요. 모두가 다 여기 와 있죠."

"모두라뇨? 여기에 있다니요? 여기가 어딘데요?"

"태트웰 저택에요. 캐스팅된 배우들이 다 여기 있어요. 그리고 여기는 사유지라서 울타리를 쳐 놨고, 이 근처를 지킬 경호원들도 있는 상태입니다. 조시라는 남자가 인부 여섯 명을 데리고 와서 옛 정자를 다시 세우고 있어요. 근데 그 남자랑 잭이 지금 뭔가 라이벌처럼 굴던데요. 왜 그런지 혹시 압니까?"

케이시는 개수대를 문질러 닦으며 대답했다.

"모르겠는데요."

"혹시 제인 역을 맡은 아가씨와 연관된 일이 아닐까 걱정이 되네요. 그분 이름이 뭐였죠? 글렌다던가?"

"지젤이요."

"잭이 정말로 푹 빠졌던데요."

그러자 케이시는 행주를 접으며 말했다.

"그거, 오래 안 갈 거예요. 어쨌든 저 배우들을 어떻게 다 먹일 생각인지 키트에게 물어봐야겠네요. 요리를 내가 해야 하는지도 알아야겠고."

케이시는 현관으로 갔지만 테이트는 그 자리에 그대로 앉아 있었다. 아까 한 질문에 답을 주길 기다리고 있다는 게 눈에 선했다.

"알았어요. 요리해 줄게요. 하루에 세 번, 식사 배달하면 되죠?"

하지만 테이트는 여전히 움직이지 않았다.

"키트한테 가서 연극한다고 말할게요."

테이트는 미소를 지었지만 그래도 의자에서 일어나지 않았다.

"또 뭐 해야 하는데요?"

"제 조카 에이미 말인데요. 내 동생은 요리를 못해요. 한 번도 해 본 적이 없어요. 전에는 스크램블드 에그를 만들어 본다더니 프라이팬에 불을 내더라고요. 에이미는 팝타르트(토스터기에 데워 먹을 수 있는, 네모난 비스킷에 크림이 들어 있는 스낵)를 주면 아침을 잘 먹었다고 생각하죠."

꽃미남 영화배우인 테이트 랜더스가 주방에 들어와 앉아 있는데도 케이시는 그 말을 듣고서야 비로소 눈빛에 생기가 돌았다.

"팝타르트요? 아침에 일어난 아이에게 처음으로 주는 음식이 정제된 밀가루에 백설탕이 범벅 된 과자란 말인가요?"

"제가 주는 게 아니에요. 제 동생이 그런다니까요. 에이미는 아주 편식이 심한 아이에요. 그러니까 그 애에게 마트에서 배달되는 가공품이 아닌 직접 만든 요리를 줄 수 있을까요?"

케이시는 방충망을 열면서 말했다.

"그럴게요. 어쨌든 나는 지금 나가서 일이 진행된 상황을 봐야겠어요. 하지만 당신은 이 집 주인이니까, 여기서 나갈 필요는 없다고 생각하고 있나 봐요?"

테이트는 의자에서 내려와 케이시에게 다가왔다.

"그럼 이렇게 하죠. 당신이 초대하지 않는 한 나는 절대로 이 집에 다시 들어오지 않을게요. 맹세해요. 다른 사람이 아니라 바로 당신이 초대해 줄 때만 들어올게요."

"꼭 뱀파이어가 하는 말 같네요."

테이트는 신음 비슷한 소리로 웃었다.

"누가 〈드라큘라〉를 리메이크한다면 내가 하겠다고 나설까봐요. 그러면 아름다운 목, 바로 여기를 물 수 있을 텐데."

그러면서 테이트는 손끝으로 케이시의 목 옆쪽을 살짝 건드렸다. 그러자 케이시의 몸에 전기가 확 흘러서 팔을 타고 가슴을 찔렀다.

케이시는 깜짝 놀라 테이트에게서 물러섰다.

"지금 뭐 한 거예요?"

"정전기가 났나 봐요. 괜찮아요?"

"괜찮아요. 하지만 이제부터는 절대 손대지 말아요."

테이트는 문을 열어주면서 말했다.

"알았어요. 손대지 않기, 함부로 들어오지 않기, 아무것도 하지 않기. 알겠습니다."

테이트는 케이시의 뒤를 따라 정원에 있는 커다란 정자로 향했다. 그는 미소 짓고 있었다. 정전기라니, 나 참! 그건 가장 원초적인 형태의 순수한 성적 욕구란 말이야.

제1막 20장

엘리자베스, 속마음을 털어놓다
Lizzy confides

케이시가 집에서 나오려는데, 주머니에 넣어 두었던 휴대폰이 진동했다. 그녀는 한 발짝 물러나 영화배우 님이 지나가시게 둔 다음 전화를 받았다. 휴대폰에서 들려오는 이복 자매의 목소리에 케이시는 기분 좋게 말했다.

"스테이시! 여기 언제 올 거야? 내가 공항으로 마중 나갈까?"

"아냐. 음, 있지, 케이시. 나한테 화내지 마. 나 안 돌아갈 거야. 당분간은."

"뭐? 너 와서 세트장도 꾸미고 의상도 봐 주기로 했잖아. 너 없으면 연극이 안 된다고."

"네 마음이 어떤지는 알지만 나 없어도 연극은 돌아가. 엄마한테 전화했는데 글쎄, 엄마가 다니는 독서 클럽이 최근에 수상한 작가의 작품 비평을 거부했대. 회원들이 전부 싫어하는 사람이 선정됐거든. 그래서 그분들이 책 읽기는 때려치우고 대신 창고에 박아 뒀던 재봉틀을 꺼내서 의상 만드는 걸 도와주시기로 했어. 여자 의상을 다 만드실 거래. 그리고 아빠는 로스앤젤레스의 어딘가에서 남자 옷을 구해주겠대. 내가 무대 디자인과 의상 디자인용으로 그려 놓은 스케치는 전부 완성된 상태니까 그거 보고 하면 돼. 그리고 천 가게에서 무대 막이랑 덮개 할 천을 진짜 싼 가격에 구했어."

"잘됐네. 하지만 그래도 네가 그리울 텐데."

"그 말 진심이니? 내가 듣기로는 테이트 랜더스 때문에 요즘 동네가 난리던데. 너 사람들이 전부 보고 있는 무대 위에서 그 남자한테 소리 질렀다는 게 사실이야?"

하지만 케이시는 그 일을 꺼내고 싶지 않았다.

"뭐, 비슷해. 그런데 넌 왜 워싱턴에 있겠다는 거야?"

"음…… 나 어떤 남자를 좋아하게 됐거든."

"뭐? 누구야? 어디서? 언제? 어쩌다가?"

쏟아지는 질문에 스테이시는 웃으며 말했다.

"내가 키트 아들 로웬이랑 밥 먹었다고 했던 거 기억 나? 그 남자가 나를 데리러 왔을 때 자기 사촌인 네이트 태거트랑 같이 왔었어. 음, 로웬은 좀 진지한 남자라서 내 취향이 아니었지만 네이트는 재미있고 매력적이었거든. 정말 관심이 가는 남자더라고."

"그럼 그 남자가 네 짝이라는 거지?"

"그래! 이제 일주일 됐어. 우리는 줄곧 붙어 있어. 네이트는 진짜 멋져! 그리고 자기 친척네 아파트 인테리어 하는 일도 나한테 물어다 줬어. 그래서, 미안한데 지금은 나 못 떠나. 좀 이해해 주라, 응?"

"물론 이해하지. 게다가 좀 부러운데."

"뭐? 너는 바로 옆에 테이트 랜더스를 끼고 살면서 내가 부럽다고?"

"그 남자 쓰레기인걸."

"세상에! 그거 뻥이라고 좀 해 줄래? 영화에서 얼마나 멋졌는지 몰

라. 영화관 관객들이 일제히 확 달아올랐던 게 아직도 생각나. 무슨 끔찍한 짓을 했길래? 그 남자 너한테 치근덕댔어?"

"아니. 뭐, 날 감전사시킬 뻔하긴 했지. 하지만 다른 사람한테 한 짓은 더 심해. 그 사람 전 매제가 여기 와 있는데……."

"그게 무슨 소리야? 감전사라니? 뭘로? 레이저 건이라도 쐈어? 케이시, 이거 좀 위험한 거 아니야?"

"그런 거 아니야. 내가 그 남자한테 당신 뱀파이어냐고 그랬더니 내 목에 손을 대더라고. 근데 좀 아팠어. 그뿐이야."

"목을 졸랐다고? 경찰을 불러야겠어! 너 신변 보호를 받아야 해!"

"아니라니까! 그냥 손가락을 살짝 댔어. 그러기만 했다고."

그러자 스테이시가 말했다.

"아…… 그러니까 테이트 랜더스가 손가락을 너한테 댔는데 그게 아플 정도로 따끔했다는 거야?"

"아니, 그런 식이 아니라…… 어휴, 어떻게 말해야 할지. 그게……."

그러다 케이시는 그저 웃었다.

"어쨌든 네가 보고 싶을 거야! 여기에 남자 친구 좀 데려와. 그리고 너희 엄마 일광욕실 좀 다시 꾸며 드려. 좀 낡아 보이더라."

그건 이 동네에서 흔히 하는 농담이었다. 스테이시가 인테리어 디자인을 공부했을 때 그녀는 부모님 집의 방이란 방은 죄다 리모델링을 하곤 했다. 그것도 수도 없이 말이다.

"너희는 나 없이도 잘할 수 있을 거야. 그리고 있지, 케이시……."

스테이시는 주저하다가 말을 이었다.

"너 소도구 좀 맡아 줘야겠어."

"뭐? 안 돼! 나 요리에다 엘리자베스 역까지 하는데 소도구까지 맡으라고? 그렇게는 못 해."

"잠깐만, 너 지금 뭐라고 그랬어? 너 엘리자베스 역 맡았다고?"

"그런 거 같아. 테이트까지 부탁을 해서……."

"테이트라고? 혹시 테이트 랜더스 말하는 거니? 그 남자가 너한테 직접 엘리자베스를 하라고 했다고? 자기가 다아시면서?"

"그래. 하지만 네가 생각하는 그런 거 아니야. 어제 그 남자, 내 집에 함부로 들어와서 파이 하나를 다 먹어치웠다고! 그 큰 걸 다. 게다가 내 침실까지 올라간 거 있지."

스테이시는 아무 말이 없었다.

"너 듣고 있니?"

"그래. 네 이야기 들으니까 막 상상의 나래가 펼쳐진다. 내가 언제나 바라던 판타지고. 케이시, 그 남자가 좀 이상한 방식으로 너한테 첫인상을 남기기는 한 것 같지만 네 파이를 먹어치웠다는 부분 말인데 그건 네가 우리 같은 나약한 인간들 마음을 이해해 줘야 해. 네가 예전에 만들었던 자그마한 헤이즐넛 오렌지 케이크 있잖아. 만들어 놨는데 없어졌다고 난리쳤던 거. 우리는 조시가 가져간 거라고 말했지만 사실은 그거 내가 먹었어. 내가 전부 다 먹고 거짓말을 한 거야. 그러니까 그 남자도 좀 봐 줘, 응? 나 끊어야겠다. 네이트가 곧 올 거야. 나 갈 준비해야 해."

"잠깐! 너 이거 키트한테 말했더니 뭐라고 했어?"

"키트? 어…… 그게…… 넌 설득을 잘하니까 네가 좀 말해 주면 안 되겠니? 어머나, 네이트가 왔나봐. 나 끊을게. 케이시, 나 너 정말 사랑해. 네가 내 자매라서 너무너무 좋은 거 있지. 나중에 전화해, 안녕."

스테이시는 그렇게 전화를 끊어버렸다. 케이시는 이를 악물었다.

"키트한테 말도 안 했다 이거지. 제길, 두 배로 짜증나네. 오기만 해봐. 너 죽여버릴 거야!"

"뭐 문제 있어요? 도와줄까요?"

테이트가 물었다. 그는 가던 길을 돌아와서 케이시가 어떤지 확인하려는 듯했다.

"아뇨. 댁이 참견할 일이 아니니까……. 그냥 가세요."

하지만 테이트는 가지 않았다.

"무슨 안 좋은 소식이라도?"

하지만 케이시는 성큼성큼 걸어갈 뿐이었다. 케이시의 어깨에 얹겠다는 듯 테이트는 손을 뻗었지만 이내 손을 내렸다.

"무슨 일인지 말해 봐요."

케이시는 걸음을 멈추었다.

"연극을 도와주기로 했던 내 자매가 못 온대요."

"잭 여자 친구 말인가요?"

"그건 지젤이고요. 그리고 지젤은 잭 여자 친구 아니에요. 걔는 아무도 안 사귀거든요. 지젤이 아니라 스테이시요."

"아, 금발에 아주 예쁜 인테리어 디자이너죠?"

"언제 만난 적 있어요?"

"아뇨. 하지만 내 동생이 스테이시를 알죠. 그리고 몇 달 동안 나랑 그 아가씨를 엮으려고 애를 썼어요."

마침 지나가는 길에 나무 벤치가 있어서 테이트는 그쪽을 가리켰다.

"앉아서 이야기해 봐요."

어쩐 일로 케이시는 순순히 앉았다.

"그렇다면 너무 늦었네요. 스테이시는 지금 워싱턴에서 어떤 남자랑 사랑에 빠져서 거기 있겠대요. 의상 준비는 자기 어머니한테 떠넘기고 나더러 소도구를 담당하래요. 그리고 진짜 심각한 건, 키트한테이 사실을 말하지도 않았다는 거예요."

"키트가 무서운가요?"

테이트는 벤치의 끝에 앉았다.

"그런 의미가 아니에요. 키트는 대단한 분이죠. 하지만 이런 소식은 너무하잖아요. 키트한테도 그렇고 나한테도 날벼락이죠. 요리랑 연기에다 이젠 소도구까지. 나는 오늘 아침도 못 먹었다고요."

테이트는 주머니에 손을 넣더니 에너지 바 하나를 꺼냈다. 포장지에는 이게 전부 단백질이며 먹으면 무한정 에너지를 얻는다고 대문짝만하게 적혀 있었다. 케이시는 그걸 받아들고 포장지를 벗겨 한입 깨물었다.

"이거 설탕 덩어리에다 건강에 아주 안 좋은 거 알고 있죠? 완전 치명적이라고요."

"치명적이라니, 우리 홍보 담당자가 나를 두고 하는 말인데."

케이시는 그 말에 웃지 않을 수 없었다. 그래서 웃었더니 조금 긴장이 풀렸다.

"키트는 이제 진짜 성질이 더러운 연출자가 될 거예요. 그분은 스테이시를 정말로 좋아하거든요. 키트랑 스테이시는 워싱턴이랑 여기 저택에서도 같이 일했어요. 심지어 워싱턴에서는 스테이시한테 자기 아들을 소개시켜 주기도 했죠."

"그러면 키트의 아들이랑 있는 거니까 키트는 좋아해야 하는 거 아닌가요?"

케이시는 테이트를 바라보았다.

"그런데 그 아드님이 자기 사촌이랑 저녁 식사 자리에 나타났대요. 스테이시는 그 사촌이 더 마음에 들었고요."

"아, 그러면 사정이 복잡해지죠. 혹시 내가……."

그 순간 갑자기 숲속에서 여자애 네 명이 불쑥 나타나 비명을 질러 댔다.

"여기 있었네요. 우리 엄마, 엘리자베스 오디션 봤었는데……."

"우리 언니도요. 우리 언니가 그러는데요, 아저씨가 드레스룸까지 따라와서 프렌치 키스를 하려고 했는데 언니가 거절했대요. 진짜 그랬어요?"

"우리 사촌 언니는 아저씨가 소파에 언니를 밀치고 드레스를 벗기려고 했다는데……."

곧이어 갈색 제복을 입은 남자 둘이 급히 이쪽으로 달려왔다.

"죄송합니다. 이 애들이 우리보다 빨랐어요. 울타리는 내일까지 완성해 놓겠습니다."

남자들은 여자애들의 팔을 붙잡고 끌어내기 시작했다. 하지만 테이트는 일어서서 그쪽으로 걸어갔다.

"잠깐만요! 우리 집에 내가 최근에 찍은 영화 DVD가 한 박스 있어요. 혹시 하나 줄까요?"

그러자 여자애들은 비명을 질러대며 저마다 떠들어댔다.

테이트는 아이들을 내려다보다 케이시에게 고개를 돌려 미안하다는 듯 어깨를 으쓱이더니 소녀 떼를 데리고 집으로 걸어갔다.

케이시도 일어서서 용기를 그러모으며 정자로 향하는 오솔길을 걷기 시작했다.

베넷 씨, 실망하다

Mr. Bennet is disappointed

키트는 정자 지붕 위에서 망치를 들고 있는 조시에게 고함치며 명령했다.

"물 새는 데가 없게 하라고!"

조시는 언제나처럼 빙긋 웃는 태도를 견지하며 답했다.

"정말 죄송합니다. 하지만 저는 수리하는 지붕마다 항상 구멍을 내놓게 되더라고요."

"건방진 놈."

키트는 이를 악물며 대답하고는 고개를 돌려 케이시를 보았다.

"마침내 일어나셨군그래?"

"세상에, 지금 정말 기분이 안 좋으신가 봐요."

"그래. 아주 안 좋아. 극장에서 리허설을 할 수가 없으니까. 테이트의 얼굴을 어떻게든 보려고 여자애들 수십 명이 진을 치고 기다리고 있다고."

케이시는 지금 스테이시 이야기를 하면 안 되겠다고 생각했다. 사실 그녀는 자기의 앙큼한 자매가 키트에게 직접 사실을 털어놓게 만들 작정이었다.

"랜더스를 로스앤젤레스에 보내버려요. 그러면 모든 문제가 해결되잖아요."

"테이트가 떠나면 나는 네 오빠를 다시 역에 넣을 수밖에 없어. 하지만 저놈은 자기가 들고 있는 망치보다 연기를 못 한다고."

"여기서도 다 들립니다!"

조시가 소리를 쳤다.

"들으라고 한 말이야!"

키트는 냉정한 눈빛으로 케이시를 응시했다.

"나한테 무슨 할 말이 있어 보이는데……."

하지만 케이시는 한 걸음 물러섰다.

"아뇨. 그런 거 없어요. 그냥 우리가 모두 최선을 다해서 도우면 된다는 말을 하고 싶었어요."

하지만 키트의 눈동자는 자신을 꿰뚫어보고 있었다.

"저는 여기 있을 테니까요, 음……."

케이시는 몸을 홱 돌리고 최대한 빠른 걸음으로 이곳을 벗어나려고 했다.

"멈춰!"

"제길."

케이시는 이렇게 중얼거리고는 억지 미소를 지으며 다시 키트를 바라보았다.

"뭐 궁금하신 거라도 있으세요?"

"그래. 스테이시는 언제 돌아오지?"

케이시는 등에 땀이 흘렀다. 그것도 조금씩 삐질삐질 나는 게 아니

177

라 정말 옷이 흥건할 정도로 나는 것 같았다. 지금 상황에서 간신히 살아남는다면 스테이시를 정말 죽여 버려야지. 하지만 당장 살아남을 수 있을지도 의문이다. 케이시는 키트를 보며 살짝 미소를 지었다.

"걔는 말이죠. 그게…… 아니……."

"뭐가 아니야?"

키트가 너무 크게 소리를 질러서 인부들이 전부 이쪽을 쳐다보았다.

"걔 안 온대요."

"스테이시가 안 온다고?"

순간 사정없이 화를 내던 키트의 얼굴이 차분해지더니 미소마저 짓는 게 아닌가.

"걔 로웬이랑 있구나, 그렇지?"

"음, 그런데요…… 로웬이란 이름 말이죠, 참 괜찮은 이름 같아요. 고대의 영웅같이 들려서요. 지금 스테이시에게 직접 전화를 해 보시면 어떨까요. 그럼 걔가 다 말해줄 거예요."

케이시는 이제 천천히 뒷걸음질 치고 있었다. 그래, 그 애 존재 자체를 이 세상에서 아예 지워버려야겠어!

"아니, 네가 다 말해 봐라."

키트가 말했다. 그 뒤로 거의 열두어 명쯤 되는 사람들이 서 있었다. 망치질도, 톱질도 멈췄다. 조시는 지붕에서 내려온 지 한참이었다. 이렇게 현실에서 생생한 막장 드라마가 펼쳐지고 있는데 구닥다리 연극을 볼 필요가 대체 뭐란 말인가?

케이시는 아주 깊이 한숨을 쉬고서 한번에 말을 모조리 쏟아냈다.

"스테이시는 네이트 토마스라는 남자와 사랑에 빠졌어요. 그래서 워싱턴에 있겠대요. 그러니까 소도구를 담당할 수 없다고요. 하지만 좋은 소식은요, 걔가 여자 배우들 의상은 걔네 엄마 독서 클럽 분들한 테 맡겼다는 거죠. 그리고 스테이시 아버지가 남자 배우들 옷을 구해 준대요. 그러니까 다 잘될 거예요. 전 그만 가봐야겠어요. 저기, 요리를 해야 하거든요."

케이시는 빛보다 빠른 속도로 뒤돌아서 걷기 시작했다.

"아카시아!"

자신의 이름을 본명으로 부르는 키트의 목소리에 케이시는 그만 우 뚝 서고 말았다. 그리고 천천히 다시 키트 쪽으로 돌아섰다.

"그 남자 이름, 네이트 태거트 아냐?"

키트의 얼굴에서는 운수 사나운 날 때문에 받았던 짜증이 이제 사 라져 있었다. 그는 지쳐 보였다. 케이시는 키트에게 가까이 다가서면 서 조시 쪽을 슬쩍 보았다.

"다들 일 안 해요?"

"이것보다 재미있는 구경거리가 어딨다고 그래. 누가 물 좀 갖다 주 겠어요? 호스에다 입을 대고 마시면 이 지역 사람들이 덜떨어진 줄 알 텐데."

"내가 갖다 줄게."

그러면서 케이시는 다시 키트를 바라보았다. 그는 이제 정자 한쪽 에 앉아 있었다. 케이시도 그 옆에 가서 앉았다.

"일이 이렇게 돼서 유감이네요. 소도구를 담당할 사람은 금방 찾을 수 있을 거예요. 스테이시의 엄마가……."

"스테이시는 좋아할 상대를 잘못 골랐어. 네이트는 그 애와 맞지 않아."

여기서 자신이 무슨 말을 할 수 있을까?

"음, 이런 말도 있잖아요. 사랑은 맹목적이다? 그러니까 어쩌면……"

케이시는 말꼬리를 흐렸고, 키트는 주머니에서 휴대폰을 꺼낸 다음 그와 함께 반으로 접힌 브로슈어를 그녀에게 건넸다.

"스테이시는 내일 오기로 되어 있었어. 무대에 쓸 소도구를 사려고 말이야."

그건 여기서 약 160킬로미터 떨어진 곳에 있는 유품 판매 광고였다.

"그러니 네가 그 애 대신 다녀와야겠다."

"나는 소도구에 대해서는 아무것도 몰라요. 뭘 가져와야 하는 건데요? 뭐가 필요한지 모르는데요?"

"스테이시가 물품 목록을 갖고 있으니까 연락해서 보내라고 해."

키트는 휴대폰을 들고는 거기에 대고 이렇게 외쳤다.

"로웬, 아버지다. 당장 전화해라."

그리고 바로 통화 종료 버튼을 눌렀다.

"아닌 게 아니라 정말이지 자기 엄마를 닮아 고집불통이군."

그는 다시 케이시를 돌아보았다.

"물론 너도 소도구를 살 수 있다. 테이트를 데려가. 세트에 대해서 아는 애니까."

케이시는 벌떡 일어섰다.

"아뇨. 다른 사람 찾아볼게요. 여기 있는 사람들 물이랑 먹을 거 챙겨 줘야 하니까 점심 때까지 돌아올게요. 나 없는 동안 필요한 일이 생기면 전화하세요."

케이시는 그 자리를 뜨려 했다. 하지만 키트의 부름에 다시 뒤를 돌아보았다.

"케이시, 화내서 미안하다."

그녀는 미소를 지어 주었다.

"괜찮아요."

"그건 그렇고, 여기 관리인이 혹시 널 찾지 않든? 공작새가 네 집에
들어가서 안을 엉망으로 만들었다면서, 문이 괜찮은지 물어보더라. 그
새가 방충망을 찢고 들어가는 바람에 관리인이 문을 새 걸로 갈았다
고 하더군. 아, 그리고 네가 그 새를 밖으로 내쫓아서 참 대단하다고
말하더라. 그놈들 아주 악마같이 군다고……."

때마침 키트의 휴대폰이 울렸다. 그는 발신자의 이름을 바라보았다.

"말도 지지리 안 듣는 아드님이 드디어 전화를 주셨군."

키트는 전화를 받고서는 큰 보폭으로 성큼성큼 걸어서 사람들 없는
곳으로 가버렸다.

제1막 22장

위캄이 사과한다고?

Wickham apologize?

오후 6시가 되자 케이시는 같이 유품 판매장에 가 줄 사람을 찾는 걸 포기해 버렸다. 스테이시는 한 달 전에 필요한 소도구를 다 생각해 두었고, 그래서 이 연극에 쓰려고 구매를 계획했던 물건 목록을 전부 케이시에게 보냈다. 스테이시의 말에 따르면, 지금은 고인이 된 물건 주인의 손자에게 공식 판매일이 되기 전에 물건을 팔아 달라고 갖은 애를 쓰며 설득했지만 거절당했다고 했다.

"그런 말을 들으면 '어머, 어쩜…… 힘들었겠네' 하고 생각할 줄 알았나봐?"

케이시는 투덜대면서 이메일을 노려보았다. 그녀는 스테이시에게 여섯 번이나 전화했지만, 스테이시는 참으로 현명하게도 전화를 받지 않았다.

케이시는 지인들에게 전화를 걸어서 물건을 사러 같이 가 달라고 부탁하려 했다. 특히 필요한 건 커다란 트럭을 가진 힘 센 사람이었다. 스테이시가 준 목록을 보면 안락의자 두 개와 의자 여섯 개, 거기다 작은 테이블 여러 개와 상자 넷에 족히 들어찰 골동품, 낡은 옷으로 가득 찬 트렁크 가방과 천이 담긴 큰 나무 상자까지 사야 했다. 하지만 케이시가 아는 사람은 죄다 키트가 불러서 연극 일을 하고 있었다. 그래서 하루 종일 시간을 낼 수 있는 사람이 아무도 없었다.

딱 하나, 랜더스만 빼고 말이지. 비명을 질러대던 소녀들을 데리고 사라진 다음에는 그를 다시 보지 못했다. 그건 차라리 잘된 일이었다. 테이트를 본다면 케이시는 어쨌든 그가 집에 들어온 공작새를 쫓아준 게 맞는지 물어봐야 했으니까. 정말로 그가 새를 쫓아준다고 그런 거라면 뭐, 이쪽에서 사과를 해야 하는 셈이 된다.

순간 휴대폰이 울렸다. 케이시는 그걸 확 잡았다. 제발, 부탁이니까 내일 나랑 같이 갈 수 있는 사람이었으면 좋겠어. 그리고 제발 커다란 트럭을 가진 사람이기를. 〈트랜스포머〉에 나올 만큼 큰 트럭 있잖아.

하지만 휴대폰에 뜬 이름은 지젤이었다. 케이시의 어깨가 축 처졌다.

"안녕, 지젤. 잘 지내고 있어? 잭이랑은 재미있나봐?"

"그럼, 그 남자 완전 멋져! 끝내준다고. 진짜 똑똑하고 여기저기 많이 다녀봤더라. 혹시 우리도 내일 너랑 같이 갈 수 있을까?"

그러자 케이시의 어깨가 다시 펴졌다.

"좋지! 그럼 너 트럭 좀 가져올래?"

"그래, 잭이 운전할 수 있어. 운전대 잡으면 끝내주잖아?"

"잘 알지. 잭이 출연한 영화는 다 봤거든. 있지, 지젤…… 너 얌전히 굴겠다고 약속 좀 해줄래? 저번에 너랑 같이 나갔을 때 진짜 심장 떨려서 죽는 줄 알았다고."

"당연하지. 나는 잭이 하자는 대로 다 하고 있어. 근데 잭이 오토바이 좋아한다는 거 알고 있었어?"

"너도 오토바이 좋아한다는 거, 잭이 알아?"

"아직 몰라. 이제 끊을게. 아, 맞다! 하마터면 잊을 뻔했네. 잭이 너한테 오늘 테이트는 우리랑 저녁 먹을 거라고 전해 주래. 그러니까 저녁 요리할 필요 없다고. 그리고 케이시, 소도구 사러 같이 가자고 해 줘서 고마워. 잭이랑은 어딜 못 다니겠다니까. 맨날 사람들이 몰려와서 잭이 나온 영화 이야기만 하려 들거든. 그래서 우리는 숨어 있어야 해. 불쌍한 테이트는 죄수처럼 갇혀 있고. 그 사람 오늘 집에서 하루 종일 혼자 있었어. 아무한테도 폐를 끼치고 싶지 않다면서 말이야."

"아니면 우리 같은 사람들 옆에는 있고 싶지 않은지도 모르지."

케이시는 이죽거리며 답했다.

"그건 무슨 소리야?"

"아무것도 아니야."

케이시는 스토브에 올려 둔 음식에서 이는 거품을 바라보았다. 오늘 저녁을 차리지 않아도 된다고 일찍 말해 줬더라면 좋았을 텐데.

"그럼 내일 아침 7시에 보자. 알았지?"

"우리가 거기로 갈게. 고마워."

케이시는 휴대폰을 내려놓고 음식을 바라보았다. 레드와인 소스로 졸인 안심 스테이크였다. 요리를 마친 그녀는 내일 먹을 생각으로 음식을 냉장고에 넣었지만 내일이면 지금처럼 맛있지는 않을 터였다. 테이트 랜더스에게 말해 줘야겠어. 이런 건 일찍 알려 줘야 하는 거라고, 진짜 센스 없다고……

"안녕하세요."

순간 문밖에서 주저하는 목소리가 들렸다. 데블린이었다. 케이시는 활짝 미소를 지었다.

"들어오세요. 혹시 뭐 드시고 싶지 않으신가요? 요리는 다 준비가 되었는데 같이 먹을 사람이 없네요.”

“여기서 요리를 먹으라고요? 그럼요! 당연히 먹고 싶어요. 바위에 박힌 못이라고 해도 당신이 요리했다면 기꺼이 먹겠습니다.”

케이시는 웃으면서 문의 걸쇠를 열었다.

“어젯밤은 정말 죄송했어요. 그래서 이걸 드리고 싶어요.”

데블린은 흰 포장지와 은빛 리본으로 예쁘게 싼 자그마한 상자를 내밀었다.

“마음에 드셨으면 좋겠어요. 새것은 아니지만, 우리 할머니가 쓰시던 거죠.”

케이시는 선물을 열어보았다. 그러자 주석으로 된 앤티크한 초콜릿 모양 틀이 나왔다. 케이시의 손바닥만 한 틀은 한쪽에 경첩이 달려 반으로 갈라지는 모양이었다.

“예쁘네요. 정말 아주 예뻐요.”

케이시는 데블린을 바라보았다.

“하지만 이건 대대로 전해 내려오는 물건 아니에요? 저는 받을 수 없어요.”

그러자 데블린은 한 발짝 물러서더니 어깨를 으쓱였다.

“괜찮습니다. 제가 사랑하는 여자는 요리에 관심이 없어서…….”

“테이트 여동생 니나 말인가요?”

순간 데블린의 눈동자가 커졌다.

“맞아요! 설마 그가 당신에게 니나 이야기를 한 겁니까? 자기 가족 이야기를 했다면 테이트가 당신을 매우 높이 평가하고 있는 게 틀림없습니다.”

“전혀 그렇지 않아요.”

케이시는 오븐을 열고, 고르곤졸라 치즈와 잣가루를 뿌려 구운 바삭한 웨이퍼(전병과 비슷한 음식)가 담긴 쟁반을 꺼내어 식힘틀에 밀어 넣었다.

"마음껏 드세요. 이거 내일 아침까지 둘 수가 없으니까요."

"바람맞았군요. 맞죠?"

"네, 그랬어요. 혹시 술 마시고 싶으면 저 찬장에 있어요."

"제가 진토닉 만들어 드릴까요?"

"좋죠."

케이시는 스토브에 올려놓은 냄비를 들었다. 몇 분 후 데블린이 완벽하게 만든 차가운 칵테일을 그녀에게 건네주었다.

"고마워요."

"어젯밤 어떻게 된 건지 설명해 드리겠습니다. 테이트가 왔었어요. 그래서 저는 부끄러워진 나머지 그만 겁쟁이처럼 도망쳐 버렸던 겁니다. 전혀 남자답지 못한 행동이었죠. 미안합니다."

"괜찮아요. 이해해요. 하지만 올리비아에게도 그렇다는 걸 설명해 드리도록 하세요. 제가 소파에 자고 있는 걸 보고 언짢아했거든요."

"아, 정말로 미안합니다! 심리 치료를 그렇게 많이 받았는데도 그 남자가 나한테 끼칠 수 있는 위협이 두렵기만 합니다. 저는 그냥 딸아이와 함께 있기를 바랄 뿐인데……."

데블린은 말꼬리를 흐렸다.

"제 인생사 같은 건 듣고 싶지 않겠죠? 뭐 좀 도와드릴까요? 매쉬드 포테이토 같은 건 어떨까요? 테이트처럼 요리는 못 해도 감자 정도야 으깰 수 있습니다. 다 삶아서 부드러워진 거라면요."

케이시는 그에게 시선을 돌렸다.

"테이트가 요리를 하는지는 몰랐는데요."

"테이트 랜더스는 뭐든 다 잘해요. 모르셨어요? 연기도 잘하고, 요리도 잘하고, 한 번 본 대본을 다 외우기까지 합니다. 제길! 심지어 노래도 잘한다니까요. 우리 같은 평범한 인간들은 그가 가진 재능의 반도 갖고 있지 않죠."

"개수대 옆에 있는 와인 병 좀 따 주시겠어요? 어젯밤에 내 와인 잔이 어디 갔는지는 혹시 모르시죠? 그거 한 세트를 선물로 받은 건데."

"모릅니다. 내가 나갈 때는 식탁 위에 있었어요. 당신이 너무 곤히 잠들어서 깨울 엄두가 나지 않더라고요. 그리고 테이트가 날 보고 엄청 화를 낼 게 무서워서 급히 나가느라 정신이 없었습니다. 혹시 테이트가……. 아뇨, 물론 아닐 겁니다. 그는 남의 물건을 훔치는 사람은 아니니까요. 내가 여기서 있으면서 당신을 지켜줘야 했는데……. 이제야 깨닫게 되었네요."

케이시는 글레이즈(음식의 광택을 낼 때 쓰는 재료)를 휘저으면서 눈살을 찌푸렸다.

"그 남자, 어제 내 침실에 들어왔어요. 공작새가 들어온 걸 내쫓으려고 그런 것 같아요. 키트가 그러는데……."

그러자 데블린이 피식 비웃으며 말했다.

"그건 테이트답지 않은 행동인데요."

케이시는 음식을 차리기 시작했다.

"그럼 이제 우리 앉아서 밥 먹을까요. 테이트 랜더스 이야기는 그만하고요, 네?"

"좋습니다. 내 전 처남이 누군지 알면 사람들은 보통 그 이야기만 하려 들죠."

데블린은 케이시를 위해 의자를 빼어 주었다.

"저는 안 그래요."

"안 그러시다니 정말 다행입니다."

데블린의 미소가 너무나도 따스해서 케이시는 그를 따라 미소 짓지 않을 수가 없었다.

제1막 23장

다아시와 엘리자베스, 길고 느리게 춤을 추다
Darcy and Lizzy do a long, slow dance

지젤과 잭이 나타난 자리에는 테이트도 있었다. 케이시는 당황하지 않으려 했지만 당황한 기색을 내비치고 말았다. 케이시를 내려다보는 그의 눈빛이 살짝 슬퍼 보였다.

"내가 있는 게 싫으면 가겠습니다. 키트가 날 부르더니 남자가 두어 명 필요할 거라고 해서요. 그래서 왔습니다."

"테이트는 큰 트럭도 있잖아."

옆에서 지젤도 거들었다. 세 사람이 일렬로 서서 케이시를 바라보고 있노라니 그녀는 마치 자신이 알지도 못하는 게임의 술래가 된 기분이었다.

"됐네요! 셋 다 변명은 집어치워! 분명히 밥도 안 먹고 왔겠지? 먹었다고요? 아닌 것 같은데…… 와서 이 아이스박스나 좀 들어요."

그러자 지젤과 잭은 활짝 웃으면서 저택 쪽으로 향했다. 지젤이 말했다.

"내가 그랬지. 얘 우리 아침 식사 만들었을 거라고. 전등불에 우글대는 하루살이처럼 케이시 주위에는 음식이 널렸다고."

테이트는 그 자리에 계속 서서 케이시를 바라보았다.

"난 진심이에요. 나랑 하루도 같이 있고 싶지 않다면 갈게요. 잭 혼자서도 시키는 건 뭐든지 잘해낼 테니까."

케이시는 돌아서서 그를 마주보았다.

"당신이 내 집에서 공작새 쫓아냈어요?"

"네."

이제 테이트의 얼굴에는 살짝 미소가 감돌았다.

"그런데 왜 아무 말도 안 했어요?"

"파이 먹은 게 미안해서요. 그리고 나쁜 놈 취급당하니까 이상하게 기분이 좋던데요. 정의의 사도 같은 주인공만 하는 게 지겨웠거든요. 내가 할 말은 아니지만 여자를 말안장 위에 던져 올리는 건 진짜 못할 짓이죠."

케이시는 웃지 않은 채 말했다.

"그럼 한 끼 식사는 드려야겠네요. 근데 오늘 또 꺅꺅거리는 여자들이 당신을 알아보면 어쩌려고요?"

"그래서 가짜 콧수염이랑 야구 모자를 가져왔어요. 그리고 옷을 제대로 갖춰 입고 있으면 제아무리 열혈 팬이라도 나를 알아보지 못할 걸요."

이 말에 테이트를 처음 만났던 기억이 떠오른 케이시는 얼굴에 피가 몰렸다. 테이트의 미소를 보니 빨개진 얼굴을 본 모양이었다. 이 남자, 지금 이 상황을 즐기고 있잖아.

"잭은 어떡해요? 잭은 변장 필요 없어요?"

"잭을 알아보는 사람들은 상대적으로 적으니까……."

"아, 알겠어요. 잭의 영화는 엄선된 팬층이 있죠. 그런데 당신 영화는 대부분의 사람이 다 본다 이거군요."

"하지만 당신은 아니죠."

테이트는 잠시 그녀를 바라보았다.

"나도 가서 잭이랑 아이스박스를 들어야겠어요. 잭이 은근히 약골이라서요. 친구가 혼자서 저걸 다 들고 가다가 쓰러지면 안 되잖아요."

케이시는 다시 집으로 들어갔다. 데블린이 가고 난 후 그녀는 자정까지 애플 크랜베리 머핀을 만들었고, 제빵기에다가 재료를 넣은 다음 타이머를 맞추어 놓았다. 그리고 오늘 아침에는 달걀을 삶고 크레페를 만든 다음 그걸 전부 포장해 두었다. 테이트가 방충망 밖에서 말했다.

"당신만 준비하면 돼요. 유품 판매는 언제 시작해요?"

"10시요. 하지만 미리 둘러보는 시간은 8시부터예요. 스테이시가 나한테 필요한 물건 목록을 길게도 보냈어요. 이 상자 들어줄래요? 밧줄이랑 고무 끈이 들었어요. 이걸로 물건을 묶을 거예요."

테이트가 움직이지도 않고 그대로 서 있자, 케이시는 딱딱하게 말했다.

"당신이 안 들면 내가 들게요."

"특별히 초대하지 않는 한 당신 집에 들어갈 일은 절대 없을 겁니다. 예를 들면 '랜더스, 제발 들어와 주세요'라고 말해주면 모를까."

케이시는 눈을 부릅떴다.

"알았어요. 들어오세요. 제발 들어와서 내가 구급상자 챙기는 동안 저 상자 좀 실어줘요."

하지만 테이트는 여전히 움직이지 않았다.

"파이는 도둑맞지 않게 잘 숨겨 놓았죠?"

케이시는 신음을 내뱉으며 방충망을 확 열었다. 안으로 들어오던 테이트의 팔이 케이시를 스치고 지나가자 정전기가 확 올라서 그녀의 팔과 어깨에 스쳤다.

"아야!"

테이트는 미소를 지으며 상자를 집어 들었다.

"혹시 의사한테 가 봤어요? 사람들한테 정전기를 쏘고 다니면 어떡해요. 알아보면 분명히 무슨 원인이 있을 거예요."

"이건 당신하고만 일어나는 일인데요. 그러니 아직은 검사 받을 마음이 없어요. 게다가 남녀 사이에 통하는 정전기라니, 뭔가 야릇하지 않습니까? 그러니 말해봤자 의사는 나를 비웃을걸요. 또 가져갈 거 있어요?"

케이시는 얼굴을 찌푸리며 말했다.

"없어요. 그리고 정전기일 뿐인데 야릇하고 말고가 어디……."

하지만 테이트가 이미 떠나 버린 후라 케이시는 말을 흐리고 말았다.

이거 안 좋아. 아까는 자기 샤워하는 걸 내가 훔쳐보던 멍청한 순간을 은근히 떠올리게 하더니, 이젠 또 뭐라고?

하지만 케이시는 어깨를 쫙 폈다. 그리고 그런 생각은 더 이상 하지 않기로 마음먹었다. 그녀는 마지막 상자를 들어올린 후 밖으로 나가서 문을 꼭 닫았다. 문이 닫혔으니 여기를 돌아다니는 것들을 막아 줄 것이다. 인간이든 짐승이든 말이다.

그들이 가져 온 트럭은 커다란 밴이었다. 그건 대형 렌트카 회사에서 빌려 온 것이었다. 그리고 테이트는 열어놓은 문 옆에 서 있었다.

"이 차 어디서 났어요?"

"키트가 어제 전화를 했습니다. 그리고 이렇게 말했죠. '너 이렇게 빈둥대면서 손 하나 까딱 안 하고 있을 거면 커다란 트럭이나 하나 빌려

라. 그래야 케이시를 돕지 않겠냐?' 키트, 기분이 안 좋아 보이던데요."

케이시는 안에 싣도록 박스를 건네주었다.

"기분 안 좋을 거예요. 스테이시랑 키트의 아들 때문에요. 키트는 스테이시가 좋아할 상대를 잘못 골랐다고 생각하는 것 같더라고요."

"안 봐도 뻔하군요. 그런데 말투를 듣자 하니 당신도 상대를 잘못 골랐던 적이 있는 것 같은데요."

테이트의 태도를 보고 케이시는 살짝 코웃음을 쳤다.

"그렇지 않아요. 내 전 남친은 완벽한 사람이었다고요. 나는 그 사람 하나만 오래 사귀었죠. 어딜 봐도 나보다 훨씬 좋고 친절한 사람이었어요."

"그러면 누구처럼 버럭 화내지도 않고, 저지르지도 않은 범죄로 사람을 몰아붙이지도 않았겠군요?"

"그런 적 한 번도 없거든요."

"불쌍한 남자네요."

테이트는 눈에 빛을 내며 말했다. 케이시가 물었다.

"그런데 말이죠, 당신과 키트가 어떻게 친척인 건가요?"

"내 생각에는 키트의 외할머니와 우리 증조할머니가 자매가 아니었나 싶어요. 아닌가? 나의 고조할머니던가? 정확히는 모르겠네요."

테이트가 트럭의 뒷문을 닫자 케이시는 그만 눈이 휘둥그레졌다. 저쪽 나무 아래에서 잭과 지젤이 서로 껴안고 아주 열렬하게 키스하고 있는 게 아닌가.

테이트는 한 발짝 옆으로 와서 케이시의 시야를 가렸다.

"저렇게 된 지 얼마나 됐죠?"

"만난 지 5분 만에 저랬을걸요? 저 둘은 눈에 띄지도 않아요. 우리 집에 들어가 보면 무슨 로마 시대의 환락가 같다니까요. 저런 지 꽤 됐어요. 샹들리에에는 속옷이 걸려 있고 사방에는 땅콩 버터를 발라놨죠. 둘이서 땅콩 버터로 뭘 하는 걸까요? 샌드위치 만드나?"

케이시는 눈을 가늘게 뜨고 테이트를 바라보았다.

"그런 말 재미없어요. 그리고 지젤의 아버지는 둘의 관계를 인정하지 않을 거예요."

"둘이서 숨어 지내는 데는 그럴 이유가 좀 있는 듯해요. 사람들 앞에서는 서로한테 손가락 하나 건들지도 않지만 우리 집에 둘만 있으면 아주⋯⋯."

테이트는 어깨를 으쓱이더니 소리를 질렀다.

"잭! 우리 짐 다 실었어. 이제 가면 돼. 내가 운전할게."

그리고 다시 케이시를 보았다.

"그리고 당신은 내 옆에서 엄호를 하시죠."

그래서 몇 분 후 네 사람은 트럭에 탔다. 잭과 지젤은 뒷좌석에 앉았다. 차가 마을에서 벗어나 고속도로에 접어들자, 케이시는 그들에게 음식과 음료수를 건네주었다. 식사를 마치자 지젤은 잭의 품에 기대었고 둘은 곧바로 서로 꼭 껴안은 채 잠이 들었다.

"꼭 학교 선도부 선생님이 학생 보는 눈빛 같네요. 서머힐에서는 사람들이 서로 연애도 안 하고 삽니까?"

케이시는 그 말에 뭐라 맞받아치려다가 관두었다.

"내가 어떻게 알겠어요? 그건 나보다 당신이 더 잘 알 게 분명해요. 안젤라 예이츠랑은 어떻게 지내죠?"

"연예 가십지를 읽었나요?"

케이시는 어젯밤 데블린에게서 들은 거라고, 사실대로 말할 수가 없었다. 어제 두 사람은 서로에 대해 이야기하며 학력이나 과거의 관계를 비교하는 시간을 가졌다.

데블린은 예이츠라는 아주 예쁘고 요즘 뜨는 배우와 데이트를 했었다고 했다. 그런데 어느 순간 갑자기 그녀가 테이트를 만나더란 것이다. 예이츠는 테이트와 크리스마스 파티에도 동행했고, 그 이후로 데블린은 그녀를 다시는 볼 수 없었다고 했다. "내가 차인 거죠"라고 데블린이 말했다.

케이시가 질문에 대답하지 않자 테이트는 그녀를 슬쩍 보았다. 얼굴에서는 장난기가 사라졌다.

"나는 어린 여자를 만난 적이 한 번도 없습니다. 그런 잡지나 인터넷에 떠다니는 기사 대부분이 거짓 뉴스인 거 몰라요? 내가 어떤 레스토랑에서 밥을 먹는데 거기에 우연히 다른 여배우가 있으면 다음 날 기사에는 우리가 비밀 데이트를 했고 곧 그 여자는 남편과 이혼할 거라고 뜨죠."

테이트는 차선을 바꾸고는 말을 이었다.

"우리 아직도 갈 길이 머니까 이제 당신 이야기를 해 보면 어때요? 워싱턴에 있는 크리스티즈에서 일했다고 하던데요. 왜 그만두었죠?"

"내가 요리를 못해서 잘린 게 아니라는 걸 어떻게 아는데요?"

"내가 훔쳐 먹었던 파이는 정말 마약 같은 중독성이 있었어요. 너무 달지도 않고 살짝 새콤했어요. 안에는 크림을 채웠는데 이상하게도 바삭했고요. 레스토랑 주인이라면 그런 요리사를 절대로 자르지 않습니다. 그러니까 당신이 그만둔 건 그만한 이유가 있어서겠죠. 내가 맞춰 볼까요? 그 완벽한 남자 친구 때문에 그만둔 거 맞죠?"

잠시 동안 케이시는 창밖으로 눈을 돌려 스쳐 지나가는 풍경을 바라보았다. 버지니아는 정말로 아름다운 곳이었다. 왜 케이시가 그 레스토랑을 떠났는지, 이제껏 사실대로 털어놓은 사람은 어머니뿐이었다.

지금 그녀는 잘 알지도 못하는 남자의 차 안에 둘만 있다시피 한 상황이다. 아, 물론 닿으면 전기가 통하는 사람이긴 하지만. 뒷자석에서는 커플이 서로 꼭 껴안고 잠들어 있다. 어쩐지 케이시는 사실을 이야기하고픈 마음이 들었다.

"누가 찬 거죠?"

이제 테이트의 목소리에는 웃음기가 사라져 있었다.

"그가요."

"많이 힘들었겠네요. 그렇죠?"

그는 동정어린 목소리로 말했다.

"모르겠어요."

케이시는 이렇게 말하고는 잠시 후에 다시 말을 이었다.

"나는 거기 없었거든요."

테이트는 뒤에 이어질 말을 기다렸지만 그녀가 더 이상 입을 열지 않았다.

"난 다른 사람 이야기 들어주는 거 잘해요. 그래서 완전히 다른 사람이 되는 연기에 몰두할 수 있는 거죠. 어머니는 나와 동생에게 아주 재미있는 이야기를 많이 해 주셨어요. 어머니가 태트웰 저택에 살면서 여름날을 보냈을 때의 이야기를요. 나는……."

"당신 집안이 소유한 곳이었어요? 그건 몰랐네요. 그럼 당신은……."

"아니, 아니. 내 이야기는 묻지 말아요. 당신이 먼저 말해 줘요. 어떻게 당신이 없는 자리에서 남자 친구랑 헤어질 수 있죠? 메모지를 두고 갔어요? 이메일로 통보했나요? 트위터? 어떤 이별이었어요?"

196

그의 목소리가 분위기를 밝게 만들었다. 그때 일을 생각하면 지금 껏 테이시는 울 수밖에 없었는데 말이다. 한번은 스테이시를 만나서 와인을 한 잔 마시고 이야기를 털어놓으려 했지만 빈속에 마신 탓인지 그만 정신이 멍해져버려 이야기를 계속 할 수가 없었다.

"지금 말한 건 다 아니에요."

"그럼 음성 메시지로? 비행기로 하늘에 글씨를 썼나요? 아니면 다른 사람한테 전해달라고 했어요?"

케이시는 미소를 짓기 시작했다. 그리고 테이트를 바라보았다.

"그 남자는 아무 말도 안 했어요. 나는 그가 떠난 지 열흘이 지난 후에야 날 떠났다는 걸 알았죠."

테이트는 걱정스러운 눈빛을 만들어 그녀를 슬쩍 바라보았지만 오래 가지 않았다. 결국은 크게 웃음을 터뜨려서 뒤에 있던 잭과 지젤마저 움찔하게 만들었다.

"조용히 해요. 두 사람 깨우겠어요."

"깨면 깨라죠. 그럼 저 둘은 다시 키스를 시작하겠죠. 그럼 나도 하고 싶어질 테니까 당신을 쳐다볼 거고, 그럼 어떻게 될지 알잖아요. 지금 당신, 내가 파이를 퍼먹던 스푼으로 날 때리고 싶은 마음인 거 알아요. 혹시 내가 키스라도 한다면 분명히 타이어 갈 때나 쓰는 지렛대로 날 패겠죠. 그러니 내 정신을 빨리 딴 데로 돌려봐요. 제대로 다 이야기하라고요."

"난 그런 생각 안…… 왜 속력을 줄이죠?"

하지만 케이시는 어떻게 해야 하는지 알고 있었다.

"아, 알았어요. 이야기할 테니까 나 건드리지 마요."

"꿈도 안 꿉니다. 안전벨트 매요. 자, 이제 말해 봐요."

"그건 전부 내 잘못이었어요."

"그건 내가 들어보고 판단할 겁니다."

"나는 일을 너무 많이 떠맡았어요. 그게 문제였죠. 당신도 알죠, 갈렉키 씨. 크리스티즈 레스토랑 사장이요. 그 사람은 그 식당을 되살릴 수 있는 사람이 필요했어요."

"그래서 현명하게도 당신을 선택했군요."

"솔직히 말하자면 나는 다섯 번째 후보였어요. 하지만 그렇다는 걸 3년 후에야 알았죠. 사장은 교활한 노인이에요. 그는 날 보자마자 얘를 쓰면 되겠구나, 하고 알아봤다고 생각해요. 그리고 처음에는 괜히 내가 이 일을 맡기에 너무 어린 것 같다고 말했죠."

"그래서 그 말을 듣고 확 타올랐군요?"

"바로 그랬죠. 사람들은 나한테 그 레스토랑 맡지 말라고 했어요. 우리 엄마까지도요. 그런데 나는 그때 엄마가 내 능력을 의심하는 거라고 생각했어요. 하지만 그게 아니라 엄마는 갈렉키 씨를 꿰뚫어봤던 거예요."

"그렇다면 사장은 당신이 젊고 '뭐든지 다 할 수 있습니다'라는 케케묵은 정신으로 가득 차 있었기 때문에 고용한 거군요. 그리고 연봉도 많이 주지 않아도 됐을 테고."

"그 말도 정확해요. 나는 사람들에게 내가 할 수 있다는 걸 보여주려고 결심했어요. 이제 내 남자 친구 이야기를 할게요. 이름은 벤이었어요. 우리는 학생일 때 만나 데이트를 했죠. 나는 요리 학교를 다니고 있었고 그는 법대에서 공부했어요. 우리가 함께 살게 되었을 무렵, 벤은 새 직장을 잡았고 나는 크리스티즈 일을 시작했죠. 서로 볼 시간도 없었어요. 하지만 괜찮았어요. 둘 다 젊고 야심만만했거든요……."

케이시는 어깨를 으쓱였다.

"그래도 그럭저럭 잘 지냈었죠. 아니, 적어도 나는 그렇다고 생각했어요."

여기서 그녀는 한숨을 쉬었다.

"작년 가을에 갈렉키 사장은 열흘 동안 세 건의 결혼식 예약을 잡았어요. 찾아오는 신부들에게 '아, 케이시는 할 수 있습니다'라고만 이야기한 거죠. 그 여자들이 뭘 주문하든 나한테 해내라고만 하더라고요. 포트 와인 소스를 하라면 하고 닭뼈를 다 바르라면 발랐죠. 난 정말 뭐든지 다 해야 했어요! 그래서 주방 인원을 총동원해서 하루에 열여섯 시간씩 일했어요. 첫 번째 결혼식이 끝나고 나니까 요리사 중 둘이 독감에 걸려 쓰러졌어요. 하지만 전 그게 거짓말이라는 걸 알고 있었죠. 걔들은 나처럼 완전 지쳐버렸던 거예요."

"그럼 그렇게 심하게 일해서 남자 친구가 당신을 떠나기로 한 겁니까? 몇 번째 결혼 파티를 마치고 이별한 거죠?"

"음…… 사실은 언제 떠났는지 몰라요. 없다는 것도 눈치채지 못했거든요. 매일 자정에 집에 돌아와 침대에 쓰러져 잤는데, 벤이 옆에서 자는 줄 알았어요. 그런 다음 아침 6시에 일어나서 3분 동안 샤워를 하면서 말을 걸곤 했죠. 대답이 돌아오지 않는데도 이상한 줄 몰랐어요. 이른 아침이었고 걔는 아침형 인간이 아니었으니까."

테이트는 웃음을 참는 듯한 입매로 케이시를 슬쩍 바라보았다.

"그럼 사실은 남자 친구가 이미 집에 없던 상황인 거죠?"

"그래요."

처음으로 케이시는 그게 얼마나 웃긴 일인지 알 수 있었다.

"그렇게 세 건의 결혼식 피로연을 치르고 난 다음에 집 소파에 털썩 주저앉아서 그에게 전화를 했어요. 곧바로 받더라고요. 그래서 전화에 대고 그랬죠. 난 이제 사장이 투하하는 일, 더 이상 못 하겠으니까 우리 어딘가 따뜻한 곳으로 길게 휴가를 가자고. 그래서 한 2주 동안 달빛 아래서 와인을 마시며 환상적인 밤을 보내는 게 어떠냐고요."

"그거 참 좋군요."

"그랬더니 벤이 그러더라고요. '케이시, 나 그 아파트 나온 지 벌써 일주일이 넘었어. 그리고 나 지난 주말에 사무실 직원이랑 데이트했어. 이젠 그녀를 많이 좋아해'라고요."

케이시는 그때 자신이 얼마나 비참했는지를 떠올릴 때마다 눈물을 훔쳤었다. 하지만 아른아른한 테이트의 눈동자를 바라보고 있노라니 미소가 나왔다.

"재미없는 이야기죠. 얼마나 여자가 둔하면 같이 사는 남자가 떠나버린 것도 몰랐을까요? 완전히 가 버렸는데…… 그의 옷장이 텅 비어 있는 것도 몰랐어요. 그런 줄도 모르고 난 없는 사람한테 계속 말을 걸었고요."

테이트는 웃음을 참지 않았다.

"그 남자, 진짜 멍청하네요. 얼마나 사람이 지루하면 거기에 있는지 없는지도 눈치를 못 채겠어요?"

"그는 세무사예요. 그리고 아주 재미있는 사람이었어요."

"아, 그렇다면 이해가 가네요. 내 세무사도 진짜 괜찮은 사람이거든요. 항상 나한테 과세표준확정신고서인가 뭔가를 작성해야 한다고 말하는 게 어찌나 재미있던지."

케이시는 웃지 않으려고 했지만 어쩔 수 없이 웃고야 말았다.

"하긴, 가끔 그와 했던 대화를 떠올려 보면 애가 설명충이었던 것 같긴해요. 하지만 벤은 좋은 사람이었어요."

"그런 것 같네요. 마음이 한 번에 확 떠나긴 하지만 재미있는 사람. 맞죠?"

"이제 그만하죠?"

케이시는 자기도 모르게 그의 어깨를 찰싹 치는 실수를 저질렀다. 그러자 또 전기가 온몸에 확 퍼졌다. 그녀는 안전벨트를 풀고서 트럭의 저 끝으로 자리를 옮겼다. 테이트가 말했다.

"제길! 피뢰침이라도 하나 사야겠어요. 그래서 당신의 질투심 많은 남자 친구가 도망친 다음에는 어떻게 되었어요?"

"질투라뇨? 벤은 질투 같은 건 안 했어요."

"당신은 햇병아리면서 몰락한 레스토랑을 혼자서 도맡아 지금의 명성을 일구어 냈죠. 그리고 같이 일하는 직원들이 나가떨어졌는데도 열흘 동안 세 건의 결혼식을 치러내기까지 했고요. 그 남자가 무슨 법률계의 신동이 아닌 이상에야 질투가 날 수밖에요. 그 사람 천재였나요? 국세청까지 초고속 승진했습니까?"

"아뇨. 승진에는 차질이 좀 있었어요. 하지만 우리 모두 벤은 결국 자리를 잡을 거라고 입을 모았죠."

"당신이 승승장구하는 동안에 말이죠. 그 남자는 잊어요. 남친이 떠났다는 걸 안 다음에는 어떻게 했습니까?"

케이시는 주저했다.

"나는 내 인생을 돌아봤어요. 그리고 깨달았죠. 아, 난 제대로 된 인생을 살고 있지 않았구나, 하고요. 나는 오래된 레스토랑을 다시 일으킬 수 있다는 걸 보여주려고 정말 열심히 일했어요. 그랬더니 내 주위에 친구는 딱 하나 그리고 엄마, 이렇게 남았더라고요. 나는 엄마한테 전화를 했어요. 대화를 시작했을 때는 엉엉 울게 되더라고요. 내 인생 최악의 순간이었어요. 그렇게 외로웠던 적이 없었거든요. 하지만 언제나 그렇듯이 엄마는 나랑 같이 앞으로의 계획을 짜 주었고 그래서 전화를 끊을 때쯤에는 다시 웃을 수 있었어요. 다음 날 나는 레스토랑에 2주 휴가를 냈어요. 부주방장이 일을 맡아도 잘할 수 있다는 걸 알기는 했으니까. 그래서 짐을 전부 싼 다음에 떠났어요."

"그리고 이 세상에 하고 많은 곳을 놔두고 버지니아의 서머힐에 온 겁니까?"

"그렇기도 하고 아니기도 해요. 엄마가 제안을 했죠. 이제 아빠를 만날 때가 됐다고요. 아버지가 서머힐에 살고 있거든요."

"잠깐만요. 그렇다면 당신 아버지가 혹시 키트입니까? 어머니가 한때 키트 몽고메리 씨와 뜨거운 불장난을 벌였던 거군요."

"어우, 아니에요! 키트는 내 아버지가 아니에요. 채프먼 의사 선생님이 내 아버지예요. 나는 정자 기증으로 태어났거든요. 그래서 형제자매만 열한 명이 있어요. 그것도 우리가 알고 있는 수지, 더 있을 수도 있어요."

테이트는 그 말에 너무 놀라서 입을 딱 벌렸다.

"누가…… 아니 무슨……."

케이시는 미소 지으며 말했다.

"아, 이제 다 온 것 같네요."

"채프먼 의사 선생님 이야기를 더 듣고 싶은데요."

"나중에 들려줄게요. 선생님도 만나게 될 거예요. 연극에서 베넷 씨 역할을 맡으셨으니까요. 여기서 돌아야 해요."

그들은 경매가 열리는 방향을 가리킨 표지판을 따라갔다. 그 표지

판은 누군가 손수 만든 것이었다. 바퀴 자국이 난 자갈길이 아래로 이어졌다. 잡초들이 트럭 옆을 스쳤다. 테이트는 군데군데 움푹 파인 땅에 바퀴가 빠질 때마다 반복해서 차를 세워야 했다.

차가 심하게 덜컹이는 바람에 잭과 지젤도 잠에서 깼다. 몸을 숙인 잭은 앞을 내다보았다.

"저택일 줄 알았는데……. 근데 와보니까 입구 같은 게 있을 것 같진 않네."

케이시는 그에게 브로슈어를 내밀었다. 종이의 앞면에는 제멋대로 길게 뻗은 집이 보였다. 어느 부분은 빅토리아 시대 양식이고 어떤 부분은 앤 여왕 시대 양식으로 어딜 봐도 좀 으스스했다.

"멋지네요."

잭은 이렇게 말한 다음 다시 몸을 뒤로 돌리더니 지젤과 키스하기 시작했다.

"야, 좀 작작 해라, 어? 부러워서 미칠 지경이니까. 다 왔군."

판매장이 눈에 들어오기 시작하자 모두가 앞을 바라보았다. 그곳은 축구장만큼이나 긴 듯 했다. 마녀의 모자를 씌워 놓은 듯한 탑, 그리고 수십 년은 닦지 않은 것처럼 보이는 창문들이 보였다. 집은 너무 상태가 안 좋아서 버려졌다는 느낌밖에 들지 않았다.

"이 정도는 돼야 집이라고 할 수 있지."

잭의 너스레에 모두가 웃었다.

거대하고 낡은 집은 한때 아름다웠을 정원에 둘러싸여 있었다. 하지만 지금은 나무 몇 그루와 꽃이 피어 있는 돌무더기 잔해만이 남아 있을 뿐이었다. 집 둘레로는 쟁기질을 해서 곧 식물 심을 준비를 해놓은 농지가 끝도 없이 펼쳐졌다. 왼쪽으로 주차장이 보였다. 벌써 트럭과 밴이 몇 대 온 상태였다. 트럭을 주차하는 테이트에게 케이시가 말했다.

"딜러들이군요. 스테이시가 그랬죠. 딜러들이 일찍 올 테니까 원하는 게 있으면 재빨리 잡아야 한다고요."

케이시는 스테이시가 보낸 물품 사진들을 컬러로 프린트해 왔다. 그리고 그 사진을 네 뭉치로 나눠서 각각에게 건넸다.

"제일 좋은 방법은 각자 흩어져서 목록에 있는 걸 먼저 선점하는 거예요."

그리고는 현금 봉투도 내밀었다.

"이건 키트가 줬어요. 적당히 가격을 산정해 넣었으니까 예산에 맞춰 사도록 해요."

테이트는 시동을 끄고서 케이시 앞으로 손을 뻗어 글러브박스를 열었다. 그리고 그 안에서 야구 모자과 작은 꾸러미를 꺼냈다. 케이시는 테이트가 머리를 뒤로 묶고 야구 모자를 눈까지 눌러 쓰는 모습을 지켜보았다. 그리고는 커다랗고 북슬북슬한 콧수염을 달았는데 콧수염이 제대로 붙어 있을 리 없어 보였다. 마지막으로 그는 보잉 선글라스를 썼다.

"면도하고 왔어야 했는데."

"그래서 당신 이미지 폭망하게요?"

케이시가 이렇게 말하자 테이트는 미소를 지었다.

"자, 모두 어떻게 해야 하는지 알겠죠?"

"그럼요."

잭은 이렇게 대답하더니 지젤에게 종이뭉치를 넘기고는 트럭 문을 열었다.

"우리는 같이 다니자."

"하지만 그러면…….''

그러자 테이트도 케이시의 종이를 받아다가 자기 것과 합쳤다.

"내 생각에도 둘이 다니는 게 좋겠어요."

케이시는 안 된다고 말하려 했지만 솔직히 저 으스스한 낡은 건물을 혼자서 돌아다니고 싶진 않았다. 그녀는 트럭에서 내려서 다른 사람들과 합류했다.

"혹시 배고프거나 목마르면 트럭 뒤에 음식 있어요."

주차장에서 나와 모퉁이를 돌아나온 그들은 집을 올려다보았다. 이렇게 가까이에서 올려다보니 완전 오싹했다. 대롱대롱 매달려 있는 물받이 통, 드문드문 보이는 금 간 유리창, 저쪽 끝 지붕은 언제라도 무너질 것 같아 보였다.

"어서 오십시오!"

그때 탁자 옆에 서 있던 자그마한 남자가 말했다. 탁자에는 한 여자가 현금 수납기를 놓고 앉아 있었다.

"입장료는 전부 돌아보시는 데 인당 20달러입니다. 혹시 저 안에서 뭘 사신다면 입장료는 환불해 드립니다. 하지만 그냥 돌아보시는 분들도 있으니까 일단 돈을 받습니다."

"이 집 주인이십니까?"

잭이 이렇게 묻자 남자가 대답했다.

"지금은 제 겁니다. 원래는 제 왕고모님 소유였죠. 참 괴물같이 크지 않습니까?"

지젤이 물었다.

"이 집을 어떻게 하실 건가요?"

"팔 수 있는 건 다 판 다음에 불도저로 밀고 케일을 심을 겁니다. 온 나라가 케일에 미쳐 있거든요. 케일로 만든 거라면 다 돈이 되는 세상이에요."

그러더니 남자는 테이트를 보며 말했다.

"당신 꼭 영화배우……."

그러자 테이트는 심한 남부 억양을 섞어서 말했다.

"아, 됐습니다. 그런 말 지겨워예. 자, 어서 가자고."

잭은 20달러 네 장을 건넸다. 그리고 모두는 그 으스스한 집으로 향했다.

집 앞에는 먼지 쌓인 물건들이 가득 놓인 탁자가 있었다. 의자와 작은 테이블은 최근에 깎은 듯 보이는 풀밭 위에 전시돼 있었다. 그들은 둘로 나누어 흩어졌다. 자그마한 남자가 그들에게 소리쳐 말했다.

"커다란 물건들은 집 안에 있습니다. 가격은 물건에 다 붙어 있고요. 하지만 오전 10시 전에는 팔지 않을 겁니다. 흥정을 하자면 그럴 수도 있지만요!"

"저 사람은 물건에 입찰 경쟁이 붙기를 바라는군요."

테이트의 말에 케이시도 고개를 끄덕였다.

"이리 와요. 안으로 들어가죠. 사람들이 몰려들기 전에 여기를 보고 싶으니까."

필요한 물건을 찾기 시작해야 한다는 건 알지만 케이시는 종이를 주머니에 우겨 넣고 테이트를 따라갔다. 그는 정문이 아니라 옆문을 통해 들어갔다. 그리고 그들은 지하실로 통하는 문처럼 보이는 곳으로 들어갔다. 그곳에는 옆방으로 이어지는 문이 수도 없이 많았다.

"여기 꼭 영화 세트장 같네요."

"나도 그 생각했어요. 혹시 도끼 든 남자가 예쁜 여자를 쫓아오는 장면이 상상되지 않아요?"

"케일 하나만 주면 안 잡아먹겠다면서 말이죠?"

복도를 지나 주방까지 이어진 복도를 걸으며 테이트는 웃었다. 주방엔 커다란 스토브 위로 구리 팬들이 줄지어 걸려 있었고, 한쪽 벽에는 구리 케이크 틀이 열두 어개나 보였다.

"우와."

"천국에 온 것 같나요?"

"그 비슷해요."

두 사람은 4층짜리 낡은 건물을 모두 둘러보았고 목록에 있는 물건을 대부분 찾았다. 맨 위층에는 주인의 침실로 보이는 방이 있었다. 케이시는 아로새긴 나무로 만든 낡은 보석 상자에 잠시 눈이 팔렸지만 가격이 너무 비쌌다. 그녀와 테이트는 점점 이 집을 곧 허문다는 게 안타까운 일이라고 생각했다.

몇 시인지도 모를 정도로 돌아다니다가 겨우 정신을 차렸을 때는 사람들이 모여들기 시작해서 물건이 판매되고 있었다. 테이트와 케이시는 급히 아래층으로 내려갔다. 잭은 벌써 판매 테이블 앞에 서서 수백 달러를 남자에게 건네고 있는 중이었다.

"다 찾았어?"

"대부분. 작은 거 몇 개만 빼고."

그런데 자그마한 남자가 갑자기 소리쳤다. 그의 눈빛이 번뜩였다.

"목소리를 들으니 알겠군! 당신 누군지 알겠어요! 미처 말씀 못 드린 게 있는데요. 이중 몇 가지는 가격표가 잘못되었습니다. 가져가시겠다는 이 소파는 골동품이에요. 300년은 더 된 거라고요. 누가 이걸

400달러라고 써 놨는지 모르겠는데 0이 하나 빠졌어요. 이거 4000달러입니다."

"이 자식……."

잭은 영화에서처럼 남자의 얼굴에 주먹을 꽂을 것처럼 보였다. 그런데 그 순간 여자의 비명 소리가 들렸다.

제1막 24장

제인 베넷, 정체를 들키다
Jane Bennet is exposed

그들은 모두 소리가 난 쪽을 돌아보았다. 저쪽 끝에서 어떤 여자가 두려움이 가득한 얼굴로 지붕 위를 올려다보고 있었다. 그 시선을 따라가 보니, 3층 난간에 꼬마 하나가 웃으며 앉아 있는 모습이 보였다. 통통한 다리가 난간 밖으로 달랑거렸다. 마치 지금이라도 펄쩍 뛰어 엄마의 품으로 떨어질 것만 같았다. 그리고 지붕은 아이의 무게를 감당하기에는 너무 썩어서 무너질 듯했다.

테이트는 잭을 바라보았다.

"네가 가 봐. 난 밧줄을 가져올게. 그동안 아이가 떨어지지 않았으면 좋겠는데……. 캐치볼처럼 다이빙해서 잡을 수도 없을 거 아냐."

케이시는 순간 정신이 확 들었다.

"지젤 어디 있지?"

그녀는 트럭 뒤쪽으로 달려갔다. 테이트는 차 문을 열고 들어가 밧줄과 고무 끈이 든 상자를 꺼냈다.

"지젤이 어딨는지는 모르겠어요. 911에 전화를 해서 소방대원을 불러요."

테이트는 뛰어가기 시작했다.

"지붕에 올라가면 안 돼요!"

케이시가 소리쳤지만 테이트는 듣지 못했다. 그녀는 휴대폰을 꺼내 전화를 했다. 신호는 약했지만 어쨌든 911과 통화는 할 수 있었다. 상담원은 즉각 대답했다.

"벌써 두 분이나 전화를 하셨어요. 지금 소방차가 가고 있지만 거기까지 가려면 20분에서 30분은 걸려요. 아이한테 꽉 잡고 있으라고 말해 주실 수 있나요?"

"해 볼게요."

케이시는 이렇게 말하고 전화를 끊었다. 그때 뒤에서 지젤이 나타났다.

"무슨 일이야? 지금 찾고 있는 게······."

케이시는 지젤의 손목을 잡고 뛰기 시작했다.

"네가 필요한 일이 생겼어."

현관 앞에 사람들이 모여 진을 치고 있어서 케이시는 건물 옆쪽으로 달려갔다.

"우리는 뒷계단으로 들어갈 거야. 어떻게 거기 갔는지 기억이 나야 할 텐데."

중앙 계단 앞에는 커다란 남자가 지키고 서서 사람들이 위층으로 가지 못하게 막고 있었다. 번쩍이는 배지를 보니 이 지역 경찰이었다.

케이시는 어떻게 할까 묻는 표정으로 지젤을 바라보았고 그녀는 고개를 끄덕였다. 둘은 경찰이 카메라를 든 어떤 남자들에게 정신이 팔린 틈을 타서 사람들 사이를 지나쳐 복도를 달려갔다.

"여기인 거 같아."

케이시는 문을 획 열었다. 그러자 위층으로 올라가는 좁은 계단이 나타났다. 두꺼운 먼지 위로 발자국이 여러 개 나 있었다.

"이거 잭 부츠네. 발자국을 알아보겠어."

맨 위에 도착하자 문이 닫혀 있었다. 케이시가 열려고 해 보았지만 잠긴 채였다. 그래서 그녀는 문을 두드렸다.

"우리예요. 열어줘요."

테이트가 문틈으로 말했다.

"트럭에서 기다려요. 잭이 지붕으로 나가서 애를 구할 겁니다."

"잭은 너무 무거워요! 가다가 무너질 거라고요. 랜더스, 우리를 들여보내 주지 않으면……."

케이시는 이렇게 소리쳤지만 어떻게 협박을 해야 통할지는 알 수 없었다.

"제발요. 들여보내줘요."

지젤이 말했다. 그녀의 부드러운 목소리에 테이트는 문을 열어 주었다. 잭은 커다란 창문 옆에 서서 허리에 밧줄을 감은 채였다. 한쪽 끝은 바닥에 있고, 다른 쪽 끝은 테이트가 들고 있었다. 테이트는 눈살을 찌푸렸다.

"우리가 알아서 할 겁니다."

케이시는 잭을 쳐다보며 말했다.

"아뇨. 당신은 너무 무거워요. 지젤이 갈 거예요."

"무슨 소리!"

잭이 고함을 쳤지만 케이시는 지젤에게 물을 뿐이었다.

"너 스키니진 입고서 움직일 수 있겠어?"

"아니."

지젤은 바로 청바지를 벗었다.

"지금 뭐 하는 거야?"

잭이 당혹스러워하며 말을 뱉었다. 케이시는 무릎을 꿇고 지젤이 신은 웨지 하이힐 샌들을 풀었다. 케이시가 일어났을 때 지젤이 입은 거라고는 분홍색 팬티와 셔츠뿐이었다. 길고 늘씬한 다리가 훤히 드러났다.

테이트는 한쪽에 서서 아직도 줄 끝을 잡은 채였다. 지금 이 여자들이 뭘 하려는지 이해하고 있는 듯 했다. 케이시가 그를 바라보자 한 걸음 앞으로 다가왔으니까. 지금은 입씨름을 벌일 때가 아니었다. 그는 밧줄로 고리를 만들어 지젤의 허리에 감으며 차분한 목소리로 말했다.

"지붕은 상태가 안 좋고 오래된 타일이 떨어지고 있어요. 조심해서 발을 디뎌야 합니다. 무게를 싣기 전에 꼭 발로 타일을 확인해 보세요. 알겠죠?"

지젤은 고개를 끄덕였다.

"잭이 밧줄을 허리에 감고 있으니까 당신이 그냥 떨어지는 일은 없을 겁니다. 혹시 추락한다 해도 잭이 버틸 거고 우리가 끌어올려 줄게요."

테이트가 뒤로 손을 내밀자, 잭은 고무줄로 연결한 다른 밧줄을 건네주었다.

"이건 하네스예요. 잭이 출연한 영화의 스턴트 감독은 액션 장면을 찍을 때 이런 걸 만들죠. 이걸 아이의 몸에 두른 다음 당신 몸에 단단히 매요. 그러면……."

"내가 아이를 떨어뜨려도 바닥으로 떨어지지는 않겠네요."

"그래요."

테이트는 지젤에게 고개를 끄덕였다.

"준비됐어요?"

"네."

지젤이 대답했다. 잭의 표정은 지젤에 대한 걱정으로 매우 심각했다. 그는 지젤에게 키스한 다음 창문으로 나가도록 도와주었다.

테이트는 케이시 옆에 선 채로 조용히 말했다. 차분하고 매끄럽던 목소리는 온데간데없었다.

"대체 당신들 무슨 생각이에요? 이거 위험합니다. 지젤은 훈련도 안 받았어요. 할 수 없을……."

"할 수 있어요! 지젤은 외줄타기도 하고 레이싱 오토바이도 타요. 뭐든지 한다고요. 아버지한테서 터프가이의 기질을 물려받았거든요."

"아무리 그렇다고 해도 이건 심하잖아요."

케이시는 잭이 서 있는 창문가로 다가갔다. 그는 지붕 위를 걷고 있는 지젤에게 말을 걸고 있었다. 아이는 이제 웃지도 않았고 겁에 질린 게 분명했다. 그 애 어머니는 아직도 아래서 아이에게 움직이지 말라고 외치고 있었다. 그 옆으로 구경꾼들이 점점 늘어만 갔다.

"저 예쁜 누나를 잘 보고 있어. 누나랑 같이 내려오면, 실컷 먹고도 남을 만큼 큰 아이스크림을 사 줄게. 우리 아가, 아이스크림 좋아하지?"

아이가 몸을 비틀어 지젤을 보자 타일이 여섯 개쯤 바닥으로 떨어졌고 군중들은 숨을 죽였다.

"침착해. 타일이 괜찮은지 건드려 봐."

지젤은 조심스럽게 걷고 있었지만 무서워하는 것 같지 않았다. 테이트는 케이시 뒤에 서서 그녀의 머리 너머로 그 광경을 지켜보았다.

"잘하네요. 지붕 끝에 왔는데도 전혀 떨지 않고."

"지젤은 안 떨 거예요. 절대 떨거나 하는 애가 아니니까. 이제까지 서머힐 소방서 일도 여러 번 도왔는걸요."

그들은 모두 지젤이 천천히 아이에게 다가가는 모습을 지켜보았다. 타일이 떨어질 때마다 군중의 반응도 커졌다. 지젤은 잠시 멈춰서 기다리다가 또 한 발짝 다가갔다. 그리고 아이를 보면서 미소 지었다.

"안녕. 나랑 같이 지붕에서 내려갈래?"

아이는 고개를 끄덕였지만 그 애가 지젤에게 팔을 뻗자 타일이 더 떨어졌다.

"그 애 이름은 스티비야."

잭이 말했다. 어찌나 밧줄을 꽉 잡았던지 손마디가 하예졌다. 이게 영화가 아니란 걸 그는 아주 잘 알고 있었다. 몇 미터 떨어진 곳에 설치된 안전망도 없고 대기 중인 크레인도 없었다.

스티비는 울기 시작했다. 그리고 울면서 움직이는 바람에 모든 사람들은 공포에 떨어야 했다. 지젤은 아이에게 말했다.

"그 자리에서 꼼짝 말고 가만히 있어. 그럴 수 있지?"

아이는 고개를 끄덕였지만 이제는 떨기 시작했다. 그러자 지젤은 전략을 바꾸었다.

"이거 재미있지 않니?"

그녀의 목소리는 모험심을 가득 담고 기분 좋게 들렸다.

"나는 지붕 위를 걷는 게 좋아. 너도 그렇지? 그러니까 여기 끝에 와서 앉아 있는 거잖아."

아이는 놀라서 지젤을 바라보았다. 이내 떨림이 한결 진정되었다.

"내가 너만큼 어렸을 때는 지붕이란 지붕은 전부 올라갔었어. 그래서 엄마가 엄청 무서워했었지."

지젤은 그 자리에서 멈춰 섰다. 동시에 타일 여섯 개가 흔들리더니 바닥으로 떨어져 꿍음을 내며 산산조각 났다. 하지만 그 소리에도 지젤은 아이를 계속 바라보며 미소를 잃지 않았다. 상황이 다시 차분해지자 지젤은 테이트와 잭이 만들어 준 하네스를 들어올렸다.

"스티비, 이거 네 몸에 감을게. 그러면 저기 창문에 있는 남자들이 우리를 안으로 끌어올려 줄 거야. 어때?"

아이는 고개를 끄덕였다. 눈에는 눈물이 글썽였지만, 그래도 아까보다는 더 씩씩하게 마음을 굳게 먹은 듯 했다.

"그냥 가만히만 있으면 돼. 절대로 움직이지 마. 팔도 다리도 가만히. 알았지?"

아이는 다시 고개를 끄덕였다. 지젤은 천천히 아이의 머리 위로 밧줄을 들어 올려 허리까지 내렸다. 고무줄을 아이의 다리 사이에 끼우고 조이는 일은 더 힘들었다. 지젤은 흔들리는 타일이 제자리를 잡을 때까지 두 번이나 기다려야 했다. 낡은 빗물받이 홈통이 부서져서 바닥으로 떨어지자 구경꾼들이 헉 소리를 내는 바람에 아이는 그만 지젤의 품에 뛰어들어 버렸다.

예상치 못한 무게중심의 변동에 지젤은 그만 발이 미끄러질 뻔했지만, 다행히 간신히 균형을 잡고 앉을 수 있었다.

모인 군중 가운데에는 애리조나주 투손에서 온 존슨 부부도 있었다. 그들은 은퇴 후에도 부유하게 사는 몇 안 되는 사람들로, 기름을 무지하게 먹는 캠핑카를 타고 여름 휴가를 보내는 중이었다. 존슨 부인은 유품을 판매하는 곳에 다니며 뭔가 건질 게 있나 보러 다니는 게 취미였다. 그녀는 예쁜 물건들을 집으로 싣고 가서 골동품 전문점을 운영하는 동생에게 팔라고 보내곤 했다. 존슨 씨는 사진 찍기에 푹 빠져 있었다. 그래서 캠핑카에 달린 서랍 깊숙한 곳마다 사진 장비가 종류별로 그득했다. 지금 그는 새로 산 니콘 Df 카메라에 200-400mm 렌즈를 장착하고 아이의 구조 장면을 촬영하고 있었다. 테이트 랜더스를 알아본 건 그의 부인이었고, 그는 잭 워스가 출연한 영화의 팬이었다. Df 카메라는 비디오 촬영 기능이 없었지만 고속 연사 기능을 지원하는 250기가바이트 메모리카드가 장착되어 있었다. 존슨 씨는 카메라를 연사 기능으로 맞춰 놓고 계속 셔터를 눌렀다.

지젤은 손힘이 강했다. 그래서 다부진 체격의 아이를 꼭 잡고 일으킬 수 있었다.

이제 지젤이 스티비를 안아 들자, 잭은 격려하는 목소리로 말하기 시작했다.

"몇 걸음만 더 와. 나 바로 여기 있으니까."

지젤이 앞으로 다가와서 밧줄이 늘어질 때마다 그는 계속해서 밧줄을 당겼다.

지젤이 창문 앞에 거의 다 왔을 때쯤, 그녀가 밟고 있던 타일이 확 미끄러져 그들은 순식간에 아래로 떨어졌다. 팔로 아이를 감싸 안은 지젤은 자신의 몸을 가누려는 모습을 전혀 보이지 않았다. 잭이 자기를 잡아 줄 거라고 확실하게 믿고 있었으니까. 그리고 잭은 정말로 지젤을 꽉 잡았다.

테이트는 잭 뒤에서 밧줄을 당겨 지젤과 아이의 몸무게를 지탱하는 데 힘을 보탰다.

케이시는 그 순간 자기가 뭘 해야 할지 깨달았다. 밧줄을 당기면 어쩔 수 없이 지젤의 피부가 심하게 벗겨질 것이다. 타일은 아주 헐거웠고 지젤은 발에 아무것도 신고 있지 않았다. 케이시는 아래로 내려가서 경찰에게 올라와 달라고 소리쳤다.

"여기 좀 도와주세요."

커다란 남자는 곧바로 올라와서 테이트가 밧줄 당기는 걸 도왔다.

케이시는 테이트를 바라보았다. 둘 다 케이시가 뭘 해야 할지 알고 있었다. 그의 눈빛은 정말 그럴 거냐고 물었다. 그녀는 고개를 끄덕였다.

케이시는 신고 있던 테니스 슈즈를 벗고서 열려 있는 창문으로 다가갔다. 테이트가 그녀의 뒤에 섰다.

"나 당신 절대로 안 떨어뜨려요. 알고 있죠?"

"정전기나 쏘지 말아요. 지금은 사람들이 알아볼까봐 숨어있는 배우처럼 굴면 안 돼요."

테이트는 모자를 벗고 머리를 풀었다. 그런 다음 콧수염을 떼냈다.

"이제 됐어요?"

"그래요."

케이시는 이렇게 말하고는 창문으로 올라가서 손을 지붕 아래로 내밀었다. 테이트가 허리를 잡아주는 것에 의지해 케이시는 지붕으로 조금씩 다가갔다. 그는 천천히 그녀의 몸을 내려주며 무릎을 잡더니 이렇게 말했다.

"와, 운동을 열심히 하셨군요."

케이시는 지젤을 바라보았다. 겁에 질린 어린아이는 그녀의 몸에 꼭 붙어 있었다.

"저 사람 나한테 치근덕대는 거 믿을 수 있겠니?"

"그래, 널 확실히 좋아해."

자매는 미소를 지으며 서로를 안심시키려고 애썼다. 그래, 지젤은 물불 가리지 않는 성격에 겁이 전혀 없어 보이는 애다. 하지만 케이시는 지금 지젤의 눈에 깃든 공포를 볼 수 있었다. 밧줄은 허리를 옥죄고 압박했다. 피가 흐르는 곳만 해도 온몸에 열두어 군데나 되었다. 분명히 아플 것이다. 게다가 저 꼬마가 지젤을 어찌나 꽉 잡고 있는지 지젤은 숨도 쉬기 힘들어 보였다. 그럼에도 그녀는 아이를 계속 꼭 붙잡았다.

케이시가 손을 뻗자 지젤은 그 손을 꽉 잡았다. 그리고 서로는 서로의 손목을 붙들었다.

"준비됐어?"

"그래."

지젤이 말하자 케이시가 소리쳤다.

"당겨요!"

그러자 세 남자는 여자들을 끌어올리기 시작했다. 둘은 밧줄을 당겼고, 테이트는 케이시의 다리를 잡고서 안으로 끌어당겼다. 타일의 거친 표면과 낡은 창문에 케이시의 팔 살갗이 벗겨졌다. 자신이 이런데 지젤의 맨다리는 지금 어떤 상태일지 상상이 되지 않았다.

케이시가 창문 안으로 거의 다 들어오자 테이트가 나머지 몸을 끌어당겼다. 그녀는 자매의 팔을 끝까지 놓지 않았고 마주 보는 눈길도 끊지 않았다.

잭이 펄쩍 달려들어 지젤의 팔을 잡았다.

이때 문이 확 열리더니 아이의 엄마가 달려와 두 팔을 벌리고 미친 듯이 아들의 이름을 불러댔다.

지젤은 그제야 아이를 잡고 있던 손을 놓았다. 아이는 엄마의 품으로 쓰러졌다.

그 뒤에 서 있던 테이트는 케이시를 자기 품으로 끌어당겼다. 그녀는 심장이 쿵쿵 뛰었고 온몸이 떨렸지만, 테이트의 품이 편안하게 느껴졌다. 지금 정전기 같은 건 없었다.

그는 고개를 숙이고 뺨을 그녀의 머리 위에 대었다.

"당신은 아버지의 모험심을 물려받지 않았나 봐요?"

"전혀요. 난 완전 겁쟁이거든요."

케이시는 이제 그의 품에서 빠져나와야 한다고 생각했다. 잭과 지젤이 경찰과 이야기하는 소리가 들렸다. 지젤에게 치료를 받게 해야 한다는 이야기였다. 케이시는 자기도 가야 한다는 걸 알았지만 테이트의 팔에서 벗어날 수가 없었다. 그의 품과 그녀의 몸은 딱 맞았고 남자의 품에 안겨 본 지도 정말 오랜만이었다. 그녀의 이별 이야기를 듣고 테이트가 웃었을 때, 그녀가 이제껏 꽁꽁 묻어둔 것들이 다시 떠올랐다. 어쩌면 케이시가 훌훌 털고 일어날 때가 되었기 때문일 수도 있고 테이트의 유머 감각 때문일 수도 있고 아니면 그 후로 너무 오랫동안 남자에게 안겨 본 적이 없어서일 수도 있다. 케이시는 자신과 벤 사이에 일어난 일에 대해 생각했다. 몇 달 전 헤어질 무렵, 벤은 케이시가 그 레스토랑을 책임지고 굴릴 수 있는 유일한 사람이라는 점을 두고 아주 기분 나쁘게 비웃었던 적이 있었다. 하지만 그녀는 벤이 승진에서 번번이 밀려났음을 알고 있어서 최선을 다해 그의 기분을 풀어주려고 했다. 아주 근사한 저녁을 먹고 상당히 황홀한 잠자리가 이어졌다. 그렇게 며칠간 자신감을 북돋아주고 나면 될 줄 알았는데. 그 이후로도 벤이 끊임없이 소소하게 자신을 긁어대는 걸 멈추게 할 방법이 없었다.

그렇다는 생각이 들기도 전에 갑자기 눈물이 왈칵 맺혔다. 케이시는 두 팔로 테이트를 꼭 껴안았다. 그도 두 손을 그녀의 머리카락에 묻고서 그녀를 더 꼭 안아주었다. 아무 말도 없었다. 그저 그대로 서서 팔로 그녀를 감싸고 있었을 뿐이다.

눈물이 맺힌 건 잠깐이었다. 케이시는 지금 이게 어떤 상황인지 깨달았다. 방 안이 조용했다. 다른 사람들은 나갔나? 아니면 지금 여기서 우리를 보고 있나?

케이시가 테이트를 올려다보자 그는 그녀의 이마에 키스를 했다. 정전기가 온몸을 확 스쳤다.

그녀는 물러서서 테이트를 노려보았다.

"아, 진짜 왜 이래요?"

하지만 테이트는 미안한 기색이라고는 전혀 없었다.

"왜 이러긴요. 품 안에 내가 아주 좋아하는 아름다운 여자가 안겨 있는데 당연히 전기가 통할 수밖에요. 음, 미안해요. 내가 잘못했네요. 괜찮아요?"

"괜찮아요."

케이시는 한숨을 쉬며 생각했다. 엄청 쪽팔린 거 빼면 괜찮네요.

"우리 가야겠어요. 주인이 물건을 전부 팔아버리기 전에. 그러면 우리는 연극에 소도구 하나 없이 서야 할지도 몰라요."

"걱정마요. 잭이 알아서 처리할 겁니다. 영화에서 보여 준 무시무시한 연기는 사실 진짜 성격이에요. 근데 당신 정말 괜찮은 거 맞아요?"

테이트가 문을 열어 주자 케이시는 그를 올려다보며 말했다.

"네, 난 괜찮아요. 아까는 미안했어요."

테이트의 눈동자는 진지했다.

"아까 정말 용감했어요. 내가 손을 놓치기라도 한다면 지붕 위로 미끄러져서 바닥에 머리를 먼저 부딪힐 수도 있는 상황이었어요. 아까 같은 행동을 하려면 신뢰와 믿음이 아주 커야 하는 법이죠."

그러더니 그는 미소를 지으며 말을 이었다.

"그리고 나같이 잡아 주는 편은 힘도 깨나 써야 하고요. 당신 대퇴사 두근 힘이 굉장하던데요. 비결이 뭡니까?"

케이시는 복도로 내려가며 말했다.

"무슨 올림픽 높이뛰기 선수한테 하는 질문 같네요. 내 일이란 게 항상 무겁고 큰 솥을 스토브에 올렸다 내렸다 하는 거잖아요. 그리고 열여섯 시간을 쉬지 않고 주방을 뛰어다녀야 하고요."

"내일 트레이너가 여기 올 겁니다. 그 사람한테 비결 좀 알려 주는 게 어때요. 당신 같은 근육을 갖고 싶거든요."

"아, 진짜……."

케이시는 그의 어깨를 때리려다가 그만두었다.

"똑똑하네요. 당신이 쏘는 정전기가 조금 아프긴 하거든요."

"내가 정전기를 쏜다고요? 벤자민 프랭클린(피뢰침을 발명한 미국의 정치가이자 과학자)처럼 전기를 끌어다 오는 건 당신 아닌가요."

"혹시 당신 전 남친 벤의 풀 네임이 벤자민 프랭클린 아니에요? 그래서 너무 질투가 난 나머지 비겁하게 정전기를 당신한테 심고 간 거 아닐까요?"

케이시는 계단 위쪽에서 걸음을 멈췄다. 사실 지난 몇 달 동안 케이시는 죄책감을 갖고 살았다. 너무 좋았던 남자 친구에게 못할 짓을 했다고 생각하면서 말이다. 하지만 테이트 덕분에 그녀는 상황을 새롭게 볼 수 있었다. 케이시는 미소를 지으며 부드럽게 말했다.

"고마워요. 날 지붕 위로 떨어뜨리지 않아서요. 그리고 벤과 헤어진 일을 내 잘못이 아니라고 생각해 준 것도요. 정말 당신은 힘이 되는 말을 해 주었어요. 특히 내가…… 음…….”

“곰 새끼만 한 미친 새한테 집이 엉망이 될 뻔한 걸 막아줬는데도 소리만 질러서 미안하다고요?”

케이시는 웃었다.

“뭐, 그런 거죠.”

그녀가 계단 아래로 내려가자 테이트는 바짝 뒤따라왔다. 웃을 수 있어서 좋았어. 지붕에서 벌어졌던 끔찍한 일 다음에는 웃을 거리가 필요하니까.

계단 아래로 내려온 케이시는 주방으로 향했다. 하지만 테이트가 그 앞을 막아섰다. 그리고 케이시의 팔 위쪽을 턱짓으로 가리켰다. 피가 나고 있었다. 테이트가 계속 신경을 다른 곳에 돌려놓아서 그녀는 상처도 잊고 있었던 것이다. 하지만 피를 보자 정신이 확 들면서 무릎이 꺾였다. 테이트는 넘어지려는 그녀의 팔꿈치를 잡아 지탱했다.

“트럭으로 가서 상처를 닦아요.”

케이시는 고개를 끄덕이고 그를 따라 옆문으로 빠져나가 주차장으로 향했다.

지젤은 트럭 옆 잔디밭에 앉아 있었다. 이마에는 붕대를 감았고, 오른손에는 거즈를 대었다. 이제는 청바지를 입어 다리가 보이지 않았지만, 거기에도 붕대가 감겨 있을 거라고 케이시는 생각했다. 지젤이 테이트에게 말했다.

“사람들이 당신 여기 있는 거 알아버렸으니까 빨리 가야 해요. 잭은 주인이 가격을 올린 걸 두고 따졌는데, 여튼 얘기가 잘된 것 같아요. 우리가 원하는 물건들은 전부 준비가 된 상태니까 사람들이 물건을 가져올 때까지만 기다리면 되죠."

케이시가 말했다.

"사실은 가기 전에 주방에서 갖고 싶은 게 있어."

테이트는 케이시의 팔에 까진 상처를 천으로 닦아주는 중이었다. 그가 팔에 붕대를 다 두른 후에도 케이시는 그를 쳐다볼 용기가 나지 않았다. 지금 하고 있는 행동처럼 자상하게 자기를 돌봐 주는 것이라든지, 아까 했던 말들이 머릿속을 맴돌았다.

"자, 생각했던 것보다 심하지는 않았어요. 그럼 지젤과 잠시 이야기 좀 할게요."

테이트가 지젤에게 가서 풀밭에 무릎을 굽히고 앉아 있는 동안 케이시는 트럭에 있었다. 사이드 미러로 그들이 보였다. 저 둘 진짜 잘 어울리잖아! 케이시의 눈에 그들은 매혹적인 한 쌍이었다. 지젤의 금발은 그의 검은 눈과 머리카락에 꽤 잘 어울렸다.

순간 확 밀려오는 질투심에 케이시는 깜짝 놀랐다. 곧이어 그녀는 부끄러운 마음에 트럭에서 나와 건물 쪽으로 걸었다. 그런데 테이트가 그녀를 따라잡았다.

"내가 자원 봉사 짐꾼할게요. 사고 싶은 구리 팬이 있으면 나한테 맡겨요."

"누가 당신 알아보면 어쩌려고요."

"오늘 당신이 한 활약을 보면 사람들은 내가 아니라 당신한테 사인을 요청할 것 같은데요."

자신에게 미소 짓는 테이트를 바라보며 케이시는 아까 그의 품이 얼마나 좋았는지 떠올랐다. 그리고 지젤과 정말 잘 어울렸다는 사실 역시 떠올랐다. 그래서 고개를 돌리고 어떻게든 감정을 추슬러 보려고 했다. 이제껏 겪은 이별의 고통 때문에 어떤 남자라도 멋져 보이는 거라고 그녀는 애써 스스로를 다독였다.

주방에는 여자 두 명이 오래된 기구들을 고르고 있었다. 테이트는 그들이 나갈 때까지 기다렸다가 안으로 들어왔다.

"자, 어떤 걸 사고 싶어요? 아니면 입찰을 해야 하려나?"

"음, 초콜릿 모양 틀을 건질 수 있지 않을까 생각했어요. 그거 모으려고 하거든요."

"어떻게 생긴 건데요?"

케이시가 틀 모양을 설명하자, 테이트는 가장 높은 선반에 있는 물건을 이리저리 들어보며 살폈다.

"그런 게 많이 있나 보죠?"

"하나밖에 없어요. 데블린 헤인즈가 준 거요."

그러자 테이트가 등을 돌린 채로 동작을 멈췄다. 케이시는 테이트의 얼굴을 볼 수 없었지만 그가 헤인즈의 이름을 듣고서 놀랐다는 걸 알 수 있었다.

"그가 줬다고요?"

"원래 자기 할머니 거라네요. 그래서 난 그렇게 대단한 물건은 나한테 주면 안 된다고 말했지만, 그래도 줬어요. 당신들 둘 사이 말이죠, 혹시 예전에 가족이었다는 것 말고 뭐 또 다른 게 있나요?"

돌아선 테이트의 얼굴은 무표정했다.

"그는 내 조카의 아버지일 뿐입니다."

"알아요. 하지만……."

"이제 난 트럭에 가는 게 좋겠군요. 잭을 도와줄 일이 있는지 봐야겠습니다."

그러더니 테이트는 거의 먼지 바람을 일으킬 정도로 빠르게 그 자리를 떴다. 케이시는 그저 그가 있던 자리를 멍하니 응시하고 있을 수밖에 없었다. 누가 봐도 데블린에 대해선 말하고 싶지 않다는 게 분명했다. 테이트 랜더스가 자신을 꾀려는 건 맞지만 진심을 공유하고 싶어 하는 것 같지는 않다는 생각에 케이시는 씁쓸해졌다.

　케이시는 잠시 동안 주방에 머무르면서 생각과 감정을 추스르려 했다. 초콜릿 만드는 틀은 없었지만 주석을 잘 입힌 구리 케이크 틀이 두 개 있어, 그걸 사고서는 트럭으로 돌아갔다.

　중간에 만난 지젤이 뜻밖에, 정말 예쁘다고 생각했던 아로새긴 보석함을 내밀었다.

　"테이트가 이걸 사서 너한테 주라더라. 왜 직접 안 주는 건지는 모르겠지만."

　"아까 둘이서 속닥거린 게 이것 때문이었어?"

　"그래. 너 설마 테이트가 나한테 치근댔다고 생각한 건 아니겠지?"

　케이시는 예쁜 보석함을 받으면서 말했다.

　"당연히 아니지! 하지만 네가 청바지를 벗었을 때 몸매가 진짜 끝내줬기 때문에 테이트가 널 꾀려 했다고 해도 놀라진 않았을 거야."

　지젤은 웃으면서 케이시의 팔짱을 끼고, 목소리를 낮추었지만 들뜬 기색을 감추지 못한 채 말했다. 그건 놀라운 기색이었을지도 모른다.

　"잭은 내 행동을 싫어하지 않았어. 그리고 나한테 쫄지도 않았고. 아, 케이시, 이번엔 진짜가 나타난 건지도 몰라."

　그러더니 지젤은 돌아서서 트럭으로 달려갔다.

　"제발 조심해!"

　케이시는 이렇게 말했지만 그 말을 들어야 할 상대는 이미 멀어지고 없었다. 로스앤젤레스에 있는 집으로 돌아가 버리면 여자 따윈 잊을 게 분명한 남자에게 푹 빠져서는 안 된다고 지젤에게 이야기해 주어야 하는데. 지젤은 자그마한 동네 출신이고 일주일에 세 번이나 교회에 가는 목사님 딸이다. 하지만 잭은 영화계의 스타다. 그게 무슨 말인지는 설명하지 않아도 모두들 안다.

케이시가 트럭으로 돌아오니 테이트와 잭이 뒷문을 닫고 있었다. 그러다가 곧 잭은 지젤과 어디론가 사라졌다. 케이시는 테이트에게 보석함을 들어올리며 말했다.

"고마워요. 내가 이거 마음에 들어 한 줄은 어떻게 알았어요."

테이트는 미소를 지었지만 그 표정에는 따스함이 없었다.

"천만에요. 그럼 가실까요?"

그는 대답을 기다리지도 않고 돌아섰다.

"미안해요."

케이시가 큰소리로 말하자 테이트가 흘깃 뒤를 돌아보았다.

"뭐가요?"

"기분 상하게 해서요. 당신과 데블린이 불편한 사이라는 거 알면서도 그런 말을 해서요. 그러지 말았어야 했는데……. 하지만 솔직하게 이야기하고 싶어요. 나는 그 사람과 두 번 같이 밥을 먹었고 그 사람이 마음에 들어요."

"마음에 든다고요?"

테이트가 너무 심하게 노려보는 바람에 그녀는 한 걸음 뒤로 물러섰다.

"친구로서요. 그뿐이죠. 에이미 이야기를 많이 하던데요."

그 말을 들은 테이트는 말도 안 된다는 듯 코웃음을 쳤다.

"그 자식이 에이미에 대해서 뭐라 하던가요? 그 애는……."

그런데 순간 잭이 이쪽으로 고함을 쳤다.

"그쪽 둘, 갈 준비 됐어? 이제 운전은 내가 할게. 지젤이 우리가 피크닉할 만한 장소를 안대. 케이시, 점심으로 먹을 음식은 충분하죠?"

"준비한 음식으로 마을 사람들 다 먹이고도 남을 정도야."

테이트는 옆문을 열고 케이시가 들어오도록 문을 잡았다.

"여기서 나랑 끼어 가야겠네요."

이제는 화가 풀린 것도 같아 보이는 테이트의 모습에 케이시는 기뻤지만 차 안을 살펴보고는 그 자리에 우뚝 서고야 말았다. 커다란 상자 두 개가 뒷좌석을 반 넘게 차지하고 있었다.

"이게 뭐예요? 피아노라도 산 거예요?"

"지젤이 사고 싶다는 게 몇 개 있어서요."

잭의 말에 케이시가 쏘아붙였다.

"그래서 그걸 다 샀다고요? 뭘 얼마나 샀길래 이 커다란 트럭 화물칸에 자리가 없어서 여기까지 짐을 실어야 했다는 건가요?"

케이시가 이렇게 묻자, 지젤은 잭을 슬쩍 바라보며 말했다.

"어…… 키트가 그랬거든. 그분 사촌인 제이미 박사님 부부가 아빠를 도와주러 올 거라고. 그분들 쓸 가구가 필요하잖아. 그리고 우리 자매가 가게에서 팔 물건도 필요하고……. 내가 보니까 조시가 좋아할 만한 침대도 있더라고. 그래서……."

지젤은 어깨를 으쓱였다.

"보아하니 나랑 딱 붙어서 가야 할 것 같네요."

이렇게 말하는 테이트의 목소리는 기분 좋다는 기색이었다.

"흠! 그러면 당신이 쏘는 정전기를 끄는 스위치가 어디 있는지 알아내야겠네요."

그러자 테이트가 아주 천진난만한 얼굴로 말했다.

"나 만난 첫날에 그 스위치 어디 있는지 못 봤어요? 이 아가씨 참 못됐네. 정말 상처받았어요. 나름 큰 스위치라고 생각했는데, 하나도 안 보였다고요?"

케이시는 얼굴이 빨개졌지만 결국 웃고야 말았다.

"나 정확하게는 기억이 안 나요. 그리고 당신이 비누로 뭘 했는지는 내 알 바 아니거든요."

케이시가 뒷좌석에 오르려 하자, 테이트가 그녀의 허리를 안아 당겼다.

그러고는 조용히 말했다.

"내가 비누로 뭘 할 수 있는지 알려주고 싶군요."

트럭은 곧 도로에 진입했고 잭과 지젤은 조용히 이야기를 나누었다. 그리고 뒷좌석에서는 케이시가 어쩔 수 없이 테이트와 붙어 앉게 되었다. 둘이 정말로 몸이 꼭 붙은 건 아니었지만 온기가 느껴질 정도였다.

케이시는 테이트에게서 눈길을 돌려 상자 너머로 창문을 바라보았다. 조용히 앉아 있게 되자 그녀는 아까 전에 일어났던 일을 차분히 회상하기 시작했다. 그 조그마한 아이가 지붕 끝에 앉아 있었고 지젤이 밧줄에 대롱대롱 매달렸었지. 그 장면이 떠오르자 케이시는 그들을 구출하기 위해 자신이 했던 일도 떠올려 보았다. 만약 테이트가 자신의 몸을 놓았더라면……

"아까 일 생각하고 있어요?"

테이트의 말이 들려왔지만 케이시는 화제를 바꿨다.

"네. 어쨌든 스테이시가 고른 물건들을 다 사서 좋네요."

하지만 테이트는 케이시가 화제를 바꾸게 두지 않았다.

"아까 그런 자세로 지붕에 달려 있었으니 무서웠겠죠. 당신이 잘 알지도 못하는 사람이 잡고 있는 상태에서 말이에요. 혹시 비슷한 일, 겪은 적 있습니까?"

"한 번도 없어요. 아마 오늘 일이 꿈에 나오면 한밤중에 벌떡 깨게 될 거 같네요."

테이트는 심각한 기색이었다.

"그럼 내가 오늘 밤 같이 있어 줄게요……."

그는 어쩌냐는 식으로 어깨를 으쓱였다.

"참 고맙긴 하지만, 됐어요."

"혹시 마음이 바뀌면, 알죠? 나 어디 사는지."

테이트의 능청에 케이시는 그만 웃고 말았다. 테이트도 같이 미소를 지었다. 이건 일부러 자신을 놀리고 있는 것이었고 그래서 그녀는 현실 감각을 되찾을 수 있었다. 케이시는 목소리를 낮추어 말했다.

"고마워요. 만약 그때 내가 생각할 겨를이 있었다면 너무 무서워서 아무것도 못 했을 거예요. 하지만 상황이 급박하게 돌아갔으니까요. 그런 걸 보면 지젤은 진짜 영웅이죠."

"아뇨. 지젤은 그 상황을 즐기고 있었어요. 정말로 무서워하지 않았죠. 하지만 당신은 무서운데도 어떻게든 해냈잖아요. 그게 진짜 용기예요."

테이트는 케이시가 다시 진지해지려는 모습을 보았다.

"당신은 나 같았죠. 오디션에서 그 여자들 기억나요? 내가 자기들 꿈을 다 이루어줄 것처럼 날 바라보고 있던 거. 하지만 나는 거기서 어떻게든 연기를 했죠. 봐요, 그게 진짜 용기라고요."

케이시는 다시 미소를 지었다.

"그것도 내가 무대에 등장하자 끝나버렸잖아요."

"오늘 날 언제까지 괴롭힐 작정이죠? 당신이 대사를 읊었을 때 난 너무 무서워서 10센티미터는 쪼그라들었단 말입니다, 진짜로요."

"당신이요? 그런 줄은 몰랐네요. 그런 상황에 익숙하지 않나봐요."

"하! 당신은 내가 제일 자신 있어 하는 표정에도 꿈쩍하지 않았죠. 내 자존심을 너무 꺾어버려서 난 이제 다른 여자랑 침대에 올라가들 못할 지도 모르겠어요. 그래서 당신만이 날 치료해 줄 수 있다고 생각하는데……. 오늘 밤 8시에 보면 어때요?"

"진짜 못쓰겠네."

케이시는 너무 크게 웃었던지라 이미 트럭이 멈췄다는 것도 모를 정도였다.

잭과 지젤은 뒤돌아서 두 사람을 노려보는 중이었다.

"둘이 로맨틱 코미디를 찍고 있는 중에 정말 미안한데 이제 다 왔어. 마지막에 내리는 사람이 제일 무거운 통 들고 내리는 거야, 알았어?"

곧바로 둘은 트럭에서 내렸다. 케이시는 문가에 앉은 테이트를 바라보았지만 그는 문을 열지 않았다.

"전 진심입니다. 혹시 오늘 일정이 또 있으면 알려 줘요. 시간이 한밤중에 난다고 해도 기다릴게요. 나도 살면서 나름 트라우마를 겪어왔고 어떻게 그걸 극복하는지도 알죠. 당신한테 손끝 하나 대는 일은 없을 거예요. 알겠죠?"

케이시는 그의 눈을 응시했다.

"알았어요. 하지만 난 괜찮을 거 같아요. 해피엔딩 따윈 없고, 나는 참 엉망이 되었지만, 그래도 그렇게 돼서 다행이라는 생각도 들어요."

"혹시 내가 당신을 떨어뜨리는 꿈을 꾸고 깜짝 놀라 깨거든, 나한테 전화해요. 전화기 좀 줄래요?"

케이시는 그에게 휴대폰을 내밀었다. 그는 자기 번호를 입력한 다음 문을 열고 케이시가 나오도록 도와주었다.

다시, 춤추다 발이 꼬이기 시작하다
Darcy's dancing gets dirty

케이시와 테이트는 지금 급류가 흐르는 시냇물 옆에 오래된 퀼트 매트를 펴고 앉아 있었다. 커다란 바위들이 매끈하게 빛나고 햇살은 수면 위에서 반짝였다. 앉은 자리 위로는 무성한 나뭇가지가 그늘을 드리웠다. 매트 위에는 케이시의 음식으로 잔칫상이 차려졌다. 히카마(샐러드로 먹는 콩과 식물)와 감귤로 만든 샐러드, 올리브 타프나드(꽃봉오리와 올리브, 앤초비를 넣고 만드는 프로방스 풍 샐러드 소스), 세 가지 종류의 빵과 각종 치즈들이었다.

두 사람은 커다란 바위에 등을 기댄 채 코코넛 라임 쿠키를 먹으며 잭과 지젤이 말다툼하는 모습을 바라보았다. 무슨 얘길하는지 알아듣기에는 너무 멀리 떨어져 있었지만 어쨌든 둘의 모습은 다투는 게 분명해 보였다.

"뭣 때문에 저런대요?"

"나도 물어보려고 했어요. 하지만 보니까 지젤에 대한 환상이 깨져서 그런 것 같군요. 당신은 섬세한 꽃들을 좋아한다고 했죠. 그런데 지젤은 뭘 좋아한다고요?"

232

"오토바이 경주로 남자들 이겨먹는 거요. 스카이다이빙도 하고요. 말하자면 수도 없죠. 남자들이 그래서 못 견뎌요."

"잭은 괜찮을걸요. 내가 장담할 수 있어요."

"잭이 지젤을 견뎌내지 못한다는 데 당신이 먹었던 베리 커스터드 파이 하나 걸게요."

"있어서는 안 될 일이지만 당신이 이긴다면 뭘 상으로 받을 겁니까?"

케이시는 '당신 스트립 샤워 쇼'라고 말하려다 그만두었다.

"승자의 기쁨을 누리는 걸로 족해요."

테이트는 못마땅한 소리를 내었다.

"이렇게 꽁무니 빼는 겁니까? 바라는 게 분명 있잖아요. 당신 레스토랑 여는 건 어때요? 아니면 남자 친구가 다시 돌아오는 거?"

"아직 못 정했어요. 하지만 남자 친구 말고 미래에 대한 게 좋겠네요. 그럼 당신은 어때요? 갖고 싶은데 못 가진 게 있어요?"

테이트는 매트 위에 몸을 쭉 뻗고 두 손으로 머리를 괴었다. 180센티미터가 넘는 그의 몸이 그녀 옆에 누웠다.

"나는 코미디 영화나 스릴러 영화를 찍고 싶어요. 아니면 공포 영화도 좋고요. 우울한 로맨스 영웅만 아니면 다 상관없어요."

"하지만 당신 그 역할 정말 잘하잖아요. 오늘만 해도 날 노려봤을 때 내가 탑 속에 갇힌 공주님인 것 같은 기분이 들었는걸요."

"그랬어요?"

하지만 테이트가 케이시를 바라보니 그녀가 지금 자신을 놀리고 있는 게 분명해 보였다.

"탑에 갇혔다면 구하러 갈게요. 나는……."

그 순간 테이트의 휴대폰이 울렸다.

"분명 매니저겠죠. 다음 주에 울버린 차기작에 출연하게 되었다는 거였으면 좋겠는데⋯⋯. 아니구나. 더 좋은 전화네요. 에이미가 걸었 군요."

테이트는 휴대폰을 터치했다.

"안녕, 우리 귀염둥이. 아직도 엄마 못 살게 굴고 있어?"

그러더니 그는 잠시 멈추고 듣기만 했다.

"지금 삼촌은 퀼트 매트에 누워 있어. 잭 삼촌이 아주 예쁜 언니랑 말싸움하는 거 보는 중이야. 근데 삼촌이 질 거 같네. 내 옆에는 케이 시가 있어. 내가 먹은 파이 만든 언니 말이야⋯⋯. 아, 알았어."

테이트는 케이시에게 휴대폰을 내밀었다.

"에이미가 당신이랑 이야기하고 싶대요."

케이시는 당황한 채로 휴대폰을 받았다.

"여보세요?"

그녀는 잠시 동안 에이미의 말을 들었다.

"응. 나는 그릴드 치즈 샌드위치 만들 줄 알아. 빵을 구운 다음에 그 위에 치즈를 얹고 그걸 전부 다시 굽는 거야. 아주 바삭바삭하게 만들 어서⋯⋯. 아니, 나는 캔에 담아 파는 생크림은 절대로 안 써."

이윽고 그녀는 테이트에게 휴대폰을 주었다.

"에이미, 합격이야?"

그는 미소 띤 얼굴로 케이시에게 고개를 끄덕였다.

"에이미가 당신이 입었던 '헤이 디들 디들(달 위를 뛰어넘는 젖소, 도 망치는 스푼과 접시가 가사에 나오는 동요)' 파자마는 어디서 샀냐고 묻네 요. 그리고 삼촌이랑 결혼해 줄 수 있냐고 묻고 있어요. 아, 삼촌은 납 니다. 그래서 우리 먹을 거 요리해 줄 수 있냐고요."

케이시는 멀뚱히 그를 쳐다보았다.

"파자마는 엄마가 사 줬어요. 어디서 샀는지 물어볼게요. 그리고 싫어요."

테이트는 다시 전화를 받았다.

"요리는 해 준대. 근데 삼촌이랑 결혼은 안 하겠대. 내 인생이 그렇지 뭐. 너희 언제 여기 올 거야?"

그는 잠시 말을 멈추었다.

"응. 케이시는 분명히 오레오 맛 파이 만들 수 있을 거야."

테이트가 그녀를 쳐다보자, 그녀는 고개를 끄덕였다.

"엄마가 부르는 소리가 들리네? 응. 나도, 많이많이. 착하게 있어. 하지만 엄마한테 여기 빨리 오자고 좀 잔소리 해 줘."

그는 웃었다.

"안 돼. 공작새는 올라타는 거 아니야. 어서 가 봐. 엄마한테 삼촌 대신 뽀뽀해주고."

이윽고 테이트는 휴대폰을 끄고 케이시를 바라보았다.

"당신 인생 계획에 대한 이야기를 하고 있었죠. 계속 말해 봐요."

"아니었거든요. 그리고 당신도 본인 이야기는 거의 안 했잖아요. 어떻게 해서 영화배우가 된 거예요?"

그러자 그는 잠시 뜸을 들이다 대답했다.

"공식적으로 알려진 바로는 내가 아홉 살 때 감독의 눈에 들었다고 되어 있죠. 그건 사실이지만 동시에 사실이 아니기도 해요."

그는 몸을 돌려 일어났다. 기다란 몸이 접히는 모습이 꼭 거대한 고양이 같았다.

"좀 걷죠. 아니면 못 볼 꼴을 보게 될 것 같으니."

이제 잭과 지젤은 말싸움을 그만두고 키스하기 시작했다.

"게다가 저걸 보면 남자의 욕망이 살아나서 견딜 수가 없어요. 당신 도 마찬가지로……."

테이트는 눈짓을 하면서 자기가 지금 무슨 말을 하는 건지 알려주 었다. 배우로서의 능력이 참으로 훌륭해서 그런지는 몰라도 지금 테이 트는 케이시의 마음에 자신이 뭘 원하는지 그대로 생생하게 그려넣고 있었다. 퀼트 매트 위에서 나른하게 사랑을 나누는 모습. 케이시는 저 도 모르게 상상했다. 그 입술이 자신의 몸을 부드럽게 스치겠지. 그리 고 그 다음엔…….

"정신 차려요!"

테이트는 낮은 목소리로 말했다.

"지금 무슨 생각인지 다 보여서 못 참아 주겠네요. 완전 음란마귀가 씌었군요. 날도 너무 따뜻하고 꽃향기도 심하게 나요. 게다가 난 와인 도 많이 마셨고요."

케이시는 그만 고개를 돌려버렸다.

"이리 와요. 근처에 오솔길이 있거든요."

그는 손을 내밀었지만 케이시가 그걸 잡기도 전에 도로 손을 뒤로 뺐다.

"안 잡는 게 낫겠네요. 우리가 서로 이런 생각을 하고 있으니 손만 잡아도 활활 타오를 게 뻔한데 그러다 숲에 불이 날지도 모르잖아요. 하지만 나중에 어떻게 불을 냈느냐고 소방관이 물으면 뭐라 할 말이 없겠죠?"

테이트가 한 말이 너무 어이가 없어서 케이시는 그만 웃고 말았다.

"알았어요. 서로 건드리지 말고 아무것도 하지 말고 친구로 있어요.

산책하자고 했죠? 해 봐요. 난 하자는 대로 따라갈게요."

그러자 테이트는 갑자기 가슴을 부여잡았다.

"남자가 듣기에는 그 말만큼 섹시한 말이 없네요."

"다시 말해 줄까요? 로맨스는 그만 찍고 빨리 가기나 해요! 잭이랑 지젤이 이제 땅콩버터를 바르려고 하니까."

테이트는 오솔길을 내려가기 시작했다.

"알겠지만 연기를 못 한다는 말에 기가 확 죽었었죠. 하지만 땅콩버터 이야기를 하면 마음이 엉큼해지거든요. 그래서 자꾸 당신이 그 파자마 윗도리만 입고 아래는 벗고 있었던 게 생각나요. 근데 정말 그거 어머니가 사 준 거 맞아요? 그분은 대체 무슨 생각으로 그걸 사셨대요?"

"어렸을 때 동화를 좋아했거든요. 자, 이젠 당신이 어떻게 배우가 되었는지 말할 차례네요."

그들은 얕은 개울가에 이르렀다. 앞으로 가려면 개울을 헤쳐 가야 했다.

"영화 〈더티 댄싱〉 본 적 있어요?"

"백 번은 본 것 같아요. 당신도 그 유명한 '더티 댄싱 리프트' 할 수 있어요? 영화에서는 라이언 고슬링이……."

그러자 테이트는 헉 소리를 냈다.

"라이벌의 이름을 언급하다니……. 내 가슴에 비수 좀 꽂지 마요."

"당신이 그보다 더 잘생겼어요."

케이시는 진지하게 말했다.

"아, 기분 완전 좋은데요. 자, 저거 어때요?"

테이트는 개울을 가로질러 쓰러진 커다란 나무를 가리켰다. 그녀는 그게 무슨 말인지 바로 알아들었다. 〈더티 댄싱〉에서 주인공인 패트릭 스웨이지와 제니퍼 그레이가 통나무 위에서 균형을 잡는 장면이 있다. 패트릭 스웨이지는 그러면서 자기가 어떻게 무용수가 되었는지 말해 준다.

"싫어요. 나는 지젤이 아니라서요. 난 평균대 같은 거 못 해요. 우리 그냥……."

그러자 테이트가 그녀의 손을 잡았다. 하지만 이번에는 정전기가 오르지 않았다. 그저 따뜻한 손길이 어서 한 번 해 보라고 말할 뿐이었다.

"어떻게 이렇죠? 감정을 껐다 켰다 할 수 있어요?"

"나도 모르죠. 뭔가 제어가 되긴 하나봐요."

그는 이제 통나무 쪽으로 걷기 시작했지만 케이시가 움직이지 않자 그녀의 손을 입술로 가져갔다. 그의 목소리가 낮게 뚝뚝 떨어졌다.

"당신의 향기가 내 온몸을 타고 노네요. 날 기쁘게 하고, 가슴 뛰게 하고, 욕망으로 미치게 만들어요. 당신을 만지고 쓰다듬으면……."

그의 목소리가 이제 속삭였다.

"키스하고 싶어요. 내 모든 걸 다 줄게요."

케이시는 그저 그를 노려볼 뿐 아무런 말도 아무런 행동도 할 수 없었다. 그는 손을 놓았다.

"통나무 탈 건가요? 아니면 내 대사 또 들을래요?"

케이시는 머리를 흔들며 정신을 차렸다.

"그거 방금 지어낸 말이에요?"

"아뇨. 내 영화 대사였어요. 이런 대사 더 들을래요, 아니면 나랑 같이 통나무 탈래요? 선택해요."

"나무 탈게요!"

케이시는 이렇게 말하며 그를 밀쳤다.

"도와 줘요. 그 손으로 뭘 얼마나 할 수 있나 보죠."

테이트는 그녀를 들어올렸다. 이제 케이시는 그를 마주보게 되었다. 그는 정말로 자신의 손을 집중해서 보았다. 정확히 말하자면 그 손길이 닿는 그녀의 몸을 보았다. 그리고 잠시 후 테이트 역시 나무에 올랐다.

케이시는 안 그런 척하려고 했지만 좁고 둥근 나무 위에 이렇게 높이 올라와 있는 게 정말 무서웠다. 그리고 테이트 랜더스 역시 조금 무섭게 느껴졌다. 그가 계속 손에 키스하면서 그런 말들을 해대었다면 자기도 모르게 그의 품에 안겨 버렸을 테지. 이 남자는 상대방을 마음대로 유혹하는 센서를 가지고 있는 것 같았다. 정전기까지 포함해서 말이다.

테이트는 그녀의 두 손을 잡았고 케이시는 통나무 위를 뒷걸음질치기 시작했다. 지금 이 남자가 어떤 마음인지는 모르겠지만 그래도 자신을 떨어뜨리지 않는다는 점은 확실히 믿었다.

"우리는 돈이 필요했어요. 내가 네 살, 니나가 아직 아기였을 때 아버지가 돌아가셨거든요."

"어머, 힘들었겠어요."

그러자 그는 어깨를 으쓱였다.

"벌써 오래전 일이니 괜찮아요. 나는 어머니가 각종 청구서를 겨우 처리하면서 우리를 어렵게 키우는 모습을 보고 자랐죠. 뭔가 돕고 싶었지만 아직 어린아이가 뭘 할 수 있었겠어요?"

이제 그들은 통나무 가운데 와 있었다. 그래서 테이트는 한 손을 놓았다.

"우리가 캘리포니아에 살고 있었을 때였죠. 반 친구 중 하나가 어느 날 이렇게 말하더라고요. 자기 어머니가 영화에 출연할 아이를 뽑는 오디션에 자기를 데려갈 거라고요."

"그래서 당신도 따라 간 거군요. 가서 역을 맡은 거네요. 그렇다면 당신은 타고난 배우라는 뜻이네요."

"정반대입니다. 우리 어머니가 나를 오디션에 데려갔어요. 거긴 집단 오디션을 보는 자리였죠. 아이들이 300명도 넘게 왔어요. 물론 감독이 보기 전에 대부분의 아이들이 탈락했지만요."

"감독은 예쁘장한 소년만 원했나요?"

그러자 테이트는 떨떠름한 미소를 지었다.

"캐스팅에서 외모는 상당히 중요한 비중을 차지하죠."

"그거 아주 예의바른 대답이네요. 하지만 당신이 그중 가장 귀엽게 생긴 아이였던 거군요."

"귀여운 건 모르겠고, 그중 가장 겁에 질린 아이였던 건 분명합니다. 하지만 오디션이 무서워서 그런 건 아니었어요. 그날 아침 어머니가 천식 발작을 일으켰거든요. 상태가 너무 심해서 나는 어머니가 곧 돌아가실 거라고 생각했어요."

"아…… 정말 힘들었겠군요."

"그렇게 말해 주니 고마워요. 어쨌든 그날 난 무척 우울했죠. 감독은 가능성이 있는 애들을 전부 무대에 세웠어요. 그리고 우리가 지시를 잘 따를 수 있는지 알고 싶어 했죠. 그래서 우리한테 뭘 보든지 절대로 웃지 말라고 했어요. 그리고 우리 앞으로 사람들을 들여보냈죠. 사람들은 거기서 엉덩방아를 찧거나 웃긴 춤을 추거나 얼굴을 일그러뜨리기도 하며 몸개그를 했어요. 그래서 웃는 아이들은 하나씩 탈락했죠."

"하지만 당신은 웃지 않았던 거네요."

"네, 웃지 않았죠. 나는 어머니가 너무 걱정이 된 나머지 세상의 그 무엇을 갖다 대도 웃을 수가 없었어요. 조금 지나자 무대에 남은 아이는 단 세 명이었고, 이번에 감독은 우리한테 울어 보라고 하더군요. 그런데 하나는 울지를 못했고, 다른 하나는 거짓으로 우는 척을 했죠. 하지만 나는……."

"정말로 울었군요."

"맞아요, 그랬죠. 감독이 나보고 농담조로 말했어요. 너는 진짜 훌륭한 배우거나 불행한 아이인 게 분명하다고. 그리고 '좋아. 그러면 훌륭한 건지, 불행한 건지 한 번 알아보자'라고 말했어요. 그러더니 나보고 이제는 미소를 지으라고 하더군요. 그런데 그 순간이 정말 운명인 것 같은 게, 그때 어머니가 안으로 들어오더니 나에게 엄지손가락을 치켜드는 게 아니겠어요? 어머니의 발작이 나왔던 거죠."

"그래서 웃었군요."

"진짜 그 순간은 온 마음을 다해서 기쁘게 웃었죠. 감독이 그걸 보더니 '너로 정했다. 우리는 이 영화에서 스타를 만들게 될 거야'라고 말했어요."

테이트는 이제 말을 멈추고 케이시를 바라보았다.

"정말 대단한 이야기네요."

"그런가요? 내가 생각하기에는 사기를 쳐서 그 자리를 따낸 건데요. 나는 어떻게 연기하는지도 몰라서 하나부터 열까지 다 배워야 했어요. 처음 몇 년간은 감독이 뭘 주문하든 마음속으로 어머니를 떠올리면서 감정을 잡았죠. 하지만 점차 나는 울고 웃는 법을 배우게 됐어요. 속에서 눈물을 억지로 짜내지 않고서도요. 그게 쉽지는 않았어요."

"그럼 내가 이제껏 들었던 우울한 연기는 어떻게 한 건가요?"

"그건 타고난 재능이죠. 보여줘요?"

이제 테이트는 그녀를 뒷걸음질치게 잡아 주면서 통나무 끝까지 다가갔다.

"아뇨, 사양할게요."

"이런, 실망인데요."

"있죠, 나한테 하듯 다른 여자한테도 그랬죠?"

그러자 그의 얼굴이 심각하게 변했다.

"아뇨. 사실을 말하자면 10대였을 때부터 그냥 가만히 서 있기만 해도 여자들이 다가왔어요. 그래서 먼저 다가가는 포식자가 되는 건 솔직히 새로운 경험이죠."

테이트는 아주 감미로운 미소를 지었다.

"이런 말 정말 하고 싶지는 않지만 이제 가야겠어요. 잭이 내일 있을 연습의 대사를 맞춰 보고 싶어 했거든요."

"연극 이야기는 안 했으면 좋겠어요! 그때 당신에게 그토록 화가 나지 않았더라면 내가 잘하지도 못하는 연기를 덜컥 하게 될 일도 없었을 텐데……."

테이트는 이제 통나무에서 내려와서 그녀에게 손을 뻗었다. 그리고 케이시의 허리를 잡고서 그녀를 번쩍 들어 내려놓았다.

"하! 나한테 못된 여자처럼 가시 돋친 말을 한 걸 생각해 보면 당신은 연기에 굉장히 재능이 있어요. 그리고 키트를 무시하지 마요. 내 생각에 키트는 처음부터 당신에게 그 역할을 줄 마음이었을 겁니다."

"난 아니라고 생각해요. 작년 겨울에 스테이시와 나는 키트가 대본 쓰는 걸 도와 줬어요. 그리고 누가 무슨 역을 맡으면 좋을지 의견을 나냈다고요. 그때는 스테이시나 나를 배우로 생각하지 않았어요."

이번에는 케이시가 앞장을 섰다.

"아, 또 스테이시가 나오는군요! 내 동생과 친구가 된 아가씨죠."

"알아요. 전화로 이야기하는 거 많이 들었거든요. 니나가 키트의 친척이고 저택 인테리어를 감독하고 있다는 것까지는 알았지만 그 집이 옛날에 니나의 가족 소유였다는 건 몰랐어요. 그러면 당신이 이걸 다시 산 이유가……."

"어머니가 태트웰을 정말 좋아하셨죠. 어렸을 때 가족과 함께 이곳에서 시간을 보내셨거든요. 어머니는 어렸을 때 자그마한 꼬마랑 항상 붙어 다녔다고 해요. 그래서 가족이 머물고 있는 집의 베란다에서 같이 샤워도 했다고 했죠."

"그거 우리 집인 거 같네요. 그래서 당신도 샤워를 해 보려던 거였어요?"

"네."

이제 두 사람은 피크닉 장소로 돌아왔다. 지젤은 퀼트 매트 위에서 바위에 등을 대고 앉아 있었고 잭은 지젤의 무릎을 베고 누워 있었다. 지젤은 키트가 쓴 〈오만과 편견〉 대본을 들고 있었다. 잭이 두 사람 쪽으로 고개를 돌렸다.

"왔구나. 두 사람 행복해 보이네. 근데 엘리자베스와 다아시는 서로 미워해야 하는데, 어떡하나."

"아니야. 나는 케이시를 사랑하지만 케이시는 나를 미워해. 그러니 지금 이 상황이랑 아주 딱 맞아 떨어지는 연극 아니냐?"

테이트는 매트에 앉아서 물병을 집었다.

"레모네이드 남은 거 없어?"

잭이 대답했다.

"없어. 그런데 아이스박스 아래에서 맥주 찾아냈어. 케이시, 그런 걸 숨겨 두면 어떡해요."

"숨겨둔 게 아니라 나중을 생각해서 잘 보관한 거예요. 당신들 점심 먹으면서 맥주를 마셨다면 지금 마실 게 아무것도 없을 거 아니에요. 혹시 그런 칠리 크래커도 찾았어요? 아, 그건 못 찾았나요? 내가 갖다 줄게요."

케이시는 빈 박스 아래에 숨겨두었던 초록색 플라스틱 통을 열었다.

"그래서, 그쪽 둘은 이제 말싸움 끝냈나요?"

지젤은 미소를 지었지만 잭은 얼굴을 찌푸렸다.

"내가 졌어요. 저도 이렇게 끝내주게 질 수 없을 정도로. 그래서 어느 장면부터 맞춰 볼까요?"

"맨 처음부터?"

케이시는 테이트 곁에 앉으며 말했다. 하지만 테이트는 반대했다.

"아뇨. 우리는 순서대로 하면 안 됩니다. 잭과 나는 로스앤젤레스로 가서 며칠 있다 와야 해요. 잭은 영화 몇 장면을 재촬영해야 하고 나는 갑옷을 맞춰야 하거든요. 아마 다음 주에 갈 것 같습니다. 그래서 연습을 몇 번 못 해요."

그러자 지젤이 말했다.

"정말요? 무슨 영화예요?"

"아직 제목이 없어요. 최종 시나리오가 안 나온 상태고 어떤 제목안을 선택할지 의견이 아주 분분해서요. 여튼 나는 엘리자베스 여왕 시대의 기사를 맡았죠. 그 기사가 타임슬립을 하는데요, 거기서 곤경에 처한 아주 예쁜 여자를 만나서 사랑에 빠지게 돼요. 그런 다음 다시 원래 시대로 돌아오고, 여자도 날 따라오지만 나는 기억을 못 하죠. 그래서 우리는 두 번째로 사랑에 빠져야 한다는 그런 이야기죠."

케이시가 물었다.

"여주인공은 누구예요?"

"몰라요. 그러면 우리 어디부터 할까요?"

지젤은 대본을 보았다.

"그러면 네더필드 저택에서 다아시가 여동생에게 편지를 쓰는 장면부터 시작해요. 내가 다아시 때문에 화난 빙리 양을 할게요. 케이시, 너 테이트 보면서 웃는 거 그만 둬. 이제는 참을 수 없을 정도로 밉다는 눈빛을 지어야 한다고."

"해 볼게."

케이시가 대답했다. 이제 입은 웃고 있지 않았지만, 그래도 눈빛은 여전히 웃고 있었다. 테이트는 대본을 들고 연기할 부분을 찾았다.

"잭, 우리가 마티의 파티에서 만난 그 금발 여자, 전화번호 있냐? 나 다음 영화에 그 애 여주인공으로 써 달라고 하면 어떨까 싶은데…… 그래야 베드신을 찍을 마음이 나지 않겠어."

이 말을 하면서 그는 케이시를 바라보았다.

그녀는 지금 테이트가 왜 이런 말을 하는지 알고 있었다. 그래서 그 말에 아무렇지도 않다고 말하고 싶었다. 하지만 사실은 화가 나! 화가 난다고!

"그렇죠. 바로 그거예요. 나는 지금 '다아시는 개새끼' 모드라고요."

잭은 자리에 앉았고 나머지 셋은 일어섰다. 케이시는 대본 쓸 때 옆에서 도왔기 때문에 모든 역의 대사를 다 알았고 테이트는 자기가 암기력이 아주 좋다는 걸 여실히 보여주었다. 지젤은 잠시 대본을 들고 있었지만 잭이 그걸 빼앗아갔다.

지젤은 빙리 양 연기를 잘했다. 그녀가 테이트에게 의미심장하게 눈짓을 하는 모습을 보고 케이시는 아주 놀랐다. 지젤의 연기가 어찌나 자연스러웠던지 케이시 역시 질 수 없다는 마음이 들었다. 그래서 그녀가 다아시에게 '그렇게 교양 있는 여인들이 많은지 들어본 적 없다'는 대사를 할 때는 목소리에 독기가 서리게 되었다.

연습이 끝나자 잭과 지젤은 박수를 쳤고 케이시는 허리를 굽혀 인사했다. 그리고 테이트를 흘끔 바라보니 그는 뭔가 골똘히 생각하는 눈빛으로 그녀를 응시하고 있었다.

테이트는 대본을 들고 이리저리 넘기다가 어느 장면을 펼쳐 케이시에게 건네주었다.

"이 장면을 해 보죠."

"이건 콜린스 씨가 엘리자베스에게 청혼하는 장면이잖아요. 누가 연기할 건데요? 잭?"

"와, 나 지금 상처받았어. 나는 머저리 역할을 해도 되지만 랜더스는 안 된다는 거죠?"

잭이 이렇게 말했다. 그러는 동안 테이트는 시냇가로 걸어가더니 갑자기 차가운 물을 떠서 머리에 끼얹었다. 그리고 긴 머리를 착 넘겨서 붙인 다음 어깨를 움츠렸다. 돌아선 그의 모습을 보자, 잘생긴 백마 탄 왕자님은 온데간데없었다. 다만 허리가 구부정하고 눈알을 이리저리 굴려대는 추접스러운 남자가 있었을 뿐이다. 그는 징그러운 눈빛으로 케이시를 위아래로 훑어보았다. 그래서 케이시는 한 발자국 물러섰다.

그는 소름끼치는 미소를 옅게 지은 다음, 자신에게 하해와 같은 은혜를 베푸신 후원자 캐서린 드 버그 영부인에 대해서 나불댔고 이어서 결혼을 해야 하기 때문에 엘리자베스를 골랐다고 말했다.

"당신이 지참금이 없어도 넘어가도록 하겠습니다. 그리고 당신의 아버지에게도 아무런 요구를 하지 않을 것입니다. 우리가 결혼한 다음에도 나는 당신의 처지가 나보다 훨씬 못 미친다는 것을 언급하지 않겠다고 약속하겠습니다."

"뭐가 어째요?"

케이시는 윗입술이 일그러지며 절로 기가 막히다는 미소가 나왔다.

"잠깐! '당신은 너무 성급하시군요'라고 해야지."

지젤이 끼어들었다. 케이시는 지금 연극을 하고 있다는 걸 알았지만 눈앞에 선 이상한 생물이 정말 좋아지기 시작한 남자가 맞는 건지 헷갈렸다. 그래서 결혼하지 않겠다는 대사를 할 때는 혐오감이 그대로 드러났다. 자신을 거절할 리가 없다고 생각한다는 남자의 말을 듣고 그녀는 다시 한 번 거절하며, 이번에는 성난 어조를 누구라도 알아챌 수 있을 정도로 크게 소리쳤다.

그러자 테이트의 눈빛이 차갑게 변하더니 적대감으로 번뜩였다. 그는 엘리자베스가 돈이 없다는 면과 더불어 언니처럼 엄청 예쁘지도 않다는 점까지 지적하면서 앞으로는 그 어떤 남자에게서도 청혼을 받을 수 없으리라 확신한다고 말했다.

언니만큼 예쁘지도 않고 청혼도 못 받을 거라는 테이트의 말은 정곡을 찌르는 거나 마찬가지였다. 케이시는 본인이 어렵게 이야기해 준 개인사를 지금 면전에서 비웃음과 함께 돌려받은 것처럼 느꼈다.

"어쩜 당신이란 사람은……."

그녀는 너무 화가 나서 재치 있게 마무리를 지을 수조차 없었다.

하지만 테이트는 어깨를 펴더니 다시 본 모습으로 돌아와 그녀의 손을 잡고 그 위에 키스했다.

"찍었어?"

잭이 지젤에게 속삭였다. 지젤은 휴대폰 영상을 내려다보았다.

"응."

제2막

다아시가 느끼는 것, 엘리자베스가 보는 것

Darcy feels; Lizzy sees

케이시는 파이 반죽을 밀면서 미소를 지었다. 유품 판매장에 갔다 온 지도 벌써 며칠이 지났다. 그 이후로는 반짝이는 날들의 연속이었다. 케이시와 테이트, 잭과 지젤은 행복한 두 쌍이 되어 지냈다.

뭐, 정확히 말하자면 두 쌍은 아니었다. 두 커플 사이에는 아주 큰 차이가 있었으니까. 잭과 지젤은 사귀는 사이였지만, 케이시와 테이트는 아니다.

하지만 그 차이도 별 문제가 되진 않았다. 잭과 지젤이 신체 접촉을 너무 심하게 할 때면, 테이트와 케이시는 자리를 피하면 그만이었다.

모두 며칠간 무척 바빴다. 케이시는 하루에 세 번 식사를 준비하느라 바쁜 와중에 아이들 생일 파티 하나와 저녁 식사 케이터링 주문도 하나 더 맡았다.

어느 날 오후에 네 사람은 케이시의 주방에 옹기종기 모여 컵케이크에 아이싱을 했다. 케이크와 과자를 다 만들고 나서 테이트는 케이시를 도와 트럭에 짐을 싣고 파티장으로 이동했다. 그리고 케이시가 짐을 내리는 동안 그는 머리를 숙인 채로 차에 있었다.

"저 남자 혹시……."

아이의 어머니가 속삭였다. 이제 서머힐에 사는 사람들 대부분이 테이트가 지금 이곳에 머무르고 있다는 것과 케이시가 그의 상대역이 되어 연극을 한다는 사실을 알고 있었다.

"그럴 리가 있겠어요."

케이시는 이렇게 대답했지만 그녀의 거짓말은 이제껏 티 나지 않은 적이 없었다.

테이트의 옆 좌석에 슬그머니 돌아온 케이시가 말했다.

"수배 중인 범죄자 같네요."

"감수해야 할 몫이죠. 자, 이젠 어디로 갑니까?"

"무대 뒤로 가야 할 것 같아요."

두 사람은 모두 못마땅한 소리를 내었다. 최근 키트는 망쳐버린 기분이 풀리지 않는 모양인지 얼굴을 찌푸린 채로 불평을 해대면서 연출을 지휘하고 있었다.

게다가 케이시의 연기가 그중 제일 엉망인 건 어쩔 수가 없었다. 테이트를 비웃어대는 게 그렇게 힘들 줄이야. 이제 10분 후에는 무대에 서서 경멸어린 태도로 그를 마주해야 했다. 〈오만과 편견〉을 두 번이나 읽고 영화화된 것도 죄다 찾아보았지만 다아시가 점점 엘리자베스를 좋아하고 있는데 왜 그녀는 그걸 의식하지 못하는지 알 수가 없었다. 키트의 의도는 다아시가 엘리자베스에게 푹 빠져 있다는 것을 관객들만 전부 알게 만들어야 한다는 것이었다.

그래서 다아시가 엘리자베스를 슬쩍슬쩍 쳐다볼 때마다 테이트는 그 눈빛에 사랑을 담았다. 케이시가 제인 오스틴의 유명한 구절들을 읊을 때면 테이트는 그녀를 무표정하게 바라보지만, 그녀가 등을 돌릴 때마다 관객들은 테이트의 표정이 확 풀어지는 걸 보게 되었다. 가끔 그는 꿈결 같은 미소를 짓기도 했다. 아니면 마치 항복한다는 듯 온몸을 케이시 쪽으로 숙일 때도 있었다.

문제는 케이시가 그걸 보지 말아야 했음에도 번번이 봐 버린다는 것이었다. 한번은 휙 돌아서서 테이트의 눈이 따스함과 열망으로 가득한 모습을 보고 그에게 손을 뻗기도 했다. 그러자 키트가 고함을 쳤다.

"아니야! 아카시아, 너는 여기서 돌아보면 안 돼! 엘리자베스는 다아시가 지금 어떤 감정인지 모른다고. 너는 진짜……."

그러다가 키트는 말을 뚝 끊었다. 올리비아가 케이시 앞으로 나와 시선을 가로막았기 때문이다. 그녀는 아무 말 없이 그저 선 채로 키트를 노려보았다. 하지만 그것만으로도 키트를 진정시킬 수 있었다.

"그러니까 돌아보지 말라고."

그는 이렇게 중얼대더니 뒤돌아섰다.

테이트와 잭, 지젤은 그날 오후 케이시의 집에서 점심을 먹었다. 그녀는 샌드위치 속 재료와 직접 구운 빵을 준비했다.

"다른 건 다 상관없는데 올리비아가 그렇게 눈에 힘을 주고 나를 노려보는 일은 절대로 없었으면 좋겠어. 그런데 이거 더 있어요? 테이트가 다 먹어버렸네."

케이시는 망고와 블러드 오렌지 처트니(걸쭉한 소스)가 담긴 단지를 선반에서 내려 잭에게 주었다.

"두 분 사이는 뭘까요? 사실 첫날부터 분위기는 좀 수상했는데……."

잭과 테이트는 처트니 단지를 두고 서로 뺏기 게임을 진지하게 하는 중이었다.

"모르겠어. 누구 오늘 오후에 수영할 사람?"

지젤이 말했다. 잭은 단지를 잡은 손을 놓고서 대꾸했다.

"지붕에서 수영장으로 뛰어내릴 게 아니라면 나도 할게."

케이시는 스토브 쪽으로 갔고 테이트가 그 뒤를 따라왔다. 그들 뒤로 지젤과 잭은 다시 말싸움을 벌였다. 테이트가 물었다.

"괜찮아요?"

"난 연기가 힘드네요. 내 마음에 없는 말과 감정을 표현하는 거니까요."

"거짓말과 정직함 사이에서 싸우는 거군요."

"그런 거 같아요. 당신이 엘리자베스를 바라볼 때 내비치는 감정은 진짜 같거든요. 그런데 엘리자베스는 어째서 다아시의 마음을 모르는 걸까요? 누군가 자기한테 푹 빠졌다는 걸 눈치 못 챌 수가 있어요?"

"다아시가 엘리자베스가 안 볼 때만 그녀를 몰래 훔쳐본다는 대목은 원작엔 없다고 생각해요. 그건 전부 키트의 연출이죠. 하지만 난 그게 좋아요. 다아시가 무슨 생각인지 관객에게 보여 줄 수 있고, 또 극에 미묘한 섹시함을 더해 주니까."

"당신은 그걸 진짜 잘하잖아요. 하지만 내 등 뒤에서 그러고 있다는 걸 알면서, 당신을 보면서 그러기가 참……. 뭐라고 해야 할까? 차가운 경멸을 보이는 게 힘들달까?"

"내가 당신 파자마를 들고 침실을 뒤지고 있다고 생각해 봐요."

그 생각을 하자 케이시는 미소가 나왔다.

"미소를 짓다니, 완전히 틀렸는데요."

테이트는 이렇게 말하며 어깨를 쭉 피고는, 그녀에게 고개를 숙이고서 못 볼 걸 봤다는 눈초리로 말했다.

"레딕 양, 당신 이제 파이는 그만 먹어야겠는데요."

"지금 나 살쪘다는 소린가요?"

그러자 테이트의 눈빛이 즉각 변했다. 다시 한 번 그녀의 몸을 위아래로 훑는 시선. 하지만 이번에는 오히려 그에게 한 발짝 더 다가가고 싶게 만드는 눈빛이었다. 테이트는 개구지게 씩 웃으면서 물러섰다.

"잭! 햄 좀 남겨 놔. 무대 위에서 엘리자베스가 배고플지도 모르니까. 연기를 잘하려면 배고플 때 햄을 먹어줘야 해."

"지금, 내 살이 다 햄 먹고 찐 거란 뜻인가요?"

케이시에게 살짝 윙크한 테이트는 다시 식탁으로 돌아갔다. 테이트에게 놀림을 당한 그녀는 무대 위에서 연기를 더 잘하고픈 마음이 들었다. 오후에 잭과 지젤, 테이트는 로스앤젤레스에서 온 트레이너와 함께 운동을 하러 갔다.

"같이 가요. 웨이트 트레이닝을 하고 싶지 않다면 그냥 와서 우리 운동하는 거 봐요."

"그래서 벤치에 앉아서 움직이지도 않는 뚱땡이가 되라는 거죠? 그런 뜻이에요?"

그러자 테이트는 정말 놀란 듯했다.

"당신은 전혀 뚱뚱하지 않아요. 로스앤젤레스에 있는 여자들은 당신 같은 몸매가 되려고 운동을 해요. 아까 친 장난은 절대 진심이 아니에요. 그냥 연기 테크닉을 보여 주고 싶었을 뿐이라고요. 당신은……."

케이시는 그를 보면서 씩 웃었다. 테이트는 이제야 깨달았다.

"바로 그거죠! 내가 이번에는 정말 한 방 먹었군요. 와서 우리 트레이너랑 만나 봐요. 160센티미터가 조금 넘는 키에 살면서 한 번도 웃지 않는 사람이죠. 키트는 그가 콜린스 씨를 해 주기를 바라고 있어요."

"하지만 난 요리를 해야 해요. 올리비아도 오기로 했고요. 그리고 오레오 파이 만드는 법도 연구해야 한다고요."

테이트는 저택 쪽으로 뒷걸음질로 가면서 커다란 미소를 지었다.

"내가 로스앤젤레스에 가 있는 동안에 니나가 올 겁니다. 에이미가 조랑말을 한 마리 사 달라고 하더라고요."

"그러면 당신이 어딘가 멀고 먼 장소에서 갑옷을 맞추는 동안 누가 조랑말을 돌봐요?"

"키트가 마구간에서 똥을 치워 주지 않을까요?"

케이시는 못마땅한 신음을 흘렸다.

"키트는 아마 그 불쌍한 조랑말이 제대로 표현하고 있지 않다고 혼내겠죠. '조랑말아, 잘 들어라! 지금 하는 걸 느껴 보란 말이야!'라고 다그치지 않을까요?"

케이시는 목소리를 깔고 계속 키트를 흉내냈다.

"거기 서서 건초만 씹고 있지 말고! 감정을 드러내라고!"

그런데 테이트가 케이시의 뒤편을 바라보면서 갑자기 겁에 확 질리는 게 아닌가.

이윽고 케이시 역시 온몸에 피가 다 빠져나가는 듯한 느낌이었다. 뒤에 키트가 서 있는 게 분명했다. 자신의 말도 다 들었을 거다. 하지만 뒤를 돌아보자, 올리비아가 애써 웃음을 참으며 서 있었다.

케이시는 홱 돌아서서 테이트를 노려보았지만 그는 벌써 오솔길 저 너머로 사라져 버린 후였다. 다만 그의 웃음소리만이 들려올 뿐이었다. 그녀는 소리를 질렀다.

"나중에 복수할 테니 두고 봐요."

"기대하고 있을게요."

그도 역시 소리를 질러 대답했다.

위컴, 그럴듯한 거짓말에 양념까지 치다

Wickham sweeten the pie

케이시와 올리비아는 오랜 시간 함께 일하며 이야기를 나누었다. 하지만 케이시가 그녀와 키트 사이를 알아내려 할 때마다 올리비아는 예의 바르면서도 확고하게 거부 의사 밝히며 주제를 돌려버렸다.

유품 판매장에 다녀온 뒤 올리비아가 케이시를 도와 파이를 굽던 날, 케이시는 그녀에게 꼬마를 구했던 일을 이야기했다.

"테이트가 당신을 떨어뜨릴까봐 겁나지 않았나요?"

"그런 생각은 전혀 들지 않았어요. 아시겠지만 그 남자, 꽤 근육질이 잖아요."

"로도스의 거상(세계 7대 불가사의 중 하나로 로도스 섬에 있었던 거대한 청동상을 말함)이 움직이는 것 같죠. 그건 그렇고 내일 연습할 장면의 대사를 미리 한 번 맞춰 볼까요? 몽고메리 씨가 엄청나게 불평해대는 걸 피할 수 있을지 보자고요."

"키트는 정말 왜 그럴까요? 혹시 아세요? 올겨울에 키트랑 꽤 오래 같이 일했는데 그때는 제가 본 사람 중에서 가장 차분하다 싶을 정도였어요. 스테이시랑 저는 그때 그런 말도 했어요. 저분은 꼭 침몰하는 타이타닉 호에서 여자와 어린이에게 자리를 양보했던 신사 같다고 말이에요."

하지만 올리비아는 그저 대본을 바라볼 뿐이었다.

"위캄이 나오는 장면부터 보는 게 어때요? 다아시가 명예 따윈 전혀 없는 남자라고 하는 부분이요. 그 부분이 어렵다고 생각해요."

케이시는 멍하니 올리비아를 바라보았다. 자기 질문을 완전히 무시하고 있었으니까.

"내가 위캄을 할게요. 그러면 혹시 연기에 몰입하기가 너무 힘들까요? 얼굴에 초콜릿으로 콧수염이라도 그려야 하려나요?"

올리비아는 미소를 지으며 농담했다. 케이시는 다시 한 번 질문할까 생각해 보았지만 그러지 않았다.

"그래요. 그 부분 해 봐요."

요즘은 모두가 제자리를 잡아가자 키트의 성질도 확실히 차분해진 듯했다. 엘리자베스가 등을 돌리고 있을 때 다아시가 하는 행동을 모르는 척하는 케이시의 연기도 점점 능숙해졌다. 하지만 내일은 다아시가 그녀에게 결혼해 달라고 청하는 장면을 맞춰 보는 날이다. 그녀는 청혼하는 다아시에게 이게 대체 뭐하는 짓이냐고 말해야 했다. 케이시는 오디션 때 그 장면을 연기했었지만 지금은 그때의 마음과 완전히 달랐다.

"안녕하세요."

뒤돌아서자 방충망 밖에 데블린 헤인즈가 서 있는 모습이 보였다. 며칠 동안 얘기도 나누지 못 했다. 아니, 더 정확히 말하자면 생각도 안 했지.

"안녕하세요. 와서 커피랑 파이 좀 드실래요?"

"좋죠."

그는 들어와서 케이시가 손짓으로 가리킨 스툴에 앉았다. 그녀는 선반에서 접시를 꺼내며 물었다.

"라즈베리 코블러(윗면에 밀가루 반죽을 씌운 과일 파이의 한 종류) 어때요?"

"딱 먹고 싶었던 겁니다. 혹시 커피 대신 우유 한 잔 주실 수 있을까요? 어린애 같다는 걸 알지만 딸아이가 너무 보고 싶어서 우유를 마셔야겠어요."

"곧 보게 될 테니 기분이 무척 좋으시겠어요."

"그 애가 곧 여기 온다고요?"

데블린는 눈동자에 불꽃을 피웠지만 깜짝 놀란 케이시의 얼굴을 보고 다시 수줍은 표정을 지었다.

"미안합니다. 미리 알고 있어야 할 일이었는데……. 딸아이랑 이야기하려면 제 전처를 통해야 하거든요. 하지만 전처가 딱 잘라서 거절하더라고요."

데블린은 어깨를 작게 으쓱였다.

"아, 또 불편하게 내 문제를 말해버렸네요. 어떻게 지내셨나요?"

"잘 지냈어요. 연기가 이토록 어렵다는 걸 매일 깨닫고 있어요. 여기 아몬드 좀 드세요. 파이 크러스트에 넣으려고 샀는데요, 올리비아는 아몬드 알레르기가 있대요. 당신은 어떻게 지냈나요?"

그는 코블러를 한 입 베어물며 말했다.

"정말 맛있네요! 저는 일자리를 구한 것도 같습니다. 최소한 기회는 얻은 거죠. 폭스 계열사의 FX채널에서 하는 새로운 수사물에 오디션

자리가 났어요. 주연은 아닙니다만 주연의 친구 역을 맡을 가능성이 있습니다. 되기만 한다면요."

"축하해요! 아니지, 행운을 빌어요, 라고 말해야 할까요?"

"둘 중 하나겠지요."

그는 파이를 내려다보더니 다시 고개를 들고 말했다.

"떠도는 소문에 따르면 당신과 내 전 처남이 사귄다고 하더군요."

"전혀 아니에요!"

하지만 케이시는 그와 눈을 마주칠 수가 없었다.

"나는 그냥…… 그 남자와 잭에게 요리해 주고 있을 뿐이에요. 그러니까 당연히……."

그녀는 말꼬리를 흐렸다.

"혹시 보트에 대해 좀 아시나요?"

데블린은 주제를 바꿔 물었다.

"보트 바닥에 구멍이 뚫리면 안 된다는 것 정도밖에 모르는데요."

그러자 그는 미소를 지었다. 케이시는 그가 얼마나 잘생긴 남자인지 다시금 깨달았다. 하지만 그뿐이었다. 그는 마음을 터놓기 좋아하고 명랑한 사람처럼 보였다. 인생에서 무슨 일이 일어나든 웃는 사람. 케이시는 딸이 조랑말을 타는 동안 옆에서 웃으며 지켜 보는 데블린의 모습을 쉽게 상상할 수 있었다.

데블린과 테이트가 그토록 밀접한 관련이 있기 때문에 케이시는 그둘을 비교하지 않을 수가 없었다. 우울한 눈빛으로 사람을 쏘아 보는 얼굴을 확 바꿔 미소 지을 수 있는 테이트의 능력이 데블린에게는 없는 것도 같았다.

그는 자신이 빌린 호숫가 집에 대해서 겪은 아주 재미있는 이야기를 하나 해 주었다. 그곳 차고에는 나무로 만든 작은 보트가 하나 있었고, 데블린은 주차 공간을 확보하려고 그 보트를 밖으로 꺼내놓았다고 했다. 하지만 보트 관리가 너무 힘들었기 때문에 그냥 물에 띄워 놓았는데 어느 날 무심코 보트에 올라탔다는 것이다. 그 당시엔 뭐가 잘못된 건지 몰랐다는 그의 말을 듣고 케이시는 웃음이 나왔다. 맑디맑은 호수 위에 보트라니, 어쩌면 참 로맨틱한 광경이었을 것이다. 하지만 문제는 배를 뭍 어딘가에 매놓아야 한다는 생각을 못한 것이다.

데블린은 이야기를 참 잘했다. 그리고 팔을 휘저어가면서 노 하나만 가지고 뭍으로 되돌아오려 했던 상황을 연기했다. 다른 쪽 노는 잔디밭에 두고 온 데다, 이웃집 개가 그걸 물고 가는 장면마저 보았다는 대목은 굉장히 실감났다.

"나는 그저 배 위에 서서 개를 향해 욕만 하고 있을 수밖에 없었죠."

"그 좁은 배 위에서 일어섰다고요?"

케이시는 놀란 듯 말했지만 눈은 웃고 있었다. 데블린은 자신의 명청함을 인정하며 고개를 흔들었다.

"그게 바로 그때의 나란 놈이 한 일입니다. 당연히 물에 빠졌는데, 알고 보니 다행히 1.2미터 깊이밖에 되지 않더라고요. 배를 질질 끌고서 뭍까지 오느라 죽다 살아났죠."

그가 이야기를 마치자 케이시는 오븐에서 마지막 파이를 꺼냈다. 데블린은 그 보트가 결국 다시 차고에 들어 있고, 그의 차는 도로에 주차되어 있다고 말하며 이야기를 끝맺었다. 그는 자리에서 일어섰다.

"이제 가야겠습니다. 언제 한 번 제가 사는 곳에 오시면 어떨까요. 밤에 호숫가로 나와 보세요. 저도 프리타타(이탈리아식 오믈렛) 정도는 그럭저럭 만들고, 와인도 정말 잘 따거든요."

케이시는 주저했다.

"거절해도 괜찮습니다. 이해해요. 테이트를 만나고 있으니까요."

그 말은 마치 케이시가 더 잘생긴 사람을 봤다는 이유만으로 그를 떼어내려 한다는 것처럼 들렸다.

"그런 게 아니에요. 나는……."

"아뇨. 미안합니다. 테이트 랜더스는 대단한 남자죠. 어떻게 연기를 시작하게 되었는지 당신에게도 이야기해 주었습니까? 어머니의 천식 이야기를 해 주던가요?"

"네, 그랬어요."

그러자 데블린은 문가로 다가가며 말했다.

"으음, 토크쇼에서 좋아하는 이야기죠. 괜찮은 이야기니까요. 아마 다음에는 레티와 에이스 이야기가 나올 겁니다. 테이트의 축복받은 어린 시절 이야기에 비하면 내가 방금 해준 보트 이야기는 보잘 것 없죠."

케이시는 눈살을 찌푸렸지만 왜 그런지는 알 수 없었다. 테이트가 그 이야기를 다른 사람한테 한 적 없다고 말해서였을까? 그가 자신을 뭔가 특별한 사람으로 여기고 있다고 생각해서?

데블린은 문을 잡았다.

"케이시, 다른 사람을 두고 감히 뭐라 말할 처지는 아닙니다만 부디 내 말을 들어줘요. 내가 오디션을 볼 거라는 이야기를 테이트에게는 하지 말아 줄래요? 그는 거물급 영화배우고 나는 변변한 자리도 없는 탤런트일 뿐이니까요. 그가 마음만 먹는다면 전화 한 통으로……."

데블린은 한숨을 쉬었다.

"그가 그럴 거란 뜻은 아니지만 어쨌든 내 오디션 이야기는 하지 말아 주세요. 나를 봤다는 말도 안 하면 더 좋고요."

그는 우두커니 선 채로 케이시를 바라보았다. 진지한 표정이었다.

"말 안 해요."

그러자 데블린은 안도의 한숨을 쉬었다.

"파이 잘 먹었습니다. 내 이야기에 웃어줘서 고마웠어요. 그리고 나에 대해 이런저런 소문을 들었을 텐데도 나랑 친하게 지내줘서 고맙습니다."

"아무한테도 당신 소문 들은 거 없는데요."

그러자 데블린의 얼굴이 밝아졌다.

"그래요? 다행이네요. 어쩌면 상황이 바뀌고 있나봅니다. 가야겠어요. 고마워요. 그럼 연습 때 봐요."

그러더니 그는 얼굴을 살짝 찡그렸다.

"그리고 위캄 역을 하는 데 있어 마음에 걸리는 게 있습니다. 로맨스 연기를 너무 어린애와 하는 게 아닌가 싶어서요. 리디아 역을 맡은 아이가 몇 살인지 아세요?"

"지원서에 써 낸 걸 보면 열여덟 살이라고 했어요. 오디션 때 굉장히 잘한다고 생각하면서 봤거든요."

"요부를 연기하는 아이가 좋은 사람들은 그 애가 딱 마음에 들 겁니다. 하지만 나는 성인 여자가 더 좋습니다."

데블린이 갑자기 케이시를 타는 듯한 눈길로 바라보아서 그녀는 뒷머리카락이 곤두서는 느낌마저 들었다.

"혹시 시간이 난다면 기억해 주세요. 나는 바톤 로드 끝에 살고 있어요. 오늘 대접해 주신 파이 고마웠습니다."

그 말을 끝으로 그는 문을 닫고 나갔다.

위캄의 이야기

Wickham tells all

데블린은 케이시의 집을 떠나면서 미소 짓고 있었다. 필요한 정보는 다 알아낸 데다 그 예쁘장한 머리에 의심의 씨앗까지 심어 놓았으니까.

랜더스의 지시를 받은 보안 요원들이 연극 연습이 없는 사람들은 이 근처를 돌아다닐 수 없다고 안내했지만, 데블린은 일이 어떻게 되어가고 있는지 알고 싶었다. 언제나처럼 데블린은 랜더스 때문에 숨어야 했다. 그래서 그는 무대 근처에 있는 덤불 속에 숨었고 모습을 드러내지 않으면서 주변을 살폈다. 그가 알고 싶은 건 거물인 전 처남이 이 작은 마을의 연극 무대에 서는 걸 싫어하고 있느냐였다. 과연 그는 병따개 사용 설명서만큼도 대본에 대해서 모르는 작자의 연출을 받으며 연극을 하려 들까?

하지만 랜더스가 마치 오스카상에 도전하는 사람처럼 연기하는 모습에 데블린의 희망은 산산조각이 났다. 왜 이러는 거야? 너무나도 의아했다. 그러다 그는 랜더스가 케이시에게 보내는 눈빛을 목격하고 말았다.

그리고 오디션 장에서 봤을 때보다 근래 눈빛이 더욱 깊어진 게 아닌가. 이제는 훨씬 더 진지했다.

어째서 이토록 좋은 일은 다 랜더스에게만 일어나는 건가? 데블린은 알 수가 없었다. 그는 만지는 것마다 행운이 따랐다. 거대한 우주의 기운이 집집마다 복을 내리면 그 복들이 전부 랜더스에게만 가 버리는 것 같았다.

하지만 오늘은 만지면 뭐든지 금으로 변하는 테이트의 손길에서 데블린이 복을 살짝 뺏어온 듯도 했다. 랜더스가 어릴 적 처음으로 오디션을 봤던 이야기는 여동생인 니나에게만 했다는 것을 그는 알고 있었다. 그러니까 니나와 결혼했을 때 아내를 잘 구슬려 얻어낸 정보였다. 그는 자신의 적에 대한 비밀을 알아두고 싶었다. 그리고 지금 그 가치가 입증되고 있지 않은가. 케이시의 표정이 증명했다. 슬쩍 흘렸을 뿐인데도 랜더스를 향한 케이시의 신뢰가 흔들리는 걸 느낄 수 있었다.

순간 휴대폰이 울렸다. 데블린은 발신인을 보고 눈살을 찌푸렸다. 그가 고용한 사설탐정이었다.

"시간 다 됐어! 무슨 일이야?"

남자의 목소리는 수십 년간 담배와 위스키를 달고 산 탓에 걸걸했다.

"진정하고 내 말 들어. 말했잖아, 근사한 걸 건질 거라고. 사진도 찍었다고. 하지만 그 사진, 2만 달러는 줘야겠어."

"뭐?"

데블린은 순간 소리를 질렀지만 이내 목소리를 낮추었다.

"그 사진에 2만 달러를 냈다고? 관광객이 망원렌즈로 찍은 사진에다?"

"흥분하지 마. 인터넷 때문이란 말이야. 그놈은 테이트 랜더스와 잭 워스가 아이의 목숨을 구하는 사진이라면 그 정도 가치가 있다는 걸 알고 있어. 5만 달러 부르는 걸 깎은 거야. 그렇지만 남자들이 누군지는 사실 알아볼 수가 없어. 두 사람은 집 안 어두운 그늘에 가려져 있거든."

"그럼 여자들은 잘 보여?"

"아, 그럼. 그 금발 머리는 카메라를 아주 잘 받던데! 하지만 나는 다른 쪽 여자가 좋아. 몸매에서 나와줘야 할 데가 아주 잘 나왔더라고. 그런데 이걸로 랜더스를 협박하려면 사진에 찍힌 게 본인이라는 걸 증명하는 게 좀 힘들 수도 있겠어."

데블린은 이를 악물었다.

"내가 이 사진을 어디에 쓸 건지는 알 필요 없어. 그냥 나한테 보내기만 해."

데블린이 전화를 끊자, 어디선가 운동 기구들이 부딪히는 소리가 났다. 그래서 그는 저택의 차고로 통하는 오솔길을 따라 커다란 수풀 안으로 들어갔다. 몇 주 동안 그는 서머힐이라는, 어딘지도 몰랐던 촌 동네에서 지내면서 태트웰 저택을 속속들이 알게 되었다. 어쨌거나 이 저택은 자기의 것이어야 했다. 랜더스는 늘 로스앤젤레스에 있는데 왜 버지니아에 집이 필요하단 말인가? 그리고 니나가 말만 하면 오빠인 랜더스는 뭐든지 다 준다.

데블린은 수풀 속에서 랜더스와 워스가 어떤 못생긴 트레이너, 그리고 제인 역을 맡은 여자와 함께 있는 걸 엿보았다. 그들은 사이가 좋아 보였다. 서로를 몇 년간은 알고 지낸 듯한 모습이었다.

데블린은 부유하고 팔자 좋은 테이트 랜더스의 삶에서 배제된 자기

처지를 생각하니 분노가 샘솟았다. 한때는 저들 중 하나가 되려고 무척이나 애썼는데. 사실 자신이야말로 랜더스가 어떻게 성공할지 미리 예견한 사람이 아니던가. 그건 전혀 안중에도 없다, 이거지?

몇 년 전, 처음으로 로스앤젤레스에 왔을 때의 데블린은 배고픈 젊은이였다. 그래서 방 하나짜리 아파트에 남자 다섯 명과 부대끼며 지냈는데 그들 모두는 오디션을 보러 다니는 배우 지망생이었다.

어느 날 밤, 그들은 야식이나 먹을까 하여 피자집에 갔고 모두들 꽤 잘생긴 탓에 여기저기서 주목을 받았다. 데블린은 30대 후반 정도 돼 보이는 어떤 '늙은' 여자가 자신들을 흥미로운 눈초리로 바라본다는 걸 눈치챘다. 다른 남자들은 그저 그런 경차에 앉아서 혼자 커다란 피자를 씹어 먹는 그 여자를 무시했다. 하지만 데블린은 어디선가 그녀를 봤다고 확신했기 때문에 그쪽으로 미소를 지었다. 그리고 결국 그녀의 집에 함께 가게 되었다.

어디선가 여자를 봤다는 데블린의 확신은 옳았다. 그녀는 큰 영화사의 고위급 이사였고 비버리 힐즈에 저택이 있는 재력가였다. 싸구려 자동차는 그녀가 사람들의 눈길을 피하고 싶을 때 이용하는 차였다.

데블린은 그녀의 집으로 이사를 갔지만 이게 얼마 가지 못하리라는 사실은 알고 있었다. 그녀는 심지어 경고도 했다. 만약 데블린이 그녀의 이름을 팔아서 배우 자리를 얻으려 한다면 당장에 내쫓아버리겠다고 말이다.

"너는 내 잠자리 상대로 여기 있는 거야. 그러니까 내가 너한테 질리는 순간 나가는 거지. 알겠어?"

그는 그 점을 명심했다. 그래서 이용할 수 있는 사실은 모조리 알아내서 자신의 미래를 개척하려 했다. 어느 날 밤 그는 여자의 전화 통화를 듣게 되었다. 큰 예산을 들인 로맨스 영화의 주연을 맡을 배우에 대한 이야기였다. 그녀는 아역 배우였던 테이트 랜더스가 좋다고 말했다.

그녀가 일하는 동안 데블린은 할 일이 하나도 없었기 때문에 랜더스가 출연한 프로그램을 전부 찾아보았다. 그걸 보자 이 아역 배우가 연기를 잘한다는 걸 인정할 수밖에 없었고, 10대가 된 랜더스는 이제 카메라를 압도하는 노련한 배우로 성장했음을 확인할 수 있었다.

데블린은 곧 슈퍼스타가 될 남자의 절친으로서 자신이 누리게 될 것이 무엇인지 생각하기 시작했다. 지금 할 일은 아직 랜더스가 무명일 때 그와 우정을 다지는 일뿐이었다. 후에 큰 집도 생길 거고, 같이 여행도 다닐 거고, 화려한 밤을 즐길 수 있겠지. "데블린이랑 아는 사이야? 걔는 내 절친인데, 내가 알고 있는 건 다 데블린이 알려 준 거야. 그 친구에게 난 큰 빚을 졌지." 그는 랜더스가 이렇게 말하는 모습을 상상했다.

그래서 그는 랜더스를 찾았다. 그 역시 데블린처럼 작은 아파트에서 룸메이트들과 살며 수없이 오디션을 보러 다니고 있었다. 그는 거물급 영화사에서 자신을 주연으로 생각하고 있다는 걸 전혀 몰랐다.

데블린은 랜더스와 친해지려고 최선을 다했지만 일이 잘 풀리지는 않았다. 데블린이 몇 살 형이었기 때문에 그는 자신을 랜더스의 멘토로 설정하고 행동했지만 랜더스는 그걸 탐탁하게 여기지 않았다. 물론 겉으로는 다정했지만 관계를 그 이상으로 진척시키지는 못했다.

그런데 데블린은 정말 우연히도 랜더스의 약점을 알게 되었다. 바로 그의 여동생 니나였다. 그녀는 조용하고 낯가림이 심했으며 무슨 일마다 오빠를 찾아댔다. 그래서 데블린은 재빨리 계획을 변경했다.

오빠를 공략할 수 없다면 여동생을 사로잡으면 되는 일이었다. 하지만 랜더스가 소중한 여동생이 자신과 데이트하는 걸 좋아하지 않으리라는 사실 역시 본능적으로 알아챘다.

그래서 엄청나게 많은 이야기와 셀 수 없이 많은 거짓말을 해야 했다. 물론 데블린은 그 둘에 무척 능숙해서 니나가 오빠에게는 비밀로 하고 자신과 만나게 만들 수 있었다. 그는 니나에게 역사책에나 나올 법한 구애를 퍼부었다. 꽃과 초콜릿, 재미있는 농담과 인형 그리고 섹스까지…… 정말 어마어마하게 근사한 섹스를 많이도 했다. 특이한 건 아니었다. 데블린과 같이 살던 여자들이 좋아하던 대로 그녀를 침대에 묶지는 않았지만 그래도 괜찮았다. 데블린은 상냥하고 신중하게 상대방을 존중하고 애정을 보여 주었다. 그러니 콘돔에 구멍 몇 개 정도 뚫은 게 뭐가 어쨌다는 건가? 다 좋은 취지에서 그랬던 건데.

하지만 그래도…… 뭔가가 잘못되었다. 니나는 이윽고 헤어지자며, 임신했다는 소식을 알렸다. 데블린은 사과를 하면서 어쩌다 이렇게 되었는지 모르겠다고 말했다. 이제까지 참 조심했는데 말이야. 그리고 구슬 같은 눈물을 느릿느릿 흘려가며 그녀가 시키는 대로 하겠다고 말했다. 그녀를 사랑하고 결혼하고 싶지만 자신을 원하지 않는다면 사라져 주겠다고, 모두 니나의 선택에 달렸다고 말했다. 그러면서 그냥 가끔 아이를 보여 주면 그걸로 족하다며 애원을 거듭했다. 결국 니나는 그 눈물에 넘어가 그의 청혼을 받아들였다.

결혼을 하고 나자 얼마간은 모든 게 순조로웠다. 랜더스는 영화에서 배역을 맡았고, 받은 돈으로 임신한 여동생에게 로스앤젤레스 근교의 괜찮은 집을 사 주었다. 그는 영화 촬영 때문에 집에 붙어있지 않았고 니나는 너무 많은 요구를 하는 아내가 아니었으며, 아이는 얌전했다.

그때까지는 얼마나 좋았던가. 하지만 랜더스가 간섭하기 시작했다. 그는 왜 그냥 내버려두지 않았던 거지? 물론 자신이 돈을 좀 쓴 건 사실이지만 랜더스는 감당할 수 있을 만큼 충분히 벌잖아. 데블린은 별로 탐욕스럽지 않았다. 대문이 화려하게 달린 저택을 사 달란 것도 아니었는데. 사실 랜더스의 여동생이라면 당연히 그런 데서 살아야 하는 게 아니냔 말이다. 그리고 데블린도 오디션을 보러 다녔다. 물론 갔다고 말한 오디션에 다 간 건 아니었지만 그래도 일을 구해 보려 했다고 말할 수 있을 정도는 갔었다.

종말은 어떤 수다쟁이가 랜더스에게 한 고자질로 시작됐다. 데블린이 자신이 얻을 거라고 호언장담했던 배역에 사실은 지원조차 하지 않았다는 게 밝혀졌다. 그래서 엄청난 말싸움이 벌어졌고 랜더스는 데블린을 다그쳤다. 결국 나중에는 랜더스가 자신의 인맥을 이용해서 데블린에게 제대로 된 배역을 주기로 했다. 데블린이 케이블 TV에서 새롭게 시작하는 경찰 수사물 주연을 맡을 수 있었던 것도 다 랜더스 덕분이었다.

하지만 일하느라 어찌나 힘들던지 진이 빠질 정도였다! 하루에 12시간씩 촬영을 했고, 데블린은 거의 모든 장면에 출연해서 항상 좋은 몸매를 유지해야 했다. 촬영이 없는 날에는 헬스클럽에 가서 목에 근육이 덕지덕지 붙은 놈들의 고함 소리를 들어가며 매번 중량이 더해지는 운동 기구를 들었다. 그래, 일은 그렇게 나쁘지 않았을지도 모른다. 하지만 니나와 애는 그가 돈을 버는 족족 써댔다.

그래도 그는 드라마 한 시즌을 버텼다. 이걸 끝내면 몇 달간 받을 휴가를 꿈꾸면서 말이다. 하지만 그가 받은 휴가는 딱 2주였다. 그 휴가마저도 엑스트라였던 어떤 여자애 하나를 끼고 침대에서 뒹굴어대는 결로 끝났다. 그런 다음 다시 빡빡한 드라마 일정이 시작되었다.

그래서 얼마 가지 못해 그는 드라마를 그만두고 말았다. 말싸움도 있었고 진짜 주먹다짐도 몇 번 생겼다. 술도 진탕 마셔댔다. 그러자 제작사 측에서는 데블린의 캐릭터를 죽여서 하차시키겠다고 협박했다. 하지만 데블린은 이것도 랜더스가 처리해 주리라는 사실을 알고 있었다. 랜더스는 돈을 주어 언론에 이 일이 나가지 않게 했고 사과의 뜻으로 드라마에 2회나 출연하기도 했다. 하지만 드라마는 여전히 망해갔다.

데블린은 죄를 뉘우치는 연기를 아주 훌륭하게 해냈다. 그는 모든 사람 앞에서 엉엉 울었고 심지어 재활원에 6주간 입소하기도 했다. 하지만 랜더스는 그걸로 봐 주지 않았다. 그는 심지어 자신이 도와주고 있는데도 데블린이 뒷짐 지고 가만히 앉아서 아무것도 안할 참이라면 가만두지 않겠다고 협박했다. 그리고 사석에서는 여자들과 바람 피운 사실을 두고 소리를 질러댔다. 데블린은 니나가 자신보다 아이에게 더 신경 쓰기 때문이라며 항변했다. 그러자 랜더스는 이렇게 말했다.

"그러는 게 당연하지! 에이미는 한량 같은 당신이 일생 동안 저질러 놓은 것 중 유일하게 좋은 결과물이니까."

이혼의 여파는 참 힘들었다. 데블린은 위자료를 얻어내느라 꽤나 고생했다. 그는 판사 앞에서 사랑하는 딸과 헤어지게 된 이 상황이 부당하기 때문에 그 보상을 받아야 한다고 울면서 호소했다. 로스앤젤레스 법정 판사는 투덜대며 말했다.

"나는 배우들이 싫어. 법정에서까지 연기를 해 대잖아."

하지만 판사는 그 즈음 쟁쟁한 배우가 된 테이트를 보고 이렇게 말했다. 정의와 자존심이라도 가끔은 타인의 선을 위해서 옆으로 치워두어야 한다고.

"저 어린애를 이 쓰레기 같은 놈 앞에 데려오지 마십시오."

최근 랜더스는 결국 무정한 태도로 마지못해, 앞으로 몇 년간 데블린을 후원하기로 동의했다. 그가 '다시 자기 힘으로 설 수 있을 때까지' 말이다.

랜더스는 변호사 편으로 이제 더 이상 데블린에게 돈을 주지 않을 거라는 뜻을 전했다. 만약 그렇게 된다면 데블린은 앞으로 어떻게 해야 할지 알 수 없었다. 한 달에 한 번씩 에이미와 통화할 때 그 애는 테이트 삼촌이 버지니아 농장을 샀고 엄마가 그곳을 수리했다는 말을 해 주었다. 아, 에이미 입에서 그 이름이 나오는 게 어찌나 듣기 싫던지!

"니나가 자주 이야기하던 그 오래된 곳 말이니? 아이들 둘이 있었던 곳?"

데블린은 이런 유용한 정보를 왜 이제야 듣게 되었는지 짜증이 났다.

"레티와 에이스 말이야!"

에이미는 아주 신난 목소리로 말했다.

"나는 거기가 진짜 있는 곳인 줄은 몰랐어. 그럼 다른 사람도 오는 거야?"

에이미는 나이가 어렸지만 아빠가 말하는 '다른 사람'이 누군지는 알고 있었다.

"엄마는 테이트 삼촌도 가야 한다고 해. 하지만 삼촌이 오면 딱 하루만 있을 거래. 삼촌은 유명한 사람이라서……."

"그래, 그럼 끊자."

데블린은 이렇게 말하고는 전화를 끊어버렸다.

그 소식을 듣고 생긴 분노를 가라앉히는 데는 시간이 좀 걸렸다. 데블린은 지금 옷부터 시작해서 자동차까지 모든 면을 절약하며 살아야 했다. 그런데 랜더스는 저택이 딸린 대농장을 샀단다. 세상이 어쩜 이렇게 불공평하지?

데블린은 조사를 통해 그가 귀에 못이 박히게 들어온 그 오래된 농장이 서머힐이라는 동네에 있음을 알아냈다. 그리고 그 지역에서 연극 오디션이 열린다는 정보를 얻었을 때 그는 이게 어쩌면 자신의 운명을 바꿀 일생일대의 기회일지도 모른다고 생각했다. 거기 가서 연극에 출연하고 니나를 구슬려 어떻게든 돌아오게 만드는 거다. 그러면 그 자그마한 마을의 아름다운 옛 저택에서 함께 살 수 있다. 그다음에 데블린은…… 뭐가 될까? 시장이 될 수도 있지 않을까? 그는 의회에서 사람들이 줄을 서서 자신에게 사인을 해 달라고 요청하는 모습을 상상했다.

하지만 그의 장기적인 계획은 제대로 실행되지 않았다. 언제나 그렇듯이, 좋은 건 죄다 랜더스 차지였다. 그는 데블린 대신 절친으로 간택된 B급 영화배우 잭 워스와 함께 나타나서 마을 전체를 장악했다. 모든 이들이 죄다 그들 이야기만 해댔다.

그리고 지금 랜더스는 어떤 마을 처녀와 사랑에 빠진 듯했다. 그래, 요리는 좀 한다만 대체 그 여자가 뭐라고? 아무것도 아닌 여자잖아!

운명은 랜더스에게 아주 자비롭게도 많은 것을 베풀었다. 만약 데블린이 그중 일부라도 받게 된다면 그는 떠오르는 샛별 같은 여배우가 좋겠는데, 한 세 명쯤. 버지니아의 이름 없는 마을에 사는 요리사는 이쪽에서 원치 않는다.

이윽고 저택 뒤편 울타리를 자른 곳까지 다다른 데블린은 자신이 구입한 사진에 대해서 생각했다. 그 사진을 가지고 뭘 할지는 아직 정하지 못했다. 하지만 곧 어떻게 써야 할지 알게 되겠지. 그의 목표는 랜더스가 예전처럼 자신을 후원하는 것이었다. 그러려면 이 요리사 아가씨를 어떻게든 이용해야 할 것 같았다.

데블린은 미소를 지으며 길 옆에 숨겨 둔 자신의 도요타를 타고 집으로 돌아왔다. 곧 이 차를 버리고 진녹색 재규어로 갈아탈 수 있게 되리라.

엘리자베스, 마음을 따르다

Lizzy follows her heart

"안녕하세요."

케이시는 테이트가 방충망 앞에 선 모습을 올려다보았다. 이른 아침 태양빛을 받은 그의 모습을 보자 처음으로 그를 보았던 때가 떠올랐다. 물에 젖은 벗은 몸이었지.

그런 생각을 했다는 게 얼굴에 드러났나 보다. 테이트는 눈썹을 찡긋거렸고 그녀는 얼굴이 빨개졌으니까.

"때를 잘못 골랐나 봐요."

테이트는 이렇게 말하고서 돌아섰다.

"괜찮아요."

케이시는 두 걸음 앞으로 다가가 문을 잡고 열었다. 테이트는 그녀 곁을 스치고 지나가면서 마치 노상강도를 만난 사람처럼 팔을 번쩍 들고 옆으로 비켜 걸었다. 그녀는 그게 자신을 건드리지 않으려는 몸짓이라는 걸, 그래서 정전기가 통하는 걸 방지하려는 것임을 알아챘다.

하지만 케이시는 그의 연출을 무시했다.

"다들 어디 갔어요?"

"리치몬드에 갔습니다. 지젤이 아버지 드릴 물건을 사야 한다니까 잭이 같이 가자고 했죠. 내 생각엔 그 둘 거기서 하룻밤 자고 올 것 같아요. 그러니까 나는……."

테이트는 어깨를 으쓱였다.

"그렇다면 당신은 하루 종일 혼자라는 뜻이군요. 아주 배고프겠네요. 앉아요, 아침으로 부리토(납작한 빵에 다진 고기와 콩을 넣고 말아 먹는 멕시코 음식)를 만들었어요."

테이트는 어깨를 쫙 폈다.

"사실은 나 키트한테 좀 쉬겠다고 말했어요. 키트가 뭐라 하건 상관없이 오늘 하루 통째로 쉴 거라고요."

케이시는 조롱하듯 살짝 코웃음을 쳤다.

"키트 오늘 연습 취소했잖아요. 아닌가요?"

"아, 그랬죠. 키트의 친척들이 새로운 집으로 이사 와서 키트는 오늘 그분들과 있기로 했죠. 그래서 이곳은 사람들이 하나도 없을 겁니다. 오늘 여기 탐험할까 하는데 혹시 나랑 같이 다닐래요?"

"좋죠!"

케이시는 스테인리스스틸 양동이를 찬장에서 꺼냈다.

"여기 블랙베리 덤불이 있다고 들었어요. 그게 어딘지 찾고 싶어요. 부리토 두 개 포장해 가요. 걸으면서 먹게요."

"걷는다고요! 나는 로스앤젤레스 출신입니다. 거기 주민들은 주방에서 거실까지 가는 것도 차를 타죠."

테이트는 부리토 두 개를 호일에 싼 다음 물병을 집어 들고 문을 열었다. 밖에는 자그마한 빨간색 트럭이 한 대 서 있었다.

"딱 좋네요."

케이시는 양동이를 뒷좌석에 실었다.

테이트는 부리토와 물을 좌석에 올려놓고 안으로 다시 들어갔다. 잠시 후 그는 커다란 파이 용기와 숟가락도 들고 나왔다.

"나 이 파이에 중독 돼서 아무래도 안 되겠어요."

그걸 뒷좌석에 싣는 남자를 보며 케이시는 웃었다. 테이트는 차의 시동을 걸고 잔디 위를 달리기 시작했다.

"자, 이제 레티와 에이스가 누군지 말해줄래요?"

순간 테이트는 무슨 뜻인지 모르겠다는 눈빛을 보냈지만 곧 그만두었다. 그걸 케이시에게 들려 준 사람이 틀림없이 데블린이라고 생각한 것 같았다. 그럼 지금 질투한 건가?

"우리 어머니는 열 살 때까지 매해 여름을 이곳에서 지냈어요. 어머니의 본명은 루스였지만 사람들한테는 레티라고 불러달라고 했대요. 콜레트 공주의 줄인 이름인데 어머니가 듣기에는 콜레트라는 이름이 세상에서 제일 예쁜 이름 같더래요. 그리고 그 여름마다 같이 놀던 소년이 있었는데 그 애 이름이 에이스였어요. 니나와 내가 어렸을 때 어머니는 레티와 에이스가 둘이서 뭘 하고 놀았는지 이야기해 주곤 하셨죠."

"공작새도 있었대요?"

"아, 맞아요. 에이스는 두꺼운 종이에다 알루미늄 호일을 씌워서 그걸 방패로 썼대요. 그건 커다란 공작새를 우물 집에서 쫓아낼 때 꼭 썼다고 했어요. 우물 집은 에이스와 레티의 비밀 은신처였고 어머니는 에이스가 겁 없고 용감한 진짜 영웅이라고 말했죠."

"당신이 공작새를 쫓아냈을 때처럼요?"

"아뇨. 나는 사실 그 짐승한테 용감하게 맞서지 못했어요. 그땐 진짜

벌벌 떨었죠. 그저 셔츠를 뒤집어 씌워서 확 잡은 다음에 창문 아래로 밀어버린 게 다예요. 그런데 그놈이 내 얼굴을 쫄 뻔 했다니까요."

"그리고 에이미가 그걸 전부 다 본 거군요?"

"처음부터 끝까지 다 봤죠. 아주 재미있어했어요. 그렇지만 그 애는 테이트 삼촌이 웃기려고 그런 거라 생각하고 있겠죠. 자, 그러면 당신은 어떻게 위대한 요리사가 될 마음을 먹은 겁니까?"

"나는 아직 위대한 요리사가 되려면 한참 멀었어요. 아야!"

테이트는 운전하다 그만 움푹 패인 곳을 지났고, 그 바람에 차가 심하게 덜컹거려 케이시는 머리를 천장에 찧었다.

"미안해요. 우리는 지금 지도에 나타나지 않은 구역을 지나고 있어요. 하지만 당신은 여기 몇 달 살았으니까 나보다 지리를 더 잘 알겠죠."

"사실 지난 겨울에 눈이 너무 많이 와서 난 밖에 잘 나가지 못했어요. 게다가 키트가 일거리를 꽤 많이 던져서 바빴다고요. 키트가 전에 일하던 은퇴한 가정부를 다시 끌고 올 때까지 그를 위해 식사도 차렸어요. 가정부는 별로 맘에 안 들어하면서 매일 떠날 거라고 했었죠. 근데 저건 뭐죠?"

케이시는 커다란 너도밤나무 아래 금방이라도 무너질 듯 서 있는 건물을 가리켰다. 지붕은 새것이었지만 창문에는 유리가 없는 곳이 더러 있었다.

"저건 예전에 닭장으로 쓰던 건물일 겁니다."

테이트는 트럭을 세웠다. 그들은 부리토를 꺼내어 먹기 시작했다.

"이곳에는 당신의 추억이 많겠군요. 그렇죠?"

"우리 어머니가 들려주신 이야기 속 장소이니, 그렇죠. 아버지가 돌아가신 후로 얼마 동안은 어째서 아버지가 떠나버렸는지, 왜 나를 번쩍 들어주지 않고 공놀이도 해 주지 않고 사라졌는지 이해할 수가 없었어요. 어머니는 돌봐야 할 어린 아기에 제멋대로 구는 네 살짜리 아이를 키워야 했고, 돈도 벌어야 했어요. 엄청난 슬픔에 잠겨 있으면서도 최선을 다하셨죠."

"당신 가족 모두에게 참 힘든 시절이었겠군요."

테이트는 케이시를 돌아보았다.

"그랬죠. 어머니가 레티와 에이스의 이야기를 해 준 것도 그때였어요. 둘은 영원히 가장 친한 친구가 되기로 맹세했다고 말했죠."

"에이스는 본명이었나요?"

"모르겠어요. 그걸 물어봤으면 얼마나 좋았을까, 항상 생각하죠. 처음에는 그런 생각을 하기에 내가 너무 어렸어요. 나중에는 사느라고 너무 바빠서 그 생각을 못했죠."

"그럼 어머니는 지금……."

"내가 처음으로 주연을 맡기 전에 돌아가셨어요."

케이시는 고통이 서린 그의 목소리를 들었다. 그래서 앉은 자리에서 손을 내밀어 그의 손을 잡았다.

"고마워요."

그가 중얼거리는데, 그 순간 정전기가 둘의 몸에 확 퍼졌다. 케이시는 손을 확 뿌리치며 뭐라 한마디 쏘아붙이려고 했지만 이내 웃어버렸다. 그러자 그도 따라 웃었다.

"그러면 우리 저 닭장을 탐험해 볼까요? 레티와 에이스가 경사를 만들어서 달걀을 굴려댔던 이야기해 줄게요. 아주 대성공이었다고 했어요. 물론 달걀은 죄다 깨졌지만요. 둘은…… 이런 제길! 저놈이 또 있잖아!"

278

케이시는 거대한 공작새를 올려다보았다. 새는 긴 꼬리를 질질 끌면서 그들 앞을 여봐란듯 걸었다. 그러더니 이윽고 진달래 덤불 사이로 사라졌다.

테이트는 차 바닥에 호일 껍데기를 던지고는 케이시에게 물병을 건넸다.

"들고 있어요! 저 놈을 잡아야겠어요."

케이시는 트럭 문틀을 잡았고 테이트는 커다란 덤불을 돌아 운전했다. 반대편으로 어린 나무 같은 것들이 얽혀 있어서 공작새가 그 사이로 유유히 지나가는 모습만 바라볼 수밖에 없었다.

"어디로 가려나 본데요. 그냥 헤매는 것 같지는 않아요. 목적지가 있는 듯해요."

"따라가 볼까요?"

"아, 그럼요!"

케이시는 발을 바로 하고 손잡이를 꼭 쥐었다. 여기저기 도랑이 파여 움푹한 곳과 나무 그루터기가 가득해서 지면은 울퉁불퉁했다.

"니나 말에 따르면 처음 여기를 봤을 때는 땅이 전부 이랬대요. 그래서 집 주위로 수백 제곱미터 반경을 다 자르고 다듬어야 했었죠."

"우리 오빠 조시가 그 일을 했어요. 이크!"

"괜찮아요?"

"괜찮아요."

이제 공작새는 왼쪽으로 돌았다.

"저 새, 우리를 블랙베리 있는 곳으로 데려가려나 봐요. 그거 찾기 힘들다는 이야기를 들었는데……."

테이트가 갑자기 핸들을 획 꺾어서 케이시는 하마터면 밖으로 튀어

나갈 뻔했지만 그는 그녀의 팔을 꽉 잡고 다시 안으로 끌어당겼다.

"어떻게 요리사가 되었는지 말해 줘요."

"잡아 줘서 고마워요. 엄마랑 나는 굉장히 우연한 기회로 내 적성을 찾게 되었어요. 엄마는 의사라서 집을 아주 자주 비웠거든요."

"그거 안됐네요."

"아니, 아니에요! 난 괜찮았어요. 엄마는 원래 일에 강한 책임감을 갖는 분이라⋯⋯."

케이시는 어깨를 으쓱였다.

"알았어요. 아주 진지하고 헌신적인 의사시군요. 병원에선 대단한 분이지만 자기 삶을 지나치게 바치며 사는 분이군요. 예전에 그런 역할을 한 적 있어요. 그럼 당신은 누가 돌봤죠?"

"유모들이 있었어요. 처음 일곱 살까지는 자메이카 분이 와 주셨는데 나는 그분을 무척 사랑했어요. 그래서 그분이 고향으로 돌아간다고 했을 때 마음이 찢어지는 것 같았죠."

케이시는 테이트가 아주 멋진 목련나무 주위를 돌 때 잠깐 말을 멈췄다.

"저 나무 아래에 커다란 조각상이 있네요."

"아마 레티와 에이스가 우주 악마와 만났던 곳일 겁니다. 거기서 악마들을 무찌르고 세상을 구했죠. 그래서 찢어진 마음은 어떻게 달랬나요?"

"그 후로는 똑같은 실수를 저지르지 않았어요. 내가 엄마한테 말했거든요. 다시는 그런 아픔을 겪고 싶지 않다고요. 그래서 우리는 매년 다른 유모를 고용하기로 했어요. 그리고 엄마는 특별한 재능을 가진 사람들을 찾으면 어떻겠냐고 제안했죠. 그림을 잘 그리거나 수영을 가르쳐 줄 수 있는 사람같이 말이에요. 엄마는 특히 생명을 구하는 기술을 나에게 가르치기를 바랐어요. 한 번도 말한 적은 없지만, 엄마는 내가 의사가 되기를 내심 바랐던 거죠. 어쨌든 그래서였어요. 엄마와 나는 내가 배울 만한 것을 이것저것 생각했고, 그런 다음 그걸 가르칠 사람을 찾았죠."

공작새는 이제 바닥에서 뭘 찾았는지 그걸 쪼고 있었다. 그래서 테이트는 트럭을 세웠다.

"그건 아주 재미있었겠군요. 아니면 정반대로 끔찍했던지."

"바로 그랬어요! 한번은 날 돌봐줄 사람으로 화가를 고용했는데, 그 사람이 어느 날 글쎄, 진짜 창의성을 가지려면 특별한 약초 연기를 피워야 한다고 하더라고요. 결국 엄마가 집에 돌아와 본 광경이, 열한 살짜리 딸이 대마초를 색종이에 돌돌 말아 놓으면 유모가 불을 붙이는 거였죠. 나는 그걸 참 잘 말았어요. 아주 예쁘다고 생각했거든요. 알록달록하니."

테이트는 웃으며 말했다.

"유모는 해고되었겠는데요."

"그 자리에서 잘렸죠. 그 후에 엄마는 20년 넘도록 제과점에서 일했다가 은퇴하신 분을 고용했어요. 난 그분에게 아주 많은 걸 배웠죠. 그다음 유모는 이탈리아 분이었는데 파스타 면 만드는 법을 가르쳐 주셨죠. 그렇게 2년을 지내다 보니까 내가 제일 좋아하는 게 요리라는 걸 깨달았어요. 그래서 그 후로는 유모들을 다양한 분야의 요식업 종사자들 중에서 구했죠. 내가 고등학교 다닐 무렵에는 유모들을 6개월마다 한 번씩 새로 고용하기로 해서 점점 더 다양한 나라의 요리에 관심을 가지게 됐어요. 프랑스 요리, 스페인 바스크 지방 요리, 헝가리 요리까지…… 난 멕시코 요리가 정말 좋았어요! 그래서 대학에 갈 무렵에는 나만의 토르티야(옥수숫가루나 밀가루를 반죽하여 팬에 구워 만든 멕시코 빵)를 만들었고, 회를 뜨고 웨딩 케이크 장식도 할 만한 수준이 되었죠."

"그리고 대마초도 잘 말고 말이죠."

"토르티야 안에 넣고 말아볼까요? 제대로 탈지는 모르겠네요."

케이시는 당황스러운 기색으로 말했다. 테이트는 웃으면서 트럭을 다시 몰기 시작했다. 공작새는 지금 움직이고 있었다.

"저건……?"

묘비 몇 개가 모여 있는 곳을 지날 때 케이시가 물었다.

"우리 조상들의 묘지입니다. 프레디 삼촌이 저기 묻히셨죠. 그분은 이곳에서 수십 년을 살면서 게이트 씨라는 분의 보살핌을 받으셨어요. 그리고 돌아가신 다음 이곳을 전부 어머니에게 물려주셨죠. 어쨌거나 니나는 가족 묘지를 싹 정리한 걸 직접 보는 게 내가 할 일이라고 말했어요."

"레티와 에이스는 이 장소를 뭐라고 생각했을까요?"

테이트는 그녀를 돌아보며 씩 웃다가 그만 나무 등걸에 부딪힐 뻔했다. 그들은 이제 이 저택에 딸린 토지의 끝부분까지 와 있었는데, 그곳은 한 백 년 정도는 아무도 돌보지 않은 듯 보였다.

"물론 아이들은 그곳에 귀신이 산다고 생각했죠. 한번은 자정에 몰래 나가 보기도 했지만 게이트 씨가 아이들을 잡아다가 다시 집으로 데려왔다고 해요. 그분은 대체 자정에 그 밖에서 뭘 하고 있었는지 난 그게 항상 궁금하더라고요."

테이트는 트럭을 뒤로 뺐다가 왼쪽으로 돌렸지만 거기에는 가시로 뒤덮인 덤불 군락만 있었을 뿐이다.

"잘은 모르겠지만 저건 구즈베리(서양까치밥) 같아요."

케이시가 이렇게 말하자 테이트는 다시 차를 후진시킨 다음 그녀를 슬쩍 바라보며 말했다.

"저걸로도 파이를 만들 수 있어요?"

"네, 파이랑 타르트도 만들고 잼도…… 조심해요!"

테이트는 브레이크를 확 당겨서 간발의 차로 주머니쥐 일가족을 차로 치지 않을 수 있었다. 어미 주머니쥐는 테이트를 노려보더니 다시 걷기 시작했고 아기 주머니쥐 두 마리는 그 뒤를 따랐다. 그는 엔진을 끄고 말했다.

"이곳 진짜 주인을 만났군요. 이제부터는 걸어가야 할 듯합니다. 혹시 원치 않는다면 다시 문명의 세계로 데려다 줄게요."

케이시는 차에서 내렸다.

"기억 안 나요? 나 따라가는 거 아주 잘해요."

"그런 말을 하면 내 안에서 욕망이란 게 피어오른다는 것도 알겠군요?"

그녀는 얼굴을 찌푸렸다.

"지금 한 말은 공작새를 따라간다는 말이었는데요."

"그거 너무하네요."

테이트는 못마땅한 소리를 내면서 차 뒷좌석에서 파이 보관 용기를 꺼냈다.

"말이 나왔으니 말인데, 그 새는 어디 있죠?"

케이시는 양동이를 든 채로 쪼그려 앉았다. 그러자 기다란 새 꼬리가 덤불 속으로 사라지는 것이 보였다.

"저 쪽으로 가네요."

새를 따라잡는 데는 족히 30분이 걸렸다. 거의 180센티미터 높이로 자란 잡초 사이를 애써 헤쳐나간 끝에 두 사람은 블랙베리 덤불이 이리저리 얽혀 있는 곳을 찾아냈다. 가지가 서로 구불구불 꼬여 있는 커다란 덤불은 딱 봐도 뚫고 들어갈 수 없을 정도로 빽빽해보였다. 거기서 멀지 않은 곳의 초목은 울타리를 새로 세우기 위해 깨끗이 잘라 놓은 상태였다. 그러니 지금 두 사람은 이 농장의 끝까지 온 것이다.

공작새는 이제 그들의 존재를 거들떠보지도 않은 채 게으르게 땅을 쪼고 있었다.

케이시가 블랙베리 넝쿨에서 열매를 따기 시작하는 동안 테이트는 주변을 둘러보았다.

"저거 보이나요?"

그가 손가락으로 가리키는 곳을 보기 위해 케이시는 까치발을 들어야 했다. 그러자 어떤 건물의 지붕 끝이 보였다. 자그마한 건물은 거대한 가시덤불에 뒤덮여 있었다.

"가서 전기톱을 가져와야겠는데요."

케이시는 경악한 눈초리로 그를 바라보았다.

"그래서 블랙베리 덤불을 다 잘라버리겠다고요? 미쳤어요? 여기는 전문가가 와서 가지를 쳐야 하는 거지, 남부 촌뜨기가 전기톱으로 손대서는 안 돼요."

"나는 캘리포니아 출신인데요. 어떻게 나를 남부 촌뜨기라고 부를 수 있죠?"

"그래도 뿌리는 이곳이잖아요."

케이시는 진지하게 말했다.

"나는……."

그는 말을 잇다 말았다. 공작새가 부리를 꼿꼿이 쳐들고 성큼성큼 걸어와서는 그들이 안중에도 없다는 듯이 둘 사이를 스윽 지나갔기 때문이다. 새는 고개를 숙이고 덤불로 들어갔다. 테이트는 쪼그려 앉아서 새가 어디로 가는지 보았다.

"여기 터널이 있네요. 누가 아연 도금 철판을 구부려서 만든 거예요. 오래되었지만……."

그러더니 일어나서 말을 이었다.

"내가 보기엔 어머니의 은신처를 찾은 거 같아요. 뱀처럼 기어가야겠지만, 그래도 가보고 싶은데요."

"하지만 터널이 있든 없든 가시에 온몸이 찢길 거예요. 안 가는 게 좋을 것 같아요."

그런데 그 순간 하늘에서 천둥소리가 울리더니 빗방울이 떨어지기 시작했다.

"차 키는 트럭에 있어요. 이쪽이에요. 아니, 잠깐만, 저쪽인가보네. 아니야, 아닌 것 같아요. 이쪽이 맞아요. 아니, 그게 아니라……."

"그냥 가요! 내가 뒤따라갈게요."

"우리가 결국 기어가야 한다면, 내가 뒤에 갈게요. 누워서 기어가는 당신 모습을 보고 싶거든요."

"싫어요."

케이시는 그에게 먼저 가라고 손짓했다. 그리고 낮은 목소리로 중얼거렸다.

"당신이 홀딱 벗고 젖은 걸 보고 싶으니까."

하지만 그 목소리는 너무 작아서 그는 듣지 못했다.

테이트가 먼저 갔다. 파이 보관 용기를 앞에 둔 채였다.

"여기 풀이 좀 났어요."

그는 어깨 너머로 말했다.

바닥에는 마르고 뾰족한 나뭇가지와 자갈들이 흩어져 있었다. 게다가 위로는 철판 사이로 블랙베리 줄기들이 비집고 자라 있기도 했다. 그래서 터널을 통과하는데 시간이 좀 걸렸고 그러는 동안 비는 점점 세차게 내렸다.

그들이 터널 가운데 이르기도 전에 빗물이 그들을 덮쳤다. 무성하게 얽혀 천장을 이룬 나뭇가지 잎사귀와 낡은 터널에 난 틈 사이로 빗물은 주룩주룩 흘렀다. 그래서 터널을 빠져나올 무렵 그들은 이미 흠뻑 젖어버렸다.

케이시 앞에 있던 테이트는 일어서려고 해 보았지만, 가지가 너무 심하게 얽혀 있어 완전히 헤치고 나가기가 어려웠다. 한참 만에 몸을 일으킨 그는 케이시가 반쯤 일어서도록 도와준 다음 그녀가 나무 벽에 등을 대고 서 있는 동안 안간힘을 써서 낡은 오두막 문을 열었다. 간신히 몇 센티미터 정도가 열리자, 그 사이로 케이시가 먼저 몸을 비집고 들어간 다음 테이트가 뒤를 따랐다.

그곳은 자그마한 드레스룸만 한 곳으로 한쪽에는 기계의 잔해가 보였다.

"우물 펌프군요."

테이트는 손으로 머리카락에서 물기를 짜내며 말했다.

"우물이 어디 있는데요?"

케이시는 셔츠단을 짜며 대꾸했다. 벽에는 작은 창문이 하나 있었지만 비가 내리는 데다 창문 앞을 뒤덮은 블랙베리 넝쿨 때문에 빛은 별로 들어오지 않았다.

"모르겠어요. 나는 이곳의 이야기를 어머니의 어린 시절 추억을 통해서만 들었을 뿐이라서요. 어머니가 이 큰 기계가 무엇에 쓰는 물건인지 누구한테 물어봤을 것 같지는 않아요. 그리고 아무도 여기에 손을 대지 않았다면……."

케이시의 눈에 그가 벽을 손으로 더듬어 구석에서 무언가를 찾아내는 옆모습이 비쳤다.

"아하!"

성냥을 긋는 소리가 들리더니 이윽고 불꽃이 일었다. 이제 테이트는 촛대에 불을 붙였고, 이내 방 안이 밝아졌다. 그는 보호막이 달린 오래된 백랍 촛대를 높이 들었다.

그녀의 뒤에는 담요와 쿠션이 한 무더기 쌓여 있었다. 보아하니 저택에서 몰래 조금씩 가져온 것들 같았다. 빅토리아 풍 디자인으로 보이는 어두운 벨벳 재질 쿠션 두 개부터 한쪽에 담배를 물고 있는 커다란 빨간 입술이 그려진 것까지 다양했다.

"어머니는 말하지 않았지만, 레티와 에이스는 좀도둑이었던 것 같네요. 여기 앉아서 기다릴까요?"

"그러죠."

쿠션을 옮기며 피어오르는 먼지에 둘은 기침이 났지만 그래도 딱딱한 나무 바닥에 앉는 것보다는 그편이 나았다.

케이시는 푹신한 쿠션을 벽에 세운 다음 바닥에도 몇 개를 더 놓고 나서 그 위에 앉았다. 테이트는 아직도 서 있었다. 촛대에서 피어오른 한 줄기 빛이 그의 뒤를 환하게 비췄다. 젖어버린 티셔츠가 달라붙은 그 몸은 그녀의 기억 그대로였다.

케이시는 이제 테이트를 바라보았다. 그의 얼굴에는 이제껏 본 그 어떤 감정보다 진실한 감정이 깃들어 있었다. 연기도, 장난도 아니었다. 남을 기분 좋게 하려는 의도도 아니었다. 자신을 보호하려는 마음 역시 없었다. 그의 진심은 무방비 상태로 그녀 앞에 서 있었다.

무슨 생각인지는 쉽게 알 수 있었다. 그녀의 대답을 기다리고 있는 것이다.

그러자 케이시의 마음속에 지난 며칠간의 일들이 스치고 지나갔다. 샤워하는 모습을 몰래 엿보던 자신에게 그가 화내던 모습. 파이를 통째로 먹어버린 그에게 고함을 치는 동안 그저 가만히 앉아 있던 모습. 무대 위에서 엘리자베스 베넷으로 분장한 자신의 모습을 본 순간, 그의 눈빛이 반짝이던 모습. 그의 두 손에 목숨을 맡기고 가파른 지붕 위에 매달리기도 했었지. 무엇보다도 이 남자 때문에 얼마나 많이 웃을 수 있었던가. 그는 벤과의 일을 생각할 때도 자신의 기분을 풀어 주었다. 몇 달 동안 자신이 느꼈던 것은 그저 죄책감뿐이었다. 사랑하는 남자에게 어떻게 그토록 무신경할 수 있냐고, 스스로를 자책해 왔었다. 하지만 테이트가 전혀 다른 관점으로 생각하게 해 주었다.

케이시는 그를 다시 올려다보며 받아들이겠다는 의미를 담은 미소를 지어 보였고 그도 알았다는 표시로 방긋 웃었다. 그 순간이 얼마나 행복했던지 그녀는 그저 웃기만 했다.

그는 티셔츠를 벗어 한쪽으로 던졌다. 촛불의 은은한 빛이 그의 근육을 어루만졌고 잠시 동안 그렇게 선 채로 그는 케이시를 내려다보았다.

와락 덤벼들 줄 알았는데, 그는 그러지 않았다. 그저 그녀의 옆에 있는 쿠션 위로 몸을 길게 뻗고 누웠을 뿐 그녀를 건드리지도 않았다. 케이시는 또 정전기가 올까봐 몸을 사렸지만 그런 건 없었다. 오히려 그녀의 온몸은 노래를 부르듯 잔잔히 떨려왔다.

그는 손가락을 내밀어 그녀의 뺨을 살짝 건드렸다.

"당신 아주 예뻐요."

그의 목소리는 낮고 허스키했다.

그녀의 가슴이 더 빠르게 뛰었다.

"어린 여배우들을 보면⋯⋯."

하지만 그는 그녀의 눈 옆을 입술로 지그시 갖다 댈 뿐이었다.

"당신이 더 예뻐요. 그리고 내가 좋아하는 건 당신이죠. 그 차이를 모르겠어요?"

케이시는 뭐라 대답하려 했지만 그가 이제 볼에 키스하기 시작해서 말문이 막혔다. 그의 입술과 피부가 맞닿으며 주는 쾌락에 몸을 내맡긴 그녀는 눈을 감았다. 눈꺼풀에도 키스가 내려앉더니 천천히 더 내려와 그녀의 입술로 다가갔다.

처음에는 부드럽게 입술이 맞닿았다.

부드러운 감각은 천천히 짙어졌고, 그의 입술 아래에서 벌어진 케이시의 입술 사이로 혀가 느껴졌다. 그녀의 팔이 그의 몸을 휘감았고 손은 남자의 따뜻한 살갗을 쓰다듬으며 근육의 단단함을 음미했다.

몸속에서 피어오르는 노랫소리는 점점 커져만 갔다.

테이트는 몸을 살짝 떼고 그녀를 바라보았다.

"느껴져요?"

"느껴져요."

케이시는 대답했다. 그의 입술은 이제 그녀의 턱으로 움직이다 목에 이르렀다. 그 입술이 목덜미에 닿을 때쯤에서야 케이시는 그가 자신의 옷 단추를 풀고 있다는 걸 알아차렸다. 셔츠가 그녀의 몸에서 부드럽게 벗어났다. 그다음에는 브래지어였다. 이윽고 그가 케이시의 맨가슴을 자기 몸에 붙이자, 케이시는 숨을 헐떡였다. 비에 젖은 몸은 차가웠지만 맞닿은 테이트의 몸은 열에 들뜬 듯, 뜨거울 정도로 따스했다.

그의 얼굴은 이제 그녀의 목 언저리에 닿았다. 혀가 목덜미의 예민한 곳을 건드렸다. 옆구리에서 올라온 손은 이제 엄지손가락으로 그녀의 가슴을 어루만지고 있었다.

"파자마를 입고 있던 당신을 봤을 때부터 안고 싶었어요."

"그때 나한테 소리 질렀으면서."

"그러지 않았다면 당신을 식탁에 눕혀버렸을 테니까요."

"그때 내가 둘 중 하나를 고를 수 있었다면 좋았을 텐데."

테이트가 웃자 그 웃음이 케이시의 온몸에 느껴졌다. 그가 속삭였다.

"그럴 수는 없었겠죠. 당신은 그러기에는 자존감이 아주 높으니까요."

"내가요?"

케이시는 고개를 뒤로 젖혔다. 그의 입술은 이제 가슴으로 내려갔다. 혀가 가슴 끝을 휘감자 몸의 노랫소리가 너무나도 크게 온몸으로 퍼져서 그 어떤 말도 할 수가 없었다. 기억나는 것이라고는 이 남자, 그리고 이 순간뿐.

어떻게 된 건지는 모르겠지만 그들의 옷은 모두 벗겨져 있었다. 둘의 맨몸이 서로 닿자 케이시는 이제 그가 자신의 몸에 완전히 들어오지 않는다면 그저 죽을 것만 같았다.

하지만 그는 그러지 않았다. 그저 키스를 계속하며 쓰다듬기만 했다. 그녀의 영혼이 몸에서 떠나버릴 정도에 이를 때까지 말이다. 이제 남은 것이라고는 감각, 그리고 욕망뿐이었다.

그녀의 손이 그의 몸을 어루만졌다. 그 근육 하나하나, 그 곡선 하나하나를 모두.

테이트는 케이시의 다리 사이를 벌리며 그녀의 위로 올라갔다. 이제 케이시는 더할 나위 없이 준비가 되어 있었고, 그는 아주 부드럽게 그녀의 안으로 들어왔다.

테이트는 서두르지 않았다. 그러다 천천히 몸짓이 커졌고, 다가오는 움직임에 점차 힘과 속도가 붙었다. 숨결이 귀에 달라붙었다. 그녀는 그를 듣고, 느끼고, 맛보고, 향기 맡았다.

그가 절정에 이르렀을 때는 그녀도 같이 준비가 되었다. 서로를 놓았던 그 순간이 온몸에 퍼졌다. 구석구석 퍼져 나가는 쾌락의 파동에 온몸이 두근댔다.

테이트는 그녀를 꼭 껴안았을 뿐 위에서 내려오지 않았다. 그 무게감에 기분이 좋았다. 긴장한 근육의 단단함은 그녀의 부드러운 몸과 완벽한 대조를 이루었다.

얼마나 그러고 있었을까, 그가 그녀의 몸에서 내려와 옆에 눕고서는 그녀를 품에 끌어당겼다. 케이시는 그의 가슴에 머리를 얹었다.

"이럴 줄 몰라서 준비를 못 했는데……. 나의 준비 부족에 대해선 나중에 이야기를 해야 할 것 같아요."

"피임약 먹었어요."

케이시는 낮게 읊조렸다. 지금만큼은 마법 같은 이 순간을 망치고 싶지 않았으니까.

그는 그녀의 이마에 키스한 다음 그녀를 몸에 꼭 붙였다. 서로의 다리가 얽혔다. 계속해서 내리는 비는 세상에서 그들을 가려주었다. 점점 추워지자 테이트는 낡은 무릎 담요를 당겨 덮었고, 피어오르는 먼지에 둘은 기침을 하면서도 서로에게서 떨어지지 않았다.

테이트가 조용히 말했다. 들리지 않을 정도로 작게 속삭이며.

"고맙다고 말하고 싶어요."

"지금 일이요?"

"아뇨. 물론 지금도 고맙고요. 내가 생각을 떨쳐버릴 수 있게 해 줘서, 이곳을 보게 된다는 두려움을 없애줘서 고마워요."

그는 잠시 말을 멈추다 다시 이었다.

"니나와 나는 어릴 때부터 태트웰 농장이 어떻게 되었는지 알아봤어요. 어머니가 이곳을 팔아야 했던 이후로 주인이 두 번이나 바뀌었죠. 그리고 그때마다 주인들은 이 땅을 조각내어 주택을 잔뜩 지으려고 했어요. 하지만 서머힐 주민들이 들고 일어나 싸워서 이겼죠. 그 후로 이 장소는 근 10년간 버려져 있었어요."

"왜 보고 싶지 않았던 건가요?"

"내 목표는 언제나 연기로 돈을 많이 벌어서 이 농장을 다시 산 다음 어머니에게 선물하는 거였어요. 하지만 내가 그럴 수 있기 전에 어머니가 돌아가셨죠. 그래서 죄책감이 있었어요……."

그는 어깨를 으쓱였다.

"난 니나한테 말했죠. 이곳에는 너무 많은 추억이 있다고, 그리고 난 과거의 이야기를 다시 불러오고 싶지 않다고. 이곳이 언론에 알려지는 것도 싫다고. 무슨 이유든 갖다 댔어요. 변명이야 수천 가지도 만들 수 있었죠. 그런데 어느 날 영화 촬영을 하고 있는데 키트 몽고메리라는 사람이 내 대기 차량에 나타나더니 우리가 친척이라고 하더군요. 니나는 키트가 나타난 게 운명이라고 했죠. 그래서 난 키트를 통해 미디어에 알려지지 않고서 태트웰 농장을 살 수 있었어요."

"정말로 운명일지도 모르겠네요."

"아뇨. 그건 사실 키트의 비서로부터 시작된 일이었어요. 키트의 가족 중 누가 족보를 연구하다가 우리가 친척이라는 걸 알아냈대요. 키트가 그걸 무심코 비서에게 언급했는데 그 비서가 그랬다는군요. 내 사진에다 친필 사인을 받아 오지 않으면 일을 그만둬 버리겠다고요."

"그래서 사인을 해 줬어요?"

"당연하죠. 키트와 나는 주말 동안 술을 마셔대며 친척과 직원들 욕을 해 댔죠. 그리고 술이 깰 때까지는 시간이 좀 걸렸는데 키트는 그때까지도 술을 마시고 있더라고요! 어쨌든 나는 키트의 사무실이 있는 워싱턴에 가서 거기 있는 사람들과 전부 사진을 찍었죠. 그리고……."

"그리고요?"

"조감독을 하는 친구 녀석이 있었는데 키트한테 이야기를 하니까 걔를 데려오라고 하더라고요. 키트는 내 친구랑 자기 비서의 딸을 맺어주려고 소개팅을 주선했죠. 비서의 딸이 그때 남편을 잃은 상태였거든요. 지금 두 사람은 결혼해서 곧 첫 아이가 태어날 예정이죠."

케이시는 그를 올라다보았다.

"그거 대단한 이야기네요. 둘을 이어주자는 건 당신 생각이었나요? 아니면 키트의 생각이었어요?"

"물론 키트죠. 그분은 사람들의 삶을 이리저리 주무르는 걸 좋아하니까요."

"당신의 삶을 주무르듯이? 그리고 내 삶을 그러듯이?"

"바로 그렇죠. 하지만 이번에는 마음에 드네요. 당신은 어떻게 키트를 알게 됐나요?"

"차 트렁크를 열다가 그랬어요. 난 그때……."

"잠깐만요. 그 이야기는 파이를 먹으면서 들어야겠어요."

테이트는 그 말을 하고는 그녀의 품에서 일어났다. 케이시는 앉아서 그 모습을 지켜보았다. 지금 그는 실오라기 하나 걸치지 않았지만 부끄럽거나 민망한 기색은 전혀 없어 보였다. 반면에 케이시는 먼지가 폴폴 나는 낡은 무릎담요를 팔 아래에 두른 채였다.

테이트는 파이 보관 용기와 스푼을 가져와 다시 케이시 옆에 꼭 붙어 앉았다. 용기를 연 그는 파이 가운데를 크게 한 숟갈 퍼서 그녀에게 내밀었다. 케이시는 그걸 한입 먹었다.

"알고 있죠? 파이는 원래 조각내서 접시에 담아 먹는 거예요."

"나도 한때는 그렇게 생각했어요. 하지만 어떤 아가씨의 침실에서 미친 새랑 싸우고 난 다음에 파이를 숟갈로 마구 퍼먹었는데 그게 너무 맛있더라고요. 천상의 맛이 이런 걸까 싶었죠. 그런데 그 아주 예쁜 아가씨가 나한테 소리를 지르더군요. 그때 머릿속에 든 생각은 그 아가씨 뺨이 어쩜 저렇게 분홍빛일까, 그리고 온몸 어디 한 군데 탐스럽지 않은 데가 없구나, 하는 것뿐이었어요. 그래서 그때부터 생각을 바꾸고 파이를 숟갈로 퍼먹게 됐죠. 그러면 그때의 좋았던 추억이 떠오르거든요."

케이시는 멍한 얼굴로 눈만 껌뻑일 뿐이었다.

"그렇다면 이해할게요."

테이트는 파이를 또 한입 떠서 그녀에게 먹여 주었다.

"자, 다시 키트 이야기를 할게요. 내가 짐을 있는 대로 다 싸서 서머힐로 왔다고 한 말, 기억해요? 그때 나는요, 옷이 가득 든 여행 가방 하나만 달랑 차에 실었어요. 그리고 나머지 자리에다가는 요리 도구랑 요리 책을 가득 넣었죠."

"그냥 짐을 부쳐버리지 그랬어요. 아니다! 왜 그랬는지 알겠네요. 그거 잃어버릴까봐 걱정됐군요. 짐들이 너무 소중해서 낯선 사람이 모는 트럭을 믿을 수가 없었던 거죠."

"바로 그거였어요. 하지만 그걸 다 싣기에는 내 차가 좀 작았어요. 동네 여관 앞에다 주차를 해 놓고 트렁크를 열었는데 그만 물건들이 와르르 쏟아졌거든요. 여관 주인이 와서 짐을 다시 넣는 걸 도와줬는데, 아무래도 안 되겠는지 어디에다 전화를 하더라고요. 그리고 10분 후에 키트가 왔죠."

"그래서요?"

"키트는 내 차를 보더니 그 자리에서 나를 자기 요리사로 고용했어요. 내가 만든 과자 하나 먹어보지 않고서 말이죠. 그리고 다음 날엔 나에게 오래된 농장의 게스트하우스를 주었어요. 그땐 그게 키트 소유인 줄 알았어요. 그리고 겨울 동안 키트는 나를 데리고 다니며 동네 사람들을 소개시켜줘서 나는 주민의 반쯤은 만나게 되었죠. 그리고 스테이시와 함께 키트가 쓴 대본을 읽어 주는 사람으로 일했고요."

"보니까 이 모든 게 당신을 엘리자베스로 만들기 위한 계획이었군요."

"어쩌면 그럴지도 모르죠. 하지만 확신은 없어요. 그냥 어쩌다가 이렇게 된 거 아닐까 싶기도 하고. 키트는 당신과 스테이시를 짝지어 주고 싶었을지도 몰라요. 하지만 동시에 스테이시를 자기 아들에게도 소개시켜 주고 싶어 했죠."

"우리, 적어도 이거 하나는 생각이 같네요. 키트는 늘 뭔가를 꾸민다는 거요."

그들은 이제 파이를 절반쯤 먹었다. 테이트는 케이시의 입가에 붙은 초콜릿 입힌 피칸 조각을 핥은 다음 그녀의 입술에 키스했다. 그는 키스보다 더한 무언가를 할 준비가 된 듯했지만 고개를 들고 말했다.

"보물을 찾아야 하는데……."

"그러게요."

케이시는 반쯤 눈을 감고서 중얼거렸다. 테이트는 똑바로 일어나 앉았다.

"어머니는 어렸을 때 에이스와 같이 넣어 두었던 보물 상자에 대해 말하곤 했죠. 어디에 숨겨두었는지는 한 번도 말해 준 적이 없지만 여기가 둘의 비밀 장소였으니까 이곳 어딘가에 있을 테죠."

그는 케이시의 손을 붙잡더니 손끝에 키스를 했다.

"아이의 시선으로 생각해 봐요. 당신이라면 보물 상자를 어디에 숨겼을까요?"

"보물이라, 벌써 찾은 거 아니었나요."

케이시는 중얼거렸다. 그러자 그녀를 돌아본 테이트의 목소리가 낮아졌다.

"아니, 아직 못 찾은 거 같은데요. 그러니 계속 찾아야겠어요."

케이시는 다시 쿠션 위로 미끄러져 누웠고, 그는 그녀를 품에 안았다.

그래서 다시 둘이 땀투성이가 되어 만족한 채로 쿠션에 털썩 누운 건 한 시간쯤 지났을 때였다. 이제 지붕 위로 떨어지는 빗방울 소리가 들리지 않았고 양초는 거의 다 타서 덩어리로 변해 버렸다.

"우리 뭐 찾기로 하지 않았나요?"

테이트가 묻자, 그녀는 대답했다.

"찾았어요. 분명히요. 진짜라니까."

"내가 찾았다고요?"

그는 이제 옆으로 누워 케이시를 바라보며, 그녀의 머리카락 한 가닥을 집어 들고 그걸 불빛에 비춰 보았다.

"나 예전부터 빨간 머리 좋아했어요."

"내가 어렸을 때는 지금보다 훨씬 더 선명한 빨간색이었어요. 그래서 난 염색을 하고 싶었죠."

"빨갛다니까 말인데, 저게 뭘까요?"

케이시는 고개를 돌려 벽을 바라보았다. 둘이 어찌나 힘차게 사랑을 나누었던지 벽에 있던 나무판자 하나가 그 충격에 헐거워져서 살짝 틈을 만들었는데, 그 안으로 뭔가가 보였다. 테이트는 그녀 너머로 손을 뻗어 틈 안에서 금속 캔디 상자를 꺼냈다. 옆면이 빨간 그 상자의 위쪽에는 꼬리 깃을 활짝 편 공작새의 그림이 있었다.

"어쩌면 이 안에 공작새 파이 조리법이 있을지도 모르겠는데요."

테이트는 들뜬 목소리로 말하며 두 사람 사이에 둔 쿠션 위로 상자를 놓았다.

테이트가 뚜껑에 손을 대자 케이시는 자기 손으로 그 손을 덮었다.

"안에 뭐가 들었는지 정말 보고 싶어요? 이 상자 안에는 분명히 당신 어머니의 물건이 들어 있을 텐데요."

그는 케이시와 눈을 마주했다.

"이곳은 우리 어머니가 그토록 행복한 시간을 보냈던 공간이죠. 그리고 당신은 나를 진짜 사람처럼 대우해 주고 있고요. 그 두 가지 사실이 내 마음을 편안하게 해 주고 있어요."

"그렇게 말해 주다니, 다정하네요. 고마워요."

"하지만 생각해보니 내 마음의 상처를 가장 크게 치료해 준 건 역시 당신이 만든 맛있는 파이일지도 모르겠군요."

케이시는 웃으면서 손을 뗐다. 테이트는 일어나서 간신히 남은 촛불을 가져다가 옆에 두었다. 이제는 안보다 바깥이 더 환해서 어둡지 않았다.

상자 안에는 아이들이 마음을 뺏길 만한 자그마한 물건들이 들어 있었다. 처음으로 본 건 은빛 호랑이 머리였는데, 오래된 지팡이의 장식품이었다가 떨어져 나온 것처럼 보였다. 테이트는 이상하게 말라붙은 어떤 조각을 들어올렸다.

"이건 닭발이에요."

케이시가 말하자 그는 그걸 옆으로 치웠다.

안에는 가운데가 금빛으로 칠해진 구슬 세 개와 1910년도에 주조된 2달러 은화 두 개, 그리고 놋쇠 탄피로 만든 기다란 총알이 있었다.

"제2차 세계대전 때 쓰던 M-1 총알이네요."

"영화에서 배웠어요?"

"네, 나는 극중 죽는 역이었죠. 하지만 사랑하는 여자의 품에서 죽었기 때문에 좋았어요. 그럼 된 거죠."

"그녀를 사랑했나요? 그러니까, 배우로서 좋아했냐고요."

"영화 찍는 동안 초반 정도는 그러려고 했죠. 하지만 나머지 반을 찍기 시작할 무렵에 그 여자가 감독이 쓰는 캠핑카에 있는 걸 봤어요. 공중에 다리를 쳐들고 있는 모습을 보자 사랑이 어찌나 빨리 식어버리던지."

"남자 친구가 법률사무소 직원과 데이트를 하고 있다고 말했을 때는 어땠을 것 같아요? 그 여자를 좋아한다고 말했을 때 말이에요. 나는 그 의미를 이렇게 받아들였어요. 아, 저 남자는 날 정말로 좋아한 적이 한 번도 없었구나, 라고요."

케이시는 상자에서 성냥 상자 껍데기를 꺼냈다. 그 종이 위에는 지금은 없는 상점들의 이름이 쓰여 있었다.

"그런 말도 안 되는 짓을 당신에게 하다니, 내가 정말 속상하다."

"아뇨. 그건 사실 내 잘못……."

그러자 테이트는 상자 위로 몸을 굽혀 그녀에게 키스했다.

"그런 말하지 말아요. 당신은 열심히 일했잖아요. 잘못한 거 하나도 없다고요."

그리고 미소를 지으며 말을 이었다.

"한편으로는 그 남자가 얼간이라 난 좋네요. 그렇지 않았다면 당신은 지금 나랑 이 자리에 있지 않았을 테니까."

"정말로 굉장한 섹스를 하며 오전을 보낼 수 없었을 테니까?"

"굉장했다니 고맙네요. 하지만 그런 말이 아니에요. 나는 이렇게 밖에 나와 있는 걸 말한 거예요. 나는 태트웰에 오는 게 죽도록 무서웠어요. 하지만 당신이 있어서 즐거워졌거든요."

그녀는 고맙다는 뜻으로 그에게 키스한 다음 다시 상자를 보았다.

"이건 뭘까요?"

케이시는 검은 벨벳 조각을 집어 들었다. 너무 오래된 것이라 천에는 솜털이 다 사라진 채였다.

"안에 뭐가 들었어요."

그녀는 천천히 벨벳 주머니를 열었다. 안에는 오래된 반지가 들어 있었다. 그건 백금 반지로, 가운데 커다랗고 둥근 보석이 박혀 있고, 반짝이게 깎은 자그마한 보석 알갱이들이 주변을 감싼 디자인이었다.

그녀가 반지를 잘 보이게 들어 올리자, 빛을 받은 보석이 눈부시게 번뜩였다.

"이거 진짜 같아 보여요."

"그런 것 같군요."

"우리 이 반지의 주인을 찾아 줘야 해요."

하지만 그렇게 말한 그녀도 이게 말도 안 된다는 걸 알고 있었다.

"이게 여기 얼마나 오랫동안 있었을까요?"

"30년, 아니면 40년쯤 되었겠죠."

케이시는 반지의 링 안쪽을 자세히 살펴보았지만, 그 안에는 아무런 글자도 새겨져 있지 않았다.

"왜 어머니 가족은 이곳에 발길을 끊은 거죠?"

"우리 할아버지는 처음에 학교 선생님이셨어요. 여름방학마다 이곳에 와서 프레디 삼촌 일을 도우셨죠. 하지만 어머니가 열 살 되던 겨울에, 할아버지는 선박 건조 회사에 기술자로 취직해서 캘리포니아로 이주를 하셨어요. 그건 1년 내내 일해야 하는 자리였고요."

"그래도 프레디 삼촌을 방문하긴 하셨죠?"

"일 년에 한두 번쯤. 하지만 자주는 아니었죠."

"삼촌 분이 힘드셨겠어요. 아마 친척들을 무척 그리워하셨을 거예요"

"그랬겠죠. 삼촌은 돌아가시면서 어머니에게 모든 재산을 남겼어요. 어머니는 한 번도 우리에게 그런 말을 한 적이 없었지만, 전화 통화를 한 번 엿들은 적이 있었죠. 프레디 삼촌의 형제와 다른 친척들이 아주 화가 났다고요. 어머니는 그들이 자신을 죽이려고 살인 청부업자를 고용할지도 모른다고 생각했대요."

"이 농장을 갖고 싶으면, 어머니에게서 사면 되는 거 아닌가요?"

"그 사람들은 어머니가 땅을 공짜로 넘기기를 바랐던 것 같아요. 돈도 안 받고 말이죠. 당신 친척은 괜찮은 사람들이었나요?"

"난 친척이 없어요. 엄마는 외동딸이었고, 조부모님은 내가 태어나기 한참 전에 이미 세상을 떠나셨죠. 엄마가 날 가졌을 때가 마흔넷이었거든요."

테이트는 미소를 지었다.

"그래서 정자 기증을 이용하신 거군요. 당신은 어머니가 무척 바라던 아이였겠네요."

"네, 그렇다고 생각해요. 그래도 가끔 난 아빠가 있는 아이들이 부러웠어요. 하지만 사람은 자기가 처한 상황에서 가장 좋은 행복을 찾을 수 있어야 하는 법이죠."

"맞아요."

테이트는 그 말에 고개를 끄덕였다. 서로의 눈동자를 바라 본 둘은 상대방을 충분히 이해하고 있음을 확인했다. 둘 다 어린 시절은 비슷했으니까. 어머니 혼자서 최선을 다해 아이를 키우려고 했던 가정 환경. 어쩔 수 없이 두 아이는 빨리 어른이 되어야 했다. 테이트는 아이였을 때부터 가족에게 보탬이 될 방법을 찾아다녔고 케이시는 수시로 집을 비우는 어머니에게 불평하지 않고 혼자서 유익하고 재미있는 시간을 보낼 방법을 찾았다.

둘 다 다른 아이들처럼 그 나이에 누릴 만한 호사를 전혀 누리지 못했다. 케이시는 아버지가 없고 어머니마저 자리를 비울 때가 많은 삶에 적응해야 했다. 테이트는 아버지의 죽음을 받아들이는 것도 모자라 생계를 책임질 고민마저 해야 했다.

"당신이 이거 받아 줘요."

테이트가 말했다. 상자 안에는 플라스틱 장식이 달린 가느다란 검은 끈이 있었다. 테이트는 장식을 떼어내고 끈에 반지를 끼운 다음 케이시의 목에 걸어 주었다.

"이걸 받을 수는 없어요."

하지만 말과는 달리, 그녀는 손으로 반지를 감쌌다. 정말로 아름다웠으니까.

"레티와 에이스의 선물이라고 생각해 줘요. 둘이 이걸 숨긴 거죠. 우리가 찾아 주기를 기다리면서요."

"누구 물건이었는지는 모르겠지만 이걸 도둑맞은 사람은 정말로 기분이 안 좋았을 거예요."

"어머니는 왜 이 반지 이야기를 해 주지 않았을까 궁금하군요. 이게 누구 것인지 어머니가 알았다면 돌려 주었을 거라고 생각해요. 그런데 지금 몇 시인지 알아요?"

"아마 정오쯤 되지 않았을까요?"

그러자 테이트는 못마땅한 신음을 내었다.

"가야겠어요. 여기 파견된 트레이너는 지옥에서 온 사자 같거든요. 정오까지 가지 않으면 아마 특수부대를 풀어서 나를 찾을 겁니다."

"그렇다면 나는 트레이너 편을 들겠어요."

"뭐라고요?"

테이트가 어찌나 눈살을 심하게 찌푸렸는지 두 눈썹이 맞닿을 정도였지만 이내 그는 케이시의 말을 이해하며 이두박근에 힘을 주었다.

"흠 그래요? 나 너무 근육질이라고 생각하지 않아요?"

케이시는 미소를 지으며 상자를 옆으로 치우고는 그에게 두 팔을 벌렸다.

"지금이 딱 좋아요."

그래서 두 사람은 다시 사랑을 나누었다. 이번에는 아주 천천히 움직였다. 둘이 몸에 걸친 거라고는 케이시의 목에 걸린 반지뿐이었다.

"당신을 처음 본 그날부터 반지를 주고 싶었죠."

테이트는 이렇게 속삭였지만 그녀는 그럴 리 없다고, 잘못 들은 거라고 확신했다.

두 사람은 마지못해 축축한 옷을 다시 입고서 삐죽삐죽한 블랙베리 덤불 아래 터널을 기어나갔다. 바깥에는 공작새가 화가 난 경비원처럼 서 있었다. 이번에는 그들을 무시하는 대신 아주 커다랗게 못마땅하다는 듯한 소리를 질렀다. 케이시가 듣기에는 고민 가득한 사람이 지르는 비명 같았다. 테이트 말대로 코 앞에서 그 소리를 들었다가는 고막이 상해도 이상할 것이 없었다.

귀가 먹먹해질 만한 소리에 놀란 케이시는 펄쩍 뛰어올랐고 테이트는 그녀의 앞으로 나가 몸으로 새를 막았다.

이런 상황에서도 테이트는 극적인 상황을 만들고 싶은 연기 본능을 제어할 수가 없었다. 그래서 그는 다시 케이시의 뒤로 휙 돌아가서 그녀의 어깨를 짚고서는 고개를 빼꼼 내밀었다. 너무 무서워서 그녀를 방패막이로 삼아야겠다는 듯이. 케이시는 낮은 목소리로 말했다.

"겁내지 마, 에이스. 난 마법의 반지를 꼈다고. 아무도 우리를 해칠 수 없어. 이제 똑바로 서서 공포에 맞서 보란 말이야."

그는 한숨을 쉬고서 똑바로 섰지만 그래도 여전히 그녀의 뒤에 선 채였다.

"봐요, 그냥 새일 뿐이라고요. 쟤는 분명히 외로워서 그러는 거예요."

"아니에요. 사실은 저 놈이 너무 못돼서 다른 애들이 학을 떼고 피하는 거라고요."

그러더니 테이트는 마지못한 걸음으로 케이시 앞으로 나와 그녀의 손을 잡았다.

"이제 트럭 쪽으로 가죠. 여기서 나가는 게 좋겠어요."

하지만 케이시는 움직이지 않았다. 테이트의 손을 잡은 채로 한 걸음 앞으로 간 그녀는 반대쪽 손을 새에게 내밀었다.

"얘는 아주 착할 거예요. 그냥 사랑의 손길이 필요했던 것뿐이라고요."

그러자 그 커다란 공작새는 갑자기 화려한 꼬리 깃을 쫙 펴서 눈부신 원을 그리더니…… 케이시의 손을 콱 쪼았다.

"아야! 아프잖아!"

심지어 손에서는 피가 났다.

"내가 보기에……."

하지만 테이트는 케이시의 말을 끝까지 듣지 않았다. 이제 공작새는 1미터 50센티미터나 되는 꼬리를 찬란하게 흔들면서 케이시를 쫓아오고 있었기 때문이다.

영화에서 이런 종류의 추격 장면을 많이 연기해 봤던 테이트는 어깨에 케이시를 둘러메고 달리기 시작했다. 공작새는 간발의 차를 두고 그들을 따라붙었다.

케이시는 고개를 슬쩍 들고 공작새를 바라보았다.

"잡힐 것 같아요! 더 빨리 달려요!"

"저번에 찍었던 영화에서 감독도 그런 말을 했었죠."

테이트는 나무 그루터기 앞에서 두 번이나 몸을 홱 돌렸고 나뭇가지에 얼굴을 긁혀 가며 통나무를 뛰어넘었다.

"나 걸을 수 있다니까요."

케이시가 말했지만 테이트는 오른쪽 귓가에 닿을 듯한 그녀의 풍만

한 엉덩이를 쓰다듬으며 달릴 뿐이었다.

"알았어요. 나 지금 발목이 삔 것 같아요. 그리고 다시는 걸을 수 없을지도 모르겠어요."

그러자 테이트는 웃으며 말했다.

"걔 아직도 우리 쫓아와요?"

"그럼요. 그런데 쟤가 꼬리를 활짝 편 건 누구한테 구애를 하려고 저러는 걸까요? 난가? 아니면 당신인가? 당신이 훨씬 예쁘기는 하죠."

테이트는 자그마한 트럭의 조수석에 그녀를 턱 내려놓고서 짧게 키스하며 말했다.

"당신을 쫓아오는 거죠. 어딜 봐도, 어딜 느껴도, 어딜 맛보아도 여자인데."

이 말을 하는 그의 시선이 어찌나 음흉하던지 케이시는 그만 깔깔대고 웃을 뻔했다.

테이트는 이제 차 앞으로 돌아서 운전석으로 가려고 했지만, 공작새가 그의 발목을 쪼는 바람에 어쩔 수 없이 케이시 위로 넘어가 운전대를 잡고서는 시동을 걸었다. 물론 그러는 동안에 손과 몸이 아주 많이 스쳤다는 건 덤이었다. 그리고 트럭을 최고 속력으로 몰기 시작했다.

그녀는 뒤를 돌아보고 말했다.

"이제 못 쫓아오네요."

그러자 테이트는 트럭의 속도를 줄이고서 케이시를 바라보았고, 둘은 또 한바탕 웃었다.

베넷 부인, 옛 일을 말해 주다
Mrs. Bennet tells of the past

"안녕하세요."

올리비아가 인사를 건넸을 때 케이시는 소형 트럭에 양동이와 믹싱 볼들을 싣는 중이었다. 테이트와 함께 돌아오고 나서, 케이시는 그에게 트럭을 빌려 달라고 부탁했었다. 과일이 열려 있는 곳이 어딘지 알아내고 싶어서였다. 테이트는 운전하면서 만나게 될 가축들을 조심하라고 이른 다음 작별의 키스를 나누고는 트레이너가 기다리고 있는 저택으로 달려갔다.

"휴일을 재미있게 보내고 있나요?"

오늘 오전을 어떻게 즐겼는지 떠오르자 케이시의 얼굴에 피가 확 몰렸다.

"지금까지는요. 제 인생 최고의 휴일이라고 할 수 있네요. 올리비아는요?"

그녀는 미소를 지었다.

"이 농장 주인님과 오늘 오전 시간을 같이 보냈다는 말로 들리네요."

"네, 그랬어요."

"팔 위쪽에 새로 긁힌 자국을 보니까 이 농장 뒤편까지 갔던 모양이군요."

케이시는 너무 놀라 올리비아를 바라보았다.

"그렇죠, 올리비아는 이 서머힐에서 자라셨죠. 그러면 태트웰에서도 보낸 시간이 많으셨나 봐요?"

"1970년 여름에 나는 프레디 삼촌의 가정부로 일했어요. 물론 그분은 제 삼촌이 아니지만 마을 사람들은 모두 삼촌이라고 불렀죠. 그 통들은 뭐에 쓸 건가요?"

"저 과일 찾으러 가보려고요. 테이트랑 오늘 아침에 차로 돌아다녀 보니까 과일 열린 곳이 몇 군데 있더라고요. 아직 제철은 아니지만 그래도 딸 만한 것들이 있을 것 같아요. 혹시 같이 안 가실래요?"

"좋아요."

두 사람은 작은 트럭에 올랐다. 케이시는 올리비아의 표정을 유심히 살폈다. 잘은 모르겠지만 운 것 같았기 때문이다.

"집에는 별일 없으시죠?"

"괜찮아요. 아, 혹시 체리나무 봤나요? 그 나무들 중에는 일찍 체리가 열리는 게 있거든요."

"어딘지 알려주세요."

케이시는 올리비아가 말해 준 방향으로 운전했다.

"내가 여기를 처음 봤을 때랑 지금은 많이 달라졌어요. 예전에는 이곳을 전부 아주 아름답게 가꿨거든요. 프레디 삼촌은 서머힐 사람들에게 다양한 일거리를 주셨어요. 돌아가셨을 때 무일푼이셨던 것도 그래서일 거예요."

올리비아의 목소리에 깃든 슬픔을 느끼고서 케이시는 얼굴을 찡그렸다. 조금 전, 어머니에게 전화를 했던 케이시는 지금까지의 일을 다 이야기할 수 있어서 참 좋았다. 뭐, 솔직히 말하면 전부 이야기한 건 아니다. 어머니가 그때 아기를 받고 있어서 대화를 오래 할 수는 없었다.

하지만 케이시는 지금 올리비아가 너무나 외로워 보여서 자신의 행복을 늘어놓을 마음이 쑥 들어갔다. 어쩐지 며느리인 힐디 때문일 것 같네. 대체 올리비아는 그토록 무례한 여자와 어떻게 같은 집에서 살고 있는 거야? 어쩌면 그 대답은 처음부터 차근차근 짚어 가면 알아낼 수도 있을 것이다.

"고인이 되신 남편 분과는 불같은 사랑에 빠져 결혼하셨나요?"

그러자 올리비아는 커다랗게 한 번 웃었다.

"아뇨. 아니었어요."

"아, 네."

"여기서 옆으로 돌아요. 내가 괜한 말을 했군요. 물론 나는 그 후에 그이를 사랑하게 되었어요. 하지만 결혼했을 당시에는 사랑이란 전혀 없었죠."

이윽고 두 사람 앞에 여섯 그루의 체리나무가 나타났다. 하지만 몇 그루는 벌써 죽어버렸고, 살아있는 나무들은 가지치기를 꼭 해야 할 지경이었다. 열매는 별로 없었지만 그래도 딸 만큼은 되었다. 케이시는 시동을 껐다.

"제가 따는 동안 이야기를 들려주세요."

올리비아는 잠시 어떡할까 생각에 잠기는 듯했다. 하지만 이윽고 트럭에서 나오며 말했다.

"그러죠."

두 사람은 높다랗게 자란 잡초와 가지가 부러진 나무 사이를 헤치고 잘 익은 체리가 달린 나무로 다가갔다. 아침에 내린 빗방울이 남아 있는 열매 위로 햇살이 환하게 비쳐서 사방이 찬란했다.

"그때는 1972년이었고, 나는 정신적으로 피폐한 상태였어요. 그때 아이를 가질 수 없다는 말을 들었던 참이라서요."

케이시는 헉 소리가 나왔다.

"괜찮아요. 벌써 옛날 일인걸요."

올리비아는 이렇게 말하고 한숨을 쉬었다.

"그때는 브로드웨이에서 연기하는 일도 엎어진 상태라 서머힐로 돌아와 부모님과 함께 살고 있었어요. 나는 부모님을 사랑했지만 두 분은 연세가 있었고, 시끄러운 걸 무척 싫어하셨죠. 롤링 스톤즈의 노래를 속삭임으로 들릴 정도로 작게 들어본 적 있나요? 전혀 알아들을 수가 없어요."

케이시는 웃었다.

"그때 난 트럼벌 가전제품 가게의 경리 일자리를 구했어요. 주인은 앨런이라는 남자였는데 당시 그 사람 삶은 엉망진창이었죠. 일단, 아내가 아이를 낳다가 세상을 떠났어요. 남편과 갓난 아들을 남겨 두고요."

"어머나, 그런 곳에 올리비아가 갔던 거군요. 아이를 무척 갖고 싶어할 때쯤에 말이에요."

"정말 영혼까지 사무치게 슬펐던 때였죠. 아이를 낳을 수 없는 몸으로 평생을 살아야 하다니 길바닥에 드러누워서 지나가는 트럭에 치여 죽고 싶은 심정이었어요. 어쨌든 앨런은 엄마 잃은 아기가 있는 걸로도 모자라 하필이면 가정부도 참을성이 너무 없는 게으른 사람을 고용한 상황이었어요. 그 여자는 하루 종일 힘들다며 앨런에게 불평을 해 댔지요."

"그러면 올리비아가 끼어들기 딱 좋은 타이밍이었겠네요."

"나도 그때 그렇게 생각했어요. 게다가 앨런은 경영 능력이 없어서 가게가 점점 어려워졌죠. 그이의 아버지는 대단한 사업가였지만, 그걸 물려받은 앨런은 어머니를 닮아 조용한 성격이었거든요. 내가 취직했을 즈음에는 겨우 두 명 있는 종업원도 할 일이 거의 없는 상황이었어요."

올리비아는 스테인리스 믹싱 볼에 체리를 담기 시작했다.

"처음 세 달간은 일이 엉망이 되어 가는 모습을 가만히 지켜보기만 했어요. 그러던 어느 날, 앨런이 책상에 앉아서 볼로냐 샌드위치를 먹고 있을 때였어요. 그마저도 엉망으로 만든 것이라 가정부의 기다란 검은 머리카락을 골라내면서 먹고 있었죠. 그런데 가정부가 아이를 안고 가게 안으로 들어오더라고요. 그러면서 아기를 앨런에게 주더니 자기는 머리가 아프다며 나가버렸어요. 앨런은 서류를 산더미같이 쌓아 놓은 상태였고 때마침 전화벨까지 울려댔죠. 그이 표정을 보니까 금방이라도 울 것 같았어요."

올리비아는 한숨을 쉬었다.

"이야기하기는 좀 그렇지만 어쨌든 나는 양해를 구하지도 않고 그냥 일을 도맡아 처리하기 시작했어요. 아기를 앨런의 책상 위에 올려놓고 기저귀를 갈면서 그이에게 해야 할 일을 명령했죠. 이렇게 말하니까 내가 다른 사람을 쥐고 흔드는 사람처럼 보일까봐 걱정 되네요. 어쨌든 계속 이렇게 말했어요. '전화 받아요', '화요일까지 배달해 주겠다고 해요', '신문사에 전화해서 지난 주말에 냈던 광고를 다시 싣고 싶다고 해요. 거기다가 이번 주 토요일에 전 품목 15퍼센트 세일한다는 말을 덧붙이라고 해요'라고요."

"말씀을 들어 보니까 미리 생각해 두신 말인 것 같네요."

케이시는 체리가 가득 든 양동이를 트럭에 실으며 말했다.

"맞아요. 미리 생각했던 것들이었죠. 출근 첫날부터 난 이게 만약 내가게였다면 어떻게 했을까 생각했거든요. 어쨌든 여섯 달이 지나고 나서 나는 앨런과 결혼했고 그 후로 20년을 같이 살면서 가전제품 대리점을 다섯 개 운영했어요. 다들 아주 잘됐죠."

"그러면서 남편분을 사랑하게 되었나요?"

올리비아는 미소를 지었다.

"네, 그래요. 하지만…… 젊은이들이 하는 그런 식은 아니었어요. 눈이 마주치자마자 서로의 옷을 찢어버리고 싶은 그런 종류의 사랑은 아니었죠."

옷을 찢어버리는 사랑이라…… 케이시는 미소를 지었다. 그건 자신과 테이트가 하는 사랑이었다. 그가 트레이너랑 운동해야 하는 것만 아니라면 둘은 아직도 같이 있었을 것이다. 케이시는 둘이 먹을 만한 특별한 저녁을 준비할 참이었다. 이제 테이트 생각은 그만해야지.

"제가 너무 꼬치꼬치 묻는 건 아닌가 싶지만요, 그러면 왜 지금은 양아들과 함께 사시는 건가요? 가게들이 잘 안됐나요?"

올리비아는 잠시 침묵을 지키다가 입을 열었다.

"앨런은 모든 가게를 자기 아들에게 넘겼어요. 물론 나는 집과 상당한 액수의 퇴직금을 받았고요. 그래서 꽤 편안하게 살 수 있었어요."

케이시는 눈을 휘둥그레 떴다.

"아니, 남편분이 사업을 전부 아드님에게 넘겼다고요? 올리비아와 같이 일구었던 가게를 전부 다요?"

올리비아는 시선을 돌렸지만 케이시는 그 얼굴에 고통스러운 기색이 스치는 걸 보았다. 앨런 트럼벌의 사업을 살린 사람은 그녀였는데, 그 남자는 모든 걸 아들에게 넘긴 것이다. '자기 아들'이라는 말에서 이게 어찌된 상황인지 파악할 수 있었다.

"그래서 어떻게 되었어요?"

"케빈은 자기 아버지를 똑 닮은 아이였어요. 심지어 결혼도 그랬죠. 자기보다 더 기가 센 여자랑 결혼했으니까요."

"앨런이 올리비아랑 결혼한 것같이 말이죠? 올리비아, 남을 폄하할 생각은 없지만 힐디랑 당신을 비교하는 건 말도 안돼요."

올리비아는 손을 저었다.

"고마워요. 나도 힐디랑 내가 같다는 생각은 안 해요. 어쨌든 그건 중요한 게 아니에요. 케빈은 유산을 상속하자마자 힐디와 컨트리클럽 회원권을 사고, 여행을 다니고, 비싼 집과 차를 사기 시작했어요. 그러다보니 안타깝게도 사업은 휘청거렸죠. 케빈이 현실을 깨달았을 즈음, 그 애들은 거의 파산한 거나 다름없었어요."

"그럼 어떻게 재기했죠? 아니, 잠깐만요. 알 것 같네요. 올리비아가 집을 팔고 퇴직금을 쏟아 부어 그들을 살렸군요."

"맞아요. 그런데 내가 생각했던 것보다 그 여파가 너무 커서 나도 감당이 안 되는 것 같아 걱정이에요. 지금 그 애들의 집에서 1년째 살고 있는데, 이제는 다른 일을 찾아봐야겠어요."

"저도 그렇게 생각해요. 제가 키트한테 말해서……."

"그러지 마요!"

올리비아가 단호하게 말했다. 케이시는 뭐라 더 묻고 싶었지만 올리비아의 묻지 말라는 단호한 표정에 입을 다물고 말았다. 키트가 젊었을 적 태트웰을 방문했다는 사실을 그녀는 알고 있었다. 그리고 올리비아가 배우였을 적의 사진을 키트가 직접 건네주기도 하지 않았던가. 무대에서 보면, 두 사람 사이에 뭔가 깊은 감정이 있다는 게 쉽게 드러났다. 지금은 고인이 된 남편과 가족사의 어두운 부분을 말할 때도, 키트 몽고메리에 대한 이야기가 나올 때마다 드러나는 올리비아의 강렬한 감정에 비할 바가 아니었다.

그래서 케이시는 화제를 바꾸기로 했다.

"1970년 여름에 태트웰에서 일하셨다고 했잖아요. 그러면 꼬마 아이 둘이 있었던 것도 혹시 기억하세요?"

"레티와 에이스 말인가요?"

이제 올리비아의 표정에서는 분노가 사라졌다.

"그 애들을 어떻게 잊겠어요. 아주 사방을 들쑤시고 다녔던 애들이었는걸요. 내가 쿠키를 구워 놓고 딱 2분 자리를 비웠을 뿐인데도 절반이 사라져 버리곤 했죠. 둘 다 목 졸라 죽여버리고 싶을 때가 한두 번이 아니었지만 그 애들이 저지른 말도 안 되는 행동에 결국은 수도 없이 웃어버리곤 했어요. 프레디 삼촌은 그 애들을 얼마나 사랑하셨는지 몰라요! 그분은 당시 휠체어를 타고 다니셔서 사람들은 전부 불면 날아갈세라 노인을 조심스럽게 대했어요. 하지만 그 애들은 전혀 그러지 않았죠. 휠체어 브레이크를 풀고는 그분을 밀며 이 농장에 난 길이란 길은 전부 모시고 갔더랬죠. 한번은 얕은 연못까지 휠체어가 굴러가 버린 적이 있어요. 그때 프레디 삼촌은 아직도 본인이 수영을 할 수 있다는 걸 알게 되셨죠. 그래서 연못도 제대로 관리하기 시작했고요."

케이시는 진지한 모습으로 이야기를 들으려 했지만 그럴 수가 없었다. 결국 그녀는 웃기 시작했고, 올리비아 역시 따라 웃었다.

"어떻게 보면 웃긴 이야기인데, 따지고 보면 아니었어요. 그 둘은 진짜 세상에서 제일가는 말썽쟁이였으니까."

"레티가 테이트의 어머니라는 건 알고 있는데요, 그럼 에이스는 누구였어요?"

"그 꼬마가 바로 카일 채프먼 박사예요."

케이시는 너무 놀라서 들고 있던 체리 양동이를 떨어뜨릴 뻔했다.

"우리 아버지가 에이스였다고요?"

"그래요."

올리비아의 눈빛이 반짝였다. 마을 사람 모두는 카일 박사의 정자 기증으로 태어난 아이들에 대해서 알고 있었다.

"그때 에이스는 불쌍한 아이였어요. 그해 여름 에이스의 어머니가 암으로 죽어가고 있었거든요. 그 애 아버지는 아내를 돌보느라 아들을 보살필 시간이 없었고 그래서 에이스는 이곳에서 살다시피 했어요. 마을 사람들은 지금 무슨 일이 벌어지는지 아이는 모를 거라 했지만, 사실은 그 애도 다 알고 있었던 거예요! 그 애가 아버지와 같이 엄마를 만나고 올 때면……."

올리비아는 여기서 더 말을 잇지 못했다.

"그러면 그해 여름이 다 갔을 때 아이들은 어떻게 되었나요?"

케이시는 조용히 물었다.

"아주 울고불고 난리가 났죠. 눈 뜨고 볼 수가 없었어요. 애들이 너무 마음 아파서 우리 모두 울었답니다. 우리 어머니는 나한테 편지를 썼었어요. 다음 해 여름에도 그 애들은 떼어놓을 수가 없었다고요. 에이스의 아버지인 에버릿 채프먼 박사는 아내 때문에 무척 상심해 있었던 데다 서머힐의 유일한 의사라 여전히 아들을 돌볼 여력이 없었죠. 그래서 프레디 삼촌이 카일, 그러니까 에이스를 저택에 와 있게 해 달라고 부탁하자, 그 애 아버지도 그러자고 했죠. 그 후로 아이들은 여름마다 붙어 지내는 게 일상이 되었어요."

"그러다 레티의 아버지가 직장을 새로 구해서 여기에 발길을 끊게 된 거고요."

케이시는 마지막 양동이를 트럭에 실으면서 덧붙였다.

"그런데 왜 우리 아버지는 어른이 된 다음에 레티를 찾지 않았을까 궁금해요."

"그건 나도 모르겠어요. 가서 직접 여쭈어보지 그래요?"

"그러려고요. 그럼 지금 가실까요? 저는 블랙베리 숲에 가고 싶어요."

"우물 집을 두르고 있는 곳 말인가요?"

그 말을 하는 올리비아의 목소리에는 어딘가 묘한 기색이 있었다.

"맞아요."

케이시는 검은 끈에 꿴 반지를 셔츠에서 꺼내어 올리비아에게 보여 주었다.

"혹시 이 반지 전에 본 적 있으세요? 아이들의 보물 상자에서 나온 거예요."

그녀는 반지를 들고 잠시 바라보았다.

"아뇨. 처음 보는 반지에요. 분명 아이들이 다락방에서 찾아낸 거겠죠. 비가 너무 많이 와서 밖으로 나갈 수 없을 때면 애들은 집 안에서 사라지곤 했어요. 그리고 저 위에서 여기저기 쿵쿵대는 소리가 들렸었죠. 그 위에 태엽을 감아 움직이는 빅터 축음기가 있었거든요. 그 애들은 카루소의 앨범을 틀어놓고 놀았죠. 반지를 감정해 보세요. 값이 나가 보이네요."

"저도 그럴까 해요. 그럼 가실까요?"

"그래요."

올리비아가 대답했다.

제2막 6장

엘리자베스, 결심하다
Lizzy makes a decision

둘은 우물 집에 가지 못했다. 올리비아가 갑자기 할 일이 생각났다면서 못가겠다고 말했기 때문이다. 하지만 케이시는 혹시 그 작은 건물을 보면 옛 추억이 생각나서 그런 게 아닐까란 생각이 들었다.

케이시는 올리비아가 차를 대 놓은 정문으로 트럭을 몰고 가서 그녀를 내려준 다음, 다시 게스트하우스로 돌아와서 과일을 손질하고 저녁 준비를 시작했다. 하지만 지금 머릿속은 방금 들은 말을 테이트에게 하고 싶어 죽겠다는 생각뿐이었다.

지금 자신은 어쩌면 풀리지 않은 수수께끼에 우연히 닿은 건 아닐까. 만약에, 정말 만약에 1970년의 여름날 키트와 올리비아 사이에서 무슨 일이 있었다면? 올리비아가 키트 이야기만 나와도 얼굴을 딱딱하게 굳히고 입을 꾹 다무는 걸 보면, 키트가 올리비아를 떠났다는 걸 케이시는 직감할 수 있었다. 혹시 나중에 결혼할 여자가 따로 있어서 그랬던 걸까? 지금 있는 아들의 어머니 때문에? 올리비아가 아이를 낳지 못하기 때문에 헤어졌을까?

그 생각을 하자 케이시는 가슴이 미어지는 것 같았다. 산부인과 의

사인 어머니는 케이시에게 아기를 갖고 싶어 하는 여성들의 간절한 열망에 대해서 들려주곤 했기 때문이다.

"그 열망에 사로잡히게 되면 여성들은 물불을 가리지 않고 어떻게든 아이를 가지려 한단다."

"엄마가 나를 가진 것처럼?"

케이시는 그때마다 이렇게 대꾸했었고, 그러면 어머니는 또 어떻게 케이시를 갖게 되었는지 이야기를 반복했던 것이다.

케이시의 어머니는 언젠가는 자신도 남자를 만나 결혼해서 아기를 갖게 될 거라 여겼다고 말했다.

"다 살다 보면 저절로 알아서 그렇게 될 거라고 생각했어. 그런데 마흔 살 생일날 갑자기 깨닫게 된 거야. 정말로 하고 싶다면, 지금 어떻게든 수를 써야 한다고 말이야."

"아기를 갖고 싶다는 열망에 사로잡힌 거지."

케이시는 또 이렇게 대답했었다. 어쨌든 그녀의 어머니는 정자 기증자 목록에서 아버지가 될 사람을 골랐다. 신장 185센티미터, 금발에 파란 눈동자를 가진 의대생이라고 했다. 하지만 나중에 케이시가 어른이 되어서 비로소 알게 된 사실은 목록에 나온 정보가 다 맞지는 않았다는 것이다. 카일 채프먼이 굉장히 잘생기고 건강한 젊은이였던 건 사실이다. 그리고 그는 정말로 의사가 되기는 했다. 하지만 케이시를 만들었던 정자를 기증했을 당시, 그는 뉴욕시를 돌아다니는 푸드트럭에서 요리를 했었다.

그 사실을 어머니에게 이야기하고 나서 두 모녀는 크게 웃었다.

"그래서 그랬구나."

케이시가 요리를 좋아하는 건 그 때문이라는 뜻이었다.

카일 박사의 정자 기증으로 태어난 다른 아이들도 아버지에게서 여러 자질을 물려받았다. 그는 소규모 서커스단에서 금속 공 위로 오토바이를 타고 묘기를 부리는 일을 1년 정도 했다. 그리고 또 6개월간은 섬유 제조 공장에서 일하기도 했다. 아버지의 딸들은 함께 모인 자리에서 그 이야기를 듣고 고개를 끄덕였다. 지젤과 스테이시도 카일 박사의 그런 면들을 각각 물려받아 재능과 성격이 형성된 거라고 말이다.

케이시는 체리가 가득 담긴 양동이를 바라보았다. 저걸 빨리 손질해야 하는데, 했지만 눈 깜짝할 새 그녀는 문으로 달려갔다. 어쩌면 자신의 아버지가 몇 년간 지역을 떠돌아다니면서 이 일 저 일 전전하며 모험을 하다가 의대에 들어가기로 한 건, 테이트의 어머니인 레티 때문일지도 모른다는 생각이 든 것이다.

저택에 도착한 그녀는 저 뒤에 있는 차고까지 이어진 뒷길을 따라 걸었다. 이제 테이트에게 말해 주어야 할 일로 마음이 마구 부풀어 올랐다. 그의 어머니와 자신의 아버지가 절친이었다니!

케이시는 온라인 인물 정보에서 아버지에 대해 읽어보았다. 다섯 살 때 할머니가 돌아가신 후 아버지는 할아버지의 손에서 자랐다. 카일, 그러니까 에이스는 열여덟 살이 되는 해에 집을 떠나 몇 년간 이 일, 저 일 전전하며 어느 곳이든 오래 붙어 있지 않았다. 하지만 그러다 우연히 마주한 사고에서 아버지는 어떤 남자의 목숨을 구한다. 그리고 다음 날 곧바로 학교로 돌아와 결국 의사가 된 것이다.

케이시가 이 이야기를 읽었을 때는 상당히 낭만적이라는 생각이 들었다. 하지만 지금은 그 이면의 현실이 다가왔다. 다섯 살밖에 되지 않은 꼬마가 어머니를 다시는 볼 수 없게 된 게 아닌가. 그 후로 아이는 또 뭔가 끔찍한 일이 자신에게 닥치지 않을까 하는 두려움에 사로잡혀 살았을 것이다. 그러니 제멋대로 자라 버릇없이 행동해도 이상할 게 없었다.

궁금한 건 또 있었다. 다른 건 다 그렇다 해도 열여덟 살 때 집은 왜 나왔던 걸까. 하지만 다시 생각해보니 케이시 자신도 의사의 자녀로서 어머니의 길을 따라야 한다는 압박감에 눌려 있지 않았던가. 케이시가 청진기 쪽을 슬쩍 보기만 해도 사람들은 케이시가 나중에 커서 의사가 될 게 분명하다고 말했고, 후에 의사가 되고 싶지 않다고 말했을 때는 주변의 비웃음을 샀었다. 마치 케이시는 반드시 의사가 되어야 한다는 법이라도 있는 것 같았다.

그래, 자신도 부모님을 따라 의학도가 되어야 한다는 압박을 누구보다 잘 안다. 그렇다면 아버지도 그걸 심하게 느껴서 도망쳤던 걸까? 결국 다시 돌아오긴 했지만?

그리고 또 궁금한 것은 역시 올리비아였다. 그녀는 아이들과 그해 여름 농장에 있었으니까.

케이시는 상상했다. 자신과 테이트가 올리비아와 카일 박사 옆에 앉아서 테이트의 어머니 이야기를 듣는 모습을 말이다. 재미있는 이야기들이 나올 것이고 서로가 지닌 기억을 나눌 수 있을 것이다. 케이시와 테이트는 아이들이 놀았던 우물 집을 찾아냈다. 하지만 다른 장소도 있지 않을까? 다락방을 탐험해 보면 어떨까 상상했다. 오래된 빅터 축음기에 카루소 앨범을 틀어놓으면 좋겠지. 그리고 바닥에 누워 사랑을 나누는 거야.

어느덧 차고에 다다르자 테이트의 목소리가 들렸다. 아, 짜증나! 아직도 트레이너랑 같이 있잖아. 불쌍하다. 몇 시간째야?

케이시는 건물 벽에 기댔다. 지금 들어갈까? 아니면 기다렸다가 나중에 테이트한테 말할까? 트레이너를 만나게 되면 테이트는 자신을 뭐라고 소개할까? 여자 친구라고 말하겠지? 그 생각에 그녀는 미소가 나왔다. 그런데 그 순간, 테이트의 목소리가 다시 들렸다.

"메릴 스트립이 내 어머니 역할을 한다고?"

거짓말처럼 놀라운 이야기에 케이시는 있는 자리에서 우뚝 멈추어 섰다. 들어 보니 전화를 하는 모양이었다.

"그래, 주디 덴치는 〈셰익스피어 인 러브〉에서 엘리자베스 1세 역을 9분 연기하고는 오스카 여우조연상을 탔잖아. 그러니까 메릴도 탈 수 있겠지. 알았어. 그러면 이번에는 누구랑 잠자리 연기를 하게 되나?"

테이트는 여기서 잠시 말을 멈추었다.

"말도 안 돼……. 아니, 그 여자 TV 쇼는 한 번도 본 적 없지만 분명 엄청 웃기겠지. 하지만 이 역할은 똑똑하고 진지해야 한다고. 걔 울 줄은 안대? ……알았어. 한 번 해 보라고는 할게. 하지만 기회를 줬으니 그만한 실력을 보여야 할 거야. 그리고 루마니아는 또 뭐야? 나 거기 못 가……. 그래, 그 연극 때문에 여기 있어야 한다니까!"

테이트는 비웃음을 날렸다.

"아니, 촌구석 연극 무대에 서려고 시간을 낭비하는 건 아니야. 여기 좀 괜찮은 게 있어서 그래. 알 거 없어. 다음 주에 갈 테니까 짜 놓은 계획에 대해서 더 이야기하자고. 가능하면 여기 일 끝장을 보고 싶거든."

테이트는 또 웃었다.

"그래, 여자 문제야. 가야겠다. 또 무슨 소식 있으면 전화해."

케이시는 돌아서서 오솔길을 따라 집으로 향했다. 돌아가는 발걸음은 무겁고 더뎠다. 지금껏 대체 난 무슨 생각을 했던 거야? 테이트 랜더스는 나랑 완전히 다른 세상에 사는 사람이란 말이야. 그 남자는 스포트라이트에 둘러싸여 레드 카펫을 밟으면서 '오스카'를 입에 올리는 사람이야.

집에 다 왔을 무렵 케이시는 깨달았다. 이제는 결정을 내려야 한다. 한 가지는 분명했다. 자신과 테이트 랜더스는 예전에도 그랬지만 앞으로도 절대 '진지한 사이'가 될 리 없다는 것이다. 둘의 세상은 너무 멀리 떨어져 있다. 그녀는 요리사고, 그는 슈퍼스타다.

테이트에게 그녀의 의미란 '여기에 있는 좀 괜찮은 것'일 뿐이다. 그녀는 이름 없는 '여자'일 뿐이다.

그런데 난 어땠나⋯⋯. 케이시는 몰려드는 기억에 눈을 질끈 감았다. 완전 소녀처럼 혼자서 들떠 버렸잖아. 멋진 섹스를 하면서 행복한 오전을 보낸 후로, 자신은 이제 커플이 되었다고 생각했다. 테이트가 다른 사람한테 자기를 뭐라고 소개할까, 두근대던 아까의 기억이 떠오르자 얼굴이 찡그려졌다. 여자 친구? 너 제정신이니?

주방에 들어간 케이시는 스툴에 앉아서 체리 피터(체리의 씨앗을 빼는 기구)를 손에 들고 체리를 다듬기 시작했다. 길은 두 가지였다. 이 관계를 계속 유지해야 할까, 아니면 그만두어야 할까.

그만두고 싶다는 마음은 상처 받기 두려워서다. 또 상처를 받을 수는 없어. 낭만적인 환상에 빠진 자신의 모습이 떠올랐다. 체리나무 아래에서 사랑을 나누는 모습. 웃으면서 손을 잡고 화가 난 공작새를 피해 이리저리 도망치는 모습. 벽에 기대어 서로를 탐하는 모습. 여름날의 소나기를 맞으며 키스하는 모습.

그만! 케이시는 생각을 멈추고 숨을 골랐다. 상처 받지 않고 싶어서 포기하겠다는 거야? 전부 포기해 버리면 테이트는 자기가 살던 영화배우의 세계로 돌아가서 같이 '잠자리 연기'를 한 화려하고 젊은 배우들과 살겠지? 그래도 나중에 울게 될 일이 없으니 좋은 걸까? 당장은 체리나무 아래서 사랑을 나누는 황홀한 상상에 눈물 몇 방울쯤 흘리는 거야 대수롭지 않게 느껴지기도 했다.

그녀는 앞으로 다시는 그와 자지 않을 거라고 말해야 할지도 모른다. "그때는 실수였어요. 그러지 말았어야 했는데"라고 말하는 자신의 목소리가 귀에 생생했다.

지금 진심이니? 이제껏 살면서 나눈 것 중에 최고로 멋지고 끝내줬던 잠자리가 일어나지 말아야 했던 일이라고? 미쳤어?

물론 다른 길이 없는 건 아니다. 그냥 테이트랑 순수한 섹스 파트너가 될 수도 있다. 그런 관계가 가능할 리 없다는 걸 안다 해도 어쨌든 같이 있는 동안은 즐길 수도 있지 않을까. 물론 그가 떠나면 누군가는 울게 될 것이다. 그리고 우는 쪽은 바로 자신이겠지. 하지만 누구나 화려한 휴가가 끝나고 나면 울게 되곤 하잖아.

정말로 그녀가 원치 않는 것, 그리고 견딜 수 없는 것은 바로 수치심이었다. 그런 감정은 전 남친에게서 이미 받을 만큼 받았다. 테이트 랜더스가 정말로 '남자 친구'가 될 리도 없겠지만, 주변 사람들이 테이트를 '그녀의 한때 남자 친구'라고 생각하게 되는 것도 싫었다. 케이시는 서머힐이 좋았고, 이 동네 사람들이 올겨울 자기를 두고서 유명한 영화배우에게 놀아났다가 차였다며 수군대는 상황은 결코 원치 않았다. 사람들이 동정어린 눈빛으로 자신을 쳐다본다면 견딜 수 없을 것이다.

이 여름날의 불장난을 계속 할 거라면 이건 절대로 비밀에 부쳐야 했다. 그는 연기자니까 그럴 수 있을 것이다. 두 사람은 낮 동안 연극을 하면서 다른 사람이 볼 때는 서로에게 손대지 않겠지만 밤이 되어 둘만 남게 된다면…… 그때는 뭐든 해도 상관없을 것이다.

다아시, 의심하다

Darcy doubt

"안녕, 옆에 있어도 될까요? 아니면 오늘 나 볼 만큼 봐서 이젠 싫은 가요?"

테이트는 문 밖에 서서 말했다.

"아뇨, 들어와요. 방금 공작새 다리 두 개 튀겨놓았는데 하나 먹을 래요?"

케이시는 농담을 던졌다.

"제일 좋아하는 거네요."

그는 스툴에 앉으면서 여기저기 쑤신다는 목소리를 내었다.

"운동이 그렇게 힘들었어요?"

"끔찍할 정도예요. 칼을 쓰는 법을 배워야 하거든요."

그녀는 테이트를 슬쩍 바라보았다.

"하지만 고통스러운 표정은 아닌데요. 즐기고 있는 거 아니에요?"

그러자 그는 웃었다.

"들켰네요. 하지만 잭이 같이 있었으면 좋았을 텐데……. 문자가 왔 는데 내일까지는 못 온다는군요."

테이트는 잠시 말을 멈추다가 다시 이었다.

"당신이 서머힐에 오래 살지는 않았잖아요. 그런데 어떻게 지젤에 대해서 그토록 잘 알죠?"

"사실 잘 알지는 못해요. 처음으로 지젤이랑 어딜 갔었는데 갑자기 소방서에서 도우미를 찾는 사이렌이 울렸죠. 그때 지젤은 거의 시속 160킬로미터로 운전을 해서 불이 난 곳에 도착했어요. 그러더니 그 자리에서 커다랗고 검은 방화복을 입더라고요. 10분 후에 보니까, 좁은 창문 사이로 들어가서 구조해야 할 사람들이 있는지 찾아보고 있었고요. 그걸 보고 너무 놀랐죠."

"하지만 지젤은 무서워하지 않았던 거군요."

테이트는 자신의 손을 가만히 응시했다.

"당신이 보기에는 어떤가요. 지젤은 잭을 그냥…… 한때의 놀이 상대로 생각하는 건 아니겠죠?"

"난 아니라고 생각해요. 내가 보기에 지젤은 잭을 정말 좋아해요."

테이트는 고개를 끄덕였다.

"나도 그러기를 바라요."

그러더니 그는 케이시를 바라보며 말했다.

"그럼 오늘 밤 우리 둘……."

케이시는 그게 무슨 말인지 바로 알아들었다. 오늘 밤 어디서 보낼까 묻는 거구나? 자기 집 아니면 우리 집 중 어디가 좋겠냐고? 만약 지금 이 말을 아까 우물 집에 있었을 때 했더라면 바로 그의 집에 가자고 했을 것이다. 아니면 이 집도 좋겠지. 아니, 어디 모닥불을 피워 두고 별을 보며 보내자고 했을지도 모른다.

하지만 지금 그와 살을 맞대고 있는 게 아닌 케이시는 좀 더 이성적인 사고를 할 수 있었다. 그리고 이제껏 들었던 이야기도 떠올렸다. 데블린이 테이트의 비밀에 대해서 했던 말, 그리고 자신이 엿들은 전화 통화까지 말이다. 아까 말했었잖아. 가능하면 여기 일 끝장을 보고 싶다고 말이야.

그래서 그녀는 미소를 지으며 말했다.

"당신과 나 말인데요."

차마 '우리 사이'라는 말은 할 수가 없었다.

"이거, 우리 둘만의 비밀로 부치면 안 될까요? 그리고 한동안 어떻게 되는지 지켜보면 어떨까요?"

순간 테이트의 눈동자에 무슨 뜻인지 알 수 없는 기색이 스치다 이내 사라졌다. 그는 달콤한 미소를 지었다.

"알았어요. 말 안 할 게요. 누가 알게 되면 그건 공작새가 이른 거니까 그렇게 알아요. 하지만 잭과 지젤은 눈치를 챌 텐데."

"분명히 그러겠죠. 그리고 올리비아도 알아요. 하지만 그 사람들만 알고 있는 일이면 좋겠어요."

그는 고개를 끄덕였다.

"그러죠. 지금 하는 요리가 뭔지는 모르겠지만 냄새 죽이는데요."

"오토렝기(영국의 유명 요리사)의 최신 요리책에서 나온 레시피예요. 살구를 넣은 메추라기 요리죠. 오토렝기는 천재예요. 아, 맞다! 깜빡할 뻔 했어요. 우리 와인 마셔요. 그러면 우리가 하마터면 남매가 될 뻔한 이야기를 해 줄게요."

"그거 완전 막장 비극이네요. 어떻게 그럴 뻔했다는 거죠?"

"에이스가 사실은 커서 내 아버지가 되었다는군요."

"응? 진짜요? 빨리 다 말해 봐요."

그래서 케이시는 테이트에게 올리비아가 들려 준 레티와 에이스, 프레디 삼촌 이야기를 해 주었다. 하지만 올리비아의 결혼 생활에 대한 이야기는 하지 않았다. 그리고 올리비아와 키트가 사실은 예전에 서로 보통 사이가 아니었을지도 모른다는 의혹 역시 말하지 않았다.

어쩌면 이렇게 숨기는 게 올바른 일은 아닐지도 모른다. 하지만 테이트가 제아무리 이곳 주인이라고 해도, 그는 결국 외부인이다. 어쩌면 케이시는 테이트가 주는 몸의 쾌락을 포기할 준비가 덜 됐을 뿐일지도 모른다. 어쨌든 그녀는 테이트가 떠나면 겪게 될 고통에서 스스로를 지키기 위해 뭐라도 해야 했다.

엘리자베스, 결심한 대로 살기 시작하다

Lizzy begins to live with her decision

몇 시간 후, 케이시가 막 샤워를 마친 다음 머리를 말리고 있는데 전화벨이 울렸다. 스테이시였다.

"배신자께서 웬일이실까?"

"나 용서해 줄 거 알고 전화했지. 사람들이 그러는데 너 소도구 아주 잘 준비했다면서? 그리고 대박 사건도 있다고 들었어. 꽃미남 테이트 랜더스께서 지붕 아래로 널 잡아 준 거 정말 사실이야?"

"맞아. 그런데 말이지, 너 키트에 대해서 들은 거 있으면 전부 말해 봐. 그리고 올리비아 트럼벌 씨와 그 남편분, 아들인 케빈에 대해서도 말해 줘. 아, 그 남자 아내인 힐디에 대해서도 혹시 아는 거 있어?"

스테이시 역시 지젤처럼 서머힐에서 자랐다. 이 도시 시장인 스테이시의 아버지는 이곳 거주자들의 사생활에 대해서 뭐든지 알고 있다는 데 자부심을 느끼는 분이었다.

"올리비아의 남편이 재정 위기를 맞았는데 올리비아 덕분에 살아났다고 들었어. 하지만 아는 건 그뿐이야. 그리고 힐디 그 여자, 좀 섬뜩하지 않니? 교회의 위원회 활동 중 반을 그 여자가 진행하고 있어. 넌 또 뭘 들었어?"

"나도 똑같은 말을 들었어. 자, 그럼 네 남자 친구 이야기 좀 해 봐. 어때?"

"엄청 좋아. 하늘이 내려준 천사라고. 나 완전 사랑에 빠졌어. 너랑 테이트는?"

"아, 무슨 말이야. 그 남자는 영화배우야. 나는 뭐가 진짜고 뭐가 연기인지 모르겠어."

"네가 현실을 직시하고 있어서 다행이야. 너 남친이랑 헤어지고 진짜 얼마 안 된 상황에서 또 가슴 아픈 일을 겪을까봐 나 얼마나 걱정했다고. 그 남자가 로스앤젤레스로 돌아가 버리면 말이지."

"그럼 좀 어때? 한 사흘 동안 아이스크림이랑 초콜릿 마구 먹으면서 난 이거 다 먹어도 된다고 생각할 수 있잖아?"

스테이시는 웃었다.

"너 네이트를 만나보면 내가 너무 부러워서 아이스크림을 퍼먹게 될 거야. 내가 이 세상에 단 하나뿐인 완벽한 남자를 차지해 버렸으니까. 다른 여자들한테 미안할 정도라고."

"그 남자, 개구리처럼 생겼다에 한 표."

그러자 스테이시는 한숨을 쉬었다.

"아니거든. 완전 잘생겼어. 네이트가 웃통 벗은 모습을 네가 봐야 하는데! 세상에서 제일 섹시한……."

스테이시가 자기 인생 최고의 남자를 극찬하는 이야기를 들으면서 케이시는 그 말에 자신도 테이트 이야기로 똑같이 응수해 줄 수 있으면 얼마나 좋을까 생각했다. 빨간 픽업트럭에서 테이트와 단둘이 있었던 이야기도 하고 싶고 공작새를 본 이야기와 우물 집에서 일어났던 일도 말하고 싶었다. 하지만 그녀는 아무런 말도 하지 않았다. 같이 저녁을 먹었다는 말도 꺼내지 않았다. 무슨 말을 하든 스테이시는 엄청나게 질문을 해 댈 테니까.

"그 남자는 뭐 하는 사람이야?"

케이시의 물음에 스테이시가 대답했다.

"그게 좀 이상해. 모르겠거든. 키트가 은퇴하기 전에 했던 일이랑 관련이 있는 듯한데, 그게 뭔지는 알 수가 없어."

두 사람은 그 후로도 20분을 넘게 통화했지만 그때도 케이시는 자신과 테이트 일에 대해 전혀 언급하지 않았다. 전화를 끊고 자리에 눕자 곁에 그가 있으면 얼마나 좋을까란 생각만 들었을 뿐이다.

엘리자베스, 비밀을 지키다

Lizzy keeps secrets

"우리가 동시에 점심 먹으러 사라졌다고 사람들이 이상하게 생각하지 않을까요?"

테이트가 이렇게 물었다. 지금 그들은 둘만의 비밀 장소인 우물 집에서 레티와 에이스가 가져다 둔 쿠션에 누워 막 사랑을 나눈 참이었다. 마주보는 장면을 연습할 때가 아니라면 둘은 다른 사람들 앞에서 서로 쳐다보지 않으려고 부단히 노력했다. 하지만 쉬는 시간이 되면 미리 정해둔 장소에서 만나곤 했다. 보통 그곳은 우물 집이었다.

케이시는 테이트의 맨가슴을 어루만지며 말했다.

"사람들은 나 같은 여자가 당신에게 다가갈 수 없을 거라고 생각할 거예요. 그런데 내일 떠나는 거 확실한 건가요?"

그는 케이시의 손끝에 키스를 했다.

"가 봐야 해요. 하지만 이틀 넘게 걸리지는 않을 거예요. 내가 없는 동안엔 극장에서 연습할 수 있겠죠. 그건 다행스러운 일이에요. 공작새가 와서 소리 지를 일은 없을 테니까."

케이시는 자신이 얼마나 테이트를 그리워할지 모르겠다는 말을 하고 싶지 않았다. 그런 말은 정말 혼잣말로라도 하고 싶지 않았다.

"돌아가면 당신은 또 어마어마한 영화의 주연 역을 제안 받고 서머 힐엔 다시 오지 않겠죠. 그러면 불쌍한 조시 오빠가 다아시 역할을 하게 될 거고요."

"분명히 그렇겠죠."

테이트가 진지한 목소리로 수긍하자 그녀는 깜짝 놀라 그를 바라보았다. 하지만 곧 자신을 놀리고 있다는 걸 알아차렸다.

"스테이시가 그러는데요. 키트의 조카는 진짜 잘생겼대요. 어쩌면 그 남자가 와서 다아시를 연기할지도 모르죠."

"연극에 키스신이 없어서 다행이라고 생각한 건 지금이 처음이네요."

두 사람은 웃으면서 다시 키스했다. 서로 몸을 꼭 붙이고서 말이다.

"이제 돌아가야겠어요."

케이시의 입술은 아직도 그와 닿아 있었다.

"그러게요."

하지만 그들은 키스를 멈추지 않았다. 갑자기 이 자그마한 건물의 지붕을 무언가가 탁 쳐서 케이시는 너무 놀라 벌떡 일어났다.

"그놈이 또 왔네요. 이젠 날려고 하나 봐요."

테이트가 대답했다. 그리고 보니 창문 앞으로 공작새의 꼬리 끝이 드리워져 있었다. 케이시는 재빨리 옷을 입기 시작했다.

"우리 아직 몇 분 더 있어도 되는데……."

"가는 게 낫겠어요."

그러자 테이트도 마지못해 일어섰다.

"왜 우리가 이렇게 숨어야 하는지 모르겠어요. 비행 청소년이 된 느낌이라고요. 당신 같은 모범생을 꾀어 버려서……."

케이시는 셔츠 버튼을 채우다 말고 그를 바라보았다.

"그거 당신이 나온 영화 줄거리 아닌가요?"

"10대 소년을 연기하기에 난 너무 나이가 많아요. 하지만 내가 거절한 대본 중에 그런 게 있긴 했죠."

이제 테이트는 그녀의 팔에 손을 얹었다.

"나 당신이랑 저녁 먹으러 나가고 싶어요. 영화도 같이 보고 싶고. 공원 벤치에 앉아서 같이 아이스크림을 먹고 싶다고요."

"가는 곳마다 대소동을 벌이면서 그런 말을 잘도 하네요."

그는 아무런 대답 없이 그저 케이시를 바라보았다.

"알았어요. 그럴 수도 있겠죠. 아주 잘 변장하면요. 그렇지만⋯⋯."

케이시는 무슨 말을 이어가야 할지 솔직히 생각나지 않았다. 지난 몇 주 동안 그는 똑같은 질문을 매일 했지만 그녀는 진심을 한 자락도 털어놓을 수 없었다. 뭐라고 말하겠는가. '당신이 앞으로 나한테 할 짓을 뻔히 아니까 내 마음 안 다치게 보호하고 싶단 말이에요'라고 말할 수 있을까? 이런 말을 입 밖에 내고 싶지 않았다. 그러면 미래를 놓고 이야기하게 될 테니까. 9월이면 그는 자신의 세상으로 돌아가고 케이시는 여기 있던 그대로 머물게 되는 거다.

아니, 잠깐. 잭은 자기 요리사가 되라고 했잖아. 그러니 어쩌면 테이트도 그럴지 몰라!

케이시는 스스로에게 던진 농담에도 미소를 지을 수가 없었다. 그보다는 좀 더 세련된 농담을 해야지. 지금 하는 건 꽃미남과 즐기는 여름 불장난이다. 그는 친절하고 재미있고 사려 깊고, 정말 대단한 밤을 선사하는 연인이니 후에 돌아보면 꽤 괜찮은 추억으로 남을 것이다. 그뿐이다.

제2막 10장

다아시, 두려움을 얘기하다

Darcy expresses his fears

"내일 아침 떠날 준비 됐어?"

잭은 테이트 옆에 있는 접이식 의자에 앉은 채로 물었다. 그들은 정자에서 몇 미터 떨어져 있었기 때문에, 둘의 이야기는 정자 위에서 연습하는 배우들에게 거의 들리지 않았다. 의상을 차려 입은 케이시와 지젤은 진절머리 나는 콜린스 씨를 비웃는 중이었다. 로스앤젤레스에서 온 못생긴 트레이너가 콜린스 씨를 맡기로 했다.

"짐을 다 쌌냐는 의미라면, 안 쌌어. 하지만 나는 아무것도 안 가져갈 거야."

"그렇다면 돌아오겠다는 뜻이군."

테이트는 지금 들은 말이 진심인지 알아보려고 친구를 쳐다보았다. 물론 잭의 눈동자는 웃고 있었다.

"그래. 돌아올지도 몰라. 하지만 케이시가 내가 돌아오는 걸 좋아할지 모르겠어."

"이야! 네가 그런 말까지 하다니 어떻게 된 거야?"

"모르겠어. 말하자면 이런 거지. 케이시가 날 좋아하는 것보다 내가 케이시를 더 좋아한다고."

"둘 사이를 비밀로 하자는 제안 때문에 그렇게 생각하는 거지?"

잭의 말에 테이트는 어깨를 으쓱였다.

"그렇지 뭐. 케이시는 우리 관계에 대해서 사람들이 아무도 모르기를 바라는 게 분명하니까. 그건 그렇고, 너랑 왈가닥 아가씨 사이는 어때?"

잭은 긴 한숨을 내쉬었다.

"지젤은 강림한 천사처럼 교회에 앉아 있다가도 데이트를 할 때면 벼랑 끝을 걷지. 그래서 내가 아주 머리카락이 쭈뼛쭈뼛 서버릴 지경이야. 나, 지젤이랑 진짜 사랑에 빠진 거 같아."

"그럼 지젤은 널 있는 그대로 좋아해? 아니면 배우라서 좋아해?"

"내 모습 그대로를 좋아해. 그렇게 생각하고 싶어. 사실 우리는 서로의 감정에 대해서 깊게 이야기한 적이 별로 없어. 내가 지젤을 참 좋아하는 것도 그래서야. 그 앤 내가 무슨 생각을 하는지, 기분이 어떤지 한 번도 물어 본 적이 없어. 하다못해 무슨 색을 좋아하느냐고도 묻지 않지. 지젤은 세상에서 제일 예쁜 외모를 하고 있는, 알고 보면 제일 친한 친구 같다는 생각이 들어."

"잘됐네."

그러자 잭이 말했다.

"자, 이제 다 털어놔. 넌 뭐가 문제야?"

"케이시한테 무슨 일이 있어. 하지만 그게 뭔지 모르겠어. 이제까지 다 진짜 좋았는데⋯⋯. 갑자기 태도가 바뀌었거든."

잭은 잠시 말이 없었다. 다만 무대에 선 지젤을 바라볼 뿐이었다. 잭의 눈에 지젤은 너무나 아름다워서 마치 몸에 후광을 두르고 있는 것만 같았다. 지젤이 이쪽을 보면서 웃자 잭은 그만 심장이 흐물흐물해지는 기분이었다. 침대 안에서나 밖에서나 지젤과 일분일초도 떨어지지 않고 붙어 있고 싶었다. 하지만 자신의 친구는 그런 행복을 아직 누리고 있지 못한 듯했다.

"네가 영화배우라는 게 케이시한테는 부담이 되는 거 아닐까."

"케이시가 그런 생각을 한다고? 말도 안 돼. 케이시는 날 단 한 번도 그렇게 바라본 적이 없어. 그리고 배우로서의 내 삶을 보여주지 않으려고 내가 얼마나 조심했는데. 케이시가 날 연인으로 봐 주기를 원하는 거지, 내 배우 이미지로 평가받고 싶지 않아."

"이론이야 참 그럴싸하네. 잘되길 빈다. 그건 그렇고, 할 말 더 있어. 네 전 매제 말인데, 자기 연습 없는 날에 여기 수풀 속에 숨어 있는 걸 내가 본 것 같아."

"그럴 리가……. 여기다 울타리 쳐 놨어. 그리고 경호원도 두 명 고용해서 이 근방을 순찰하게 했다고."

"그런데 두 시간 전에 그 경호원들이 울타리가 잘려 있는 부분을 발견했지."

그러자 테이트의 목소리가 놀란 기색을 띠었다.

"아니 그걸 왜 나한테 말 안 했대?"

"네가 그때 몇 시간 동안 사라져 있었거든. 내가 그 사람들한테 뭐라고 말하겠어? 블랙베리 수풀 속에 가서 널 찾아보라고? 그리고 난 경호원들한테 침입자가 있는지 찾아보란 말도 안 했어. 그게 네 전 매제일 수도 있을 거 같아서. 너랑 그놈이랑 싸움이라도 나면 매스컴으로 좋은 말이 나가진 않을 테니까."

테이트는 여전히 잭을 노려보았다.

"너 정말 몰래 숨어든 게 헤인즈라고 생각하는 거야?"

"경호원도 분명히 말했어. 울타리 옆에 있던 게 그놈이라고. 그리고 나도 수풀 속에서 헤인즈를 봤고. 그런데 그놈은 뭘 원하는 거야?"

테이트가 말했다.

"돈이지. 일하지 않고도 먹고 살 수 있다면 뭐든지 할 인간이거든. 제길! 니나에게 접근하려고 그러는 거야. 그놈이 울먹울먹거리면서 에이미가 그리웠다고 말하면 니나는 마음이 약해지니까."

"그러면 왜 니나와 아이가 오기도 전에 벌써 숨어들어온 거야? 어쩌면 너랑 케이시의 사진을 찍어서 어딘가 팔려는 건지도 몰라. 너희 둘이 몰래 만나는 그 오두막, 보안은 잘되어 있어?"

테이트의 시선은 무대를 향해 있었다.

"거기 있으면 다가오는 소리가 다 들려. 헤인즈가 무슨 일을 꾸미는지는 모르겠지만 분명한 건, 그놈이 몇 번인가 케이시랑 단둘이 만났다는 거야."

"케이시가 그래?"

"그래."

테이트는 대답했지만, 더 이상 설명하지는 않았다.

"네 전 매제는 뱀처럼 여기저기 숨어들면서 네 여자 친구를 만나고 다니는데, 정작 여자 친구는 자세히 말도 안 해 주는 데다 너는 내일 여기를 떠난다 이거네. 그런데 너, 로케이션 장소 답사 간다고 하지 않았냐? 감독이랑 루마니아 숲속을 돌아봐야 할지도 모른다면서? 거기 전화는 터진대?"

"아마 안 될걸."

테이트는 얼굴을 심하게 찡그리면서 말했다.

이윽고 무대 위에 선 키트는 30분간 휴식하자고 외쳤다.

제2막 11장

다아시와 위컴, 비밀을 엿듣다
Darcy and Wickham hear a secret

"정확히 어디서 봤어?"

테이트가 물었다. 잭은 시선을 돌리지 않고 대답했다.

"내 뒤쪽. 네가 보기엔 왼쪽으로. 내가 마지막 장면 연습하고 나서 거기로 갔는데, 수풀을 밟은 자국이 나 있었어."

"부탁 하나만 하자, 응? 케이시랑 지젤을 어디 좀 데리고 가 줘. 아이스크림이라도 사 먹여. 나 어디 갔냐고 물으면……."

테이트는 말하다 말고 손을 저었다.

"그냥 네가 잘 둘러 대."

"집으로 뛰어 가서 칼이라도 가져올까?"

잭은 분위기를 바꾸려고 농담을 했다.

"이번에는 맨주먹을 좀 쓰고 싶네."

테이트는 마지막으로 케이시 쪽을 보았다. 그녀는 지젤과 마주보며 웃고 있었다. 이윽고 그는 저택으로 향하는 오솔길을 천천히 걸었다. 누가 옆에서 보기에는 자신이 세상 한가로운 듯 보이기를 바라면서. 화날 일이나 걱정거리가 전혀 없는 사람처럼 말이다.

하지만 일단 무대에서 안 보이는 곳에 이르자 테이트는 걷는 속도를 확 높였다. 저택 주변을 탐험하며 다닌 며칠 동안 그는 오래된 관목 수풀을 헤쳐나가는 법을 익혔다. 그래서 잭이 헤인즈를 본 것 같다고 말한 곳까지 은밀하게 다가갈 수 있었다. 커다란 관목이 모여 있는 한가운데에는 잡초를 밟아 놓은 둥그런 원형 바닥이 있었고, 그곳에서 수풀 밖을 내다보자 임시로 만든 무대가 똑똑히 보였다.

헤인즈가 이번에 원하는 건 뭘까? 그에게 얼마나 많은 돈을 쏟아 부었는지를 떠올리면서 테이트는 고민했다. 그가 니나와 결혼 생활을 유지하는 몇 년간 테이트는 헤인즈를 물질적으로 도왔다. 차도 바꿔 주고, 옷도 사 입히고, 심지어 술도 마시게 해 줬다. 그의 아메리칸 익스프레스 카드 값을 매달 내 주는 것도 아주 힘들었다. 마음 약한 니나는 가끔 남편의 말을 그대로 테이트에게 전하곤 했다. 데블린은 좋은 자리가 필요한데 테이트가 어마어마하게 성공한 탓에 그 그늘에 묻혀 제대로 된 배역을 얻지 못한다고 말이다.

테이트는 처음에 매제도 자기와 같은 사람이라고 생각하는 실수를 저질렀다. 테이트가 일이 없어 미친 듯이 배역을 찾던 시절, 그는 웨이터와 바텐더로 일하기도 했고 트럭을 몰기도 했다. 하지만 니나는 그 제안에 너무하다며, 이렇게 대답했다.

"진심이야? 헤인즈한테 그런 일을 하라는 거야? 타블로이드 신문도 안 봐? 테이트 랜더스의 불쌍한 매제가 식당에서 설거지를 하고 있으면 사진이 대문짝만 하게 날 거라고."

결국 테이트는 데블린 헤인즈를 주연으로 세우라는 조건으로 TV 드라마에 '투자' 했다. 남편이 배역을 맡자 니나는 뛸 듯이 기뻐했다. 니나와 에이미는 적어도 남들처럼 행복한 가족의 구성원으로 살 기회를 얻은 것이니까.

테이트 역시 한동안 만족했다. 그는 영화 촬영을 계속했고 매일 밤마다 자신의 가족이 누리는 완벽하고 소소한 삶, 그리고 곧 헤인즈가 여동생과 조카를 부양할 거란 사실에 대해 생각했다. 그리고 자신이 그 기회를 줄 수 있었다는 사실에 만족감을 느꼈다. 그즈음 스카이프로 니나와 에이미랑 대화할 땐 서로 웃으며 고맙다는 말만 반복했다.

그러던 어느 날 드라마 감독이 그에게 전화를 걸어 불평을 해 댔다. 헤인즈가 촬영장에 술을 마시고 나타나서는 거기 있는 여자들을 죄다 더듬었다는 것이다. 그는 카메라가 돌든 말든 상대 배우들을 폄하한다고도 했다. 자신이 스타라서, 모두들 자기 때문에 여기서 연기를 할 수 있는 거라며 말이다. 그런데 그것보다도 더 심각한 문제가 있었다. 회차를 거듭할수록 그의 연기가 점점 어색해져만 갔던 것이다.

"이제 더 이상은 아무도 못 참아요. 마지막 촬영 때는 날더러 커피를 가지고 오라고 하더군요. 그래도 헤인즈의 그런 태도가 촬영장 바깥으로 새어나가지 않는다면야 참고 하겠어요. 하지만 지난 번 〈TV 가이드〉 봤습니까? 헤인즈의 거만함이 연기를 다 망치고 있다는 소리가 났다고요. 데블린 헤인즈는 지금 놀림감이 되고 있단 말입니다! 테이트, 나는 당신을 참 존경하지만 이제는……."

"내가 두 번 정도 드라마에 카메오로 출연하면 어떻겠습니까?"

"네? 그러면 그거 기사로 내도 됩니까?"

"그러세요. 하지만 딱 24시간만 기다려 주세요. 매니저한테 말해야 하니까. 아마 날 죽이려고 고함을 지르는 소리를 감독님도 들을 수 있을 겁니다."

하지만 그걸로 상황을 수습하기에는 역부족이었다. 두 번째 시즌에 들어서 헤인즈는 태도뿐만 아니라 연기도 너무 나빠졌다. 결국 제작진은 드라마를 살리기 위해 그의 캐릭터를 죽여 버렸다. 하지만 이미 늦은 결정이었다. 그때는 헤인즈를 포함한 드라마 전체가 풍자의 대상이 되어버린 후였다.

테이트는 헤인즈에게 돈을 줄 테니 자신들의 삶에서 꺼지라고 할 수 있으면 얼마나 좋을까 생각했다. 하지만 그 남자는 에이미의 아버지였기 때문에 늘 한 발 양보해야 했다. 결국 테이트는 이혼의 조건으로 그 한량을 몇 년간 더 지원하는 데 동의했고, 그 사안을 후에 재검토하기로 했다. 하지만 지금 어떻게 되었나? 테이트가 알아낸 바에 따르면 헤인즈는 여전히 제대로 된 구직활동을 전혀 하지 않았다.

안 봐도 뻔했다. 헤인즈는 에이미에게 이렇게 말할 것이다.

"아빠는 직업을 못 구했단다. 너의 삼촌 테이트가 나한테 일을 안 줘. 그래서 아빠는 차에서 불쌍하게 살고 있어."

이윽고 테이트는 길게 자란 풀숲에서 일어선 채로 잠시 눈을 감았다. 헤인즈가 서머힐에 왔다는 소식을 듣고 그는 무척 놀랐지만 동시에 그가 올 거라고 예상했어야 했다는 걸 깨달았다. 그놈은 니나를 통해, 그리고 에이미를 통해 테이트의 돈을 뺏으려고 이곳에 온 게 분명했다. 하지만 둘은 아직 오지 않았고 헤인즈가 연습할 부분은 다음 주까지 등장하지 않는다. 그렇다면 그는 지금 왜 수풀 속에 숨어 있는 거지?

테이트는 얼굴을 쓸어내렸다. 헤인즈가 무슨 생각을 하는지 알아내려 고민해 봤자 소용없다. 한 가지 확실한 건 그놈이 케이시 주변을 기웃댄다는 것이다. 동정심을 사려는 게 분명하다. 여자의 마음을 건드려서 동정심을 사는 데는 일가견이 있는 인간이니까.

헤인즈가 이러는 이유는 뭘까. 테이트에게서 케이시를 뺏으려는,

비교적 순수한 욕망 때문인 걸까? 아니면 협박용 사진을 찍으려는 걸까? 알 수 없었다. 만약 헤인즈가 우물 집에 있는 자신과 케이시 사진을 갖고 있다면? 테이트는 그 사진이 언론에 공개되는 것을 막기 위해 돈을 낼 것이다. 케이시가 그런 식으로 수치심을 느끼게 하고 싶지 않으니까.

수풀 사이로 보이는 무대는 이제 조용했다. 무대 한쪽에는 유품 판매장에서 사 온 의자가 있는데 올리비아가 거기 앉아 대본을 읽고 있었다. 키트는 계단 아래에 서서 관리인과 이야기를 나누는 중이었다. 그들 말고 다른 사람은 아무도 없었다.

그러다 무대 뒤에서 무언가 움직이는 모습이 테이트의 시야에 들어왔다. 아주 잠깐 보였지만 그건 공작새 같아 보였다. 자기 영역에 사람들이 너무 많이 들어와서 화가 난 모양이군. 하지만 공작새가 아닐 가능성도 있었다.

자기 땅인데도 살금살금 다녀야 한다는 생각에 좀 우습기는 했지만 테이트는 모습을 드러내지 않은 채로 정자 주위를 빙 돌아 움직였다. 부러진 가지가 두 개나 보였다. 거기에 온 사람이 테이트가 처음이 아닌 듯했다.

정자 뒤쪽에 있는 격자는 인동덩굴로 빽빽이 뒤덮여 있었다. 덩굴은 아주 두터워서 무대 한쪽은 햇볕이 들어오지 않았고 바깥이 보이지도 않았다. 그래서 무대에 서 있는 사람은 격자 반대편을 볼 수가 없었다.

그리고 그곳 그늘 속에 데블린 헤인즈가 서 있었다. 테이트는 조용히 그의 뒤로 다가갔다.

"그녀 곁에 얼씬대지 마."

돌아선 데블린은 순간 놀란 기색이었다. 하지만 이윽고 차분해진 그 얼굴에서 조그맣게 미소가 피어올랐다. 지금 상황이 뭔지 안다는 듯한 표정이었다.

"누구를 말하는 건지 모르겠네. 잭이랑 같이 다니는 섹시한 금발 아가씨 말인가?"

그러면서 데블린은 손에 쥔 휴대폰을 내밀어 테이트에게 보여주었다. 그건 지젤이 어떤 소방수를 끌어안고 입에 키스하는 장면이었다.

"이건 이틀 전에 찍은 거야. 잭이 보면 액자에 끼워 두고 싶어 할 것 같지 않아? 그래서 내가 너에게 복사본을 보냈어."

테이트는 데블린보다 족히 몇 센티미터는 컸다. 그는 몸을 쫙 펴고 코끝으로 상대방을 노려보면서 지젤 사진을 애써 무시했다.

"대체 무슨 일을 꾸미는지 알고 싶군. 나에 대해서 뭐라고 거짓말을 한 거야?"

"뭐가 거짓말이라는 거야? 넌 날 가족과 갈라놨어, 아니야?"

"할머니한테서 받은 초콜릿 틀이라고? 넌 네 어머니가 누구인지도 모르지 않나?"

테이트는 위협적으로 몸을 숙였다.

"네가 니나에게 돈을 뜯어낸다면 난 변호사를 고용해서 널 고소하겠어."

그러자 데블린은 쏘아붙였다.

"그래서 내가 가진 걸 전부 뺏어가겠다 이건가? 그건 벌써 했잖아. 너같이 돈 많고 유명한 사람이 나처럼 빈털터리인 사람한테 소송을 건다면 언론이 어떻게 볼까? 그리고 잊었나본데 나는 네 조카의 아버지야. 네가 그토록 같이 사진 찍기를 좋아하는 아이의 아빠란 말이야."

"네 놈은 항상 네 입맛대로 상황을 비틀어대는군."

데블린은 다시 미소를 지었다.

"다 먹고 살자고 하는 짓이지. 그뿐이야. 넌 날 도와주고, 내 딸은 네가 원하는 대로 완벽한 가족의 모습을 보여줄 거야. 걔가 디즈니 월드에 너랑 같이 간 사진, 참 마음에 들더군. 둘이 아주 예쁘장하게 잘 나왔던데."

테이트는 주먹을 꽉 쥐고 있었다.

"왜 케이시 뒤를 쫓아다니는 거지?"

"그 여자 별 거 아니라도 한 번 갖고 놀기는 좋더군, 안 그래? 요리도 나쁘지 않고. 너희 둘이 덤불 아래를 기어가는 것도 봤지. 침대에선 잘하던가?"

이제 테이트는 주먹을 올렸다. 그러자 데블린은 한 걸음 물러서서 손을 들고 진정하라는 자세를 취했다. 그는 여전히 능글맞게 웃었다.

"너무 공격적인 거 아냐? 내가 이 아름다운 마을에 온 건 우리 딸아이가 온다고 해서야. 이렇게 경찰한테 말하면 좋아할 거라고 생각하는데……. 그리고 난 이 연극에도 나의 프로다운 연기 재능을 기부했단 말이야. 그런데 이게 뭐야. 돈 많으시고 유명하신 나의 전 처남께서 딱 나타나서 날 쳤네? 그것도 아무 이유 없이 얼굴 한가운데를. 테이트 삼촌이 아빠를 때렸다는 걸 우리 귀여운 에이미가 알게 되면 어떤 반응을 보일까."

테이트는 주먹 쥔 손을 내렸지만 분노는 여전했다. 그는 했던 질문을 다시 반복했다.

"케이시를 왜 따라다니는 거야?"

데블린은 그 질문에 대답을 할까 말까 고민하는 듯 머뭇거렸다. 하지만 이내 그의 눈이 검게 변했다.

"나는 너한테서 모든 걸 다 빼앗고 싶어. 네가 나한테 했던 그대로 되돌려줄 거야. 내가 눈물 몇 방울만 짜내면 그 여자 옷은 쉽게 벗길 수 있겠지."

"너, 이……."

테이트는 앞으로 다가가며 이렇게 말했지만, 순간 무대 위에서 들려온 목소리에 발걸음을 멈췄다. 덩굴 격자 뒤에 누군가 있었던 것이다.

테이트는 데블린과 말싸움하는 걸 아무에게도 보이고 싶지 않았다. 누군가 이걸 목격하고 순진하게 자기 SNS 계정에 한 줄 올렸다가는 매스컴이 즉각 알아챌 테니까. 그래서 테이트는 번개같이 빠른 몸짓으로 데블린의 목덜미를 잡고 말을 할 수 없도록 꽉 졸랐다.

"입도 뻥끗하지 마!"

"날 건드리지 마!"

올리비아의 목소리가 들렸다. 전문적으로 발성 연습을 받아서 또렷하게 들려오는 목소리였다. 그런데 이어서 키트의 애원하는 목소리가 들리는 게 아닌가.

"리비, 제발 내 말 좀 들어. 내가 이러는 건 다 너를 위해서란 걸 알아 줘. 무대를 짓고 연극을 올리는 거, 다 너한테 잘 보이려고 그랬단 말이야."

"날 꼼짝 못하게 하려는 거였겠지. 그래서 내가 여기 온 거고. 하고 싶은 말이 뭐야?"

"그때 일은…… 내 의지가 아니었어."

"날 그냥 저버린 거? 날 떠난 거?"

"정부에서 날 데리러 와서 어쩔 수가 없었어. 나는…… 제길! 사람들이 벌써 돌아왔군. 제발 오늘 밤 나랑 얘기 좀 해."

"싫어. 이제 말로 풀 때는 지났어. 내가 여기 있는 건 아들과 며느리 때문이야. 연극을 하는 이유는……."

올리비아는 목소리를 높였다.

"잠시 나갔다 올게요."

그리고 말을 멈추다 다시 이었다.

"나한테 다가오지 마. 이…… 쓸모없는 인간아."

그러자 키트의 목소리가 부드러워졌다.

"예전에도 날 그렇게 불렀었지. 좀 다른 말투였지만."

올리비아는 숨을 몰아쉬었다.

"한 번만 더 날 건드리면 연극 때려치우고 다시는 돌아오지 않을 거야."

"네가 마지막에 날 버리고 가 버렸던 것처럼?"

이제 키트의 목소리에는 깊은 분노가 서려 있었다. 올리비아는 키트의 뺨을 올려붙였다. 분명 아팠을 것이다. 옆에 있던 넝쿨이 강한 바람을 맞은 것처럼 흔들렸으니까. 이윽고 그녀는 화난 발소리와 함께 사라졌다.

테이트는 여전히 데블린을 붙잡고 있었다. 그는 키트가 떠난 후에야 잡은 손을 놓아주고는 데블린을 노려보았다.

"지금 들은 이야기는 입 밖에 내지도 마. 그럼 널 패버릴 테니까. 신문에 나든 말든 상관없어. 그리고 변호사 군단을 데리고 널 쫓아가겠어. 무슨 말인지 알아들어?"

"물론이지, 그러시든지. 넌 성공한 배우고 나야 뭐 일개……."

"그런 말 좀 집어치워! 닥치고 케이시 옆에는 얼씬도 하지 마."

346

데블린은 대답하지 않았다. 다만 선 자리에서 빙글 돌더니 테이트에게 장난스레 경례를 했을 뿐이다. 테이트는 혐오감이 가득한 눈초리로 그 자리를 떠났다.

데블린은 급히 정문으로 걸어가며 자기가 고용한 사설탐정에게 전화를 걸었다. 남자가 전화를 받자 그는 두말없이 본론으로 들어갔다.

"괜찮은 정보를 들은 것 같아. 크리스토퍼 몽고메리와 올리비아 트럼벌에 대해서 알아 봐. 몽고메리는 메인주 출신이고 여자 쪽은 이 코딱지만 한 동네에 살고 있어. 내가 좀 조사를 해 봤는데 몽고메리는 어마어마한 부잣집 출신이야. 이 둘 사이에 무슨 일이 있었는지 알아야겠어. 이번 일을 도와 줄 사람이 있겠지? 정보를 빨리 받고 싶어."

"그래, 사람이야 있지. 하지만 돈은 누가 낼 건데?"

"랜더스가 낼 거야. 그놈은 이 몽고메리라는 사람과 친척이니까. 언론에 알려지지 않으려고 돈을 줄 거라고. 그러니까 지체하지 말고 얼른 해."

"당신, 지난 번 돈도 아직 안 줬잖아. 먼저……."

"잘 들어, 이 멍청아! 몽고메리는 자기 애들 생일 파티에 랜더스 같은 사람을 불러서 놀게 하는 사람이야. 나는 그 남자가 무슨 꿍꿍이인지 알아야겠어. 과거부터 다 캐 봐. 뭔가 이 동네와 관련 있다는 건 알겠고, 어쩌면 벌레가 득시글거리는 이놈의 농장과도 연관이 있을지 몰라. 랜더스의 증조부인 프레드 태팅턴이 이 농장 주인이었으니까 그 사람에 대해서도 알아봐. 여기에 사람을 보내서 이 마을 연장자에게 정보를 캐 보란 말이야. 하지만 네가 직접 오면 안 돼. 말끔하고 멀쩡하게 생긴 사람을 보내. 할 만한 사람을 알고 있겠지?"

"사람이야 한 트럭 보낼 수 있지. 당신이 돈만 낸다면."

"태어나서 처음으로 이제 돈이 문제가 아니게 됐어. 돈은 벌써 굴러 들어온 거나 마찬가지라고! 오늘 밤에 다시 전화할 테니 그때까지 정보를 알아 봐."

"그렇게 빨리 뭘 알아낼 수 있을지는 모르겠는데. 시간이 더……."

데블린은 탐정의 변명 따위는 듣고 싶지 않아 바로 전화를 끊었다. 데블린은 극도로 게으른 사람의 특징을 여실히 보여 주었다. 그런 사람들은 남들이 자신을 위해 등골 빠지도록 일해 주길 바라는 법이다.

엘리자베스, 다아시의 제안을 오해하다

Darcy makes a proposition; Lizzy misunderstands

테이트와 케이시는 처음으로 함께 밤을 보내고 다음 날 아침을 침대에서 맞았다. 케이시는 파자마 상의만 입은 채였고, 테이트는 아무것도 걸치지 않은 모습이었다.

"이곳을 구입하기 참 잘했죠."

테이트가 말했다. 두 사람은 서로 꼭 껴안았고, 케이시는 머리를 그의 가슴에 얹었다. 테이트는 인기를 얻기 전에도 만났던 여자가 몇 있었지만, 그때는 먹고 살 만한 직업을 찾는 일에 더 정신이 팔려 있었다. 영화 두어 편에 출연하면서 이름이 알려진 후에는 더 많은 여자와 만났지만 그들은 모두 테이트가 유명한 배우라서 관심을 보였을 뿐이다.

그러나 케이시는 달랐다. 그가 영화배우인 것도, 잘생긴 것도 개의치 않는 여자는 그녀가 처음이었다. 케이시에게는 테이트의 조건이 그저 농담 거리일 뿐이었다. 그녀는 테이트를 오롯이 연인으로 보고 있었다.

"이곳을 현대적으로 개조하지 않아서 기뻐요. 정원에 이상하게 생긴 조형물을 두지 않은 것도 잘한 거예요. 혹시 허브 정원에 식물을 더 심어도 될까요? 고수 밭이 있으면 좋겠어요. 레몬버베나도 더 필요하고요."

그는 케이시의 머리에 키스했다.

"그럼요. 사고 싶은 거 다 산 다음에 나한테 청구서를 보내요."

"그냥 당신 회계사한테 보내도 되지 않아요?"

"니나가 처리할 거예요. 곧 여기 올 테니까. 지금은 자선 단체 일을 하고 있지만 끝나는 대로 에이미랑 같이 올 거예요."

케이시는 그를 올려다보며 미소 지었다.

"목소리를 들으니 굉장히 보고 싶은가보네요. 그런데 왜 두 사람은 로스앤젤레스에서 당신과 같이 살지 않아요?"

"예전에는 같이 살았어요. 하지만 니나가 이혼한 다음에 매사추세츠로 이사를 갔죠. 로스앤젤레스에는 너무 안 좋은 기억이 많아서요. 아, 맞다. 니나가 날더러 캘리포니아에 집을 사라더군요. 강철과 유리로 만든 집 말고 제대로 된 집을요."

테이트는 말을 잇지 않고 케이시가 뭐라 말해 주기를 기다렸지만 그녀는 아무런 말도 하지 않았다.

"당신은 어떤 집이 좋나요?"

"주방이 있는 집이죠. 한쪽에 찬장으로 가득한 방이 딸려 있고, 커다란 대리석 아일랜드 조리대가 있는 그런 주방이요. 아, 대리석 말고 스테인리스스틸도 좋은데…… 둘 중 어떤 걸로 해야 할까."

"주방만 있으면 돼요?"

테이트는 웃었다.

"침실도 있어야겠죠."

그녀는 맨다리로 테이트의 다리를 쓸어내렸다.

"그거 좋은데요."

그는 케이시의 얼굴을 두 손으로 잡고 키스했다. 떠나고 싶지 않았다. 어젯밤 그는 차기작 감독에게 로케이션 장소를 같이 보러 가지 않고 그냥 미국에 있고 싶다고 말했었다. 그러자 감독은 그 말을 이해하지 못했다.

"아니 그럼 마을 연극에 출연하려고 수십억 달러 제작비가 드는 영화를 날려버리겠다는 거야?"

거기에 테이트는 더 이상 아무런 대답도 할 수 없었다.

그는 케이시의 눈동자를 바라보았다.

"연극이 끝나면 혹시 로스앤젤레스에 있는 우리 집 보러 오지 않을래요? 주방이 마음에 안 들면 다른 집을 구해도 좋고요."

"좋죠. 로스앤젤레스에는 끝내주는 식료품점이 분명히 많을 테니까. 지금은 재료를 온라인으로 주문해야 하거든요. 메추리 요리에는 타마린드가 들어가요. 익일 배송으로 시키면……."

그때 테이트의 휴대폰이 울렸다.

"전화 받아요."

그는 긴 팔을 뻗어 전화를 집었다.

"잭이네요."

그리고 전화를 받았다.

"그래, 알았어. 난 벌써 옷 다 입고 너 기다리고 있지. 곧 갈게."

그는 전화를 끊고서 다시 케이시에게로 돌아누워 목덜미에 키스하기 시작했다. 하지만 그녀는 테이트를 밀어내었다.

"잭한테는 옷 다 입었다고 했잖아요. 그러니까 이제 일어서요."

"나 일어섰는데……."

케이시는 깔깔거렸다.

"거기가 서면 어떡해요. 키스 그만하고요."

하지만 그의 입술이 이제 어깨를 타고 내려오기 시작하자 케이시는 고개를 뒤로 젖혔다.

"테이트! 이럴 시간 없어요. 비행기 타야 하잖아요."

"순식간에 끝낼게요."

"빨리 끝내는 거 안 좋아하면서. 오랫동안 느리게 하는 걸 좋아하잖아요……."

그녀는 침대 아래로 몸을 슬쩍 미끄러뜨렸다.

"나는 배우잖아요. 그러니까 당신 전 남친 연기를 할게요. 그러면 완전 빨리 끝날 테니까. 그냥 가만히 누워서 타마린드랑 고수를 어떻게 할지 생각하고 있어 봐요."

케이시는 다시 웃음을 터뜨렸다. 그리고 테이트는 그녀의 위로 올라가 키스하기 시작했다.

빙리, 의심하기 시작하다

Bingley begins to doubt

잭과 테이트는 동시에 차에 도착했다. 둘은 차 지붕을 사이에 두고 서로를 바라보며 씩 웃었다. 곧 간다고 말은 했지만 사실은 훨씬 더 오래 걸렸으니까. 둘은 가죽 시트의 양끝에 앉은 다음 기사에게 출발하라고 말했다.

"넌 여행 가방 어쨌냐?"

테이트의 물음에 잭은 어깨를 으쓱였다.

"나 그냥 다 두고 간다. 내 마음까지 두고 가는지도 모르겠어. 그러는 넌?"

차가 도로로 진입하자 테이트는 창문 밖을 바라보았다.

"내 마음은 두고 가지만 케이시 마음은 아닌 거 같다."

그는 고개를 돌려 잭을 바라보았다.

"나 단도직입적으로 케이시한테 로스앤젤레스로 와서 나랑 살자고 했어. 근데 케이시는 식료품점에서 파는 게 뭔지나 궁금해 하더라고."

"그건 좋은 거 아니야? 어쨌든 거기서 살 생각이라는 거잖아."

"아니, 그런 생각을 안 한다고. 너랑 지젤은?"

잭은 잠시 뜸을 들이다 대답했다.

"지젤이 나한테 뭘 자꾸 물어보지 않아서 내가 참 좋아했던 거, 너도 알지? 그런데 지금은 좀 걱정이야. 걔는 나에 대해서 하나도 알고 싶은 게 없는 거 같다."

테이트는 헤인즈가 들이밀었던 지젤의 키스 사진을 떠올렸다.

"예전 남친들은 어땠다냐? 사귄 남자는 많았어?"

잭은 얼굴을 찌푸렸다.

"몰라. 별말이 없는 애니까. 난 지젤이 거침없이 이것저것 모험하는 것도 참 좋지만 그래도 때로는 서로 솔직한 대화를 할 수 있었으면 좋겠어. 너 뭐 아는 거 있어?"

테이트는 잠시 주저했다. 헤인즈가 보내 준 사진을 잭에게 보여 주어야 할까? 어쩌면 다 거짓말일 수도 있지만, 자신은 물론 잭 역시 야심만만한 여자들에게 속은 적이 있었다. 그래서 그는 휴대폰을 꺼내 사진을 클릭했다.

"이 사진, 이틀 전에 찍었대. 하지만 아닐 수도 있어."

잭은 사진을 슬쩍 본 다음, 다시 테이트에게 휴대폰을 건네주었다.

"나도 이 장면을 보고 의심이 들기 시작했어."

두 남자는 서로를 바라보았다.

"우리가 돌아오면, 상황이 어떻게 흘러갈지 알게 되겠지."

테이트의 말에 잭은 고개를 끄덕였다.

제2막 14장

엘리자베스, 다른 사람 말에 귀를 기울이다
Lizzy listens to others

"그래서 어떻게 지냈어요? 뭔가 재미있는 일이라도 있었나요?"

올리비아는 케이시에게 물었다. 지금 두 사람은 섭정 시대 양식의 예쁜 드레스를 입고 정자 바깥에 설치해 놓은 의자에 앉아 있었다. 무대에서는 로리가 지젤 주변을 가볍게 움직이면서 군인들이 얼마나 멋진지 보라며 귀찮게 하고 있었다. 로리는 무척 어려 보였지만 또 아주 유혹적으로 보이기도 했다. 케이시가 말했다.

"저 애는 정말 재능이 뛰어나요. 연기 쪽으로 나갔으면 좋겠어요."

"내가 알아보니까 로리는 할머니랑 호숫가 집에서 살고 있대요. 저 애 할머니 에스텔은 나랑 고등학교를 같이 다녔어요. 에스텔에게 로리를 줄리아드에 보내라고 하고 싶어요."

그러더니 올리비아는 한숨을 쉬었다.

"에스텔은 얼마나 좋을까요. 저런 손녀도 있고 말이죠."

케이시는 손을 내밀어 올리비아의 손목을 꼭 쥐었다.

"실은 테이트와 당신 사이에 대해서 물어보려던 거였어요. 테이트가 떠난 지도 24시간이 지났잖아요. 어떻게 잘 견디고 있나요?"

"저 아주 잘 지내요. 하루에 세 번 요리하지 않아도 되고, 테이트가 하루 종일 우리 집 주방에서 어슬렁거리는 거 안 봐도 되니까요. 또 그 빨간 트럭 타고 자기랑 어디 좀 가자고 졸라대지 않아서 좋네요. 제가 말했던가요? 하루는 같이 식료품점에 갔었다고? 그때 얼마나 웃겼는 지 몰라요! 자몽을 서른여섯 개나 사가지고는 그걸로 파이를 만들라 고 우겨대는 거 있죠. 물론 파이는 만들지 않았어요. 대신 돌아와서 그 걸로 꽤 괜찮은 마멀레이드를 몇 병 만들었죠. 가운데에다 개사철쑥 줄기를 넣고요. 그걸 줄기째 써 보자고 한 건 테이트 생각이었어요. 뭐, 자몽은 테이트가 씻어 줬죠. 음, 어쨌든 저는 지금 걸리적거리는 남자 없이 여름철 조림을 만들 수 있게 됐어요."

그 말에 올리비아는 미소를 지을 뿐이었다.

"그 이야기 벌써 했어요. 그것도 두 번이나요. 테이트가 그립죠? 그 렇죠?"

"네, 그리워요. 하지만 안 그리웠으면 좋겠어요."

케이시는 화가 난 채로 한숨을 몰아쉬었다.

"저는 언제나 혼자서도 알아서 잘 살아온 제 모습이 참 자랑스러웠 거든요. 다른 사람이랑 같이 살 때도 혼자 씩씩하게 잘 지냈다고요."

그녀는 잠시 말을 멈추다 다시 이었다.

"저랑 테이트 사이가 어떻게 될지 전혀 감이 안 잡혀요. 떠나기 전에 내가 로스앤젤레스에 와서 자기 요리사가 되어 줬으면 좋겠다고 하더 라고요. 그러면 저는 아마 잠도 같이 자 주는 요리사가 되겠죠. 하지만 저는요……."

케이시는 두 손으로 얼굴을 가렸다.

"전 진짜, 진짜로 테이트가 좋아요. 그리워요. 하지만 그러고 싶지가 않아요. 전 독립적으로 사는 게 좋단 말이에요. 전요, 어렸을 때부터 엄마가 항상 곁에 안 계신 채로 자랐어요. 그래서 홀로 사는 법을 일찍부터 배웠어요. 하시만 그래서 전 남친은 아주 싫어했죠. 걔는 자기가 필요 없는 사람같이 느껴진다고 했거든요."

"그래도 어렸을 때는 엄마가 옆에 있어 주기를 바랐던 순간들이 있었을 텐데, 그렇죠?"

케이시는 올리비아를 바라보았다.

"네, 엄마가 다른 사람을 도와야 한다는 걸 알고 있었지만, 가끔은 엄마가 나도 도와줬으면 좋겠다고 바랐죠. 때로는 다른 애들처럼 불평도 하고 싶었어요. 엄마가 졸업 무도회 때 진짜 이상한 드레스를 골라주려고 한다면서, 엄마가 마음에 안 든다는 말 같은 거 있잖아요. 하지만 내가 드레스를 골라야 했을 때, 엄마는 뭄바이에서 열리는 의학 컨퍼런스에 참석 중이었어요. 당시 저를 돌봐 주시던 분은 은퇴한 정육점 직원이셨고요. 덕분에 저는 사슴을 잡으면 어떻게 뼈를 발라내는지 배우긴 했지만, 그래도 가끔은……."

"다른 평범한 10대 소녀들처럼 살고 싶었군요."

케이시는 무대를 슬쩍 돌아보았다.

"네, 그랬어요. 멍청한 소리지만, 저는 그때 엄마가 그리웠던 것보다 지금 테이트가 훨씬 더 그리워요. 이럴 줄은 몰랐어요. 하지만 테이트를 믿어도 될지를 모르겠어요. 데블린이 그러는데……."

올리비아는 그 말을 막았다.

"케이시는 다른 사람이 하는 말만 듣고 판단을 내리나요? 그러면 안 돼요. 본인의 직감을 믿어요. 정말로 뭘 원하고 있는지 생각해야죠."

"알아요. 하지만 테이트를 잘 아는 사람한테 들은 정보라서 그냥 넘길 수가 없어요. 아, 이런. 키트가 우리 보고 무대로 오라네요. 저기, 제가 낄 일은 아닐지 모르지만, 우리의 위대하신 감독님이랑 올리비아는 혹시 서로 화가 나셨나요?"

올리비아는 자리에서 일어서며 말했다.

"저 사람이 나한테 수작을 걸었고, 그래서 거절했어요. 이리 와요. 아직 연습해야 할 장면이 많으니까."

올리비아가 무대로 가려는데, 로리가 그녀를 불러세웠다.

"저, 좀 궁금한 게 있는데요, 키트 감독님이 아주머니가 도와주실 수 있을 거라 하시더라고요. 리디아가 여행을 가게 되는데 언니인 키티는 못 가는 장면이 있어요. 그런데 키티 역 맡은 애랑 제가 친구거든요. 어, 지금은 아닐지도 모르지만, 그래서……."

로리는 어쩔 줄 모르는 눈빛으로 올리비아를 바라보았다.

"그러니까 무척 기쁘지만 얼굴에 그렇다는 기색을 드러내지 않고 연기하는 법을 알고 싶다는 거구나?"

"맞아요! 제가 바라는 게 딱 그거예요."

"저쪽으로 가자. 그리고 친구의 마음을 상하지 않게 하면서도 대사를 읊을 수 있는 방법을 찾아보자."

케이시는 두 사람이 걸음을 옮기는 모습을 지켜보았다. 올리비아가 손주들을 가질 수 없다니, 얼마나 안된 일인가. 그런 생각을 하다 또 키트가 떠올랐다. 키트는 나이가 많긴 하지만 정말 잘생긴 분이다.

"어떻게 저런 분이 다가오는데도 거절할 수 있는 거지?"

케이시는 조용히 중얼거렸다.

제2막 15장

위캄, 압박을 가하다
Wickham turns up the heat

"안녕하세요."

거품이 이는 블랙베리 솥을 보고 있던 케이시가 고개를 들자, 데블린이 방충망 밖에 서 있었다. 어쩔 수 없이 얼굴에 짜증이 스쳤다. 저녁 파티 음식 주문을 세 군데에서 받아 준비하는 것도 모자라서 잼을 병 안에 넣어야 할 상황이었다. 지금은 데블린이 테이트를 씹어대는 이야기를 들을 여유가 없었다.

하지만 그런 생각이 들자마자 죄책감이 찾아왔다. 이 남자는 자신을 친구라고 생각하고 비밀을 털어놓은 것이다. 그러니 그냥 갔으면 좋겠다고 생각하지 말고 안됐다는 생각을 해야 하는 거야.

"귀찮게 하려는 건 아니고요, 혹시 당신에게 음식을 주문할 수 있을까 해서 왔어요."

케이시는 숟가락을 내려놓았다.

"아! 죄송해요. 들어오세요."

아까 들었던 생각 때문에 그녀는 더욱 미안했다. 손님에게는 친절해야지, 라고 속으로 다시금 생각했다.

데블린은 안으로 들어오긴 했지만 의자에 앉지 않았다.

"오늘 나는 로리라는 꼬마애와 연습을 했어요. 어떻게 제인 오스틴은 다 큰 남자가 열다섯 살짜리 애를 쫓아다니는 소설을 썼는지 모르겠어요."

"그 당시에는 '도덕적으로 올바른 것'이란 개념이 없었으니까요."

케이시는 끓고 있는 솥을 슬쩍 바라보며 말했다.

"오래는 안 있을게요. 이번 주 토요일 아침에 제 친구 하나가 여기에 오거든요. 레이첼 웰스라는 여자인데, 나랑 같이 피크닉을 가고 싶어 해요. 혹시 우리가 먹을 만한 맛있는 걸 부탁드려도 될까요?"

케이시는 수건으로 손을 닦은 다음 펜과 수첩을 집어 들었다.

"그럼요. 뭘 드시고 싶으세요?"

"어, 난 말이죠. 음······."

데블린은 그녀를 가련한 눈빛으로 바라보았다.

"저, 혹시 그때 당신도 같이 가 주시면 안 될까요?"

그러더니 자기 몸무게를 주체할 수 없는 사람처럼 스툴에 털썩 앉았다.

"사실은 좀 곤란한 상황이에요. 이 여자가 나한테 반했거든요. 내가 출연했던 드라마에 내 여자 친구 역으로 출연했던 여자죠. 케이블 방송이라서 우리는 베드신도 몇 장면 찍었어요. 일을 하다 보면 그런 문제가 생겨요. 어쨌든, 나는 레이첼이 너무 진지하게 구는 게 걱정이에요. 말로는 토요일 아침에 여기 온다고 하고, 내가 꼭 자기랑 피크닉을 가야 한다는 거예요. 어디 시골에 둘만 있고 싶어 하는 거죠. 하지만 솔직히 말해서 그 생각을 하니까 너무 무서워요. 혹시 우리랑 같이 안 가실래요?"

데블린은 굶주린 개처럼 애원했다. 케이시는 전혀 가고 싶지 않았다. 본능적으로 이건 아니라는 게 느껴졌다. 하지만 이 남자는 테이트의 조카의 아버지라는 생각이 들자, 자기도 모르게 그만 고개를 끄덕이고 말았다.

데블린은 의자에서 일어나면서 커다랗게 미소를 지었다.

"케이시는 정말, 정말로 좋은 친구예요. 정말 고마워요."

이윽고 그는 문으로 향했다.

"음식은 뭘로 준비할까요?"

"아무거나 좋은 걸로요. 당신을 믿을게요."

그는 떠나면서 이렇게 말했다.

케이시의 시야에서 벗어난 순간 데블린은 욕설을 내뱉기 시작했다. 저 쌍년 때문에 계획을 바꿔야 하잖아! 랜더스도 없는데 왜 자신이 나타난 걸 보고 눈살을 찌푸리냐고? 테이트 랜더스가 여자를 또 뭘로 후린 거야?

오늘 아침 데블린은 케이시에게 할 말을 연습했다. 랜더스가 자신의 드라마를 어떻게 망쳤는지 알려주는 말이었다. 그런 후 케이시의 동정심을 사서 함께 피크닉을 가자고 제안하려 했다. 어제 그는 시냇가 곁에 절벽을 이룬 바위가 있다는 말을 들었다. 그래서 케이시를 거기 데리고 간 다음 죽을 뻔한 상황을 연출하여 케이시가 자신을 구하게 해야겠다고 생각했다. 그리고 그녀가 자신을 간호하다가, 자연스럽게 같이 자게 되는 시나리오였다.

네가 새로 사귄 여자 친구와 재미를 봤다고, 테이트에게 말해 주면 얼마나 짜릿할까. 물론 그놈 동생을 두고 빈정대는 것만큼 대단치는 않겠지만, 어쨌든 아주 기분이 좋을 것이라고 생각했다.

하지만 케이시가 얼굴을 찡그리는 모습을 본 순간, 데블린은 그 계획이 먹히지 않으리라는 사실을 깨달았다. 랜더스가 분명 또 여자를 홀렸구나! 영웅인 척 해대면서 그 말을 믿게 만든 거다.

언제나 그렇듯이 모든 건 다 랜더스 차지가 되었다. 하지만 데블린은 지금 가진 걸로 어떻게든 일을 꾸며야 했다.

잠시 동안 그는 어떻게 해야 할지 몰랐다. 그러다 퍼뜩 든 생각이 있었다. 아, 내가 안 된다면 다른 사람을 써서 말을 전하면 되는 거야.

자신을 좋아하는 여자와 피크닉 간다는 이야기는 즉석에서 지어낸 것이었다. 자기 입으로 말하기는 좀 그렇지만, 지금 이건 아무리 봐도 최고의 계획이었다. 마침 그날 아침에 데블린은 레이첼 생각을 했었다. 드라마 촬영 당시, 데블린은 그토록 많은 사람을 앞에 두고 베드신을 촬영한다는 생각에 몹시 흥분해서 그만 욕망에 사로잡혀 버렸다. 자신을 주체할 수 없게 된 것이다. 그래서 자신의 탈의실로 레이첼을 끌고 들어와 싫다는 말도 못하게 하고서 일을 치렀다. 그때 레이첼이 무슨 말을 할 수 있었겠는가? 데블린이 드라마의 주연이었는데. 그의 말이 곧 법이었다. 그녀가 싫다고 했다면, 데블린은 감독에게 레이첼은 이 역에 맞지 않으니 죽이라고 해버렸을 테고, 그러면 그걸로 끝이니까. 물론 나중에는 데블린이 그런 신세가 되고 말았지만.

일이 계획대로 풀리지는 않았지만, 데블린은 그 자리에서 레이첼을 떠올리고 세 사람이 가는 피크닉을 성사시켰다. 자신의 연기는 너무나 좋지 않았던가. 자신이 즉석 연기에 이토록 천부적인 재능이 있었다니, 스스로도 놀랄 지경이었다. 아주 볼 만한 연기였지.

자신의 새로운 재능을 발견하여 만족감에 미소 짓던 데블린은 휴대폰을 꺼내 들고 레이첼의 번호를 찾아 통화 버튼을 눌렀다.

"레이첼? 나 데블린이야."

그 말에 레이첼은 딱 잘라 말했다.

"당신 대체 뭐하러 전화한 거야?"

"왜 이렇게 쌀쌀맞아, 자기야. 그러지 마."

그의 목소리는 낮게 여자를 구슬렸다.

"당신 때문에 내가 잘렸잖아! 그 드라마는 이제껏 내가 한 배역 중에서 제일 좋은 자리였는데……. 꼬박꼬박 돈이 들어오는 역할이었다고. 나는 그저 당신을 보면서 오늘은 죽었나 살았나만 신경 쓰면 되는 역이었는데."

"정말로 그렇게 생각하는 건 아니겠지? 내가 듣기로는 너 아직도 일자리가 없다면서."

"당신이 망쳐 놓은 드라마에 출연한 사람을 써 주는 데가 있겠어? 당신이 우리 모두에게 저주를 건 거나 마찬가지야. 당신 상관 역을 맡은 배우는 어디 가서 이력서도 못 내밀 거야. 난 진짜……."

왜 다들 자신을 비난하기만 하나? 데블린은 정말 의아했다. 그래서 말을 딱 잘랐다.

"그럼 내가 보상을 해 주면 어때? 내가 일자리를 줄게. 딱 두 시간만 내면 돼. 내가 널 비행기 태워서 아름다운 버지니아로 오게 해 준다니까. 그러면 연기 한 번 해 주고 다시 다음 날 집에 가는 거야. 밤에는 내가 돈 좀 써서 호텔에서도 자게 해 줄게. 어때, 할래?"

"뭔가 나쁜 일을 꾸미고 있는 것 같네."

"그래서 싫어?"

데블린은 쏘아붙였다.

"석 달 치 집세를 내준다면야 좋아. 그런데 걸리면 교도소에 가게 될 일은 안 해."

"그런 일은 절대 안 시켜, 자기야. 그건 그렇고 너 테이트 랜더스에 대해서 얼마나 알아?"

"아, 우리 완전 친한 친구지. 테이트는 우리 집 수영장에서 놀다 가고 그래. 매주 금요일마다 같이 술도 마시고."

데블린은 슬쩍 웃었다.

"넌 농담도 참 잘하는 애였지. 근데 넌 테이트가 거느리고 있던 무수한 궁녀들 중 하나 아니었던가?"

"당신은 랜더스의 처남이었으면서 그 사람을 어떻게 그렇게 몰라? 이쪽 업계에서 도는 소문으로는 테이트 랜더스랑 같이 자는 것보다 오스카 시상식 맨 앞줄에 앉는 게 더 쉽다는 말도 있어. 내가 아는 애도 한 번 시도해 봤는데……."

데블린은 말을 끊어 버렸다.

"그래서 할 거야, 말 거야? 아니면 양심을 지킨답시고 굴다가 거리에 나뒹구는 신세가 되고 싶어?"

그러자 레이첼은 이를 악물고 대답했다.

"얼마나 줄 건데? 그리고 정확히 무슨 일을 하는 건데?"

"넌 피크닉 자리에 참석할 거야. 옷은 단정하게 입고 와. 핫팬츠 같은 건 절대 안 돼."

그는 잠시 말이 없다가 다시 말했다.

"나중에는 입어도 돼. 내 앞에서는."

"내 몸에 또 손대기만 해 봐. 후회하게 만들어 줄 테니까. 자, 얼마 줄건지 말해 봐. 뭘 해야 하는지도."

엘리자베스, 아주 끔찍하고 더러운 이야기를 듣다
Lizzy hears an awful, terrible story

케이시는 다시 한 번 휴대폰을 슬쩍 바라보았다. 어머니와 스테이시, 크리스티즈 레스토랑에서 사귀었던 친구들 두어 명이 메일을 보냈다. 하지만 테이트는 보내지 않았다. 지금 벌써 나흘째인데도 소식 한 통이 없었다.

어제 연극 연습에서 만난 지젤은 잭에게 문자와 메일을 여러 통 받았다고 말했다. 그러면서 테이트에게 혹시 무슨 일이 있는 건지 잭에게 물어봐 줄까 물었지만, 케이시는 거절했다.

"바쁜가 보지."

이렇게 중얼거린 그녀는 그냥 다시 대사를 연습할 뿐이었다.

그리고 지금, 케이시는 레이첼 웰스라는 여자와 함께 퀼트 매트 위에 앉아 있었다. 데블린은 저쪽 시냇가 하류에 앉아 낚싯대를 쥐고 있었지만 낚싯줄을 던지는 게 별로 능숙해 보이지 않았다.

케이시는 레이첼을 바라보았다. 숱 많은 검은 머릿결을 지닌 이 예쁜 아가씨는 1950년대 영화에 나올 법한 여름 원피스 차림이었다. 드러난 팔과 선탠한 다리는 아주 가늘었다.

"카메라 앞에서는 이렇게 날씬해야 하니까요."

처음 만난 자리에서 그녀는 케이시에게 말했다.

피크닉 장소로 이동하는 동안, 레이첼은 데블린에게 자신을 좀 보라는 눈짓을 몇 번이고 던졌지만 데블린은 그녀를 무시했다. 그리고 장소에 도착하자, 그는 빵에다 치즈를 척척 얹더니 여자들만 두고 자리를 피했다.

"내일 도로 로스앤젤레스에 가시는 건가요?"

케이시는 키쉬 한 조각을 씹으며 물었다.

"네, 진짜 짜증나요! 테이트가 있을 줄 알고 온 건데."

"테이트를 아세요?"

레이첼은 코웃음을 쳤다.

"아, 네. 테이트 랜더스랑 나는 오랜 친구예요. 테이트는 지난 번 영화가 잘 안 돼서 지역 연극에 나오는 게 도움이 될 거라고 생각했죠. 그래서 여기 있을 줄 알았는데……."

케이시는 호기심을 보이지 않으려고 애쓰며 말했다.

"무슨 일로 만나려고 하는 건데요?"

"사실은요, 테이트가 산 사진이 있거든요."

그러면서 레이첼은 데블린 쪽을 슬쩍 보았다. 그는 멀찍이 떨어져 있어서 대화가 들릴 리는 없었다.

"불쌍한 데블린한테는 그 사진을 절대로 줄 수 없어요. 테이트가 데블린한테 한 짓을 생각하면 이름을 입 밖에 내고 싶지도 않거든요."

레이첼은 목소리를 더 낮췄다.

"데블린은 내가 아직도 테이트랑 일하고 있다는 사실도 몰라요."

"저 둘 사이에 대체 무슨 일이 있었던 거예요?"

"아, 그거. 혹시 〈데스 포인트〉라는 드라마 들어본 적 있어요?"

"아뇨."

"당연히 못 들어봤겠죠. 아무도 모르는 드라마니까. 데블린이 나온 드라마인데, 테이트가 그걸 완전 없애버렸죠. 드라마가 되게 잘돼서 테이트가 질투한 것 같아요. 가족 중에 스타는 하나로 족하다는 게 테이트의 모토랄까. 스타는 당연히 테이트고요."

레이첼은 놀란 표정으로 케이시를 바라보았다.

"아, 그렇지! 당신이 가까이 사니까, 테이트한테 이 사진들 주면 되겠네요."

"그걸 내가 받아도……."

"이거 포르노 같은 거 아니에요. 그런 생각은 말아요. 그러니까, 테이트가 그렇다는 건 아니고."

그녀는 둘만 있다는 걸 확실하게 하려고 주변을 돌아본 후 말했다.

"여자들끼리니까 말하는 건데, 혹시 테이트 랜더스랑 같이 잘 기회가 생긴다면 그렇게 해요. 한 시간, 아니 한 세 시간 정도만 같이 자도 그럴 가치가 충분하거든요. 평생 기억에 남을걸요."

케이시는 침을 꿀꺽 삼켰다.

"그럼 당신도 그 남자랑 같이 잔 적이 있단 말인가요?"

"같이 잔 적이 있냐고요? 어머, 우리는 지금도 같이 자요. 내가 갑자기 불쑥 나타나서 사진만 주려고 여기까지 비행기를 타고 왔다고 생각해요? 데블린은 자기 아내랑 재결합하고 싶은 게 분명하니, 아쉬운 대로 테이트하고 놀아야죠. 그래서 우리 랜더스랑 한판 하려고 온 거라고요."

케이시는 온몸이 굳어버리는 걸 느꼈다.

"내 생각에 테이트는 만나는 사람이 있는 것 같던데요."

그러자 레이첼은 말도 안 된다며 손을 저었다.

"테이트는요, 언제나 한 번에 두 명씩은 만나는 남자예요. 자기는 특별할 거라고 생각하는 여자는 결국 엄청 속만 상하게 된다고요."

그녀는 핸드백에서 얇은 봉투를 꺼냈다.

"이건 나한테 아주 힘든 일이었어요. 로스앤젤레스에 있으면서 이걸 전부 꾸미는 게 쉽지 않더라고요. 아이는 지붕에 매달아 놔야 했고, 영화 특수촬영 케이블을 안 보이게 만들어야 했으니까. 정말이지 꿈에 볼까 무서운 일이었죠."

"지붕이요? 그게 무슨 말이에요? 애를 매달았다고요?"

"그 이야기 못 들었어요? 테이트랑 잭이랑 날조해서 꾸민 구출 사건 몰라요? 아주 잘됐다는 이야기는 들었는데……. 애가 어떨지 걱정이었지만, 테이트 말로는 괜찮댔어요. 먹고 살려면 뭐든지 해야 하는 법이니, 안 그래요?"

"그러면 지붕 끝에 앉아 있던 꼬마랑 그 애를 구출한 게 사실은 다 스턴트 쇼였단 말인가요?"

"당연하죠. 테이트 랜더스랑 잭 워스 정도의 거물급 스타가 이유도 없이 영웅 놀이를 했겠어요?"

그녀는 충격을 받은 케이시의 표정을 바라보았다.

"미안해요. 여기는 로스앤젤레스가 아니라는 걸 깜빡했네요. 거기 있는 사람들은 모두 연예계 상식이란 게 있으니까. 당신 같은 중부 미국 사람들의 환상을 깰 생각은 없었어요."

"그 이야기 자세하게 해 줄 수 있나요?"

"그럼요, 나한테 전화를 한 건 잭이지만요. 테이트는 항상 조수가 필요한 남자거든요. 한때는 데블린이 조수였지만 뭐……."

레이첼은 어깨를 으쓱이며 말을 이었다.

"데블린만 불쌍하죠. 테이트는 데블린을 이혼시킨 다음에 드라마에서도 잘랐어요. 그게 한꺼번에 일어난 일이었죠. 그런 일을 당하고도 데블린이 어떻게 살아남았는지 모르겠어요. 어쨌든, 잭이 나한테 전화를 해서 말했죠. 테이트랑 유품을 판매하는 저택에 갈 건데 자기들을 영웅으로 만들어 줄 일을 좀 꾸며달라고요. 쉽지는 않았지만, 리치몬드라는 남자를 알게 되어서 그 사람 도움으로 무대를 꾸몄어요. 나는 트럭을 빌린 다음에 지붕에 올라갈 예쁘장한 꼬마를 찾아냈죠. 그리고 그 장면을 촬영할 전문 사진사를 고용했어요. 비디오가 아니라 사진만 찍을 사람을요. 그래야 실감나게 보이거든요."

그녀는 봉투를 내밀었다.

"보고 싶으면 봐요."

케이시는 보지 말아야 한다는 걸 알고 있었다. 하지만 사진을 꺼내는 자신을 제어할 수가 없었다. 맨 위에 있는 사진은 지붕에 앉아 있던 꼬마 사진이었다. 허리에 밧줄을 감은 지젤이 아이를 향해 걸어오고 있었다. 지젤은 아름다웠지만 아이는 겁에 질린 모습이었다.

"봐요. 남자들은 안쪽에 안전한 곳에 있잖아요. 아무리 유명해지고 싶어도 위험을 무릅쓸 정도는 아니었던 거죠!"

다음은 아이 어머니의 사진 두 장이었다. 케이시는 그걸 레이첼 쪽으로 보여주며 의아한 듯 눈썹을 치켜떴다.

"그 여자는 이 지역 배우예요. 아이는 이웃집 애고요. 그 애 엄마는 이 사진이 타블로이드 1면에 실린 걸 보면 엄청 화를 내겠죠!"

케이시는 다음 사진을 보았다. 자신이 지붕에 매달려 있는 사진이었다.

"이건 또 다른 여자인데요. 잭이 막 웃으면서 말해 줬어요. 테이트가 이제는 뚱뚱한 여자랑 잘 수밖에 없다고요. 불쌍한 사람. 하지만 이렇게 작은 동네에서는 제아무리 테이트라도 거기 있는 여자를 구해야지 어쩌겠어요."

그러던 그녀는 케이시를 보며 눈이 휘둥그레졌다.

"잠깐, 이 사람……. 어머, 어째! 그 둘이 위험에 빠뜨렸던 두 번째 여자가 당신인 줄은 몰랐네요. 정말 미안해요. 테이트가 당신을 그런 줄도 모르고……. 그러니까, 내 말은요. 테이트가……. 아, 난 좀 닥쳐야겠어. 이리 내요! 사진 돌려줘요. 그냥 우편으로 보내야겠어요."

"아뇨. 내가 갖고 있을게요."

레이첼의 눈빛에는 동정하는 기색이 비쳤다.

"그래요, 그럼. 테이트가 당신을 이용했으니까, 당신도 원하는 걸 가지는 게 맞죠. 정말 미안해요. 그리고 당신과 테이트 사이를 나한테 말해 주지 않다니, 데블린을 가만 두지 않겠어요. 로스앤젤레스에서는 테이트가 어떤지 알지만, 이런 시골에서는……. 어쨌든 정말 미안해요."

레이첼은 케이시에게서 무슨 말이 나올까 기다렸지만, 케이시는 아무 말도 하지 않았다.

"제길! 이젠 테이트가 나한테 무슨 일을 시킬지 알 수가 없네요. 다음에는 좀 두꺼운 옷을 입고 가시덤불 사이로 기어가야 한다고 하더라고요. 거기에……."

그러면서 레이첼은 수첩을 들여다보았다.

"우물 집이라고 했던가? 나는 도시에만 살아서 그게 뭔지는 모르겠어요. 하지만 아마 창문 안에 있는 테이트 사진을 찍어야 할 거 같아요. 무슨 예술 사진 같은 건가 봐요. 그게 뭐든 일단 공개가 되면 로맨스 주인공으로 새로 인기를 끌겠죠. 자기보다 어린 후배들이 치고 올라올까봐 걱정을 많이 하니까요."

레이첼은 시냇가에 앉은 데블린을 돌아보았다.

"이제 가야겠어요. 할 일이 많으니까."

그녀는 일어서서 길게 휘파람을 불더니 그에게 돌아오라는 신호를 보냈다.

케이시는 퀼트 매트 위에 얼음처럼 굳은 채로 앉아 있었다. 아니, 죽은 것처럼 앉았다고 해야 할까. 지금까지 레이첼이 한 말이 머릿속에서 마구 뒤섞여 제대로 생각을 할 수가 없었다. 우물 집. 구조 장면. 그 귀여운 아이. 그게 모두 테이트 랜더스의 명성을 위한 것이었다고? 누군가에게 보여주기 위해서 위험을 무릅쓴 거라고?

레이첼은 케이시를 내려다보았다.

"내 말 때문에 기분이 안 좋은 것 같네요. 당신은 차로 먼저 가 있어요. 우리가 여기 치울게요."

케이시는 가까스로 일어섰다. 그리고 태어나서 처음으로 자기가 요리한 걸 정리하지 못하게 되었다. 비틀거리면서 차로 다가간 케이시는 뒷좌석을 열고 들어가 앉았다.

머릿속에 드는 생각은 그저 빨리 지젤을 만나야겠다는 것뿐이었다. 남자들이 함께 꾸민 일이었구나. 그들은 진심이 아니었구나. 두 남자는 이 자그마한 마을에서 자기들과 기꺼이 함께 자 줄 여자를 찾은 것뿐이었구나. 그리고 불쌍한 테이트는 '뚱뚱한 여자'랑 잘 수밖에 없었던 거고. 극장에 왔던 첫날, 조금만 일찍 왔어도 마을에서 제일가는 미녀를 차지했을 텐데.

케이시는 레이첼과 데블린이 피크닉 자리를 치우는 광경을 바라보았다. 그녀는 데블린에게 뭐라 소리치는 것 같았다. 요즘 테이트 랜더스가 같이 자는 여자가 케이시라는 걸 데블린이 자신에게 알려주지 않았다는 것 때문에 면박을 주는 듯했다.

게다가 레이첼을 고용해서 우물 집 안을 촬영하려 했다니! 그 생각에 속이 뒤틀렸다.

레이첼과 데블린이 차로 다가오자, 케이시는 정신을 차리려고 애썼다. 그래, 지금 자신은 영화배우의 술수에 빠졌던 거다. 이것도 하나의 경험이라고 생각하며 넘길 수 있어. 언젠가는 그 옛날 순진했던 자신을 돌아보며 웃을 날이 오겠지. 하지만 테이트와 감정적인 거리를 두고 있다고 생각했던 때조차도 사실은 그게 아니었는걸.

지금 중요한 건 지젤 역시 이용당하기 전에 미리 경고를 해 주는 것이다. 그리고 케이시는 이 이야기를 아무에게도 해서는 안 된다는 걸 잘 알았다. 나중에 이 '구출 사건'이 어느 잡지에 실린 다음에는 자신도 아무렇지 않게 말할 수 있을 거다. "당연히 난 그게 다 꾸민 일이라는 걸 알고 있었지. 아이는 지붕 끝에 단단하게 매여 있었어. 그건 전부 사람들한테 보여 주려고 꾸민 쇼야. 난 다 알았다고."

케이시는 지젤에게 문자를 보냈다. '한 시간 있다가 우리 집에 와. 할 말이 있어. 중요한 거야.'

데블린이 운전하는 동안, 차 안에서는 아무도 말이 없었다. 레이첼은 너무 화가 나서 아무 말도 못 하는 듯했고, 케이시도 전혀 이야기할 기분이 아니었다. 데블린이 레이첼이 묵는 호텔 앞에 차를 세우자, 그녀는 케이시를 돌아보며 말했다.

"오늘 일 정말 미안해요. 나 이게 무슨 일인지 전혀 이해를 못 하고 있었어요. 아무리 생각해도 그냥 말해야겠어요……."

"오늘 할 말은 다 했어."

데블린이 딱딱하게 말했다.

"이 쌍놈아!"

레이첼은 차에서 내려서 문을 쾅 닫았지만, 이내 케이시를 돌아보며 뭐라 말하려 했다.

"케이시, 나는……."

하지만 케이시는 그 뒷말을 들을 수가 없었다. 데블린이 속력을 높여 그 자리를 떠났기 때문이다.

태트웰에 도착해 정문에서 경비원을 통과해야 했지만, 어쨌든 그는 케이시를 집까지 데려다주었다. 그는 차 문을 열어주며 말했다.

"레이첼이 당신에게 한 말 때문에 난 정말 어떻게 사과를 해야 할지 모르겠어요. 하지만 그때는 내 전 처남이 당신에게 한 짓을 옆에서 그냥 보고 듣기가 너무 힘들었어요."

"더 이상은 못 참겠어요. 이젠 한계네요."

케이시의 말에 데블린은 조용히 말했다.

"알아요. 하지만 걱정하지 말아요. 내가 당신을 돌봐 줄게요. 칵테일 한두 잔 만들어 줄 테니 같이 이야기를 하면서……."

하지만 케이시는 그를 지나쳐 집으로 들어갔다.

"아뇨. 내 동생이 여기 곧 올 거예요. 그리고 미안하지만, 나는 다시는 남자를 만나고 싶지 않네요."

그녀는 집에 들어가서 문을 굳게 잠갔다.

데블린은 잠시 동안 멍하니 문을 응시했다. 레이첼 이 쌍년이! 너무 막나갔잖아. 그냥 케이시가 내 앞에서 눈물 몇 방울만 떨구게 만들어 놓았어야지. 하긴, 그런 애한테 뭘 기대한 거야? 연기가 언제나 엉망이었는데. 지금 와서 생각해보니, 그년 때문에 자기 드라마가 실패한 게 분명했다.

하지만 적어도 랜더스가 돌아왔을 때 케이시는 두 팔 벌려 그를 맞이하지는 않을 것이다. 그것만 해도 어디야. 이건 다 자신이 혼자 한 일이었다. 누구의 도움도 받지 않고 말이다. 레이첼이 일을 이따위로 망쳐 놓고도 돈을 받을 거라 생각한다면 크게 잘못 생각하고 있는 거다.

데블린은 전화를 꺼내 사설 탐정에게 연락을 했다.

"그렇지 않아도 전화하려고 했어. 내가 뭘 알아냈는지 알면 못 믿을 거야. 그 크리스토퍼 몽고메리와 올리비아란 여자가 미혼이었을 때 무슨 일이 있었는지 알아? 이번에 당신, 아주 로또 맞았다고."

"당연히 그래야지. 나 오늘 일진이 나빴다고. 왜 시키는 대로들 못하는 거야?"

"내가 알아낸 사실을 들으면 기분 좋아질걸."

그리고 2분 후, 데블린 헤인즈는 정말 커다랗게 미소를 지었다. 너무 기분이 좋은 나머지 레이첼의 호텔에 가서 그 여자가 자기한테 소리를 좀 지르게 놔 둔 다음, 옷을 벗겨볼까 하는 생각마저 들었다. 레이첼이 자신에게 정말, 아주 정말 잘해 준다면 약속했던 보수의 반 정도는 줘도 되지 않을까 싶기도 했다. 그 정도만 받아도 감사해야지. 돈 받을 짓을 전혀 하지 않았으니까.

차로 돌아왔을 즈음에 데블린은 웃고 있었다. 머지않아 그는 랜더스가 사주기 싫다고 했던 재규어를 타게 될 것이다. 아니지! 이번 일로는 마이바흐를 타야겠다.

다아시, 항복하다

Darcy surrenders

"진심이야? 한 치의 의심도 없다고? 전혀?"

잭은 테이트에게 물었다. 지금 두 사람은 태트웰 공항에서 내려 차 뒷좌석에 앉은 채 저택으로 향하는 중이었다.

"전혀 없다니까. 나는 이런 삶에 지쳤어. 너무 공허해."

"그게 문제가 아니야. 그 삶을 함께 하기로 네가 선택한 사람이 문제 인 거지. 넌 그녀를 안 지 정말 얼마 안 됐잖아."

잭이 휴대폰으로 문자를 치면서 대꾸하자, 테이트가 물었다.

"그러는 넌 누구한테 그렇게 문자를 하는 건데?"

그러자 잭이 웃더니 휴대폰을 주머니에 넣고는 말했다.

"안 지 정말 얼마 안 된 여자한테. 그런데 답장을 받은 지 벌써 24시 간이 넘었어. 너는 어때? 케이시랑 연락 돼?"

"나 여기 없는 동안 문자랑 메일을 마흔한 통이나 보냈는데 답장이 하나도 없는 거야. 그래서 너무 걱정이 됐는데, 오늘 아침에 보니까 사 실은 그게 하나도 안 간 거 있지. 설정에 들어가서 '전송' 버튼을 눌러 야 하더라고. 난 그 문자를 전부 보내고 싶었어, 정말로. 버튼을 눌렀으니 아마 그거 한번에 다 갔을 거야."

"그래서 답은 왔어?"

테이트는 미소를 지었다.

"아니. 아마 케이시가 주방에 있어서 휴대폰 소리를 못 들었을 거야. 문자 폭탄이 온 걸 보면 놀랄걸."

"뭔가가 잘못된 것 같다는 생각이 든다. 지젤은 내가 보내는 문자마다 답을 했는데, 어제는 아무 연락이 없었어."

테이트는 입을 다물었다. 지젤이 소방관에게 키스하고 있는 사진은 아직도 생각하면 껄끄러웠다. 잭은 신경 쓰지 않는 듯했지만, 테이트는 아니었다. 그는 지젤이 대체 무슨 생각을 하는 건지 의아했다. 가끔 그녀가 잭을 좋아하는 단 하나의 이유는 위험천만하고 엉뚱한 행동을 해도 잭이 다 참아내기 때문이 아닐까 싶기도 했다. 절벽을 따라 걷질 않나, 지붕 위에서 까치발을 하질 않나, 나무를 타질 않나. 지젤은 그런 걸 전부 하고 싶어 했고, 그 말고는 별달리 하고픈 것도 없어 보였다. 테이트가 보기에 지젤은 너무 쌀쌀맞으면서 주변 상관 안 하고 사는데다 자기 속내는 전혀 드러내지 않는 사람이었다. 그녀가 무슨 생각을 하며 사는지 대체 어떻게 알 수 있을까?

케이시랑은 정반대지, 라고 테이트는 생각했다. 케이시의 성격과 시원시원한 요구는 잘 받아줄 수 있다. 그는 케이시한테 어떻게 다가가야 하는지 언제나 알 수 있었다.

떠나 있는 동안 테이트는 온통 그녀 생각뿐이었다. 그는 그들이 함께 보냈던 시간만을 떠올렸다. 케이시가 미치도록 그리웠다. 그녀의 농담과 웃음, 삶에 대한 열정은 모두 그의 일부가 되었다.

이렇게 떠나 있기 전에는 케이시가 자신에게 얼마나 큰 의미가 있는지 테이트는 미처 깨닫지 못했었다.

서머힐에서 보낸 몇 주 동안, 테이트는 자신에게 쏟아졌던 바깥세상의 시선이 어떤지 거의 잊고 살았다. 하지만 로스앤젤레스 공항에 도착해서 두 명의 교태어린 영화사 직원들을 만나자, 현실로 확실히 돌아온 기분이었다. '랜더스 씨, 제가 짐 들어드릴까요?' '랜더스 씨, 자리는 편하세요?' '랜더스 씨, 혹시 필요한 것 있으시면 말씀만 하세요. 제가 바로 가져다드릴게요.' 이 말을 했던 여자는 계속 새침하게 눈짓을 하면서 그를 바라보았다.

테이트는 이런 대접을 받는 데 익숙해져서 별로 감흥이 없었다. 하지만 서머힐에서 지냈던 시간이 마치 니나와 에이미와 함께 집에 있는 기분이었다는 걸 실감했다. 자신을 잘 팔리니까 비위를 맞춰 주어야 하는 상품으로 보는 게 아니라 오롯이 사람으로 보아 주는 사람들과 함께 있는 느낌이었다.

떠나 있는 일분일초마다, 그는 케이시가 함께 있었으면 얼마나 좋았을까 생각했다. 또, 케이시를 로스앤젤레스의 집에 가 있으라고 말했다면 얼마나 좋았을까도 생각했다. 밤마다 저 멀리 루마니아의 호텔 방에서 홀로 잠들면서 그는 그녀와 함께 있었던 순간을 떠올렸다. 그리고 둘이 함께 하는 삶에 대해서도 생각했다.

음식과 섹스. 그 점에서 케이시는 자신에게 모두 최고의 것만을 주었다. 이제껏 먹어 본 것 중 가장 맛있는 음식. 그리고 가장 끝내주는 섹스. 루마니아로 떠나기 직전 니나와 통화를 하면서 테이트는 음식에 대해 말했었다.

"사랑이 담긴 음식이구나. 그때 오빠랑 에이미가 뒷마당에서 구웠던 햄버거가 나한테는 세상에서 제일 맛있었다는 거, 모르지? 그게 맛

있었던 건 오빠랑 우리 딸이 거기에 사랑을 듬뿍 담았기 때문이야. 케이시랑 했던 섹스도 그랬을 거라고 생각해."

"여동생이랑 말할 만한 주제는 아니네."

"데블린을 처음 만나서 정말 미친 듯한 사랑에 빠졌다고 생각했을 때는 우리가 나눈 섹스가 너무 좋아서 나는 울 뻔하기도 했어. 하지만 나중에 그 남자가 어떤 인간인지 알고 나서는 손끝만 닿아도 아주 불쾌했지. 바뀐 건 없었어. 다만 사랑이 있고 없고의 차이였을 뿐이야."

"그 이야기, 어디 토크쇼 나가서 꼭 해라. 여자들 좀 듣게."

"그럴 필요 없을걸. 여자들은 그 인간이 어떤지 다 알아. 속는 건 남자들뿐이지."

테이트는 그 말을 듣고 웃었다.

"케이시가 할 법한 농담이구나. 나한테 그저 그런 잔소리는 하지 마. 이런! 나 데리러 왔나 보다. 내가 돌아오면 너랑 에이미도 태트웰로 갈 거야?"

"오빠 조카가 그러는데, 오빠가 사 준 분홍색 여행 가방 여덟 개로는 부족하대. 두 개 더 사 달래. 어쨌든 우리도 갈 거야. 오빠가 착륙하고 나서 5분 있다 도착할 거야. 오는 대로 전화 줘."

"그럴게, 꼭. 둘 다 사랑해. 안녕."

떠나 있는 동안, 테이트는 케이시와 함께 할 미래에 대해 생각했다. 머릿속으로 오만 가지 생각이 스쳤다. 어디에 살까. 케이시가 지금 집을 좋아하지 않는다면, 그 집을 팔고 어디 아늑한 집을 또 찾아볼까. 근사한 주방이 딸린 집으로 말이야.

혹시 케이시가 출장 요리 일을 계속하고 싶거나 본인이 직접 레스토랑을 운영하고 싶다면, 뭘 원하든 그는 기꺼이 도울 것이다.

하지만 문제는 테이트의 삶이었다. 카메라와 레드카펫, 그리고 추파를 던지는 여자들에 익숙해져야 하니까. 몇 년의 시간이 지나자 테이트는 그런 것들이 아무렇지도 않게 되었다. 하지만 케이시는 어떨까. 수백 대의 카메라가 얼굴 앞으로 달려나오며 테이트 랜더스와 자는 건 어떤지 묻는 상황을 견딜 수 있을까?

그러니 자신은 그녀를 보호해야 한다. 힘이야 좀 들겠지만, 어떻게든 해 낼 것이다!

미국으로 돌아가는 비행기에 오른 그는 완전히 결정을 내렸다. 마음속은 기쁨으로 가득했다. 바로 이것이 자신이 바라던 거였고 해낼 방법이 있었다. 니나가 말했듯이, 사랑만 있으면 된다.

다아시, 근육보다 더한 것을 드러내다

Darcy bares more than his abs

기사가 저택 앞에 차를 세우자마자 테이트는 차 문을 휙 열어젖히고 뛰기 시작했다. 누가 보면 신기록이라고 할 만큼 빠른 속도로 게스트하우스에 도착했지만, 막상 집 앞에 도착하자 그는 가만히 멈춰 섰다.

날은 이미 저물고 있었다. 케이시는 예쁜 주방 안에 환하게 불을 켜 놓아서 마치 그녀가 무대에 서 있는 것처럼 보였다. 그녀는 조리대 앞에 서서, 한쪽 팔에 커다란 볼을 안고서 검푸른 반죽을 파이 틀에 붓는 중이었다.

테이트의 눈에는 그 모습이 마치 거장이 그린 아름다운 그림 같았다. 피사체가 환하게 조명을 받은 모습을 통해 화가가 하고픈 말을 그대로 전달해 주는 걸작품 말이다.

순간 드는 생각. 아, 나는 집에 온 거야. 이 여자는 이제껏 자신이 생각하고 바라왔던 존재다. 그리고 이곳에 온 지금, 그녀가 자신의 미래라는 걸 테이트는 믿어 의심치 않았다.

케이시는 볼을 내려놓고 스푼으로 그 안을 휘젓다가, 시선을 들어 바깥에 서 있는 테이트를 보았다. 그 순간 그녀의 얼굴 위로 커다란 기뺨이 스치고 지나가는 모습에 테이트는 방충망을 뚫고 들어갈 뻔했다. 그는 문을 벌컥 열어젖히고는 그녀를 품에 꼭 안았다.

그리고 입술에 키스하기 시작했지만, 이상하게도 케이시가 고개를 돌려서 그는 얼굴에 키스를 했다. 그녀는 팔을 들어 마주 안아주지도 않았다. 다만 그의 품 안에 꼼짝 못하고 갇혀 있었을 뿐이다.

"당신 생각을 안 할 때가 없었어요. 매 순간 너무 보고 싶었죠."

그는 말끝마다 키스를 해 댔다.

"당신이랑 항상 같이 있고 싶어요. 내 삶이 여기서 보내는 당신의 삶처럼 멋지고 아늑하진 않다는 거 알아요. 그리고 내가 사는 집을 보면 분명히 좋아하지 않겠지만, 그러면 다른 집을 구하면 돼요. 계속 이 생각을 했어요. 그리고, 당신이 정자 기증으로 태어났다는 이야기는 아마 비밀로 해야 할 거예요. 타블로이드 신문들이 알면 아주 난도질을 할 테니까. 나는 아무도 상처받지 않기를 바라거든요. 대중 앞에 서는 게 걱정스럽기도 하겠지만, 헤어와 메이크업을 해 주는 사람들이 소속사에 있기도 하고. 아무튼 아무것도 걱정하지 않았으면 좋겠어요. 내가 다 알아서 할게요."

케이시는 그의 품을 밀어내고 테이트를 똑바로 노려보았다.

"미안해요. 너무 나만 앞서 나갔죠. 알아요, 하지만 며칠 동안 전부 생각한 거라서……. 자, 우리 거실에 가서 이야기를 좀 해요."

그러면서 그는 손을 뻗었지만 케이시는 뒷걸음질을 쳤다.

"당신, 나를 가지겠다는 결정을 확실히 내린 것 같네요. 그러니까 내 인생 계획까지 짠 거겠죠. 당신이 일을 하며 사는 곳이 내가 가야 하는 곳이라니. 하긴, 내가 진짜 사는 모습은 남들에게 보이기 엄청 창피할 테니까 비밀로 부치는 게 제일 좋겠죠. 하! 아빠랑 형제자매도 밝히지 못하는 삶. 아, 그래요. 전문가가 꾸며 주는 헤어와 메이크업이라면 나도 그리 보기 흉하지는 않을지도요. 당신 같은 꽃미남 옆에 설 수 있을 정도는 될지도."

테이트는 그녀의 말에 너무 놀랐다.

"그런 뜻이 아니었어요."

"방금 말했잖아요. 내 삶을 버리고 당신이 받쳐 주는 대로 예쁘게 살았으면 좋겠다고요. 아, 그러려면 풀 메이크업을 받아야 한다고 했었나 그랬지. 그래서 날더러 같이 운동하자고 했던 건가요? 그래서 화려한 당신 옆에 서서 좀 예쁘게 보이라고? 다른 사람들 눈 신경 쓰이니까?"

테이트의 몸이 싹 굳었다.

"아뇨. 나는 다른 사람들 눈 신경 쓴 적 없어요."

그러나 케이시의 얼굴은 비웃음을 띠었다.

"난 그 말을 믿을 정도로 순진하진 않거든요? 당신이 그 어린애한테 무슨 짓을 했는지 내가 평생 모를 줄 알았어요? 당신, 그 애를 지붕에 묶어놨다면서요. 하지만 나는 끈 같은 건 못 봤는데, 혹시 안전장치 하나 없이 애를 거기 놔 둔 건가요?"

"지금 무슨 말을 하는 건지 모르겠는데요."

"유품 판매하던 집에다 스턴트 무대를 만들었잖아요, 언론에 보여 주려고. 아닌가요? 당신이 전부 꾸몄다는 거 알아요. 아이의 목숨을 위험하게 만들어서 자기가 진짜 영웅인 것처럼 사진에 찍히려고 한 거."

테이트는 그제야 서서히 이해가 되기 시작했다. 그는 조용히 물었다.

"내가 정말 그런 짓을 했다고 생각하는 건가요? 내가 그런 사람처럼 보여요?"

"아뇨. 그렇게 생각하진 않았어요. 하지만 사진을 보고 믿게 됐죠."

"그 사진이 뭔지 볼 수 있을까요? 아니, 잠깐만요. 알겠네요. 데블린 헤인즈가 말했죠? 내가 경고했을 텐데요. 그 사람……."

그러자 케이시가 큰소리로 말했다.

"아니거든요! 당신이 거느린 여자 친구가 알려줬어요. 레이첼 웰스가 당신에게 사진을 주려고 여기 왔었다고요."

"레이첼 웰스라고요? 드라마 배우? 그 여자가 내 여자 친구라고요?"

테이트는 한 발짝 물러섰다. 그리고 무표정한 얼굴이 되었다.

"내가 무슨 말을 해도 믿어주지 않는다는 거 알겠습니다. 나에 대해서 이미 판단이 끝났군요. 귀찮게 해서 미안합니다. 내가 혼자 들떠 이야기한 것, 미안했습니다."

그리고 돌아서서 집을 떠났다.

거실로 들어간 케이시는 소파에 털썩 앉았다. 나 정말로 말해버렸어! 그 오만한 모습하며, 자신의 인생을 이리저리 재단해 대는 게 얼마나 치사하냐고. 화장을 하라니! 그렇게 분장이 필요할 정도로 못생겼다고 생각하는 걸까? 하지만 레이첼이 말한 대로 자신은 '뚱뚱한 여자'이지 않은가.

케이시는 소파에 고개를 탁 댔다. 이제껏 치사한 말도 많이 듣고 정말 지긋지긋한 일도 많이 당했지만, 방금 겪은 일이야말로 단연 최악이었다.

하지만 천장을 가만히 응시하자 머릿속에 생각이 부풀어 오르는 것은 어쩔 수가 없었다. 그런 일이 절대로 일어나지는 않겠지만, 어디 영화제라도 가게 된다면 뭐, 헤어랑 메이크업이나 드레스 같은 건 확실히 도움을 좀 받아야겠지.

케이시는 다시 똑바로 앉아 고개를 흔들었다. 그런 생각은 그만 해! 테이트 랜더스가 전 매제에게 했던 짓, 그리고 살면서 여자들에게 했던 짓이나 그 귀여운 꼬마를 지붕 끝에 묶어 놓은 건 아무리 생각해도 봐줄 수가 없었다.

그녀는 다시 주방으로 돌아가 요리를 마무리 지었다. 오늘 밤은 일찍 잘 것이다. 혼자서. 그래서 꼬리에 꼬리를 무는 생각도 그만두었다. 자신은 올바른 일을 했으니 기분이 좋아야 한다. 이런 끔찍한 기분도 곧 사라질 거라고, 그녀는 확신했다.

제2막 19장

조지아나가 끼어들다

Georgiana steps in

테이트가 저택으로 걸어오는 길에 그의 휴대폰이 울렸다. 그는 받지 않았다. 너무 멍한 상태에다 심한 충격을 받은 참이라서 아무와도 이야기를 할 수가 없었다. 어떻게 이렇게 틀릴 수가 있지? 사람을 잘못 보고 상황을 그릇되게 판단했다고 해도, 어떻게 이렇게 완전히 빗나갈 수가 있지?

하지만 전화벨이 끊이지 않아서 테이트는 주머니에서 휴대폰을 꺼냈다. 발신자는 니나였다. 동생에게는 무슨 일인지 알려주지 않는 편이 낫다. 그래서 그는 일부러 아주 신난 목소리로 전화를 받았다.

"안녕, 우리 동생."

"어머, 세상에! 무슨 일 있어?"

"아무 일도 없어. 돌아오니 좋구나. 연극도 잘되고 있고……."

"나한테까지 연기하는 건 좀 집어치울래? 오빠 지금 완전 이상해. 그러니 무슨 일이 생긴 건지 아주 자세하게 들어야겠어."

"네 전 남편이 또……."

그러자 니나는 언짢은 목소리를 내었다.

"컴퓨터 앞으로 가서 스카이프 켜. 오빠가 전부 이야기하는 동안 얼굴을 좀 봐야겠으니까."

그로부터 한 시간 반 후, 니나는 컴퓨터를 껐다. 그리고 잠시 짧은 눈물을 훔쳤다. 전 남편이 얼마나 사기를 잘 치는지 그녀는 속속들이 알고 있었다. 그가 거짓말과 간계를 내놓고, 상황을 멋대로 요리해 가며 타인의 삶을 망치는 능력이 있다는 걸 말이다.

데블린과 결혼생활을 하는 동안 니나는 그가 바람을 피운다는 사실을 알고 있었다. 하지만 관계가 파국으로 치달을수록, 그녀는 데블린이 자신과 에이미를 건드리지만 않는다면 솔직히 그가 뭘 하든 기쁘게 받아들일 수 있었다. 하지만 그 누가 아무리 애를 써도 그는 만족을 몰랐다. 니나는 데블린이 왜 그렇게 극단적으로 유명세에 집착하는지 전혀 이해할 수 없었지만, 몇 년간 같이 살면서 서서히 그에게 맞서지 않는 법을 배우게 되었다. 남편에게 맞서 봤자 돌아오는 건 며칠간이나 이어지는 그의 분노였다. 니나야 참을 수 있다지만, 어떻게 어린 아이가 그걸 견딜 수 있겠는가. 그래서 니나는 유순하게 행동하고 남편에게 고분고분 대하는 법을 터득했다. 특히, 항상 충분하게 그의 자존심을 세워 주는 법도 배웠다. 맞아요, 세상 사람들이 모두들 너무 멍청해서 당신이 얼마나 대단한 사람인지 모르는 거랍니다. 데블린의 분노를 제어할 수 있는 일이라면 니나는 뭐든지 했다.

하지만 연달아 다섯 편의 영화 촬영을 마치고 집으로 돌아온 테이트는 그런 여동생을 보고 기겁했다. 남편 옆에서 니나가 하는 말이란 데블린이 얼마나 대단한 사람이며 무슨 일을 하든 데블린이 그 누구보다도 더 잘한다는 것뿐이었으니까.

테이트가 보기에 데블린은 아무 일도 안 하는 한량이었다. 가족도 부양하지 않고, 테이트가 그들에게 준 집도 돌보지 않았으며 무엇보다 아내와 딸에게 관심이 없었다. 니나는 집안일과 아이를 보는 일도 모자라 남편이 시시하게 생각하고 하지 않는 일까지 떠맡느라 기진맥진했다.

테이트가 니나와 따로 이야기를 해 보려고 했을 때도 그녀는 데블린이 한 말을 그대로 반복했다. 남자라면 제대로 된 일을 해야 한다는 말이었다. 그래서 테이트는 연줄을 동원하고 돈을 써 가면서 데블린에게 TV 드라마 주연 자리를 주었다. 하지만 데블린은 그 기회를 완전히 망쳤다. 그리고 세간에 비난을 받자, 이제는 TV 드라마가 망한 걸 니나 탓으로 돌렸다. 도와주지도 않고, 좋은 소리 한 번 한 적 없는 아내를 둔 남자가 어떻게 성공하겠느냐는 논리였다.

결국, 테이트는 들어온 영화 제안을 거부하고 시간을 내어 동생의 이혼을 이끌었던 것이다.

그런데 이제는 니나의 사랑하는 오빠가 데블린의 먹잇감이 된 듯했다. 니나는 테이트가 케이시라는 아가씨를 정말로 좋아하고 있다는 걸 알 수 있었고, 그건 자신의 전남편 역시 알고 있음을 확신했다.

니나는 에이미의 방으로 갔다. 딸아이는 이젤을 놓고 그림을 그리는 중이었다.

"알리시아 네 집에 가서 며칠 있을래?"

"걔가 놀러 오래?"

"아니. 하지만 그 애 엄마한테 네가 가 있어도 되는지 물어볼게. 이틀 밤 자야 할지도 몰라. 테이트 삼촌 때문에 할 일이 있어서 엄마는 로스앤젤레스에 가야 해."

에이미는 엄마를 똑바로 바라보았다.

"엄마는 삼촌을 구해 주러 가는 거지?"

"맞아. 그리고 엄마가 돌아온 다음에는 너랑 같이 서머힐에 갈 거야. 우리 가서 테이트 삼촌의 문제를 모두 해결해 주자. 어때?"

"좋아! 그런데 버지니아에서도 승마 부츠를 팔까?"

"무슨 소리니? 당연하지. 승마 부츠는 버지니아 사람들이 발명한 것인지도 몰라. 가기 전까지 뭘 먹고 싶은지 생각해 봐. 테이트 삼촌의 여자 친구는 뭐든지 만들 수 있어. 그리고 그분이 우리 랜더스 가족을 위해서 이것저것 요리하느라 바빠졌으면 좋겠구나."

"테이트 삼촌이 그러는데, 세상에서 제일 맛있는 요리는 공작새 고기를 넣은 만두랬어."

"오빠도 참……."

니나는 웃으며 말을 꺼내다 이내 멈췄다.

"하긴, 오빠는 제일 맛있는 요리를 먹어도 좋을 사람이지. 자, 이제 짐을 싸렴. 하지만 알리시아 네 집에 갈 때는 여행 가방 두 개만 가져 가."

"엄마! 안 돼!"

하지만 니나는 방을 나가면서 고개를 돌려 말했다.

"두 개만이야. 더 이상은 안 돼."

하지만 에이미는 미소를 지으며 침대 밑에서 분홍색 여행 가방 네 개를 꺼냈다.

모두가 고생하다

Everyone suffers

"나, 잘하고 있는 거야. 이러는 게 맞아"

케이시는 큰소리로 혼잣말을 했다. 지난 며칠 동안 스스로에게 해온 말이었다. 하지만 기분은 여전히 최악이었다.

피크닉을 마치고 돌아온 케이시는 집에 온 지젤에게 모든 걸 다 이야기했다. 당연히 지젤도 경악했다.

"그럼 기삿거리를 만들려고 꾸민 짓이었단 말이야? 그 꼬마 얼마나 무서웠을까!"

케이시는 그동안 먹을 음료와 간식을 만들었고, 두 자매는 몇 시간 동안 그걸 먹으면서 보냈다. 아니, 정확히 말하자면 지젤만 먹었다. 지젤은 잭과 했던 데이트가 어땠는지 전부 털어놓았다. 둘이서 얼마나 친해졌고, 실컷 웃었으며 어떤 모험을 했는지 말이다. 케이시는 그 두 사람이 이제껏 함께 한 것들에 대한 이야기를 눈을 동그랗게 뜨며 들었다.

"하지만 우리는 막상 대화를 전혀 하지 않았어. 그냥 일상적인 이야기만 나눴지. 그는 내가 줄을 타고 호수 한가운데로 계속 뛰어드는 걸

되게 즐거운 듯 바라봐. 물론 그렇게 노는 게 좋고, 그런 나를 잭이 받아 준다는 게 너무 좋지만, 가끔은 차분히 있고 싶을 때도 있어. 내 마음이 어떤지 말하고 싶단 말이야. 너도 테이트랑 만나면서 비슷한 문제로 고민한 적 있어?"

"아니, 없어."

하지만 케이시는 테이트가 얼마나 완벽했는지 전혀 이야기하지 않았다. 테이트한테는 불만이라고는 없었다. 그는 다정하고, 사려 깊으며 이타적인 연인이었다. 그에게는 뭐든지 이야기할 수 있었고, 그러면 그는 케이시의 기분을 좋게 만들어 주었다. 테이트는······.

"이거 더 있니?"

지젤은 빈 잔을 들어올리며 말했다.

"어, 줄게."

주방으로 간 케이시는 냉장고에서 칵테일 블렌더를 꺼냈다. 지젤이 주방으로 따라왔다.

"너랑 내가 그저 한때 놀고 말 여자였다니, 그런 이야기는 절대 듣고 싶지 않았는데······. 하지만 괜찮아. 잭이랑 나는 어쨌든 깨졌을 테니까. 몸으로만 사귀는 관계는 바라지 않아. 사귄다면 그 이상이어야지."

지젤은 잠시 입을 다물다가 다시 말했다.

"케이시, 나 서머힐을 떠날 거야. 어디로 갈지는 아직 정하지 않았지만 떠나고 싶어. 아니면 다시 학교를 다니면서 헬스 트레이너 자격증을 따는 것도 좋겠지. 내 생각에는······."

케이시가 고개를 들자, 지젤이 우는 모습이 보였다. 케이시는 블렌더를 내려놓고 지젤에게 다가가 그녀를 꼭 안아주었다.

"사실은 거짓말이야. 잭은 정말 좋은 남자였어. 침대에다 묶어 놓고 내 말을 듣게 만들었어야 하는 건데, 난 그러지 못했어. 잭은 영화배우지만 난 그저······."

"너는 아주 예쁜 애야."

지젤이 자신을 비하하지 못하게 하려고 케이시는 이렇게 말했다. 하지만 지젤은 그 품에서 빠져나와 요리책 옆에 있던 티슈를 집어 들었다.

"그게 다 무슨 소용이야! 이 마을 남자들은 다 나를 무서워하는데."

"소방관들은 너 진짜 좋아하잖아."

"그거야 내가 좁은 데 불나도 막 비집고 들어갈 수 있어서 그렇겠지."

"그러네? 불난 데 비집고 들어가지 않는다면 지젤이 아니니까."

지젤은 코를 풀었다.

"나 웃기지 좀 마. 그건 그렇고, 우리 이제 잭이랑 테이트랑 같이 어떻게 연기해?"

"모르겠어. 아무리 생각해 봐도 솔직히 어떻게 할 수 있을지 모르겠어."

결국 둘은 그날 펑펑 울면서 서로를 꼭 안아 주고는 그래도 이번 일로 얻은 교훈이 있다고 애써 말했다. 하지만 그들이 사랑하게 된 아주 멋진 두 남자를 결국 떠나보내야 한다고 생각하니 그 교훈이란 게 참 보잘 것 없었다.

테이트가 여행을 마치고 돌아와 자신 앞에 나타날 때까지만 해도, 케이시는 분노를 꾹꾹 눌러 담고 있었다. 그녀는 마치 곧 폭발할 듯 끓고 있는 솥 같았다. 하지만 그를 다시 본 순간, 순수한 행복이 온몸을 스치고 지나갔다. 희미한 빛 속에 서 있는 그의 모습은 케이시를 보게 되어 무척 기쁜 듯했다. 순간, 그녀는 저 방충망을 뚫고 테이트에게 달려가고 싶었다. 그래서 그를 땅에 쓰러뜨리고는 옷을 찢어버리고 싶었다.

하지만 그녀가 움직이기도 전에 그가 먼저 와서 안아 주었다. 몸을 감싼 그 팔의 느낌이 너무 좋았다. 둘 사이로 통하는 전기에 그녀의 몸이 부드럽게 울렸다. 그래서 잠시나마 테이트에 대해 알게 된 끔찍한 사실을 전부 잊을 정도였다.

그런데 그가 입을 연 것이다. 나오는 말마다 전부 명령과 요구였다. 케이시가 레이첼에게 들은 이야기가 전부 그의 입에서 나오는 것만 같았다. 본인을 위해 케이시의 인생을 바꾸고 그녀가 알고 지내던 모든 것을 포기한 채, 이 나라의 저 끝으로 날아가 그의 손짓과 명령을 하염없이 기다리는 사람이 되어 달라고 하다니. 물론 그러는 것도 풀 메이크업을 하고서다.

그래서 케이시의 속에서 격렬한 분노가 폭발해, 그녀는 테이트에게 그런 요구들이 다 뭐냐고 말한 것이다.

그 순간 테이트의 얼굴에서 행복이 사라지더니…… 아무런 감정이 보이지 않게 되었다. 그 얼굴이란 마치 사진 같았다. 어떠한 감정도 드러나지 않았다. 분노도, 슬픔도, 심지어 실망하는 기색도 없었다. 그저 텅 빈 얼굴이었다.

그가 떠난 후, 케이시는 다시 지젤과 대화를 나누었고 둘은 그 남자들에게 휘둘리지 말자는 결심을 다시금 굳혔다. 지금도 이렇게 마음이 아픈데, 만약 관계를 지속하게 된다면 나중에는 어떻게 될까?

또 둘이서 합의한 것 중 하나는 이제껏 일어난 일을 아무에게도 말하지 말자는 것이었다. 그 사건이 전부 유명세를 위해 꾸민 자작극이라는 사실을 한 사람에게만 잘못 말해도 온 동네에 소문이 퍼질 터였다. 그러다 보면 전국으로 퍼질 수도 있었다. 자신들의 평화롭고 자그마한 마을에 스캔들을 듣고 언론이 몰려오는 건 정말이지 보고 싶지 않았다. 그리고 이런 끔찍한 뉴스로 연극에 오점이 남는 것도 원치 않았다.

케이시는 조용히 입을 다물고 있기가 쉽지 않았다. 하지만 어머니에게도, 스테이시나 올리비아에게도 그녀는 말하지 않았다. 그저 최대한 웃으면서 아무 일 없었던 것처럼 행동할 뿐이었다.

이런 생각에 멍하니 혼자 있고 싶지 않아서, 케이시는 빵을 구워댔다. 파이도 만들고, 쿠키도 굽고, 컵케이크에다 시트가 여섯 겹인 솔티드 캐러멜 케이크까지 구웠다. 그리고 그걸 전부 정자에 있는 연극 동료들에게 갖다주었다. 하지만 어찌나 많은지 사람들은 만든 것의 반도 먹지 못해서, 케이시의 아버지인 카일 박사가 나머지 빵을 노숙자 쉼터로 가져갔다. 카일 박사는 케이시에게 물었다.

"너 요즘 괜찮니?"

"그럼요, 괜찮아요. 아무 일도 없어요. 아버지는요? 새로 온 의사는 잘하고 있어요?"

카일 박사는 어깨를 으쓱이며 말했다.

"제이미는 좋은 사람이지. 문제야 있지만 뭐……. 혹시 대화를 하고 싶다면 내가 들어 줄 테니 언제든 오렴."

"고마워요. 하지만 저 진짜 괜찮아요. 가봐야겠어요……. 어, 연습이 있어서요."

"그래라."

연습은 엉망이었다. 잭은 며칠 동안 잠도 못 잔 얼굴로 나타났다. 케이시는 그와 지젤이 이야기하는 모습을 보았다. 지젤이 돌아서버리자 잭은 울 것 같은 표정이었다.

393

하지만 케이시는 그의 모습이 전혀 불쌍하지 않았다. 배우라 그런 가 참 연기도 잘해! 저렇게 실감나는데 그 사람들 감정이 진짜라는 걸 어떻게 믿겠어?

하루는 케이시와 테이트가 같이 연습을 할 때였다. 다이시가 '여자들은 자신의 모습을 뽐내고 싶어 한다'는 말을 하는 장면이었다.

"이 드레스 천은 9미터 밖에 안 되네요. 이렇게 작은 천이 내 큰 엉덩이에 맞으려나 모르겠네."

그러자 무대 위에 있던 사람들은 전부 말을 멈추고 그녀를 응시했다. 키트는 얼굴을 쓸어내렸다.

"철없는 사랑 놀음 그만두고 내 마음 좀 편하게 해 줘."

그러자 올리비아가 그 어느 때보다도 분노로 가득한 목소리로 쏘아붙였다.

"철없는 사랑이라고? 당신이 사랑에 대해 뭘 안다고 그래요?"

그 사건 후로 그날 연습은 망했다.

냉랭한 거죽을 뒤집어 쓴 테이트와 잭은 그 누구에게도 속마음을 내비치지 않았고 케이시와 지젤은 분노를 숨기느라 애를 먹었다. 커플끼리 대사를 할 때는 두 아가씨가 느끼는 상처와 분노가 더 훤히 드러났다.

"그 장면에서는 빙리를 사랑하고 있어야 해!"

키트는 지젤에게 소리를 질렀다. 그러자 지젤은 대답 대신 무대에서 그냥 나가버렸고, 케이시는 지젤 뒤를 따라갔다. 키트는 절망한 얼굴로 손을 들며 소리쳤다.

"좀 쉽시다. 케이시가 파이와 케이크를 150개나 구웠으니 먹자고."

그 상황에서 미소 지은 건 올리비아뿐이었다.

케이시는 자신의 성소이자 피난처인 게스트하우스로 달려왔다. 연습과 꼭 해야 하는 심부름 외에는 위험을 무릅쓰고 밖으로 나가고 싶지 않았다. 과일나무를 찾아 이 근방을 여기저기 헤매는 일도 더 이상 없었다. 그러다 테이트라도 만나면 어떡한단 말인가. 또는 잭을 마주치거나, 너무 멀리 가서 우물 집이라도 보게 된다면 어떡해.

하루에 세 번, 테이트와 잭에게 줄 식사를 만들어서 보온 용기에 담기는 했다. 그러는 동안 테이트는 단 한 번 봤을 뿐이다. 아침 식사 자리에 앉은 그의 모습은 케이시만큼 불행해 보였다.

저것도 연기겠지. 이렇게 생각한 케이시는 그가 자신을 보기 전에 뒤돌아 와버렸다.

데블린이 두 번쯤 그녀에게 다가왔었다. 이러면 안 되겠지만 케이시는 데블린이 정말 꼴 보기 싫었다. 저 남자를 조금이라도 동정할 수 있으면 좋으련만. 결국 그도 테이트 랜더스가 정상에 오르려는 과정에서 철저하게 이용당한 것 같았으니까. 데블린은 경력과 결혼생활부터 사랑하는 딸아이를 보는 일까지, 전 처남의 잔혹할 정도로 야심찬 성공 가도에 밀려 가진 걸 다 빼앗겼다.

하지만 이러는 게 옳지 않고 너무한다 하더라도, 케이시는 데블린을 보고 싶지 않았다. 대화는커녕 같이 무대에 오르는 것도 싫었다. 그가 친구인 레이첼과 나타나기 전까지 케이시는 행복의 정점을 찍고 있었다. 그런데 겉으로 보기에는 별것 아닌 피크닉 한 번 따라갔더니 모든 게 바뀌어버린 것이다. 테이트와 함께 웃고, 자신의 삶의 비밀을 이야기해 주고, 키스하고 사랑을 나누었던 시간. 테이트와 함께 있을 때, 자신은 그 어느 때보다 활기찼다. 하지만 지금은 모든 게 사라졌고 다시는 찾을 수 없게 되었다.

데블린을 탓하는 건 옳지 못할지도 모르지만, 케이시는 그가 원망스러웠다. 그래서 테이트, 더불어 데블린과 멀찍이 떨어지고 싶었다. 두 남자가 서로에 대해 지닌 분노와 복수심에 그녀는 끼고 싶지 않았다.

다행히 데블린은 그녀를 이해하는 듯했다. 첫 이틀을 제외하면 그 후로 그는 계속 거리를 유지했다. 조용해진 모습을 보니 자신이 너무나 큰 소동을 일으킨 걸 후회하는 듯싶었다. 케이시는 종종 그가 어린 로리에게 아버지다운 자상한 모습으로 몸을 숙여가며 대사를 봐 주는 걸 보았다. 마치 그녀의 멘토가 된 것 같았다.

케이시는 로리가 데블린에게 좋은 영향을 주고 있다는 생각이 들었다. 로리는 모두가 사랑하는 아이였다. 조용한 소녀는 불평 한마디 하는 법이 없었고, 손에는 언제나 책이 들려 있었다. 저렇게 예쁜데도 겸손한 모습만 보였다. 그러다가도 무대에만 오르면 이야기가 달라졌다. 그 애는 리디아를 그저 연기하는 게 아니라 정말로 그 인물처럼 변했다.

무대 위의 무거워진 분위기에 언짢아진 기분을 떨치고 싶을 때마다 분위기를 풀어주는 것도 로리였다.

하루는 카일 박사가 지각한 날이 있었다. 그래서 키트는 그에게 전화하기 위해 정원으로 들어갔다. 모두가 둘러서서 불평을 늘어놓자, 로리가 앞으로 나오며 큰소리로 말했다.

"제가 베넷 씨를 해 볼게요."

그러더니 그 애는 올리비아를 바라보며 목소리를 깔고 말했다.

"여보, 콜린스 씨 말인데, 끔찍할 정도로 별 볼 일 없는 남자라는 게 안 보이오? 제인의 짝이 되기에는 너무 못생겼고, 엘리자베스에게 대기에는 너무 멍청하오."

그 대사는 책과 대본, 어디에도 없는 말이라서 모두 어리둥절했다.

하지만 올리비아는 이 상황을 이해하고 한 발짝 앞으로 나왔다.

"아, 그래요. 그렇다면 리디아를 잘 포장해서 선사할까요? 두 번째로 좋은 양탄자에다 둘둘 말아 주면 어때요?"

그러자 로리는 골똘이 생각하는 표정을 짓더니, 마치 앞에 벽난로가 있다는 듯 다가가며 파이프를 빼어 무는 척 손짓했다.

"리디아는 아주 생기가 넘칠 뿐만 아니라 뛰어나게 아름다운 아이요. 양탄자에 둘둘 말아 안 보이게 하기에도 너무 똑똑하지 않소."

리디아를 연기하는 건 다름 아닌 로리였기 때문에, 구경꾼들은 숨 죽여 웃었다.

"그건 그래요. 그 찬란한 햇빛과도 같은 머리카락을 잠시라도 안 보이게 하다니, 그럴 수는 없겠죠. 금발이 얼마나 좋은 건데."

그렇게 말하는 올리비아 역시 로리처럼 금발이었기 때문에, 사람들 사이에서 웃음이 더욱 터져나왔다.

로리는 파이프를 후 부는 척을 하며 말했다.

"키티는 어리고 모자란 데다 눈치가 없으니 어따 내어 놓을 수도 없고."

키티를 연기하는 고등학생 아이는 무대 한쪽에서 열심히 문자를 치고 있을 뿐, 지금 자기를 놓고 무슨 일이 벌어지고 있는지 전혀 알지 못했다. 관중들은 이제 웃음을 억지로 참으려 들지 않았다. 올리비아가 말했다.

"그렇다면 말이죠. 똑똑한 당신 말은, 메리를 보내자는 거군요. 그 앤 책을 좋아하니까 둘은 좋은 짝이 될 거예요."

그러자 로리는 무대 위에 있는 사람들을 둘러보며 골똘히 생각하는 척 했다.

"누가 콜린스 씨와 결혼해서 나의 영혼과도 같은 이 집을 물려받게 될지 드디어 결정했소. 이 집은 이토록 끔찍하게 결혼에 대한 불평이 흘러나오는 곳이지 않소."

로리는 길게 한숨을 쉬더니 몸을 휙 돌려 어떤 여자를 가리켰다. 베넷 가에서 등골 빠지게 일하는 하녀인 힐 역을 맡은 사람이었다.

실제로 그녀는 마흔다섯 살이었고 이 연극에 참여하게 된 이유도 그저 자녀들이 닦달하며 참여하라고 해서였다. 로리는 큰소리로 말했다.

"힐, 당신이야말로 내가 가장 사랑하는 사람이오! 그러니 이 집도 당신에게 주겠소!"

그녀는 마침 무대에 앉아 있던 유일한 배우였는데, 그 말에 이렇게 대꾸했다.

"이 집에다 다시도 덤으로 얹어 주세요. 그러면 받을게요."

그러자 사람들의 웃음보가 터져버렸고, 키트가 무대로 돌아올 때까지 그 소리는 그치지 않았다.

그날 이 후로 로리는 모든 이들의 귀여움을 독차지하게 되었다.

하지만 이런 분위기 전환도 한때뿐이었다. 언짢아진 연습 분위기는 무려 한 주 가까이 지속되었다. 그래서 그 주가 끝날 무렵 키트와 올리비아는 서로 말도 하지 않을 정도가 되었다. 어느 날 아침, 올리비아는 극중 남편의 놀림을 받는 장면을 연습할 참이었다. 하지만 카일 박사가 응급 환자가 왔다는 연락을 받아 연습이 중단되었다. 그러자 키트가 대신 그 역을 맡으러 무대에 올랐다. 올리비아는 이렇게 말했다.

"오, 베넷 씨. 내 심정이 어떤지는 생각도 안 하시는군요."

키트는 부드러운 정도가 아니라 유혹하는 듯한 목소리로 말했다.

"당신의 심정뿐 아니라 당신의 말과 생각, 당신의 숨결까지도 이 몇 년간 나와 함께 하지 않았소."

"날더러 그 말을 믿으라고!"

올리비아는 이렇게 쏘아붙이고는 무대에서 나가버렸다.

어안이 벙벙해진 키트는 잠시 멍하니 서 있다가 정신을 차리고는 쉬자고 소리를 질렀다.

케이시는 잭과 테이트에게 배달할 점심을 준비하러 게스트하우스로 향했다. 그동안 조시가 잠깐 케이시를 보러 왔기에, 그녀는 조시에게 보온 용기를 전해 주며 대신 음식을 배달해 달라고 부탁했다. 저택에 안 갈 수만 있다면 안 가고 싶었다.

그런데 잠시 후, 조시는 선물을 하나 들고 돌아왔다. 신발 상자 크기에, 반짝반짝 빛나는 초록색 포장지를 두른 상자에는 예쁜 분홍색 리본이 달려 있었다.

"이거 너 주래."

케이시는 선물을 슬쩍 보고는 말했다.

"필요 없어."

"남자들이 주는 거 아니야. 어떤 여자분이 주랬어."

케이시는 파이 반죽을 밀다 말고 조시를 바라보았다.

"여자분이 누군데?"

"테이트의 여동생이야."

"그럼 절대 안 받을 거야."

조시는 스툴에 앉았다.

"너, 너랑 지젤한테 무슨 일이 생긴 건지 말해 줄 생각 없지?"

"우리 사귀던 남자들이랑 깨졌어. 별일 아냐."

"너희 네 사람, 그리고 키트랑 올리비아까지 전부 연극을 망치고 있는 거 알아? 그 연극 수익금은 기부할 건데, 그런데도 별일 아니야?"

"미안해."

케이시는 그만 핀 위로 파이 반죽을 밀어버렸다.

"케이시!"

조시는 다가오며 큰소리로 그녀를 불렀다.

"파이 좀 그만 만들어. 너 때문에 이 동네 빵집 다 망하게 생겼다고."

그리고 오빠는 동생의 어깨에 손을 얹고 그 얼굴을 바라보았다.

"너랑 테이트 사이가 틀어졌다는 건 알겠어. 그럴 수 있지. 하지만 나 방금 테이트의 여동생과 꼬마 조카를 만났어. 그 둘은 이 일 때문에 피해를 봐서는 안 된다고."

케이시가 아무 말이 없자, 조시는 손을 내리고 물러섰다.

"니나가 자기들 식사도 준비해 줄 수 있냐고 묻더라."

"물론이지. 테이트가 그렇지 않아도 부탁했었어. 하지만⋯⋯."

케이시는 말꼬리를 흐리다가 이내 한숨을 쉬었다.

"오빠 말이 맞아. 나 너무 막 나가고 있어. 기꺼이 요리할게."

조시는 예쁘게 포장한 선물 상자를 들어올렸다.

"풀어 봐."

"나중에."

"아니, 지금 풀어."

조시는 단호하게 말했다. 케이시는 마지못해 선물을 뜯었다. 상자를 열어 보니, 안에는 분홍색 티슈가 가득했다. 그리고 티슈 한가운데에는 작은 파란 벨벳 상자가 들어 있었는데 반지 상자 같아 보였다. 케이시는 마치 독이라도 만진 듯한 손길로 그걸 도로 티슈 속에 던져 넣고서 돌아섰다.

"나 이거 안 열래."

그러나 조시가 상자를 들고 뚜껑을 열었다. 그 안에는 자그마한 128기가바이트 메모리 카드가 들어 있었다.

"와, 이렇게 큰 에메랄드는 처음 봤네?"

"그 남자 진짜 이런 식이면……."

그러나 고개를 돌려 조시가 손에 든 것을 보자, 그녀는 얼굴을 찡그렸다.

"귀엽네."

"너 컴퓨터 어디 있어? 이 안에 뭐가 들었는지 봐야지."

"지금은 안 볼래."

"케이시. 무슨 일인지는 모르겠지만, 이거 하나는 나도 확실히 알겠어. 모든 일에는 다 양쪽 편 나름의 논리가 있어. 그리고 내가 본 바에 따르면, 너랑 테이트는 서로가 생각하는 게 뭔지 모르는 상태야. 테이트의 여동생은 이걸 나한테 몰래 줬어. 내 생각에 테이트는 여기에 대해 아무것도 모르는 것 같아."

조시는 케이시가 자신을 바라볼 때까지 기다렸다 말을 이었다.

"가끔 남자는 군이 변명을 하지 않을 때가 있어. 자기의 명예를 지키고 싶어서 말이야. 그게 구시대적 발상이라는 거, 나도 알아. 하지만 네가 남자를 좀 이해해 줘. 우리 남자들이란 아직도 그런 생각을 가지고 사니까. 예전에 내 여자 친구도 내가 하지도 않은 일을 가지고 날 몰아붙인 적이 있었어. 그래서 나는 아무 말 하지 않고 그 애가 나를 쓰레기라고 생각하게 내버려 뒀지. 군이 항변하지 않고 말이야. 나중에 걔가 사실을 알고서는 나한테 와서 용서해 달라고 하더라. 하지만 난 그러지 못했어. 너랑 테이트 사이에는 이런 일이 없었으면 좋겠어."

케이시는 숨을 몰아쉬며 말했다.

"용서하지 못하는 사람은 나야."

조시는 문을 나섰다.

"난 세트장에 가야겠다. 사람들한테는 네가 몸이 안 좋다고 할게. 그러니 오늘은 연습도 하지 말고 저녁도 만들지 마. 누구한테 전화도 하지 말고. 여기 앉아서 그 메모리 카드 안에 있는 거 보겠다고 나한테 맹세해. 알았어?"

케이시는 주저했다. 레이첼이 한 말을 듣고 심하게 받았던 상처가 나으려면 아직도 멀었는데. 지금 그 가족 사이에서 벌어진 싸움을 더 보고, 그래서 또 엮인다면 상처가 더 심해질 것이다.

하지만 한편으로는, 조시의 말이 맞을지도 모른다. 자신이 알아야 하는 또 다른 진실이 있지 않을까. 게다가, 이미 엮일 만큼 엮어 버렸잖아? 더 이상 나빠질 게 또 뭐가 있겠어?

"알았어. 파이 안 만들게. 타르트도, 아무것도 안 건드릴게. 이거 다 볼게."

"고마워."

조시는 그녀의 뺨에 키스를 하고는 집을 떠났다.

케이시는 파이 반죽을 싸서 냉장고에 넣고는 또 요리할 게 뭐가 있나 여섯 개쯤 생각하기 시작했다. 물론 먼저 장을 보러 가야겠지. 메모리 카드는 그다음에 보면 되고. 하지만 그때는 또 할 게…….

"아우, 진짜!"

케이시는 조리대에 있던 메모리 카드를 확 집어 들고서 거실로 가서는 노트북을 열었다.

처음에는 뭘 봐야 될지 몰랐다. 메모리 카드 안에는 폴더가 20개쯤 있었고, 각각의 폴더에는 서류와 사진, 영상이 들어 있었다. 그나마 폴더에 번호가 붙어 있어서 순서대로 열 수 있는 건 다행이었다.

첫 번째 폴더 이름은 '데스 포인트'였다. 테이트가 망쳐버렸다던 데블린 주연의 드라마 제목이었다. 첫 화를 클릭하자 데블린이 형사로 연기하는 모습이 나왔다. 하지만 그 배우는 케이시가 아는 미남이 아니었다. 영상 속 남자는 눈이 벌개져서 제대로 서 있지도 못했다. 데블린이 술이나 약물에 취했다는 생각이 들 정도였다. 와, 연기 잘하는데? 처음에는 그렇게 생각했다.

곧이어 그의 여자 친구 역할인 레이첼이 등장하더니 진지한 모습으로 그에게 이야기하기 시작했다. 하지만 그녀는 데블린이 지금 정상적인 상태가 아니라는 걸 모르는 듯 했다. 어쩌면 이것도 대본의 설정이겠거니, 케이시는 생각했다.

하지만 다음 화를 보자 데블린의 상태는 더 심각해졌다. 눈은 풀려서 초점이 맞지 않았고, 대사마다 뚝뚝 끊어졌다.

그러자 케이시는 이게 사실은 연기가 아니라는 걸, 서서히 깨닫게 되었다. 데블린은 실제 뭔가에 취한 상태로 드라마를 찍고 있었던 것이다.

영상은 총 8개였는데, 갈수록 상황은 더 심해졌다. 마지막 영상은 그 시즌의 마지막 화였고, 레이첼은 불쌍하게도 그 편에서 죽었다. 데블린은 그 장면에서 슬픔을 표현해야 할 텐데 이상하게도 빨리 가버리고 싶어 안달이 난 것처럼 보였고, 그 뺨에 흐르는 눈물은 마치 인공 눈물을 한 통 부어서 만든 것 같았다.

폴더 안에는 드라마 영상 말고도 현장 촬영 영상들이 있었다. 그건 휴대폰으로 찍은 화면이었다. 그중 세 편은 데블린이 스태프들과 크게 말싸움을 벌이는 모습을 담은 것이었다. 한 편은 그가 레이첼의 엉덩이를 더듬자 그녀가 꺼지라고 욕을 하는 장면이었다. 어딜 봐도 현장 분위기는 좋아 보이지 않았다.

영상 다음으로는 문서들이 이어졌다. 그건 〈데스 포인트〉의 촬영 현장에서 데블린 헤인즈의 모습을 두고 조롱과 야유를 퍼붓는 기사 네 편이었다. 〈TV 가이드〉의 기사 두 편에서는 이 드라마의 미래를 예상하고 있었다. 이게 다음 시즌을 찍을 수 있을까? 그리고 다음 기사에는 드라마가 취소되고 데블린이 재활원에 입소했다는 내용이 나왔다.

다음 문서는 미네소타에 있는 롱 미도우라는 마약 치료 재활원에서 온 청구서였다. 전부 다 합쳐, 20만 달러나 되었다. 환자의 이름은 데블린 헤인즈였고, 돈을 치르는 사람은 테이트 랜더스였다.

케이시는 일어서서 잠시 방 안을 걸으며, 지금 본 걸 이해해 보려고 애썼다. 이건 들었던 내용과 완전히 다르잖아!

그녀는 다시 앉아서 다음 파일을 열었다. 그건 니나와 데블린의 이혼 서류였다. 케이시는 이게 자신과 전혀 상관없는 내용이라고 느끼긴 했지만, 그래도 안 볼 수가 없었다. 수십만 달러를 받는 조건으로, 데블린이 양육권 소송을 하지 않기로 동의했다는 서류였다.

다음 파일 명은 '레이첼'이었다. 영상을 틀자, 레이첼이 카메라 앞에서 누군가에게 이야기하는 모습이 나왔다.

"내가 정말 못할 짓을 했어요. 그리고 그 새끼는 돈도 안 줬다고요! 그날 밤 그놈은 내가 묵는 호텔에 와서 날 구슬려 침대에 눕히려고까지 했죠. 나는 그놈 손이 낀 걸 보고도 일부러 문을 쾅 닫았어요. 손가락이라도 부러졌으면 좋겠네요."

레이첼은 다시 카메라를 바라보았다.

"케이시, 이 영상을 본다면 미안하다고 말하고 싶어요. 나는 테이트 랜더스를 한 번도 만난 적이 없어요. 다 거짓말이었어요. 로스앤젤레스에 떠도는 소문을 들으면요, 랜더스는 정말 좋은 남자예요. 그리고 기사화 시키려고 스턴트 쇼를 했다는 거 말인데요. 나는 그게 무슨 내용인지 하나도 몰라요. 헤인즈가 사진을 보여 주고서 연기를 하면 돈을 주겠다고 했거든요. 나는 그게 전부 장난이라고 생각했어요. 하지만 당신 얼굴을 보고서는 그게 아닌 걸 알았죠. 데블린 헤인즈는 천하의 개새끼예요."

그러다 레이첼은 자신을 인터뷰하던 사람을 슬쩍 바라보았다.

"미안해요. 당신의 전남편인 거 알면서도 이랬네요."

그러자 여자의 목소리가 들렸다.

"나는 그보다 더 심한 욕도 했는걸요. 더 하고 싶은 말 없나요?"

레이첼은 다시 카메라를 바라보았다.

"그리고 케이시, 당신 안 뚱뚱해요. 다만 헤인즈가 그 말은 꼭 해야 한다고 해서 그런 거예요. 저기, 거짓말해서 정말로 미안해요. 다시 사과할게요."

케이시는 파일을 닫았다. 그리고 차를 한 잔 마시려고 자리에서 일어섰다. 하지만 머그잔을 잡으려던 손은 덜덜 떨리고 있었다.

모든 폴더의 내용을 다 보는 데는 몇 시간이 걸렸다. 이걸 다 정리한 사람은 니나겠지. 모든 게 아주 철저하게 자료로 증명되어 있었다. 지붕에 있던 꼬마의 어머니도 인터뷰를 했다. 이 일이 전부 기사화를 시키려고 쇼를 한 것이며, 그 애가 사실 당신 친아들이 아니었다는 말을 누가 했다고 하자, 그녀는 무척 화를 내었다. 그러면서 퍼붓는 욕설이 어찌나 다채롭던지!

구조 현장 사진을 찍은 남자 인터뷰도 역시 있었다. 그는 사진 값으로 2만 달러를 받았다고 말했다. 그는 어느 언론사와도 접촉한 적이 없으며 그 사진을 찍으라고 고용한 사람도 없었다고 말했다.

테이트는 니나에게 데블린이 케이시에게 준 선물에 대해서도 말한 것 같았다. 골동품 초콜릿 틀을 최근에 산 영수증도 첨부되어 있었기 때문이다. 케이시는 그걸 보고 중얼거렸다.

"할머니한테 너무 많이 드렸는데……."

저녁 8시가 되었다. 케이시는 샌드위치를 하나 만들어 먹고 큰 컵에 와인을 부었다. 봐야 할 파일이 하나 더 있었다. 파일 명은 '마지막으로 볼 것'이었다.

케이시는 자신이 얼마나 더 감당할 수 있을지 알 수가 없었다. 대체 데블린 헤인즈는 어떤 사람이기에 이런 엄청난 짓을 한 거지? 거짓말을 하는 것도 모자라 사실과 과거의 기억까지 날조하고 비틀다니, 이건 이해 범주를 넘어선 행동이었다.

그녀는 와인을 반쯤 마신 다음 나머지 폴더를 열었다. 니나가 마지막으로 남겨 둔 파일은 또 얼마나 끔찍할까?

하지만 영상에 나온 장소는 케이시 본인의 집이었고, 그 뒤로 어린 소녀의 깔깔대는 웃음소리가 들렸다.

케이시는 쿠션에 기대 앉아 노트북을 무릎 위에 올려놓은 채로, 테이트가 공작새와 전투를 벌이는 무성 영화를 지켜보았다.

그가 바닥에 떨어진 파자마를 집어 들 때쯤부터 입에서 웃음이 삐져나오더니, 테이트가 자기 목을 긋는 판토마임 연기 장면에서는 큰소리로 웃어대고 말았다.

곧이어 테이트의 배에서 꼬르륵 거리는 소리가 들렸다. 그리고 그는 커다란 숟가락으로 파이를 긁어먹기 시작했다. 파이를 맛보는 그의 얼굴 표정이란. 그녀는 그보다 더 있는 그대로 솔직하고, 마음에 사무치는 칭찬을 받아 본 적이 없었다.

다음 장면에서는 케이시 본인이 주방으로 들어와 테이트에게 소리를 지르기 시작했다. 그 모습을 본 케이시는 너무 웃어서 배가 아플 지경이었다. 자신이 마치 코미디에 등장한 조연 같았다. 테이트의 셔츠가 지붕 끝에 달려 있는 걸 보고 화가 난 자신의 얼굴을 보자 배에 쥐가 날 정도였다. 테이트가 아무렇지도 않게 혹시 셔츠 단추를 달아줄 수 있느냐고 묻는 장면 역시 기가 막히게 웃겼다.

컴퓨터를 닫고 위층으로 올라갈 때쯤에는 이미 밤이 깊었다. 그녀는 지금 알게 된 사실에 대해 생각할 시간이 필요했다.

엘리자베스, 다른 진실을 듣다

Lizzy hears a different truth

사람들 앞에 다시는 얼굴을 들고 다니지 못할 정도로 쪽팔린 상황에 처했을 때는 대체 어떻게 해야 하지? 케이시는 이런 생각뿐이었다.

다음 날 아침, 날이 채 밝기도 전에 그녀는 허브 정원으로 나왔다. 그날은 일요일이라 연극 연습은 두 시에나 시작되었다. 하지만 과연 거기에 갈 수나 있을까.

어제 그런 걸 봐 놓고서, 이제 어떻게 테이트를 마주한단 말인가? "미안해요"라는 말로 끝낼 수가 있을까? 그런 건 실수로 다른 사람 발을 밟았을 때나 할 수 있는 말이잖아.

자신이 내뱉은 말을 제대로 사과할 수 있는 말이 있기는 할까? 그런 식으로 테이트를 헐뜯어 놨는데? 아무리 생각해도 상황을 수습할 수 있는 말은 없었다.

어젯밤, 공작새와의 한판 승부를 보면서 한참을 웃다가 다시 정신을 차리고 보니, 케이시는 지금 자신이 처한 현실을 마주하게 되었다……. 뭐, 다 데블린 헤인즈의 사악한 계략이었지. 왜 그때는 그 남자의 속내가 안 보였을까? 왜 그 이야기를 다시 한 번 확인하지 않았을까? 메모리 카드에 있던 영상들은 이미 유튜브에 올라와 있는 것이었다. 그걸 찾아볼 수도 있었을 텐데. 데블린이 테이트가 자기 드라마를 망쳤다고 말했을 때, 왜 그걸 인터넷으로 확인해 보지 않았을까?

물론 정답은 나와 있었다. 정상적인 인간이라면 데블린 헤인즈가 벌인 것처럼 거대한 규모의 거짓말은 하지 않으니까. 그리고 케이시의 편견도 한몫했다. 슈퍼스타는 자기 멋대로 제정신이 아닌 듯 굴 수도 있을 거라고 생각했으니까. 그래서 함께 살자는 테이트의 말은 일언지하에 거절했으면서, 헤인즈가 한 거짓말은 속속들이 믿었던 것이다.

케이시는 자기 전에 지젤에게 문자를 보냈다. '내 말은 다 틀렸어. 그 구출 사건은 진짜였어. 나 완전 바보 됐어. 내일 이야기하자.'

케이시는 메모리 카드 안에 뭐가 들었는지 말할 수가 없었고, 그래서도 안 된다는 사실을 알고 있었다. 그 내용들은 상당수가 개인정보였다. 니나는 자신의 개인적인 문서를 케이시에게 믿고 맡긴 것이다. 그러니 다른 사람에게 알리면 안 된다.

케이시는 파슬리를 골라 뽑았다. 테이트의 여동생과 조카는 이미 저택에 도착해 있다. 그녀는 두 사람에게 이제껏 만든 것 중 가장 훌륭한 요리를 대접할 계획이었다.

케이시는 작은 쪽파 밭으로 걸음을 옮기면서 어떻게 니나가 이 모든 일을 알고 있는 건지 생각해보았다. 헤인즈가 한 말만 전부 믿고 테이트가 거짓말을 하고 있다고 오해한 케이시의 상황을 니나는 모두 알고 있었다. 그렇다면 케이시는 그녀를 어떻게 마주대할 수 있단 말인가?

케이시는 최악의 경우를 떠올렸다. 니나는 자신을 조롱하고, 욕하고, 어떻게 그렇게 속을 수 있는지 따질 것이다. 하지만 그런 일을 당해도 싸지. 그러니…….

"안녕."

뒤를 돌아보자 검은색 머리카락에 테이트와 똑같은 눈동자를 지닌 예쁜 소녀가 있었다. 그 애는 분홍색 타이즈에 역시 분홍색과 흰색이 어우러진 드레스를 입고 발에는 반짝반짝 빛나는 분홍색 신발을 신고 있었다.

"너 에이미구나."

소녀는 고개를 끄덕였다.

"테이트 삼촌이 언니 보러 가도 된댔어. 정말 요리 잘해? 삼촌 말로는 먼지랑 돌멩이로도 맛있는 요리를 할 수 있다고 했어."

"응, 요리 잘해. 비밀을 알려줄까? 나는 음식 위에다가 튀긴 애벌레를 뿌리거든. 불개미로도 해 봤는데 너무 바삭바삭하더라. 돌멩이보다는 나았어."

에이미는 멀뚱히 케이시를 바라보다가 테이트와 똑같은 얼굴로 미소 지었다.

"그럼 나는 돌멩이 말고 모래로 해 줘."

케이시는 웃으며 생각했다. 이 아이, 삼촌이랑 똑같이 생긴 데다 유머 감각까지 비슷하구나.

"배고파?"

"응."

"그러면 안으로 들어가자. 아침 만들어 줄게."

집 안으로 들어간 에이미는 주방을 둘러보았다.

"정말로 이 병에 넣은 거 다 잼이야?"

"응. 내가 넣었어."

케이시는 냉장고 안을 들여다보며 이 아이에게 뭘 해줄지 생각했다. 듣기로 꽤 편식이 심하다 했다.

"테이트 삼촌이 공작새 쫓아갈 때 이 병들 봤어. 삼촌은 그 새 싫어해! 엄마는 공작새 손잡이가 있는 커다란 머그잔을 보더니 나보고 삼촌 선물로 사랬어. 그러면 삼촌이 웃을 거라고."

"그거 삼촌 보여줬어?"

"아니. 어, 저건 뭐야?"

"파이 반죽이야. 어제 만들었어. 혹시 나랑 같이 자그마한 파이 만들어 보지 않을래? 그 안에 베이컨이랑 치즈도 넣고, 블랙베리도 넣고, 좋아하는 건 얼마든지 넣어도 돼. 피자도 좋고, 아니면 사우스 캘리포니아 복숭아도 좀 쓸 수 있어."

케이시가 하나씩 말할 때마다 에이미의 눈이 점점 동그래졌다. 그 후로 몇 분 동안은 손을 씻고, 앞치마를 입고 머리를 묶었다. 이제 두 사람은 요리할 준비가 되었다. 케이시는 아이에게 동그란 비스킷 커터를 어떻게 쓰는지 알려 주었고, 파이 반죽을 모양낸 다음 가운데에 재료를 채우는 법도 가르쳤다.

그러는 내내 에이미는 쉴 새 없이 모든 걸 이야기해댔다. 엄마는 자고 있고, 테이트 삼촌은 책을 읽는 중이고, 잭 삼촌은 아침 일찍 집에서 나갔다고 했다.

"아까 일어났을 때는 깜깜했어."

에이미는 이렇게 말했다. 그래서 엄마 침대로 가서 더 잘까 생각했지만, 이내 옷을 입은 다음 '밥 주는 언니'를 찾아서 나왔다는 것이다.

그 애는 엄마와 어제 오후 늦게 도착했다고 했다.

"그때 언니를 보러 오고 싶었지만, 테이트 삼촌이 안 된다고 했어.

언니가 바빴댔어. 정말 요리 많이 해?"

"요즘 나는 정말 요리를 많이 했어."

케이시는 이렇게 말하며 오븐 안에 작은 파이들을 먼저 한판 넣었다.

"아주 푸짐한 아침 식사를 차려서 갖다 줄까 했는데⋯⋯. 엄마는 몇 시에 일어나실 것 같아?"

그러자 에이미는 한숨을 쉬었다.

"금방은 안 일어날 거야. 엄마랑 테이트 삼촌은 밤새도록 이야기했거든. 밤중에 한 번 내려가 봤는데 엄마가 울고 있었어."

"어머나, 어떡하니."

케이시는 조용히 속삭였다. 그러면서 니나가 우는 이유가 자신 때문이 아니기를 정말로 간절히 빌었다.

"엄마가 왜 우는지 넌 알아?"

"아빠 때문에. 엄마는 언제나 아빠 때문에 울어. 아빠가 근처에 있으면 엄마 기분이 안 좋아. 나 이 거북이 틀 써 봐도 돼?"

"아주 좋은 선택이야. 그러면 복숭아를 초록색으로 물들일까?"

"아니, 분홍색으로!"

"아주 좋아."

케이시는 이제 음식에 색을 입히기 시작했다.

"아빠가 엄마랑 너랑 같이 살았을 때 말이야, 집에 자주 없었어?"

아이에게 이런 질문을 해서는 안 된다는 걸 알고는 있지만, 머릿속이 어제 본 자료에 대한 생각으로 가득했기에 어쩔 수 없었다. 어떻게 이토록 사랑스러운 아이가 그 모든 일을 감당해야 했을까?

"응. 하지만 엄마랑 나는 아빠가 없는 게 더 좋았어."

에이미는 케이시가 가르쳐 준 대로 복숭아에 빨간 색소를 몇 방울

떨어뜨린 다음 그걸 분홍색이 되도록 섞었다.

"아빠는 위스키를 마시고 우리한테 소리를 질렀어. 그러면 엄마가 울었어. 테이트 삼촌은 영화를 찍고 있어서 컴퓨터로만 볼 수 있었는데, 엄마는 삼촌이 전화할 때 우리가 거짓말을 해야 한다고 했어. 그래서 우리는 아주 행복하다고 말했어. 테이트 삼촌이 슬퍼하는 걸 엄마가 안 좋아하니까."

"정말 힘들었겠구나."

케이시는 에이미를 도와 파이 가장자리를 누르면서 말했다.

"응. 삼촌한테 사실대로 말하지 못해 힘들었어. 엄마는 나를 다른 학교에 보내야 했어. 아빠가 수업료를 안 냈거든. 아빠는 나한테 보통 아이들이 다니는 학교에 가랬어. 하지만 그 애들은 나한테 잘해 주지 않아. 우리 삼촌이 영화배우니까. 하지만 테이트 삼촌한테는 그런 말을 할 수가 없었어."

"삼촌이 집에 왔을 때 어땠어?"

에이미는 미소를 지으며 트뤼펠 커터로 거북이의 등에 자그맣게 다이아몬드 무늬를 내면서 말했다.

"테이트 삼촌은 완전 돌아버렸어. 진짜, 진짜 엄청 화를 냈어. 접시도 막 부쉈어."

케이시는 깜짝 놀라 고개를 들었다.

"그럼 그때 삼촌 안 무서웠어?"

"안 무서웠어. 재미있었어. 테이트 삼촌은 아빠를 죽여 버릴 거라고 했지만, 엄마는 경찰 때문에 못 그런다고 했어. 삼촌은 내가 옛날에 다니던 학교에 가서 선생님들한테 전부 방긋 웃어 줬어. 그랬더니 나 학교에 다시 다닐 수 있었어. 테이트 삼촌은 방긋 웃는 거 진짜 잘해. 하

지만 엄마는 삼촌이 잘생겨서 주인공인 게 아니랬어. 주인공은 돈을
낼 줄 아는 사람이 맡는 거래."

케이시는 웃었다. 니나를 아직 만나지는 않았지만 벌써 그녀가 마
음에 들었다.

"그다음에는 어떻게 됐어?"

"아빠는 드라마를 그만 뒀어. 그래서 아빠는 좋댔어. 그 드라마 싫다
면서. 그리고 아빠는 '제발원'이라는 곳에 갔어."

케이시는 읽었던 내용을 떠올렸다.

"그래, 재활원에 갔구나. 그래서 아빠는 나았어? 술 안 마시게 됐어?"

"아니. 엄마가 그랬는데 아빠는 아빠 여자 친구랑 계속 위스키를 마
셨댔어. 우리는 영화도 봤어. 아빠랑 여자 친구가 키스를 하면서 의자
속으로 들어갔어. 엄마는 나만 그 영화 못 보게 해! 집에 와서 엄마는
테이트 삼촌한테 전화를 해서 빨리 오라고 했어. 그리고 우리가 더 이
상 거짓말을 안 해도 된다고 해서, 나는 아빠가 비밀로 하라고 했던 것
도 다 말했어. 내가 아빠 집에 있을 때 위스키도 아주 많고 여자 친구
도 아주 많은 걸 봤거든."

아이의 목소리가 작아졌다.

"그래서 그때 테이트 삼촌이 엄마를 안아줬어. 엄마는 막 울었어.
다음 날 엄마는 나를 베이비시터한테 맡기고 테이트 삼촌이랑 심프슨
아저씨를 보러 갔어. 그 아저씨는 변호사야. 나도 만났어. 아저씨 사무
실에는 아이스크림이 있어. 우리 같은 말썽쟁이들에게 아이스크림을
주면 그걸 먹는 동안은 엄마들이 나쁜 말을 해도 못 듣는데. 아저씨는
웃겨."

"그래서 엄마랑 아빠는 이혼을 했구나."

"응. 하지만 학교 애들 중에서도 엄마 아빠가 이혼한 애들이 많아서 난 안 무서웠어. 그래도 엄마는 진짜 화가 났어. 테이트 삼촌이 아빠한 테 돈을 주는 건 잘못됐다면서, 아빠는 받을 자격이 없다고 했어."

"왜 돈을 주는데?"

"몰라. 아빠가 쓴 돈일 거야. 테이트 삼촌은 아빠한테 빨간 차를 사 줬어. 집도 줬고. 하지만 아빠는 맘에 안 든댔어. 차랑 집이 너무 싸다 면서 더 좋은 걸 받아야 한댔어."

이제 아이는 케이시를 바라보았다.

"엄마가 그러는데 테이트 삼촌은 세상에서 제일 대단한 사람이래."

"나도 너희 엄마 말이 맞다고 생각해."

엘리자베스, 조지아나를 만나다

Lizzy meets Georgiana

케이시와 에이미가 함께 핸드 파이(바삭한 패스트리 안에 속을 채운 반달 모양 빵)를 만든 후, 에이미는 엄청나게 많은 파이를 먹어치웠다. 그런 다음 둘은 농장 안을 산책했다. 에이미가 테이트 삼촌이 연극을 하는 데가 어딘지 보고 싶어 해서, 케이시는 아이를 데리고 커다란 정자로 갔다. 그곳에는 옷과 소도구가 든 상자와 의자들이 높이 쌓여 있었다.

에이미는 끊임없이 재잘거렸다. 학교에 있는 친구들 이야기, 조그마한 남자애가 있는데 성격이 얼마나 이상한지 말도 거의 안 섞는다는 이야기, 그리고 어떤 여자애들이 전 주에는 참 좋았지만 이번 주에는 진짜 이상해졌다는 이야기까지 다양했다.

"요리하는 법은 어떻게 안 거야?"

오래된 과수원에 이르렀을 때, 에이미가 물었다. 케이시는 어렸을 적 만난 유모들에게서 요리법을 배웠다고 이야기했다.

"내가 대학교에 다닐 때, 여름에 주말마다 과수원에서 일한 적이 있었어."

놀랍게도 에이미는 꽃봉오리가 필 때 가지를 접붙이고 약을 쳤던 이야기를 듣고 싶어 했다.

"이 나무들 불쌍해. 아무도 돌봐주는 사람이 없으니까."

"하지만 이제는 언니가 여기 사니까 돌봐 줄 수 있잖아."

"나, 이사 갈까 생각하거든."

케이시가 조용히 말했다. 그러자 에이미는 깜짝 놀란 듯했다.

"그러면 테이트 삼촌은 혼자 있게 되는 거야? 누가 삼촌 밥을 해 줘?"

"누구 다른 사람을 찾아서……."

케이시는 말을 꺼내려다 이내 멈추었다. 이 아이가 사랑하는 삼촌 테이트를 정말로 걱정하는 게 눈에 보였으니까.

"그러면 내가 음식을 아주 많이 만들어서 삼촌을 뚱뚱하게 만들게. 1년 동안은 안 먹어도 될 정도로 말이야. 그럼 될까?"

그러자 에이미는 눈썹을 찡그렸다.

"안 돼. 영화배우는 살찌면 안 되니까."

"삼촌을 굶겨 놓고 가지는 않을게. 약속해."

그러자 에이미는 안심한 듯 미소를 지으면서 다시 이것저것 질문을 해 대며 이야기하기 시작했다.

하지만 그 애는 단 하나, 바로 자기 아버지에 대한 이야기는 하지 않았다. 케이시가 보기에, 데블린 헤인즈는 아이의 일상과는 전혀 상관이 없는 사람이었다. 그러자 데블린이 딸 이야기를 할 때마다 눈물을 글썽이며, 그 애를 얼마나 그리워하고 함께 시간을 보내고 싶은지를 말하면서 테이트 때문에 그럴 수가 없다고 했던 기억이 머릿속에 스치고 지나갔다.

그때는 그 말을 곧이곧대로 믿었었지!

어쨌든 한 시간쯤 여기저기 돌아다니고 나서 둘은 저택에 도착했다.

케이시는 숨이 턱 막혔다. 여기서 테이트를 보게 되면 뭐라고 하지?

하지만 저택은 조용했다. 케이시는 에이미가 안으로 살금살금 들어가서 1분 후에 분홍색 수영복과 커다란 분홍 타월을 갖고 나올 때까지 밖에서 기다렸다.

"연못에 갈래, 아니면 수영장에 갈래?"

"연못."

에이미의 대답에, 두 사람은 손깍지를 끼고 달리기 시작했다.

연못은 오솔길 아래 진달래 덤불 너머에 있었다. 위로는 커다란 목련이 가지를 드리웠고, 연못가로 미소 짓는 여인의 석상이 서 있었다. 에이미가 말했다.

"여기서 레티와 에이스는 세상을 구했어. 그 애들은……."

"우주 악마들과 싸웠지."

에이미의 눈이 휘둥그레졌다.

"어떻게 알았어?"

"너희 삼촌이 말해 줬어. 에이스가 나중에 커서 우리 아빠가 된 것도 알고 있니?"

"레티는 우리 할머니야. 그러면 언니는…… 우리 숙모다!"

"그건 아닌 것 같은데."

케이시는 이렇게 말했지만, 에이미는 이미 연못으로 달려가는 중이었다. 아무리 설득해 봤자 에이미는 이제부터 자신을 케이시 숙모라고 부를 거란 생각이 들었다.

둘은 연못 주변을 산책했다. 에이미는 발을 물에 담갔지만 물놀이보다는 이야기하는 걸 더 좋아했다. 레티와 에이스가 휠체어를 탄 프레디 삼촌을 연못에 빠뜨렸다는 이야기를 하면서, 케이시는 올리비아와 이 소녀를 꼭 만나게 해 주고 싶다는 생각이 들었다. 올리비아는 그 때 이곳에 있었으니까!

"게이트 씨는 정말로 화가 났지만, 프레디 삼촌은 그냥 웃기만 했지."

에이미는 이 이야기를 자주 들은 말투로 말했다.

"삼촌은 레티와 에이스를 사랑했으니까. 숙모 아빠는 프레디 삼촌을 어떻다고 했어?"

"나는 우리 아빠를 잘 몰라. 겨우 몇 달 전에야 만났거든. 오랫동안 말해 본 적이 없었어. 하지만 아빠가 에이스일 때 어땠는지는 꼭 물어보려고."

에이미가 대답했다.

"그치? 삼촌들이 아빠들보다 훨씬 더 좋아. 숙모는 삼촌 있어?"

"아니, 없어. 나는……."

그런데 에이미는 옆을 슬쩍 보더니 얼굴을 환하게 밝혔다.

"엄마!"

이렇게 소리 지른 소녀는 엄마를 안아주러 달려갔다.

고개를 돌린 케이시는 이쪽으로 다가오는 키 큰 여자를 보았다. 검은 머리카락과 눈동자를 지닌 상당한 미인으로 테이트와 많이 닮아 있었다.

그녀를 본 케이시는 몸이 굳어버렸다. 자신이 테이트에게 얼마나 멍청하게 굴었는지 알려 준 사람이니까. 자신이 거짓말쟁이의 말만 믿고 테이트를 멋대로 판단한 거라고, 그것도 아무런 증거도 없이 나쁜 사람으로 몰았다는 사실을 알게 해 준 사람이니 말이다.

하지만 니나는 케이시를 바라보며 미소를 지었다.

"안녕하세요."

그녀는 딸아이를 꼭 안았다. 에이미가 말했다.

"우리 조그마한 파이를 만들었어. 치즈랑 복숭아를 넣어서. 내가 만든 건 거북이 모양인데 나 그거 여섯 개 먹었어."

"테이트 삼촌한테도 갖다 주면 어떨까? 새로 나온 대본을 읽느라고 삼촌 배고플 거야."

"그래!"

에이미는 타월을 땅에 끌며 게스트하우스 쪽으로 달려갔다.

둘만 남게 되자, 니나는 케이시 쪽으로 돌아섰다.

"아침에 에이미를 돌봐 줘서 고마워요."

그녀는 한숨을 쉬었다.

"테이트와 나는 어젯밤 늦게 잤거든요. 아이가 일어나면 보통 나를 깨우는데, 오늘 아침에는 안 깨우더라고요. 아, 그렇지, 나는 니나 랜더스예요."

케이시는 마네킹이라도 된 것처럼 심하게 경직된 채로 조용히 말했다.

"죄송해요, 데블린을 믿지 말았어야 했는데……."

그러자 니나는 가볍게 웃으며 말을 잘랐다.

"어머나, 나는 그 사람과 결혼까지 했던 여자랍니다! 그 남자를 어찌나 믿었던지, 영원히 함께 있겠다고 맹세까지 했었죠. 당신이 뭘 했든 나만큼 멍청하진 않았잖아요."

"하지만 그래도……."

케이시는 뭐라고 해야 할지 알 수가 없었다.

"그런데요, 정말로 테이트 말대로 음식이 가득 찬 주방이 있나요? 오빠 냉장고에는 진짜 든 게 없어서요."

"따라오세요."

케이시는 이렇게 말했고, 두 사람은 걷기 시작했다.

"아까 우리 딸이랑 레티와 에이스 이야기를 하는 것 같던데, 맞죠? 테이트 오빠 말로는 에이스가 당신 아버지라면서요. 나도 그분과 이야기를 나누고 싶어요. 그리고 당신 오빠 조시 하트먼, 아주 멋있고 참재미있는 분이더라고요. 이해심도 많고, 정말 통찰력이 대단한 분이라 인상 깊었어요. 스테이시랑 같이 일했을 때는 왜 만나지 못했을까요. 아쉬워라."

그렇게 걷는 동안 케이시의 마음이 풀어지기 시작했다. 니나는 자신에게 전혀 화가 나있지 않은 듯했다. 그리고 딱 보니 조시에게 관심이 있는 것 같았다. 안타깝게도, 서머힐의 여자들 대부분이 조시에게 관심이 있다. 하지만 케이시는 자신의 오빠를 변호하기 위해서 갖은 고생도 마다않는 이 여자가 마음에 들었다. 케이시가 자매들과 연합해서 일을 꾸민다면, 조시와 니나의 만남을 밀어줄 수도 있을 것이다.

게스트하우스에 도착한 케이시는 니나를 앉혀 놓고 피망과 세 가지 종류의 치즈를 넣은 오믈렛을 만들어 주었다. 케이시가 요리를 하는 동안, 니나는 이야기를 하며 질문을 했다.

그렇게 몇 분이 흐르자, 테이트에게 못할 짓을 했다는 케이시의 죄책감도 서서히 사라졌다. 이제 그녀는 연극 연습에 대해 이야기했다.

"키트가 불쌍해요. 배우들이 다 서로에게 화가 나 있는 상태라서요. 그래서 아무리 노력해도 좋은 연기를 못 끌어내고 있죠. 그리고 키트와 올리비아 사이에도 뭔가 큰 비밀이 있어요."

"연애사일까요?"

"당연하죠. 깊은 사랑 때문이 아니고서야 두 사람이 서로한테 그토록 막 대할 리 없죠. 그런데 잭은 아침 먹으러 돌아올까요?"

"어젯밤에 걸려온 전화에 잭은 많이 속상한 것 같았어요. 저러다 폭발해버리는 게 아닐까 싶을 정도였죠. 새로 사귄 여자 친구 전화인 것 같던데요."

"그거……."

케이시는 어젯밤 지젤에게 메일을 써서 자신이 오해한 것이라고 털어놓았다. 그래서 지젤이 잭에게 전화를 했을 거고, 잭은 화가 난 거 겠지.

"그건요, 저 때문에 그 둘 사이가 틀어졌거든요."

"당연히 내 전남편이 꾸민 일 때문이겠죠. 그 남자가 사람들을 열받게 하는 건 진짜 산불처럼 피해가 막심해요. 무슨 일인지는 모르겠지만, 잭은 아주 일찍 나간 게 틀림없어요. 그 이후로는 소식이 없고요. 지금쯤 지젤이랑 같이 있을 거 같은데요."

케이시는 육수 냄비를 씻으며 말했다.

"테이트는 날 미워하고 있겠죠."

니나는 아무 말이 없어서 케이시는 고개를 돌려 그녀를 바라보았다. 니나의 예쁜 얼굴은 진지했다.

"거짓말은 하지 않을게요. 오빠는 자존심에 상처를 입어서 기분이 좋지 않은 상태예요. 하지만 당신이 참고 기다려 준다면 극복할 거라고 생각해요."

니나는 말을 잠시 멈추다가 다시 이었다.

"우리끼리니까 하는 이야기인데요. 오빠의 자존심은 상처받을 필요도 좀 있어요. 항상 알랑거리는 사람들만 상대해서 좋을 게 뭐겠어요."

이 말에 케이시는 살짝 미소를 지었다.

"고마워요. 그리고 내가 얼마나 잘못 생각하고 있었는지 알려 주어서 정말 고맙고요. 그 자료들 모으느라 고생하셨겠어요."

"아, 뭐. 오빠의 오만함과 당신의 편견이 만난 거죠. 아주 그럴듯한 맞수예요."

두 사람은 서로를 바라보며 웃었다.

제2막 23장

엘리자베스, 흑막을 꿰뚫어보다
Lizzy sees throught the darkness

테이트는 연습에 나타나지 않았다. 키트는 눈살을 찌푸린 채로 어차피 테이트는 연습을 안 해도 되는 유일한 사람이기 때문에 나오지 않아도 상관없다고 말했다.

모두들 못마땅한 소리를 내었다. 그들은 몇 주 동안 연습을 하며 키트가 태평스럽고 상냥한 사람에서 인상을 써 대는 폭군으로 변하는 모습을 지켜보았다.

이제 케이시가 견디기 힘든 연습 장면 중 하나는 바로 위캄이 다아시에 대해 거짓말을 하는 부분이었다. 케이시는 여기서 어떻게든 그의 말을 믿는 연기를 해야 했으니까.

연기할 준비를 하며 자리를 잡는데, 케이시는 데블린의 왼손에 감은 붕대를 보았다.

"다쳤어요?"

그녀는 최대한 순수하고 꾸밈없는 목소리로 물었다. 그러자 데블린은 전에도 본 적 있는 당황한 표정을 지었다. 마치 비밀로 하려던 일을 들킨 듯한 모습이었다.

"그런 속담 있잖아요. 좋은 일은 해도 벌을 받는다, 라고요. 나는 무거운 짐을 여러 개 들고 가던 여자를 도와주려고 했을 뿐인데, 그쪽이 내 의도를 오해하고는 차 문으로 내 손을 찧어버렸죠. 하지만 나는 연극표를 두 장 드렸어요. 그러니 내 뜻이 그게 아니었다는 걸 알아주기를 바라야죠. 하지만⋯⋯."

"하지만?"

케이시는 그 거짓말을 듣고 이를 악물었다.

"어차피 스포트라이트는 우리 게 아니라는 걸 알잖아요. 당신과 나 같은 평범한 사람들은 랜더스 옆에서는 주목받지 못할 거예요."

진실을 알고 보니, 케이시는 이 남자가 상황을 곡해하는 모습에 정말 기가 막혔다. 그는 마치 인간 양팔 저울 같았다. 데블린에게는 천적과도 같은 테이트의 평판이 내려가야 자신이 올라갈 수 있다는 식이었다. 케이시는 억지 미소를 지었다.

"하지만 〈데스 포인트〉의 팬들이라면 어떨까요? 레이첼처럼 예쁜 여자가 당신을 만나러 여기까지 오잖아요. 그러니 당신 팬들도 첫 공연 때 나타날지 몰라요."

데블린은 진심 어린 미소를 짓더니 뒤를 슬쩍 돌아보았다.

"그럴지도요. 혹시 오늘 로리 봤습니까?"

"아뇨, 못 봤어요. 어쩌면⋯⋯."

그 순간 키트가 고함을 쳤다.

"조용히! 위캄, 엘리자베스! 위치로!"

아무것도 모른다는 순진한 눈동자로 연기하기란 쉽지 않았지만, 케이시는 어떻게든 해냈다. 그리고 모든 연습이 다 끝난 후에는 샤워를 해야겠다는 생각이 들 뿐이었다.

제2막 24장

엘리자베스, 자존심을 굽히다

Lizzy swallows her pride

오후 4시가 되자 키트는 연습을 중지시켰다. 그때쯤에는 모두들 무대 위에서 긴장한 탓에 녹초가 되어 있었다. 케이시는 혹시 테이트가 오지 않았나 싶어서 무대 바깥에서 벌어지는 모든 움직임을 슬쩍슬쩍 엿보았다. 그러다 잭과 지젤이 나타나자, 그녀는 어떻게 됐는지 묻고 싶어 죽을 뻔했다. 온 가족이 모인 장면에서, 케이시는 아버지에게 속삭였다.

"에이스에 대해서 묻고 싶은데요."

안타깝게도 그 말을 들은 카일 박사는 웃어버렸고, 그 소리를 그만 키트가 듣고 말았다.

"레딕 씨! 무대 위에서는 배우를 웃기지 말라고 부탁한 게 그렇게도 못해 줄 일이었나?"

키트는 이를 악물며 말했다. 그러자 또 올리비아가 끼어들었다.

"케이시는 최근에서야 자기 아버지가 에이스였다는 걸 알았어요. 그러니 여러 가지로 알고 싶은 게 당연하죠."

그 말을 듣자 키트의 얼굴이 하얗게 변하더니, 그는 얼른 고개를 돌렸다. 그리고 다시 무표정한 얼굴로 돌아왔다. 한 시간 후 그는 모든 사람을 놓아주었다.

"내일은 드레스 리허설이니까, 모두들 오전 10시까지 오도록 합니다. 그리고 케이시는 우리 먹을 점심을 준비해 줘요. 청구서는 나한테 보내고."

"두 배로 불러요."

올리비아는 케이시와 카일 박사 곁을 지나가며 투덜거렸다. 케이시는 아버지를 슬쩍 바라보았다.

"이게 지금 무슨 상황인지 아는 거 있으세요?"

"저 두 분이 1970년 여름에 아주 열렬하고 미쳤다 싶은 사랑을 했다는 건 안다. 난 그때 겨우 다섯 살이었지만, 저 둘을 몰래 따라다니는 게 레티와 내가 늘 하던 일이었지. 우리는 인디언 전사처럼 두 사람을 졸졸 따라다녔단다. 나중에 크고 나서야 그해 여름에 무슨 일이 벌어졌던 건지 비로소 깨닫게 되었고 말이야."

"먼저 찬 쪽이 누구였어요?"

"그건 모른다. 키트가 커다랗고 검은 차를 타고 떠난 것만 기억나. 레티와 나는 리비한테 키트의 아버지가 아들을 잡아갔다고 말했던 것 같아. 또 한 가지 기억나는 건, 키트가 떠나고 난 다음에 올리비아가 더 이상 우물 집에 가지 않겠다고 했던 거였지. 올리비아는 레티와 내가 그 집을 써도 좋다고 했어. 우리는 너무 기뻤지. 그래서 집에 있던 온갖 보물을 그 집에 갖다놓았어."

박사는 옛 기억에 미소를 지었다.

"그러면 키트가 떠나고 난 다음에 올리비아는 어떻게 됐어요?"

"화가 났지. 하지만 아무 말도 없었어. 레티와 나는 키트가 보고 싶어서 어디 갔느냐고 계속 물었지만, 아무도 아는 사람이 없었다. 그리고 그해 가을에, 우리 어머니가⋯⋯."

그는 어깨를 으쓱였다.

"그래서 나는 키트와 올리비아 생각을 그만뒀고, 그 후로 오랫동안 올리비아를 보지 못했어."

갑자기 박사의 휴대폰이 울렸고, 그는 그걸 쳐다보고 말했다.

"미안하구나. 가봐야겠다. 또 응급 환자가 있네."

그는 계단을 내려가면서 말했다.

"나중에 저녁 한 번 먹자. 그러면 실컷 이야기할 수 있을 테니."

"잠깐만요! 혹시 우물 집에서 다이아몬드 반지를 본 적 없으세요?"

카일 박사는 싱긋 웃었다.

"그럴지도 모르겠다. 누가 알겠니? 그 시절 레티한테는 모든 게 달에서 나온 다이아몬드로 만든 것이었지. 레티는 보고 만지는 게 모두 마법 같았으니까."

그는 뒷걸음질을 치며 말했다.

"저도 레티를 만나봤으면 좋았을 텐데요."

"나도 레티랑 결혼했으면 좋았을 텐데."

이제 카일 박사는 돌아서서 차를 향해 달려갔다. 케이시는 투덜거렸다.

"그러면 난 태어나지도 않았겠죠. 아니면 테이트가 우리 오빠가 됐든지. 그건 싫다고요!"

케이시는 집으로 돌아와 다음 날 사람들을 먹일 수십 인 분의 점심을 준비하기 시작했다. 할 일이 무척 많았고, 식료품점에도 가야 했다. 집을 나서려 할 때, 니나와 에이미가 이쪽으로 오는 게 보였다.

"연습은 잘했나요?"

니나의 말에 케이시는 눈을 내리깔았다.

"내가 집중력이 없는 건지 키트가 성질이 더 나빠진 건지 모르겠어요. 어느 쪽이든 오늘도 정말 안 좋았어요."

케이시는 장보기 목록을 보여 주며 말했다.

"내일 점심 준비를 해야 해서, 식료품점에 가려고요. 혹시 필요한 거 있으면 말씀하세요."

"과일이랑, 샌드위치 만들 거랑, 우유 사다 주세요. 보통 먹는 것들로요."

"나 숙모랑 같이 갈래."

에이미의 말에 케이시가 대꾸했다.

"장 보러? 아주 지루할 텐데."

"얘는 케이시에게 완전 홀렸답니다. 혹시 싫으신가요?"

니나의 물음에 케이시는 솔직하게 대답했다.

"아뇨. 전혀 그렇지 않아요. 그럼 갈까?"

에이미는 아주 예쁜 분홍색 원피스와 거기에 맞는 짧은 상의를 입고 있었다. 아이는 벌써 차로 걸어가는 중이었다.

아이와 쇼핑해 본 건 이번이 처음이었다. 장을 볼 때는 늘 뭘 사야 할지 집중하고 고르기만 했었다. 하지만 에이미는 뭐든지 알고 싶어 해서, 케이시는 수많은 질문에 답을 해 주었다. 케이시가 벽을 따라 놓인 신선 재료들만 사겠다고 했을 때는 안쪽 복도 선반에 있는 물건은 왜 사지 않는 건지 무척 궁금해 했다.

"하지만 엄마는 항상 가운데 들어가서 물건을 전부 사는데."

케이시는 그 질문에 대답하지 않았다. 그저 익은 과일이나 채소, 치즈와 고기들에 대해 이야기했을 뿐이다. 장보기를 마치고 차에 물건을 싣자, 차가 가득 차 버린 광경을 보고 에이미는 이 차가 너무 무거워서 케이시가 운전하지 못할 거라고 말했다.

"우리 테이트 삼촌 트럭을 가져올걸 그랬어. 숙모는 아직도 우리 삼촌 좋아해?"

"아주 많이 좋아해."

"잘됐네. 엄마가 삼촌한테 이야기할 거야."

"그게 무슨 말이야?"

에이미는 어깨를 으쓱였다.

"엄마는 가끔 테이트 삼촌이 영화에 나오는 사람처럼 군대."

"나는 한 번도 삼촌 영화를 본 적이 없어서, 무슨 말인지 모르겠네."

"나도 안 봤어. 엄마가 그러는데 내가 서른다섯 살이 돼서 아이를 셋 정도 낳아야만 삼촌 영화 볼 수 있댔어."

둘은 서로를 바라보며 웃었다.

"있지…… 저기, 삼촌은 뭐 하고 지내?"

케이시는 별로 궁금하지 않다는 목소리로 이 질문을 하고 싶었다.

"막 발로 차고 싸우면서 대본을 읽고 있어."

"싸운다고?"

케이시는 깜짝 놀라며 말했다.

"칼 가지고."

"아, 알겠다. 연기 연습하는 거구나. 너, 트레이너 아저씨 연극하는 것도 알아?"

"응. 테이트 삼촌이 그러는데 아저씨는 그 역할이 딱이랬어."

케이시는 웃음을 참았다. 그 트레이너는 질척대는 콜린스 씨 연기를 너무 잘했다. 그래서 콜린스 씨가 엘리자베스에게 결혼해 달라는 장면을 연기할 때는, 케이시가 굳이 감정을 잡아 연기할 필요도 없었다. 정말로 구역질이 났으니까.

"테이트 삼촌은 대본을 보고 화났어. 삼촌은 웃긴 역을 하고 싶어 하거든."

"사람들이 삼촌과 공작새가 싸운 영화를 못 봐서 너무 속상한걸. 그 영화 정말 웃기잖아."

그러자 에이미는 활짝 웃으면서 케이시를 바라보았다.

"왜 웃어?"

"그냥 튜브 생각이 나서. 튜브 끼고 수영하면 아주 재밌잖아."

갑자기 쌩뚱하게 튀어나온 아이의 말에 어리둥절했지만, 케이시는 그렇다고 말해 주었다.

집으로 다시 돌아오자, 에이미는 케이시에게 고맙다고 말하더니 훌쩍 가 버렸다. 이제 케이시는 차 안에 있는 것을 전부 안으로 나르고 요리 준비를 해야 했다. 하지만 그보다 먼저 할 일은 랜더스 가족에게 줄 크랩 케이크를 만드는 것이었다. 그녀는 보온 용기와 커다란 바구니에 요리를 잘 포장하고서, 충동적으로 메모 하나를 썼다.

테이트에게

당신 아닌 다른 사람 말만 믿었던 거, 사과하고 싶어요. 사실을 알아채지 못해서 난 지금 자책하고 있답니다.

당신이 여행에 돌아와서 미래에 대한 계획을 이야기했을 때 난 당신 말을 오해했어요. 나한테 진실을 알려 주려고 니나가 고생을 너무 많이 한 것도 정말 미안하게 생각해요.

날 용서해 주지 않아도 이해할게요.

그동안 고마웠어요.

아카시아 레딕

그녀는 메모를 봉투 안에 넣은 다음 바구니 옆에 꽂았다. 그리고 급히 저택으로 달려가 현관 계단에 용기와 바구니를 놓고 왔다.

집으로 돌아온 케이시는 덜덜 떨고 있었다. 써 놓은 메모를 보고 테이트는 어떻게 반응할까? 전화를 해서 나가라고 소리 지르는 건 아닐까? 집 문 앞에 나타나서 배짱도 좋게 다시 연락을 하려 드느냐고 말하는 건 아닐까?

테이트가 어떻게 나올지 안절부절 못한 마음으로 케이시는 TV를 틀었다. 식사 준비를 하면서 뭔가 엄청 으스스한 공포 영화를 본다면 이런 생각을 잊을 수도 있을 것이다. 배우들과 스태프들의 인원을 계산하면 내일 점심은 약 50인 분을 만들어야 해서 지금부터 그녀는 할 일이 태산이었다. 그리고 그걸 전부 준비하려면 적어도 내일 새벽 5시에는 일어나야 했다.

케이시는 채널을 돌리면서 무슨 영화를 방영하는지 알아보았다. 놀랍게도, 한 채널에서 테이트 랜더스의 영화가 막 시작한 참이었다. 보통 때 같았다면 별로 관심 없는 로맨스 영화는 제꼈을 것이다. 하지만 오늘은 채널을 고정한 다음 리모콘을 내려놓았다. 그렇게 많은 여자들이 이야기해대는 것이라면 그녀도 봐두는 게 좋을지 모르니까.

제3막

다아시, 편견을 물리치고 근육을 보여 주다!

Darcy conquers his prejudice — and shows those abs!

아무것도 걸치지 않은 남자가 케이시의 오두막 뒤 베란다에 서 있었다.

지금 시각은 새벽 5시. 알람은 막 꺼졌다. 그녀는 비틀거리며 주방으로 내려와 점심 식사 준비를 하려던 참이었다.

어젯밤, 케이시는 테이트 랜더스의 영화를 내리 세 편이나 보느라 늦게까지 깨어 있었다. 첫 번째 영화가 끝났을 때는 심장이 두근대고 손끝이 찌릿찌릿했다. 몸의 다른 부분도 마찬가지였다.

스토리는 솔직히 말도 안되는 내용이었다. 곤경에 처한 예쁜 여자를 어쩔 수 없이 구해주게 된 백마 탄 왕자님이라는 설정이니, 그것만 보자면 하품이 나올 정도였다. 새로울 거 하나 없는 클리셰다.

하지만 테이트는 그런 영화도 아주 볼 만하게 이끌어 갔다. 그 거무스름한 잘생긴 얼굴은 화면에서 더욱 빛을 발했다. 여주인공에게 짜증을 내며 얼굴을 찡그리는 모습을 보자 케이시의 심장이 자기도 모르게 빨리 뛰었다. 그래서 쥐고 있던 칼을 내려놓고 멍하니 화면을 응시했다.

테이트가 자신을 이렇게 본 적이 있었던가? 어쩌면 처음에는 그랬을지도 모르지만 당시에는 그가 뭘 하고 있는지조차 알아차리지 못했다. 케이시는 너무 화가 나서 테이트가 뭘 해도 좋은 인상을 받지 못했으니까.

첫 번째 영화가 끝나자, 케이시는 그의 영화를 더 봐야겠다는 생각밖에 들지 않았다. 그래서 영화 사이트에서 찾다가 결제를 했다. 대여가 아닌 무려 소장용으로 말이다.

두 번째 영화를 보던 중간에, 그녀는 하던 요리를 그만두고서 거실로 가 불을 끄고는, 노트북이 아닌 더 큰 TV 화면으로 영화를 보기 시작했다.

두 번째 영화가 끝나자, 케이시는 테이트가 그토록 좋아하던 파자마를 찾아 입고서 침대에 누워 아이패드로 세 번째 영화를 보기 시작했다. 아이패드에 나오는 그의 모습이 너무나 가까이 있는 것처럼 느껴져 마치 테이트 본인을 껴안을 수 있을 것만 같았다.

다음 날 준비해야 하는 음식이 50인 분이나 되지 않았더라면 케이시는 아마 자지도 않고 네 번째 영화를 결제했을 것이다. 하지만 그녀는 마지못해 아이패드를 끄고 잠자리에 들었다.

그리고 알람이 5시에 울렸을 때는 침대에서 일어날 수가 없을 정도였다. 그녀는 손으로 벽을 짚어 가며 아래층으로 내려와, 하품을 하면서 전기 주전자에 물을 채우고 찻잎을 거름망에 넣었다. 그런데 어디선가 들려오는 소리에 정신이 확 들었다. 뒤 베란다 불이 켜져 있었지만 그녀는 가끔 불을 켜 둔 채로 놔두기도 했다.

돌을 깔아 놓은 뒷마당 오솔길에 서 있는 사람은 다름 아닌 테이트였다. 그녀의 눈앞에서 그는 티셔츠와 운동복 바지를 벗어 땅에 내려

놓았다. 그러더니 옷을 오솔길 돌바닥 위에 던져놓고는 완전히 다 벗은 몸으로 케이시 쪽을 마주보았다. 그가 세 걸음 앞으로 다가오자 찬란한 남성미가 여봐란듯이 눈에 들어왔다.

날 용서해 줬어! 그 생각이 머릿속에 스쳤다.

그다음으로 찾아온 건 강렬한 욕망이었다. 영화를 봤잖아! 지금 화면을 찢고 이 남자가 나왔어! 얼마나 그리웠냐고!

케이시는 문으로 한 걸음 다가갔다. 곧바로 그에게 뛰어들고픈 마음뿐이었다. 그래서 그를 한입에 삼켜버리고 싶었다. 입술과 혀, 온몸을 통째로 말이다. 그녀는 자기 잠옷 단추를 풀려다가 멈칫했다.

아니야, 이건 환상이야. 전에 봤던 환상이 재방송되고 있는 거라고. 이 환상이 진짜라고 생각하고 섣불리 행동하다가는 그냥 사라져 버리게 될 거야.

그래서 케이시는 눈도 깜빡이지 않은 채, 손을 더듬거려 전기 주전자를 잡고서 차 거름망을 올려놓은 머그잔 위로 물을 부었다. 머그잔으로 들어가지 못하고 샌 물이 꽤 많았다. 화강암 재질 조리대 위로 떨어진 물은 타일 바닥으로 흘러내렸지만, 케이시는 그런 줄도 몰랐다.

그녀는 스툴에 앉아서 그의 몸을 응시하며 시선을 발끝부터 훑어 올리기 시작했다. 천천히, 그의 몸 구석구석을 두 눈에 담았다. 하지만 이번에는 어떤 몸을 보게 될지 그녀는 알고 있었다.

이제 그의 얼굴에 시선이 닿자, 짙은 눈썹 아래 드러난 검은 눈동자가 보였다. 그 입술이 어떤지 이제는 정말 잘 알고 있다. 얼굴을 묻었던 그 머릿결의 촉감이 어떤지도 떠올랐다.

그가 문으로 다가오자 케이시는 숨이 탁 멎었다. 안으로 들어오려는 걸까? 아니었다. 그는 손을 뻗어 물을 틀더니 몸을 굽혔다. 그의 몸은 처음 봤을 때보다 근육이 더 붙어 있었고 훨씬 더 각이 잡혔다. 케이시는 자신의 몸에서 땀이 나는 게 느껴졌다.

이제 케이시는 머그잔을 집어 들고 차를 홀짝이면서 테이트가 비누 거품을 몸에 칠하는 걸 응시했다. 다리에 거품을 칠하다가 그 사이에도 거품을 문지르는 모습이 보였다. 이윽고 그 손은 위쪽으로 움직였다. 혼자서 등 전체에 비누칠을 하는 건 예전에도 그랬듯 꽤 힘들어 보여서, 케이시는 그만 잠옷을 살짝 벗어던지고 그에게 다가가면 어떨까 생각했다.

하지만 그녀는 그러지 않았다. 이 달콤하고 끝내주는 환상을 가능한 한 오랫동안 유지하고 싶었으니까.

이제 그는 벽에 걸린 샤워기로 손을 뻗어 그걸 당기고는 그 매력 넘치는 온몸에 물을 뿌려댔다. 케이시는 이제 미소를 짓기 시작했다. 앞으로 벌어질 일을 생각하는 것만으로도 온몸이 떨려왔다. 둘 사이의 전기가 최고조로 번뜩이지 않을까? 이러다 온몸의 털이 다 쭈뼛 서는 거 아냐?

이윽고 그가 물을 끄고 돌아서서 수건을 찾자, 케이시의 미소는 더 커졌다. 이번에는 안으로 들어와서 수건을 찾으려나? 영화에서는 여자의 드레스를 잡아다가 쫙 찢었었지. 단추가 막 사방으로 날아갔잖아.

케이시는 어머니가 사준 파자마가 찢어지는 건 싫었기 때문에 윗옷의 단추를 풀었다. 이러면 시간이 절약되잖아? 이런 상황에서도 현실적인 생각이 나는군.

테이트가 집 쪽으로 한 발짝 다가서는 게 꼭 안으로 들어오려는 것 같아서 순간 케이시의 심장이 멎을 뻔 했다. 그가 문손잡이를 잡자 그녀의 숨이 탁 멎었다. 움직일 수도 없었다. 하지만 그는 이내 손잡이를 놓고는 계단을 내려갔고 그녀는 한숨을 내쉬며 얼굴을 찡그렸다.

아니야, 이러면 안 되는 거야. 안으로 들어와야지. 여기 내가 있다는 걸 모르는 거야? 지금 두 눈 뜨고 보고 있는데?

그는 벗은 채로 바지를 집어 들었다. 그리고 그걸 입으려는 찰나, 케이시는 문을 확 열고 밖으로 뛰어나갔다. 테이트는 바지를 던지고 그녀에게 팔을 벌렸다. 케이시를 잡은 그는 그녀를 품에 꼭 안았고, 두 사람은 어찌나 꼭 껴안았던지 마치 한 몸이 되어버린 듯했다.

몇 분 동안이나 둘은 그 상태 그대로 서로를 느꼈다. 몸에서 전기가 흘렀고, 평화롭다 싶을 만큼 부드러운 진동이 둘을 휘감았다.

그러다 먼저 움직인 쪽은 테이트였다. 그의 입술이 케이시의 입술에 내려앉았다. 처음엔 무척 달콤하게 시작했지만, 입술의 촉감에 흥분이 점점 더해지며 불이 붙었다. 그의 키스는 점차 짙어졌다.

케이시의 윗옷 단추는 이미 풀려 있어서 그녀의 젖가슴이 그의 맨가슴에 닿았다.

테이트는 그녀를 나무에 밀어붙였다. 케이시 역시 있는 자리에서 그를 안고 싶었지만, 여기서는 안 된다는 걸 알고 있었다. 그래서 가까스로 한 마디를 내뱉었다.

"에이미가……"

그러자 테이트 역시 곧바로 상황을 알아차렸다. 그의 조카는 예상치 못한 곳에서 불쑥 나타나곤 했으니까.

정말 기쁘게도, 테이트는 그녀를 팔에 번쩍 안아들고는 게스트하우스의 계단을 올랐다. 이게 무슨 행동으로 이어질지 케이시는 너무도 잘 알고 있었다. 어제 두 번째 봤던 영화에도 나왔던 거니까. 그는 문을 열고 안으로 그녀를 데려갔다.

테이트는 거실에 그녀를 내려놓았다. 준비가 다 된 그의 몸이 보였다. 케이시가 미처 그에게 손을 대기도 전에, 테이트가 먼저 그녀를 벽에 밀어붙이고 파자마 바지를 벗긴 다음 그녀의 안으로 파고들었다.

그 순간엔 열정만이 존재했다. 이렇게 아름다운 남자가 자신을 이토록 욕망하고 원하고 바란다는 그 느낌은 실제 관계만큼이나 황홀하고 즐거웠다.

테이트는 그녀를 갖지 못한다면 죽을 것 같이 굴었다. 사실은 케이시 역시 마찬가지였다.

그녀는 머리를 벽에 기대고 그의 입술에 목덜미를 내주었다. 케이시의 몸속을 헤집는 테이트의 몸짓은 더욱 격하고 다급해졌다.

두 사람은 마침내 절정에 도달했고, 몸이 풀렸다. 하지만 그 순간은 헤어졌던 순간이 끝났다는 안도감에 도달한 것이기도 했다. 분노와 오해, 불신은 사라졌다. 숨겨왔던 비밀과 깊은 감정이 모두 드러났다.

두 사람은 살갗을 맞댄 채 꼭 껴안았다. 케이시는 다리로 테이트의 허리를 감아 단단히 붙잡았고, 테이트 역시 팔로 그녀를 꽉 잡았다.

이윽고 그가 몸을 떼었을 때, 케이시는 목덜미로 그의 미소를 느꼈다. 테이트는 아무런 말도 없이 그녀를 안고 2층 침실로 올라갔다.

그리고 잠시 동안 어린이용 파자마 상의를 활짝 젖힌 채 누운 그녀의 모습을 내려다보았다.

그 표정이란 어제 케이시가 영화에서 봤던 것이었다. 아주 잠깐 그 생각에 흥분이 되었다. 하지만 케이시는 다시 이 남자를 보았다. 외로웠던 어린 시절 이야기부터 시작해서 가족에게 해를 끼친 나쁜 놈과 엮인 이야기까지, 자신과 아주 많은 것을 나눈 남자. 이 짧은 시간 동안 케이시는 테이트의 친구와 가족, 그의 진짜 삶 속으로 얽혀들었다.

그러자 영화배우의 이미지가 사라지고, 자신이 그토록 사랑하게 된 남자의 모습이 보였다. 그녀는 테이트에게 팔을 뻗었다.

그는 케이시를 보며 미소 지었다. 이해했다는 표정이었다. 그리고 는 케이시 옆에 몸을 쫙 뻗고 누워 그녀를 품 안으로 끌어당기고는 어깨에 그녀의 머리를 얹었다.

"미안해요. 내가 잘못했어요."

"쉬잇, 괜찮아요."

케이시의 속삭임에 그는 머리카락을 쓰다듬어 주며 대답했다.

"날 미워할 거라고 생각했어요."

"어떻게 그럴 수가 있겠어요."

그러자 케이시는 몸을 빼고 그를 바라보았다.

"하지만 나한테 엄청 화났잖아요!"

테이트는 작게 웃었다.

"그랬죠. 나를 거절하는 여자는 많지 않았으니까. 그래서 솔직히 충격이었어요."

그녀는 다시 머리를 그의 어깨에 얹었다.

"나는 이 연극을 하기로 받아들였고 그 약속은 지켜야 하죠. 하지만 우리 공연이 끝나는 대로 난 로스앤젤레스에 돌아가야 해요."

"아, 그렇군요. 로스앤젤레스라……. 그럼 내가 이 집 문단속 잘하고 있을까요?"

"아니, 다시는 나 놀라게 하지 좀 마요. 난 당신이 나랑 같이 갔으면 좋겠어요. 하지만 그게 싫다면, 할 수 있는 한 여기에 내가 자주 올게요."

케이시는 놀라서 숨을 탁 내쉬었다.

"그럼…… 그때 한 말이 진심이었어요?"

그러자 테이트는 믿을 수 없다는 듯 고개를 저었다.

"당연히 진심이었죠! 아니 내 말은 이렇게 못 믿으면서, 당신과 니나처럼 어딜 봐도 멀쩡한 여자들이 왜 헤인즈 말은 그렇게 잘 믿는 거죠?"

테이트가 진짜 대답을 원해서 묻는 말이 아니라는 건 알았지만, 어쨌든 그녀는 대답했다.

"그건 그 남자가 메소드 연기를 해서일 거예요. 언제나 눈물을 글썽이면서 불안해하는 표정으로 말을 하거든요. 마치 자신의 마음 깊숙한 곳에서 나오는 말인 것처럼요. 이런 말 있잖아요. '자기야, 나 지금 너무 급해. 나랑 갈래?' 이런 식인 거죠."

테이트는 웃었다.

"그 말을 들으니까 나 로스앤젤레스에 너무 오래 살았나 봐요. 그런 말을 하면 분명히 그쪽 여자들이 다 넘어올 거 같다는 생각밖에 안 드네요."

그는 케이시의 뺨에 손을 대고는 얼굴을 돌려 자신을 바라보게 했다. 진지한 표정이었다.

"아카시아, 나는 당신이 정말 좋아요. 당신이 내 겉모습만 보는 게 아니라 내면의 모습도 봐 주는 게 좋다고요. 나는 당신과 함께 있고 싶어요. 내가 어때야 한다는 식으로 날 판단하지 않으니까요. 당신이 보여 주는 삶에 대한 열정도 좋아요. 특히 우리가 몸을 맞대고 있을 때가 정말 좋고요."

그는 한숨을 쉬었다.

"나랑 같이 로스앤젤레스에 갔으면 좋겠어요. 그래서 나의 이상한 삶을 당신이 참아줄 수 있을지 한 번 알아봐요. 나는 당신을 처음 봤을 때부터 이미 마음을 먹었죠. 어쩌면 당신이 나한테 파이를 먹어치웠다고 소리를 지르던 날이었을지도 모르겠네요. 난 당신이 원하는 게 뭔지 마음먹을 때까지 기다려왔어요."

그리고 그는 잠시 말이 없었다.

"나랑 같이 가겠어요?"

"그래요, 갈게요."

케이시는 그의 어깨에 머리를 얹었다.

"좋아요. 하지만 우리 이걸 비밀에 부치기로 해요. 헤인즈가 에이미와 니나에게 화풀이할까 걱정이니까."

"그 남자를 막을 방법은 없어요? 변호사로도 안 돼요?"

"헤인즈가 하는 행동은 비도덕적이긴 하지만 불법은 아니죠. 그놈 말을 듣고 사람들이 불행해진다고 해서 감옥에 넣을 수는 없어요. 항상 거짓말을 하긴 해도, 그걸로는 죄가 안 돼요. 예쁜 여자한테 선물을 주면서 할머니한테 받은 거라고 말하는 게 불법은 아니니까."

테이트는 한숨을 쉬었다.

"왜 여자들은 나쁜 남자라서 빠져든 거면서 나중에 나쁜 남자라는 게 밝혀지면 화를 내죠?"

케이시는 이 말을 내용이 아니라 어조로 이해했다.

"걱정이 되는군요. 그렇죠?"

"그래요. 헤인즈는 점점 막 나가고 있어요. 내가 자기 삶을 망쳤다는 생각에 사로잡혀 있죠. 나는 곧 재정적 지원을 끊을 겁니다. 그러면 일을 구하거나 누군가 자기를 먹여 살릴 사람이 있나 찾아내야 하겠죠. 그놈이 뭘 할지 너무 무섭기만 해요."

테이트는 다시 한숨을 쉬었다.

"에이미와 니나가 여기 있는 동안에는 건드리고 싶지 않아요. 당신도 있고. 그 여자랑 같이 한 짓을 생각하면……."

"레이첼 웰스 말이군요."

"그래요, 그 여자. 그건 명예훼손이죠. 니나와 에이미가 이 나라 저 끝에 안전하게 도착하면, 난 로스앤젤레스로 돌아가 법률 자문을 구하려고 해요. 헤인즈가 우리 가족에게 저지르는 복수를 저지하려면 뭐라도 해야 하니까요."

"데블린은 이런 짓을 당신 전 여친들에게도 똑같이 했나요?"

"아뇨. 그놈은 내가 전 여친들을 별로 좋아하지 않는다는 걸 알고 있었거든요."

테이트가 말한 것은 전부 무시무시한 이야기였지만, 케이시는 이 말에 미소 짓지 않을 수 없었다. 그녀는 다리로 그의 허벅지 사이를 쓸어내렸다.

"비밀 지킬게요. 지난 몇 주 동안 나 연기 실력이 상당히 늘었거든요. 그래서 나는 당신이 꼴보기 싫어 죽겠다는 연기를 사람들 앞에서 잘할 수 있어요."

테이트는 웃는 건지 우는 건지 알 수 없는 소리를 내었다.

케이시는 그의 몸 위로 올라가서 얼굴을 구겨 인상을 썼다.

"그거, 나 연기 못한다는 소리인가요?"

"잭이 그러는데 어제 당신 대사 치는 게 꼭 로봇 같았다고 하더라고요."

"아……."

케이시는 눈물을 글썽이다가 눈을 깜빡여 털어냈다. 슬픈 어조로 입을 열다 만 그녀는 그의 몸 위에서 힘없이 내려오려 했다. 그러자 테이트는 그녀를 잡고 머리를 가슴에 꼭 끌어안았다.

"미안해요! 당신이 정말 그랬다는 게⋯⋯."

그런데 케이시가 깔깔대는 소리가 가슴께에서 들려오는 게 아닌가. 테이트는 그녀의 머리를 끌어당겨 사실은 자신을 놀린 것임을 확인했다.

"진짜 이러기예요!"

그는 케이시의 목덜미에 키스하기 시작했다.

"나 로봇 같다는 말 취소해요."

"안 그럼 어쩔 건데요?"

그의 입술은 이제 그녀의 가슴께를 향해 내려갔다.

"깡통 수프만 먹일까보다."

테이트는 고개를 들더니 자기 가슴에 손을 대고는 깊이 한숨을 쉬었다.

"당신이 날 완전히 망가뜨린 거 알아요? 나 앞으로는 예전처럼 살수 없을 거 같아. 당신 없이는 아무것도 못하겠어. 난 분명히⋯⋯."

케이시는 키스로 그 입을 다물게 한 다음 몸을 들고 그를 바라보았다.

"그 말은 영화에서 더 멋있게 했었죠."

그러면서 그녀는 다시 테이트에게 키스했다. 그러자 그의 눈이 확빛났다.

"내 영화 봤어요? 어떤 거?"

케이시는 그저 웃었다.

"묻지 마요."

"그것이 그대의 소원이라면 기꺼이 따르리. 나는 다만 그대의⋯⋯."

테이트는 영화 대사를 읊고 있었다. 그녀는 계속 웃으면서 다시 키스했다. 다만 이번에는 키스가 멈추지 않았다.

두 사람은 다시 천천히 사랑을 나누었다. 서로를 탐닉하며, 다시 함께 할 수 있어 아주 행복한 마음뿐이었다. 그렇게 아무 말 없이 키스와 애무만을 나누었다.

마침내 일을 다 치른 두 사람이 맞닥뜨린 것은 열정이 아니었다. 그보다 더욱 깊고, 육체를 초월하여 내면으로부터 우러나오는 그 무엇이었다.

두 사람은 말없이 나란히 누워서 손깍지를 끼고 머리를 지그시 맞대었다. 테이트가 속삭였다.

"오늘이 드레스 리허설이군요. 그 로우 컷 드레스 입은 모습을 진짜 보고 싶은⋯⋯."

그러자 갑자기 케이시가 벌떡 일어섰다.

"점심 준비! 까먹고 있었어요!"

케이시는 침대에서 나왔다.

"잘 들어요, 도시 총각! 내가 만드는 요리는 애들 소꿉장난이 아니라고요. 일어나서 옷 입고 내려가서 들통에 물 담아서 끓여 놔요. 그동안 나는 샤워해야겠으니까."

"나 여기 옷 없는데⋯⋯. 밖에 두고 왔어요. 근데 이미 날이 밝아버렸잖아요?"

케이시는 이미 샤워 중이었다.

"카메라 앞에서는 홀딱 벗고 잘만 돌아다니던데요."

"내 영화를 봤다니 지이이이인짜 기쁘네요."

테이트가 투덜대었다. 그러자 케이시는 샤워하며 소리를 질렀다.

"다 들리거든요!"

테이트는 케이시의 옷장을 열어보았지만 그가 입을 만한 건 아무것도 없었다. 그래서 밖으로 나가서 자기 옷을 찾아보기로 했다.

케이시는 샤워 중이었던 탓에 실오라기 하나 걸치지 않고 아래층으로 내려간 테이드를 보면서 1층에 모여 있던 사람들이 한 마디씩 하는 걸 아쉽게도 듣지 못했다.

에이미는 깔깔대며 얼굴을 손으로 가렸고, 니나는 오빠에게 얼른 바지를 건네주었다. 지젤은 '어머나, 세상에!'라는 외마디 소리를 질렀고, 잭은 테이트에게 복근 운동 좀 더 해야겠다고 말했으며, 조시는 같이 운동해도 되는지 둘에게 물어보았다.

테이트는 가까스로 정신을 차리고는 옷을 입으며 말했다.

"그럼 우리 모두 점심 식사를 만들기로 해."

"참 일찍도 내려와서 그런 소리 한다."

잭은 비꼬듯 말했다.

몇 분 후, 엄청 당황한 채로 계단을 달려 내려온 케이시는 놀라운 광경을 목격했다. 주방에 사람이 한 트럭 분량은 모여서 음식을 준비하느라 정신이 없었다. 이걸 좋아해야 하나, 아니면 머리를 부여잡아야 하나. 케이시가 알기로는 이중에서 요리를 할 줄 아는 사람은 단 한 명도 없었다. 대체 지금 다들 뭘 하고 있는 거야?

테이트는 그녀의 어깨를 감싸 안으며 머리에 키스를 했다.

"당신은 외롭지 않아요. 이렇게 가족이 있으니까."

부드럽게 말하는 그의 목소리에 케이시는 미소를 지었지만, 바로 그 순간 니나가 다져 놓은 양파를 케이크 아이싱 볼 속에 떨어뜨렸다.

"어이쿠! 이제 저거 건져내야겠네요."

테이트는 케이시에게 다시 고개를 숙이며 말했다.

"당신은 확실히 외로울 새는 없겠어요. 이렇게 사고치는 가족이 있으니까."

케이시는 웃으면서 서둘러 달려가 난장판을 정리했다.

잠시 후, 니나는 설탕 쪽에서 멀찍이 떨어져 고추를 썰면서 조시에게 케이시와는 촌수가 어떻게 되느냐고 물었다. 그러자 조시는 니나에게 조금 더 가까이 다가섰다. 사실 조시가 이 집에 들어온 후로 니나와는 30센티미터도 떨어져 있지 않았기 때문에 더 가까이 다가서기란 쉽지 않았는데도 말이다.

"음. 우리 부모님은 나를 낳으신 다음에도 아이를 더 많이 갖고 싶어 했어요. 뭐, 날 보면 나 같은 아이를 더 낳고 싶은 건 당연하잖아요?"

조시는 니나에게 미소를 지었고, 니나는 그 장난스런 말에 동의한다며 고개를 끄덕였다.

"하지만 아버지 몸에 문제가 있어서, 에버렛 박사님이 정자 기증을 받으라고 조언을 했죠. 하지만 그때 받았던 정자가 에버렛 박사님 아들인 카일의 것이라는 건 아무도 몰랐어요. 카일은 세상을 떠돌아다니느라고 자기…… 걸 기증해서 돈을 만들었거든요."

조시는 그러면서 개구지게 웃었다.

"그래서 어쨌든, 내 여동생인 스테이시가 태어났죠. 그러니까 우리는 엄마는 같고 아빠가 달라요."

모두는 이제 케이시의 대답을 들으려고 그녀를 바라보았다.

"우리 엄마는 자신의 까마득히 높은 눈높이에 맞는 남자를 못 찾았어요. 그래서 정자 은행 카탈로그에서 상대를 선택했죠. 그게 카일 박사님이었고요."

다음은 지젤이었다.

"엄마와 아빠 사이에 아이가 생기지 않았어요. 그래서 에버렛 박사님께 조언을 구했죠. 그랬더니 정자 기증을 받으라고 하셨대요."

테이트는 웃으며 대꾸했다.

"그래서 받은 게 또 그분 이들 것이었군요?"

"그래요. 물론 그땐 그 사실을 아무도 몰랐어요."

니나는 케이시를 바라보았다.

"그럼 내가 이해한 게 맞나 들어보세요. 당신과 스테이시와 지젤은 모두 아버지가 같은 거죠. 하지만 당신과 조시는 아버지도 어머니도 달라요. 그러면 둘은 어떤 식으로든 남매라고 볼 수가 없잖아요. 그러니 조시가 다아시를 해도 되겠네요."

하지만 케이시의 얼굴은 진지했다.

"과학적으로 따져서 문제없다고 해도 징그러운 건 징그러운 거죠. 그렇지 않아, 오빠? 아무리 생각해도 말도 안 돼요."

조시도 맞다는 듯 고개를 끄덕였다.

"나도……."

그런데 문에서 누군가의 소리가 들려왔다.

"안녕하세요. 혹시 도울 일 있을까 해서 왔습니다."

그 사람은 카일 박사였다. 그의 등장에 다들 그만 웃음을 터뜨렸다. 그는 사람 좋은 미소를 띠며 방충망을 열었다.

"들어 보니, 우리 아버지가 손주들을 너무 보고 싶어 벌인 일에 대해 이야기하는 것 같은데요."

그들은 모두 고개를 끄덕였다. 카일 박사는 에이미를 바라보았다.

"내가 듣기로, 너는 레티와 에이스에 대해서 뭐든지 알고 있다던데.

혹시 그 애들이 조그마한 초록색 사과를 먹고 배탈이 난 척해서 어른들을 속였던 이야기 듣고 싶니?"

"네!"

에이미는 이렇게 말하며 박사의 손을 잡고 집을 나섰다.

케이시는 미소를 짓다가 무심코 시계를 바라보았다. 벌써 10시가 된 걸 보자, 순간 너무나도 오싹한 기운이 온몸을 스치고 지나갔다.

"우리 이러다 늦겠어요! 키트가 또……."

그녀는 말을 맺을 수도 없었다. 키트가 엄청 화를 낼 거라는 생각만으로도 모두 제트기 엔진을 단 것처럼 서두르기 시작했으니까.

허둥지둥 법석을 떠는 가운데, 잭은 지젤에게 짧은 키스를 날렸고, 테이트도 케이시에게 키스했다. 니나 곁을 지나가는 조시도 그녀에게 키스하는 게 아주 자연스러운 행동처럼 보였다. 문제는, 그 둘의 키스가 좀처럼 끝나지 않았다는 점이다. 두 사람은 주방 한가운데에 멈춰 서서 서로를 품에 안고 입술을 겹쳤다. 그 두 사람의 손에서 떨어지던 접시를 테이트와 잭이 받아 주지 않았더라면 아마 산산조각이 났을 것이다.

지젤과 케이시는 키스하고 있는 두 사람을 한쪽 옆으로 밀어 놓아 걸리적거리지 않게 만든 다음 청소를 하고 짐을 쌌다. 10시 4분 전에 두 쌍의 연인은 문으로 달려갔다. 조시와 니나는 이제 냉장고에 기대어 있었다. 여전히 키스를 멈추지 않은 채였다. 두 사람 모두 연기에 참여하지는 않았기에, 네 사람은 둘을 그냥 집에 남겨두었다.

"서머힐 사람들은 진짜 혈기왕성하네."

잭이 던진 말에 모두는 달려가며 함께 웃었다.

제3막 2장

리디아가 드러나다

Lydia is revealed

그렇잖아도 언짢은 키트의 기분을 더 망치려는지, 배우들이 의상을 입는 데만 한 시간 반이 걸렸다. 키트는 분장은 그냥 생략하자고 소리를 질렀다. 그리고 그의 고함소리는 주연 배우인 네 명의 커플에게 곧바로 쏟아졌다.

"내가 10시까지 오라고 한 건, 10시까지 연기할 준비를 마쳐 놓으라는 거였어. 옷을 다 차려입고 말이야."

"하지만 그때 말씀으로는⋯⋯."

케이시는 변명을 시작했지만, 잭과 테이트는 그만하라는 눈짓을 주었다. 여기서는 연출 감독의 말이 곧 법이었으니까.

무대 감독은 손에 큐시트를 들고서 사람들을 계속 혼내려던 키트를 가로막고 대화를 요청했다. 키트의 표정을 보아하니 무대 감독이 전하는 말은 좋은 소식이 아니었다.

배우들은 그동안 제각기 옷을 차려입고 있었다. 이윽고 돌아온 키트가 말했다.

"혹시 로리 본 사람 없나? 리디아 연기하는 애 말이야."

하지만 모두들 고개를 흔들었다. 키트는 투덜거렸다.

"아주 잘 돌아간다! 나타나지도 않았다 이거지. 남자 친구랑 어디 갔나보군."

키트는 무대 감독을 바라보며 말했다.

"그럼, 그 애 대신 대역할 사람이 누가 있지?"

"저…… 데블린 헤인즈도 안 왔습니다."

키트는 너무 기가 막혀서 말도 안 나올 지경이 되었다. 케이시는 테이트를 바라보았지만, 그는 어깨를 으쓱일 뿐이었다. 그도 데블린이 어디 있는지는 모르고 있었다.

키트는 얼굴을 쓸어내리고는 큰소리로 말했다.

"잭! 네가 헤인즈 역을 대신 해라. 그리고 힐디, 오늘은 리디아 대역도 해줘요. 할 수 있겠습니까?"

"당연하죠."

이렇게 말한 힐디는 자기 역인 캐서린 드 버그 영부인 의상을 입고 있었다. 그건 나이 든 여자의 옷이라서 그녀가 열다섯 살짜리 역을 한다는 것 자체가 아주 웃긴 장면이 될 터였다.

키트가 말했다.

"좋아. 그럼 제1막 1장을 시작합니다. 베넷 가의 거실 장면입니다. 카일, 느긋한 모습으로 있어요. 올리비아, 당신은…… 올리비아 어디 있습니까?"

"여기요."

올리비아가 무대 위로 올라왔다. 그녀는 아름답게 머리를 빗어올리고 화장을 한 모습이었다. 금발 머리는 뒤로 드리워 곱슬곱슬한 컬을 주었다. 연분홍색과 흰색 줄무늬 드레스에는 초록빛과 흰빛의 물망초

잔가지 무늬가 있었다. 게다가 네모꼴로 깊게 판 드레스 앞섶으로 풍만한 가슴이 드러나서, 그녀는 더할 나위 없이 아름다워 보였다.

키트의 표정에서도 그렇다는 생각이 드러났다. 그는 아무 말도 못하고 조용히 올리비아가 서야 할 자리를 가리켰다.

첫 장면은 완벽하게 마무리 되었다. 올리비아는 노이로제에 걸린 베넷 부인 역을 너무나도 잘 연기해서 그녀의 성격이 사실은 그렇지 않다는 걸 떠올리기 힘들 정도였다.

한편 남자에게 추파나 던지는 열다섯 살 철부지 리디아를 연기하는 힐디의 모습은 어이가 없을 정도였다. 모두들 웃음을 참느라 애를 먹었다.

케이시는 아버지가 날이 갈수록 베넷 씨 연기를 잘 소화하고 있는 듯해 마음이 흐뭇했다. 무대 뒤에서 그녀는 지젤에게 속삭였다.

"아버지한테 저런 재능도 있었네. 이러다가 우리가 모르는 형제나 자매가 또 나타나서 배우라고 자기 소개 하는 거 아닌가 몰라."

지젤이 말했다.

"나…… 로스앤젤레스에 가서 헬스 트레이너 학교에 등록하려고. 잭이 도와 줄 거래. 나, 잭이랑 같이 떠나기로 했어."

"진짜 잘됐다."

케이시는 이렇게 말했고, 둘은 다시 무대로 올라갔다.

두 번째 장면은 메리톤 공회당의 무도회 장면이라, 모두 춤을 춰야 했다. 케이시는 이제껏 연습했던 복잡한 스텝을 기억하느라 정신을 집중했다. 하지만 테이트가 새카만 코트에다 딱 달라붙는 바지 차림으로 나타나자, 케이시는 테이트를 싫어하는 척 할 수가 없었다. 그녀는 자신의 침실에서 둘이 이 복장 그대로 서서 천천히 서로의 옷을 벗기는 모습을 상상했다. 공작새 깃털도 한두 개 써 가며 벗기면 참 좋을 텐데.

테이트 역시 그녀의 생각을 눈치 챈 게 틀림없었다. 곁눈질로 케이시를 바라보는 눈빛이 너무나 뜨거워서, 그녀의 머리에 불이라도 붙을 것 같았으니까.

"테이트!"

키트가 버럭 고함을 질렀다. 모두가 정지했다. 모든 배우들, 그러니까 잭까지도 오늘 키트의 짜증 대상이 되었지만 이제까지 테이트는 그걸 피해갔기 때문이다.

"이 연극을 할 동안만은 야한 생각 좀 안 할 수 없는 거냐? 엘리자베스 베넷 양을 향한 욕망을 지금 드러내서는 안 돼. 대본에 그래도 된다고 할 때까지 기다리란 말이야."

테이트는 억지로 웃음을 참으며 말했다.

"이 몸의 천한 욕정을 삼가 드러내지 않도록 최선을 다하겠나이다."

그러자 다른 배우들은 숨죽여 웃었고, 키트는 말없이 테이트를 쏘아 보았다.

연습을 늦게 시작한 탓에, 콜린스 씨가 엘리자베스에게 청혼하는 장면을 연습했을 무렵에는 벌써 배 속이 꼬르륵거리는 시간이 되어 키트는 점심을 먹고 하자고 말했다. 배우들과 스태프들은 말을 멈추고 게스트하우스로 달려가기 시작했다.

"상을 먼저 차려야 해요."

케이시는 그들 뒤를 따라가며 소리쳤다. 그녀는 뛰어가기 위해 기다란 치맛자락을 붙잡았지만, 테이트가 그녀의 팔을 잡았다.

"니나에게 문자 보내놨어요. 니나랑 조시가 알아서 차리게 돼요. 아직도 키스하고 있지 않다면 상이야 차리겠죠. 당신은 나랑 잠깐 저택에 가는 거 어때요?"

"흐음, 그거 좋은데요."

테이트가 그녀에게 키스하기 시작하자, 케이시는 한 걸음 물러서서 주변을 둘러보았다. 어쨌든 둘 사이의 일을 비밀에 부치기로 하지 않았던가. 물론 둘 사이가 엄청 티나기는 하지만 말이다. 카일과 올리비아는 한쪽에 서서 대본을 들고 서로 상의 중이었다. 그리고 정자 반대쪽에서는 키트가 뭘 찾는지 상자를 뒤지는 중이었지만, 사실은 올리비아와 카일 박사를 바라보고 있는 게 분명했다.

"로리가 없어졌어요!"

모두들 고개를 돌려 무대 위로 올라온 여자를 바라보았다. 키가 크고 우아한 원피스 차림을 한 나이 든 여자였다.

"우리 손녀가 어젯밤부터 집에 들어오지 않았어요."

올리비아는 그녀에게 다가갔다.

"에스텔, 무슨 일인지 말해 봐."

에스텔은 그 자리에 서서 제정신이 아닌 표정으로 멍한 눈빛을 띠었다.

"어떡해야 할지 모르겠어."

올리비아는 그녀의 어깨를 감싸 안았다.

"로리가 혹시, 남자 친구가 있어?"

에스텔은 떨리는 손으로 종이 한 장을 꺼냈다. 올리비아는 그걸 받아들어 읽고는 키트에게 건네주었다.

키트는 그걸 읽고 못마땅한 신음을 흘렸다.

"아주 잘 돌아가는군! 딱딱 맞아떨어졌어. 리디아가 위캄이랑 도망을 가다니. 소설이 현실이 되었군그래."

케이시는 너무 놀라 숨을 헉 삼켰다. 공포에 질려 주먹을 입가에 가져간 채로, 그녀는 테이트를 바라보았다. 그는 케이시를 자기 품으로 끌어당겼다.

"공연이 코앞으로 다가왔는데 그럼 어디서 대역을 찾는단 말이야?"

키트는 화난 듯 말을 내뱉고는 테이트를 돌아보았다.

"우리 빨리 배우를 찾아야겠어. 소속사에 전화 좀 할 수 있나? 누구 캐스팅 디렉터 아는 사람 없어? 아니면⋯⋯."

"지금 당신한텐 그 생각밖에 안 들어? 상황이 이런데 이 망할 놈의 연극에 누구를 써야 할지만 고민하는 게 말이 돼?"

에스텔의 원망에 키트는 자세를 고쳐서 군 지휘관 같은 태도로 말했다.

"부인, 언짢은 심정이 되신 건 참 딱한 일입니다만, 열여덟 살이나 먹었으면 다 생각이 있어서 그런 거겠죠."

그러자 에스텔이 소리를 질렀다.

"열여덟 살이라니! 그 애가 열여덟 살이라고 했나보죠? 로리는 열다섯이에요."

그러더니 그녀는 올리비아를 바라보았다.

"그 애는 언제나 또래보다 컸어. 그래서 사람들이 늘 개를 성숙하게 봤다고. 그 앤⋯⋯."

"그렇다면 법으로 해결해야겠군요."

키트는 화난 기색을 지우고는 휴대폰을 꺼내들었다.

"내가 FBI에 전화하겠습니다."

에스텔은 올리비아의 팔을 떨쳐버리고는 키트에게로 성큼성큼 다가갔다.

"뭐라고? 그래서 FBI한테 일을 전부 맡겨놓고 이 장난 같은 연극에 나 신경 쓰겠다 이건가? 이 역겨운 인간아, 당신 어떻게 된 거 아니야? 그놈이 어린애랑 도망갔다는 소리를 듣고도 한다는 소리가 FBI가 해결할 거라고? 그놈이 애한테 무슨 짓을 할지 생각해 봤어? 애를 죽이기라도 하면?"

그녀는 바락바락 소리를 질렀다. 이제 키트는 동정이 가득한 목소리로 말했다.

"정말 죄송합니다. 하지만 제가 달리 뭘 어쩔 수 있단 말입니까?"

"나야 모르지! 이건 다 당신 책임이야, 크리스토퍼 몽고메리! 당신의 빌어먹을 그 돈 때문이라고. 헤인즈가 로리의 정체를 알아냈어. 잭슨빌에서 나한테 전화를 했다고. 누가 벌써 물어봤다고 말이야. 그놈이 진실을 알아버렸다고!"

키트의 목소리는 부드러웠지만 단호했다.

"죄송하지만 다른 사람이랑 저를 착각하신 것 같군요. 저는 잭슨빌에 간 적이 없습니다."

에스텔은 손을 꽉 쥐고 얼굴이 빨개진 채였다. 그녀는 겁에 질려 사나워진 눈빛으로 올리비아를 바라보았다.

"말해! 저 사람한테 다 말하란 말이야!"

올리비아의 얼굴도 하얗게 질렸지만, 그래도 평정심을 유지하고는 있었다.

"무슨 말인지 모르겠어."

"로리의 엄마는, 그러니까 내 딸 티샤의 원래 이름은 포샤야. 그 앤 1971년 5월 28일에 태어났어. 에버렛 박사가 입양을 주선해 줬다고. 너 그 날짜 기억 못 하니?"

순간, 올리비아는 그게 무슨 뜻인지 이해하고는 무릎에 힘이 풀려 주저앉으려 했다. 테이트가 얼른 달려가 올리비아가 나무 바닥에 쓰러지기 전에 그녀를 잡았다.

키트는 이게 무슨 상황인지 아직도 이해하지 못하고 있었다. 에스텔은 그를 노려보았다.

"로리는 당신 피를 이어받은 손녀란 말이야. 위캄 역을 하는 놈이 그 애를 꾀어서 도망친 건 다 그 때문이야. 그 애가 부자인 당신의 핏줄이라는 걸 알아버렸기 때문이라고. 그 애랑 결혼해서 당신한테 돈을 뜯어내려는 속셈이겠지. 하지만 그놈은 로리랑 결혼할 수 없어! 그 앤 아직 어린애인데 나이를 속였을 뿐이라고."

에스텔이 눈물을 터뜨리자 테이트는 그녀를 올리비아 옆 의자에 앉혔다.

이윽고 키트는 에스텔이 한 말을 서서히 이해하기 시작했다. 그는 얼굴에서 핏기가 사라진 올리비아를 바라보았다. 케이시와 테이트는 그녀를 보호하듯 주위를 맴돌고 있었다.

"우리가 아이를 가졌다고?"

키트의 목소리는 너무나 가냘파서 사람들의 귀에 들리지도 않았다. 그는 너무 놀라 족히 몇 분 동안 어찌할 바를 알지 못하고 있었지만, 곧이어 이런 식의 위기를 몇 년간 극복해 온 노련함이 발휘되기 시작했다. 그는 손에 쥐고 있던 휴대폰으로 전화를 했다. 그리고 명령조로 말했다.

"로웬, 당장 이리로 와라. 이건 공식 임무다."

키트는 휴대폰을 끄고 앞에 선 사람들을 바라보았다. 올리비아와 에스텔, 카일 박사와 테이트, 케이시였다.

"이 일을 아무에게도 말하지 않아야 한다는 건, 당연히 알고 있겠지요? 내 아들이 몇 시간 안에 올 겁니다. 그런 다음에 우리는……."

그는 말을 하려다 말고 잠시 올리비아를 응시했다. 하지만 그녀는 반항하는 듯한 모습으로 턱을 치켜든 채 그 시선을 외면했다.

키트는 돌아서서 무어라 말하려다가 그저 어깨를 편 다음 계단을 내려갔고, 곧이어 정원 안으로 사라졌다.

제3막 3장

베넷 씨, 판단 착오를 고백하다

Mr. Bennet confesses his error in judgment

30분 후, 케이시는 블랙베리 덤불 터널을 통해 우물 집에 들어갔다. 짐작 대로, 키트는 쿠션 위에 앉아 있었다. 그는 그새 백 년은 늙어 보였다. 케이시는 무슨 말을 해야 할지 몰라, 이럴 때마다 항상 쓰던 방법을 이번에도 썼다. 음식을 먹이고 가만히 이야기를 들어 주는 것이었다. 그녀는 보온병에서 따뜻한 커피 한 잔을 따라서 버터를 잔뜩 발라 구운 베이글과 함께 건네주었다.

"여기 온 지도 정말 오랜만이군."

그의 목소리는 울기라도 한 것처럼 거칠고 갈라져 있었다. 그는 천장을 올려다보았다.

"수리를 해야겠어."

케이시는 청바지와 셔츠 차림으로 갈아입은 채였다. 순간, 충동적으로 그녀는 목에 걸린 줄을 잡았다. 여기서 찾아낸 반지를 끼워 둔 줄이었다. 그녀는 줄을 빼내어 반지를 그에게 내밀었다.

"이거, 키트 거죠?"

그는 반지를 받아들고 응시했다. 이윽고 키트의 눈가에 눈물이 맺

했다.

"그래, 리비에게 주려고 여기다 남기고 갔어."

잠깐 그는 말을 잇지 못했고, 그러다 나온 목소리는 가냘프게 들려왔다.

"그녀를 정말 사랑했었어. 처음 본 순간부터 사랑했었지."

키트는 반지를 꼭 쥐고는 작게 미소를 지었다.

"물론 처음부터 서로 좋아했던 건 아니었어. 리비는 앉아만 지내는 두 노인의 수발과 요리를 맡아 이곳에서 여름 동안 잠깐 머무는 중이었는데, 나 같은 열아홉 먹은 남자애도 여기서 지낸다니 놀랄 일이었지. 리비는 나를 '쓸모없는 인간'이라고 불렀어. 아무것도 잘하는 거 없이 일만 만든다고 하면서."

케이시를 바라보는 그의 눈동자에 눈물이 글썽했다.

"사실은 리비 말이 맞았던 거야! 난 그때 너무 어리고 멍청해서 사랑하는 여자보다 조국에 한 맹세가 더 중요하다고 생각했었어. 그래서 리비에게 정부에서 부르면 언제든지 차출될 수 있도록 대기 중이라는 말을 하지 않았지. 게다가 내가 무슨 임무를 맡게 되는지도 모르는 상태였어. 일단 가게 되면 1년은 가족이나 친구와 연락도 못 하고 지내게 된다는 것만 알았지. 그렇게 아무것도 모르는 상태인데도 나는 스스로가 참 중요한 사람이라는 데 우쭐해서는 올리비아에게 아무것도 이야기하지 않았던 거야. 올리비아는 내가 대학교를 중퇴한 채로 집안의 돈이나 까먹으며 지내고 싶어 하는 녀석이라고 생각했고, 난 그렇게 믿도록 놔뒀어."

키트는 커피를 쭉 들이켜고 베이글을 한 입 물었다.

"이 반지는 우리 할머니 것이었어. 나는 올리비아가 뉴욕으로 떠나기 사흘 전까지 기다렸어. 그녀는 브로드웨이에서 공연하는 〈오만과 편견〉의 주인공으로 발탁된 상태였거든. 나는 그때 그녀에게 청혼하려고 했어."

잠시 말을 멈춘 키트는 반지를 다시 바라보았다.

"그날 올리비아는 리치몬드에 갔는데, 그 사이 일이 전부 터졌던 거야. 특별할 것 없는 우리의 삶이 완전히 바뀌었지. 그녀가 리치몬드에 갔을 때 나는 자고 있었어. 그렇지 않았다면 나는 올리비아에게 가지 말라고 말했을 거야. 하지만 나는 그때 너무 피곤해서⋯⋯."

그는 말을 하다 말고 손을 저었다.

"이젠 그게 중요한 게 아니야. 올리비아가 떠나고 한 시간 후에 커다란 검은 차를 탄 요원들이 나를 데리러 왔어. 그리고 짐 쌀 시간을 딱 20분 줬지."

키트는 케이시를 바라보았다.

"나는 엄청 겁에 질렸고, 뭘 어떡해야 할지 몰랐어. 난 리비에게 기다려 달라고 부탁하는 편지를 휘갈겨 썼지만, 그 편지를 반지와 함께 침대에 두면 안 된다는 생각이 들었어. 정부 요원들이 그것도 뺏어 갈까봐 무서웠거든. 그래서 난 그들을 따돌리고⋯⋯ 난 그런 걸 아주 잘해. 그래서 선발된 거야. 나는 우물 집으로 갔어. 우리만 거기 들어갈수 있다는 걸 알고 있었으니까."

그는 옛 기억을 떠올리며 웃었다.

"예전엔 늙은 공작새가 여길 지키고 있었거든. 그 새가 하도 쪼아대서 리비와 나는 다리에 자국까지 났었지. 하지만 그놈이 애들을 얼씬도 못하게 하는 건 분명 장점이었어."

"레티와 에이스 말이군요."

"그래. 그 애들은 사방팔방 돌아다니면서 어디든 들쑤시고 다녔으니까. 그 애들은 사람들의 비밀은 죄다 캐고 다녔어. 하지만 우물 집은 사나운 문지기 새가 지켜주는 바람에 리비와 나만의 것이 되었지."

"그래서 편지와 반지를 거기다 두고 갔군요?"

"맞아. 그곳에 두면 안전하게 보관이 될 테니 올리비아가 반드시 볼 거라고 생각했어. 그 쪽지에는 우리 집 연락처가 있었고, 나는 올리비아에게 우리 집으로 연락을 해 달라고 애원했어."

키트는 케이시를 바라보았다.

"그리고 두 달 후에, 올리비아를 브로드웨이에서 봤지. 임무를 수행하러 배를 타고 떠나기 전날 밤, 정부 요원들이 나를 뉴욕으로 데려가 싸구려 호텔에다 넣었거든. 나는 지금 비밀 임무를 맡아 어디론가 보내지는 거고, 어쩌면 다시는 돌아오지 못할 수도 있다는 걸 알고 있었어. 하지만 그날 호텔을 떠나면 안 된다는 명령을 받았지. 그걸 어기고 누군가와 연락이라도 하면 목숨이 위험한 상황이었어."

그의 눈동자는 강렬하게 타올랐다.

"하지만 난 그녀를 꼭 봐야 했어. 명령을 어겨서 총살을 당한다고 해도 어쩔 수가 없었어. 그래서 화장실 창문으로 몰래 빠져나가 배수관을 타고 내려와 밖으로 탈출한 후, 극장으로 달려갔지. 그리고 아무나 잡고 500달러를 내고서 표를 구한 다음, 자리에 앉아 드디어 그녀를 봤어. 올리비아는 뛰어난 배우였고, 타고난 연기를 선보였지. 그래서 내가 다시 귀국할 즈음에는 브로드웨이를 주름잡는 배우가 되어 있을 거라고 생각했어."

키트는 고개를 돌렸고, 케이시는 그의 손을 잡아 주었다.

"임무는 3년이나 걸렸어. 그리고 죽다 살아난 적도 있었지. 나는 리비가 날 기다리고 있다고 생각했기 때문에 살아남았던 거야."

잠시 그는 창문을 응시했다.

"내가 미국의 본가로 돌아왔을 때는 양쪽에 목발을 짚고서야 간신히 걸을 정도로 회복이 된 참이었어. 그런데 와 보니 리비에게서 아무런 연락이 없었다는 걸 듣고 큰 충격을 받았지. 그리고 브로드웨이에서도 그녀의 이름을 찾아볼 수가 없었어. 나는 그녀를 찾으려고 서머힐로 돌아왔어. 다시 볼 수 있다는 생각에 그저 기뻤지. 그런데 돌아와 보니……."

"다른 사람의 아내가 된 올리비아를 봤던 거군요."

케이시의 말에 그는 고개를 끄덕였다.

"그래. 그리고 꼬마 남자애도 있었지. 나는 그 애가 올리비아의 아들이라고 생각했어. 그렇다면 내가 떠나고 난 다음에 바로 다른 사람을 만났다는 거잖아. 나는 그녀가 가전제품 가게에 있는 모습을 보았어. 딱 봐도 올리비아가 운영하고 있는 것 같더군. 그녀의 뒤를 몰래 밟았더니, 예쁜 잔디밭이 딸린 집이 보였어. 아, 이게 그녀가 원하는 것이었구나. 그때 깨달았지. 몇 년이고 사라져서 나타나지 않는 상이군인 따위는 필요하지 않았던 거라고."

키트는 케이시를 바라보았다.

"아니야, 이런 제길! 내가 지금 말처럼 자기희생적인 사람이었다면 얼마나 좋았을까. 사실 난 화가 났어. 엄청 열 받았지! 어째서 날 기다리지 않은 거야? 집을 갖고 싶다면 얼마든지 사 주었을 텐데. 나는……."

그는 숨을 들이켰다.

"배신감을 느꼈어. 하지만 더 나쁜 건, 내가 진실을 전혀 모르고 있었다는 거지."

"오늘에서야 알게 된 거군요."

키트는 마음을 진정시켰다.

"그래. 오늘에서야 알았어. 리비가 어떤 일을 겪으며 살았는지 상상도 못 했어. 우리 아이를 가졌는데 그 시간을 홀로 견뎠다니. 그녀의 부모님은 나이 많고 심약한 분들이었어. 아마 전혀 도움이 되지 않았을 거야."

"그래서 올리비아는 에버렛 박사를 찾아갔던 거군요."

"바로 너의 할아버지지. 내가 추측한 게 맞다면, 그분은 리비를 플로리다의 잭슨빌에 있는 산부인과 병원에 보냈던 거야. 거기서 아이를, 우리의 아이를 낳으라고. 그런 다음 박사님은 당시 아이가 없던 에스텔에게 입양을 권유한 거고. 리비의 어머니 이름을 따서 아이를 포샤라고 지은 걸 보니, 올리비아는 고맙다고 했을 테지."

키트는 잠시 말이 없었다.

"에스텔 말이 맞아. 이건 다 내 잘못이야. 나는 리비에게 연락했어야 했어. 가서 반지를 꼭 찾으라고. 극장 밖에서 기다렸다가 그녀에게 말을 하고 왔어야 했다고. 하지만 숙소를 이탈했다는 게 발각 됐을까봐 무서웠어. 그때 난 그게 더 중요했어. 하지만 뭐라도 했었어야 했는데!"

케이시는 키트가 무너져내리는 모습을 차마 볼 수가 없었다.

"그래서 키트가 수행한 임무라는 건 의미 있는 것이었나요?"

"그래. 수백 명의 목숨을 구했지. 어쩌면 수천 명을 구했을지도 모르겠어."

그는 다시 한숨을 쉬었다.

"미안하다. 내가 이 몇 주간 무척 사납게 굴었다는 거 나도 알아. 이렇게 화낼 마음은 없었지만 일이 점점 꼬여만 가서 말이야. 수십 년간 나는 자존심을 지키느라 리비와 연락도 하지 않고 살았어. 하지만 내가 은퇴를 했을 때…….”

그는 케이시를 바라보며 어깨를 으쓱였다.

“서머힐에 돌아오신 거군요.”

“일부러 그런 건 아니었어. 내가 영화배우 테이트 랜더스와 어머니 레티 쪽으로 먼 친척 간이라는 이야기를 했는데, 그걸 비서가 듣고는 나한테 테이트를 만나라고 마구 잔소리를 해 대는 거야. 그래서 만났더니, 테이트는 나에게 우리 가족의 농장을 사겠다는 계획을 이야기해 줬지. 하지만 그 농장을 자신이 샀다는 걸 공개적으로 알리고 싶지 않다며, 그걸 내 이름으로 사면 어떻겠냐고 부탁하는 거야. 나는 거절하려고 했어. 그러면 서머힐에 돌아가야 하고, 리비를 다시 보게 될지도 모르니까. 하지만 다시 생각해보니 이미 다 지난 일이고 옛 상처도 아문 것 같았지. 얼마나 멍청했던지! 그저 이 장소를 다시 보는 것만으로도 모든 기억이 되살아나서 마치 그 옛날로 돌아온 것만 같더라고.”

그는 잠시 말을 멈추다 이었다.

“나는 태트웰 매입 관련 서류를 처리하는 대로 이곳을 떠날 생각이었지만, 거리에서 올리비아를 보는 순간…….”

“떠날 수가 없으셨던 거군요. 다시는 말이죠. 그런데 연극은 어쩌다 하신 거예요?”

키트는 고개를 들고서 잠시 머뭇대다 입을 열었다.

“너도 알다시피, 나는 창고를 사서 리모델링을 하고 대본을 썼지. 그리고 너와 스테이시의 도움을 받았고. 이 모든 일은 다 리비 곁에 있으려는 마음에서 한 일이야. 난 올리비아를 잘 아니까, 이런 연극이 있으면 지원하지 않고서는 못 배길 거라 생각했어. 하지만 그녀가 내 연극

465

에서도 나와는 아무것도 같이 하려 들지 않는 걸 보고 너무 화가 났어. 그 화풀이를 너희에게 한 건 모두 사과하마."

키트는 이제 서서히 기운을 차리기 시작했다.

"이런 이야기, 아무에게도 한 적 없다."

"저를 믿고 이야기해 주셔서 고마워요."

"하지만 이제 모든 사람들이 다 알게 될 것 같군."

그는 작고 낡은 이 건물을 그저 돌아보려는 듯이 고개를 돌려 바라보았다.

"여기서 반지를 찾았다고?"

케이시는 그의 옆으로 손을 뻗어 벽 안쪽에서 빨간 철제 상자를 꺼냈다. 키트는 뚜껑에 그려진 공작새 그림을 응시했다.

"그 애들은 공작새라면 사족을 못 썼지. 프레디 삼촌이 다락방 어딘가에 낡은 사탕 상자가 있는데, 그 위에 공작새 그림이 그려져 있다고 말해 줬더니 그 애들은 다락방을 난장판으로 만들며 그걸 찾아댔어."

키트는 케이시를 바라보며 웃었다.

"너도 아는지 모르겠지만, 넌 아버지를 많이 닮았다. 에이스는 부모님을 무척 보고 싶어 했지만, 그 애 아버지인 에버렛 박사는 온종일 병원에 머물면서 죽어가는 아내를 돌봤지. 에이스는 너처럼 이야기를 잘 들어 주는 아이였단다."

"고마워요."

케이시는 아버지 이야기를 더 듣고 싶었지만 지금은 처리해야 할 급한 일들이 있었다.

"아드님은 FBI에서 일하나요?"

"그래. 나는 결국 결혼을 했고, 아들 로웬을 낳았지. 결혼생활은 아주 불행했어. 다 내 책임이야. 우리 아이들과 애들 엄마한테 더 잘해주었어야 했는데…….”

이 말을 하고 키트는 그녀를 바라보았다.

“내가 겁쟁이처럼 자리를 떠나고 나서 무슨 일이 있었니?”

“로리에 대해 잘 아는 사람이 얼마 없잖아요. 그래서 우리끼리만 알고 있기로 했어요. 다른 배우들한테는 키트가 갑자기 심하게 아파서 들어가봐야 한다고 말했고요.”

“그럼 식중독에 걸렸다고 하자.”

“어디 그렇게 말하기만 해보세요! 가만있지 않을 테니!”

케이시가 바로 쏘아붙였다.

키트는 몸을 내밀어 케이시의 뺨에 키스했다.

“고맙구나. 나는 좀 웃을 일이 필요했다. 그나저나 리비는 어때?”

“나가신 다음에, 올리비아랑 에스텔은 저택의 서재로 가서 문을 닫았어요. 두 분이서 할 이야기가 많으실 테니까요.”

“할 이야기가 많다는 말로는 부족하지. 헤인즈는?”

“니나는 아주 화가 났어요. 자기가 사람들에게 경고했어야 하는데 그러지 못했다면서요. 테이트랑 저도 같은 심정이에요. 우리가 알고 있는 걸 알렸어야 했는데.”

“뭐라고 경고할 거였는데? 아니다. 지금 할 이야기는 아니지. 저택으로 가자. 전부 다 속속들이 들어야겠으니.”

가시덤불을 헤치고 나오는 데는 또 시간이 좀 걸렸다. 그녀가 밖으로 나오자, 오솔길 옆 벤치에 앉아 있는 테이트가 보였다. 사실, 케이시는 그럴 거라 예상하고 있었다.

“나랑 같이 갈 데가 있어요. 호숫가에 있는 헤인즈의 집에 가서 뭐가 있는지 좀 보죠."

이렇게 말한 테이트는 키트를 슬쩍 보며 말했다.

"니나가 다 알아요. 그러니까 궁금한 건 그 애한테 물어보세요. 올리비아는 에스텔의 집에 갔댔어요. 사진 보며 이야기를 더 나눈다고요."

그러자 키트의 눈빛에 잠시 고통스러운 기색이 스치고 지나갔지만 그는 이내 정신을 차렸다.

"로웬이 여기 오면 전화하마. 널 보고 싶어 할 테니까."

"벌써 로웬과 이야기를 나누고 그에게 정보를 줬어요. 이게 언론에 나가지는 않을 거라고 하더군요. 그렇지 않으면 헤인즈가 겁을 먹을 거라고요."

"그 말이 맞아. 너희는 가서 일을 봐라. 여기 일은 내가 처리하겠다."

키트가 말했다. 테이트는 케이시의 손을 잡았고, 두 사람은 게스트하우스 쪽으로 걷기 시작했다.

제3막 4장

마침내, 위캄의 수배령이 내리다
At last, Wickham is wanted

"저택에서는 어땠어요?"

케이시는 차에 오르자마자 테이트에게 물어보았다. 테이트는 차를 후진시키며 말했다.

"이야기도 많이 하고, 울기도 많이 했죠. 키트는 어땠어요?"

"마음에 상처를 입고 화를 내다가 완전 무너지고 충격 받고 그랬죠. 두 사람의 인생이 어쩌면 이렇게 꼬일 수가 있을까요! 흘러버린 세월은 또 얼마나 긴지! 그런데 당신, 데블린 소식은 들은 게 없군요. 그렇죠?"

"아무것도 없어요. 로리가 남긴 쪽지를 보니까, 자신을 진정으로 이해해주는 남자를 찾았다면서 영원히 함께 있고 싶다고 하더군요. 그 애랑 에스텔은 말다툼까지 한 것 같던데, 그래서……."

"무슨 말인지 알겠어요. 질풍노도인 10대들이 그렇죠. 아무도 자신을 이해해 주지 않는데 서른 살 넘은 이혼남이 떡하니 나타나서 그 애 맘을 알아 준 거죠."

케이시는 숨을 삼키며 말을 이었다.

"애가 딱하네요. 그런데 당신이 키트의 아들과도 아는 사이인지 몰랐어요."

"아는 사이 아니에요. 로웬이 FBI의 거물급 요원이라 전화번호 같은 건 금방 알아낼 수 있는 것 같았어요. 아버지가 왜 화가 났는지 자세하게 알고 싶어 하더라고요. 웬만해서는 키트 몽고메리를 화나게 하는 일이 없나봐요."

"그러면 실종된 아이가 로웬의 조카라는 이야기도 했어요?"

"했죠. 돌려 말할 필요가 없으니까요."

"그랬더니 그 사람이 순순히 받아들이던가요?"

"놀랐는지는 모르겠지만 목소리에는 그런 기색을 전혀 내비치지 않던데요. 그냥 '그렇군요'라고만 하더니 헤인즈에 대해서 물어봤어요."

"그래서 뭐라고 했어요?"

"그놈은 아주 뼛속까지 나르시시스트라고 했죠. 본인이 세상에서 제일 똑똑하고 재능도 뛰어나고 제일 사랑받아 마땅하고 여러 모로 잘났는데 어째서 다른 사람들한테만 좋은 일이 일어나는지 이해하지 못하는 사람이라고요."

테이트는 손을 저으며 화제를 돌렸다.

"어쨌든 유리한 건 하나 있어요. 헤인즈는 로리가 열다섯 살밖에 안 되는 걸 모르는 게 확실해요."

"결혼하려고 하면 결국 알 수밖에 없겠죠. 그럴 속셈이라고 생각해요. 키트의 재산에 손을 댈 수 있는 방법이라면 뭐든지 하려 들 게 뻔하잖아요."

"그래요. 우리가 모두 걱정하는 것도 그거죠. 로웬은 오늘 밤에 요원 두 명을 데리고 온댔어요. 키트 가족의 전용 제트기를 타고 오고 있다네요."

"아, 그래요. 그런데 헤인즈는 도대체 어떻게 이런 사실을 알아냈을
까요?"

"올리비아가 예전에 음식 차려 놓은 테이블에서 자신이 아몬드 알
레르기가 있다는 말을 한 적이 있대요. 그분은 그때가 시작이었을 거
라고 생각하고 있어요. 로리가 자기도 그렇다고 대답했대요. 헤인즈
는 마침 그 옆에 있었고요. 게다가 올리비아와 로리는 생김새도 닮았
으니까……."

테이트는 어깨를 으쓱였다.

"그놈은 언제나 사람을 파악하는 재주가 뛰어나니까요."

"올리비아가 아몬드 알레르기가 있다는 말을 그 남자한테 한 건 나
였어요."

"그게 시작이었을지도 모르지만, 사실은 올리비아와 키트가 말다툼
을 벌일 때 나는 헤인즈와 함께 두 사람 대화를 엿들은 적이 있어요."

그는 케이시에게 그때의 상황을 알려주었다.

"에스텔은 올리비아가 아이를 낳았던 산부인과에 전화를 했대요.
기록은 봉인되어 있지만, 헤인즈는 아무 일이나 닥치는 대로 하는 사
립 탐정을 고용한 것 같더라고요. 그놈은 니나와 이혼 소송을 할 때도
탐정을 썼으니까. 누군가 돈을 받고 기록을 슬쩍 빼내어 보여준 게 틀
림없어요."

테이트는 입을 꾹 다물었다.

"이건 내 잘못이기도 해요. 헤인즈가 로리와 둘만 있는 걸 종종 봤는
데도 난 그냥 웃어넘겼어요. 당신이나 니나나 에이미는 아니라는 생각
에 안심이 돼서 그 불쌍한 애가 혼자서 그놈을 상대하게 내버려 둔 셈

이에요."

케이시는 그의 손을 잡고 시선을 맞추었다.

"그건 나도 잘못했어요. 그러니 우리가 이 일을 해결해야 해요. 당신과 나, 니나가요. 우리는 그 애를 보호하기 위해서라면 뭐든지 해야 해요."

"그래요."

테이트는 이제 서머힐의 거대한 호수 쪽으로 차를 몰았다. 이윽고 그는 호수를 빙 두르는 길에서 벗어나 어떤 커다란 집으로 이어지는 길로 들어섰다. 원목과 유리로 지어진 현대적인 건물이었다. 테이트는 주머니에서 열쇠를 꺼내어 문을 열었고, 두 사람은 안으로 들어갔다.

내부는 인테리어 전문가가 손봐준 듯이 깔끔했다. 가구들은 모두 선이 딱 떨어지게 어울렸고, 집기들도 전부 스타일에 맞추어 세심히 고른 것이었다. 하지만 이 집에는 사람이 사는 흔적이 보이지 않았다.

"우와, 이런 데를 빌리다니 그 사람 돈 좀 들었겠는데요."

그러자 테이트가 말했다.

"한 달에 6223달러(한화 약 680만 원)죠. 관리비는 별도고요."

"여기 집세를 당신이 내요?"

"당연하죠. 여름에 호수 주변 집을 빌려 주는 조건으로 니나를 가만 두기로 했거든요. 그런데 집 위치에 대해서 나한테 거짓말을 했네요. 이렇게 태트웰과 가까이 있는 줄 알았더라면 안 된다고 했을 거예요."

"이제 우리 자책은 그만해요. 그럼 지금부터 뭘 찾아야 할까요?"

"모르겠어요. 서랍부터 뒤져 봐야겠죠. 하지만 헤인즈가 자기 물건을 흘리고 다니는 사람이 아니라는 건 알아 둬요. 그놈은 사람들이 자기 꿍꿍이를 알아내는 걸 좋아하지 않으니까."

케이시는 온통 새하얀 주방으로 들어가 유리문이 달린 찬장을 열고 와인 잔을 꺼냈다.

"이건 내 거예요. 엄마가 주신 거죠. 이거 혹시 못 봤냐고 물어봤을 때, 그가 그랬죠. 자기는 식탁에 그대로 두고 갔다고. 아마 테이트가 가져갔을 거라고요."

케이시는 차고로 통하는 문을 열어보았다.

"뭐 찾았어요?"

"아뇨. 하지만 물이 새는 보트 같은 건 없네요."

그녀는 테이트가 식탁 옆에 있는 서랍을 여는 모습을 지켜보았다. 테이트와 니나는 파도 파도 거짓말만 나오는 남자를 어떻게 그 오랜 세월 동안 상대할 수 있었을까? 큰 거짓말은 그렇다 치고 와인 잔이나 보트 같은 걸로도 거짓말을 하다니, 대체 어떻게 생겨 먹은 인간인 걸까?

로리가 정말 불쌍하구나. 이 생각이 들자 케이시는 다시금 힘을 내어 수색을 시작했다. 주방 서랍에는 요리 도구들이 몇 개 있을 뿐, 이렇다 할 것은 보이지 않았다. 종이 한 장 남은 게 없었고, 식료품점 영수증은커녕 기타 영수증이나 청구서 같은 것도 눈에 띄지 않았다.

사방을 다 찾아보는 데 한 시간이 걸렸다. 테이트가 들어 올려 주어서 케이시는 침실 벽장 맨 위 칸까지 뒤져보았다. 심지어 다락으로 이어지는 널빤지도 숨어 있던 걸 찾아내어 들여다보았다. 하지만 아무것도 없었다.

두 사람은 소파에 나란히 주저앉았다. 그리고 창문 밖으로 펼쳐진 아름다운 호수를 멍하니 바라보았다. 헤인즈가 로리를 데리고 어디에 갔는지 알 수 있을 만한 단서는 아무것도 찾아내지 못했다.

"영화에서 보면 호텔 이름이 적힌 성냥갑이라도 나오는데 말이죠."

"아니면 전화기 옆에 주소 자국이 꾹꾹 남은 메모지라도 있는데. 난 그걸 보면서 누가 대체 자국이 남도록 힘을 줘서 글씨를 쓰는 건지 궁금했어요."

"나 쳐다보지 마요. 난 그저 어깨에 여자를 덥석 메고 다니는 웃통 벗은 남자 역밖에 안 했으니까."

케이시는 그의 표정을 보면서 웃었다.

"하지만 그 연기 참 잘하던데요. 아, 나 당신이 공작새랑 싸우는 영상도 봤어요. 진짜 웃겼어요."

"감독들도 제발 그렇게 생각해 줬으면 좋겠네요."

"긍정적으로 생각해요. 당신이 더 다재다능한 모습을 보여주었다면, 헤인즈가 당신을 훨씬 미워하지 않았을까요."

"그거 안타깝네요. 이제 그놈은 감옥에 갈 테니 자기가 나보다 더 좋은 배우였다는 사실을 세상에 보여 줄 기회가 없을 거 아니에요."

그런데 커피 테이블 위에 투명 합성수지와 검은 받침대로 이루어진 타원형의 트로피가 보였다. 케이시는 그걸 집어 들었다. 바닥에는 '데블린 헤인즈. 최고의 인물'이라는 글씨가 새겨져 있었다.

"이거 너무 야심만만한데요. 어디 가서 타온 상패인가요?"

"그래요. 그놈이 가장 소중하게 생각하는 거죠. 이제껏 유일하게 탄 상이 이거니까. 디제이를 잘해서 받은 거예요. 아래 문구는 아마 본인이 직접 골랐을 테죠."

"그 사람의 개인사에 대해서 아는 거 있어요?"

"지옥 같은 이혼 절차를 겪으면서, 나는 그놈이 니나에게 무슨 말을 하면서 구혼을 했는지 알게 됐어요. 어릴 적에는 컨트리클럽에 다니면서 승마 레슨을 받았다고 했는데, 그건 사실이 아니었죠."

테이트는 잠시 말을 끊었다 다시 이었다.

"사실 데블린은 아주 힘든 어린 시절을 보냈어요. 아버지는 없었고, 어머니는 항상 술에 취해 있었죠. 평생토록 직접 돈을 벌어서 먹고 살아야 했던 거죠. 핸들에 손이 닿지도 않을 만큼 키가 작을 때부터 남의 집 잔디 깎는 기계를 밀거나 슈퍼에서 제품을 포장하면서 컸대요. 하지만 고등학교 졸업할 무렵에 지역 라디오 방송국에서 디제이로 일한 적이 있는데, 그 일을 좋아했죠. 데블린의 말에 따르면 그때 디제잉을 아주 잘했고, 그 때문에 로스앤젤레스에 가서 연예계로 진출해보려 한 거래요."

"그래서 마침내 누군가 자신을 후원해 줄 거라는 생각에 사로잡혔던 거군요."

"그런 것 같아요."

테이트는 그녀의 손에서 트로피를 받아다가 다시 테이블에 놓았다.

"생각해 보면 좀 우스워요. 만약 데블린이 니나와 에이미에게 잘해주기만 했더라도 나는 그놈이 보내는 모든 청구서를 기꺼이 받아 줬을 텐데."

"하지만 그는 늘 그 이상을 원했죠. 그리고 이제는 어떤 식으로든 당신을 이길 수가 없기 때문에 미워하고 있는 거고요. 데블린이 당신이랑 최고의 디제이를 뽑는 콘테스트 같은 데 나가면 좋을 텐데. 당신에게 무안을 주기 위해서라면 그 남자는 천국도 마다하고 당장 나타날 거 아녜요."

그 말에 그는 눈을 휘둥그레 뜨고 케이시를 바라보았다.

"데블린이 세상에서 가장 바라는 게 뭘까요?"

"내가 생각하기로는, 바로 당신을 이기는 게 아닌가 싶은데요. 당신을 꺾는 것이야말로 일을 안 하고 한량처럼 사는 것 이상으로 그가 원하는 유일한 것일 테죠. 하지만 그럴 수 없어서 참 안타깝네요."

케이시는 이렇게 말하다가 테이트가 무슨 생각을 하는지 알아채고는 숨을 헉 들이켰다.

"연기 대결을 하려고요? 키트의 연극에서요? 위캄 대 다아시로요?"

"바로 그럴 생각이죠."

"하지만 대결을 한다 해도, 그 사실을 어떻게 데블린에게 알릴 건데요?"

"그놈은 시도 때도 없이 라디오를 들어요. 중요한 뉴스는 전부 라디오가 처음으로 알려 준다고 말하곤 했죠. 작년에는 내가 지역 라디오 방송국을 하나 사서 자기에게 넘겨 주게 하려고도 했죠. 그러는 게 다 에이미의 미래를 위해서라며."

테이트는 자리에서 일어섰다.

"데블린은 언제나 라디오를 켜 놔요. 그래서 디제이들을 욕하면서 자기라면 훨씬 더 잘했을 거라고 말하곤 했죠. 니나와 에이미 때문에 디제이를 포기하지 않았다면 그 분야에서 잘나갔을 거라고 하면서."

테이트는 창문으로 다가가 잠시 바깥을 내다보다가 다시 케이시를 바라보았다.

"우리 계획을 짜야 해요. 다른 사람들에게 이 사실을 알리기 전에 완벽한 계획을 만들어 봐요."

"하지만 FBI가 연루될 텐데요. 허가를 받아야 하는 거 아니에요?"

"연기 대결을 연다는 걸 허락을 받아야 한다고요? 그건 좀 아닌 것 같은데요. 우리 둘이서 최대한 철저하게 계획을 세운 다음에 로웬에게 보여주는 건 어때요?"

"그게 좋겠네요."

두 사람은 서로를 바라보며 미소를 지었다.

케이시는 침대에서 합이 잘 맞는 것도 참 좋지만 이렇게 생각이 척 척 맞는 것이 어쩐지 훨씬 더 친밀감을 높여 준다는 사실을 깨달았다. 어떤 문제를 놓고 같은 생각을 하면서 같은 방식으로 해결해 나가자 니, 테이트가 예전보다 더 가까운 존재로 느껴졌다.

"그런 눈빛으로 날 보지 말아요. 계속 그러다가 우리는 또 옷을 벗어 버리게 될 테니까."

테이트는 손을 내밀면서 말했다.

"우리 집에 가서 어떡할지 같이 생각해 봐요."

케이시는 그의 손을 잡았다. 우리 집이라, 듣고만 있어도 마음이 따 뜻해지는 말이다.

제3막 5장

리디아, 몰라도 될 것을 배우다
Lydia learns hat she shouldn't know

데블린은 지저분한 모텔의 콘크리트 통로 위에 플라스틱 의자를 놓고 앉았다. 그리고 로리가 수영장 안을 도는 모습을 지켜보았다. 아무리 생각해도 그 애와 도망친 건 참 좋은 생각 같았다. 전용 제트기에 앉아서 캐비어와 샴페인을 먹을 생각에 얼마나 부풀어 있었는지 모른다. 물론 짜디짠 생선 알 같은 건 좋아하지 않지만, 그걸 무슨 맛으로 먹나! 어쨌든 요지는 자신이 바라는 건 뭐든지 갖게 된다는 것이고, 그건 생각만 해도 까무러치게 좋았다.

키트 몽고메리의 숨겨진 손녀가 로리라는 사실을 사립 탐정에게 듣고서 데블린은 행복에 겨워 미칠 지경이었다. 언제나 꿈꿔왔던 것이 이제 현실이 되는구나! 더 이상 자신의 인생에 힘든 일은 없을 것이다. 마음에도 없는 배역을 따는 일도 없을 거고, 테이트 랜더스 같은 놈이 자신을 깔아보는 일도 없을 거다.

자신이 할 일이란 그저 그 애를 꾀어서 같이 도망가는 것뿐이었고, 그건 쉬웠다. 그 애는 놀랄 정도로 순진한 데다 독립하고 싶어 안달이 나 있었다. 게다가 여자애의 부모는 지금 이 나라에 없었다. 그 애 아버지가 외교관인가 뭔가 그랬다. 데블린은 그 말을 듣고 얼굴을 찌푸렸다. 돈이 있으면 좋은 직업도 떡하니 들어오는군! 알고 보니 로리는 부잣집 손녀로 여름 동안 안전하게 보호 받고 있었던 것이다.

요새 애들이란 참 응석받이로 크는군, 이라고 데블린은 생각했다. 열여덟 살이었을 때 자신은 이미 가족의 생계를 직접 책임지고 있었다. 하지만 이 애는 아직도 집에서 살면서 어른의 보호나 받고 있지 않은가.

눈 위로 손그늘을 만들어 햇빛을 가린 데블린은 로리가 나지막한 다이빙 보드로 걸어가는 모습을 지켜보았다. 비키니를 입은 모습은 예뻤지만, 그 애는 아직도 아이처럼 굴었다. 둘이서 도망치기 전에, 그는 로리가 정말로 열여덟 살이 맞는지 세 번이나 물어보았고 그때마다 로리는 그렇다고 대답하며, 운전면허증은 없지만 여권으로 증명할 수 있다고 말했다. 하지만 그 애는 여권을 깜빡 잊고 가져오지 않았다. 데블린은 무척 짜증이 나서 당장 가서 가져오라고 명령했지만 로리가 울기 시작하자, 그는 한 발 물러섰다. 둘이 정말로 결혼하기 전까지 데블린은 그녀의 심기를 건드리고 싶지 않았다.

그는 자신들을 데리러 기사 딸린 리무진이 오는 광경을 마음속에 그려보았다. 물론 그 장면은 아주 드라마틱할 것이다. 하지만 데블린은 드라마를 다룰 줄 아는 사람이지 않은가. 자신과 로리는 손을 잡고 영원히 헤어지지 않겠다고 맹세할 것이다. 그리고 승리감에 가득 찬 채로 데블린은 자랑스럽게 결혼증명서를 내보이는 거다.

하지만 지금까지 계획대로 된 건 하나도 없었다. 신분증을 가져오지 않아서 둘은 결혼도 못 했고, 그래서 데블린은 다른 방법으로 로리를 차지하려고 했다. 그녀가 완전히 자기 것이 되기 전까지는, 여권을 가지러 돌아가는 모험을 할 수가 없었다. 그녀의 할머니는 또 얼마나 집착이 심한가!

첫날밤이 되어 데블린은 로리와 함께 잠자리를 가지려 했지만, 그 애는 배가 아프다며 지금 '마법' 때문에 피가 얼마나 심하게 쏟아지는 지 자세히 설명했다. 그런 말을 듣고서도 기분이 잡치지 않을 남자가 세상에 어디 있겠는가!

그게 사흘 전의 일이었고, 지금 데블린은 돈이 떨어져가고 있었다. 그는 감히 신용카드를 쓸 수가 없었다. 그러면 랜더스에게 청구서가 갈 테니까. 데블린은 키트 몽고메리가 정부에서 일했던 연줄로 자신들 을 찾아낼 거라고 확신했다. 하지만 왜 아직 나타나지 않지?

데블린은 의자에 기대 누워 상상의 나래를 펼쳤다. 자신과 몽고메 리의 상속녀에 대한 기사가 신문 1면에 나고, 둘에게 이리저리 밀어대 며 몰려드는 군중들과 파파라치들이 두 사람의 위대한 사랑에 대해 떠드는 상상이었다. 그는 앞으로 테이트 랜더스보다도 더 로맨틱한 인 물로 알려질 것이다!

하지만 아직 아무런 일도 일어나지 않았다. 어떻게 이럴 수가 있나! 데블린은 항상 라디오를 틀어 놓고 살았지만, 자신에 대한 뉴스는 한 토막도 나오지 않았다. 심지어 지역 TV에서도 언급조차 없었다. 그저 랜더스가 출연하게 되었다는 연극 이야기만 해 댈 뿐이었고, 거기서도 데블린 이야기는 없었다. 항상 그렇듯이 말이다!

그리고 문제가 점점 터지기 시작했다. 오늘 아침 여자애가 드디어 집에 가고 싶다고, 할머니가 보고 싶다고 말했던 것이다.

원대한 계획이 실패로 돌아갈 가능성이 커지자 분노가 온몸을 스치 고 지나갔다. 배은망덕한 계집애 같으니! 이런 식으로 자기를 쥐고 흔 들 수 있다고 생각하다니 도대체 어떻게 되먹은 애지? 할머니의 저택에서 편하게 사는 게 참 힘들다며 징징대는 소리를 몇 시간이고 앉아서 들어 줬는데! 이제는 그 은혜를 갚을 때잖아!

로리는 데블린의 속마음을 알아차렸던 것이 분명했다. 곧바로 어조를 바꾸었기 때문이다. 그러면서 페이스북 친구들에게 자신의 위대한 모험을 알리고 데블린이 얼마나 멋진 남자인지 말하고 싶어서 죽겠다고 했다.

그러고 싶지는 않았지만, 데블린은 로리에게 아무에게도 연락해서는 안 된다고 단호하게 말해야 했다. 그 애의 휴대폰과 노트북은 이미 빼앗아 둔 상태였다. 한밤중에 방에 있는 전화기를 쓰려는 걸 잡아내서는 코드도 잘라버렸다. 그리고 자신이 샤워할 때도 욕실 바깥에 세워 두고 뭘 하는지 소리로 감시하기까지 했다. 얘는 왜 이렇게 믿을 수가 없는 거지!

데블린은 얼굴을 찌푸리면서 로리가 수영장으로 다이빙하는 모습을 바라보았다. 그 애는 다이빙을 잘했다. 어릴 때부터 개인 강습을 받은 게 분명했다.

그런데 어디선가 키가 큰 10대 남자애 하나가 수영장 속으로 들어오더니 그녀에게 뭐라고 소리쳤다. 로리는 그쪽으로 다가가려다 데블린을 보면서 허락을 구하는 눈빛을 보냈다.

그가 짧게 고개를 흔들자, 그녀는 남자애에게서 방향을 돌렸다. 데블린은 살짝 미소를 지었다. 적어도 하나는 가르쳤구나! 니나보다 낫네. 그 옛날 니나는 툭하면 자기 오빠에게 달려갔고, 그러면 랜더스는 보통 부부 사이에서 그러려니 하는 일들을 간섭하고 훼방 놓았다.

데블린은 로리가 도로 하염없이 수영장 안을 맴도는 모습을 지켜보았다. 이번에는 상황이 완전히 다를 것이다. 다시는 테이트 랜더스 같은 못된 놈이 자신을 위협하는 일을 허락하지 않으리라. 이번에는 입지를 단단히 다지고 자신의 권리를 주장할 것이다. 그래서…….

그 순간 라디오에서 자신의 전처 목소리가 들려와 데블린은 생각이 딱 멈춰버렸다. 지금 뭐지? 랜더스가 자신의 가족을 이용해서 본인과 그 코딱지만 한 연극을 홍보하려는 건가? 저놈은 자존심이라는 것도 없나? 지놈이 에이미를 이용한다면, 혹시 데블린은 그걸 두고 고소할 수도 있지 않을까? 그는 볼륨을 높였다. 니나의 목소리가 들렸다.

"당신 미쳤군요! 내 전남편이 테이트를 이길 수 있는 분야는 아무것도 없어요. 연기는 물론이고요!"

데블린은 눈을 휘둥그레 떴다. 수영장 안에서는 아까 그 남자애가 로리 주변을 상어처럼 맴돌고 있었다. 데블린은 그녀에게 손짓해서 물에서 나와 자기를 따라서 방으로 가자고 했다. 앞으로 두 번째 부인이 될 여자가 다른 남자랑 놀아나는 상황을 막으면서 첫 번째 부인이 해대는 거짓말까지 들을 여력은 없었다.

"당신은 어떻게 생각하시나요?"

디제이가 물었다. 그러자 잭 워스의 목소리가 들렸다.

"니나, 당신 말에 반대할 생각은 없어요. 그리고 알다시피 나는 테이트 랜더스의 절친이기도 하지만……."

데블린은 모텔 방 문을 연 다음 로리에게 안으로 들어가라고 휙 손짓했다. 그는 감상적인 손짓 따위를 할 시간이 없었다. 로리를 들이고 문을 잠근 그는 그늘로 자리를 옮겨 라디오를 들었다. 니나가 잭을 다그치며 말했다.

"그런데 뭐요?"

"나는 공정하게 평가를 하고 싶다고요. 데블린과 당신이 잘 지내지 못한 건 알겠지만, 그래도 그는 아주 훌륭한 배우입니다."

"하! 〈데스 포인트〉에서 그따위 연기를 한 걸 보고도 그래요? 당신이 거짓말로 띄워 줄 만한 사람이 아니에요."

그러자 디제이가 말했다.

"거짓말로 띄운다고요? 잭, 그럼 이 말에 대해서는……."

"잠깐만요!"

잭의 목소리는 위협적이었다. 그가 영화에서 여섯 명의 남자를 총으로 갈기기 직전에 나오는 듯한 목소리였다.

"데블린 헤인즈의 연기를 두고는 거짓말하지 않았습니다. 〈데스 포인트〉에서 레이첼 웰스가 죽는 장면이 있는데, 그때 나는 거의 울 뻔했어요. 왜 데블린이 그 연기로 에미상을 받지 못했는지 이해가 안 갑니다. 그때의 연기는 상을 줘야 마땅했다고요!"

"그런 식으로 보자면 테이트는 오스카상을 타야겠네요."

그러자 잭은 짧게 웃었다.

"진정해요, 니나. 솔직해지자고요. 예쁜 여자한테 뜨거운 눈길을 주는 건 그다지 재능이 없어도 할 수 있어요. 그런 걸로 오스카상을 탈수는 없다고요. 그리고 무엇보다 테이트가 〈데스 포인트〉에 출연했을 때, 그는 데블린을 연기로 능가하지 못했어요. 자, 내일 밤 있을 공연에 뉴욕 비평가들이 와서 뭐라고 할지 걱정도 안 돼요? 평론가들은 데블린의 연기가 낫다고 할지도 모르죠. 그러면 뭐라고 할 건가요?"

여기서 디제이가 끼어들었다.

"청취자 여러분, 우리는 지금 내일 있을 〈오만과 편견〉의 초연을 놓고 이야기하는 중입니다. 공연은 내일 밤 8시 서머힐 극장에서 열릴 예정입니다. 표는 이미 매진되었습니다만, 알려진 바에 따르면 극장 바깥으로 대형 스크린 세 개가 설치될 예정이라 누구든 오셔서 관람하실 수 있습니다. 야외 스크린 관람은 무료이지만 기부금을 받고 있습니다. 모든 수익금은 자선단체로 가게 됩니다. 의자나 담요를 가져오셔서 피크닉을 즐기십시오. 아, 지갑도 잊지 마시고요!"

"공연이 무사히 열린다면요."

니나의 목소리는 불길했다. 그러자 디제이가 물었다.

"무슨 말씀이시죠?"

"왜 괜히 그런 말을 해요? 당신은 배우가 아니니까 일이 어떻게 돌아가는지 모르잖아요."

이렇게 말하는 잭의 목소리는 화난 기색을 띠고 있었다.

"제가 모르는 사안이 있습니까?"

디제이의 말에 니나가 대답했다.

"데블린이 사라졌어요. 도망간 거라고 전 생각해요. 우리 오빠를 항상 무서워했으니까요."

그러자 잭은 싸우기라도 하려는 듯 심하게 화를 냈다.

"지금 나랑 장난해요? 데블린 헤인즈는 연극 연습 내내 그 누구보다도 열심히 연습했어요. 그는 첫날부터 나왔다고요. 반면에 테이트는 오디션이 다 끝나갈 무렵에도 도착하지 않았습니다. 하지만 데블린은 자리를 지키면서 젊은 아마추어 배우들을 지도했어요. 특히 리디아 역배우를 잘 도와줬어요. 대사 하나하나마다 손을 잡고 끌어주다시피 했죠. 그 애가 이름을 얻는다면, 데블린이 해 준거나 마찬가지입니다. 하지만 테이트는 그동안 이 마을 요리사랑 놀아나기만 했죠. 아무도 도와주지 않았어요!"

"그럼 지금 데블린은 어디 있는데요?"

니나의 말에 잭이 쏘아붙였다.

"재충전 중이죠. 연극을 위해 재정비하고 있을 겁니다. 자기가 출연했던 드라마에서 했던 대로 가상 싶은 삼성을 끌어올리고 있는 중일 거라고요."

"아, 청취자 여러분, 이건……."

하지만 니나가 디제이의 말을 잘랐다.

"내가 그 사람을 제일 잘 알아서 하는 말인데, 데블린은 내일 공연에 나타나지 않을 거예요. 우리 오빠를 생방송에서 마주 대해야 하는 게 너무 겁이 날 테니까요."

그러자 잭이 말했다.

"만 달러 걸게요! 만약 내일 데블린이 나타나면 나는 만 달러 기부하겠습니다. 누구 나랑 같이 내기할 사람 없습니까?"

"좋습니다! 우리는 이만 여기서 마쳐야겠습니다만, 어, 이건 말이죠, 그러니까 뭐라고 해야 할까요? 그래요, 세기의 연기 대결이 지금 시작되었습니다. 자, 데블린 헤인즈 씨, 듣고 계신다면 내일 밤 공연에 나타나 주시기를 부탁드립니다. 그러면 잭 워스 씨께서 만 달러를 자선단체에 기부하셔야 할 테니까요."

디제이의 말에 잭이 쏘아붙였다.

"5만 달러로 높이겠습니다."

"우와, 들으셨지요. 만약 드라마 〈데스 포인트〉에서 주연을 맡았던 데블린 헤인즈 씨가 내일 밤 공연에 나타나신다면 우리 위대하신 잭 워스 씨께서 5만 달러를 기부하신다고 합니다. 마지막으로 연극의 원작 소설을 쓴 제인 오스틴이 당시에 들었을지도 모르는 음악 한 곡 들려드리도록 하겠습니다."

디제이는 마이크를 끄고서 니나와 잭을 번갈아 바라보았다.

"두 분, 혹시 싸우시는 건 아니시겠죠? 그러니까 저는요, 싸움을 붙일 생각은 없었다는 겁니다. 그저⋯⋯."

그러자 니나는 일어서면서 미소를 지었다.

"괜찮아요. 잭, 정말 대단하던데."

"그래. 끝내줬지."

잭은 씩 웃으면서 일어나 니나에게 다가가서 그녀의 어깨에 팔을 둘렀다.

"상이 있다면 니나가 받을 만해."

"나 잘했어?"

"헤인즈도 이보다 더 잘하지는 못했을 거야."

그러자 니나가 크게 웃었다. 두 사람은 디제이에게 손을 흔들어 준 다음 건물에서 나왔다. 차 안에 들어오자 니나는 두 손으로 얼굴을 감쌌다.

"나 그런 말 정말 하고 싶지 않았어. 오빠에 대해서 잭이 그런 말을 하는 걸 들으니까 진짜 화나더라고. 오빠가 상처받았으면 어떡하지."

"지난 번 영화에서 평론가들이 했던 말에 비하면 뭐, 이런 말쯤이야 웃어 넘길 수 있을 거야. 그래서 지금 어디로 갈 거야?"

"이제 일을 진행해야지. 나는 지젤이랑 같이 인쇄소에 가서 포스터를 가져올게. 잭은 조시랑 같이 목재 창고에 가. 조시는 야외 관람석을 지어야 하거든. 테이트 오빠는 스크린을 설치하러 오는 사람들을 맞으러 갔어."

잭은 니나의 손을 꼭 잡고 토닥였다. 니나가 이토록 불안해하고 겁먹는 모습은 보고 싶지 않았다.

"너 아주 연기를 잘했어. 이 작전은 성공할 거야."

"그러기를 바라. 기도하고 있어. 이제는 이 방송을 데블린이 듣느냐 마느냐에 달린 거지."

니나는 잭을 바라보며 말을 이었다.

"그 불쌍한 아이, 괜찮을까?"

"그래, 괜찮을 거라고 생각해. 헤인즈한테는 폭력을 휘두르는 습성은 없어. 자, 가자."

잭은 시동을 걸고 주차장을 빠져나왔다. 하지만 두 사람 모두 마음속에 있는 깊은 우려를 꺼내지는 않았다. 헤인즈가 그 애를 건드렸을지도 모른다는 생각 말이다.

제3막 6장

다시가 간다
Darcy to the rescue

테이트는 자그마한 분장실로 들어가서 문을 닫았다. 케이시는 화장대 앞에 앉아서 불이 켜진 거울을 바라보고 있었다. 그녀는 눈을 들어 테이트를 보았다.

"무슨 소식이라도?"

"아직까지는 없어요."

테이트가 말했다. 케이시가 금방이라도 울 것만 같은 얼굴이라, 그는 의자를 가져다가 옆에 앉은 다음 그녀의 얼굴을 돌려 자신과 마주 보게 했다. 그리고 케이시의 손에서 브러쉬를 가져다가 그녀의 얼굴에 분홍색 블러셔를 발라주었다.

"관객 눈에 잘 띄도록 화려하지만 광대처럼 웃기지는 않도록 분장을 하려면 연습이 필요하죠. 자, 됐어요. 이제 완벽해요."

"데블린이 안 나타나면 어떡하죠? 로리한테 무슨 일이라도 생겼으면 어쩌죠? 혹시라도……."

하지만 테이트는 입술로 그녀의 말을 막았다.

"헤인즈는 올 거예요. 그놈은 극적인 드라마를 좋아하니까. 자기가 공연 시작 직전에 나타나서 나의 부족한 기량을 메워 준다면 영웅이 될 거라고 생각하고 있을 테니까."

케이시는 그의 어깨에 이마를 대었다. 두 사람은 의상을 다 차려입고 몇 분 후에는 무대에 설 준비가 된 채였다. 그들이 있는 분장실은 무대 아래에 있었지만, 바깥에 있는 사람들의 소리가 또렷이 들려왔다. 무대 감독은 케이시에게 극장이 사람들로 발 디딜 틈이 없다고 말했다. 좌석은 다 찼고, 복도에도 사람들이 서 있다는 것이었다.

"게다가 바깥에도 장난이 아니라고요! 잔디밭에 앉아서 스크린에 불이 켜지기를 기다리는 사람들이 얼마나 많은지 믿을 수 없을 정도예요. 이 근방 8킬로미터 반경에 있는 집들 앞마당은 다 주차장이 되어버렸어요. 하지만 주민들도 신경 안 쓰고 있죠. 다들 여기 와 있거든요."

보통 때 케이시 같았다면 무대에 오른다는 생각만으로 너무 불안해서 발을 동동 굴렀을 것이다. 요리라면 자신 있었지만, 연기는 전혀 아니니까. 니나가 말해 준 바에 따르면, 이 연극을 보기 위해 유명한 평론가가 세 명이나 비행기를 타고 이곳에 왔다고 했다. 한 명은 뉴욕에서, 다른 두 명은 로스앤젤레스에서 말이다. 니나는 이렇게 덧붙였다.

"테이트한테 좋은 말을 한 번도 한 적이 없는 사람들이에요. 그래서 이번에도 크게 달라질 것 같지는 않아요."

하지만 무대에서 공연해야 한다는 걱정도 지금은 데블린과 어린 로리 때문에 사그라진 상태였다. 지난 이틀 동안 그녀는 니나와 지젤과 함께 이리저리 뛰어다니면서 '세기의 연기 대결'을 홍보하느라 갖은 애를 썼다. 심지어 테이트는 자기 홍보 담당자를 이곳으로 불러 이 일을 전국 단위 미디어에 올려 관심을 끌어내게 했다. 하여간 그러느라 너무 바빴던 탓에, 케이시는 6시 반이 되어서야 겨우 극장에 도착해서 무대에 오를 준비를 했다. 그녀는 테이트를 돌아보았다.

"다들 괜찮아요?"

"당신 아버지가 에스텔에게 진정제를 주어서, 그분은 쉬고 계세요. 키트와 올리비아는 연극에 집중하고 있고요. 정작 본인들 과거 이야기는 안 하신 것 같더라고요."

"키트의 아들은 뭐 하고 있어요?"

어제 그녀는 로웬을 만났다. 그리고 그를 보는 순간 어째서 스테이시가 그 남자를 "너무 진지하다"고 표현했는지 알아차렸다. 진지하다는 말로는 표현하기 부족할 정도였다. 이 젊은 남자는 기계로 만든 것처럼 사무적이었는데, 그가 조용한 태도로 지시하면 모두들 그 말에 복종할 정도로 카리스마가 있었다.

"그랑은 포커 게임을 절대 하지 말아야겠다는 생각뿐이죠. 무슨 생각을 하는지 알 수 없는 데다, 자기가 뭘 하고 있는지도 절대로 말해 주지 않잖아요. 전화는 아주 많이 하지만……."

테이트는 이렇게 말하다가 자기 말을 듣고 케이시가 더 불안해하고 있다는 걸 알아차리고는 입을 다물었다. 그리고 그녀의 턱에 손을 대었다.

"헤인즈는 올 거예요. 내 코를 납작하게 해 줄 수 있는 기회를 놓칠 리 없으니까요."

"하지만 헤인즈는 오는 대로 수갑을 차게 되겠죠."

"아뇨. 그럴 일은 없도록 상의했어요."

"하지만 열다섯 살짜리 애를 납치했잖아요!"

테이트는 그녀의 손을 잡았다.

"로웬과 내가 계획을 짰어요. 헤인즈가 나타나도 공연은 하게 둘 거예요. 관중석에 연방수사국 요원 스무 명이 있어요. 그중에 몇몇은 FBI 요원이고, 키트의 은퇴한 친구들도 있죠. 헤인즈가 도망칠 길은 없다고요. 게다가 그놈은 자기가 얼마나 큰일을 저질렀는지 모르고 있는 것 같아요."

"뭐, '연극은 계속되어야 한다' 이런 건가요?"

"이건 단순히 자선단체에 기부가 안 될까봐 걱정하는 차원이 아니에요. 조시가 연기를 얼마나 못하는지 당신도 봤죠. 게다가 대사를 반도 외우지 못했어요. 조시가 위캄을 한다면 관객들이 환불해 달라고 할까봐 걱정이에요. 그러면 당신 어머니 병원에도 좋을 게 없죠."

테이트의 농담을 듣자 그녀는 절로 미소가 나왔다. 케이시는 그의 눈을 바라보았다.

"돈 문제가 아니잖아요, 안 그래요? 이건 당신 뜻이죠? 로웬한테 체포를 미뤄달라고 했죠? 그래서 데블린의 인생이 완전히 망하기 전에, 그래도 마지막으로 한 번 공연할 수 있게 해 주려고 그랬죠?"

잠시 동안 테이트는 놀란 기색을 띠었다가 이내 웃고야 말았다.

"이런, 들켰네요. 어떻게 알았어요?"

"나 이제 당신을 좀 알 것 같거든요. 로웬을 설득하는 거 힘들지 않았어요?"

테이트는 자리에서 일어섰다.

"죽을 만큼 힘들었죠! 로웬 몽고메리는 진짜 목석같이 완고한 사람이더군요. 헤인즈가 나타나자마자 쇠고랑을 채우고 싶어 하더라고요. 제기랄! 하지만 난 그럴 수가 없었어요. 이러니저러니 해도 그놈은 에이미의 아버지니까."

"하지만 당신을 두고두고 괴롭혔던 사람이잖아요. 자기가 나쁜 짓을 벌여 놓고도 당신 원망만 해 대는 사람인데요."

"똑같이 보복한다면 내가 그놈보다 나을 게 뭐겠어요."

"그래서 내가 당신을 사랑하는 거랍니다."

케이시는 이렇게 말해 놓고 숨을 헉 들이켰다.

"어, 그러니까…… 이게 무슨 뜻이냐면……."

하지만 테이트는 그녀를 품에 꼭 끌어안았다.

"괜찮아요. 나도 당신에게 푹 빠졌으니까. 날 믿고서 내가 잡아 준 대로 지붕 아래로 몸을 매달았을 때부터 난 당신을 사랑하게 된 것 같아요. 그 꼬마를 구해 주려고 위험을 무릅썼다는 사실로 당신이 어떤 사람인지 알게 되었죠."

테이트의 키스는 오랫동안 이어졌다. 그러다 분장실 문이 벌컥 열리더니 누군가 테이트의 등을 쳤다.

"십 분 남았어요."

무대 감독이 소리를 지르다가 테이트를 슬쩍 보더니 케이시에게 말했다.

"명심해요. 엘리자베스는 다아시를 미워해야 한다고요."

"나 이 사람 안 좋아해요. 그냥 이 남자 몸에만 관심 있을 뿐이에요."

"그건 나도 동감이네요!"

여자였던 무대 감독은 이런 말을 남기고 떠났다. 테이트는 못마땅한 소리를 내면서 문을 닫았다.

"당신들 말을 들으니까 내가 무슨 정육점 고깃덩이 같잖아요."

"고깃덩이라니, 더욱 마음이 동하는데요. 자, 가요! 난 립스틱을 다시 발라야겠으니까. 데블린이 나타나면 알려주세요."

테이트는 뒷걸음질치며 이야기를 나누는 동안에도 그녀에게 계속 키스를 해 댔다.

"그러면, 나랑 같이 로스앤젤레스로 가는 거죠? 나랑 같이 사는 거죠? 내가 가야 하는 공식 석상에도 동반해 주는 거죠? 그리고 나 파이 만들어 줄 거죠?"

"네, 다 해 줄게요."

케이시는 그의 가슴을 밀어서 문 밖으로 내보냈다. 그러다 잠깐 멈춘 그녀가 입을 열었다.

"내가 좋은 거예요, 아니면 내 요리 실력이 좋은 거예요?"

테이트는 키스하려다 말고 우뚝 멈춰 섰다.

"그건 좀 생각해 봐야겠는데요."

그러면서 다시 키스하려 했지만 케이시는 뒤로 물러섰다.

"여기서 당장 나가요! 그리고 나 말고 다른 사람 앞에서 웃통 벗을 생각하지 말고!"

그러자 테이트는 복도로 뒷걸음질치며 말했다.

"내가 일개 요리사랑 사귄다고 하면 할리우드에서 뭐라고 할지 생각해 봤어요? 신문 기사 머리말은 이런 거겠죠. '랜더스가 뭐가 아쉬워서 그런 여자랑 사귀나?'"

순간 케이시는 충격을 받은 채로 그를 바라보았다.

"혹시 야간 대학에 다니면서 변호사 자격증 딸 생각은 없어요? 조지 클루니는 변호사랑 결혼했잖아요."

테이트는 이렇게 말하더니 고개를 돌려 자기 분장실로 가 버렸다.

어안이 벙벙해진 케이시는 안으로 들어와 문을 닫았다. 정말 뻔뻔할 정도로 자기중심적인…… 그러다 그녀는 테이트가 왜 그런 소릴 했는지 깨닫고는 고개를 흔들었다. 바로 그가 이런 말을 해서 감정이 잡혔으니까. 덕분에 케이시는 오만함으로 가득찬 듯한 남자를 만난 엘리자베스 베넷이 될 수 있었다.

케이시는 화장대로 가서 커다란 파우더 퍼프를 들고 거울 속에 비친 자신의 모습을 가만히 바라보았다. 잔뜩 무대 화장을 한 얼굴, 한껏 올려 빗은 머리, 잠옷보다 더 가슴이 파인 드레스가 보였다. 그녀는 속삭였다.

"나는 엘리자베스 베넷이야. 그리고 피츠윌리엄 다아시는 속물이라고 생각해."

그리고 일어서서 심호흡을 한 다음 분장실을 나섰다.

위컴은 저항하지 못한다

Wickham can't resist

커튼이 아직 올라가지 않은 무대 뒤에서 배우들이 자기 자리를 지키고 서 있었다. 올리비아는 아름다운 옷을 입은 게 무색하게도, 지난 며칠간 벌어진 일들 때문에 마음이 어지러웠던 탓에 몹시 초췌해 보였다. 벽난로 모형 옆에 둔 의자에 앉은 사람은 카일 박사였다. 그의 눈 밑에 생긴 다크서클은 분장으로도 가려지지 않았다. 그는 며칠 동안 잠도 못 잔 사람 같았다.

분홍색과 흰색이 어우러진 드레스를 입은 제인 역의 지젤은 아름다운 자태가 빛났지만, 그 눈동자는 공허하기만 했다. 올리비아의 옆에 선 사람은 니나였다. 그녀는 리디아의 대역으로 섰는데, 사실 그 역을 맡기에는 나이가 너무 많아 보였다. 게다가 얼굴에 드리워진 우울한 표정을 보자면 군복 입은 남자들밖에는 관심이 없는 까불까불한 여자아이와는 거리가 멀었다.

이곳에서 절망스러운 표정이 아닌 사람은 메리와 키티 역을 맡은 여고생 두 명뿐이었다. 그들은 아무것도 모른 채 여전히 휴대폰만 붙잡고 있었다.

무엇보다도 지금 분위기가 전혀 행복하지 않았다. 우울한 분위기, 그리고 패배감이 무대를 지배하고 있었다. 그들은 도박을 했고 모든 걸 다 잃었다.

8시가 되자 키트가 고용한 소규모 오케스트라가 음악을 연주하기 시작했다. 하지만 커튼은 올라가지 않았다.

무대 감독이 카일 박사에게 달려와서 뭐라고 속삭였다. 그는 벌떡 일어섰다.

"미안합니다. 응급 상황이 발생했다는군요."

그가 서둘러 무대에서 내려가자 모두가 주저앉았다. 이건 또 무슨 일인가.

그 후로 몇 분간, 조시가 관객에게 이야기하는 소리가 들려왔다. 언제나처럼, 편안하게 사람을 응대하는 조시의 말은 이번에도 통했다. 카일 박사가 사람의 목숨을 구하려고 급히 달려 나가는 바람에 관객들이 기다려야 하는 일을 두고, 조시는 농담도 몇 마디 던졌다.

무대 뒤에서는 키트가 베넷 씨로 분장 하는 중이었다. 하지만 황급히 나타난 그 모습은 코트 단추도 잘못 끼우고 넥타이도 비뚤어진 채였다. 니나와 케이시가 급히 달려가 옷을 바로잡아 주려 했지만, 의상이 너무 복잡해서 뭘 어떻게 해야 할지 알 수가 없었다. 그때, 올리비아가 그들을 밀쳐냈다.

"내가 할게요."

그녀는 날랜 손놀림으로 키트의 옷매무새를 고쳐 주면서 속삭였다.

"쓸모없는 인간인 건 옛날이나 지금이나 똑같네."

그 말을 들은 키트는 무어라 대답하려다가, 그녀를 확 끌어당기고 입을 맞추었다. 더할 나위 없는 열정과 갈망을 담은, 그리고 사과의 뜻을 품은 키스였다. 모두가 그걸 느낄 수 있었다. 심지어 여고생들까지도 휴대폰을 놓았다. 모두들 두 사람을 빤히 바라보았다.

올리비아 역시 뜨거운 열정으로 키트의 마음에 응답하기 시작하자, 사람들의 눈이 더욱 휘둥그레졌다. 여자애 중 하나가 속삭였다.

"할머니 할아버지들도 아직까지 저런 키스를 할 수 있을 줄이야."

"나도 한 번도 해 본 적 없는데······."

다른 아이도 대꾸했다.

키스하는 두 사람을 너무 넋놓고 바라보고 있었던 나머지, 무대 위로 올라오는 사람이 있다는 사실을 알아차리지 못했다. 그러다가 키티 역을 맡은 여자애의 목소리가 정적을 깼다.

"로리! 왔구나!"

니나와 케이시는 고개를 돌려 로리를 보았다. 그 애는 리디아 분장을 하고서 자기 자리에 섰다. 두 사람은 순간 로리에게 달려가 꼭 안아 주면서 기쁨의 눈물을 터트리려고 했다. 하지만 잭과 테이트가 저 쪽에서 팔을 휘저으며 안 된다는 신호를 보냈다. 로리가 사라진 진짜 이유가 새어나가지 않게 하려고 이제껏 얼마나 노력했던가. 그런데 지금 와서 그걸 수포로 돌아가게 할 수는 없었다.

케이시는 애써 마음을 진정시키고 자기 자리로 돌아갔다. 무대 끝에서 조시가 니나를 기다리고 있었다. 그에게 달려간 니나는 안도의 눈물을 흘렸고, 조시는 그녀를 데리고 사라졌다.

키트와 올리비아는 이제 서로를 놓은 채로 잠시 나란히 서서 손을 잡았다. 그리고 머리와 드레스를 매만지는 로리를 응시했다. 흰칠하고 어여쁜 저 아가씨가 바로 그들의 손녀였다. 그렇다는 사실을 알게 되고 나서 처음으로 다시 보게 된 소중한 아이였다.

키트는 연출자인 만큼, 막이 오르기 전에 모두가 자기 위치에 섰는지 확인해야 했다. 하지만 그는 로리에게서 시선을 떼지도 못하고 올리비아의 곁을 떠나지도 못했다.

"모두 제 위치로 가 주세요!"

결국 무대 감독이 크게 소리를 쳤다. 모두가 그 말에 순순히 따르지 않아서 그녀는 두 번이나 고함을 질렀다.

케이시는 곁눈질로 테이트를 보았다. 그는 엄지를 치켜 올려 보였다. 헤인즈의 모습도 보였다.

막이 오르자, 관객들의 시야로 집 안에 모인 행복한 가족의 모습이 들어왔다. 베넷 부인 역을 맡은 올리비아는 딸들이 시집을 가지 못한다며 불평을 해 댔고, 그건 바로 빙리 씨를 만나러 가지 않는 남편 때문이라고 잔소리를 했다.

올리비아의 남편 역을 맡은 키트는 그녀에게 대단한 애정을 보이며 연기했다. 아내의 신경쇠약 때문에 자신도 수많은 세월을 걱정했다는 대사에 어찌나 장난스러운 애정이 담뿍 묻었던지 올리비아는 얼굴이 새빨개지고 말았다.

케이시는 저 유명한 소설의 첫 마디, "재산깨나 있는 독신남이라면 아내가 반드시 필요하기 마련이다"라는 대사를 읊었다. 관객들이 웃자, 그녀는 크게 놀랐다. 수백 명은 족히 되는 사람들 앞에 서 있다는 사실을 의식하지 않으려고 애썼지만, 대사를 듣고서 웃는 사람들을 보자 기분이 아주 좋았다.

올리비아와 키트가 주거니 받거니 대사를 전달하는 동안, 케이시는 무대 바깥으로 슬쩍 눈을 돌려 테이트를 보았다. 그가 자신을 보며 미소 짓는 모습을 보자 지금 기분이 어떤지 알고 있는 듯했다. 웃음과 박수를 받다니, 아주 짜릿한 경험이었다.

테이트는 그녀에게 윙크했고, 케이시는 다시 무대에 집중하기 시작했다.

다음 장면은 공회당이 배경이었다. 여기서 베넷 가족은 다아시와 빙리 일행을 만나게 된다.

그 후로 짧은 막간이 있었다. 조시와 기술자들이 무대 세트를 바꾸는 동안 테이트는 케이시의 분장실로 잠깐 들어왔다. 그는 케이시의 하늘색 무도회 드레스 등 뒤로 쭉 이어진 단추 아래에 있는 벨크로 띠를 조여 주었다. 이 드레스는 스테이시의 어머니가 만든 것이었다. 테이트는 그녀의 목에 키스하며 말했다.

"나 아주 예쁜 변호사를 만났어요. 그래서 데이트를 신청했죠. 내가 영화배우라니까 아주 좋아하던데요."

뜬금없는 말이었지만, 케이시가 무대에서 감정을 잡기에는 충분한 발언이었다. 다아시는 속물이라는 엘리자베스의 생각을 그녀는 그에게 보여 줄 준비가 되었다.

곧이어 테이트 랜더스와 잭 워스가 같이 관객 앞에 등장하자, 귀가 먹먹할 정도로 터진 박수와 환호 소리에 배우들은 잠시 극을 멈추어야 했다. 키트는 이런 상황에 미리 대비를 해서 모두 얼마나 오래 기다려야 하는지 정확히 알고 있었다. 테이트는 몸을 꼿꼿이 펴고 아주 오만한 태도를 보여서, 케이시는 그가 자기 잘난 맛에 겨웠다고 생각하는 게 전혀 힘들지 않았다.

다음은 베넷 가의 거실 장면이 이어졌고, 그 후에는 네더필드의 빙리 씨 집 장면이 나왔다. 거기까지는 순조로웠다.

다섯 번째 장면에서 콜린스 씨가 등장했다. 잭의 트레이너는 자신의 역을 대단히 잘 연기했다. 그가 추잡하고 번지르르한 언사를 일삼으며 캐서린 드 버그 영부인에게 지나치게 알랑거리는 태도를 보이자, 관객들은 아주 좋아했다.

케이시는 진심으로 혐오감이 들었다. 그래서 그가 그녀의 팔을 잡았을 때는 온몸이 움찔할 정도였다. 바깥으로 통하는 극장 문은 열려 있었다. 극장 안에 있는 관객들이 비교적 얌전하게 극을 보았다면, 바깥에 있는 관객들은 큰소리로 야유를 보냈다. 그들의 모습은 언제라도 썩은 토마토를 배우에게 던질 것만 같았다.

그 장면의 마지막 부분에서 위캄이 등장했다. 케이시는 평정심을 유지하려고 최선을 다했다. 데블린 헤인즈가 무대에 등장하자, 관객들은 박수를 치며 아주 크게 환호했다.

이건 틀림없이 테이트가 박수 부대를 고용한 거라는 생각이 들었다. 그래서 무대 뒤를 슬쩍 쳐다보자, 로웬이 정장을 입은 세 명의 남자를 대동한 채 서 있는 모습이 보였다. 그들은 공연이 끝나기만을 기다리고 있었다. 하지만 데블린의 얼굴 위로 환한 미소가 번지는 걸 보니, 그는 앞으로 무슨 일이 벌어질지 하나도 모르는 게 분명했다.

제인이 빙리 씨와 가볍게 이야기를 나누는 동안, 케이시는 데블린이 무대를 배회하는 모습을 보았다. 키트의 연출에 따르면 위캄은 여기서 예쁘고 어린 리디아에게 관심을 보이고, 리디아 역시 거기에 화답하는 연기를 해야 했다.

저 두 사람 사이가 어떻게 됐는지 케이시는 좀 궁금했다. 며칠 동안함께 있지 않았던가. 무슨 일이 일어났을까? 로리는 여전히 데블린에게 반해 있을까?

그 애는 자기 역할을 완벽하게 연기했다. 리디아는 누가 봐도 상대의 눈길을 끌겠다는 듯 위캄을 위아래로 훑었고, 위캄도 그 눈빛을 받아주었다. 완벽한 연기였다. 하지만 데블린이 로리 옆을 스치고 지나가자, 그 애가 치맛단을 슬쩍 움직여 데블린과 닿지 않으려 하는 모습이 보였다.

아주 작은 몸짓이었지만, 그것만 봐도 케이시는 다 알았다는 느낌이 들었다. 무슨 일이 있었는지는 모르지만, 저 불쌍한 아이는 데블린을 굉장히 싫어하고 있구나.

케이시는 무대 밖에 선 로웬을 보았다. 저 사람도 로리의 행동을 봤을까? 케이시의 생각을 안다는 듯 그가 짧게 고개를 끄덕이자, 그녀는 안심했다. 아, 보고 알아차렸구나. 케이시는 데블린의 거짓말이 얼마나 교묘하고도 설득력이 있는지 잘 알고 있었다. 데블린이 자기가 저지른 짓을 말발로 모면하는 결과가 나와선 절대 안 되는데.

콜린스 씨가 엘리자베스에게로 돌아왔다. 그리고 마침내 케이시가 데블린과 마주하는 장면이 나왔다. 그녀는 내면의 힘을 있는 대로 끌어올려 데블린에게 환영한다는 기색으로 웃어줄 수 있었다.

그녀의 태도를 보자 데블린은 잠깐 놀란 표정을 지었지만, 이윽고 은밀한 눈짓을 하며 미소로 답했다. 케이시가 자신을 다시 보게 되어 정말로 기뻐하고 있다고 생각하는 모양이었다.

위캄이 엘리자베스에게 다아시가 얼마나 나쁜 사람인지 고자질하는 장면은 정말 너무 시간이 가지 않아 애를 먹었다. 케이시는 충격을 받은 표정을 꾸며내야 했고, 그를 믿는 척도 해야 했다. 더 힘들었던 건, 증거도 없는 그 남자의 말을 그대로 믿어버린 엘리자베스라는 인물에게 화가 나는 걸 애써 감추는 것이었다.

자신 역시 테이트에게 똑같은 짓을 했다는 생각을 떠올리지 않을 수가 없었다. 한번은 테이트가 그녀에게 이런 말을 한 적이 있었다.

"성공과 실패의 차이가 그저 운에 달렸다고 믿고 싶어 하는 사람들이 있죠. 그런 사람들은 소파에 주저앉아서 운명이란 이미 정해져 있기 때문에 다른 사람들은 성공해도 자기는 실패할 수 밖에 없다고 떠들어대죠. 힘들게 노력해서 성공했다는 사실을 절대로 받아들이려 하질 않아요."

안타깝게도, 그녀는 그 말의 진실을 뼈저리게 경험했다.

위캄이 바로 옆에 서 있던 어여쁜 리디아를 슬쩍 바라보자, 케이시는 목구멍이 꽉 막혀왔다. 마음 같아서는 그를 한 대 치고 싶었다. 저 불쌍한 애한테 무슨 짓을 한 건가!

끝나지 않을 것만 같던 장면이 드디어 끝나고 무대가 암전되었다. 그러자 감정이 복받쳐 올라 제대로 서 있기도 힘들었다. 때마침 단단한 테이트의 팔이 그녀를 잡았다.

"잘했어요. 완벽한 연기였어요. 이제 마음을 추슬러 봐요."

그는 이렇게 속삭이며 케이시를 무대 뒤로 데려가 분장실로 안내했다.

"로리는 어때요?"

"키트와 올리비아가 데리고 있어요. 키트의 친구들이 에스텔을 침대에서 일으켜서 데려왔고요. 지금 그녀는 맨 앞줄에 앉아서 블랙커피를 엄청 마셔대고 있죠. 당신 아버지가 뭘 처방했는지 몰라도 그 약 기운을 없애려고요. 지금은 아주 행복한 상태예요."

그렇게 이야기를 나누면서 테이트는 케이시의 평상복 의상을 벗기고 무도회용 드레스를 입게 도와 주었다.

"고마워요. 그리고 말이죠, 당신같이 옷발 잘 받는 사람은 본 적이 없는 것 같아요."

"변호사 아가씨도 똑같은 말을 하더군요."

"그 여자한테 손가락 하나라도 어디 대 봐요. 펄펄 끓는 설탕물을 부어 버릴 테니까."

그러자 테이트는 웃으면서 그녀의 손을 잡았고, 두 사람은 무대로 달려갔다.

"바로 그런 마음가짐이죠! 나한테 소리 지를 때, 내가 헤인즈라고 생각하고 막 대해 봐요. 하지만 생각해보니까 이제까지 당신은 나한테 성질을 참 많이 냈었군요. 그러니 이번에는 조금 살살 하든지요. 나 불쌍하잖아요. 좀 봐 줘요."

그의 말에 결국 케이시는 미소를 짓고 말았다.

"계속 가요. 여기서 나가야죠. 그리고 고마워요."

다음 장면은 네더필드의 무도회였다. 이번 장면에서는 위캄이 등장하지 않았다. 테이트와 대사를 주고받는 케이시는 그를 경멸하는 연기를 하기가 어려웠지만, 테이트는 아주 오만한 태도로 콧잔등을 세운 채 그녀를 내려다보아서 케이시는 이게 정말 테이트가 맞나 싶을 정도였다. 이번 장면은 메리가 돼지 먹따는 소리로 노래를 부르며 끝나는데, 키트는 이 순간을 위해서 정말로 노래를 못 부르는 소녀를 캐스팅했다. 타고난 재능이 이 역에 딱이라면서 말이다.

그 후에는 또 재빨리 무대 의상을 갈아입어야 했다. 엘리자베스가 콜린스 씨의 청혼을 거절하는 장면이었다.

엘리자베스가 콜린스 씨의 청혼을 거절했다는 소식에 올리비아는 절망에 빠져 야단법석 히스테리를 부리는 연기를 선보였다. 키트는 그 장면에서 목소리에 실망한 기색을 담고 연기했다. 사랑하는 아내의 말에 반대하는 게 가슴 아픈 것 같기도 했다.

다음 장면에서는 엘리자베스와 위캄이 다시 등장했다. 그리고 마지막엔 키트의 연출대로 리디아가 위캄에게 도발적인 유혹을 담은 말을 건네는 연기를 펼치고는 위캄과 함께 퇴장했다.

이웃집 딸인 샬럿과 콜린스 씨가 결혼하게 되었다는 걸 들은 베넷 부인이 엘리자베스를 호되게 꾸짖는 대목에서 케이시는 그만 울 뻔하기도 했다.

원작을 전부 연극으로 하기에는 너무 길고 무대 장치도 많이 필요했기 때문에, 키트는 몇 장면을 합쳤다. 샬럿은 케이시가 잘 모르는 젊은 여자가 맡았는데, 그녀와 엘리자베스는 어두운 무대에서 스포트라이트를 받으며 섰다. 어둠 속에서 조시의 무대팀은 발소리가 안 나는 슬리퍼를 신고서 세트를 조용히 바꾸어 무대를 로징스의 거실로 만들었다.

불이 다시 켜지자 캐서린 드 버그 영부인으로 분장한 힐디가 나타났다. 그녀의 연기는 정말 대단했다. 오만하고 거드름 피우는 모습이 그야말로 완벽했으니까. 연기를 어찌나 잘했던지 케이시는 이 여자에게 주눅 들지 않는 엘리자베스를 연기하기가 어려울 정도였다.

자신이 만약 피아노를 배웠더라면 분명히 명연주자가 되었을 거라는 힐디의 말을 듣자, 케이시는 마음속으로 크게 고개를 끄덕였다.

그 장면에서, 엘리자베스는 피아노를 치게 돼 있었다. 하지만 케이시가 피아노를 전혀 칠 줄 몰라서, 그녀가 치는 시늉을 하면 실제 소리는 녹음된 오디오를 틀기로 돼 있었다. 하지만 막상 소리가 나오지 않았다. 케이시는 조시가 만든 가짜 피아노의 건반을 여러 번 눌렀지만, 음악은 여전히 나오지 않았다.

관객들은 웅성대기 시작했다. 바깥에서 야유하는 소리가 들리기도 했다.

케이시는 그저 당황한 낯빛으로 테이트를 바라보았다. 이제 어쩌지? 그러자 테이트가 그녀 앞으로 다가와 조용히 말했다.

"같이할까요?"

그러더니 정말로 아름다운 목소리로 노래를 부르기 시작했다. 그 노래가 제인 오스틴이 살았던 시대의 곡인지 아닌지는 알 수 없었지만 그럴듯하게 들렸다. 노래 가사는 사랑하는 여인이 있었지만, 결국 죽어가는 그녀를 떠나보내며 바라볼 수밖에 없다는 내용이었다.

멜로디와 가사, 테이트의 테너 음색까지 모든 게 너무나 아름다워서 공연장 안은 물론이고 바깥에 있던 관객들까지 숨소리 하나 내지 않고 노래를 들었다. 성난 군중처럼 이리저리 뛰어다니기만 하던 아이들도 가만히 앉아 노래를 들었다.

테이트의 노래가 끝나자, 다른 배우들은 순간 어떻게 해야 할지 알 수가 없었다. 대본에 없는 신이라 이 상황에 맞는 대사 역시 없었기 때문이다.

다행이도 관객이 반응해 주었다. 그들은 그 자리에서 발을 구르고 박수를 치며 테이트의 노래를 칭찬했다. 바깥에서도 함성과 환호성이 들렸다.

다음에 이어질 말은 케이시의 대사였다. 여기서 그녀는 다아시가 공회당에서 매정하게 춤을 거절했던 일을 두고 그를 놀려야 했다. 관객의 박수가 조금 잦아들자, 케이시는 큰소리로 말했다.

"다아시 씨, 만약 네더필드에서도 이렇게 당신의 노래를 들을 수 있는 영광을 우리에게 주셨다면 제 동생 메리가 그렇게 부적당한 노래를 부르는 일은 없었을 거라고 생각합니다만."

그녀는 실크 치맛단을 휘날리며 테이트에게서 돌아서서 피츠윌리엄 대령 쪽으로 갔다. 하지만 그렇게 떠나기 전에, 크게 놀란 테이트의 얼굴을 보면서 참으로 큰 만족감을 느낄 수 있었다. 애드리브를 할 수 있는 건 그쪽만이 아니라고요.

피츠윌리엄 대령이 엘리자베스에게 다아시가 제인과 빙리를 헤어지게 만들었다는 이야기를 해 주는 것을 끝으로 그 장면이 끝났다.

짧은 휴식 시간 동안 테이트는 케이시의 분장실로 오지 않았다. 다음은 엘리자베스가 다아시의 청혼을 거절하는 바로 '그 장면'이었기 때문에, 테이트는 무대에 오르기 전에 그들이 키스하며 다정하게 있는 것이 연기에 도움이 안 될 거라 말했다.

"그렇다는 걸 어떻게 그렇게 잘 알아요?"

케이시가 묻자 그는 그저 웃기만 했다.

이번엔 올리비아가 와서 케이시가 옷을 갈아입는 걸 도와주었다. 케이시가 물었다.

"로리는 뭐하고 있나요?"

"연극이 끝날 때까지는 그 애에게 아무것도 묻지 않기로 했어요."

케이시의 드레스 뒤를 꽉 묶어 주는 올리비아의 손길이 떨리고 있었다.

"로리는 자기 어머니가 입양되었다는 걸 알아요?"

"알고 있어요. 포샤는 그 사실을 열일곱 살에 알았대요. 에스텔 말로는 그걸 알고 무척 화를 냈대요. 난 이 애들이…… 우리를 보고 뭐라 생각할지 모르겠어요."

케이시는 돌아서서 올리비아를 안아 주었다.

"올리비아와 키트를 알게 되었는데, 왜 기쁘지 않겠어요? 그리고 로리도……."

그녀는 로리에 대해서는 무슨 말을 해야 할지 알 수 없었다. 올리비아가 말했다.

"이제 가요. 가서 다아시에게 한 방 먹여야죠."

이렇게 말하는 올리비아의 볼에 케이시는 위로의 키스를 한 다음 계단을 뛰어 올라갔다.

무대는 샬럿과 콜린스 씨의 응접실이었다. 다아시가 들어왔을 때 엘리자베스는 혼자 앉아 있었다. 두 눈에 사랑을 가득 담은 테이트의 모습이 정말 멋있어서 케이시는 두 팔을 벌려 그를 안아 주고 싶었다.

그는 소도구 하나를 집어 들었다. 그건 케이시의 와인 잔, 바로 데블린이 훔쳤던 그 물건이었다. 그 잔은 4개가 한 세트인 골동품으로, 어머니가 케이시의 요리 학교 졸업을 축하하며 선물한 것이었다. 케이시는 특별한 경우에만 그 잔을 꺼냈고, 데블린과의 저녁 식사가 특별할 거라고 생각했었다. 너무나 매력적이라 생각된 그 남자에게 푹 빠진 나머지 순간 그와 함께하는 미래를 그려보기도 했었으니까. 그런데 데블린은 탁자에 엎어져 잠든 케이시를 내버려두고 와인과 이 잔을 훔쳐갔다. 나중에 물어봤을 때도 아무렇지 않게 거짓말을 했었지.

케이시는 잔을 바라보다 슬쩍 테이트와 눈을 마주쳤다. 그리고 그의 청혼을 거절하는 대사를 읊었다. 데블린에게 품은 독기를 전부 끌어낸 대사였다. 말 그대로 말을 마구 뱉어댔다.

그러자 삶에서 소중한 걸 죄다 잃어버린 남자의 모습으로 다아시는 방을 떠났다.

그 막의 마지막 장면에서는 책상에 앉아 다아시의 편지를 읽는 엘리자베스가 등장했다. 미리 녹음한 테이트의 목소리는 위캄의 거짓말이 뭔지를 알려 주었다. 케이시는 니나가 준비한 영상을 떠올리며, 자신이 얼마나 바보였는지 깨달았던 그 순간의 아픈 기억을 되새겼다. 그때의 기억은 케이시의 얼굴에 그대로 드러났다.

테이트의 목소리가 끝나자, 케이시는 책상에 머리를 대고 진짜 눈물을 흘렸다. 막이 내리고, 그렇게 2막이 끝났다.

리디아, 고백하다

Lydia confesses

"정말이에요? 나 잘했어요?"

케이시는 테이트에게 물었다. 지금 두 사람은 그녀의 자그마한 분장실에 있었다. 그녀는 다시 옷을 갈아입는 중이었다.

"아주 훌륭했어요. 더할 나위 없는 연기였죠. 나 정말 감동했어요. 당신이 나의 청혼을 거절했을 때 나 진짜로 상처를 받았다니까요."

"그거 사실은 의도한 거였으면서! 우리 집에서 와인 잔은 언제 또 슬쩍해 온 거예요?"

"슬쩍하지 않았는데요. 당신이 차에 두고 갔으면서……."

케이시는 흘러내린 머리카락에 다시 핀을 꽂았다.

"두고 간 것 같네요. 그때 그 연기 대결 준비하느라고 엄청 바빴잖아요."

그러다 케이시의 얼굴이 다시 심각해졌다.

"로웬이랑 이야기해 봤어요?"

"아뇨. 로웬은 지금 키트 말고는 아무와도 이야기하지 않고 있어요. 둘을 마지막으로 봤을 때는 서로 말다툼을 하고 있었죠. 로웬은 연극이고 뭐고 헤인즈에게 당장 수갑을 채우고 싶어 하는 것 같더라고요."

케이시는 거울에 비친 그의 모습을 바라보며 말했다.

"이제는 데블린이 딱하다는 생각도 들어요. 로리는 연극 지원할 때처럼 데블린한테도 자기 나이를 속였을 거 아녜요. 그 애가 빌미를 주었다는 식으로 논란이 되지 않을까요."

"그렇다 하더라도 결과는 다르지 않을걸요. 법적으로 미성년자를 건드린 건 정상 참작의 여지가 없으니까요. 게다가 로리의 의사에 반해서 잡아 놓고 있었다면……. 로리 쪽 이야기를 들어 보고 싶은데요."

테이트는 잠시 말을 멈추다 이었다.

"이혼 소송 때 정말 짜증났던 건 헤인즈가 그렇게 나쁜 짓거리를 해도 결국 그에게는 나쁜 일이 전혀 일어나지 않았다는 거였어요. 언제나 뚜껑을 열어 보면 그놈에게 유리한 쪽으로 끝났죠. 그놈이 니나에게 한 짓은 끔찍했지만, 불법은 아니어서 고소감이 되질 못했으니까."

"그리고 결국 당신이 그 남자 생활비를 대게 됐죠."

"잠깐, 우리 왜 계속 그놈 이야기만 하고 있죠? 무대에 오르기까지 아직 시간이 좀 있잖아요? 우리 다른 걸 좀 할까요?"

테이트는 이렇게 말하며 그녀를 품으로 끌어당기고는 키스하기 시작했다. 그의 손이 케이시의 맨다리를 쓸어 올리던 그때, 갑자기 문이 활짝 열렸다.

의상을 갖춰 입은 로리가 방으로 불쑥 들어와서는 문을 쾅 닫고서 거기에 등을 기댔다.

"아무도 나한테 관심이 없어요! 내가 사라진 줄도 몰랐나 봐요!"

테이트는 케이시를 놓아주었고, 케이시는 로리를 화장대 옆에 있는 의자에 앉힌 다음 휴지를 건네주었다.

"내가 돌아왔는데도 사람들은 나한테 아무 말도 안 해요! 할머니는 앞줄에 앉아 있는데 꼭 술에 취한 것 같고."

소녀는 테이트를 애원하는 눈빛으로 바라보았다.

"데블린이랑 친척인 거 알아요. 두 분 절친이라면서요. 하지만 달리 누구한테 말해야 할지 모르겠어요. 데블린이 그러는데 할머니는 나랑 피가 안 섞였대요. 할머니가 우리 엄마를 입양해서요. 그래서 자기가 내 법적인 후견인이 된대요. 랜더스 씨를 통해서요. 그리고 키트 씨는…… 내가 생각하기에 그분은 내 할아버지인 거 같아요, 어쩌면요. 전부 말도 안 되는 이야기이지만……."

로리는 말을 멈추고는 두 손에 얼굴을 파묻었다.

"데블린이 그러는데 연극이 끝나면 내가 같이 따라가야 한대요."

테이트는 너무 기가 막혀 두어 번 마른침을 삼키다 겨우 입을 열었다.

"나는 그 남자와 친척도 아니고 친구도 아니야. 그리고 너는 그 남자와 아무 데도 안 가게 될 거야. 무슨 일이 있었는지 전부 말해 줘. 네가 남긴 쪽지 이야기까지 다."

"무슨 쪽지요?"

로리는 코를 훌쩍이며 말했다. 케이시는 옆에 앉아 소녀의 손을 잡았다.

"할머니는 술에 취하신 게 아니야. 진정제를 너무 많이 맞으신 거지. 네가 너무 걱정돼서 신경쇠약에 걸릴 정도였거든."

"그랬어요?"

"왜 그 남자랑 도망쳤는지 말해 봐."

테이트는 로리 쪽으로 몸을 굽히며 무섭게 말했다.

"데블린이 리치몬드에서 열리는 파티에 날 데리고 가기로 했어요. 거기 영화배우들이 잔뜩 온다고 했거든요. 테일러 스위프트도 온다면서, 자기랑 친하댔어요. 나는 그 말을 믿었어요. 데블린은 그쪽 업계 사람이고 유명한 사람들은 서로 다 알잖아요."

로리는 케이시를 바라보았다.

"이건 다 애들 때문에 그랬던 거예요. 나는 서머힐에서 학교를 딱 6주만 다녔지만 친구를 많이 사귀었어요. 재미있게 놀기도 했죠. 지역 연극 할 거라는 소식에 우리는 다 같이 오디션을 보기로 했어요. 하지만 모두들 애슐리가 리디아 역을 맡을 거라고 생각했죠."

그러자 케이시가 말했다.

"잠깐, 혹시 그 애 리디아 역 오디션 때 맨 처음에 했던 애 아니니? 치어리더라는 애."

"맞아요. 걔는 6학년 때부터 줄곧 학교 연극의 주연을 맡아 왔대요. 아버지가 서머힐 은행장이래요. 인기도 아주 많고요."

"그런데 리디아 역에 네가 된 거고."

테이트의 말에 로리는 코를 훌쩍였다.

"애슐리를 이길 생각은 없었어요. 하지만 그때 왜 그랬는지 나도 모르겠어요. 그냥 리디아는 이런 애겠구나, 라는 생각이 들어서 그 역할에 몰두를 해 봤을 뿐인데."

"그런 걸 재능이라고 하지. 아주 크게 타고난 재능."

테이트의 말에 로리가 되물었다.

"그렇게 생각하세요?"

"그래, 테이트는 그렇다고 생각해."

케이시가 대신 대답하고서 말을 이었다.

"그런데 그 후로 네 친구라는 애들이 갑자기 까칠하게 변했던 거구나."

"애들은 내가 애슐리를 배신했다면서 나랑 말도 섞지 않았어요. 그러더니 나에 대한 끔찍한 거짓말들을 인터넷에 올리기도 했어요. 하지만 할머니한테는 아무 말도 할 수가 없었어요. 할머니가 너무 많이 걱정할까봐…….. 그래서……."

로리는 케이시를 슬쩍 바라보았다.

"데블린이 옆에서 네 이야기를 전부 들어주었구나."

"처음에는 아니었어요. 그런데 어느 순간부터 갑자기 데블린은 나랑 제일 친한 사람이 됐어요. 적어도 나한테는 그랬어요. 데블린이 영화배우들이 잔뜩 온다는 파티에 날 데리고 가겠다고 했을 때, 나는 이게 문제를 전부 해결할 수 있는 방법이라고 생각했어요. 내가 CD에 사인을 받아다가 애들한테 선물로 주면 혹시 날 용서해 주지 않을까, 우리는 다시 친구가 될 수 있지 않을까 생각했거든요. 딱히 데블린이랑 같이 가고 싶었던 건 아니에요. 난 그 아저씨 잘 모르니까요. 하지만 데블린은 우리가 친척이니까 괜찮다고 했어요. 그런데 그때 할머니가 나한테 연극하는 사람들이랑 너무 많이 어울려 다니는 거 아니냐고 야단치기 시작했고, 그래서 싸웠거든요……."

로리는 애처로운 눈빛을 지었다.

"난 너무 화가 나서 아무 생각이 들지 않았어요. 그래서 바로 물건을 챙겨서 집을 나왔어요. 정말 바보 같았죠. 진짜, 진짜 난 바보였어."

테이트는 로리 옆에 무릎을 꿇고 앉아서 아이의 손을 잡고 두 눈을 지그시 바라보았다.

"사람들은 누구나 똑똑하지 못한 짓을 하곤 해. 그러면서 커 가는 거지. 이제 넌 우리한테 그 남자와 함께 떠났던 날 무슨 일이 있었는지 말해 줘야겠다."

"데블린은 그 파티가 성인들을 위한 파티라서 나이를 증명할 수 있도록 여권을 가져오라고 했어요. 하지만 나는 거짓말을 했다는 걸 알리고 싶지 않았어요. 근데, 아세요? 테일러 스위프트랑 내가 키가 완전 똑같다는 거? 내 친구들은 남자애들이 키 큰 여자 별로 안 좋아해서 내가 데이트를 못한대요."

이제 테이트는 자리에서 일어섰다.

"로리, 게이가 아니고서야 남자애들은 여자라면 어떻든 다 좋아해. 그러니까 네가 빨리 지금까지의 일에 대해서 다 말해 주면 내가 키 185 넘는 가수 애랑 소개팅 시켜 줄게."

그러자 로리는 두어 번 멍하니 눈을 깜빡이다 말을 이었다.

"아…… 네. 데블린은 날 모텔로 데려갔어요. 다른 사람들이 올 때까지 기다려야 한다면서요. 하지만 아무도 오지 않았어요. 내가 집에 가고 싶다고 말했지만 여기서 떠나면 안 된다고 하더라고요. 날 집에 보내줄 생각이 아니었던 거예요! 나를 계속 감시하더라고요. 그리고……."

케이시는 로리의 손을 잡고 물었다.

"그 남자가 혹시 널 건드렸니?"

"아뇨. 근데 그리고 싶어 하는 것 같았어요. 첫날밤에 침대 옆자리에 누웠거든요. 하지만 나는 배가 아픈 척을 했어요. 지금 마침 마법에 걸렸다고 했죠. 있죠, 나는 남자랑 그거 해 본 적이 없어요. 그리고 그 아저씨 완전 늙었잖아요. 같이 그러기에는 너무 나이가 많아요. 아, 미안해요, 랜더스 씨. 데블린이랑 동갑이죠?"

514

그러자 테이트는 미소를 지으며 말했다.

"아니, 괜찮아. 그럼 네가 할머니한테 남겼다는 쪽지는 어떻게 된 거지?"

"난 그런 거 안 썼는데요. 쓰고 싶었지만 데블린이 쓰지 말랬어요. 내가 내 발로 집을 나오면 그게 바로 할머니한테 다 컸다는 걸 증명하는 거라고, 날 어린애로 대하는 거 이젠 싫다는 뜻을 보여 주는 거라고, 데블린이 그랬거든요."

이제 로리는 자기 손을 내려다보며 계속 말했다.

"애들은 인터넷에 내가 완전 버릇없이 자란 싸가지라고 올렸어요. 그런 와중에 데블린은 내가 듣고 싶었던 말을 해 준 거고요. 나한테 파티 드레스와 비키니 수영복만 싸 오면 된다고 했어요. 하지만 나는 여행 가방에 물건을 많이 넣었죠. 그런데 모텔에 도착하자마자 데블린은 내 휴대폰이랑 노트북을 뺏었어요. 그리고 아무한테도 말을 못 걸게 하더라고요. 모텔 방 안에 있는 전화를 쓰려고 했더니 선을 잘라버렸어요. 둘째 날에는 정말 무서웠어요."

로리는 다시 울기 시작했다. 케이시는 소녀를 꼭 껴안고 테이트를 올려다보았다.

"로리, 내 말을 잘 들어라. 무대 뒤에 정장 차림 남자들 봤지? 그 사람들은 FBI 요원이야. 그 사람들은 헤인즈가 널 납치했기 때문에 잡으러 온 거야. 그리고 그 남자는 네 친척이 아니야. 너의 후견인 자격이 전혀 없어."

이렇게 말한 테이트는 케이시를 슬쩍 바라보았다.

"이제 들을 만큼 들었겠죠. FBI에게 갑시다."

"그럼 연극은 어쩌고요?"

로리의 말에 그가 대답했다.

"지금 연극이 중요한 게 아니야. 우리는 더 이상 널 이 일에 휘말리게 둘 수 없어."

그러자 로리가 벌떡 일어섰다.

"안 돼요! 연극 보러 온 사람들은 어떡하고요. 마을 전체가 이 연극을 기다리고 있어요. 그리고 자선단체에 기부도 해야 하고, 또……."

"그리고 너 때문에 연극이 중단된 걸 친구들이 알기라도 한다면, 널 더 가만 안 두겠지."

케이시가 이렇게 말하자 로리는 그 말이 맞다며 고개를 끄덕였다. 테이트는 한쪽 입꼬리를 올려 웃었다.

"사실은, 너 무대 위에서 스포트라이트 받는 거 좋지? 박수 받고 싶잖아."

"맞아요."

로리는 그 말에 감히 반박이라도 하려는 것처럼 테이트를 쏘아보며 말했다.

"네 맘을 이해할 만한 사람이 있다면 그건 바로 나야. 자, 그럼 이렇게 하자. 앞으로 한 시간 반 동안 너는 프로 배우가 되는 거야. 리디아가 되는 거라고. 문제를 가득 안고 있는 로리가 아니라, 리디아로 살아 봐. 알겠어?"

테이트가 이렇게 말하자 로리는 고개를 끄덕였다. 그는 말을 이었다.

"연극이 끝나면 넌 질문을 아주 많이 받게 될 거야. 수백 번도 더 받겠지. 그동안 너는 마음을 강하게 먹고 모든 질문에 정직하게 대답해야 해."

테이트는 로리의 어깨에 두 손을 얹었다.

"그럴 때도 네가 연기를 하고 있다고 생각하면 아마 도움이 될 거야. 이제부터 수사 드라마를 찍는다고 생각해. 넌 나이 많은 남자한테 납치당했다가 탈출한 열다섯 살짜리 소녀가 되는 거야. 어때, 이 역할 할 수 있겠니?"

"할 수 있을 거 같아요."

순간 방 밖에서 무대 감독이 소리를 질렀다.

"막 오르기 5분 전이에요. 모두들 무대에 서요!"

테이트는 로리의 어깨를 놓아주지 않았다.

"이거 하나만 기억해라. 넌 타고난 배우야. 네 할머니 올리비아의 피가 네게도 흐르고 있어. 너는 재능을 살리면서 커야 해. 더 이상 거짓말을 할 필요도 없고 죄책감을 가질 이유도 없어. 넌 잘못한 것도 없고 멍청하지도 않아, 알겠어?"

로리는 다시 고개를 끄덕였고, 이제야 테이트는 한 발짝 물러섰다.

"그럼 둘 다 나갈 시간이야. 이따 무대에서 보자."

케이시는 로리의 얼굴에서 마지막으로 눈물 자국을 지워 준 다음 문을 열어 주었다. 둘이서 복도를 걷고 있는데, 로리가 말했다.

"정말로 랜더스 씨가 내 사촌이에요? 그럼 정말로 테일러 스위프트 만나게 해 줄 수 있을까요?"

문가에 선 테이트는 그 말에 기가 막힌 듯 눈을 내리깔았다. 하지만 로리가 몸을 다치지 않은 건 천만다행이라고 생각하면서 로웬을 찾아 나섰다.

제3막 9장

위캄, 행한 대로 받다
Wickham gets what he deserves

제3막의 첫 장면은 리디아가 포스터 가 사람들과 브라이튼에 가게 되었다는 소식을 듣는 장면이었다. 케이시는 로리가 웃으면서 무슨 옷을 가져갈지 모르겠다고 이야기하는 모습을 지켜보았다. 그리고 그 애가 정말로 리디아처럼 보여 또 한 번 놀랐다.

케이시는 그 장면에서 대사가 거의 없었기 때문에, 한쪽에 서서 로리 옆에 있는 올리비아를 바라보았다. 저렇게 닮았는데, 어째서 몰랐을까? 물론 로리가 키도 더 크고 훨씬 더 생기발랄하긴 했지만, 두 여자는 똑같이 생겼다. 옅은 금발머리와 파란 눈 역시 같았다. 물론 이런 점들은 별 거 아닐 수도 있다. 하지만 로리가 자기 언니 키티 역을 맡은 배우를 손으로 밀어내자, 케이시는 그 몸짓이 올리비아와 똑같다는 걸 알 수 있었다.

키트는 무대 한쪽에 앉아서 신문으로 얼굴을 가리고 있었다. 그래서 관객은 보지 못했지만, 케이시는 키트가 올리비아와 로리를 지켜보고 있다는 걸 알았다. 그의 눈빛은 후회로 가득해서 케이시는 그 마음이 어떤지 생생히 알 수 있을 정도였다. 그는 이 예쁜 아이를 세상에 나오게 한 장본인인데도 그 긴 세월 동안 모르고 살았다. 올리비아와 그들의 딸 포샤, 그리고 로리까지 모두 키트 앞에서 사라졌으니까.

무대 바깥에서는 로웬이 막 뒤에 서 있었다. 자기 아버지의 화난 모습을 그대로 빼닮은 그 역시 로리가 행복하게 연기하는 모습을 지켜보았다. 두 사람은 혈육이었지만 서로를 모른 채 살아왔다.

케이시와 함께 무대에 둘만 남을 때까지 키트는 계속 신문을 들고 있었다. 엘리자베스는 베넷 씨에게 리디아를 브라이튼에 보내면 안 된다고 말할 참이었다. 이 상황에 맞는 감정을 잡기 위해 케이시는 분장실에서 로리가 한 말을 생각했다. 데블린이 그 애가 누운 침대에 같이 누웠다고 했었지! 하지만 로리는 눈치 빠르게 그 상황을 얼마나 잘 모면했는지 모른다. 그리고 데블린이 생리를 한다는 말에 질겁할 성격이라는 것도 파악하고 있었다니, 얼마나 똑똑한가.

그래서 엘리자베스가 베넷 씨에게 리디아를 보내지 말라고 말할 때, 그 목소리는 절망적으로 애원하고 있었다. 마치 이미 일어난 일을 어떻게든 막아보려는 듯한 태도였다. 키트 쪽을 보자면, 베넷 씨의 대사는 그래도 보내 준다는 것이었지만, 그 눈빛은 불안감으로 가득했다.

그 후에 잠깐 휴식 시간이 있었다. 조시의 무대팀은 마치 마법을 부린 듯 펨벌리의 아름다운 거실 세트를 무대에 차려 놓았다. 테이트가 무대에 등장하자, 케이시는 더 이상 그를 싫어하는 척하지 않아도 되어서 기뻤다. 그는 정말로 매력적이었으니까. 테이트가 가드너 부부에게 특유의 미소를 짓자, 야외에 있던 여자 관객들의 '오오오'하는 목소리가 합창처럼 울려 퍼졌다. 그래서 배우들은 웃음을 참느라 애를 먹었다.

다음 장면에는 배우 교체가 있었다. 다아시의 동생인 조지아나를 연기하던 여고생 배우가 니나로 교체되었다. 케이시는 또 로웬을 슬쩍 바라보았다. 인상을 찌푸리고 서 있는 그 모습에서 일이 어떻게 된 건지 대충 파악이 되었다. 로리가 학교 애들한테 따돌림을 당한다는 말을 테이트가 해 준 모양이었다. FBI 요원들에게 불려가 질문까지 받은 참이니, 이제 그 애들도 질투가 난다고 해서 다른 사람을 공격하는 일을 섣불리 하지는 않을 것이다.

정말로 좋아하는 니나가 무대에 있어서, 케이시는 더 편하게 엘리자베스 연기를 할 수 있었다. 케이시와 니나는 팔짱을 끼고 무대에서 내려왔다.

케이시는 곧바로 분장실로 내려가지 않고 무대 뒤에 서서, 테이트가 엘리자베스의 라이벌 역인 빙리 양과 연기하는 모습을 지켜보았다. 그녀가 엘리자베스 베넷에 대한 험담을 조롱조로 내뱉자, 다아시 씨가 어찌나 경멸 어린 목소리로 대사를 치던지 그 불쌍한 여자는 그만 울 뻔했다. 실제로 그녀는 동네 가게에서 일하는 평범한 사람일 뿐이어서, 테이트가 그 건장한 체구로 프로 정신까지 한껏 발휘하여 쏘아대는 분노 어린 대사가 견디기 힘든 듯했다. 그래서 막이 내려간 다음 그녀는 무대에서 도망치듯 달려 나왔다.

케이시는 미소를 지으면서 긴 치맛자락을 쥐고는 계단을 빠르게 내려갔다. 조시가 무대를 여관으로 바꾸는 동안 또 옷을 갈아입어야 했다.

다시 무대 위로 돌아온 케이시는 리디아가 위캄과 도망쳤다는 소식을 전하는 엘리자베스의 대사를 읊었다. 그 목소리에는 정말 공포가 담겼고, 눈에는 눈물마저 맺혔다. 테이트에게 이건 다아시가 신경 쓸 문제는 아니라는 대사를 해야 한다는 걸 알고 있었지만, 엘리자베스를 연기하는 케이시의 눈은 도와 달라며 애원하고 있었다.

테이트는 그녀의 마음을 이해했다. 그건 로리가 이제까지 겪은 일과, 또 앞으로 몇 달 동안 겪게 될 일에 대한 것이었다. 테이트의 전 매제는 체포될 것이고, 그 후에는 재판이 열릴 것이다. 그 애가 견디기에는 힘든 시간이 될 게 분명했다.

테이트는 완벽하게 대사를 전달했다. 그러다 순간적으로 그는 손을 내밀어 안심하라는 듯 케이시를 쓰다듬으려 했다. 하지만 극의 흐름과는 어울리지 않는 행동이라서 그는 그녀에게 닿기 전에 손을 내렸다.

다시 장면은 베넷 가의 거실로 바뀌었다. 베넷 씨는 걱정이 가득한 얼굴로 그곳을 떠나려는 중이었다. 예전 연습 때는 올리비아의 미친 듯한 호들갑, 그러니까 '신경쇠약'을 나타내는 연기에 웃음이 나기도 했다. 하지만 오늘 밤은 그렇지 않았다. 적어도 이 극의 버전은 달랐다. 그들은 사건이 정말로 일어난 것처럼 느꼈으니까.

올리비아는 이제 남편에게 딸을 꼭 찾으라고 말할 참이었다. 하지만 키트는 대본과 달리, 무대로 걸어 나왔다. 그 태도는 마치 군인 같았다. 그는 지금 나약한 베넷 씨가 아니라 크리스토퍼 몽고메리가 되어, 올리비아의 어깨에 두 손을 얹었다.

"그 애를 찾아내겠소. 그 애를 다시 데려와서 영원히 보호할 거요."

키트는 그녀와 눈을 맞추며 말했다. 올리비아는 눈물에 목이 메어 그저 고개만 끄덕였다.

"이건 다 내 잘못이오. 내가 이 일을 다 일으킨 거지. 오로지 나 때문에 이런 일이 일어났으니, 이제 내 마지막 숨이 다할 때까지 당신에게 보답하기 위해 노력하겠소."

그 순간, 둘의 머리는 거의 닿을 듯 가까웠고, 올리비아는 이번에도 그저 고개만 끄덕일 수밖에 없었다.

키트는 그녀의 어깨를 놓고서 발길을 돌려 나갔다. 대본에 없던 그의 연이은 행동에 무대 위 배우들은 모두 당황했고, 올리비아만이 퇴장하는 키트를 조용히 바라보고 있었다.

그는 무대 끝까지 갔을 때 멈춰 서더니 돌아서서 올리비아를 바라보았다. 그리고 성큼성큼 몇 발자국을 걸어 돌아와, 그녀를 품에 안고 입을 맞추었다.

그건 단순히 입술만이 닿는 키스 연기가 아니었다. 그저 보여주려는 연기 이상의 의미가 있는 게 드러났다. 그 진한 키스라니! 포르노 내지는 미성년자 관람 불가급 영화에서나 나올 법한, '애들 다 자는 거 확인하고 보는 영화' 급의 키스였다.

관객들은 극장 내부나 외부나 하나같이 움직임을 멈추었다. 무대 위에 있는 사람들은 너무 놀라 눈을 휘둥그레 뜨고 그 키스신을 바라보았다.

올리비아가 기절할 것처럼 보이자 키트는 그녀를 품에 단단히 잡고 쓰러지지 않게 했다. 그리고 계속 키스를 이어갔다.

족히 수 분은 지나고서야 그는 몸을 떼고, 올리비아를 똑바로 세웠다. 하지만 그녀가 두 발로 설 때까지 어깨에서 손을 떼지 않았다. 그리고 짧게 고개를 끄덕이는 모습이 꼭, "그럼 가겠소! 내가 퇴장한 후에 어떡할지 생각을 해 보시오."라고 말하는 것 같았다. 그 모습을 끝으로 키트는 얼어붙은 관객과 스태프, 배우들을 남겨 두고 조용하게 무대를 떠났다.

가장 먼저 정신을 차린 건 올리비아였다. 그녀의 대사는 베넷 씨가 위캄과 분명히 싸울 것이라고, 그러다 혹시나 베넷 씨가 죽으면 식구들이 전부 집에서 쫓겨날지도 모른다는 내용이었다. 원작 소설에서는 이런 말을 하는 베넷 부인이 자기중심적이고 무정한 여자로 그려지지만, 올리비아의 연기는 사랑하는 남편을 싸움터에 내보내고 염려하는 부인의 마음을 그려내었다. 그녀의 목소리에는 분노와 공포가 서렸고, 그 전에 나왔던 키스가 아주 오랫동안 사랑해 온 사이에서나 있을 법한 것으로 느껴져 애틋함이 크게 전해지는 바람에 관객들의 눈에는 눈물마저 맺혔다.

대사를 마친 올리비아는 베넷 부인의 오빠인 가디너 씨를 바라보았다. 그는 올리비아에게 진정하라고 말해야 했지만, 프로 배우가 아니라 지역 주민일 뿐이었던 배우는 아직도 좀 전의 충격으로 말을 잇지 못하고 그녀를 응시하고만 있었다.

그런데 순간, 관객들이 발을 구르면서 환호와 박수를 보냈다.

올리비아는 자리를 지켰다. 그 모습은 가만히 서서 박수가 그치기를 기다리는 듯했다. 하지만 케이시는 그럴 마음이 없었다. 그래서 올리비아의 손을 잡고 그녀를 돌려 세워서 관객을 마주보게 했다.

잠시 동안 올리비아는 말없이 서 있었지만, 이윽고 받을 만한 찬사를 받는다는 듯 인사했다. 몇 번이고 우아하게 허리를 숙이고 나서 그녀는 제자리로 돌아갔고, 모두가 조용해진 가운데 연극이 계속되었다.

다음 장면은 원작에 없는 것으로, 리디아와 위캄이 연기하는 짧은 무대였다. 케이시는 그 동안 의상을 갈아입어야 했지만, 막 뒤에 서서 무대를 지켜보았다. 예상대로 테이트 역시 그녀의 뒤로 다가섰다.

연습 때 리디아는 위캄과 깔깔대고 장난치며 서로 밀어를 주고받는 등, 함께 도망치는 게 너무 좋은 것처럼 보이는 연기를 했다. 하지만 지금 로리가 무대 위에서 보여 주는 연기는 달랐다. 그 애는 데블린이 모텔 방에 자신을 가둬 두고 있었을 때의 느낌을 되살리는 듯했다. 겉으로 보기에는 위캄을 다정하게 대했지만, 그 애는 내면의 공포감을 관객에게 보여 주고 있었다. 서른 몇 살 먹은 아저씨의 꼬드김에 넘어간 열다섯 살짜리 소녀의 현실은 상상 이상으로 소름 끼쳤다.

원작을 비틀어 놓은 그 무대는 관객의 마음을 사로잡았다. 그리고 데블린은 그 때문에 아주 화가 났다.

그 장면이 끝나자, 데블린은 분노에 가득 차서 무대 뒤로 쿵쿵대며 내려오더니, 케이시와 테이트에게 말했다.

"당신들도 봤지? 내가 저 조그마한 계집애에게 얼마나 잘해 줬는데! 혹시 나에 대해서 거짓말을 하던가? 자기를 막 대한다는 할머니 이야기를 하면서 징징대는 걸 내가 몇 시간이고 들어 줬는데. 나는 재와 친척이기 때문에 그에게서 아이를 데려오는 게 책임감 있는 성인의 의무라고 생각했을 뿐이야. 물론 관청에 신고를 했어야 했겠지만, 그래도 먼저 사실을 알아보는 게 좋다고 생각해서 애를 데려갔던 거고. 그게 뭐 잘못됐어?"

데블린은 무대팀이 다시 배경을 바꾸고 있는 무대를 노려보았다.

"재는 내가 뭐 자기를 유혹이라도 한 것처럼 연기하더군! 봐, 랜더스. 내가 만약 이 연기 대결에서 지기라도 한다면, 그건 내 잘못이 아니야. 알았어?"

그는 다시 분노에 찬 발걸음으로 무대를 쿵쿵 울려대며 사라졌다. 테이트와 케이시는 맞은편에 있는 로웬을 바라보았다. 그 역시 모든 이야기를 다 들었다. 로웬은 아무 말도 하지 않고서 그저 분장실 쪽으로 계단을 내려갔을 뿐이었다.

다음 장면은 리디아와 위캄이 결혼한 다음의 이야기를 다루었다.

베넷 씨가 집으로 돌아오자, 베넷 부인은 조용히 안도하며 남편을 맞이했다. 키트와 올리비아는 팔짱을 끼고 무대에서 나갔다.

리디아와 위캄이 베넷 가에 도착하는 장면에서도 로리는 원작과는 달리 승리감에 찬 미소를 전혀 보이지 않았다. 그 애는 인생 공부를 톡톡히 했지만 이제는 때가 너무 늦어 돌이킬 수 없는 상태인 여자처럼 보였다. 로리의 대사는 대본 그대로였지만, 소설 속에 묘사된 행복한 심정은 싹 사라진 채였다. 한마디로 로리는 그 대사를 현대적으로 재해석하여 도덕적으로 올바른 관점을 드러낸 것이다. 이제 열다섯 살이 되었는데 결혼을 했다는 현실은 아무리 봐도 이상한 일이니까.

또한 언니들을 대하는 연기에서는 득의양양하다기보다는 이제 다시는 되찾을 수 없는 게 무엇인지 알았다는 깨달음을 보여주었다. 더이상 언니들과 깔깔대며 웃을 수도 없고, 파티에서 누군가에게 눈짓할 수도 없고, 더 이상 미래에 대한 희망을 가질 수 없다는 진실이었다.

엘리자베스에게 다아시가 자신들을 찾아냈다는 사실을 말할 때도 일종의 구조였다는 식으로, 다아시는 아주 안 좋은 상황에서도 최선을 다해주었다는 듯했다.

무대 저 끝에서는 위캄 역을 맡은 데블린이 극에 몰입하지 못한 채로 로리를 위협적으로 노려보았다. 그녀는 관객들이 이 장면을 보고 있다는 걸 알았다. 그래서 자신의 어깨를 감싸고 있는 케이시의 뒤에 숨다시피 한 채, 데블린을 똑같이 위협하는 눈초리로 쳐다보았다.

이 장면의 마지막 부분에는 엘리자베스와 위캄이 몇 마디 대화를 나누는 부분이 있었다. 케이시는 그래서 이 남자에게, 그리고 또 관객에게 자신이 그를 어떻게 생각하고 있는지 드러냈다.

다음 장면은 그토록 기다리던 행복한 순간이었다. 잭이 연기하는 빙리가 지젤이 연기하는 제인에게 청혼하는 장면이었다. 리디아와 위캄의 슬픈 이야기가 지난 다음이라, 관객들은 행복하게 박수를 쳤다.

드디어 끝에서 두 번째 장면이었다. 캐서린 드 버그를 연기하는 힐디가 다시 등장해서 놀라울 정도로 과장된 연기를 또 선보였다. 그녀는 터무니없는 속물을 잘 연기해서 관객들은 웃음을 터뜨렸다. 관객의 반응에 신나기도 했고, 앞선 장면에서 배우들이 저마다 극을 제멋대로 바꾼 것에 질 수가 없다고 생각한 힐디는 대사를 마구 지어내기도 했다. 그래서 다아시 같은 부유한 귀족에 비하면 엘리자베스가 얼마나 격이 떨어지는지 강조했다. 요리사인 케이시와 영화배우인 랜더스를 빗대어 하는 말인 것도 같았다.

케이시는 그 말이 맞다고 대답했지만, 만약 다아시가 자기를 아내로 원한다면 어떻게 해야 하냐고 응수했다. 거절하라고? 말도 안 돼!

그러자 힐디는 엄청나게 충격 받은 채로, 그럴 리 없다는 확신에 찬 연설을 길게 늘어놓았다. 그래서 케이시는 그만 자기가 테이트를 포기하겠노라고 말할 뻔했다. 하지만 그녀는 다시 어깨를 당당히 펴고 다아시 씨가 청혼을 한다면 거절하지 않겠노라고 대답했다.

마침내 마지막 장면이 되었다. 처음에는 엘리자베스와 다아시만 등장했다. 서로를 비난하는 대화가 잠깐 이어졌지만, 테이트는 이윽고 그녀를 사랑한다고 말했다.

"처음 봤을 때부터 당신은 나를 남자로 봤습니다."

테이트는 케이시의 손을 잡고 얼굴을 가까이 숙이며 말했다.

"이 세상이 나를 보는 눈빛이 아니었죠. 당신은 내가 가진 부로 날 평가하지 않고 있는 그대로의 나를 봐 주었습니다. 나는 마음을 다해 당신을 사랑하게 되었습니다."

그의 대사는 대본에 없던 것이었지만 그때 케이시는 이미 즉흥 연기에 익숙해진 참이었다. 그래서 입을 열어 뭐라 대답하려 했는데 테이트는 한 발짝 물러서더니 손을 들어올려 관객에게 무언가를 보여주었다. 그의 왼손 새끼손가락에는 가운데 커다란 다이아몬드가 박힌 눈이 부시게 아름다운 반지가 끼워져 있었다.

그는 반지를 빼고서 한쪽 무릎을 굽히고는 케이시에게 청혼했다.

반지의 등장에 한 번, 그리고 테이트 눈빛에 두 번 놀란 케이시는 그만 대사를 까먹고 말았다. 그래서 그저 고개만 끄덕일 수밖에 없었다.

그러자 그는 미소를 지으며 케이시의 손가락에 반지를 끼워준 다음, 일어서서 그녀를 품에 당겨 키스했다. 이윽고 막이 내려가고 연극이 끝났다.

관객들은 기립박수를 쳤다. 막이 다시 올라간 다음에도 케이시와 테이트는 서로를 껴안은 채 그대로 서 있었다. 다른 배우들은 무대로 몰려나와 두 사람을 축하해 주었다. 하지만 테이트와 케이시는 키스를 멈추지 않았다.

이윽고 배우들은 하나씩 무대 앞으로 가서 인사했다. 올리비아와 키트가 손을 꼭 잡고 앞으로 나오자 관객들은 열광했다. 바깥에서는 차들이 경적을 울려대고, 심지어 경찰차 두어 대도 사이렌을 켜며 화답했다.

키트는 옆으로 물러서서 테이트와 케이시가 여전히 서로를 껴안고 있는 장면을 관객들에게 똑똑히 보여주었다. 그러더니 고개를 흔들며 엄지를 아래로 숙이는 게 아닌가. 그 의미는 명확했다. 랜더스같이 젊은 것들은 키스하는 법을 잘 모르는군!

키트의 연기에 한술 더 떠, 올리비아는 키트에게 눈을 내리깔며 추파를 던지더니 휙 돌아서서 교태 어린 모습으로 무대를 떠났다. 그러자 키트는 헐레벌떡 그녀를 따라갔고, 그 모습에 모두 크게 웃었다.

다음으로 리디아와 위캄이 등장했다. 로리는 데블린이 자기 손을 잡지 못하게 했다. 그러자 그의 얼굴에 분노가 스치고 지나갔지만, 데블린은 있지도 않은 콧수염을 손으로 꼬아대며 로리를 음흉하게 바라보기만 했다.

극중 그들이 보여준 연기가 너무나 진짜 같아 보였기 때문에, 두 사람의 연기를 보고 사람들은 내심 안심했다.

이제 마지막으로 모든 사람이 비켜섰다. 그래서 아직도 키스하고 있는 케이시와 테이트의 모습이 다시 드러났다. 그들은 그제야 서로를 놓아 준 다음 관객을 향해 인사했다. 케이시는 다이아몬드 반지를 들어 올리고 입으로 후, 분 다음 어깨에 문질러 댔다. 승리감에 차서 팔을 들어 올린 그 모습은 마치 품평회에서 1등을 한 것처럼 보였다.

테이트는 그녀의 손을 잡고 무대 뒤로 끌고 갔다. 둘만의 시간을 더이상 지체할 수 없다는 연기였다. 두 사람은 무대 바로 뒤에 서서 두 번째로 인사를 하는 배우들과 관객을 지켜보았다.

케이시는 반지를 보고 있었다. 그건 어두운 가운데서도 반짝였다.

"이거 진짜 같네요. 청혼 장면은 정말 잘 들어갔다고 생각해요. 그런데 왜 미리 말해 주지 않았어요?"

"그거 진짜예요. 어떤 남자가 미리 말하고 청혼해요. 그런 사람이 있다는 말 들어봤어요?"

그런데 관객이 무어라 외치는 소리가 들렸다. 하지만 케이시는 여전히 어리둥절한 얼굴로 반지만을 응시할 뿐이었다.

"뭐가 진짜인데요? 다이아몬드요?"

"들어 봐요, '엘리자베스!'를 외치고 있잖아요. 당신을 보고 싶대요."

케이시는 그게 무슨 말인지 알 수가 없었다.

"가요! 가서 인사해요. 배우가 박수 받아야 할 자리죠."

테이트는 그녀의 등을 밀어 무대로 내보냈다.

케이시는 혼자서 무대 끝으로 걸어갔다. 믿을 수가 없었지만 관객들은 정말로 엘리자베스를 연호하고 있었다. 그녀에게 보내는 갈채였다. 에이미는 정말 거대한 크기의 분홍 장미꽃 다발을 힘겹게 들고 무대 위로 달려와 케이시에게 건네주었다. 아이는 환하게 웃으면서 무대를 떠나려 했지만, 케이시는 에이미의 손을 잡았다. 그래서 둘은 박수 치는 관객에게 함께 인사를 했다.

어리긴 해도 그 분야의 프로나 다름없었던 에이미는 한 발짝 물러서서 두 팔을 벌리고는 삼촌이 서 있는 막 쪽을 바라보았다. 그리고 곧바로 삼촌에게 달려가기 시작했고, 테이트는 조카를 안았다. 그는 아이를 번쩍 들고서 케이시 옆에 섰다. 박수와 휘파람 소리, 고함과 경적 소리에 귀가 먹먹할 정도였다. 그래서 무대에서 완전히 내려오는 데는 시간이 꽤 걸렸다.

무대 뒤로 가자 당황한 표정의 데블린이 수갑을 찬 모습이 보였다. 그는 식식거리며 말했다.

"걔가 그렇게 어린 줄 몰랐습니다. 그리고 여자애 쪽에서 먼저 나랑 있고 싶어 했다고요. 그런데 내가 자기 의사랑 상관없이 잡아 두고 있었다고? 그 애가 거짓말을 했기 때문에 나는 책임이 없습니다. 걔가 사실대로 말했더라면 내가 도와줬을 거라고요. 처음부터 나는 그러려고 했다니까요. 이렇게 병적으로 거짓말을 하는 애인 줄 내가 어떻게 알았겠어요? 수갑을 차야 할 사람은 그 애예요! 내가 아니라요! 나는 그저…….”

그런데 관중이 위캄과 리디아를 부르는 소리를 듣고서 데블린은 말을 뚝 멈추었다.

“이거 풀어요! 관객들이 날더러 나오라잖아요.”

로웬은 조롱하며 코웃음을 치고는 데블린의 팔 위쪽을 꽉 잡았다. 하지만 키트가 앞으로 나섰다. 그는 아무 말이 없었지만 아들을 슬쩍 본 눈길만으로도 충분했다. 로웬은 데블린을 놓았지만 수갑을 풀지는 않았다.

데블린은 수갑을 찬 채 로리와 나란히 서서 무대 위에 등장했다. 그러자 관객은 웃음을 터뜨리며 환호했다. 악당이 벌을 받은 것이니까. 사람들은 모두 이것 역시 극의 일부라고 생각했고, 이야기를 21세기식으로 재해석한 것을 오히려 높이 평가했다.

그러자 데블린의 얼굴에서 뚱한 표정이 사라지더니 그는 연기를 하기 시작했다. 심지어 무대를 돌며 로리를 쫓는 모습으로 무대에서 내려오기까지 했다. 로웬은 그 즉시 데블린을 잡으려 했다. 하지만 데블린이 테이트 옆에 서자 그는 잠시 멈춰 주었다.

“그래서 누가 이겼지?”

데블린의 목소리에는 비아냥이 섞여 있었다. 다른 사람들은 이미 다 잊어버리고 있었던 ‘세기의 연기 대결’의 승자가 당연히 본인이라고 생각하는 목소리였다. 테이트는 말했다.

“네가 이겼어. 패배를 인정하지.”

이렇게 말한 테이트는 전 매제에게 정중히 인사했다.

데블린은 턱을 치켜들었다. 그리고 수갑을 찬 채로 무대 바깥으로 끌려 나갔다.

다아시와 엘리자베스, 새날을 맞다

Darcy and Lizzy reflect on life

테이트와 케이시는 침대에 누워 있었다. 그는 케이시의 목덜미에 얼굴을 묻고 비벼댔다. 케이시는 오른손에 낀 반지가 느껴졌다. 정신을 차리는 대로 이게 뭔지 제대로 물어보려고 했지만, 지금 머릿속에 가득 찬 것은 그녀의 몸을 누비는 테이트의 입술, 그리고 맞닿은 두 사람의 피부였다.

어젯밤 두 사람은 연극의 열기를 가득 안고 집으로 돌아왔다. 배고픔과 서로에 대한 허기도 가득했다. 사랑을 나누고 서로 대화를 하면서, 뭐든 손에 잡히는 대로 먹어댔다. 연극, 데블린의 운명, 로리에게 앞으로 일어날 일들, 키트와 올리비아 사이는 어떻게 되는 건지 등등. 너무나 많은 주제가 오고가서 막상 케이시는 반지에 대해 물어볼 겨를이 없었다. 하지만 한 가지 확실한 건, 절대로 이 반지를 빼지 않을 거라는 점이지!

두 사람은 새벽 3시가 넘어서야 겨우 침대에 누웠고, 서로를 꼭 껴안은 채로 깊은 잠에 빠졌다.

침대 옆 시계는 이제 오전 10시를 가리켰다. 케이시는 일어나서 요리할 준비를 해야 했다. 모든 사람들이 아침 식사를 기다리고 있는 중이었으니까.

테이트의 휴대폰이 케이티 페리의 〈Roar〉를 울려대기 시작했다. 그는 곧바로 돌아누워 전화를 받았다.

"에이미?"

"아니, 나야."

전화를 한 건 니나였다. 케이시에게도 그녀의 목소리가 들렸다.

"에이미가 지금 오빠 있는 데로 갈 거야. 그냥 확인 차 전화한 거야. 그냥 노파심으로."

테이트는 벌떡 일어나 앉았다. 덮고 있던 이불이 흘러내려 그의 맨가슴이 드러났다.

"걔 언제 떠났어?"

그러자 니나도 숨을 헉 들이쉬었다.

"1분 전쯤에. 에이미는 지금 걱정이 태산이야. 오빠가 자기한테 화낼 거라면서."

"뭘 어쨌는데?"

테이트는 케이시를 바라보며 말했다. 지금 그녀는 침대에서 나와 바닥에 내동댕이쳐 둔 자신의 옷을 주워 입고 있었다.

"지금 그게 문제가 아니잖아."

니나가 말했다.

"나 바꿔 줘요."

케이시는 테이트의 전화를 받아들었다. 그러는 동안 그는 이불 아래에 있던 자기 팬티를 찾아다 입었다.

"무슨 일인지 나한테 말해 봐요."

"연극이 끝나고 조시는 에이미를 먼저 집에 데려다줬어요. 하지만 내가 집에 들어갔을 때도 애가 아직 깨어 있더라고요. 그러면서 테이트 삼촌이 자기한테 화를 낼 거라고 말하더군요."

"혹시 아빠 때문에 그런 걸까요? 에이미는 아빠가 수갑을 찬 걸 본 게 틀림없어요."

"그건 아닐걸요. 딸아이는 아빠한테 뭘 기대한 적이 한 번도 없으니까요. 그 애한테는 테이트가 전부예요."

"내가 아이를 찾아볼게요."

케이시가 이렇게 말했다. 그런데 그 순간 머리부터 발끝까지 분홍색 투성이인 에이미가 방 안으로 들어왔다.

"아, 지금 왔네요."

그러자 니나는 한숨을 내쉬었다.

"오빠한테 아이랑 해결을 보라고 하세요. 한 시간쯤 있다가 아이 데리러 갈게요."

그녀는 전화를 끊었다. 미안한 모습으로 고개를 푹 숙인 조카를 보자, 테이트는 인상을 썼다.

"너도 알지? 네가 무슨 짓을 했는지……. 내가 알아내면 아주 많이 화낼 거야."

케이시는 너무 놀라고 무서운 마음이 들었다.

"테이트! 애한테……."

하지만 에이미는 삼촌을 속속들이 알고 있었다. 그래서 진짜 목소리와 연기하는 목소리를 구별해 냈다. 아이는 폴짝 뛰어 삼촌에게 달려들었다. 그는 아이를 꼭 안아 자기 가슴에 얼굴을 파묻게 한 다음 머리카락을 쓰다듬어 주었다.

"뭘 어떻게 했어?"

"나 인터넷에 올렸어, 유튜브에."

"뭘? 연극을?"

케이시는 문으로 다가갔다. 아침을 준비하기 위해 아래층에 내려갈 마음이었으니까. 그런데 벽에 세워 놓은 에이미의 아이패드가 눈에 들어왔다. 그녀는 그걸 집어 들었다.

"혹시 너 이걸로 뭘 한 거니?"

케이시는 침대에 다가가 앉아서 에이미에게 아이패드를 건네주었다.

"뭘 했는지 보여 줘."

테이트의 말에 아이는 버튼을 누르고 화면을 휙휙 넘겼다. 그러자 케이시의 침실 안에서 찍은 테이트의 영상이 나왔다. 공작새를 쫓아내는 모습이었다.

"너 이 바보 같은 걸 올렸다고?"

에이미는 침울하게 고개를 끄덕였다. 본인이 아주 끔찍한 짓을 했다는 표정이었다.

"그리고 콜린스 씨 한 것도 올렸어."

"그게 무슨 소리야?"

테이트의 말에 케이시가 에이미를 보면서 대답했다.

"나 지젤이 휴대폰으로 찍는 거 봤거든요. 에이미, 우리가 피크닉 갔을 때 찍은 거 말하는 거지? 테이트 삼촌이 콜린스 씨 연기했던 거."

에이미는 여전히 걱정스러운 얼굴로 고개를 끄덕였다. 테이트는 이제 무슨 말인지 완전히 이해했다.

"너 기술을 너무 많이 알고 있구나."

테이트는 아이패드를 옆으로 치우고는 조카를 간지럽히기 시작했다. 케이시는 태블릿을 집어 들고 말했다.

"이 영상들, 둘 다 조회수가 백만에 가까워요. 여기 댓글을 봐요. 사람들 말로는 당신이 이렇게 웃긴지 몰랐대요. 혹시 여기 '론 하워드'라는 사람, 감독 아닌가요?"

그러자 테이트는 조카를 간지럽히다 말고 케이시에게서 태블릿을 받아들더니, 댓글을 빠르게 스크롤하기 시작했다. 눈에 띄는 이름이 여러 개 나왔다.

"이럴 수가."

그는 휴대폰을 켜고서 이메일을 확인했다. 메일이 91통이나 와 있었다. 테이트는 눈을 크게 뜬 채로 휴대폰을 케이시에게 건네주었다. 그녀는 발신인이 누군지 보았다.

"조엘 코엔이라…… 어디서 들어본 이름이네요."

테이트는 침대 헤드보드에 머리를 기댔다.

"코엔 형제 감독들이죠."

속삭이는 그의 목소리는 공손하게 들리기까지 했다. 케이시는 에이미를 바라보았다.

"내가 보기엔 잘된 거 같은데?"

"응, 맞아. 테이트 삼촌은 그 아저씨들 완전 좋아해."

에이미가 대답했다. 그런데 갑자기 아래층 문에서 쾅 소리가 나더니, 잭이 고함을 지르는 소리가 들렸다. 곧이어 그는 계단을 뛰어올라왔다.

"랜더스! 네 소속사에서 나한테 전화가 왔어. 네놈 새끼가 대체 어디 처박혀 있는지……."

하지만 잭은 에이미를 보자마자 입을 딱 다물고는 다시 말했다.

"소속사에서 대체 왜 네가 전화를 안 받는지 알고 싶대."

잭의 뒤에는 지젤이 서 있었다. 테이트는 아무런 말을 할 수 없는 듯했다. 그래서 케이시가 대답했다.

"테이트는 에이미와 니나 전화만 받을 수 있게 설정을 바꿔 놨거든요. 그래서 소속사에서 뭐래요?"

"미친 새랑 찍은 영상이랑, 내가 에이미한테 보내 준 영상 때문에 난리라고. 거물들이 널 쓰고 싶어 한대. 물론 로맨스 주인공은 아니지. 하비가 전화했대."

그러자 테이트는 입을 딱 벌렸다. 케이시가 물었다.

"하비가 누구예요?"

"하비 웨인스타인이요."

그건 연예계를 잘 모르는 케이시조차도 아는 이름이었다. 그녀는 몸을 숙이고 테이트의 뺨에 키스를 한 다음 아래층으로 내려갔다. 하지만 이번에는 니나가 앞을 가로막았다. 그녀는 손에 든 신문을 오빠에게 건넸다. 너무 놀라 말도 못하고 있는 것처럼 보였다.

테이트는 조용히 신문을 읽기 시작했지만, 실은 글자가 눈에 들어오지 않는 듯했다. 그래서 신문을 케이시에게 넘겼다.

그건 어젯밤 연극을 다룬 〈뉴욕 타임스〉의 비평이었다. 그녀는 큰소리로 신문을 읽기 시작했다.

나의 담당 편집자가 들도 보도 못한 시골 마을로 나를 보냈다. 생각만 해도 가슴이 떨린다는 테이트 랜더스, 바로 자신이 제일 좋아하는 배우가 그 지역 연극에 출연한다는 게 이유였다. 무슨 연극인가 했더니, 〈오만과 편견〉이란다. 그럼 그렇지. 처음에 든 생각은 이거였다. 다아시를 스크린에서 연기했던 것도 모자라서 이젠 연극까지 한다고? 그래서 난 이틀 동안 쉴 새 없이 불평을 해 대며 아내에게 어떻게 생각하느냐고 물어보았다. 그랬더니 아내는 이렇게 대답했다. "혹시 나도 애들 데리고 같이 가도……." 이런 말이 나올 줄 알았다. 어쨌든 난 그 마을로 떠났다.

하지만 연극을 보고 나자, 여기온 게 참 다행이라고 생각됐다. 내가 본 연극은 〈오만과 편견〉을 도덕적으로 올바르게, 잘 해석한 것이었다.

내가 칭찬에 아주 인색하다고 정평이 난 건 나도 안다. 하지만 제인 오스틴의 이 책 내용을 생각하면 항상 짜증이 났다. 성인 남자가 아직 자라지도 못한 여자애를 데리고 도망을 치다니. 게다가 결국 그는 여자애 덕택에 더 부자가 되고, 그 애는 행복해진다니. 오늘날이었다면 그는 쇠고랑을 찼을 터이다. 그런데 바로 이 연극에서 그는 수갑을 차는 신세가 되었다. 슬퍼해 주는 시청자 하나 없이 사라졌던 〈데스 포인트〉의 주연 데블린 헤인즈는 마지막 무대 인사에 수갑을 차고서 등장하기까지 했다. 그야말로 완벽하지 않나.

하지만 이 공연에서 정말 대단했던 건 바로 배우들이었다. 대부분 이 마을 주민이었던 배우들은 케케묵은 이야기를 아주 그럴듯하게 만들어 냈다. 보통은 웃기려는 심산으로 연출되었던 장면들이 이번 극에서는 고통을 생생하게 드러내는 모습으로 연출되었고, 그래서 관객들은 때때로 숨이 턱 막히거나 목이 멘 채로, 심지어 가끔은 눈시울마저 붉히며 극을 보았다.

베넷 씨 부부를 연기한 크리스토퍼 몽고메리와 올리비아 패 짓은 코믹한 만담을 주고받지 않았다. 그 대신 오랜 세월을 함 께하며 여전히 깊은 사랑을 나누는 부부를 연기했다. 진부한 전형을 멋지게 바꾼 시도였다.

리디아를 연기한 로리 영은 알에서 갓 태어난 새내기 배우 의 순수한 재능을 보여주었고, 그래서 흐뭇했다. 그녀는 어른 을 유혹하는 소녀인 리디아를 재해석하여 자신이 저지른 잘못 으로 평생을 후회하게 된 여자를 보여주었다. 그녀의 연기는 의미심장하고도 가슴을 저미는 듯했으며, 아주 실감이 났다.

로리 영의 연기 때문에 데블린 헤인즈는 빛을 보지 못했지 만, 그래도 거짓말을 일삼는 사기꾼 위캄 연기를 탁월하게 해 냈다. TV 드라마 제작자들이 그에게 선한 역할만 주었던 건 상당히 유감스러운 일이었다.

잭 워스는 이제껏 영화 속에서 오토바이를 타고 질주하는 모습 말고는 다른 면모를 보여 준 적이 없었지만, 이번 연극에 서는 제인 역할을 맡은 아름다운 배우 지젤 놀란과 사랑에 빠 지는데, 나는 그 사랑을 진심으로 느낄 수 있었다. 앞으로 잭 워스는 테이트 랜더스의 뒤를 잇게 되지 않을까?

그리고 랜더스 이야기를 해 보자. 그가 이런 연기를 보여 주 리라고 누가 알았겠는가? 할 수 있는 말은 이것뿐이다.

이제껏 나는 〈오만과 편견〉의 여러 버전을 보아 왔지만 그 때마다 항상 마음에 들지 않았다. 다아시가 어째서 말괄량이 아가씨 엘리자베스 베넷을 좋아하게 되는지 전혀 이해가 되지 않았기 때문이다. 하지만 랜더스의 연기는 그 이유를 보여 주었다. 자신을 에워싼 아첨꾼을 매섭게 바라보는 눈빛이라든지 귀여운 엘리자베스의 등 뒤에서 슬그머니 미소를 감추는 모습을 보면 왜 그런지 알 수 있었으니.

그리고 엘리자베스 베넷을 연기한 아카시아 레딕 씨의 연기는 마치 돌직구 같았다! 그녀가 다아시를 어찌나 다그쳐대던지 나는 그만 다아시가 안됐다는 생각이 들 정도였다. 그녀가 무슨 일을 하고 있는지는 모르겠지만, 연기 쪽으로 진로를 바꾸어도 괜찮을 것이다.

버지니아의 작은 마을 서머힐에서 공연하는 연극 〈오만과 편견〉은 앞으로 열두 번 남았다. 이곳은 리치몬드와 샬롯츠빌 사이에 있으니, 혹시 이 근처에 살고 있다면 한 번 가서 볼 것을 권한다. 아쉽게도 다른 지역에 있는 분들은 비행기 표를 끊어 보라.

이번만은 행복하게 비평할 수 있었던 빌 사이몬스

케이시는 신문을 내려놓았다.

"우와."

이 말밖에 할 수가 없었다. 달리 뭐라 해야 할지 떠오르지 않았으니까. 지젤은 에이미에게 손을 내밀었다.

"아래로 내려가자. 계란 열두 개짜리 스크램블 에그 만들어 줄게."

"그 계란, 공작새 알이야?"

에이미는 지젤의 손을 잡으며 물었다.

"그럼, 공작새 알이지. 그것 말고는 없어."

잭과 나나도 그 뒤를 따라가며 방 문을 닫았다. 그래서 방에는 테이트와 케이시만 남았다.

"괜찮아요?"

테이트는 여전히 헤드보드에 기대어 있었다. 그는 케이시 쪽으로 팔을 벌렸고, 그녀는 테이트의 품에 얼굴을 묻었다. 그는 케이시의 손가락에 깍지를 꼈다.

"다 당신 덕택이에요."

"뭐가요?"

"이거요, 모두 다. 잭이랑 지젤도. 나나와 조시도. 키트랑 올리비아까지 말이죠."

"그리고 당신이랑 코엔도?"

그러자 테이트는 웃었다.

"아, 그거야말로 진정한 사랑이네요."

"그럼 이제는 다른 역을 맡게 될 것 같아요?"

그는 살짝 몸을 젖혀 그녀를 바라보았다.

"이제 그렇게 되겠죠. 당신이 가져다 준 행운이에요."

"우물 집을 지키는 공작새 님 덕은 아니고요?"

테이트는 지금 케이시가 무슨 마음인지 알고 있었다. 그녀는 자신이 한 좋은 일에 대해서 공치사를 받고 싶어 하지 않았다. 그는 케이시의 손을 들고 반지를 바라보았다.

"마음에 들어요?"

그러자 그녀의 심장이 두근대기 시작했다.

"아주 마음에 들어요. 어디서 난 거예요?"

"매니저가 사진을 몇 개 보내 준 데서 고른 거예요. 혹시 마음에 안 들면 다른 걸로 바꿀 수 있어요."

"나는 이 반지가 무슨 뜻인지 모르겠어요. 청혼했다는 건 아는데, 무대 위에서 한 거니까 진짜는 아니잖아요."

테이트는 침대로 몸을 뉘였다. 그리고 케이시를 자기 옆으로 당겼다.

"당신이 고개를 끄덕인 거 많은 사람들이 봤잖아요. 증인이 그렇게 많으니까 소송을 건다 해도 당신이 질걸요."

"그럼 소송은 안 하는 게 낫겠네요."

케이시의 말에 테이트는 그녀의 목에 키스했다.

"그럼 아까 하던 걸 마저 해 볼까요?"

"테이트 삼촌!"

순간 문밖에서 에이미가 소리를 질렀다. 그는 못마땅한 목소리로 말했다.

"아까도 이래서 못했었지. 왜 그래, 에이미?"

"엄마가 팬케이크 만들겠대."

케이시와 테이트는 서로를 바라보았다. 케이시는 입을 열었다.

"미안한데요, 이건 비상사태네요. 당신 동생이 내 주방에서 뭘 하고 있다고요!"

그녀는 일어나려 했지만 테이트가 다시 잡아끌었다.

"난 세상에서 제일 행복한 남자네요. 내 삶에는 빈틈이 많았지만, 이제 다 채워졌어요. 사랑해요."

"나도 사랑해요."

케이시가 속삭였다. 그런데 에이미가 또 소리를 질렀다. 이제 아이의 목소리에는 다급함이 실려 있었다.

"테이트 삼촌! 엄마가 팬케이크에 소금 얼마나 넣어야 하냐고 물어

보래!"

케이시는 겁에 질린 눈동자로 테이트를 응시했다.

"빨리 내려가요! 하긴, 나도 전화를 좀 걸어야 하니까."

그래서 그들은 짧은 키스를 여섯 번쯤 주고받은 다음, 케이시는 서둘러 아래층으로 내려갔다.

테이트는 청바지를 입고 창가로 다가갔다. 오늘도 새날이 밝았다. 새로운 삶이 시작된 것이다. 아래층에서 뭔가 우당탕거리는 소리가 났다. 그릇이 하나 깨진 모양이었다. 미소가 나왔다. 저 앞 차도를 가로지르며 한가로이 걷는 것은 화려한 꽁지깃을 뒤로 늘어뜨린 나이 든 공작새였다. 테이트는 조용히 말했다.

"고마워요, 공작새 님."

물론 공작새는 끝까지 오만한 모습으로 이쪽을 올려다보지 않았다.

파이와 공작새

초판 1쇄 인쇄 2018년 2월 20일 | 초판 1쇄 발행 2018년 2월 28일

지은이 주드 데브루 | 옮긴이 심연희
펴낸이 김영진

사업총괄 나경수 | 본부장 박현미
개발팀장 차재호 | 책임편집 류다현
디자인팀장 박남희 | 디자인 김가민
사업실장 백주현 | 마케팅 이용복, 우광일, 김선영, 허성배, 정유, 박세화
콘텐츠사업 민현기, 이효진, 김재호, 강소영, 정슬기
출판지원 이주연, 이형배, 양동욱, 강보라, 손성아, 윤나라
국제업무 강선아, 이아람

펴낸곳 (주)미래엔 | 등록 1950년 11월 1일(제16-67호)
주소 06532 서울시 서초구 신반포로 321
미래엔 고객센터 1800-8890
팩스 (02)541-8248 | 이메일 bookfolio@mirae-n.com
홈페이지 www.mirae-n.com

ISBN 979-11-6233-446-1 03840

「이 도서의 국립중앙도서관 출판예정도서목록(CIP)은 서지정보유통지원시스템 홈페이지(http://seoji.nl.go.kr)와
국가자료공동목록시스템(http://www.nl.go.kr/kolisnet)에서 이용하실 수 있습니다. (CIP제어번호: CIP2018002883)」